ख़तरनाक आशिक

ख़तरनाक आशिक

बी बी दांडेकर

GYAN

ख़तरनाक आशिक

ISBN: 978-81-2121-284-7

मूल्य 990/–

भारत में सन् 2015 में प्रकाशित

ज्ञान पब्लिशिंग हाउस

5, अंसारी रोड, दरियागंज

नई दिल्ली– 110002

फोन :– 9811692060

ई–मेलः– books@gyanbooks.com

लेजर टाईप सेटिंग :– लक्की ग्राफिक्स, दिल्ली

मुद्रित :– जी. प्रिंटर्स, दिल्ली

अनुक्रम

प्रस्तावना

जुलाई 11, 1980

वो घर के पीछे के कमरे में बैठी थी। कमरा साउंडप्रूफ था। आवाज़ें इसे भेद नहीं सकती थीं। उसके सामने टेप चल रहे थे जिनकी आवाज़ हेडसेट के जरिए उसके कानों तक पहुंच रही थीं। आप इसे कोठरी कह सकते हैं। फार्न्सवर्थ ने इसे मास्टर बेडरूम के एक हिस्से के तौर पर तैयार किया था। यह कोठरी इसी बेडरूम की तरफ खुलती थी। बहुत छोटी। आने–जाने का कोई रास्ता नहीं, सिवाय इस बेडरूम के। इसमें एक मेज, कुर्सी और हर तरफ फैले इलेक्ट्रॉनिक के सामान बहुत मुश्किल से समाए हुए थे। छह इंच मोटे साउंड इन्सुलेशन ने उसे हेडसेट के जरिए कानों तक पहुंचने वाली आवाज़ों के अलावा हर चीज़ से काट कर रख दिया था। दरअसल यह कमरा जैसा नहीं था। यह तो बस उस स्टडी के ऊपर एक जगह थी जहां तीन लोग बातें कर रहे थे।

फार्न्सवर्थ बोल रहा था– ठहर–ठहरकर बोलने का ब्रिटिश लहजा, रुखा जब वो किसी बात पर नाखुश हो। यह अंदाज उसके कानों को बहुत भा रहा था। वो उसे नीचे देख सकती थी। गोल और गंजा, फौजी जैसी मूंछ, बाहर निकली और ऊपर उठी हुई, घनी पलकों के नीचे छिपी चालाक आंखें जो सोई–सोई सी लगती हैं। वो गद्दीदार आरामकुर्सी में बैठा था– माथे और अपने गंजे सिर पर हाथ फेरता हुआ, किसी बात पर शक होने पर बाकी दोनों लोगों को संतुष्ट करने की कोशिश करता हुआ।

साउल को भी वो पहचान पा रही थी। उसके बोलने में दक्षिण अफ्रीकी लहजा साफ झलक रहा था। गुस्से में आवाज़ ऊंची करने पर उसमें खतरनाक धार साफ नजर आ रही थी। साउल को उसने अभी तक एक बार घर पर देखा था। उसकी आंखे तब तारीफ से फैल गई थीं जब उसने साउल का मजबूत तांबे जैसा शरीर देखा था। फार्न्सवर्थ ने उसे वहां से हटा दिया था लेकिन उसकी यादें बरकरार रहीं। खूबसूरत, सीधे लहराते सुनहरे बाल, गठी हुई मांसपेशियां जिन्होंने कमीज को फैलाकर खोल दिया था, साफ क्लीन शेव चेहरा और उस

पर जानलेवा मुस्कराहट– इस उम्र में भी वो खुद को उसकी तरफ खिंचने से रोक नहीं सकी।

तीसरे आदमी को वो नहीं जानती थी। उसकी आवाज़ ऐसी थी जैसे कि वो गीत गुनगुना रहा हो। इतनी धीमी कि कई बार सुनाई ही ना दे। इससे ऐसा लगा कि वो शायद वेल्स का रहने वाला है। या यह भी हो सकता है कि वो उन विदेशियों में से एक हो जिनसे फार्न्सवर्थ का हमेशा पाला पड़ता रहता है। उसका दिल चाहा कि काश ये आदमी थोड़ा ऊंचा बोलता। स्टडी टेबल के ऊपर लैंप में जो माइक्रोफोन उसने और फार्न्सवर्थ ने लगाया था, वो इस आदमी की आवाज़ को अच्छी तरह से पकड़ नहीं पा रहा था। उसने फार्न्सवर्थ से विनती की थी कि छत में एक छेद कर दो लेकिन वो माना नहीं था।

वो सिर्फ यह चाहता था कि पूरी बातचीत अच्छी तरह से रिकार्ड हो।

ऐसा लग रहा था कि किसी बात पर साउल और वेल्शमैन में छोटा मोटा झगड़ा हो रहा है और फार्न्सवर्थ फैसला सुना रहा है।

"अच्छा, अच्छा, महानुभावों" फार्न्सवर्थ बोला, मुझे पूरी उम्मीद है कि हम इसे इस तरह निपटा सकते हैं कि सभी संतुष्ट रहें। मान जाओ डोनाल्डसन, कोई न कोई रास्ता तो होगा ही ?

"तुम मेरी बात सुन नहीं रहे हो फार्न्सवर्थ। उसने बिलकुल साफ कर दिया है। उसकी मेज पर रखे कागज यही साफ बता रहे थे। उसे स्लैग्टर चाहिए। इस पर कोई समझौता नहीं। कोई विकल्प नहीं। या तो उसे स्लैग्टर मिलेगा या वो पूर्वी यूरोप, खासकर पोलैंड में हमारे छह सबसे बेहतरीन लोगों को निपटा देगा। वो सभी को जानता है। स्मिथि, विन्सेंट....."

"ठीक है, ठीक है ! तुमने अपनी बात रख दी डोनाल्डसन। ठीक है, अगर वो उसे ही चाहता है तो वो उसे मिल जाएगा।"

"ये असंभव है," साउल बोला। उसकी आवाज़ ऊंची थी। इसमें एक तरह का डर भी था और कड़वाहट भी।

उसके हाथ वाल्यूम की तरफ बढ़े लेकिन वो इसे घटा नहीं सकी क्योंकि अगर घटाती तो डोनाल्डसन की आवाज़ सुनाई ही नहीं देती।

"क्यों भला ?" डोनाल्डसन ने विनम्रता से पूछा।

"क्योंकि, भगवान तुम्हारा भला करे डोनाल्डसन, कोई नही जानता कि स्लैग्टर कौन है ! खुफिया विभाग तक को भी नहीं पता। वो एक फ्रीलान्सर है। जब जरूरत होती है तब वो उसे बुलाते हैं। संवाद का एक बहुत सोचा समझा,

विश्वसनीय तरीका होता है इसका और इसी वजह से उसे आज तक कोई पहचान नहीं सका है। और वो हमसे भी इसी तरीके से संपर्क करता है। मैं पांच साल से उसका पीछा करने की कोशिश में हूं लेकिन उसके नजदीक तक नहीं पहुंच सका हूं। वो अपने निशान को ऐसे ढंकता है कि कि तुम विश्वास नहीं कर सकोगे। आंद्रोपोव इस बात को समझ सकता है।"

"नहीं, वो नहीं समझ सकेगा। मैंने उसे बताने की कोशिश की। तुम सोचते हो कि मैं अपने दोस्त स्लैग्टर को नहीं जानता ? आंद्रोपोव का तर्क बिलकुल सीधा था। अगर दक्षिण अफ्रीका का राष्ट्रीय खुफिया विभाग स्लैग्टर को रूस के एजेंटों से पूछताछ करने और उन्हें बेरहमी से कत्ल करने में लगाता है तो उसे इतना तो पता होगा ही कि स्लैग्टर है कौन। आंद्रोपोव इस मामले को इसी तरह देखता है। और जो कुछ स्लैग्टर ने व्लादीमिर के साथ किया है उसे देखते हुए मैं उस पर यह इलजाम नहीं लगा सकता कि वो ऐसे क्यों सोचता है। "मेरे पास व्लादीमिर की पोस्टमार्टम रिपोर्ट है। उसने मुझ पर जोर दिया था कि मैं इसे ले जाऊं। क्या तुम उसे देखना चाहोगे ?"

उसने मेज पर ब्रीफकेस को रखने की आवाज़ सुनी। फिर इसके दोनों ताले खुलने की आवाज़ आई।

"जी नहीं, शुक्रिया ! वैसे भी, कोई भी रूस की पोस्टमार्टम रिपोर्टों पर विश्वास नहीं करता। ये फर्जी होती हैं, पूरी की पूरी।" साउल ये कहते हुए ऐसे हल्के से हंसा जैसे उसने इस छोटी समस्या को हल कर दिया हो।

"वो चाहता था कि शव को पूर्वी बर्लिन लाया जाए ताकि हमारे लोग वहां इसे देख सकें। लेकिन मैंने उससे कहा कि इसकी जरूरत नहीं है। कोई भी इस तरह की रिपोर्ट को फर्जडी तरीके से गढ़ नहीं सकता। उसे किसी खास तरह के अफ्रीकी छुरे से काटा गया है। ऐसी भी जगहें थीं जहां हड्डी से मांस को अलग किया गया था। क्या मैं जारी रखूं ?"

टेप खामोशी से इधर उधर आ जा रहा था। कोई आवाज़ नहीं थी। थपथपाने की आवाज़ आ रही थी लेकिन ये फार्न्सवर्थ था जो मेज पर थाप दे रहा था। ये आवाज़ भी थम गई। डोनाल्डसन ने अपनी बात जारी रखी। "आंद्रोपोव को लगता है, और अगर मुझसे पूछें तो मैं कहूंगा कि बिलकुल ठीक लगता है, कि इस बार हमने सीमा लांघ दी है। या तो उसे स्लैग्टर मिले, नहीं तो हम पूरब के इलाके में अपने छह लोगों को खो दें। सिर्फ दक्षिण अफ्रीकी ही नहीं, बल्कि ब्रिटिश और अमेरिकी भी। हमारे अमेरिकी दोस्त इसे कुछ खास पसंद नहीं करेंगे। मैं ये मानता हूं कि उसकी शर्त से मुझे भी अचंभा हुआ। अपने

एजेंट की मौत पर आम तौर से केजीबी इस तरह की संवेदना नहीं दिखाती, भले ही वो ऐसी भयावह परिस्थितियों में ही क्यों ना हो। लगता है वो भी हमारे जैसे बन रहे हैं ?''

''बकवास बंद करो डोनाल्डसन और मुद्दे की बात करो। कर सकोगे?'' फार्न्सवर्थ ने कहा।

वो खिलखिलाकर मुस्करा पड़ी। वो उसके साथ भी कई बार ऐसे ही कर चुका है। अपनी नेवले जैसी आंख उस पर गाड़ कर, हाथों को हिलाते हुए वो उसके मरीज़ों के सामने उसकी बात काटता रहा है।

''शायद हम लोग किसी तरह के समझौते की कोशिश कर सकते हैं। एक सौदा ! जैसे कि हमारे अमेरिकी मित्र कहते हैं। मिसाल के लिए हम उन्हें चीन से जुड़े कुछ गोपनीय दस्तावेज सौंप दें। जो उनके लिए काम के हों लेकिन हमारे लिए जिनका कोई खास महत्व ना हो। इस तरह की चीज़ें हमारे हांगकांग के लोगों के ज़रिए हम तक बड़ी संख्या में आती रहती हैं। ऐसी चीज़ें जिन्हें पाकर वो बहुत खुश होंगे।''

''मैंने इसकी कोशिश की थी, फार्न्सवर्थ,'' डोनाल्डसन ने कहा।

वो उसकी आवाज़ में मौजूद ठहराव की प्रशंसा किए बगैर नहीं रह सकी। अभी भी ये आवाज़ ऐसी ही धीरी और मुलायम थी जैसी शुरू में थी। यही बात वो दो अन्य लोगों के बारे में नहीं कह सकती थी। अगर छेद होता भी तो भी उससे कोई फायदा नहीं होता। वो ज्यादा से ज्यादा तीनों लोगों के सिरों के ऊपरी हिस्से को ही देख पाती। डोनाल्डसन तब दिखा जब वो दरवाजे की तरफ बढ़ा। वो कमरे से बाहर जा रहा था।

''तो ठीक है, डोनाल्डसन, डैम इट, कम से कम स्लैग्टर तक पहुंचने के लिए हमें कुछ समय तो चाहिए ही। आंद्रोपोव इसे समझ सकता है। घामड!, बेवकूफ! ये महामूर्ख रूसी समझते हैं कि उन्हें बस आवाज़ लगानी है और हम दौड़े चले आएंगे। ऐसा नहीं हो सकता। हमें और समय चाहिए।''

''मैंने उससे इस बारे में बात की है। ज़ाहिर है कि एमआई–6 या किसी और चीज पर किसी तरह का कोई वचन दिए बगैर। दो हफ्ता, इतना ही समय है हमारे पास।''

''दो हफ्ता ? बकवास है ये ! क्या ये संभव है साउल ?''

''ये पूरी बात ही बेतुकी है !'' ये आवाज़ साउल की थी, गुस्से से भरी हुई। उसके कानों में ये आवाज़ चुभी। दर्द की वजह से अपने आप उसके हाथ हेडसेट

की तरफ बढ़े। साउल शब्दों को ठीक से बोल नहीं पा रहा था। ऐसा लग रहा था जैसे कि उसके मुंह से झाग निकल रहा हो।

"तो क्या आप हमें ये बताने की मेहरबानी करेंगे कि स्लैग्टर को दो हफ्ते के अंदर हम कहां से निकाल कर ले आएंगे ? मैं तो उसे पांच साल में भी कहीं से नहीं खोज सकता। वो आदमी बेहद चालाक और बेहतरीन जासूस है। दक्षिण अफ्रीकी भी हमें इस मामले में कोई भी मदद नहीं देने वाले। वो सबसे बेहतर में से एक है।"

"और ज़ालिम भी। लेकिन मुझे लगता है कि इस बार हम उसे खोज निकालेंगे। इस बार, भगवान के लिए, हमें उसे हासिल करना ही होगा।"

उसने कुर्सी के चरमराने और उसके नर्म कदमों की आहट सुनी। ये भी उसकी आवाज़ जैसी ही थी–बहुत मुश्किल से सुनने और महसूस करने के योग्य। तमाम खामोशियों के बावजूद वो जानती थी कि वो वहीं पर है। कोई ध्वनि नहीं, किसी की आवाज़ नहीं। किसी तरह की कोई हलचल नहीं। उसने छिपे हुए माइक्रोफोन के हल्के से चिरचिराने की आवाज़ सुनी, मानो किसी ने उसे अनजाने में छू दिया हो।

"मैं क्षमा चाहता हूं फार्न्सवर्थ", डोनाल्डसन ने कहा, "क्या मैं तुम्हें थोडा पीछे कर सकता हूं। रोशनी मेरी आंख को चुभ रही है।"

उसने स्टडी टेबल के ऊपर छत में लगे सॉकेट से लैंप को हटाने की धीरी सी आवाज़ सुनी।

इसके बाद हेडसेट ने काम करना बंद कर दिया।

अब वहां और बैठे रहने का कोई फायदा नहीं था। उसने कानों से हेडसेट को हटाया। सिर को पीछे कर अपने बिखरे हुए बालों को ठीक किया जो आम तौर से उसकी नर्स वाली सफेद कैप के नीचे बने संवरे रहते थे। वो बेडरूम में गई। फार्न्सवर्थ के ड्रेसिंग टेबल के शीशे के सामने खड़े होकर उसने अपने सफेद ड्रेस और मोज़े को ठीक किया। उसकी दोहरी ठुड्डी थोड़ा नज़र आ रही थी। बिना किसी खास भाव के उसने इसे थपथपाया। उसकी उम्र को देखते हुए यह कोई खास बात नहीं थी। ऐसा तो उसके साथ अपेक्षित ही था। उसने खुद से कहा–चालीस की उम्र में ज़्यादातर इससे बच नहीं सकते।

उसने फिर से अपने सिर पर कैप पहनी। फिर खामोशी से पिछले दरवाज़े के रास्ते रसोईघर में चली गई। अब वो साउंडप्रूफ कमरे में नहीं थी और वहां एक से बढ़कर एक जासूस मौजूद थे। किसी भी तरह की आहट उन्हें अपने इर्द गिर्द खतरे का अहसास कराने के लिए काफी थी।

एक मोटी–नाटी नर्स को अगर ध्यान में रखें तो कहना पड़ेगा कि वो पूरी होशियारी से, बिना किसी शोर के, बहुत कम समय में पीछे के दरवाज़े से घर से निकली और पूरा घूमकर उस बाड़ तक पहुंची जो सड़क के पास थी। वहां सिर्फ एक कार थी। साउल की कार। उसने कार को पहचान लिया। उसने सोचा, निश्चित ही दोनों साथ ही आए होंगे– साउल और डोनाल्डसन। दोनों एक दूसरे को निश्चित ही अच्छी तरह से जानते होंगे।

उसने खुद को बाड़ के पीछे अच्छी तरह से, आरामदायक स्थिति में खड़ा किया। खामोशी के साथ डाली और पत्तियों को हाथों से हटाकर निगाह उस दरवाजे पर गड़ा दी जहां से वो निकलकर जाने वाले थे। इनके जाने के बाद वो वापस जाती और टेप को सिलसिलेवार लगाती। लेकिन इसके लिए अभी प्रतीक्षा की जा सकती थी।

बीस मिनट के बाद उसने मुख्य दरवाज़े के खुलने की आवाज़ सुनी। साउल पहले बाहर आया। ऐसा लग रहा था कि वो दरवाज़े के पीछे मौजूद किसी से बातें कर रहा है। उसने इंतज़ार किया। साउल कुछ कदम पीछे हटा और फार्न्सवर्थ दरवाज़े पर नज़र आया। दूरी की वजह से वो उनकी बातें नहीं सुन सकी। इसमें शक नहीं कि फार्न्सवर्थ के पीछे डोनाल्डसन होगा या शायद ये भी हो सकता है कि वो अपने नोट्स को इकट्ठा करने के लिए अभी अंदर ही टिक गया हो ?

साउल और फार्न्सवर्थ ने हाथ मिलाया। साउल जाने के लिए मुड़ा, फिर रुक गया, फिर थोड़ा पीछे गया, फिर इरादा बदला और कार की तरफ बढ़ गया।

अकेले।

उसने गुस्से से अपनी जांघो पर हाथ मारा। बाड़ से पीछे हटी और घर के पीछे के दरवाजे की तरफ भागी। जैसे ही वो कोने की तरफ मुड़ी, उसने दरवाज़ा बंद होने की आवाज़ सुनी। आंखों के सामने आए स्टडी टेबल के उभार और चिमनी की वजह से वो कुछ देख नहीं सकी। उसने अपने जूते निकाल फेंके। दीवार से चिपककर वो कोने तक पहुंची जहां से वह सब्ज़ियों का बागीचा और नीचे की तरफ जाता वो रास्ता देख सकती थी जो छोटे गेट की तरफ जाता था।

लेकिन तब तक देर हो चुकी थी।

जो वो देख सकी वो सिर्फ लंबे ओवरकोट में लिपटे एक आदमी का पीछे का हिस्सा था, जो पीछे के मेहराबदार गेट से मैदान तक पहुंचा और फिर आंखों से ओझल हो गया।

अध्याय 1

जनवरी 11, 1965

वो छोटे कद का एक भारतीय था। सूखी रेत पर दोनों टांगे एक दूसरे पर चढ़ाए बैठा था। अच्छी तरह से कपड़े पहने हुए था। हवा ने बेतकल्लुफी से उसकी छींटदार टाई को उसके एक कंधे पर पहुंचा दिया था। ऐसा लग रहा था कि जैसे वो रेतीले गड्ढ़े में बैठा हुआ है और उसी से उभर कर बाहर निकला हुआ है। एकमात्र ऐसी साफ दिखने वाली चीज़ जो हर दिशा में एक मील तक फैले सुनहरे समुद्र तट पर नजर आ रही थी।

उसे आने में देर होगी। वो इसे अच्छी तरह जानता था। ये बात सोचते ही उसके हल्के भूरे चेहरे पर एक फीकी मुस्कान फैल गई। उसके चेहरे पर ऊंची उठी काली नटखट भौहें उसके कछुए के कवच जैसे आकार को एक विद्वान का रूप दे रही थीं। कोई अफसोस नहीं। कोई बेचौनी नहीं। डरबन से बीस मील दक्षिण और मारगेट से अस्सी मील उत्तर की तरफ साउथ कोस्ट के इस समुद्री किनारे पर जब कभी भी उन्हें मिलना हुआ, वो हमेशा देर से आई।

यह एक सुरक्षित जगह थी। डरबन से मारगेट की तरफ आने वाली सड़क यहीं पर एक तीखा मोड़ लेती थी। सड़क यहीं पर समुद्र तट से अलग होती थी। झाड़–झंखाड़ और ताड़ के पेड़ों से घिरी एक ढलान सड़क से समुद्र तट को छिपाए हुए थी।

ढलान से एक सीधा, रेतीला रास्ता समुद्र तट तक जाता था लेकिन झाड़ झंखाड़ की वजह से इस पर चलना मुश्किल था।

जोशुआ ने अपनी कार सड़क से हटाकर ढलान की तरफ कर दी। उसे ऐसा करने में कोई दिक्कत नहीं हुई क्योंकि वो ठीक ठीक जानता था कि रास्ता कहां है। इसके बाद उसने रास्ते को साफ किया ताकि लॉरा भी इसे आसानी से देख सके।

अगर वो ऐसा नहीं करता तो लॉरा ढलान के ऊपर से खड़ी होकर उसे आवाज़ लगाती। जैसा कि वो पिछले तीन बार से कर रही थी। चिड़चिड़ाकर

उससे मांग करती कि वो आए और उसे लेकर जाए। उसे नीचे लाने के लिए दौड़कर ऊपर जाना पड़ता, झाड़ियों को नोचते हुए जिससे कि वो जल्द से जल्द ऊपर पहुंच सके।

उसका आना ही उसे उसके लिए खास बना देता था।

उसे हमेशा एक अनजाना डर सताता रहता था कि एक दिन वो आना बंद कर देगी।

लेकिन वो हमेशा आई।

वो रेत पर उसके सामने घुटनों के बल बैठ गई। लेकिन जब वो चूमने के लिए उसकी तरफ बढ़ा तो वो छिटककर उसकी पहुंच से दूर हो गई।

"क्या तुम हमेशा इसी के बारे में सोचते रहते हो जोशुआ ? बस किस करना और लाड़–प्यार जताना ? मैं यहां तुम से बात करने आई हूं और इस बार तुम मेरी बात ध्यान से सुनोगे। मैं साफ–साफ कहे दे रही हूं जोशुआ !"

"अच्छा, माफ करो," जोशुआ ने कहा। "क्या मैंने तुम्हें तकलीफ पहुंचाई है? वैसे शायद इससे तुम्हें आसानी हो। मैं जानता हूं कि तुम क्या कहना चाहती हो।"

"ओह, जोशुआ !" प्लीज़ इसे मेरे लिए और मुश्किल ना बनाओ। प्लीज़। तुम और मर्दों की तरह नाराज़ क्यों नहीं होते ? या फिर कोई बेवकूफी भरी या तकलीफ पहुंचाने वाली बात ही कहो ? ओह गॉड ! ये मेरे लिए बहुत डरावना होने जा रहा है। जब तुम अपने बड़े से चश्मे से मुझे देखते हो तो मुझे क्यों ऐसे लगता है कि जैसे मैं कोई नादान, भोंदू स्कूल जाने वाली छात्रा हूं ?"

वो आगे की तरफ झुकी और उसके चेहरे के पास आ गई। फिर उसने उसके गले में अपनी बांहें डाल दीं, उसके चेहरे को अपनी तरफ खींचा और उसके होठों को चूम लिया। जैसे वो आगे बढ़े, उसने फिर उसे चूमना चाहा।

"हो गया। क्या अब तुम मेरी बात सुनोगे जोशुआ ?"

"क्या मैंने एक शब्द भी बोला ? सिर्फ इतना ही तो कहा कि मैं जानता हूं कि तुम क्या कहना चाहती हो। मैं तुम्हें वो बात कहने की पीड़ा से बचा सकता हूं।"

"नहीं," वो बोली। "इसे मैं खुद कहूंगी। सही शब्द चुनने में मेरी मदद करो, जोशुआ। ये इतने ही महत्वपूर्ण हैं।"

वो उसके सामने खड़ी हो गई। उसकी निगाहें उस पर जम गईं। शाम की

हवा ने उसके स्लेटी सुनहरे बाल को उसके गालों और लबों पर बिखेर दिया था। बेहद खूबसूरत होंठ थे उसके। समुद्र का नीलापन भी उसकी आंखों के नीलेपन का मुकाबला नहीं कर सकता था। या उसे ऐसे लगा कि चाहे वो नाराज़ हों, खुश हों या फिर प्रेम में हों, इनकी चमक ने उसे मोहित कर रखा था। वो उसकी आंखों को कभी नहीं भूल सकता जो उसके चेहरे पर कुछ खोज रही थीं, उस दर्द को पोछना चाह रही थीं जो वो जानती थी कि होने वाला है। उसने अपनी आंखों पर से अपने बाल हटाए और उससे गुज़ारिश की कि वो उसकी बात को समझने की कोशिश करे।

"मैं तुमसे यह कहने आई हूं जोशुआ कि मैं कल तुम्हारे साथ इंग्लैंड नहीं जा सकती। अब सब खत्म हो गया है। मैं अब तुमसे कभी नहीं मिल सकूंगी, ना यहां ना कहीं और। ये है, यही मुझे कहना था। प्लीज़, दिल पर मत लेना।"

"मैं आहत नहीं हूं। शायद कुछ ज्यादा मांग रहा था। यह सोचना ही पागलपन था कि तुम इस बारे में सोचोगी। घर, दोस्त और देश छोड़ दो और मेरे साथ चल पड़ो। मैं गलत था और अब मुझे यह दिख रहा है। शुक्रिया, मुझे सही बात बताने के लिए। क्या मैं एक सवाल पूछ सकता हूं ?"

सहमति जताने से पहले उसने घूमकर समुद्र की लहरों को देखा।

लहरें शाम के सूरज की चमक में नहाई हुई थीं। आखिरी लगने वाला शोर मचाते हुए तट से टकरा रही थीं और तेज़ी से बढ़ते हुए उस जगह के पास तक पहुंच रही थीं जहां वो बैठे हुए थे। लेकिन लहरें उस तक पहुंचती नहीं थीं। ये लहरें अपनी बेचौनी को उस फुफकार में जता रही थीं जिसने पानी के कगार के पास की रेत को पूरी तरह गीला कर दिया था।

"क्या तुम सचमुच खुश थी ? जब तक ये चला ?"

"ओह, जोशुआ, मेरी जान, तुम इस पर शक भी कैसे कर सकते हो। यह बहुत लाजवाब था। तुमसे यहां मिलना। और वो ग्रे स्ट्रीट के छोटे कैफे में मिलना। मैं खिड़की से दूर एक अंधेरे कोने में बैठती थी और हर बार वहां से तुम्हारा चेहरा देखती थी। तुम्हारे जाने के बाद तक। मैं तुम्हें कैसे बताऊं जोशुआ? ये कोई खेल नहीं था। उसमें खुशी थी, मस्ती थी, जोश था।"

"लेकिन प्यार नहीं ?"

"मैं नहीं जानती, मेरे प्यार, मैं सचमुच नहीं जानती। लेकिन इतना जरूर जानती हूं कि भरोसा था।"

"ये काफी नहीं है" जोशुआ ने कहा। "मेरे लिए यह कभी भी काफी नहीं था। मैं, कभी–कभी, अपने शत्रुओं पर भी भरोसा कर लेता हूं, यहां तक कि नौकरों पर भी। क्या सब कुछ यही है– सिर्फ खुशी, मस्ती और जोश ?"

उसने समुद्र तट पर ऊपर नीचे एक तेज़ निगाह डाली। रेत दोनों दिशाओं में मीलों तक चमक रही थी, लहरों में समाई सूरज की रोशनी की उस चकाचौंध से चमक लेते हुए जो समुद्र के किनारे के हर मोड़ से गुज़र रही थी। पूरे ब्रहमांड में यहां सिर्फ यही दो लोग हो सकते थे। ये तो तय ही है कि सिर्फ यही दो लोग इस समुद्र तट पर थे।

और उनके पीछे खड़ी चट्टान से सीधी आती ढलान थी। पेड़ पौधों से ढंकी हुई और सुनसान। महज़ बीस फीट दूर। डरावने तरीके से बाहर की तरफ निकली हुई जिसे झाड़ झंखाड़ और झुरमुट ने छिपा रखा था।

"मेरे पास तुम्हारे लिए एक गिफ्ट है," वो बोली।

उसे ऐसा कहते सुनकर उसे ताज्जुब हुआ। उसने पहले भी उसे तोहफे दिए थे। कुछ तो बहुत महंगे लेकिन इस बार बात अलग थी। उसने उसे रास्ते पर दौड़कर आते देखा था और उसके हाथ में कोई पैकेट भी नहीं था।

शायद गिफ्ट छोटा था और उसने उसे छिपा रखा था। उसने हल्के हरे रंग की ड्रेस पहन रखी थी जो घुटनों के पास से कटी हुई थी। कही भी जेब नहीं थी। गले के पास ड्रेस एक नाव की तरह कटी हुई थी जिससे उसका सुडौल गला तो दिख रहा था लेकिन इससे ज्यादा और कुछ नहीं नज़र आ रहा था। कोई भी ऐसी जगह नहीं थी जहां कोई छोटा गिफ्ट छिपा सके। आस्तीनें छोटी और ढीली थीं और करीब–करीब बगल तक बंद थीं।

"तुम इसे लोगे, जोशुआ ?"

"ये मेरे लिए खुशी की बात होगी।" उसने कहा, "लेकिन मैं तुमसे माफी मांगता हूं। मैं तुम्हारे लिए कुछ लेकर नहीं आया। अब मुझे समझ में आ रहा है कि तुम्हारे लिए कुछ ना लाकर मैंने कैसी गलती की है। मैं जानता था कि हम इस अंदाज़ में जुदा होने वाले हैं। मैं बेपरवाह साबित हुआ हूं। क्या तुम मुझे माफ कर सकोगी ? लेकिन मैं हमेशा उस चीज़ को खजाने की तरह सहेज कर रखूंगा जो तुम मुझे दोगी। गर्म कार्डिगन और सिल्क टाई या फिर सोने की कफलिंक से भी ज्यादा अहमियत दूंगा।"

वो उसके सामने खड़ी होकर निर्वस्त्र हो गई।

अपनी नाव जैसी नेकलाइन और छोटी आस्तीनों वाली हल्के हरे रंग की ड्रेस को उतारने के लिए उसका हाथ पीछे लगी ज़िप पर गया। ज़िप को खोलने की तेज़ आवाज़ समंदर की लहरों के बीच अचानक छाई खामोशी में और तेज लगी।

और खामोशी उन दोनों के बीच भी थी।

ब्रा सामने से खुली। नाजुक, सुडौल स्तन आज़ादी से इस तरह झूमे कि जैसे कैद से रिहाई मिली हो। वो एक लम्हे के लिए झिझकी और फिर उसने अपनी पैंटी को उतार दिया और पैर के नीचे से निकाल फेंका। दमकते हुए कूल्हे। मज़बूत जांघें। स्लेटी सुनहरे बाल। उसे अनुमान लगा लेना चाहिए था। कोई भी औरत अपने बालों के रंग को नहीं छिपा सकती। लेकिन अठारह की अपनी उम्र में उसने कोई भी जीती जागती नग्न औरत नहीं देखी थी। वो इस रूप में उसके सामने आने वाली पहली थी।

वो धैर्य और सुकून उसका साथ छोड़ गए जिनके साथ वो अभी तक रेत पर टांग पर टांग रखे बैठा था। वो जैसा उसे जानती थी, अब वो वैसा चुप और शांत नहीं था। उसके अंदर मचे तूफान का बयान लॉरा के शरीर पर तैरती उसकी आंखें कर रही थीं। इन बेशकीमती लम्हों को वो बहुत गौर से देख रहा था जैसे कि अपने दिमाग में उसके शरीर के आकार, रूप, रंग, उसकी लचक, बनावट की छाप ले रहा हो। उसने इसे भांप लिया। वो पूरी तरह से शांत बनी रही। उसकी निगाहों का पीछा करती रही। उसके स्तन, कूल्हे और जांघों को टकटकी लगाकर देखने वाली उसकी गहरी इच्छाओं का अनुमान लगाती रही।

उसे उसके आनंद में आनंद महसूस हुआ। इस अफसोस भरे अहसास के साथ कि यह कितना थोड़ा है और उसे इतनी प्रतीक्षा करनी पड़ी।

उसने अपनी निगाहें हटा लीं, जैसे वो खुद से शर्मिंदा हो। जैसे ही उसने ऐसा किया, वो घुटनों के बल पर उसके सामने बैठ गई।

"जोशुआ, मेरी जान। मैं अठारह साल की हूं। और कुंआरी हूं। और ये सही है कि मेरा पूरा शरीर विद्रोह कर रहा है और मेरी तमाम इच्छाओं और अहसासों के बावजूद मैं एक बहुत नैतिकतावादी इनसान हूं। क्या तुम विश्वास करोगे कि इसी वजह से मैंने खुद को रोक लिया ? "

"मैं समझ सकता हूं।" उसने कहा। वो अभी भी कोशिश कर रहा था कि उसकी नज़रें उससे ना मिलें। "मैं जिस हद तक उम्मीद करता था तुम उससे कहीं ज़्यादा मेरे प्रति मेहरबान रही हो। मैं हमेशा तुम्हें याद रखूंगा–इसी तरह से।"

वो उसे चूमने के लिए आगे झुकी। उसके खूबसूरत चमकीले लहराते बाल अब दोनों को ही चूम रहे थे, दोनों के चेहरों पर लहरा रहे थे, गालों को सहला रहे थे, फिर वापस उसके कंधे पर चले जा रहे थे और एक बार फिर दोनों को अपने आप में लपेट ले रहे थे।

वो कुछ खास नहीं कर रहा था। लॉरा के ही होंठ उसके होठों को खोजकर उससे खेल रहे थे। उसके हाथ उसके दोनों तरफ सख्ती से लटके हुए थे।

वो उससे पीछे हट गई। वो समझ नहीं सका। उसने उसकी भिंची हुई उंगलियों को पकड़ा, उन्हें आराम दिया, अपनी मुलायम उंगलियों से उसकी हथेली तब तक दबाई जब तक उनका कड़ापन खत्म नहीं हो गया और वो सामान्य हो गईं। उसने सोचा कि शायद वो उसके हाथों को अपने गालों तक ले जाएगी, शायद अपने खुले हुए मुंह पर उन्हें फेरेगी और फिर चूम लेगी।

वो दोनों हाथों को अपने स्तनों के बगल में ले गई।

"किसी और समय, किसी और जगह पर जोशुआ, मेरे प्यार। अगर तुम्हें ये जानकर अच्छा अहसास हो तो सुनो, तुम इसके लिए पहले इनसान होगे।"

उनसे ऊपर ढलान के पास झाडियों के पीछे से साउल इन दोनों को रेत पर प्रणयलीला करते देख रहा था। दूरी इतनी भी नहीं थी कि वो उन्हें देखने के लिए उस दूरबीन का इस्तेमाल करे जो पास ही घास पर पड़ी थी।

डरबन की तरफ जाने वाले रास्ते से दो मील पहले के इस मोड़ पर उसने जानबूझ कर अपनी रफ्तार धीरी कर दी थी। उतना वक्त उसे दिया था जितने में वो नीचे समुद्र के किनारे तक पहुंच सके। पिछली बार, एकदम उसी के समय पर यहां उसके साथ होने की बेचैनी में उसने पाया था कि वो जोशुआ को हाथ के इशारे से बुला रही थी, कह रही थी कि वो ऊपर आए और उसे ले जाए। इसलिए इस बार वो सीधे एक मील और आगे निकल गया और फिर लौटा।

लेकिन इस बार जोशुआ ने पहले से ही रास्ते की सफाई का काम कर रखा था। जब उसने लॉरा के कार के पीछे ही अपनी कार पार्क की त्तब तक वो समुद्र तट पर पहुंच चुकी थी। वो उसके रास्ते पर जाने से पहले जा सकता था लेकिन वो उससे टकराव नहीं चाहता था। पुराने समय में यह सभी बहुत सीधा साधा हुआ करता था।

उसका मजबूत, तांबे जैसा शरीर झाड़ झंखाड़ के बीच शांत लेटा हुआ था। वो बिना किसी शोरगुल के उन्हें देख रहा था। लड़की जोशुआ के सामने पहले खड़ी हुई फिर घुटनों के बल बैठ गई। इसमें कोई खतरे वाली बात नहीं थी

क्योंकि जोशुआ इंग्लैंड के लिए रवाना होने वाला था और ये पूरा बेवकूफी भरा छोटा मोटा मामला अपने आप ही खत्म होने वाला था। इसके बाद लॉरा उसकी तरफ और जो जिंदगी वो उसे देने वाला है उसकी तरफ मुड़ ही जाएगी।

उसने सोचा। महिलाओं को कभी कभी किसी रहस्यमय, गोपनीय आदमी से प्यार करने में उत्तेजना का अहसास होता है। लॉरा के लिए जोशुआ ऐसा ही था। एक रहस्य या फिर ये कहें कि एक अपमानजनक तमाशा। थोड़ी देर का मनोरंजन। औरतें कभी कभी ऐसा भी चाहती हैं।

उसने इस पर अपना दिमाग नहीं खपाया कि जोशुआ के लिए इसका मतलब क्या है। उसने सोचा कि उससे भला इन बातों का क्या मतलब।

वो लॉरा को माफ कर देगा। और जोशुआ को भी। जोशुआ से उसकी दोस्ती पर इसका असर नहीं पड़ेगा। वो तीनों, वो खुद, जोशुआ और जोमो लगभग छह सालों से दोस्त हैं। ब्रिटेन में बोर्डिंग स्कूल में साथ रहने के समय से इनकी दोस्ती है। वो दिल से दोनों को पसंद करता था। दोनों का लीडर भी था। खासकर उस समय जब ज़रूरत शारीरिक ताकत की हो। जैसे उस वक्त जब उन्होंने जोशुआ को परेशान करने वाले हॉस्टल के एक दबंग को मिलकर पीटा था। संकट की हर घड़ी में दोनों उसी के पास आते थे। यह उसके लिए मन बहलाने का बेहतरीन साधन था। इससे उसे खुशी भी मिलती थी। अंत का सच यही है कि उन्हें उसकी जरूरत थी। जैसे उस वक्त पड़ी थी जब दक्षिण अफ्रीका के खुफिया विभाग ने उन तीनों से अफ्रीकन नेशनल कांग्रेस का सदस्य होने के शक में पूछताछ की थी।

वो इस तरह की हास्यास्पद बात पर जोर से हंसा था। आंतरिक विभाग में काम करने वाले उसके पुराने साथी पार्कर को इससे अपमान महसूस हुआ था।

"तुम अपना समय बर्बाद कर रहे हो पार्कर ! वो भले ही खुद को महत्वपूर्ण दिखा रहे हों लेकिन सच पूछो तो दोनों ही किसी भी तरह नुकसान ना पहुंचाने वाले हैं। जाओ जाकर सिस्केई में जोमो के भाई बोको को पकड़ो। वहां तुम्हें उससे कुछ काम की बातें मिलेंगी। बजाए इसके कि गांव के तालाब में छोटी–मामूली मछलियों के साथ खेलो।"

वो जोमो के बारे में सोचने लगा। उधर, वो अभी भी समुद्र तट पर उससे बातें कर रही थी। शानदार, गठा हुआ काला शरीर, देख कर मज़ा आ जाए। कम से कम उसमें और जोमो में ये तो समानता है ही। लेकिन जोमो डरबन में उसका इंतजार कर रहा होगा। बहरहाल, पहले उसे लॉरा पर नज़र रखनी है।

यह करीब–करीब लॉरा की चौकीदारी करने जैसा ही था।

साउल ने सोचा, बेवकूफी भरी कोई भी बात करने के लिए लॉरा पर भरोसा किया जा सकता है। जैसे कि शाम के इस समय में सुनसान समुद्र तट पर जोशुआ से मिलने आना। कम से कम वो अंधेरा होने का तो इंतजार कर ही सकती थी। एक मील आगे ही डरबन जाने वाले रास्ते पर कलाकृतियों की एक दुकान है। पर्यटक वहां रुकते रहते हैं। कभी–कभी वो आराम फरमाने यहां समुद्र तट पर भी आ जाते हैं। अगर वो कुछ सौ गज़ भी यहां शंख उठाते हुए आ जाएं तो यहां से मीलों दूर तक देख सकते हैं।

लेकिन लॉरा ऐसी ही थी। मनमौजी। उसे पूरा विश्वास था कि वो यहां आना छोड़ देगी।

साउल ने लॉरा को उठते और उसकी तरफ देखते हुए देखा। लॉरा ने सन्नाटे में डूबे समुद्र तट पर आगे–पीछे नजर डाली।

मुलाकात खत्म हो चुकी थी।

वो जोशुआ को वो बात बता चुकी थी जिसे बताने के लिए यहां आई थी। अब वो हिंद महासागर के गर्म पानी में तैरने जाएगी।

वो इससे पहले भी एक बार उसके साथ ऐसा कर चुकी थी और यही उसकी तरफ से संकेत होता था कि अब मुलाकात खत्म हुई। जोशुआ नहीं तैरता था। वो तैरना जानता था लेकिन शायद उसे अपने दुबले शरीर को दिखाने में शर्म महसूस होती थी। वो रेत पर बैठा रहेगा, उसके कपड़ों की निगरानी करेगा और इस दौरान वो लहरों से अठखेलियां करेगी।

उसके खुलकर हंसने से जोशुआ के चेहरे पर मुस्कान फैल गई। साउल भी मुस्करा दिया।

उसने उसके कपड़ों को छुआ। आखिरी बार। इसी दौरान एक असामान्य बहुत तेज़ लहर उठी। जोशुआ ने उसे आते देखा और उसके कपड़ों को अपने सीने से लगाकर लहर से दूर थोड़ी ऊंचाई की तरफ जल्दी से भागा। लॉरा उसे देख रही थी। खिलखिलाकर हंस पड़ी। साउल बस फुफकार कर रह गया। ये कोई उसका अपना लिबास तो है नहीं, उसने खुद से कहा। बस एक छोटी छींटदार स्कर्ट और उससे मिलता जुलता टॉप था जिसके नीचे उसके स्तन होते और जिन्हें वो अपनी जामुनी रंग की बिकनी पर पहनती।

साउल ने उसे अपनी हल्की हरे रंग की ड्रेस को खोलकर जोशुआ के कदमों में डालते देखा। यह पिछली बार जैसा ही था।

उसने सफ़ेद बिकनी पहन रखी थी। निश्चित ही यह नई होगी, साउल ने सोचा।

उसने उसके पास चार देखी थीं जब वो एक साथ डरबन के साउथ बीच पर चहलकदमी कर रहे थे। मैरीन परेड पर चल रहे थे, लेकिन इन चार में से कोई भी सफ़ेद रंग की नहीं थी।

क्या इसे उसने उस दोपहर को खरीदा जब अचानक उसने कहा था कि अब उसे जाना होग़ा ? वो अपने आपे में नहीं थी। तनाव से भरी हुई, परेशान, नर्वस, बिना किसी वजह के उससे तड़क कर बात करती हुई। ऐसी हालत में, खुद को शांत करने के लिए, कुछ औरतें हैट खरीदती हैं। हो सकता है लॉरा ने बिकनी खरीदी हो। वो जानता था कि अगले दिन जोशुआ जाने वाला है और वो इसे लेकर अपसेट होगी। इसे समझा जा सकता था।

उसने साल दर साल, बार–बार खुद से कहा कि वो उसे किसी भी तरह रोक नहीं सकता। जब तक वो हड़बड़ाहट में अपनी बंदूक संभालता, तब तक वो जोशुआ के सामने नंगी खड़ी हो चुकी थी। और जब तक गुस्से में उसका हाथ ट्रिगर तक पहुंचता, वो जोशुआ के सामने घुटनों के बल बैठ चुकी थी। वो दोनों की जान ले सकता था।

"हे भगवान", उसने आह भरी। "कमीनी कुतिया ! गंदी कुतिया !"

उसने बंदूक को किनारे रख दिया और हड़बड़ाकर घास में दूरबीन खोजने लगा। और जब वो और ज्यादा नहीं देख सका, तो उसने अपना सिर झाड़ झंखाड़ में घुसा दिया। अपने कानों को हाथ से ढंक लिया ताकि वो उन दोनों की उस हंसी को ना सुन सके जो ढलान के ऊपर तक उड़ कर उसके पास आ रही थी।

"एक दिन, जोशुआ सैम्युएलसन, उसने सोचा, शब्द उसके दिमाग से चीख कर बाहर आ रहे थे," एक दिन, इस हरकत के लिए मैं तुम्हें मार डालूंगा ! और तुम्हें ऐसी मौत नसीब होगी जैसी कभी किसी को नहीं हुई ! तुम्हारी सारी हिम्मत चीत्कार कर उठेगी।

उसे ऐसा लगा कि ये कभी खत्म नहीं होगा।

अच्छी बात यह हुई कि वो उसकी नज़रों के सामने से ओझल थी, जोशुआ के हाथों ने उसे दोनों तरफ से ज़कड़ रखा था। लेकिन वो जोशुआ को देख सकता था जो लॉरा की तरफ झुका हुआ रेत पर घुटनों के बल बैठा था। और उनके पीछे हिंद महासागर हिलोरे ले रहा था।

वो खड़ी हुई। अभी भी नग्न थी। उसे नहीं बल्कि जोशुआ को देखते हुए पानी की तरफ बढ़ी। और दूसरी बार उसने घास में अपनी बंदूक को हड़बड़ाहट में खोजा। लेकिन उस पर निशाना लगाना आसान नहीं था। उसकी पीठ समुद्र की तरफ थी, चेहरा सामने जोशुआ की तरफ था। उसने जोशुआ से फिर विनती की कि वो उसके साथ पानी में चले और जब जोशुआ नहीं माना तो वो हवा में एक चुंबन उछालकर लहरों की तरफ दौड़ गई।

उसने जोशुआ को देखा। वो अभी भी टांग पर टांग रखे बैठा था, उसके कपड़ों की रखवाली करते हुए। वो बेहतरीन निशाने पर था। थोड़ा झुके हुए कधे, दुबला शरीर, पतली कमर जो उस बेल्ट में समा सी गई थी जिसने उसकी पैंट को सहारा दे रखा था। इतनी पतली कमर होने से उसके लिए बेल्ट एक जरूरी चीज बन गई थी। सुनसान समुद्र तट पर भी वो पूरी तरह सज धज कर पहुंचा था। अगर जोशुआ मुड़ता तो वो उसकी टाई देख पाता। साउल को इसका पक्का यक़ीन था। बोर्डिंग स्कूल में भी अकेला जोशुआ ही था जो हमेशा उस वक्त भी टाई पहने रखता था जब इसकी ज़रूरत नहीं होती थी।

साउल ने बंदूक किनारे रख दी। दोस्ती इस तरह से खत्म नहीं होती, उसने सोचा। वो जोशुआ को तब से जानता था जब उन दोनों में से कोई भी लॉरा से ना तो मिला था ना जानता था। जोशुआ से उसकी मुलाकात उसके घर पर जन्मदिन की पार्टी में हुई थी। वो छुट्टियां बिताने बोर्डिंग स्कूल से घर आए थे। जोशुआ को उसके घर आने का निमंत्रण इसलिए मिला क्योंकि जोशुआ के पिता और साउल के पिता इंग्लैंड में एक स्कूल में साथ–साथ थे। जोमो को नहीं बुलाया गया था। वैसे भी जोमो आ नहीं सकता था क्योंकि उसने अपनी छुट्टियां अपने परिवार के साथ सिस्केई में बिताईं थीं।

वो पहली बार था जब दोनों एक साथ बेचैन हुए थे। दोनों सोलह साल के भोंदू थे। लड़कियों के मामले में दोनों में क्या समानता हो सकती थी ? साउल ने लॉरा के बारे में जोशुआ के सामने गंदा मजाक किया था। जोशुआ ने पूरी विनम्रता से उससे अपनी असहमति जता दी थी। जोशुआ उससे खासा प्रभावित हुआ था। पहली बार में साउल ने इसकी तरफ ध्यान नहीं दिया। लेकिन अगले साल, जब वो छुट्टियों में घर आए, वो सत्रह साल एक महीने की हो चुकी थी, एक औरत में बदल चुकी थी और इस बात ने अचानक सभी कुछ बदल कर रख दिया।

वह, जोशुआ और जोमो एक ही हॉस्टल में रहते थे। महज़ साथ रहने से ही कितनी यादें वजूद में आ जाती हैं। सबसे पहले तो उसे इन्हीं कों मारना था। अब

कुछ भी पहले जैसा नहीं हो सकता लेकिन दोस्ती ने कम से कम जोशुआ को एक ज़िंदगी तो बख्श ही दी। पीठ में गोली नहीं लगी।

जोशुआ को मारने का ये बेहद आसान तरीका होता। लेकिन तब लॉरा अपना वक्त जोशुआ के लिए आंसू बहाते हुए बिताती और वो यह नहीं चाहता था।

साउल झाड़ झंखाड़ से होता हुआ वापस अपनी कार तक पहुंचा। वो दोनों का पीछा नहीं करेगा। वो अच्छी तरह जानता था कि दोनों कहां जाएंगे। लॉरा डरबन के मरीन परेड लौट जाएगी और जोशुआ चौट्सवर्थ इलाके में अपनी मां के घर चला जाएगा। वो जोशुआ का वहीं इंतज़ार करेगा।

डरबन लौटने के दौरान वो कार में खुद से लगातार बातें करता रहा। सभी पक्षों की बात सोची। सभी के तर्कों को समझने की कोशिश की। और इस दौरान उसने अपने आहत मन को शांत करने की कोशिश भी नहीं की। ये यादें थीं जो उसका पीछा कर रही थीं और कुछ तस्वीरें थीं जो उसकी आंखों के सामने नाच रही थीं। हालांकि उसके सामने सिर्फ सड़क थी लेकिन वो इसे ही नहीं देख रहा था। नंगी तस्वीरें। और अगर ये उसके सामने आ रही थीं तो तय ही है कि क्या जोशुआ के सामने और खुलकर नहीं आ रही होंगी ? हवा में लहराते उसके बालों ने उसकी आंखों को उससे छिपा दिया था, कभी कभी पूरा मुंह भी छिप जाता था लेकिन और कुछ भी नहीं। उसके शरीर का बाकी हिस्सा पूरी तरह से, सामने की तरफ से उसकी आंखों के सामने खुला हुआ था।

और जोशुआ का भी।

वो दूसरी बार वेदना से कराहा। इस बार आवाज़ के साथ। स्टीयरिंग व्हील के सामने उसके सिर को झकझोरते हुए, उसकी कराह लगातार बजने वाले कर्कश हार्न की आवाज़ में मिल जा रही थी जिन्हें वो सुन नहीं पा रहा था। अपनी भिंची हुई मुट्ठियों को कभी डैशबोर्ड पर मारता, कभी खुद पर और इस दौरान डरबन की तरफ लौटती उसकी कार किसी शराब पिए जानवर की तरह हिचकोले खाती रही।

जोमो ! उसे जोमो की ज़रूरत है। केवल जोमो ही उसकी दुखी आत्मा पर मरहम लगाने का काम कर सकता था। किसी और के बस का यह काम नहीं था। लॉरा भी नहीं, कम से कम लॉरा तो बिलकुल नहीं।

उसे उससे नफरत थी। हे भगवान ! कैसे वो उन दोनों से उन जैसा ही होने की वजह से नफरत करता है। और डरबन के रास्ते कार ड्राईव करते समय वो अपनी ज़िंदगी में पहली बार रोया।

अध्याय 2

साउल का अनुमान गलत निकला।

जोशुआ ड्राइव कर वापस डरबन के चौट्सवर्थ इलाके में नहीं गया। सही है कि शुरु में उसने लॉरा का कुछ दूर तक पीछा किया। लेकिन हमेशा की तरह लॉरा ने बहुत स्पीड में गाड़ी चलाई और देखते ही देखते उसकी गाड़ी धुंधली होती रोशनी में एक बेहद छोटे से निशान में बदल गई। उसने गाड़ी की रफ्तार कम कर दी। सड़क पर एक मील आगे कलाकृति की दुकान के पास के मोड़ से दाहिने मुडकर वो सीधे मारगेट की तरफ अपनी कार ले गया।

जोशुआ ने काफी दूर तक गाड़ी चलाई, तेजी से चलाई और किसी खास नज़र आने वाली भावनाओं के बिना चलाई। हालांकि उसकी तकलीफ भी साउल की तकलीफ जैसी ही थी। वो भी सड़क को नहीं देख रहा था, उसके सामने भी एक ठहरी हुई जीती जागती तस्वीर घूम रही थी। और अगर वो अपनी आंखें बंद करता था तो उसे अपनी हथेली में एक मखमली स्पर्श का अहसास होता था। इससे उसे और तकलीफ हो रही थी।

वो उसे खो चुका था, सदा के लिए।

दाएं हाथ पर उत्तर की तरफ डार्केन्सबर्ग रेंज के स्लेटी–नीले पहाड़ उसे डरा रहे थे। वो इन्हें पार करने नहीं जा रहा था। वो इनसे होकर गुज़र सकता था, अगर इसकी आवश्यकता होती लेकिन इस बार इससे बचा जा सकता था। उसने गन्ने के खेतों को देखा जिन्होंने गोलाकार पहाड़ियों पर एक मजबूत घेरा बना रखा था। सड़क के किनारे हर तरफ गुड़हल के फूल खिले हुए थे। ऐसे लग रहा था कि उन्हें किसी ने लगाया नहीं है और वो खुद से ही उग आए हैं।

वो मारगेट की तरफ नहीं गया। मारगेट समुद्र के किनारे एक रिसार्ट है। वैसे तो यह जगह जून और जुलाई में सैर के लिए सबसे अच्छी मानी जाती थी, जब देश के अंदरूनी हिस्सों में फैली ठंड से बचने के लिए देहात से लोग यहां

आते थे। लेकिन पर्यटन का सीज़न यहां अब पूरे साल चलता रहता है, यहां तक की गर्मी के महीनों में भी लोग यहां आते रहते हैं।

आधी रात के समय वो होसा आदिवासी इलाके में दाखिल हुआ। पहले ट्रांस्केई पहुंचा फिर सिस्केई। सड़क बाशी नदी पर से गुज़री जो अपने खास अंदाज़ में मोड़ और घुमाव लेते हुए हिंद महासागर की तरफ जाती है। ये सड़क इदुताइवा की रेलवे लाइन से जाकर मिलती है। ये देखकर उसे राहत हुई कि शहर रात के अंधेरे में सो रहा था। पहली बार उसे तब सुकून मिला जब उसने अपनी कार के पीछे के शीशे में आखिरी मकान को गुज़रते देखा। अब वो आराम से बटरवर्थ और फिर वहां से केई नदी तक जा सकता था जो दूर तक फैले इलाके को सिस्केई की सीमा तक ले जाती है।

अब इलाका बदल चुका था। अब वो समतल पहाडी इलाके में था जहां हर तरफ पीले फूलों के पेड़ लहलहा रहे थे। मकई और कार्टिज़ोन पौधे की सुगंध हवा में थी। जोशुआ ने देखा था कि कार्टिजोन पौधे की पत्तियों से जख्म पर बांधने वाली पट्टियां बनाई जाती थीं, उसने देखा था कि इन पट्टियों का इस्तेमाल अबाकवेथा समारोह के तहत मर्दानगी की तरफ कदम बढ़ाने वाले खतने के समय किया जाता था। उसे कभी नहीं लगा कि इस तरह के खतने से मर्दानगी बढ़ती है लेकिन बड़े बुजुर्ग ऐसा ही सोचते थे।

उसने मुख्य सड़क छोड़ दी और उस गांव की तरफ मुड़ गया जिसे वो बहुत अच्छी तरह जानता था।

दावत चल रही थी जिसके लिए एक बैल को ज़िबह किया जाना था। मरने से पहले उस बैल का आर्तनाद जरूरी था जिससे कि पुरखों की आत्माएं इसे सुन सकें और उन तक उस दावत का निमंत्रण पहुंच सके जो जिसके लिए बैल को ज़िबह किया जा रहा है।

जोशुआ पिछली बार की ऐसी ही एक बलि को याद कर सिहर उठा। उसने कसम खाई थी कि वो कभी भी इस तरह की बातों का हिस्सा नहीं बनेगा। लेकिन वो पहले की एकमात्र उन यादों को मिटा नहीं सका था। और फिर जब कुछ इस तरह का फिर हो तो ये मुमकिन नहीं था कि वो यादें उभर कर सामने ना आएं।

ये दावत जोमो के विदेश से आने की खुशी में दी गई थी। जोशुआ को भी न्योता मिला था और वो इसमें शामिल होने पहुंचा। साउल को न्योता नहीं दिया

गया था। वो वैसे भी नहीं आता क्योंकि वो अपने परिवार के साथ डरबन में छुट्टियां बिता रहा था।

बोको ने अपने जानवरों के झुंड से बैल को भेंट में दिया था। उसने कहा था कि अपने छोटे भाई जोमो के विदेश से लौटने की खुशी में वो खुद अपने हाथ से बैल की बलि देगा। लेकिन इससे पहले पुरखों की आत्मा को बुलाने के लिए बैल को आर्तनाद के लिए तैयार करना था– नहीं तो इस बलि का कोई मतलब ही नहीं रह जाता।

जोशुआ ने अपनी आंखें बंद कर लीं और कोशिश की कि इसकी याद उसे ना आए लेकिन वो ऐसा नहीं कर सका।

बोको के चेहरे और गले से पसीना चू रहा था। पसीना उसकी खुली छाती तक फैला हुआ था। तमाम कोशिशों के बावजूद बैल वो भयावह आवाज़ निकालने के लिए तैयार नहीं हो रहा था। उसने गुस्से में अपना भाला फेंक दिया और एक और ज्यादा नुकीले भाले की मांग की।

कैसे कोई आदमी एक बैल को एक बेहद नुकीले भाले से मार कर बलि दे सकता है ?

बैल के पैर बंधे हुए थे। वो अपने ही खून में लथपथ लेटा हुआ था। लेकिन वो चीखा नहीं।

बोको ने हर वो तरकीब आज़माई जो ओझा ने उसे सिखाई थी। जानवर के कमज़ोर और नाजुक हिस्सों में नोक को हर तरह से घुसाया, भाले को कई तरह से घुमाया जिससे कि बैल चिंघाड़े। लेकिन वो नहीं चिंघाड़ा।

बैल कुछ नहीं बोला। ना कोई आंसू, ना कोई फुसफुसाहट, ना कोई हल्की सी भी आवाज़ कि उसे ही जल्दी से आर्तनाद का नाम दे दिया जाए। कुछ भी नहीं ! बोको ने बैल की निर्मल और बड़ी आंखों में देखा और फिर अपनी निगाहें नीची कर लीं। उसने ओझा से सलाह मशविरा किया जिसका आधिकारिक बयान यह था कि इस तरह के मौकों पर बलि के लिए बकरा होना चाहिए ना कि बैल। बैल की बलि तब दी जानी चाहिए जब कोई खास मौका हो– जैसे विवाह समारोह– जब बहुत ज्यादा लोग दावत में आने वाले हों। अगर बोको अपने भाई के विदेश से लौटने की खुशी में जश्न मनाना ही चाहता था तो इसके लिए बकरा ज्यादा सही होता।

बैल को छोड़ दिया गया। वो अपने बल पर, लंगड़ाता हुआ मैदान तक गया। लेकिन वो कुछ खा नहीं सकता था । और एक हफ्ते के बाद बेहद गर्म

सूरज के नीचे उसने दम तोड़ दिया। चूंकि उसका गला और बोलने की नली काटी जा चुकी थी, इसलिए वो रो नहीं सका।

उसके बाद अखाड़े में बकरा लाया गया।

इस मौके पर जोशुआ को अपने ऊपर एक छोटे हाथ की फिसलन महसूस हुई। उसने उसे जो सुकून दिया उसकी वजह से वो उसकी उंगलियों को चूम सकता था। उसने उसके गाल को थपका, वो उसकी पीठ पर पसर गई और उसके कान में फुसफुसाने लगी।

"तुम्हें यहां बैठने और ये सब देखने की सचमुच जरूरत नहीं है, अंकल जोश। मैं भी इसे देखना सहन नहीं कर सकती। चलें, घर में खेला जाए। आप इस बार पिता बन सकते हैं। मैं माता बनूंगी।"

वो लोगों के घेरे के पीछे से निकल गए।

ईवा अपनी झोपड़ी तक बिना रुके बोलती रही। झोपड़ी के प्रवेश से दूर एक कोने में उसकी तमाम गुड़िया एक घेरे में बैठी हुई थीं।

"आपको आज बच्चों से बात करनी ही होगी, पिताजी," वो सख्ती से बोली। "ये सभी बहुत बदमाश हो गए हैं। क्यों हो गए हो ना बच्चों?"

वो इस खेल में इस उत्साह से शामिल हो गया कि ईवा को जितना ताज्जुब हुआ उतनी ही खुशी भी हुई। उसने बच्चों को गुस्से से भरी इतनी सख्त आवाज़ में डांटा कि आखिरकार ईवा उनके बचाव में सामने आ गई और उसने माना कि हां, शायद बच्चे इतने बदमाश भी नहीं हैं।

जोशुआ ने अपनी कार गांव के जितने पास हो सकता था, उतने पास पार्क की थी। लेकिन जमीन चिकनी थी और वो ये सोचकर सड़क छोड़ने की हिम्मत नहीं जुटा सका कि कहीं अगर कार के पहिये फंस गए तो क्या होगा। वहां पर पहियों के निशान थे जो बता रहे थे कि थोड़ी ही देर पहले यहां से भारी वाहनों को निकलने में किस परेशानी का सामना करना पड़ा है।

झोपड़ियों की बाड़ के बीच में खुली जगह पर आग जला दी गई थी। गांव वाले लाल कंबल लपेटे बेतरतीब घेरा बनाकर बैठे हुए थे। बीयर के गैलन एक हाथ से दूसरे हाथ में जा रहे थे। हुक्के का पाइप भी ऐसे ही आ–जा रहा था। और जगे हुए बच्चे वो भूने हुए गोश्त का मज़ा ले रहे थे।

उसने अपनी निगाहें बोको और जोमो की तलाश में घुमाईं। उसे ज़रा नज़र जमाकर देखना पड़ा। लाल कंबल में लिपटे जोमो के सिर पर हिरन की खाल

और छाती पर मोतियों की माला थी। उसका ये रूप सूट और हैट और टाई लगाए वेल्श स्कूली छात्र के उसके रूप से थोड़ा अलग ही था।

उन्होंने उसे अनदेखा कर दिया। दावत दोपहर से ही शुरू हो गई और घंटों चलती रही। किसी ने इस बात की सुध नहीं ली कि एक अजनबी उनके पास से गुज़रा है। वैसे वो अजनबी नहीं था। कुछ लोग उसे पहचान सकते थे। वो उनसे अन्य अवसरों पर भी मिल चुका था। ऐसे अवसरों पर जिसमें कोई कुर्बानी नहीं हुई थी। जिनके साथ उसने बीयर पी थी, जिसे जोमो को देने से पहले उसने मुंह पोंछा था। बीयर बहुत आसानी से उसके हलक के नीचे उतरी थी। उसने इसका आनंद लिया था। लेकिन उसने हुक्का नहीं पीया। इससे उसकी तबियत खराब हो जाती थी।

वो आग के पास से गुज़रकर, झोपडियों की कतार को पार करता हुआ जोमो की खास आदिवासी झोपड़ी की तरफ गया।

झोपड़ी गोल थी। मिट्टी से लेपी गई थी। कुछ सीधे खड़े खंभों को पेड़ की टहनियों ने एक दूसरे से बांध रखा था। इसी से झोपड़ी की एक शक्ल बनी थी। तिकोनी छत पर लगी शहतीर झोपड़ी के लिए छाजन का काम कर रही थी।

ईवा दूर एक कोने में बैठी थी। पैर नीचे लटकाए हुए। उसने एक छोटी स्कर्ट पहन रखी थी। जोशुआ ज़मीन पर बैठ गया और रोती हुई बच्ची को अपनी गोद में उठा लिया। उसने उसे अपने हाथों में जकड़ लिया। वो सिसकियां ले रही थी।

"जोमो कहां है ? और बोको भी ? क्या ये सभी पहले ही जा चुके हैं। अगर उन्हें यहां होना ही नहीं था तो फिर उन्होंने मुझे यहां बुलाया क्यों ? और तुम अकेले यहां क्या कर रही हो ?"

उसने उसे सख्ती से पकड़ रखा था, वो उसके दिल की धड़कनों को अपनी छाती पर महसूस कर पा रहा था। " क्या हुआ ईवा ", उसने कहा। उसकी खुली पीठ पर उसने हल्के से हाथ फेरा, उसके कंधों और रीढ़ पर थपकी दी, हल्के से हिलाया, उसके घुंघराले बालों को चूमा, यहां तक कि ईवा ने उस पर से अपनी पकड़ ढीली कर दी।

"मैं बेहद खुश हूं कि आप यहां हैं, अंकल जोश ! ओह ! मैंने सोचा था कि आप कभी नहीं आएंगे, कभी नहीं !"

"क्या जोमो ने तमुसे यही कहा था ? "कि मैं आऊंगा ?"

"जी"।

"और ? जोमो ने तुमसे और क्या कहा था ?"

"क्या आप जानते नहीं हैं ? यही कि आप मुझे यहां से हर हाल में ले जाएंगे।"

"मैं ले जाऊंगा ? मैं तुम्हें लेकर कहां जाऊंगा ?"

ईवा ने उसे ताज्जुब से देखा। उससे थोड़ा पीछे खिसक कर उसे देखा। "अरे, डरबन में आपके घर, और कहां ?" वो हंसी और अपना सिर उसकी छाती में छिपा दिया। उसने अपने हाथों के घेरे में उसे ले लिया।

"क्या वो सिर्फ यही कहते थे ? यही कि मैं तुम्हें अपने डरबन के घर ले जाऊंगा ? क्या तुम्हें पूरा यकीन है कि वो यही कहते थे ईवा ? नहीं तो हम लोग भारी मुसीबत में पड़ सकते हैं।"

"मैं श्योर हूं। पूरी तरह से । जोमो ने मुझसे वही कहा था जो मैंने आपसे कहा है। उसने कहा था, मैं दोहरा रही हूं....."

"कोई बात नहीं, कोई बात नहीं, ईवा। मैं अच्छी तरह समझ गया। ठीक है। अगर हमें ऐसा करना है तो हम करेंगे। लेकिन हमें जल्दी करना होगा। डरबन यहां से बहुत दूर है।"

"मैंने अपना सामान पैक कर लिया है।"

"पैक कर लिया है ? कहां ?"

उसने जमीन पर पड़े अपने उस लाल कंबल की तरफ इशारा किया जिसमें उसकी पसंदीदा चीजें बंधी हुई थीं। इनमें खासकर एनिड ब्लाइटन की किताबें थीं। इनमें इंग्लिश बोर्डिंग स्कूल में रहने वाली लड़कियों की कहानियां थीं। कपड़े का कोई नामो निशान नहीं था।

"क्या तुम्हारे पास पहनने के लिए कुछ नहीं है।"

"मैंने स्कर्ट पहन रखी है। और मैं सिर्फ ग्यारह साल की हूं। और चूंकि मेरी शादी नहीं हुई है, इसलिए मैं अपनी छाती खुली रख सकती हूं। वहां मेरे पास बहुत कुछ है भी नहीं ,"उसने कहा, खुद को उस लैंप की रोशनी में देखते हुए जिसके घेरे में दोनों थे।

बाहर अंधेरा फैला हुआ था।

"इसके लिए भगवान तेरा शुक्रिया, अगर उन्होंने डरबन में तुम्हें मेरे साथ पकड लिया तो फिर मैं एक भयावह तबाही में पड़ जाऊंगा।"

उसकी हंसी ऐसी थी कि दूसरा भी हंस पड़े। यहां तक कि जोशुआ भी मुस्करा पड़ा।

"तुम्हारे लिए हंसना बहुत आसान है, ईवा, लेकिन मेरी दिली इच्छा यही थी कि जोमो और बोको तुम्हें अपने साथ ले जाते। ये दोनों यहां से कब गए?"

"आज सुबह। दोनों बहुत जल्दी में थे। क्या आपको नहीं बताया। आज सुबह के वक्त यहां ईस्ट लंदन से कुछ लोग आए थे। उन्होंने इस जगह की बहुत अच्छी तरह से तालाशी ली, खासकर झोपड़ी की। उन्होंने मुझसे भी ढेर सारे सवाल किए। बेवकूफी भरे सवाल कि जोमो और बोको कहां गए हैं। जैसे कि मैं जानती ही हूं ? मैं उनसे लगातार यही कहती रही लेकिन उन्होंने मुझे छोड़ा नहीं और जाने नहीं दिया। और मैं कहीं जाने वाली नहीं थी। वो मुझे अपने साथ ले जाना चाहते थे लेकिन मैंने ऐसा हंगामा खड़ा किया कि उन्होंने मुझे छोड़ना ही बेहतर समझा। लेकिन वो मेरे कपड़े ले गए। अब मुझे लगता है कि मैं इतनी जल्दी जाने की तैयारी नहीं कर सकती।"

"क्या उन्हें झोपड़ी में कुछ मिला ?"

"नहीं, बोको सभी कुछ अपने साथ ले गया।"

"बोको अपने साथ क्या ले गया ?"

ईवा खामोश हो गई। उसने अपनी निगाहें उसके चेहरे पर गाड़ दीं और उसे ऐसे देखा कि जैसे उसे कुछ शक हो गया हो।

"उसने मुझसे कहा था कि तुम्हें कुछ ना बताऊं," वो बोली।" लेकिन मैं आपको बताऊंगी अंकल जोश। वो अपने साथ दस्तावेज़ और नक्शे लेकर गया है, खासकर दस्तावेज़। काश ! अंकल जोश ! काश कि मैं वापस अपने इंग्लैंड के स्कूल में होती। वहां की लड़कियां कितना चाहती हैं कि मैं उनके बीच लौट जाऊं। मैं उनकी हॉकी टीम की स्टार फॉरवर्ड हूं। क्या अब हम वहां नहीं जा सकते ? प्लीज !"

"क्या तुम वेस्ट पहनना पसंद करोगी ?" उसने अपनी कमीज़ उतारकर बनियान उतारी। बांड स्ट्रीट पर महिलाओं के पहनावे में ये नई चीज शामिल हुई है। किंग्स रोड के चेल्सी स्टाईल में। यह भारत के पंजाब राज्य से मंगाई जाती है।

वो वेस्ट की तरफ देखकर हंस दी। उसने वेस्ट को ऐसे देखा जैसे उसे अभयदान दे रही हो। आश्चर्य की बात ये है कि वेस्ट उस पर फिट बैठ गई। ना तो वो कोई लंबा–चौड़ा आदमी था और ना वो कोई छोटी सी लड़की।

उसने उसका हाथ पकड़ा। वो इस जगह को उससे बेहतर तरीके से जानती थी। वो चुपके से निकले और झोपडियों की बाड़ से होते हुए कार तक पहुंच गए।

उनके पहुंचने के समय घर पूरी तरह अंधेरे में डूबा हुआ था। ईवा पूरे रास्ते सोती रही। यह उसके लिए बहुत अच्छा था क्योंकि सोने की वजह से उसका सिर झुका हुआ था और खिड़की से नीचे था। अगर कहीं रोड ब्लॉक भी होती तो भी रात के समय उनकी चेकिंग नहीं होती। इदुताइवा में उसे लगा कि नींद में डूबा एक आदमी पुलिस स्टेशन से बाहर निकला था। उसने हाथ के इशारे से उन्हें रोकने की कोशिश की थी लेकिन सिग्नल देने में उससे देर हो गई थी और जोशुआ कार लेकर ऐसे निकल गया जैसे उसने सिग्नल देखा ही ना हो।

सुबह के समय डरबन में सन्नाटा फैला हुआ था। डरबन के चौट्सवर्थ इलाके में दाखिल होने के साथ ही उसके चेहरे पर राहत के आसार नज़र आने लगे और तनाव खत्म हो गया। अब वो जानी पहचानी जगह पर था। उसने ऐसे ही सोचा।

घर सड़क से ऊपर एक पहाड़ी पर था। पत्थर की सीढ़ियां थीं जो सामने के बरामदे तक जाती थीं। गर्मी से बचाने के लिए खिड़कियों के ऊपर धारीदार सायबान लगे हुए थे। उसकी मां ने इंग्लैंड रवाना होने से पहले इन्हें लगाने के लिए ज़ोर दिया था। घर करीब–करीब बंद था। जोशुआ को जाना था, प्रॉपर्टी की खरीद फरोख्त करने वाले एजेंट दिन में आने वाले थे।

बाहर के बरामदे में लाईट नहीं जल रही थी। रात में ऐसा होने का मतलब यही है कि घर में कोई नहीं था । उसे बरामदे की बत्ती को खुला छोड़ कर जाना चाहिए था। फिर उसने सोचा कि वो तो बत्ती जलाकर गया था।

उसे अहसास हुआ कि उसके साथ एक मेहमान था।

या यह भी हो सकता है कि बल्ब खराब हो गया हो। वो याद कर इसे बदलवा देगा।

उसने ईवा को अपनी बांहों में उठाया और घर के मुख्य दरवाज़े तक पहुंचने के लिए सीढ़ियां चढ़ने लगा। वो नींद में अपने लिए पनाह ढूंढने लगी। अपने हाथ उसकी शर्ट के अंदर डाल दिए और छाती के पास की पसली को दबाने लगी। ऐसा लगा कि उसके बदन के स्पर्श से उसे सुकून मिला क्योंकि इसके बाद वो फिर नींद में झूल गई। वो भारी थी। उसे इसका अहसास नहीं था कि ग्यारह साल की लड़की का वजन इतना भी हो सकता है। ईवा उसे हमेशा नाजुक

लगी। तीखे नैन नक्श, मोटे होंठ, घुंघराले बाल, चौड़ी नाक, जिंदगी से भरपूर आंखें जो लगता था कि हंसती रहती हैं और कभी कभी खिल्ली उड़ाने से नहीं चूकतीं।

जैसे उसने उसकी बनियान पहनने के वक्त उड़ाई थी।

कमरा भी घर की ही तरह अंधेरे में डूबा था। जोशुआ दरवाज़े के अंदर लाईट के स्विच की तरफ नहीं गया। बजाय इसके वो सीधे उस तरफ गया जहां उसे पता था कि सोफा होगा। अपने पैर को लगाकर उसने जाना कि सोफा वहीं है। उसने ईवा को सोफे पर लिटा दिया। वो करवट लेकर सोफे के बीच में पहुंच गई।

"तुम टेबल लैंप जला सकते हो," कमरे के एक तरफ रखी आराम कुर्सी से एक सभ्य अफ्रीकी आवाज़ गूंजी। यह एक दोस्ताना सुझाव था। "मैंने खुद से परदा खींच दिया है। तुमने इन्हें खुला छोड़कर बड़ी लापरवाही दिखाई है ।"

"और तुमने बरामदे की लाइट बंद कर ऐसी ही लापरवाही दिखाई है," जोशुआ ने कहा।

"ऐसा है क्या ?" "हां, मेरी तरफ से लापरवाही हुई है। मुझे लगा था कि ईवा को सीढियों पर लाते समय तुम शायद अंधेरा चाहोगे। तुम्हारा कोई पड़ोसी इतनी सुबह को जागता नहीं है। या फिर वो खासकर इस बात की फिक्र करे कि तुम उसे उठा कर ला रहे हो। मैं ठीक–ठीक बता नहीं सकता।"

जोशुआ ने टेबल लैंप जलाया। फिर उसने कमरे के दूसरे छोर पर पहुंचकर पूरी गर्मजोशी से जोमो से हाथ मिलाया। जोमो की तरफ देखते हुए जोशुआ ने सोचा कि जोमो और ईवा में कितनी समानताएं हैं। जोमो का बेहद मज़बूत. गठीला अफ्रीकी शरीर बड़ी सी आराम कुर्सी में कितना भव्य लग रहा था। जोशुआ ने उसके चौड़े कंधों को देखा, उसने दोनों हाथ अपनी छाती पर बांध रखे थे। ईवा को नींद में बुदबुदाते देखकर उसने राहत से अपने हाथ सीधे कर लिए। उसके सिर से एक बोझ हट गया था। यह बहुत कठिन था, कम से कम उसके लिए तो था ही कि उसने ईवा को अपने पीछे छोड़ दिया था। उसका सुंदर चेहरा प्रशंसा के साथ मुस्करा उठा। उसके चपटे होंठ के बीच दूध जैसे सफेद दांत नजर आ गए।

उसके दोनों गालों पर कटने का निशान था। ये किसी आदिवासी प्रथा की तरफ इशारा कर रहे थे लेकिन कटने के इन निशानों ने उसके चेहरे को बिगाड़ा नहीं था बल्कि इन्होंने उसके गाल की हड्डी को और बेहतर शक्ल दे दी थी।

कमरा वैसे ही था जैसा उसने इसे छोड़ा था। फर्नीचर उसके जाने के अनुमान में कपड़ों में लिपटे हुए थे। ऐसे लग रहे थे जैसे छितराई हुई रोशनी में कोई उदास आदमी बैठा हो। कुछ भारतीय पेंटिंग, जिनमें कुछ देवियों की बेहद उत्तेजक नग्न पेंटिंग भी थीं, देखने वालों के आनंद को बढ़ावा दे रही थीं। ये सभी अपने नीचे एक बड़े पियानो को जैसे देख रही थीं। पियानो भी खामोश और कपड़े में लिपटा हुआ था। आग जलाने वाली जगह पर लगे नौ भुजाओं वाले दीपवृक्ष, जिसे मेनोराह कहते हैं, को देखकर ही पता चलता था कि यह एक यहूदी का घर है।

"तुम अंदर कैसे आए ?" जोशुआ ने पूछा। "मुझे तो पक्का यक़ीन है कि मैंने जाने से पहले मकान में ताला लगा दिया था।"

"यह अपने आप में एक भेद खोलने वाली बात है । यह सोचकर फिक्र मत करो ये सोचकर कि मैं अंदर कैसे आया। लेकिन तुम इतना तो जान ही लो कि दरवाजा खुला हुआ था। तुम्हारे घर की कुल जमा यही सुरक्षा है। क्या ईवा को यहां लाने के लिए मैं तुम्हारा शुक्रिया अदा करूं जोशुआ ?"

"अब ये अलग बात है। क्या तुमने मुझे इसीलिए सिस्केई बुलाया था। मुझे लगा था कि तुम्हारी शान में दी गई एक दावत में मुझे बुलाया गया है ? मुझे मदद करने में खुशी हुई है लेकिन तुम्हें कम से कम मुझे बताना तो चाहिए था। मुझे ऐसे लगा कि जैसे मेरा इस्तेमाल किया गया हो।"

"मुझे माफ कर दो, जोशुआ। मैं सचमुच माफी मांग रहा हूं।" जोमो ने कहा। उसके चेहरे पर सच्चा पछतावा नजर आ रहा था। उसके लंबे, काले, मजबूत हड्डी वाले हाथ उसकी तरफ बढ़े। "हमें तड़के सुबह तक ये नहीं पता था कि वो हमारी तलाश में आ रहे हैं। हमें जल्दी में जगह छोड़नी पड़ी। मैंने दोपहर बाद ईस्ट लंदन से तुम्हें फोन करने की कोशिश की थी लेकिन तब तक तुम निकल चुके थे। कहां थे तुम ?"

जोशुआ ने कोई जवाब नहीं दिया।

"अब मान भी जाओ जोशुआ। तुम मुझे अच्छी तरह जानते हो। तुम जानते हो कि मैं जानबूझ कर तुम्हें भटकाने के बारे में सोच भी नहीं सकता।"

"सिवाय साउल के आदेश के।"

"हां, सही है। लेकिन साउल ने ऐसी कोई बात नहीं कही थी।"

"और बोको कहां है।"

"अब, ये भी ज़ोरदार है।"

जोशुआ की आंखें पूरे कमरे में घूम गईं, लापरवाही से।

"मैं तुमसे कहा रहा हूं कि वो यहां नहीं है। इस घर में नहीं है। क्या इससे तुम्हें राहत पहुंची है ? मैं तुम्हें बता रहा हूं कि वो डरबन में है। यहां से बहुत दूर नहीं। तुम बोको को पसंद क्यों नहीं करते। वो मेरा सगा भाई है। तुम मुझे और ईवा को प्यार करते हो। ऐसे ही तुम उसके साथ क्यों नहीं हो सकते ?"

"वो तुम्हारी तरह नहीं है जोमो। ईवा की तरह भी नहीं। तुम दोनों शांत और रहमदिल इनसान हो। आज तक जितनों से मिला, उनमें सबसे ज्यादा रहमदिल। लेकिन वो ? वो हिंसक है और जानबूझ कर निर्दयी भी।"

"वो सिर्फ एक मकसद के लिए ऐसा है। एक अच्छे मकसद के लिए।"

"कोई भी मकसद इसके लिए अच्छा नहीं कहा जा सकता।"

"वो कह सकता है कि तुममें हिम्मत नहीं है। इसके लिए जज़्बा नहीं है। मैं सिर्फ ये कह रहा हूं कि वो कहेगा। तुम समझ रहे हो ना।"

"मैं समझ रहा हूं और तुम्हारे लिए अफसोस महसूस कर रहा हूं। और बोको के लिए भी। कब तक तुम इस तरह ज़िंदगी गुज़ारोगे ? जंगली जानवरों की तरह शिकार होने के लिए। और ईवा के बारे में क्या? क्या वो कोई मायने नहीं रखती?"

" बिलकुल मायने रखती है। यही वजह है कि हमने तुम्हें उसे लाने के लिए भेजा। हम शायद उसके बगैर जगह नहीं छोड़ सकते, क्या हम ऐसा कर सकते हैं ?"

"छोड़ सकते हैं,? क्या दक्षिण अफ्रीका ?"

"हां। क्या मैंने तुम्हें बताया नहीं था ? बोको, मैं और ईवा दोपहर के बाद स्टार आफ डरबन से इंग्लैंड के लिए रवाना होंगे। पियर सेवेन से जाएंगे। हमें विदा करने आना।"

"तुम सपने देख रहे हो।" जोशुआ ने कहा और सोफे में धंस गया। ईवा ने नींद में अपने पैर फैलाए और उसकी गोद में रख दिए। जोशुआ ने उसके कोमल पैरों को प्यार से सहलाया। "क्या तुम्हें पता है कि देश छोड़ने के लिए पासपोर्ट की जरूरत पड़ती है। या फिर तुम स्टार आफ डरबन के अफसर के पास जाने की योजना बना रहे हो और उससे ये कहने वाले हो कि मैं और मेरा भाई अफ्रीकन नेशनल कांग्रेस के सदस्य हैं। यह देश हमारे लिए बहुत गर्म

साबित हो रहा है। इसलिए हमने सोचा कि क्यों ना आपके जहाज़ से निकल भागें।''

वो दोनों हंसे। ईवा ने नींद में खलल पड़ने पर सपनों से भरे, टूटे फटे, बटन के गुच्छे जैसा अहसास देने वाले सोफे में और ज्यादा धंसकर और जोशुआ की छाती पर घुटने का दबाव बढ़ाकर अपनी नाराज़गी जताई।

"अगर मुझे कहने दो तो" जोमो बोला, "मैं यह बताए बगैर नहीं रह सकता कि हम अपने पीछे अपना एक इंडियन भाई छोड़े जा रहे हैं जो एंप्रेस आफ ब्रिटेन पर सवार होकर देश से भागने की योजना बना रहा है।''

''अरे, अरे, ये सच नहीं है। बिलकुल भी नहीं। मैं किसी चीज़ से भागकर कहीं नहीं जा रहा हूं। मैं मेडिसिन की पढ़ाई करने के लिए इंग्लैंड जा रहा हूं। इसे किसी भी तरह से भला 'देश से भागना' कहा जा सकता है। क्या कहा जा सकता है ?''

''रहने दो जोशुआ। तुम यहां स्कूल जा सकते थे---- और नहीं गए। तुम यहां मेडिसिन की पढ़ाई कर सकते थे--- लेकिन नहीं की। क्या तुम नहीं मानोगे कि यह एक खास तरह का पैटर्न है ?''

जोशुआ ने ईवा के पैरों को अपनी गोद में सीधा किया।

"हम तुम्हारे बारे में बात कर रहे हैं, मेरे बारे में नहीं। तुम बिना पासपोर्ट के देश के बाहर नहीं जा सकते। मेरे पास मेरा पासपोर्ट है। तुम्हें इसके मिलने के आसार नहीं हैं।"

''सही है, बिलकुल सही है। लेकिन वो वहां हैं। पियानो पर, तुम्हारी उस नग्न देवी की आंख के ठीक नीचे जिसे मैं जब भी देखता हूं, अपनी भंगिमा से हतप्रभ कर देती है। मुझे बताओ, क्या मैं काम–वासना के साथ उसकी पूजा कर सकता हूं ?''

''वो तुम्हारी पूजा तुम जैसा चाहो उसी रूप में स्वीकार कर लेगी जोमो।'' जोशुआ ने ईवा को आहिस्ते से सोफे पर सुलाते और उठते हुए कहा।

पियानो पर तीन पासपोर्ट रखे हुए थे। सभी उसे सही लगे। तीनों बोको म्बांगेली, जोमो म्बांगेली और ईवा म्बांगेली के नाम से थे। तीनों का पता सिस्केई का था। पासपोर्टों पर तीनों के फोटो थे, दक्षिण अफ्रीकी सरकार के स्टांप पर मुहर लगी थी और इन्हें प्रीटोरिया के सेंट्रल पासपोर्ट आफिस ने जारी किया था।

''अच्छी फोटो है ना, क्या तुम इसे नहीं मानोगे जोशुआ ?''

"मैं अब सोने की सोच रहा हूं," जोशुआ ने थकान से कहा।

वो दिन भर की गतिविधियों की वजह से थका हुआ ही नहीं खुद को भ्रमित भी महसूस कर रहा था। सिस्केई तक की लांग ड्राईव और फिर एक ही रात में वहां से वापस आने से उसे परेशानी हुई। वो अगली सुबह को सोचेगा। उसने सोचा कि रात की अच्छी नींद के बाद वो अपने सवालों के सही जवाब खोज सकेगा।

जोमो मैदान के किसी शिकारी की तरह फुर्ती से आराम कुर्सी से उठा। या ऐसे उठा जैसे कि जंगल में शिकार हो रहा हो। उस सुबह पहली बार-----और पूरब में तब तक रोशनी आनी शुरू हो गई थी---जोशुआ ने जोमो में बेचौनी के आसार देखे। उसका मज़बूत अफ्रीकी शरीर थरथरा रहा था, वो बेडरूम की तरफ जाने वाली सीढ़ियों का रास्ता रोके हुए था।

"कुछ तो है। मैं तुमसे कह रहा हूं, जोशुआ, कुछ जो महत्वपूर्ण है।"

"क्या यह कुछ और देर तक प्रतीक्षा नहीं कर सकता ?" मैं बुरी तरह से थका हुआ हूं।"

"नहीं, ये प्रतीक्षा नहीं कर सकता। हमने सीढियों के ऊपर तुम्हारे बेडरूम को जबरन अपना बना लेने की आजादी उठा ली है। किसी अन्य कमरे में कोई बेड नहीं है। मैंने चेक किया है। लेकिन ये सोफा एक बेड की तरह बन सकता है। ऐसा हो सकता है ना ? शायद तुम और ईवा आज की बची सुबह में इसे एक साथ इस्तेमाल कर सकते हो ?"

"हम, कौन हम ?"

"मेरा दोस्त और मैं। हो सकता है कि अब लंबे अर्से तक हम एक दूसरे से ना मिल सकें। और हम आज की रात एक साथ बिताए बगैर नहीं गुज़ार सकते।"

"क्या मैं इस महिला को जानता हूं ?"

"हां,तुम उसे जानते हो। वो मेरा दोस्त है। बेचारे जोशुआ। क्या ये जानकर तुम्हें धक्का लगा ?"

"नहीं। क्या तुम अपने दोस्त का कर्ज उतार रहे हो। पासपोर्ट का कर्ज़ ?"

"नहीं, नहीं। तुम ऐसी बात कह भी कैसे सकते हो। ये एक सच्चा, प्यार का अहसास है। इसे तुम नहीं समझ सकोगे। तुमने सचमुच कभी नहीं समझा।"

जोशुआ ने मुस्कराने की कोशिश की लेकिन असफल रहा। उसने तय किया कि वो इंग्लैंड में दाढ़ी-मूंछ बढ़ा लेगा। शायद इससे वो थोड़ा बड़ा लगे। वो उन

सभी के सामने कितना छोटा लगता था–लॉरा और साउल, जोमो और बोको के सामने। ईवा से ज्यादा बड़ा नहीं।

"मुझे बताने के लिए शुक्रिया।" जोशुआ ने कहा। "यह निश्चित ही तुम्हारे लिए मुश्किल होगा। बिना किसी हिचक के मेरे ऊपर के बेडरूम का इस्तेमाल करो।"

उसने जोमो को आहिस्ते आहिस्ते सीढ़ियां चढ़ते सुना। बेडरूम का दरवाजा बंद होने की आवाज़ सुनी। उसके कानों ने अभिवादन की उन हल्की आवाज़ों को सुनने के लिए जोर नहीं लगाया जो जोमो के कमरे में जाने के बाद दरवाजा बंद होने के समय उस तक पहुंची थीं।

उसने ईवा को उठाया और उस कुर्सी पर बैठा दिया जिस पर कुछ देर पहले जोमो बैठा हुआ था। उसने उसका चेहरा अपने हाथ में पकड़कर अंगडाई ली, खुलकर जम्हाई ली और उसे सोफे को बेड बनाते देखती रही।

"आ जाओ, छोटी बच्ची।" उसने कहा, "ये बेड अब हम दोनों के लिए खासा बड़ा बन चुका है।"

उसी दिन, जनवरी 11, 1965 को छह हज़ार मील दूर, शाम के छह बजे, ब्रोमफील्ड के ग्यारहवें अर्ल अपनी नातिन लेडी जूलिया रेबर्न–स्पेंसर के साथ डिनर कर रहे थे। डिनर उनकी ब्रोमफील्ड स्टेट के एलिजाबेथियन स्टाईल के बने महल के खाने के कमरे में खाया जा रहा था। ब्रोमफील्ड स्टेट लंदन से कोई बीस मील उत्तर स्थित थी।

उनकी बेटी, बच्ची की मां, का छह साल पहले निधन हो चुका था। वो अपनी ग्यारह साल की नातिन से बेहद स्नेह करते थे। गोरी चिट्टी, लंबे भूरे बाल और गहरी भूरी आंखों वाली ये बच्ची उनके बगल में खास पकवान परोसने के लिए बनाई गई टेबल के पास बैठी थी। गवर्नेस उसके आगे– पीछे हो रही थी। बटलर आदर के साथ उनके पीछे खड़ा था।

और लेडी जूलिया ने पूरी विनम्रता लेकिन उतनी ही दृढता से पुडिंग खाने से साफ मना कर दिया।

"ये बिलकुल बेस्वाद है नाना," उसने प्याले को पीछे ढकेलते और नैपकिन से मुंह पोंछते हुए कहा। "आप चख कर देखिए। एम्मा को चखने दीजिए। टॉमकिन्स भी इसे चखे।"

"क्या ? मैं ट्राई करूं और अपनी ब्रांडी के मज़ें को बर्बाद कर दूं। नॉनसेंस,

बेटी, ये बिलकुल खाने लायक है। मुझे पता है। जूलिया इसे खाकर खत्म करो और इस टेबल को खाली करो। मान जाओ, तुम अच्छी बच्ची हो।''

''क्या आप नहीं चाहते कि मैं ईमानदार बनूं, नाना ?''

''बिलकुल चाहता हूं।''

''हमेशा ?''

''ये तो बिना कहे होता है। शब्द 'ईमानदार' तो हम ब्रोमफील्ड्स का आदर्श वाक्य है। भगवान और इनसान के सामने सच्चा और ईमानदार न्याय।''

''तो ठीक है। पुडिंग बिलकुल बेस्वाद है। इसका स्वाद बुरादे जैसा है। मैं यह स्वाद जानती हूं। मैं एक बार बुरादे के ढेर में गिर चुकी हूं और उसका स्वाद इसी पुडिंग जैसा था।''

ग्यारहवें अर्ल ने एक चम्मच पुडिंग खाई और उनका गला जाम हो गया।

''टॉमकिन्स ! उठाओ इस कूड़े करकट को। मैं तो इसे घोड़ों तक को ना खिलाऊं। और एम्मा बेहतर होगा अगर तुम रसोईये से बात करो कि क्या वो अपनी मां और नानी की तरह हमारे परिवार में काम करते रहना चाहती है या नहीं।''

ग्यारहवें अर्ल ने तारीफ के साथ अपनी नातिन के सिर को थपका। उसके माथे पर आ गए भूरे बालों को ठीक किया।

''मेरे लिए स्टडी में ब्रांडी लेकर आओ टॉमकिन्स, और साथ में लेडी जूलिया के लिए एक गिलास दूध भी।''

''नाना, क्या आप मुझे मेरी कुछ कहानियां पढ़कर सुना देंगे, जूलिया ने पूछा। बिंबो द क्लाउन के एडवेंचर वाली ?''

''ये तो बहुत अच्छा होगा जूलिया।'' ग्यारहवें अर्ल ने अपनी कुर्सी को पीछे करते हुए कहा। जूलिया ने आहिस्ते से अपनी कुर्सी खिसकाई। ''मैं तुम्हारी कहानियां बहुत पसंद करता हूं। मैंने टाईम्स के संपादक को कुछ कहानियां दिखाई थीं और उन्होंने कहा था कि तुम्हारी कल्पनाशक्ति बहुत जीवंत है। उन्होंने कहा कि जिस तरह तुम कहानी में बात कहती हो उससे उन्हें रोमांच महसूस होता है। वैसे सर्कस अभी कहां पहुंचा है।''

''भारत। और वहां बिंबो बच्चों को हंसा नहीं पा रहा है।''

''कोई सेंस आफ ह्यूमर नहीं, बेवकूफ काले !'' बूढ़े अर्ल आंखों में चमक के साथ गुर्राए।

"लेकिन यह जल्द ही बदल जाएगा। जब वो वह करेगा जो उसे करना है।"

"अच्छा ! और वह क्या है ?"

जूलिया ने अपनी आवाज़ ऐसे नीचे कर दी जैसे वो कोई रहस्य बताने जा रही हो।

"वो खुद को रंगने जा रहा है। ठीक उनके सामने। इससे उनकी हंसी निकल पड़ेगी। और जब एक बार वो हंसना शुरू कर देंगे तो फिर रुक नहीं पाएंगे। बच्चे एक बार हंसना शुरू करने के बाद अपनी हंसी रोक नहीं सकते ।"

"भला, क्या मैं यह बात नहीं जानता ?" ग्यारहवें अर्ल ने अपनी आंखे घुमाते हुए, बेहद बड़े खाने के कमरे की गुंबददार छत को देखते हुए कहा। "यह सुनने में ही बहुत मज़ेदार लग रहा है।"

ग्यारहवें अर्ल और उनकी नातिन हाथ में हाथ डालकर बाहर निकले, ओक की लकड़ी से बने दरवाज़े से होते हुए कॉरिडोर में आए और स्टडी रूम में चले गए।

ग्यारहवें अर्ल ने अपनी पसंदीदा ब्रांडी पी। चमकदार गिलास में लंबी पाइप से घुमा–घुमा कर पी, हर घूंट के स्वाद का भरपूर मज़ा लिया। वो बहुत शांत स्वभाव के थे। जूलिया ने अपना दूध का गिलास पीकर साफ किया। अपने हाथ के पीछे हिस्से से अपना मुंह पोछा, उसका गीलापन महसूस किया, नैपकिन के लिए इधर–उधर देखा और नैपकिन ना मिलने पर अपने नाना की तरफ देखा जो जल्दी से कहीं और देखने लगे और इसी बीच अपनी ड्रेस के किनारे पर रगड़कर अपने हाथ को साफ कर लिया।

इसके बाद जूलिया ने खंखारकर अपने नाना का ध्यान अपनी तरफ खींचा, अपनी नोटबुक का पहला पन्ना खोला और पढ़ना शुरू किया।

अध्याय 3

जुलाई 16, 1980

विलियम फार्न्सवर्थ ने लड़की को सड़क से आते देखा। उसने अपनी कार सफाई से काटी गई घास के पास कंकड़ से भरे रास्ते के बिलकुल किनारे पार्क की। यह जगह घर से कोई बीस गज़ दूर थी। कार पार्क कर वो पैदल आगे बढ़ी।

उसने उसे और बेहतर तरीके से देखने के लिए बेडरूम के पर्दे हटा दिए। वो कितनी जवान, कितनी सुंदर थी।

लेकिन क्या वक्त आने पर वो किसी को मार सकेगी ?

उसके भूरे बाल सूरज की रोशनी में चमक रहे थे। कंधे तक कटे उसके बाल माथे से पीछे बंधे हुए थे। इतने फासले से वो इससे ज्यादा नहीं देख सका।

घर से पचास फीट पहले वो रुक गई। वो सोच रही थी। फैसला नहीं ले पा रही थी। आगे बढ़े या नहीं। उसने अपना हैंडबैग खोला, एक तेज निगाह उस पर डाली और इसे जल्दी से बंद कर अपनी बांहों पर ले लिया और तेजी से घर की तरफ बढ़ गई।

अब वो उसे साफ देख पा रहा था, वो तीस फीट से ज्यादा दूर नहीं थी। खूबसूरत भरा हुआ शरीर और कद भी इसके हिसाब से ही। चुस्त ड्रेस उसके शरीर से लिपटी हुई थी और उसके शरीर को और उभार रही थी। ड्रेस कमर पर खिंची हुई थी लेकिन ऊपर और नीचे फैली हुई थी। कहीं से भी भद्दी नहीं लग रही थी। उसकी जांघे सुडौल थीं। फार्न्सवर्थ ने एक गहरी सांस ली।

वो सामने के दरवाजे पर आकर फिर रुक गई। तुरंत ही घंटी नहीं बजाई। अपनी कमर पर लगी बेल्ट को उसने थोड़ा और कसा। अपने ब्लाउज में हाथ डालकर उसे आगे से थोड़ा खोला, कंधे पर पड़ी ड्रेस की पट्टियों को अपने आगे–पीछे और बगल में हिला–डुला कर सीधा किया। अब वो उसे बिलकुल

साफ देख पा रहा था। साफ रंग, समझदार दिखने वाली आंखों के पास हल्का मेकअप, सिर्फ उसके बड़े होंठ पर गहरी लाली फैली हुई थी जो किसी चीज की तलाश या शक में आधे खुले जा रहे थे, जैसे अभी खुले हुए थे। इससे पहले कि उसकी लंबी–नाजुक छोटे कटे लाल नाखून वाली उंगली उसे छुए, उसकी भूरी आंखों ने पूरी संवेदना से दीवार पर लगी घंटी को देखा। फार्न्सवर्थ ने परदा गिरा दिया और तेजी से सीढियों से नीचे उतरा। उसने उसके लिए दरवाजा खोलने के साथ ही अपने होंठों पर उंगली रख कर उसे चुप रहने का इशारा किया। ''वो पुरानी झगडालू कुल्हाड़ी अभी तक गई नहीं है। वो हंगामा करेगी। मैंने उसे बताया है कि तुम मेरे एक पुराने सैनिक मित्र की बेटी हो। तो क्या तुम ऐसा ही अभिनय कर सकोगी, जब वो आसापास होगी ?''

''तो क्या मैं आपको अंकल बिल बुलाऊं ?'' उसने सपाट चेहरे के साथ पूछा जो कि उसकी आंखों में छिपी शरारात को छिपा नहीं पा रहा था।

उसने उसके बड़े होठों को देखा जो भीगे हुए थे। मासूम चेहरे और मुंह पर एक हल्की कपकपाहट सी थी। उसमें एक बात थी जो दिख रही थी।

''जब मर जाऊं तब कहना, जूलिया !'' फार्न्सवर्थ ने कहा। ''वो मेरा सेना का एक बहुत ही पुराना दोस्त था। एक पीढ़ी पुराना।''

फार्न्सवर्थ ने उसकी खुली बांह को छुआ और उसने उसकी उंगलियों की फिसलन अपने कंधे पर महसूस की।

''मुझे लगता है कि मैंने दरवाजे पर लगी घंटी की आवाज़ सुनी है, डॉक्टर फार्न्सवर्थ।'' सर्जरी रूम से वापस आई नर्स टिम्मोन्स ने कहा। नाटी, मोटी महिला इस अंदाज में मुस्कराई जिस अंदाज़ में अधेड़ उम्र के लोग युवाओं के प्रति अविश्वास के साथ मुस्कराते हैं। ''तो मेरे ख्याल से तुम जूलिया ही हो।''

''जी, हां। अंकल बिल ने सुना था कि मैं लंदन में हूं और उन्होंने मुझे सुबह यहां बिताने के लिए निमंत्रण भेजा। वो स्वस्थ लग रहे हैं, लग रहे हैं ना ? आपने बहुत अच्छी तरह से उनका ख्याल रखा है।''

नर्स टिम्मोन्स का चेहरा चमक उठा। ''मैंने कोशिश की, जूलिया, कोशिश की। लेकिन ये हमेशा मेरी नहीं सुनते। अब कपड़े को ही ले लो। क्या गर्मी नहीं है ? हम लोगों का पाला सचमुच एक भारतीय गर्मी से पड़ा है। कपड़ा बदन से चिपका जा रहा है। इसीलिए मैंने इनसे कहा कि कुछ नए कपड़े लेते आएं। नई स्टाईल के भी हों, जिन्हें पहनकर युवा लगें। लेकिन वो मेरी कभी कहां सुनते हैं ? इस मौसम में भी थ्री पीस पहने रहते हैं।''

फार्न्सवर्थ ने अपने सिर के गंजे हिस्से पर हाथ फेरा। उसका मोटा शरीर हिल रहा था, उसकी आधी खुली आंखें बता रही थीं कि वो बेचौनी में कांप रहा है। उसने महसूस किया कि जेन टिम्मोन्स की बेवजह देखभाल की बातों से उसे परेशानी नहीं हो रही है, वो ऐसी बातों की अनदेखी करना सीख चुका था, उसे दिक्कत इस बात से हो रही थी कि जूलिया को इन बातों में मज़ा आ रहा था।

"जेन तुम एक नर्स हो। ना तो तुम मेरे घरबार की देखभाल करने वाली हो औ ना ही मेरी आया। मैं तुम्हें नर्स होने की तन्ख्वाह देता हूं। तुमने आज सुबह सर्जरी रूम को बंद कर दिया है। मैं कह रहा हूं कि अब तुम घर जा सकती हो।''

"तुम इनकी बातों पर ध्यान ना दो, डियर,'' नर्स टिम्मोन्स ने कहा। ये हमेशा ऐसा रुखा बर्ताव नहीं करते। वो सचमुच बहुत अच्छा व्यवहार भी कर सकते हैं। अगर मैं ना रहूं तो ये पूरा दिन भूखे रहें। क्या तुम चाय पीना पसंद करोगी ?"

"नहीं, शुक्रिया,'' जूलिया ने कहा। "मैं ठीक हूं, सचमुच नहीं चाहिए। थोड़ी ही देर में दोपहर के खाने का वक्त हो जाएगा। फिर भी, बेहद शुक्रिया।''

उन्होंने उसे जाते देखा। सफेद यूनिफॉर्म, कड़क टोपी, काले मोज़े में सड़क की तरफ जाते देखा। फार्न्सवर्थ ने दरवाजा बंद किया। जूलिया ने उसे कोने की तरफ मुड़ते नहीं देखा क्योंकि वो पीछे रसोईघर के दरवाज़े की तरफ बढ़ चुकी थी। उन्होंने उसे अंदर जाते नहीं देखा। उन्होंने दरवाज़े के ताले को पकड़कर रखा ताकि वो आवाज़ ना कर सके। इसके बाद वो आहिस्ते से सीढ़ियां चढ़कर मास्टर बेडरूम के पीछे, स्टडी के ऊपर बनी कोठरी में दाखिल हो गए।

"स्टडी में आ जाओ।'' फार्न्सवर्थ ने उसे रास्ता दिखाते हुए कहा। "आराम से। जूते उतार लो। कुछ समय लगेगा।''

जूलिया ने जूते उतार दिए। गर्मी इतनी ज्यादा थी कि उसने मोज़ा पहना ही नहीं था। उसने पैर के नाखूनों को पेंट कर रखा था। कुछ भारतीय और पाकिस्तानी औरतों को उसने ऐसे देखा था, जो हैंपस्टेड में उसके लंदन स्थित घर के पास फिट्ज़जोन्स एवेन्यू में रंग बिरंगी साड़ियों में नज़र आती थीं। गर्मियों में ये महिलाएं खुली सैंडिल पहनती थीं और उनके पैर के नाखून हमेशा रंगे होते थे। वो इसे पसंद करती थी। ग्यारहवें अर्ल ने जब उसे इस तरह रंगे नाखूनों के साथ पहली बार देखा था तो उन्हें ये थोड़ा अजीब लगा था। वो ये समझ नहीं सके थे कि इन्हें देखकर वो खुश हों या नाखुश, और वो भी ब्रोमफील्ड में लंदन के लार्ड मेयर के सम्मान में हुए समारोह में उन्होंने जूलिया को ऐसे देखा था। लेकिन वो उन्हें आकर्षक लगे थे--- उसके सामने माना था कि उन्हें कभी

नहीं लगा था कि पैर इतने आकर्षक लग सकते हैं-----इसलिए उन्होंने इसे कोई मुद्दा नहीं बनाया। वो ब्रोमफील्ड के समारोह में उनकी तरफ से मेहमानों का स्वागत करने के लिए तैनात की गई थी और उसने ये काम बखूबी अंजाम दिया था। इसके बाद से ब्रोमफील्ड में कई लड़कियों ने अपने पैरों के नाखूनों को पेंट करना शुरू कर दिया। मेजर ओर्म्सबी ने खासतर से ज़िक्र किया था कि उनकी पत्नी भी ऐसा ही करने जा रही हैं।

जूलिया को ये सब याद आया। उसने अपनी मुस्कराहट पर काबू पाने की कोशिश की।

"माई डियर, मैंने तुम्हें खुश करने वाली कोई बात कही है क्या ?" फार्न्सवर्थ ने थोड़ा गुस्से में पूछा।

जूलिया ने सिर हिलाया।

"मैं अपने पैरों के नाखून देख रही थी।"

फार्न्सवर्थ ने अपने हाथ झटक दिए। वो औरतों को कभी नहीं समझ सकेगा। "क्या तुम शेरी शराब लेना पसंद करोगी ?" ऐसे पूछा जैसे वो अब समझा हो।

"शराब बेहतर रहेगी," जूलिया ने कहा।

फार्न्सवर्थ ने उसके सामने पड़ी गोल आकार और लेदर के खोल वाली कुर्सी में खुद को जमा दिया। जूलिया को छत से जुड़े लैंप के नीचे रखी टेबल की तरफ खींचा। डोनाल्डसन ने इसका कबाड़ा कर दिया था। छत की मरम्मत में बहुत ज्यादा खर्च आने वाला था। डोनाल्डसन ने वायरिंग के साथ प्लास्तर के कुछ हिस्से भी उखाड़ दिए थे। उसने अपनी शराब के गिलास को कुर्सी से टिका कर बैलेंस किया। जूलिया ने गिलास को अपनी गोद में कमर के पास रखा हुआ था।

"आपके पास अच्छा घर है , डॉक्टर फार्न्सवर्थ।" उसने कहा।

"शुक्रिया। एक दिन मैं तुम्हें इसे दिखाऊंगा। ये सेना के जासूसी के कामों के हिसाब से खासतौर से बनाया गया है। चालीस के दशक के शुरू में, युद्ध के समय बना था। तब लंदन कोई सुरक्षित जगह नहीं थी। अब यह थोड़ा आउट आफ डेट हो गया है, इसीलिए उन्होंने इसे मुझ जैसी छोटी मछली को सौंप दिया है।"

"आप उससे कैसे ये सब छिपाते हैं ?"

"कौन ? जेन ? यह आसान है। वो मेज की तरफ झुका, सिर को थोड़ा उठाया मानो लैंप की तरफ देख रहा हो। उसने उसे मुस्कराते हुए देखा और इसकी वजह नहीं समझ सकी।

"वो कोई खास समझदार नहीं है," उसने जरूरत से कुछ ज्यादा तेज़ आवाज़ में कहा। "वो एक अच्छी नर्स है। अपने काम को गंभीरता से अंजाम देती है। लेकिन इसके अलावा अन्य मामलों में अक्ल से मोटी है। बेवकूफ ! तुम समझ रही हो कि मैं क्या कह रहा हूं ? लेकिन छोड़ो, उसके बारे में बात नहीं करते। वो सोचती है कि मैं सिर्फ एक डॉक्टर हूं---जो कि मैं अपने मरीज़ों के लिए हूं। ये अच्छा है कि आप कोई काम करते हों। इससे उस टेंशन पर पर्दा पड़ता है कि हम हैं क्या-----एक बड़े से संगठन में छोटी सी मछली।"

"मैं तो छोटी हूं, लेकिन मैंने सुना है कि आप तो काफी ऊंचे मुकाम पर हैं।"

"सुनी सुनाई हर बात पर यक़ीन मत किया करो।" फार्न्सवर्थ ने अपनी सैनिकों वाली मूंछ से शराब पोछते हुए रुखाई से कहा।

उसने अपनी गोद में फाइल को खोला।

"क्या मैं तुमसे माफी मांगने के साथ शुरुआत करूं। मैंने तुम्हारी छुट्टियां बर्बाद कर दीं। मैं सचमुच माफी मांगता हूं। लेकिन ये तुम्हारे सिवाय कोई और नहीं हो सकता था।"

"झूठी प्रशंसा से मैं खुश हुई। एमआई-6 के पास जितने एजेंट हैं, उनमें मुझे ही होना था। और वो भी तब जब मैं एक फ्रेंच समुद्र तट पर शरीर को अच्छी तरह सेंक रही थी। क्या आप जानते हैं कि इस तरह का भूरा रंग किसी भी रूप में पाना मेरे लिए कितना मुश्किल है ? किसी भी रूप में ?"

"मुझे माफ करो, माई डियर। मैं सचमुच माफी मांगता हूं। तुम्हारे पास साफ, स्वस्थ और सुंदर रंग है---अगर तुम मुझे कहने की इजाजत दो तो। मैं सचमुच बदन को टैन करने की इस पूरी कवायद को समझ नहीं पाता हूं। हो सकता है कि मैं बूढ़ा हो गया हूं। सॉरी, जूलिया। मैं तुम्हें नाईस से यहां खींच लाया। कैसी थी वो ? मेरा मतलब, तुम्हारी छुट्टियां ?"

"कितनी थोड़ी सी मुझे मिली, आप समझिये। भगवान ! रेत पर सिर्फ लेटे रहना, कुछ भी नहीं करना। सोचना तक नहीं। वो भी एक साल तक इस तरह का काम करने के बाद। मैंने सोचा था कि मैं इसकी हक़दार हूं। लेकिन साफ है कि मैं गलत थी।"

"तुम इसकी और इससे ज़्यादा की हक़दार हो, प्रिये। और मैं तुमसे वादा

करता हूं कि जब ये सब खत्म होगा, दो हफ्ते के अंदर, तब मैं एमआई–6 से तुम्हें वापस नाईस भेजने का खर्चा उठाने के लिए कहूंगा। मैं वादा करता हूं। यह ठीक लग रहा है ना ? मैं आज ही इसके लिए प्रार्थना पत्र भेज रहा हूं। ऐसे टिकट के लिए जिसका इस्तेमाल किसी भी तारीख पर किया जा सके।''

उसने सिर हिलाया।

फार्न्सवर्थ ने अपनी बात जारी रखी, बिना उसकी तरफ देखे।

''क्या तुम साउल प्रेंतिस को जानती हो ?''

''हां, थोड़ा बहुत।''

''वो मर चुका है।''

जूलिया ने शराब हलक से नीचे उतारी। गिलास को अपने बगल में मेज़ पर रखा। उसे गर्म ओक की लकड़ी के स्पर्श का सुखद अहसास हुआ।

''वो पिछले हफ्ते नाईस में था,'' वो बोली। ''मैंने उसे पब्लिक बीच पर देखा था। थोड़ा लापरवाह सा। इसके बाद वो लापता हो गया।''

''उसने तुमसे कुछ नहीं कहा था, कुछ कहा था क्या ?''

''जैसे कि ?''

''कोई भी ऐसी बात जिसका कोई महत्व हो। जैसे तीन दिन बाद उसकी हत्या क्यों हो गई।''

''नही''

''बहरहाल, वो मर चुका है। यह तय है।''

''क्या इसीलिए आपने मुझे यहां बुलाया है ? नरमी के साथ मुझे ये खबर सुनाने के लिए ? ठीक है। मैं उसे जानती थी। एक दोस्त की हैसियत से। शायद इससे थोड़ा ज्यादा। लेकिन कुछ खास सीरियस नहीं। मुझे उसकी मौत का बेहद अफसोस है। जिसे मैं जानती हूं, ऐसे किसी भी इनसान की मौत की खबर सुनकर परेशान हो जाती हूं।''

''क्या तुम ये नहीं पूछोगी कि वो कैसे मरा ? या उसे किसने मारा?''

''क्या आप खुद ही मुझे बताने नहीं जा रहे हैं ?''

फार्न्सवर्थ ने कुर्सी के ऊपर के हिस्से पर अपने गंजे सिर को टिका दिया। शराब के गिलास को उठाकर ऐसे देखा कि जैसे इससे खुश ना हो। ''हम नहीं जानते।'' वो आखिरकार बोला। ''ऐसी बहुत सी बातें हैं जिन्हें हम नहीं जानते।''

"ये हम कौन हैं ? या मुझे यह पूछना नहीं चाहिए ?"

"देखो, सच पूछो तो ये स्काटलैंड यार्ड की जांच के दायरे में आने वाला मामला है। हम नहीं जानते कि उसे कहां मारा गया। लेकिन उसकी जली हुई लाश क्लैफम के एक खाली पड़े भवन से मिली है। एक जोर के धमाके और आग की वजह से वो भवन मिट्टी में मिल गया। फायर विभाग को पहले लगा कि गैस के मेन के टूटने से हादसा हुआ है लेकिन जली हुई लाश मिलने के बाद बात बदल गई। उन्होंने पुलिस को बुलाया। मैं कह सकता हूं कि लाश की पहचान आसान नहीं थी। लेकिन दांत की बनावट को देखकर पता चला कि लाश साउल की है। इसके बाद हम लोग अपने आप मामले में शामिल हो गए। वो हमारे बगैर इस मामले में क्या कदम आगे बढ़ा सकते थे। क्या बढ़ा सकते थे ?"

"कोई शक की गुंजाइश ? लाश साउल की ही है ?"

"नहीं, कोई गुंजाइश नहीं है।"

जूलिया ने अपनी जांघ पर जांघ चढ़ा दी। अपने पैरों की तरफ देखा। कुछ चीज़ें ऐसी थीं जिन्हें शायद फार्न्सवर्थ जान नहीं सकता था। वो सिर्फ उससे खेल रहा था। या तो ऐसा था या उसे टटोल रहा था। जो कुछ भी था, उसे पसंद नहीं आ रहा था। वो असहज महसूस कर रही थी।

"मैं तुम्हें अपने विश्वास में लेने जा रहा हूं जूलिया।" फार्न्सवर्थ ने इतने धीरे से कहा कि इसे सुनने के लिए उसे अपने कानों पर जोर देना पड़ा। " क्या तुम जानती हो कि वो एक डबल एजेंट था ?"

जूलिया की आंखें फटी की फटी रह गईं। फार्न्सवर्थ ने नोट किया कि ताज्जुब में फैलने पर ये आंखें और भी सुंदर हो जाती हैं।

"मुझे तुम्हें बताना होगा। तुम्हें हर बात जाननी होगी नहीं तो तुम कुछ ज़्यादा कर नहीं पाओगी। ये सभी बातें इन फाइलों में हैं।" फार्न्सवर्थ ने अपनी गोद में पड़ी फाइलों को थपथपाते और स्टडी टेबल पर रखी कुछ अन्य फाइलों की तरफ इशारा करते हुए कहा और फिर पूछा, "और शराब चलेगी ?"

"नहीं, शुक्रिया। एक ही काफी है। फिर मुझे सुबह ड्राइव कर लंदन वापस जाना है। मुझे कोई आईडिया नहीं था कि साउल डबल एजेंट है!"

"तुम हम लोगों के साथ लंबे समय से नहीं हो। शायद एक साल? वक्त बीतने के साथ तुम्हें पता चल जाएगा, जैसे कि दूसरो को पता चला। इसे लेकर परेशान ना हो। हम लंबे समय से जानते थे कि वो दक्षिण अफ्रीकी राष्ट्रीय

खुफिया विभाग के लिए काम करता है। उन्होंने हमसे कहीं पहले उसे भर्ती किया था-----जब वो सिर्फ अठारह साल का था। उसने प्रतिबंधित अफ्रीकन नेशनल कांग्रेस में घुसपैठ की और वहां उसे पता चला कि कांग्रेस के कुछ सबसे उग्र सदस्य वो हैं जो कभी स्कूल में उसके दोस्त रह चुके हैं ! लेकिन इस बात के लिए उसकी तारीफ करनी पड़ेगी कि दोस्तों के संग उसकी वफादारी की जीत हुई और उसने इनमें से कितनों को ही देश से बाहर निकालने के लिए तिकड़में भिड़ाईं और बाहर निकाला। यह बहुत पहले की, वर्ष '65 की बात है। लेकिन अफसरों के बीच इसका असर अच्छा नहीं हुआ। उन्होंने उसका तबादला विभाग के आंतरिक सेक्शन से विदेश सेक्शन में कर दिया और देश से बाहर, लंदन में तैनात कर दिया। यह उसके लिए अनुकूल साबित हुआ क्योंकि एक अश्वेत राष्ट्रवादी उसकी प्रेमिका भी थी।"

जूलिया ने आंखें उठाईं। फार्न्सवर्थ को देखा जो उसकी प्रतिक्रिया के इंतज़ार में था और अपनी गोद में अपने हाथ मोड़ लिए।

"ये सभी कुछ इन फाइलों में है। तुम इन सभी को अभी देख लो। लेकिन यह तब की बात है जब हमने उसे भर्ती किया था। जब वो लंदन आया था। और सच पूछो तो हमने इस पर ध्यान नहीं दिया। दक्षिण अफ्रीका एक मित्र राष्ट्र है। ऐसे थोड़े ही था कि मानो वो केजीबी के लिए काम रहा हो।"

"शायद उन्होंने उसे मार दिया हो। मेरा मतलब, दक्षिण अफ्रीकियों ने । जब उन्होंने यह पाया हो कि वो हमारे लिए काम करता है ?"

"नहीं, प्यारी । ऐसा नहीं था। वो पहले से जानते थे। गैर सरकारी रूप में वो जानते थे कि वो उनके और हमारे बीच एक तरह का संपर्क था। गैर सरकारी तरीके से सूचनाओं के आदान-प्रदान का ज़रिया। वो बातें जो हम चाहते थे कि हम उन्हें सीधे सीधे नहीं बताएं लेकिन चाहते थे कि वो जान लें। वो बातें जो वो खुलेआम ना बताकर हम तक पहुंचा देना चाहते थे। इस तरह की बातें। अरे नहीं, ऐसा नहीं हो सकता।"

जूलिया खामोश थी।

"अगर मैं खुलकर कहूं जूलिया तो हमें यह जानने में अधिक रुचि है कि वो क्यों मरा बनिस्बत इसके कि किसने उसे मारा। और यह कि वो कैसे मरा। जासूस कभी-कभी काम के दौरान मारे जाते हैं। कभी-कभी लापता भी हो जाते हैं। मैं बहुत क्रूर नहीं दिखना चाहता लेकिन सच यही है कि ये हमारे काम से जुड़ी खतरनाक बातें हैं। हमारा काम जो रोमांच देता है, हम उसके सहारे जीते

हैं-----और फिर कभी-कभी इसकी कीमत भी चुकाते हैं। लेकिन क्यों मारा ? इतना तो उसका हम पर हक बनता ही है, ये पता लगाने का कि क्यों मारा ?"

"क्या हमें नुकसान नहीं पहुंच सकता, इस क्यों को जानने में ?"

"बिलकुल ठीक। तुम समझ रही हो," फार्न्सवर्थ ने अपनी जेब से सिगार निकाली। उसे खोला। जलाने की कोशिश की, फिर रुक गया और पूछा," तुम्हें कोई ऐतराज़ तो नहीं है अगर मैं धूम्रपान करूं। ?"

जूलिया ने खामोशी से इजाज़त दे दी।

"थोड़ी और शराब ?"

जूलिया ने मना कर दिया।

"क्या तुम मुझे एक और बार पीने की इजाज़त दोगी ? वो बूढ़ी झगड़ालू कुल्हाड़ी सोचती है कि मैं बहुत ज़्यादा पीता हूं और धूम्रपान करता हूं।" फार्न्सवर्थ ने सिगार जलाई। मेज़ से शेरी की बोतल उठाई और अपने गिलास को फिर से भरा। पूरी संतुष्टि के साथ उसका घूंट लेने से पहले उसकी महक को दिलो दिमाग में बसाया। उसने धुएं का एक छल्ला उसकी तरफ उछाला। फिर बोला, " साउल प्रेंतिस जन्म से दक्षिण अफ्रीकी था लेकिन काफी हद तक ब्रिटिश था। वेल्श की सीमा के पास के एक सबसे बेहतरीन स्कूल में उसने पढ़ाई की थी। हमें शक था कि उसके संबंध मोसाद से हैं लेकिन यह कभी साबित नहीं हो सका। कम से कम मुझे संतुष्ट करने लायक साबित तो नहीं ही हुआ। छह दिन पहले वो नाईस से लौटा था जहां हर तरफ से मिली जानकारी के मुताबिक वो नाईस यानि बढिया समय ही गुज़ार रहा था। हमें नहीं मालूम कि वो क्यों लौटा। हमने सोचा कि शायद तुम इस बारे में कुछ बता सको।"

जूलिया ने अपने हाथ फैला दिए और हताशा में कंधों को पीछे फेंक दिया।

"बिलकुल साफ है। तुम्हें पता नहीं हो सकता," फार्न्सवर्थ ने गोद में पड़ी फाइल पर से निगाह उठाए बगैर कहा। "हमें लगता है कि वो पेरिस गया था। वहां से वो बजाए नाईस लौटने के लंदन चला आया। क्यों आया ? इसके बाद तीन दिन तक उसकी खबर नहीं मिली और फिर उसका जला हुआ शव मिला-----इस हद तक जला हुआ कि किसी भी हाल में पहचाना नहीं जा सके। वो भी क्लैफम के एक घटिया इलाके के एक घर में ।"फार्न्सवर्थ ने धुएं का एक और छल्ला फेंका, उसके चेहरे पर निगाहें गाड़ दीं, कुछ पढ़ने की कोशिश की और मासूमियत के उस मुखौटे को भेदने में नाकाम रहा जो इस चेहरे पर लगा हुआ था।

"यह एक सीधा सादा मामला लग रहा है," फार्न्सवर्थ ने अपनी बात जारी रखी। "एमआई–6 का दक्षिण अफ्रीका डेस्क से संबद्ध हमारे एक एजेंट की हत्या कर दी जाती है। शायद निजी वजहों से ? शायद किसी महिला के सिलसिले में ? हमें इससे लेना देना नहीं है। लेकिन अगर यह हमसे जुड़ा मामला है तो फिर हमें इसके बारे में जानना होगा। और अगर नहीं है तो फिर हम आगे जांच पड़ताल नहीं करेंगे। लंदन की पुलिस को इस मामले को संभालने दो। फिर इसका हमसे कोई सरोकार नहीं होगा।"

"यही नौकरी के सामान्य नियम हैं।"

"बिलकुल।"

"फिर भी आपको लगता है कि यह हमारा मामला है–––नहीं तो मैं यहां नहीं होती।"

"तुम बातों को बहुत बेहतर समझती हो, मेरी प्यारी। साउल ने मरने से पहले एक संदेश भेजा था। यह वो बिंदु है जो मुझे परेशान कर रहा है जूलिया। उसने यह हमें नहीं भिजवाया ना ही हमारे ज़रिए भिजवाया। उसने इसे दक्षिण अफ्रीका में अपने ही जैसे पद पर काम करने वाले को भिजवाया था। संदेश संकेतों में था। नए तरह के संकेतों में भी। वे इसे हर महीने बदल देते हैं। उन्होंने इसे सात दिन पहले बदला था। इसलिए उसने निश्चित ही यह कोड मारसेलेस के बाहर काम करने वाले दक्षिण अफ्रीकी एजेंटों के ज़रिए भिजवाया होगा। उसने कोड को हमें नहीं भेजा–जैसा कि उसे करना चाहिए था। उसने यह संदेश हमारे नियमित रूप से काम करने वाले चौनलों के ज़रिए नहीं भिजवाया–––जैसा कि उसे करना चाहिए था। बजाए इसके उसने हैंप्सटेड के डाकघर का इस्तेमाल किया। फिंश्ले रोड स्थित डाकघर का, जो तुम्हारे लंदन के फ्लैट के बहुत पास है। ऐसा नहीं है क्या ?"

कोई जवाब नहीं आया।

"हमने संदेश को बीच में पकड़ लिया है। और मैंने अपने दक्षिण अफ्रीकी एजेंटों की मदद से पिछले चार बेचैन दिनों में इसके कोड को ब्रेक करने की पूरी कोशिश की है।"

"तो ?"

"तो यह कि हमारा सौभाग्य कि हमने इसे समझ लिया है। पेरिस में हमारा आदमी छुट्टी मना रहा था, और क्या हमें कहना चाहिए कि एक ऐसी महिला के साथ मना रहा था जिसकी प्रतिष्ठा संदिग्ध है और जिसके ग्राहकों की सूची में

हर तरह के लोग शामिल हैं। राजनेता, सैन्य जनरल, जासूस भी है इसमें। कुछ नाम तो ऐसे हैं कि जिन्हें सुनकर तुम्हारी सुंदर आंखें फैल जाएंगी। मैं इस गंदगी के विस्तार में नहीं जाना चाहता, माई डियर, लेकिन इस महिला ने चौबीस घंटे के अंदर उसके लिए कोड का अर्थ साफ कर दिया। वो आदमी विमान से उड़कर कल यहां आया और हमने कल रात के अधिकांश समय इस कोड के अलग–अलग अर्थों को समझने की कोशिश की। वो उसी कुर्सी में बैठा था जिसमें तुम इस वक्त बैठी हुई हो।'' फार्न्सवर्थ ने अपनी फाइल से मैसेज निकाल कर उसे दिया। उसने मायूसी के साथ यह बात नोट की कि इसके अर्थ को समझने के लिए जो कोड इस्तेमाल किया गया था, वो इस पर नहीं था। इसमें लिखा था :

असेजाई ने सैम्युअलसन को एक बार विशेष चिन्ह पर बात करने के लिए राज़ी किया। सिर्फ वही है जिसे विशेष चिन्ह के बारे में पता होगा। असेजाई संदेश खत्म।

''मैं समझ नहीं सकी,'' उसने कहा, ''असेजाई मतलब ?''

''मुझे ताज्जुब हुआ होता अगर तुम इसे समझ जाती।'' फार्न्सवर्थ ने अपनी सिगार से धुंआ फेंकते कहा। ''संदेश के शुरू और आखिर में आए असेजाई शब्द का इस्तेमाल हम रेड अलर्ट की हालत में करते हैं ! शब्द हर महीने बदलते हैं, इसलिए पहली बार में हम समझ नहीं सके। कोड अपने आप में बहुत कठिन नहीं था। लेकिन हमें उनके लिए इसके महत्व को समझना ज़रूरी था––––और यह एक रेड अलर्ट है ! मान लो, पूर्वी यूरोप के हमारे एजेंटों में से किसी एक ने ऐसा संदेश भेजा होता तो कैबिनेट की आपाकालीन बैठक हो रही होती। प्रधानमंत्री की लाइन राष्ट्रपति से मिला दी गई होती। खासकर अगर संदेश भेजने के बाद एजेंट की हत्या हो जाती। प्रीटोरिया की आज की रात बहुत बेचैनी भरी होती।''

फार्न्सवर्थ कुर्सी से खड़ा हुआ, उसकी कुर्सी के पीछे गया। कुर्सी के ऊपर के हिस्से से, जहां सिर रखा जाता है, सटकर खड़ा हो गया। उसकी उंगलियां मुश्किल से ही उसके भूरे बालों को छू रही थीं।

''इस बात ने इसे एक पहेली बना दिया है, जूलिया। बड़ी पहेली। क्योंकि इस संदेश में ऐसा कुछ नहीं है कि जिसकी वजह से रेड अलर्ट समझा जाए। इसका प्रयोग हम और वे तभी करते हैं जब राष्ट्रीय सुरक्षा को किसी ना किसी तरह का खतरा हो। जैसे मान लो कि जैसे प्रधानमंत्री की हत्या। या किसी विदेशी शक्ति का हमला। इस तरह की कोई बात। उच्च प्राथमिकता ! वो भी ऐसे संदेश को ? '' उसकी आवाज़ टूटने लगी।

"सैम्युअलसन कौन है ?"

"आह! अब इससे मुझे आश्चर्य हो रहा है। बहुत ज्यादा।"

"ऐसा क्या ? यह जानकर कि मैं नहीं जानती कि सैम्युअलसन कौन है ?"

वो देख नहीं सका कि उसकी गहरी भूरी आंखें खुद में समा गईं हैं, बिलकुल खिंच सी गई हैं। वजह यह थी कि वो उसके पीछे खड़ा था। "जिस एकमात्र सैम्युअलसन को मैं जानती हूं वो है डॉक्टर जोशुआ सैम्युअलसन और जो फिंश्ले रोड पर डॉक्टर क्लेबोर्न के साथ प्रैक्टिस करता है।"

"बिलकुल ठीक।"

"ऐसा नहीं हो सकता। वो इन सब बातों के बारे में क्या जानता होगा ? फिर से सोचो, वो साउल को जानता है ? क्या नहीं जानता होगा ? और वो दक्षिण अफ्रीकी है, नहीं है क्या ?"

"तुम्हारी दोनों बातें सही हैं। मुझे बताओ। वो तुम्हारा डॉक्टर है। नहीं है क्या ?"

"ऐसा नहीं है। मैं डॉक्टर क्लेबोर्न के पास गई थी। पहले उन्हीं से शुरूआत की थी। डॉक्टर सैम्युअलसन बाद में उनके साथ जुड़े। आप मानें, भारतीय डॉक्टरों के खिलाफ मेरे मन में सचमुच कुछ नहीं है। भगवान हमारा भला करे। अगर ये ना होते तो राष्ट्रीय स्वास्थ्य सेवा रसातल में चली जाती ! लेकिन मैं डॉक्टर सैम्युअलसन के जुड़ने से बहुत पहले से डॉक्टर क्लेबोर्न की मरीज़ थी---चूंकि मैं अठारह साल की थी----- मुझे बदलाव की कोई वजह नज़र नहीं आई।"

"सही है।"

"हम उसके बारे में क्या जानते हैं ? मैं---हमारा--- डॉक्टर सैम्युअलसन, बस इतना ही।"

"सच पूछो तो शायद इतना ही। रिसर्च टीम ने उस पर अच्छा काम किया है। अन्य लोगों पर भी किया है। ये सभी कुछ इन फाइलों में है, तुम्हारे पढ़ने के लिए। लेकिन तुम उसके बारे में क्या जानती हो?"

"सच पूछो तो बहुत थोड़ा। डॉक्टर क्लेबोर्न का इंतज़ार करने के दौरान मैं उससे एक-आध बार सर्जरी रूम में मिली थी। सभ्य, विनम्र, अच्छे स्वभाव का आदमी। ज़्यादा लंबा नहीं, पतला-दुबला। मूंछे और ठुड्डी पर ऐसी दाढ़ी रखे हुए जो उसे उसकी उम्र से ज़्यादा का दिखाती थी। चश्मा पहनने वाला। एक ऐसा इनसान जो आसानी से भीड़ में गुम हो सकता है।"

"बस इतना ही ?"

"मुझे याद करने दें कि मैं उसके बारे में और क्या जानती हूं। ? वो कुंआरा है। कभी शादी नहीं की, जैसा कि मैंने सुना। सुनी सुनाई बता रही हूं कि कहा जाता है कि महिलाओं के बीच एक खास तरह की उसकी पहचान है ! तीस से चालीस के बीच की उम्र का। मुझे लगता है कि यह बातें कुछ ज़्यादा काम की हैं नहीं।"

"बात इससे उलटी है," फार्न्सवर्थ ने कहा। "तुमने मुझे काफी कुछ बता दिया है। सबसे बड़ी बात यह है कि-----तुम उसे जानती हो।"

"इन तमाम बातों का उससे क्या लेना-देना? वो एक डॉक्टर है जो हैम्पस्टेड में किसी के साथ मिलकर प्रैक्टिस करता है । इस देश में सैकड़ों भारतीय डॉक्टर हैं । वो भला क्या जान सकता है ?"

"ठीक यही, जूलिया, यही वो बात है जिसका तुम्हें पता लगाना है। सैम्युअलसन वो कौन सी बात जानता है जिसमें दक्षिण अफ्रीका के राष्ट्रीय खुफिया विभाग को रुचि हो सकती है और जिसे बताने के लिए उसे हर हाल में बाध्य करना होगा ? इतनी महत्वपूर्ण बात कि साउल को कोडेड रेड अलर्ट मैसेज प्रीटोरिया भेजना पड़ा ? वो भी हमें बताए बगैर और जिसके बाद उसकी हत्या हो गई ? ये सभी कुछ खास अच्छा नहीं है, तुम भी यह मानोगी ?"

जूलिया ने कोई जवाब नहीं दिया।

"तो अब तुम देख सकती हो, प्यारी, कि क्यों हम किसी और को नहीं बल्कि तुम्हें ही बुला सकते थे। तुम साउल को जानती थी। थोड़ा बहुत। तुम डॉक्टर सैम्युअलसन को जानती हो, थोड़ा बहुत। कम से कम इतना तो जानती ही हो कि तुम संपर्क साध सको। किसी नए एजेंट के होने पर हमें उसे घुसाने के लिए कई तरीकों का सहारा लेना पड़ता और इसमें बहुत लंबा समय लगता। इस काम में इस्तेमाल होने के लिए तुम सबसे बेहतर हो।"

"धन्यवाद।"

"मेरा ऐसा कोई मतलब नहीं था, जूलिया। एक तरह से हम सभी का इस्तेमाल होता है। मुझे यह सोचकर अच्छा लगता है कि हम कुछ अच्छा काम कर रहे हैं।"

"जैसे कि उससे जानकारी हासिल करना।"

"जैसे कि उसे जिंदा रखना ! अगर वो कुछ ऐसा जानता है जिसे जानने

में दक्षिण अफ्रीका को रुचि हो तो यही रुचि अन्य की भी हो सकती है। जैसे यहां लंदन में अफ्रीकन नेशनल कांग्रेस क़े एजेंटों को हो सकती है। यह देश हमेशा से क्रांतिकारी राजनीति का अड्डा रहा है–––लेकिन इससे हमें कोई मतलब नहीं है। यह वो कीमत है जो हम दुनिया का सबसे उदार प्रजातंत्र होने की वजह से चुका रहे हैं। हमने हमेशा ही क्रांतिकारियों को बरदाश्त किया है। चाहे वो मार्क्स हो या फिर ट्रॉट्स्की, यहां तक कि फ्रायड को भी। बांग्लादेश की आज़ादी की लड़ाई की शुरुआत भी यहीं बेलसाइज़ पार्क के एक पब से हुई थी। ज़रा देखो उन्होंने क्या किया ? अपनी आजादी के लिए भारत और पाकिस्तान के बीच जंग छिड़वा दी। और आजादी हासिल भी कर ली। आधा दर्जन अफ्रीकी देशों के नेताओं ने यहीं लंदन स्कूल आफ इकोनॉमिक्स से शिक्षा हासिल की है। भगवान हमारी मदद करे। जिस मुश्किल में हम हैं, उसका कुछ श्रेय तो निश्चित तौर पर हमें भी जाता है।"

"तो मुझे इंडियन डॉक्टर सैम्युअलसन की आया की भूमिका निभानी है ?"

"सिर्फ तब तक जब तक हम जान नहीं लेते कि हम क्या जानना चाहते हैं। वो क्या है जो वो जानता है ? और इसकी वजह से साउल की हत्या क्यों हुई?"

"और उसके बाद ?"

"उसके बाद हम उसे उसके हाल पर छोड़ देंगे। इसका हमसे कोई लेना–देना नहीं होगा। दक्षिण अफ्रीकी राष्ट्रीय खुफिया सेवा और खतरनाक अफ्रीकन नेशनल कांग्रेस उसके साथ वो करें जो वो चाहते हैं।"

"उसे छोड़ दें ? इस तरह से ?"

"ठीक है, उसे देश से बाहर निकलने की तरकीब बताओ। जल्दी से ! अगर तुम्हें इससे अच्छा लगता है तो। इससे हमें दिक्कत नहीं होगी लेकिन यह सब तब, जब तुम यह पता लगा लो कि साउल क्यों मरा।"

"मुझे नहीं लगता कि मैं इस काम को करने से इनकार कर सकती हूं। क्या मैं कर सकती हूं ?"

फार्न्सवर्थ ने पूरी कोशिश की कि वो मुस्कराए नहीं। तब जब कि वो फेल होने के मुकाम पर हो और जानता हो कि कुछ कर नहीं सकेगा। वो उसके पास से हट गया, यह सोचते हुए कि उसने उसके हाव–भाव का नोटिस नहीं लिया होगा। जरूरत के समय में चेहरे को सपाट ना रख पाने के लिए उसने खुद को कोसा नहीं। उसने खुद से कहा, वो जासूस है–––कोई अभिनेता नहीं।

"मुझे लगता है कि तुम मना कर सकती हो," उसने कहा। "मैं तुम्हारी जगह

किसी और को ले लूंगा। दक्षिण अफ़्रीकी सैम्युअलसन से पूछताछ के लिए स्लैग्टर का इस्तेमाल करेंगे। वो इस मामले में किसी भी तरह की नाकामी नहीं चाहेंगे, इसलिए वो अपना सबसे बेहतर आदमी इसमें लगाएंगे। और स्लैग्टर सबसे अच्छा है। यह सब बताते हुए मैं लंदन को सलाह दूंगा कि इस काम के लिए तुम सबसे उपयुक्त नहीं हो। तुम्हें बदलकर नया एजेंट तलाश करने में हमें एक–दो दिन लगेगा। लेकिन हम यह कर लेंगे। शायद किसी अन्य इंडियन को इस काम में लगाएं। क्या तुम चाहोगी कि मैं ऐसा ही करूं ?"

उसने देखा कि जूलिया तन सी गई है। उसका शरीर कांपा। भूरी आंखों में गुस्सा उतर आया। उसे ऐसा होने की ही उम्मीद थी। गुस्से में वो पहले से कहीं ज़्यादा खूबसूरत लग रही थी। गहरी सांस की वजह से ऊपर–नीचे होते स्तन और जांघों में घुसी उसकी तनी हुई मुट्ठी यह बताने के लिए काफी थे कि वो अंदर ही अंदर कितना आहत महसूस कर रही है। सिर्फ आंखें ही ये सब बातें बोल रही थीं। आवाज़ पहले ही की तरह नियंत्रित और कोमल थी। वो बोली:

"मैं किसी भी तरह मदद करके खुशी महसूस करूंगी, डॉक्टर फार्न्सवर्थ।"

"अब मैं इस मसले पर नए सिरे से सोच रहा हूं, जूलिया," फार्न्सवर्थ ने अपने खाली गिलास को देखते हुए, उसे अपने नाखूनों से बजाते हुए कहा। "बदला वो चुनी हुई प्रेरक शक्ति नहीं है जिसकी वजह से हम काम करते हैं। कभी भी नहीं। इससे हमारी सोच का रंग नहीं बदलता। ना हम वो कदम उठाते हैं जो आम तौर से हम नहीं उठाते।"

"मुझे मदद देकर खुशी होगी, डॉक्टर फार्न्सवर्थ, प्लीज !"

उसे इस तरह गिड़गिड़ाते देखकर उसे मज़ा आया। उसने सोचा कि वो आगे भी उससे ऐसा ही करवाएगा।

"इस बात को लेकर तुम इतनी नाराज़ क्यों हो ? स्लैग्टर तो सिर्फ अपना काम कर रहा है। यह तो बस संयोग है कि तुम भी इसका हिस्सा हो गई। ऐसी बाते तो पूरी दुनिया में हर समय होती रहती हैं। क्या वो सभी तुम्हें इसी तरह परेशान करती हैं ?"

"इसी कि वजह से व्लादीमिर एक भयानक मौत मरा !"

"वो केजीबी एजेंट था, जूलिया। मोज़ाम्बिक जैसी खतरनाक जगह पर तैनात। वहां जाने का फैसला लेते वक्त वो इसके खतरों को जानता था। वो जानता था कि उसे क्या कीमत चुकानी पड़ेगी अगर दक्षिण अफ़्रीकियों ने उसे पकड़ लिया। तुम मानती क्यों नहीं, ना यह तुम्हारी गलती थी ना मेरी।"

"वो इसलिए मरा क्योंकि मैं बहुत सीधी–सादी साबित हुई।"

"क्या यही वो बात है जो दुखी कर रही है ? तुम ब्रिटिश सरकार से यह उम्मीद नहीं कर सकती कि वो कुकर्म की अनदेखी कर दे। आधिकारिक रूप से तो यही है।"

"मैं इस मुद्दे पर और बात नहीं करना चाहती, डॉक्टर फार्न्सवर्थ।" जूलिया ने धीरे से कहा। अगर आपको ऐतराज़ ना हो तो ?"

"अरे बिलकुल नहीं, प्यारी। भूल जाओ। क्या मैं तुम्हें थोड़ी और शेरी दूं। तुम अभी पी सकती हो।"

"धन्यवाद। नहीं, मै ठीक हूं। सचमुच। लेकिन मैं आपको नहीं रोकूंगी।"

"हां, ठीक है। मुझे लगता है कि मैं थोड़ी और पी लूं।" फार्न्सवर्थ ने बोतल की तरफ बढ़ने से अनिच्छा जताते हुए कहा। "मेरे लिए गिलास में डाल दोगी? अगर जेन यहां होती तो बोतल पर कब्ज़ा कर लेती, कहती कि आपके लिए बुरी है। तुम्हारे जाने के बाद मैं इस सोफे पर पसर जाऊंगा और दोपहर के खाने के वक्त तक सोऊंगा। मैं वादा करता हूं कि सर्जरी के बाद तक मैं एक बूंद और नहीं चखूंगा।"

जूलिया ने बहुत छोटा पैग बनाया। वो उसके इस कंजूसी भरे कदम को रुखाई से देखता रहा और फिर पैग का आनंद उठाने लगा।

"हम स्लैग्टर को लेकर चिंतित नहीं हैं," फार्न्सवर्थ ने कहा।" मैं इसे बिलकुल साफ कर देना चाहता हूं। क्या तुम इसे समझ रही हो ? लेकिन मुझे रिपोर्ट मिली है कि वो यहां के लिए चल चुका है। अगर वो अभी तक इंग्लैंड में दाखिल नहीं हुआ है तो तय ही है कि हम उसे देश में आने से रोकने की पूरी कोशिश करेंगे, हालांकि हम ऐसा कर सकेंगे, इस पर मुझे शक है। साउल ने सालों–साल उसका पीछा किया बिना यह जाने कि वो कौन है । हर बार जब उसने किसी एजेंट का कत्ल किया–––पूरी बेरहमी के साथ–––– साउल मामले को देखने के लिए भेजा गया। और हमेशा खाली हाथ वापस आया। और वो सभी प्रशिक्षित एजेंट हैं। सैम्युअलसन तो एजेंट भी नहीं है। जब हमारे दोस्त उसे पकड़ेंगे तो वो दो मिनट के अंदर सब कुछ उगल देगा। यही वजह है कि आनन–फानन में मैंने तुम्हें नाईस से वापस बुलाया।"

"मुझे बहुत खुशी है कि आपने ऐसा किया," जूलिया ने पूरे उत्साह से कहा।" अब उसे कौन देख रहा है ? हम शायद पहले ही से उसे खो चुके हैं ? मुझे पीछे से मदद चाहिए।"

"मेरे पास डोनाल्डसन नाम का एक आदमी है। वही उस पर नज़र रखे हुए है। अच्छा आदमी है। क्या तुम उसे जानती हो ?"

"मुझे नहीं लगता कि मैं उसे जानती हूं।"

"थोड़ा बहुत फ्रीलांसर जैसा है। लेकिन है बहुत भरोसे का। हम उससे कुछ अलग तरह का काम लेते हैं, जैसे लोगों को प्रशिक्षित करना जब हम इस चौबीस घंटे जारी रहने वाले काम के लिए अपने किसी आदमी को लगा नहीं पाते। ऐसी अपेक्षा होती है कि दिन में वो एक बार मुझे फोन कॉल करे और अगली बार करता है। मैं उससे कहूंगा कि वो तुम्हे भी कॉल करना शुरू करे। भ्रम में मत पड़ जाना। फोन पर वो कुछ ज्यादा ही सीधा–सादा सुनाई पड़ता है लेकिन वो बहुत तेज है। तुम उस पर विश्वास कर सकती हो।"

"क्या मैं फाइलें देख लूं ?"

"हां, बिलकुल। तुम इन्हें अपने साथ नहीं ले जा सकती। नौकरी के नियम। लेकिन यहां पूरा समय लेकर इन्हें देख लो। मैं जानता हूं कि मैं चाय बना सकता हूं। मैं थोड़ी सी बना देता हूं। मेरे बूढ़े झगड़ालू घोड़े ने चाहे जैसे भी तुम्हें यकीन दिलाया हो लेकिन मैं जानता हूं कि अंडा कैसे उबाला जाता है या चाय कैसे बनाई जाती है। क्या तुम एक कप चाय पीना पसंद करोगी, माई डियर ?"

"यह बहुत अच्छा रहेगा," जूलिया ने कंधों को पीछे कर अपने शरीर को सीधा करते कहा। गद्दीदार कुर्सी पर वो पूरी तरह से झुक नहीं गई, बस उसने थोड़ा सा खिसककर हाथ को मेज़ पर रख कर खुद को मेज़ की तरफ झुका दिया।

"यह अच्छा रहेगा," उसने दोहराया। "शायद इसी बीच मैं इन पर नज़र डाल लूंगी।"

फार्न्सवर्थ ने कमरे के कोने में रखे फाइल कैबिनेट का ताला खोला। उसे देखने के लिए वो थोड़ा घूमी। उसने अपनी अंदर की जेब से निकाले चाबी के गुच्छे में लटकती चाबी का इस्तेमाल किया। गुच्छे में सिर्फ दो चाबी थीं, इसलिए उसे लगा कि ये घर की चाबियां नहीं हैं।

"अब मुझे बताने दो। तुम्हें साउल की फाइल की ज़रूरत पड़ेगी। मुझे लगता है कि बहुत जल्दबाजी में हमनें मिलकर डॉक्टर सैम्युअलसन की फाइल तैयार की है लेकिन मुझे लगता है कि वो तुम्हारे काम की नहीं होगी। शायद तुम उसके बारे में फाइल में दर्ज बातों से ज्यादा जानती हो। मैं जिस फाइल को

खोज रहा हूं उसका ताल्लुक एएनसी एजेंटों और इंग्लैंड में उनकी गतिविधियों से है और जिसे हमारे लोगों ने तैयार किया है। वाह ! मिल गई।'' फार्न्सवर्थ ने फाइल बाहर निकाली।

जूलिया ने मेज़ पर रखा अपना हाथ घुमाकर शेरी की बोतल की तरफ बढ़ाया। बोतल पास ही थी।

फार्न्सवर्थ ने ड्रॉर को झटका दिया जो आवाज़ करता हुआ अपनी जगह पर वापस पहुंच गया। जूलिया का हाथ शेरी की बोतल पर पड़ा। बोतल पहले एक तरफ गिरी, उसके बाद लुढ़क कर मेज़ के कोने तक पहुंच गई। शेरी मेज़ के ऊपरी हिस्से पर तेज़ी से गिरकर उसे गंदा करने लगी।

फार्न्सवर्थ ने मुड़कर देखा। उसने अपना हाथ फाइल कैबिनेट में ताला लगाने के लिए उठाया हुआ था।

''मैं बेहद शर्मिंदा हूं,'' जूलिया ने अपनी कुर्सी से उठते हुए कहा। ''बेहद सॉरी, ओफ्फोह !''

उसने बोतल को सीधा खड़ा किया। उसकी तरफ ऐसी नज़र से देखा कि कोई कपड़ा या कागज़ हो तो दे दो।

''परेशान होने जैसी कोई बात नहीं है, मेरी प्यारी।'' फार्न्सवर्थ ने टिशू पेपर लेने के लिए बाथरूम में जाते हुए कहा।

''कहा जाता है कि टेबल के टॉप के लिए शेरी बहुत अच्छी होती है। अच्छा हुआ कि हमने इसे कॉरपेट पर नहीं गिराया। नहीं तो वो बूढ़ी झगड़ालू कुल्हाड़ी कभी भी इस बात को खत्म ना होने देती। भगवान मेरी मदद करे ! ये मेरा घर है, आखिर क्यों मैं लगातार उसके डर के साए में जीता हूं ?''

जूलिया ने मेज़ पर से शेरी को साफ किया।

फार्न्सवर्थ उसे देख रहा था। कितने अच्छे से साफ किया है, उसने सोचा, बहुत सफाई से, पूरी दक्षता से।

''ये रही।'' उसने उसे फाइल देते हुए कहा। ''मैं केतली चढ़ाने जा रहा हूं। ज़्यादा देर नहीं लगाऊंगा।''

जूलिया ने तब तक इंतजार किया जब तक कि उसके कदमों की आवाज़ उस बरामदे में गुम नहीं हो गईं जो घर के पीछे के हिस्से में बने रसोईघर तक जाता है।

जिस फाइल को वो ढूंढ रही थी, उसे पाने में ज़्यादा वक्त नहीं लगा। स्लैग्टर वाली फाइल। यह तीन इंच मोटी थी। इसमें हर वो बात दस्तावेज की शक्ल में मौजूद थी जिसमें स्लैग्टर शामिल रहा था। वो तमाम पूछताछ जो उसने दुश्मन एजेंट के साथ की थी। कुल मिलाकर छह केस थे, पूरी दुनिया में फैले हुए। ज्यादातर दस्तावेज का ताल्लुक पीड़ितों की फोटो से था। इन्हें देखने में उसे कराहियत का अहसास हुआ। इन सभी की हत्या से पहले इन्हें काटा गया था। सभी नंगे थे। किसी केस में भी यौन अंगों को विकृत नहीं किया गया था। हर केस पर साउल की विस्तृत रिपोर्ट संलग्न थी। रिपोर्ट जो उन शहरों से भेजी गई थीं जहां ये पूछताछ हुई थी----टैंगीअर्स, मियामी, बांबे, हैफा, पेरिस और आखिरी केस जोहानिसबर्ग का था। इसके बारे में वो अच्छी तरह से जानती थी। बेचारा व्लादीमिर। वो उसे ऐसी मौत से बचा सकती थी और जब भी वो इस बारे में सोचती थी, उसे तकलीफ और गुस्से का एक साथ अहसास होता था। वो आखिरी केस था और इसके बारे में जानना उसके लिए सबसे ज़्यादा तकलीफदेह साबित हुआ। लेकिन उस पर उसका इतना हक तो था ही कि उसे उसके केस के बारे में पढ़ना ही था। फोटोग्राफ स्लैग्टर की पूछताछ के बाद नग्न और बुरी तरह से रौंदी गई उसकी लाश के थे।

यह दुखी होने का वक्त नहीं था। उसे वो सभी कुछ पढ़ना था जिन्हें पढ़ सकती थी। जितना जल्दी हो सके। उसने केतली की सीटी की आवाज़ किचेन से आती सुनी। फार्न्सवर्थ को लौटने में अब ज़्यादा वक्त नहीं लगेगा। हालांकि उसके सौभाग्य से वो कुछ ज़्यादा ही समय लगा रहा था। शायद इसलिए क्योंकि वो अपने लिए कभी कभी ही चाय बनाता था। इन फाइलों में कहीं ना कहीं ऐसे संकेत ज़रूर थे जिनकी मदद से वो स्लैग्टर तक पहुंच सकती थी। सबसे बढ़कर, वो उसके नज़दीक पहुंचना चाहती थी; उसकी एक तस्वीर अपने दिमाग में बनाना चाहती थी। जिस तरीके से वो काम करता था, उसे देखते हुए उसे जानने के लिए उसके दिमाग में घुसना ज़रूरी था, उसे महसूस करना था, उसके साथ खुद को रखना था, इसके बाद ही वो उसे जान सकती थी; इस तरह के हत्यारे पैदा नहीं होते, बनते हैं, उसने सोचा।

उसके हाथ में जो फाइल थी वो बता रही थी कि साउल ने पांच साल तक उसका पीछा किया लेकिन उसके पास फटक तक नहीं सका।

पहली रिपोर्ट पांच साल पुरानी थी। यह टैंगीअर्स से थी। साउल के साथ मिलकर अब्दुल एक केस पर काम कर रहा था। इस केस का संबंध दक्षिण

अफ्रीका में अवैध तरीके से हथियारों की तस्करी से था। वो दोनों साथ थे। अचानक अब्दुल लापता हो गया, जब तक साउल ने उसे खोज नहीं निकाला।

आखिरी रिपोर्ट सिर्फ एक महीने पुरानी थी। यह जोहानिसबर्ग में व्लादीमिर पर थी। जब सब खत्म हो गया था तब साउल को लंदन से इस पर रिपोर्ट देने के लिए भेजा गया था। वो बहुत नाराज़ हुआ था। वो जोहानिसिबर्ग में उस वक्त नहीं था जब स्लैग्टर ने व्लादीमिर से पूछताछ की थी। घटनास्थल पर कई दिनों के बाद पहुंचने का भला क्या फायदा ?

इनके अलावा अन्य मामलों में भी कोई एकरूपता नहीं थी। जो मामले पहले और आखिरी के बीच के थे। सभी मामलों में पुरुष शामिल थे सिवाय मियामी वाले केस के। मियामी में अमेरिकी एजेंट थी। वो पच्चीस साल की एक जवान महिला थी। और स्लैग्टर ने इसके साथ भी वही सलूक किया जो पुरुष एजेंटों के साथ करता था। जान लेने से पहले नंगा करके शरीर को कई जगह से काटा। इस मामले में भी यौन अंगों के साथ छेड़छाड़ नहीं की गई थी।

उसने रेफ्रिजेरेटर के दरवाज़े की आवाज़ सुनी। यह फार्न्सवर्थ होगा। दूध निकाल रहा होगा। मतलब अब ज़्यादा वक्त नहीं बचा है।

उसने स्लैग्टर की फाइल वापस फाइल कैबिनेट में रख दी। उसकी उचित जगह पर। उसने बेपरवाह अंदाज़ में एस अक्षर के तहत स्पेंसर की फाइल की तलाश की। यह बेहद पतली फाइल थी। इससे उसे आसानी से बुरा लग सकता था। उनके पास जूलिया रेबर्न–स्पेंसर के बारे में रिपोर्ट करने के लिए कुछ ज़्यादा नहीं था। लेकिन उसे पढ़ना मज़ेदार था। अपने बारे में कुछ रिसर्च देखकर उसकी आंखें आनंद से खुली रह गईं। वो अपने बारे में विवरण पढ़कर बहुत मुश्किल से अपनी हंसी रोक पाई। लेकिन यह जरूर है कि जहां आवश्यकता थी वहां विवरण संपूर्ण था। जैसे कि क्या है उसकी 'सेक्स पसंद'।

विपरीत सेक्स के प्रति आकर्षित होने वाली, कुंआरी नहीं।

उनकी रिसर्च बिलकुल सही थी। उसने सोचा, इसके लिए उन्हें श्रेय दिया जाना चाहिए।

उसने ड्रॉर को आहिस्ते से बंद कर दिया, उस पर ताला नहीं लगाया। उसके बाद वो फिर गद्दीदार कुर्सी पर बैठ गई, अपने माथे से पीछे ले जाकर बालों को झाड़ा और उन फाइलों को खोला जिन्हें फार्न्सवर्थ देकर गया था। यह जानने के लिए कि डॉक्टर सैम्युअलसन क्या जानता है और साउल कैसे मरा,

उसे इन फाइलों में मौजूद जानकारियों को जानने की ज़रूरत थी। इनमें जोशुआ के मुकाबले साउल के बारे में ज़्यादा तथ्य थे। उनके बारे में और भी कम जिन्हें वे अच्छी तरह से जानते थे या जिनसे अंतरंग संबंध थे------जैसे साउल की पत्नी लॉरा और उनका दोस्त जोमो म्बांगेली। जोमो के भाई बोको के बारे में तो और भी कम। और ईवा के बारे में तो बिलकुल भी नहीं।

सिर्फ इतना जिक्र कि वो दोनों की बहन है।

वो सभी दक्षिण अफ्रीकी थे। सिवाय ईवा के अन्य सभी का फोटो के साथ संक्षिप्त जीवन परिचय था। साउल को वो जानती थी। लंबा, खूबसूरत, सुनहरे शरीर वाला उसकी तरफ शरारत से देख रहा था। तांबे जैसा और मज़बूत। मांसपेशियां ऐसी कि जैसे बोल पड़ेंगी। ग्रेशियन जैसा दिखने वाला उसका चेहरा जैसे उसे चिढ़ा रहा था।

वो साउथ केनसिंग्टन स्थित एक छोटी सी उपहार की दुकान की आड़ में अपना काम करता था। विदेश से गिफ्ट खरीदना और लंदन में बेचना। ये उसके जासूसी के काम लिए एक बढ़िया आड़ थी। इससे उसे उपहार के सामान की तलाश में पूरी दुनिया घूमने का मौका मिल जाता था।

जोशुआ को भी उसने पहचाना। वो छोटे कद का था---शायद एक सौ बीस पाउंड का-----काले बाल और काली आंखों वाला। मुड़ी हुई मूंछें नीचे को झुकी थीं और ठुड्डी पर उगी दाढ़ी से मिली हुई थीं। भारी, कछुए के कवच जैसे चश्मे उसे एक डॉक्टर जैसी शक्ल देते थे। खामोश सा रहने वाला इनसान। विनम्र, शर्मीला--- जीवन परिचय बता रहा था लेकिन ये सब वो पहले से जानती थी। उसने सोचा कि वो खूबसूरत था, अपने खास विनम्र अंदाज़ में ना कि साउल के अनगढ़ सौंदर्य की तरह। वो एक भारतीय यहूदी मां-बाप की संतान था। ये लोग करीब पचास साल पहले भारत छोड़कर दक्षिण अफ्रीका आ बसे थे। पढ़ाई ब्रिटेन में की। लंदन से मेडिकल की डिग्री ली। कुछ समय के लिए वापस भारत गया------लगभग पांच साल के लिए-----लेकिन रिपोर्ट में ये नहीं बताया गया था कि भारत में उसकी गतिविधियां क्या थीं। मान कर चला जा सकता है कि उसने डॉक्टरी की होगी। वो अब एक एमआरसीपी था और उसके पास इंग्लैंड में प्रैक्टिस करने का लाइसेंस था। उसने डॉक्टर क्लेबोर्न के साथ तीन साल पहले काम शुरू किया। वो यह पहले से जानती थी। वो फिट्जोन्स इलाके के एक महंगे फ्लैट में रहता था। जोशुआ का घर उसके घर

से सिर्फ तीन घर के फासले पर था। यह वो नहीं जानती थी। सर्जरी रूम कुछ ही मिनट की दूरी पर फिंश्ले रोड पर था।

जूलिया की आंखें ये पढ़कर खुली रह गईं। तो वह सब सही है जो ये लोग खामोश डॉक्टर सैम्युअलसन के बारे में बताते हैं !

वो और उसका भाई जो, दोनों कुंआरे थे। दोनों इस बात के लिए मशहूर थे कि दोनों विदेशी नौकरानियों को फंसाने की कोशिशें करते थे---ऐसी लड़कियों को जो खुद को चुने जाने का मौका दें-----ईवनिंग स्टार नाम के एक ऐसे पब में जहां दोनों आम तौर से जाते थे, देर रात तक पार्टियां करते थे और पार्टी के बाद लड़कियों को घर पहुंचाने के बहाने पटाने की कोशिश करते थे। इन पार्टियों का खर्च आम तौर से डॉक्टर सैम्युअलसन उठाता था। उसके भाई जो की आर्थिक हालत कुछ खास नहीं थी। वो ईस्ट एंड में कपड़े के व्यापारी के यहां काम करता था।

पटाने में दोनों की सफलता कि हर दस में एक थी, फाइल में यही अनुमान लगाया गया था।

जूलिया खुलकर हंसी।

"हां, ये थोड़ा मज़ेदार है, है ना ?'' फार्न्सवर्थ ने कहा। वो ट्रे लेकर आया, उसकी कुर्सी के पीछे एक पल के लिए रुक गया और उसके कंधे के ऊपर से फाइल पर नजर डाली। "वो एक सम्मानित डॉक्टर है और अपने काम में अच्छा भी है। लेकिन शाम होते ही वो एक अलग ही इनसान का चोला पहन लेता है। अय्याश। मुझे भी इससे थोड़ा ताज्जुब हुआ। वो और उसके भाई लंदन में इन विदेशी लड़कियों के संग खूब धमा चौकड़ी करते हैं। शुक्र है भगवान का। इंग्लिश लड़कियों के पास ज़्यादा दिमाग होता है !''

"मैं इस बारे में कुछ नहीं कह सकती,'' जूलिया ने कहा। "बस इतना है कि इंग्लैंड की लड़कियों के साथ थोड़ी मेहनत की जरूरत होती है।''

फार्न्सवर्थ ने नोटिस किया कि फाइल कैबिनेट का ताला खुला हुआ है। उसने ताला लगाया। जूलिया ने चाय उंड़ेली।

साउल और डॉ. सैम्युअलन को वो थोड़ा बहुत जानती थी लेकिन लॉरा के बारे में कुछ भी नहीं।

फोटो बता रही थी कि वो बीस साल से कुछ ज़्यादा की एक निहायत ही हसीन महिला है। स्लेटी सुनहरे बाल, गहरी नीली आंखें। लंबी पलकें जिन्हें

देखकर लगता था कि किसी बटन के ना दबने की वजह से ये झपक नहीं रही हैं। वो कितनी संवेदनशील दिख रही थी। जूलिया समझ सकती थी कि पुरुष उसके दीवाने होते रहे होंगे। कंधे तक कटे उसके बाल उसके चेहरे को एक तस्वीर की शक्ल दे रहे थे। लेकिन आंखों के पास धब्बों की वजह से यह तस्वीर थकी लग रही थी।

उसके चेहरे पर एक खास तरह की उदासी थी, हालांकि उसकी आंखें मुस्करा रही थीं।

जूलिया लंदन में एएनसी की गतिविधियों और जोमो और बोको की फाइल खोलने वाली थी कि लिविंग रूम से फोन की घंटी बजने की आवाज़ आई।

फार्न्सवर्थ की त्योरी चढ़ गई।

"माफ करना, डियर," उसने कहा। "ये डोनाल्डसन होगा। तुम फाइलें रखो, तब तक मैं उससे निपट कर आता हूं।"

जूलिया ने तब तक इंतज़ार किया जब तक उसे लिविंग रूम का दरवाज़ा बंद होने की आवाज़ नहीं सुनाई दी। इसके बाद वो पंजों के बल चलकर तेज़ी से घर के गलियारे से होते हुए लिविंग रूम के दरवाज़े के सामने पहुंची।

जेन का कहीं नामोनिशान नहीं था। यह उसके लिए अच्छा ही था। उसे यह समझा पाना बेहद मुश्किल होता कि वो यहां लिविंग रूम के बाहर नंगे पांव क्या कर रही है।

फार्न्सवर्थ ने अपने पीछे हाथ से दरवाज़ा बंद किया था। लेकिन ताला नहीं लगाया था। उसने खामोशी से दरवाजे की नॉब को घुमाया। फिर अपने नंगे पंजों से दरवाज़े को सिर्फ इतना खिसकाया कि उसकी आवाज़ सुन सके।

दरवाज़ा बिना शोर मचाए खिसका। एक अकेली दरार से अंदर का दृश्य दिख रहा था। फार्न्सवर्थ की पीठ उसकी तरफ थी। वो सिर्फ पूरी बातचीत सुनना चाहती थी।

फार्न्सवर्थ ने अपनी आवाज़ नीची कर दी थी। उसकी आमतौर से तेज़ रहने वाली आवाज़ इस वक्त मंद थी। लेकिन बातचीत के टुकड़े दरवाज़े से पार होकर उस तक पहुंच रहे थे। खासकर अंत में जब उसने थोड़ी उत्तेजना के साथ कहा:

"वो पहले ही से यहां है,लानत हो !"

दूसरी तरफ से डोनाल्डसन के पास लगता है कि कहने के लिए बहुत कुछ था। इधर से लंबी, नाराज़गी जैसी चुप्पी थी जो बीच बीच में बात काटने की

कोशिश कर रही थी लेकिन जिसे अनदेखा किया जा रहा था। उसने सुना कि वो टेलीफोन स्टैंड को अपनी उंगलियों से ठोंक रहा है जैसे कि बात को बीच में ना काटने देने वाले डोनाल्डसन का फोन काटना चाहता हो।

"देखो मैं नहीं समझता कि इससे कुछ भी कैसे बदल सकता है। मैं नहीं जानता कि हम कैसे किसी भी चीज़ को बदल सकते हैं। हमें अफवाहों से आगे जाना होगा। वो तैयार है और उसे ये करना है।"

उसने फार्न्सवर्थ को टेलीफोन पर गालियां देते सुना। ऐसे शब्द सुने कि उसकी आंखें खुली की खुली रह गईं। ऐसे शब्द जो उसने कभी भी उसके मुंह से नहीं सुने थे। किसी भी तरह वो ये सोच नहीं पा रही थी कि एक अधेड़ उम्र का गंजा इस तरह के शब्द जान भी सकता है। ये शब्द बेमेल जुमलों की शक्ल में निकल रहे थे और उसे शर्मिंदा कर रहे थे।

"नहीं ! नही ! भगवान, हां ! लेकिन क्या उसमें इसे करने की क्षमता है ? भला मैं कैसे निश्चिंत हो सकता हूं ? अब सुनो, देखो, अब मुझे ये सब मत सुनाओ......"

डोनाल्डसन ने फिर उसकी बात काट दी क्योंकि उसने उसे फिर भड़कते और गाली देते सुना।

फिर एक लंबी चुप्पी। इस बार लग रहा था कि डोनाल्डसन ने ज़ोर दिया था कि वो उसे सुने क्योंकि फार्न्सवर्थ को उसने ऐसे बुदबुदाते सुना कि जैसे उसे दूसरी तरफ से मजबूर किया गया हो कि वो वह सभी कुछ सुने जो उसके कान में उंडेला जा रहा है। जूलिया ने सोचा, हो ना हो, यह वेल्शवालों के तरीके की लगातार पिटाई जैसा होगा। उसे फार्न्सवर्थ की चुप्पी पर हैरत हुई। सिर्फ बात के आखिरी हिस्से को छोड़कर।

"लानत हो, डोनाल्डसन ! मुझे रत्ती भर परवाह नहीं है कि तुम क्या सोचते हो या ब्लडी एजेंसी क्या सोचती है। या तो तुम उसे बुलाओ, नहीं तो डील को खत्म करो। तुम सुन रहे हो कि नहीं ?"

और फार्न्सवर्थ ने रिसीवर को फोन पर पटक दिया।

जूलिया वापस स्टडी रूम की तरफ भागी। उसने अपनी जांघ के ऊपर मुड़ी हुई ड्रेस को सीधा किया, हैंडबैग को खोला, छोटे शीशे में चेहरे पर पाउडर के असर को निहारा। एक–दो एंगल से चेहरे को देखने के बाद वो संतुष्ट हो गई और फार्न्सवर्थ का इंतजार करने लगी।

उसे आने में देर नहीं हुई। उसका चेहरा लाल था और होंठ कांप रहे थे।

"डोनाल्डसन था," उसने जितना हो सकता था उतने सपाट लहजे में कहा। "हमारे शिकार के बारे में बता रहा था। बज़ाहिर सैम्युअलसन इस वक्त ऑक्सफोर्ड सर्कस के पास किसी छोटे इटैलियन रेस्टोरेंट में बैठा है। दुनिया में किसी की परवाह किए बगैर। डोनाल्डसन ने कहा कि हो सकता है कि वो साथ में लंच करने के लिए किसी का इंतज़ार कर रहा हो। यही डोनाल्डसन सोचता है। लेकिन इसे लेकर निश्चिंत नहीं है। वो सड़क के दूसरी तरफ से उस पर नज़र जमाए हुए है। मैंने उससे कहा कि वो तुम्हें रोज़ाना कम से कम एक बार फोन करे और जो कुछ जानकारी मिली है वो तुम्हें दे। इसमें साफ है कि उसे तुम्हारे निर्देशों को मानना होगा ! यह मैंने उसे साफ तौर से बता दिया। वो अच्छा आदमी है। तुम उसे पसंद करोगी। लेकिन उसकी तरफ से मिलने वाली तमाम वेल्श गंदगी को मत स्वीकर करना। ये इनसान पूरी तरह से दोगला भी हो सकता है !"

फार्न्सवर्थ ने उसे सड़क पर उतर कर कार की तरफ जाते देखा जो कंकड़ से भरे रास्ते के बिलकुल किनारे घास के पास पार्क की गई थी। उसने फिर सांस ली। उसके कंधे पीछे गिरे हुए थे तेज़ी से चल रही थी। उसकी हील पत्थरों पर आवाज़ कर रही थी। इस बार, जाते समय, वो हिचकिचाई नहीं जैसे घर की तरफ आने के समय हिचकिचाई थी। यहां तक कि हैंडबैग से कार की चाबी निकालने के दौरान उसके कदम भी नहीं डगमगाए। घूम कर देखा भी नहीं हालांकि वो जानती थी कि वो उसे ऊपर खिड़कियों से देख रहा है।

जितना ज़्यादा वो इसके बारे में सोचता उतना ही ज़्यादा उसे इस बात का यकीन हो रहा था कि वो सही है और डोनाल्डसन गलत।

वक्त आने पर ये किसी की भी जान ले लेगी।

वो स्टडी में वापस गया। स्टडी टेबल के ऊपर लगे माइक्रोफोन को बंद किया।

लेकिन वो लंच तक सोफे पर सोया नहीं। बजाए इसके उसने गिलास में फिर शेरी डाली, बड़ा पैग बनाया, अपनी पसंदीदा कुर्सी में पीछे की तरफ होकर बैठ गया और पूरी शिद्दत से सोचने लगा।

अध्याय 4

डोनाल्डसन सही था।

उसका शिकार-----या ज़्यादा सही तरीके से यह कहें कि वो आदमी जिसे कुछ समय तक बचाने की उसे ज़िम्मेदारी मिली थी----ऑक्सफोर्ड सर्कस से ज़्यादा दूर नहीं, ऑक्सफोर्ड रोड के पास रोमानो के इटैलियन रेस्टोरेंट में बैठा था। बाहर लंदन का ट्रैफिक अपने रोजाना के शोरशराबे और खराब भाषा के साथ रेस्टोरेंट के बदहाल सायबान के पास से गुजर रहा था। इटैलियन सॉस में मिली ताज़ी ब्रेड की सुगंध बाहर आ रही थी। बगल में ही एक भारतीय रेस्टोरेंट था जहां से और भी ज़्यादा मसालेदार और मोहक सुगंध लंदन की सड़क पर फैल रही थी और जोशुआ इन दोनों के बीच अपने उस वक्त के मूड के हिसाब से बारी-बारी आ-जा रहा था। लेकिन आज वो लॉरा से मिलने जा रहा था और चूंकि वो भारतीय खाने को ज्यादा पसंद नहीं करती थी----वो कहती थी कि भारतीय खाना, मतलब हर कौर में आग को निगलना----इसलिए आज इटैलियन खाने का ही मज़ा लिया जाना होगा।

जोशुआ पतले शीशे वाली खिड़की से लगी मेज़ पर बैठा था और बाहर सड़क की तरफ देख रहा था। खिड़की के पास से गुज़रतीं लाल बसें उसे फुटपाथ से आगे कुछ भी देखने नहीं दे रही थीं। अचानक ये सामने से हट गईं और सड़क के दूसरी तरफ जूते की दुकान की खिड़की नज़र आई।

जोशुआ ने उस आदमी को देखा जो दुकान की खिड़की के सहारे खड़ा धूप के मज़े ले रहा था।

थोड़ी देर देखने के बाद वो सड़क पर की गतिविधियों की तरफ से बेखबर हो गया। कई मिनट बीतने पर वो कभी-कभी अपनी घड़ी या रिसेप्शन के पास टंगे अपने कोट के पास रखी बाबा की घड़ी पर निगाह डाल लेता था। बस ऐसी ही सरसरी निगाह। उसे आने में देर होगी। हमेशा की तरह उसे भी कोई जल्दी

नहीं थी। उसे शाम को वापस सर्जरी के लिए नहीं जाना था। नाईस में क्लेबोर्न जब छुट्टी मना रहा था तब उसने हैंपस्टेड के बीमार और कुछ ज़्यादा बीमार नहीं, दोनों ही तरह के लोगों को देखने की अपनी ड्यूटी पूरी की थी। अब उसकी छुट्टी लेने की बारी थी। क्लेबोर्न, हमेशा की ही तरह भरोसेमंद, सुबह को लौट आया, जोशुआ को फोन कर इसकी जानकारी दी और फोन रख दिया। जोशुआ को लगा कि बुजुर्ग क्लेबोर्न कुछ परेशान थे। तो क्या वो उन्हें देखने जाए ? शायद शाम को वो ऐसा ही करे।

अभी उसका ध्यान लंच पर था और लॉरा पर था।

इटैलियन लड़की ने उसकी मेज़ को साफ किया। इस दौरान वो झुकी और उसे ढीली ढाली ब्रा में उसके उछलते हुए स्तन साफ नज़र आए। गर्मी की वजह से उसने ब्रा को थोड़ा ढीला कर दिया था।

वो कोई खराब लड़की नहीं थी। उसने अपनी दोस्ती सिर्फ अपने कुछ पसंदीदा ग्राहकों के लिए रिज़र्व कर रखी थी, जैसे कि डॉ. सैम्युअलसन। लोग जिनके साथ वो खुद को सहज महसूस करती थी। ग्राहक की हैसियत से नहीं बल्कि परिवार के सदस्य की तरह। उसे जितना याद आ रहा था, सैम्युअलसन ने उससे तीन बार ज्यादा खाया था। सैम्युअलसन का अपना कोई परिवार नहीं था सिवाय एक भाई के जिसे वो बहुत पसंद करता था और जिसके बारे में वो बहुत चहक कर बातें किया करता था। तो अगर उसे ही उसे लगातार खिलाते रहना है तो बजाए उससे पैसे निकलवाने के उसकी तरफ उसकी कुछ जिम्मेदारी भी है, ऐसा उस लड़की ने सोचा।

पहली बार जिस जिस चीज़ से वो उसकी तरफ आकर्षित हुई थी, वो थी उसके लिए छोड़ी गई भारी भरकम टिप। बाद में भी ऐसी ही टिप मिली। लेकिन कुछ महीने बाद उसने टिप लेने से मना कर दिया।

यह उसके जैसे लोग थे जिन्होंने इस जगह को खास बना दिया था, ना कि इनकी टिप ने। उसने एक दिन उसके बगल में बैठते हुए पैसा वापस उसके हाथ में रखते हुए यह कहा था। उस दिन रेस्टोरेंट में काम कम था।

उसके बाद से उसने अकेले आने पर उसे पैसे देने बंद कर दिए। इसके बजाए उसके जन्मदिन पर उसने जो से खरीदा एक खरगोश के बालों वाला कोट उसे भेंट में दिया था।

वो एक सुंदर लड़की थी। थोड़ी भारी लगती थी क्योंकि कद ज्यादा नहीं था। भावपूर्ण इटैलियन चेहरा, लंबे काले बाल जो सिर के पीछे एक बड़े से जूड़े

की शक्ल में बंधे रहते थे। एक दिन, थोड़ी बीयर पीने के बाद, उसने झिझकते हुए उससे पूछा था कि उसके बाल कितने लंबे हैं। उसने चारों तरफ एक नज़र दौड़ाई थी। रेस्टोरेंट में सिर्फ एक ग्राहक, बूढ़े कर्नल साहब, थे और उनकी पीठ इन दोनों की तरफ थी। उसने अपने जूड़े में लगी पिन को खोल दिया था और उसके बाल उसकी पीठ पर लहरा उठे थे। उसने महसूस किया था कि ये बाल कितने मुलायम हैं। बुजुर्ग कर्नल ने मुड़कर लाइसा से अपनी कॉफी के लिए इशारा किया। उसने उसके सामने अपने बालों को संभाला और किचेन में चली गई। बुजुर्ग कर्नल ने जोशुआ को देखकर आंख मारी।

लाइसा ने मेज़ को पोंछकर साफ किया।

"क्या आप कोई ऑर्डर देंना पसंद करेंगे, डॉक्टर सैम्युअलसन ?" उसने पूछा।

"क्या मैं थोड़ा और इंतजार कर सकता हूं, लाइसा ? मैं किसी की प्रतीक्षा कर रहा हूं। मेरे एक पुराने दोस्त श्रीमान प्रेंतिस की विधवा आने वाली हैं। तुम उन्हें जानती हो ? हम लोग एक–आध बार यहां एक साथ आ चुके हैं।"

वो उससे बात करने के लिए रुक गई। उसका एक हाथ एप्रेन में था।

"ओह! हां, मैंने इसके बारे में अखबारों में पढ़ा था। बेहद अफसोसनाक! अच्छे थे श्रीमान प्रेंतिस। ऐसा उनके साथ हुआ, सोचकर अच्छा नहीं लगता। हमेशा यही होता है कि गैस का विस्फोट अजनबी को ही शिकार बनाता है।"

"शायद मैं एक मेज़ को घेर कर बैठ गया हूं, " जोशुआ ने कहा।" क्या तुम मुझे रिसेप्शन के पास बैठकर उसके आने का इंतजार करने की इज़ाजत दोगी? मुझे इससे खुशी होगी।"

"अरे, नहीं ! डॉक्टर सैम्युअलसन ! आप ऐसी बात कह भी कैसे सकते हैं। जब तक जी चाहे, यहां बैठिये।"

उसने अपनी जेब में हाथ डालकर रिज़र्व का साइन निकाला और उसे मेज़ के बीच में रख दिया। इस दौरान उसके स्तन सैम्युअलसन के कंधे से रगड़ खाते रहे।

उसने अपने पैर में उसकी जांघ का स्पर्श महसूस किया।

"शुक्रिया, लाइसा । तुम बहुत अच्छी हो। शायद मैं तुम्हें कभी ड्रिंक के लिए अपने साथ कहीं बाहर लेकर जाऊं ?"

"लाइसा !" रोमानो ने आवाज़ लगाई। "तुम्हारी ज़रूरत किचेन में है। लेकिन तय ही है कि पहले तुम डॉक्टर सैम्युअलसन से निपट लो।"

लाइसा ने मेज पर उसके सामने नैपकिन को सजाया। नैपकिन किसी सफेद परिंदे जैसी दिख रही थी।

"मुझे तो बहुत अच्छा लगेगा, डॉक्टर सैम्युअलसन लेकिन कह नहीं सकती कि पापा को भी ऐसा ही लगेगा।"

"मुझे अपने पुराने दोस्त की तरह समझो। जिससे बातें करनी हैं। एक दो बीयर पियेंगे। उसके बाद मैं तुम्हें हिफाज़त से घर भी पहुंचा दूंगा।"

वो उसकी तरफ मुड़ी। ग्राहकों से भरी अन्य मेज़ों को अपनी बांहों के पीछे छिपाया।

उसने चुपके से अपने हाथ उसकी बांह और स्तन के इर्द–गिर्द डाल दिए।

लाइसा ने स्वाभाविक गति से अपनी बांह को बंद कर लिया। उसने महसूस किया कि उसके हाथ के पिछले हिस्से से उसके स्तन अपने आप दब रहे हैं।

"मुझे जाना चाहिए," वो बोली।

"मैं समझ रहा हूं।"

"उस ड्रिंक के बारे में। मैं पसंद करूंगी। कहां ? और कब ?"

"मैं ईवनिंग स्टार मे नियमित रूप से पीता हूं। यह फिंश्ले रोड पर एक बहुत अच्छा आरामदेह पब है। फिंश्ले रोड और स्विस कॉटेज ट्यूब स्टेशन के बीच। सड़क की दूसरी तरफ, लगभग हर शाम को आठ से ग्यारह बजे तक। वीकेंड पर तो हर हाल में। अगर मैं वहां नहीं हूं तो मेरे भाई से पूछ लो। उसे पता होता है कि मैं कहां हूं।"

वो अपने हाथ को उसके शरीर के मुलायम हिस्से पर फेरता हुआ कूल्हे की हड्डी तक ले गया। उसने सिर हिलाया और किचेन में चली गई।

लॉरा ने उसे दरवाजे से देखा।

उसने लॉरा को दरवाज़े पर खड़ा देखा। कुर्सी से खड़े होकर उसका अभिवादन किया।

"माई डियर, तुम्हें देखकर कितना अच्छा लगा। मैंने हम लोगों के लिए टेबल रिज़र्व करा रखी है। लाइसा इस बारे में बहुत अच्छी थी।"

"मुझे विश्वास है कि वो थी," लॉरा ने कहा। " अच्छी लड़की है, है ना ?"

"महज़ बच्ची है। तुम्हारे बारे में बातें करते हैं। मुझे साउल का सुनकर बेहद अफसोस हुआ। बहुत ज़्यादा लॉरा। "

उसने उसके हाथों को अपने हाथ में थाम लिया। उसकी हथेली और उंगलियों को प्यार से सहलाया जब तक कि उसके चेहरे से तनाव कम नहीं हो गया और धीरे–धीरे उसने रोना शुरू कर दिया।

"यह निश्चित ही एक बहुत ही भयावह सदमा है। मैं इसे जानता हूं। अगर मैं किसी भी रूप में तुम्हारी मदद कर सकूं लॉरा, तो तुम मुझे बस बता दो ?"

"इसे मेरे लिए और ज़्यादा मुश्किल ना बनाओ, जोश," उसने कहा। तुम हमेशा से इस मामले में अच्छे थे। मैं रो रही हूं लेकिन उसके लिए नहीं। मैंने दस साल पहले ही उसके लिए रोना छोड़ दिया था। ये पूरी बकवास शादी दस साल पहले ही खत्म हो गई थी। तुम जानते हो कि मैंने एक भयावह भूल की थी। और फिर भी तुम खड़े रहे और देखते रहे।"

लाइसा ने आकर उनका ऑर्डर लिया। झुककर, दुखभरी, खामोश संवेदना से भरी नज़र लॉरा पर डाली। जोशुआ ने दोनों के लिए ऑर्डर दिया। उसने पतले शीशे वाली खिड़की से बाहर देखा। जूते की दुकान धूप में नहाई हुई थी।

ऊनी टोपी पहने हुए आदमी अभी भी खिड़की के सहारे खड़ा था।

एक गुजरती हुई बस ने उसे उसकी नज़रों से हटा दिया। जब बस चली गई तो उसने देखा, वो वहीं खड़ा था।

"मैं हमेशा यही सोचता था कि तुम दोनों एक दूसरे को बहुत प्यार करते हो" जोशुआ ने कहा। ". कम से कम डरबन में उन शुरू के सालों में। तुम्हारा एक अच्छा जोड़ा था। शादी पर सभी ने यही कहा था। ऐसे में मैं क्या कर सकता था, सिवाय खड़े रहने और देखने के ?"

"वो मेरे लिए ठीक नहीं था" जोश। "वो हमेशा किसी ना किसी वजह से कभी एक जगह तो कभी दूसरी जगह रहता था। मुझे नहीं मालूम कि वो किस चीज से जुड़ा था। लेकिन यह तय है कि ढेर सारी महिलाओं से ज़रूर जुड़ा था, पूरी दुनिया में फैली हुई। मुझसे दूर रहने के लिए उपहार की दुकान के काम को बहाना बनाता था। मैं कोशिश करती थी कि उसके साथ रहूं लेकिन यह हमेशा संभव नहीं होता था।"

उसके आंसू उसके मुरझाए गालों से ढलककर मेज़पोश में समा गए। वो सिर्फ उसका हाथ थामे रह सका और उसे रोने दिया। इससे ज़्यादा वो उसके लिए कुछ और नहीं कर सकता था।

"तुम्हें थोड़ी उदारता दिखानी चाहिए, लॉरा। उसके पास उपहार की दुकान थी। उसे इसके लिए ढेरों उपहार खरीदने पड़ते थे। लगता था कि काम अच्छा चल रहा है। उसने हमेशा तुम्हें अच्छे से रखा, पैसे दिए। क्या ऐसा नहीं किया था? उसे इसका श्रेय तो दो।"

"क्या खूब है ! इसी से और ताज्जुब होता है। वो क्या करता था, मैं कुछ नहीं जानती थी। और मैं उसके साथ पंद्रह साल तक रही। क्या यह मुमकिन है?"

"वो मर चुका है लॉरा। अब उसे कुछ मत कहो।"

"उसकी हत्या हुई है ! मैं यह बात जानती हूं !"

"मैं सोचता था कि गैस विस्फोट से उसकी मौत हुई है, क्लैफम में। हालांकि वो एक बेकार पड़े भवन में क्या कर रहा था, यह सोचकर मैं अपना माथा धुनता रहता हूं !"

"ज्यदा संभावना है कि किसी महिला से मुलाकात कर रहा होगा। या फिर पुरुष से।"

"अब बस करो।"

"अब यह मत कहना कि तुम जानते नहीं हो ? उसे किसी से परहेज़ नहीं था———पुरुष हो या महिला। मुझे यह जानकर कोई ताज्जुब नहीं होगा कि अगर उसने तुम्हारे संग भी ऐसा ही किया हो।"

"मैं उभयलिंगी नहीं हूं कि जिसका झुकाव दोनों ही सेक्स की तरफ हो, "जोशुआ ने शांति से कहा।" साउल था। मुझे सचमुच अफसोस है कि तुम्हे इस बात का पता चल गया।"

"तुम जानते थे। लेकिन तुमने मुझे चेताया नहीं ? ओह ! जोशुआ, तुम मुझे बता सकते थे।"

" क्या तुम मुझ पर यकीन कर लेती ?"

"नहीं।"

"और अगर तुम विश्वास कर भी लेती तब भी क्या इससे कुछ फर्क पड़ता?"

"मैं सोचती हूं कि शायद नहीं। मैं इस बारे में पता लगाती। मैं सालों पहले ही इसे तलाश लेती। वो कुछ अन्य बातों में भी शामिल था, जोशुआ। मेरा विश्वास करो।"

"किस तरह की बातों में ?"

"मैं नहीं जानती। दुकान पर फोन कॉल आती रहती थीं और अधिकांश का जवाब वो खुद देता था। और जब नहीं दे पाता था तो वो कुतिया शारी उसके लिए संदेश ले लेती थी। लेकिन कभी कभी फोन की घंटी तब भी बजती थी जब दुकान बंद होती थी और फिर जवाब मैं देती थी।"

" अच्छा ?"

" फोन करने वाले कभी भी कोई संदेश मुझे नहीं देते थे। यही कहते थे कि बाद में फिर फोन करेंगे या फोन काट देते थे। क्यों, जोशुआ ? मैं उसकी पत्नी थी।"

"माई डियर, मैं नहीं जानता। मुझे लगता है कि तुम ऐसी परछाईयों को देख रही थी जो दरअंसल थीं ही नहीं। तुमने यह सब मुझे तब नहीं बताया जब वो जिंदा था ? तो अब जबकि वो मर चुका है, फिर भी तुम यह सब बातें क्यों सोच रही हो ?"

"इसलिए सोच रही हूं क्योंकि उसकी हत्या हुई है। उन्होंने उसे मार डाला और अब मेरे पीछे पड़े हुए हैं। मैं डरी हुई हूं, जोशुआ !"

"छोड़ो भी लॉरा। मैं मानता हूं कि उसकी मौत संदिग्ध परिस्थितियों में हुई है। तुम्हारी यह बात मानता हूं। पुलिस जांच कर रही है। सभी तथ्यों का अभी हमें पता नहीं चल सका है। ना ही मामले की पूरी जानकारी है। क्रोनर आफिस से पोस्टमार्टम रिपोर्ट का नतीजा जल्द ही आ जाएगा। उसका डॉक्टर होने की वजह से रिपोर्ट की एक कॉपी वो मुझे भी भेजेंगे। उससे हमें पता चलेगा कि वो कैसे मरा। लेकिन तुम क्यों डरी हुई हो ?"

"क्योंकि वो लोग मेरा पीछा कर रहे हैं। इसीलिए ! जहां कहीं भी जाती हूं, हर जगह वो आदमी मौजूद होता है। मुझे अपनी नज़रों से ओझल नहीं होने देता। हद तो यह है कि खुद को छिपाने की कोशिश भी नहीं करता। वहां, वो देखो ! सड़क के उस पार। वो बस इंतज़ार कर रहा है कि हम कब अपना लंच खत्म करेंगे। वो मेरा पीछा क्यों कर रहे हैं जोशुआ ?"

"मैं नहीं जानता, माई डियर गर्ल । लेकिन तय है कि इसका पता लगाकर रहूंगा।"

लॉरा ने उसे रोमानोज़ से निकलते देखा। उसने ट्रैफिक छंटने का इंतज़ार किया और फिर सड़क पार की। जूते की दुकान की खिड़की से सटकर खड़ा ऊनी टोपी वाला आदमी सीधा खड़ा हो गया लेकिन भागा नहीं। लॉरा ने जोशुआ को नाराज़गी से हाथ हिलाते देखा। गुस्से से पटकते उसके कदमों की थोड़ी

आवाज़ सी सुनी। इसे देखकर उसके आंसुओं से भीगे चेहरे पर एक फीकी मुस्कराहट फैल गई। वो हर मामले में ऐसे ही भावुक हो जाता है। खालिस भारतीय !

आदमी ने जोशुआ को देखकर उसके सामने अपनी टोपी को झुकाया और चहलकदमी करता हुआ हट गया।

"तो ? उसने अपने बारे में क्या बताया ?" लॉरा ने पूछा।

"कहा कि वो तुम्हें आदम या हव्वा के हवाले से नहीं जानता। कहा कि वो जूते की दुकान की खिड़की से टेक लगाकर गर्मियों की धूप का मज़ा ले रहा था। ट्रैफिक को आते–जाते देख रहा था। लेकिन, उसने कहा, कि अगर इससे तुम्हें परेशानी हो रही है तो वो कहीं और चला जाएगा। मुझे उस बेचारे आदमी पर तरस आया। वो गाना गाने जैसे भारी वेल्श लहजे में बातें कर रहा था। सोचने पर मुझे ताज्जुब हो रहा है कि अपने हक के लिए वो बोला क्यों नहीं और मेरे नाक पर घूंसा क्यों नहीं मारा।"

"जोशुआ, मैं बेहद डरी हुई हूं ! सचमुच में ! यही वजह है कि मैंने तुमसे यहां मिलने की इच्छा जताई। डार्लिंग, क्या तुम कुछ दिनों के लिए मेरे साथ रह सकते हो ? प्लीज, सिर्फ कुछ दिन के लिए ? इससे मुझे बहुत बेहतर महसूस होगा।"

पंद्रह साल पहले यही सब कुछ कितना उल्टा था, जोशुआ ने सोचा। चेहरा थोड़ा बदल गया है, ज्यादा थका हुआ और दुखी। अभी भी वैसा ही संवेदनशील जो उसे बेहद मोहक लगता था। स्लेटी सुनहरे बाल जैसे एक फ्रेम में नाज़ुक मुड़ी नाक और ठुड्डी को जड़े हुए थे। वही नीली आंखें जो उस वक्त से ज्यादा सख्त लग रही हैं जब उसने इन्हें समुद्र तट पर देखा था। उस दिन ये मासूम थीं। अब वही मासूमियत इनमें नहीं बची थी। क्या पंद्रह साल की शादी आपके साथ ऐसा कुछ कर देती है ? और उसका शरीर ? क्यो वो भी बदल गया है ? वो निश्चित ही अब पहले से काफी अलग लग रही थी।

"क्या घूर रहे हो, जोशुआ ?" उसने सवाल किया। "तुम तो कोई और ही लग रहे हो । मैं तुम्हें बता रही हूं कि मैं कितना डरी हुईं हूं और तुम हो कि मेरी बात तक नहीं सुन रहे हो, कहीं खोए हुए हो !"

"मैं सुन रहा था, माई डार्लिंग, मैं सुन रहा था।"

"ठीक है, तो फिर क्या तुम मेरे साथ मेरे घर में कुछ दिन रहोगे? कम उम्र

के लोग तो हमेशा ऐसा करते रहते हैं। और अगर वो कर सकते हैं तो हम क्यों नहीं ? क्या अपने पुराने दोस्त से इसकी उम्मीद करना कुछ ज़्यादा ही उम्मीद लगाना है ?"

"नहीं, बिलकुल नहीं।"

"तो फिर तुम तैयार हो ?"

"अगर तुम मुझसे ऐसा चाहती हो तो"

"मैं यही चाहती हूं, जोशुआ। ओह ! मैं चाहती हूं। मेरे, बेचारे, वफादार, शरीर से परे जाकर प्यार ना कर पाने वाले। इससे आहत ना महसूस करो, जोशुआ। मैं वादा करती हूं कि आज रात इसकी भरपाई कर दूंगी।"

"शायद अब देर हो चुकी है, लॉरा। मैं तैंतीस साल का हूं। एक पक्का अविवाहित।"

"और एक बहुत अय्याश भी। ये मत सोचो कि मैं उन तमाम औरतों को नहीं जानती जो तुम्हारी जिंदगी में आ चुकी हैं और यह कि इससे हमेशा ही मुझे तकलीफ नहीं हुई।"

"अब, शायद कोई भी जादू नहीं बचा है।"

"लेकिन हम कोशिश तो कर सकते हैं, कर सकते हैं कि नहीं ? और तब तुम्हें पता चल जाएगा कि मेरा इस तरह पीछा क्यों किया जा रहा है ?"

"देखो, मैं एक डॉक्टर हूं डार्लिंग, जासूस नहीं। यह ज़रूर है कि मेरा एक मरीज़ पुलिस सार्जेंट है। हैंपस्टेड पुलिस स्टेशन में तैनात है। वो खुद तो स्वस्थ है लेकिन हमेशा किसी ना किसी बच्चे के साथ आता रहता है। मैं वैसे भी बच्चे को देखने जाने वाला था। मैं उससे इस बारे में बात करूंगा। लेकिन पहले मैं तुमसे इस बारे में थोड़ा और जानना चाहूंगा। मैं उससे क्या कहूंगा ? हो सकता है कि अगर हमें साउल के मौत की वजह पता होती तो हम शायद हकीकत के थोड़ा ज़्यादा पास होते। वो कैसे मरा ? अगर वह एक विस्फोट नहीं था तो क्या था ? लोग बता रहे थे कि शरीर काफी जल गया था। हमें शायद पहले पोस्टमार्टम रिपोर्ट के आने का इंतजार करना चाहिए ?"

लॉरा ने उसके लबों पर अपनी उंगली रख दी।

"जिस तरह तुम बातें करते हो उससे कोई भी पागल हो जाए। क्या तुम सिर्फ सुनोगे नहीं ?"

"मुझे लग रहा था कि मैं यही कर रहा हूं, डार्लिंग।"

उसका यह आहत भाव उसे रोकने के लिए काफी नहीं था," साउल छह दिन पहले पेरिस से लौटा था। "

"मुझे लग रहा था कि वो नाईस से लौटा था। वो वहीं गया था, तुमने यही बताया था।"

"नहीं, पहले वो नाईस गया था–––मैं जानती हूं कि वहां एक महिला थी–––––लेकिन नाईस से वो पेरिस चला गया था।"

"ठीक है ! नाईस ! पेरिस ! इससे क्या फर्क पड़ता है ? जोशुआ ने उत्तेजित होकर कहा। " हैं तो सभी फ्रांस में ही ना।"

"तुम कितने सही हो। इससे क्या फर्क पड़ता है ? पेरिस में भी उसके पास एक महिला थी। हरामी कहीं का। जहां कहीं भी जाता था, अपने मज़े के लिए एक महिला को रखता था। लेकिन पेरिस से बजाए नाईस लौटने के वो लंदन चला आया। आखिर क्यों ?"

"तुम मुझे यह बताना चाह रही हो कि उसके लंदन लौटने में कुछ अजब बात छिपी हुई है ? अरे, वो वापस घर तुम्हारे पास आ रहा था।"

"ओह, जोशुआ, तुम इतने बेवकूफ कैसे हो सकते हो ? वो जल्दी में लौटा था। हमेशा की तरह थका हुआ नहीं। वो काफी उत्तेजित लग रहा था। ऐसे लग रहा था कि उसने किसी बड़ी चीज़ को पा लिया है। वो भावनाओं के चरम पर था। अपने व्यवहार के इस उतार–चढ़ाव से मुझे पागल सा कर दिया था। " वो कुछ पलों के लिए रुकी। निगाह खिड़की से बाहर डाली। ऊनी टोपी वाला आदमी वहां से जा चुका था। उसने अपनी गर्दन आगे बढ़ाकर इधर उधर देखा कि कहीं वो आदमी सड़क पार कर कहीं और तो नहीं खड़ा है या फिर इटैलियन रेस्टोरेंट के पास तो नहीं खड़ा है। लेकिन वो कहीं नज़र नहीं आया। हो सकता है कि वो बिलकुल पास में ही भारतीय रेस्टोरेंट में हो ?उसने तय किया कि वो यहां से निकलने पर भारतीय रेस्टोरेंट में ज़रूर झांकेगी।

"तुम उसकी उस उत्तेजना के स्तर को देखते तो समझते जिसे वो भरसक छिपाने की कोशिश कर रहा था। उसने स्टोर एकाउंटेंट शारी के साथ अपने को कमरे में बंद कर लिया और जब वो लोग कमरे में थे, उसी बीच उसके लिए डोनाल्डसन नाम के किसी आदमी की फोन कॉल आई।"

"क्या तुमने उसका जवाब दिया ?" जोशुआ ने अपनी कुर्सी में पहलू बदलते हुए कहा।

"नहीं, मैंने नहीं दिया। वो पहले भी कई बार फोन कर चुका था और जब कभी भी मैंने उसकी कॉल रिसीव की, उसने बिना कुछ बोले फोन काट दिया। इसलिए इस बार मैंने साउल को ही जवाब देने दिया। दरवाज़े के बाहर खड़े होकर उसने बात की। उसने अपनी आवाज़ नीची कर दी थी लेकिन इतना तो मैंने सुन लिया कि उसे अगले दिन कहीं पर किसी जरूरी मीटिंग के लिए बुलाया गया था।"

"कहां ?"

"मैं नहीं जानती।"

"तुमने उससे पूछा नहीं ?"

"मैंने लंबे समय से साउल से सवाल पूछने बंद कर दिए थे। वो अपनी मीटिंग के लिए गया था ।"

"और फिर ?"

उसने तुरंत जवाब नहीं दिया।

"वो बदल चुका था, जोशुआ।"

"बदल चुका था ? जब वापस लौटा तब ? कैसे ?"

"वो अपने आप में सिमट गया था। किसी भी तरह की भावना से खाली। मैंने उसे कभी भी इतना दबा हुआ नहीं देखा। जितने भी साल उसके साथ रही, उसमें कभी नहीं जितना की उस शाम को देखा। उसकी आंखे पथरा गई थीं, जोशुआ, मैं कसम खाकर कह रही हूं ! उसे देखकर मुझे डर लग रहा था। वो किसी शिकार हुए जानवर की तरह दिख रहा था।"

"मीटिंग किस बारे में थी ?"

"उसने बताया नहीं। मैंने उससे इस बारे में पूछा था। उसने कहा था कि ये दो लोगों के साथ थी। एक ब्रिटिश व्यापारी था और एक अन्य वेल्श डीलर।"

"उपहार के सामानों के लिए ?"

"मैं नहीं जानती। मुझे ऐसी ही लगता है। लेकिन वो कितना अलग दिख रहा था, जोशुआ। उस रात वो मुझे डिनर पर ले गया। सोहो में एक महंगी जगह पर, वैलेंतिनो की। शैंपेन और बहुत कुछ। बाद में नाचा भी, मेरे पास रहकर। मुद्दतों से उसने ऐसा कुछ नहीं किया था। शायद मैं अपनी मूर्खता में यह सोचने लगी कि यह हमारी जिंदगी की नई शुरुआत है।"

"शायद वो इसी की कोशिश कर रहा था, लॉरा।"

"लेकिन शाम ढलने के साथ ही वो फिर से बदल गया ! कोई इनसान इस हद तक कैसे बदल सकता है ? कोई भी वजह इसकी नहीं हो सकती । यह कोई नई शुरुआत तो नहीं ही हो सकती कि उसने मुझे डांस फ्लोर पर लगभग अकेला छोड़ दिया। ऐसे लग रहा था जैसे कह रहा हो गुडबॉय ? जाने से पहले एक आखिरी इशारा ?"

"मैं समझ रहा हूं।"

"मुझे साफ लगा कि यह अंत था, "लॉरा ने जोशुआ की आंखों में देखते और अपने गाल पर अपने हाथ को रखते हुए कहा।" मैं इतनी बेवकूफ नहीं हूं। मुझे लगा कि वो किसी दूसरी औरत के लिए मुझे छोड़ रहा है। शायद उस नाईस वाली के लिए। लेकिन मैंने उम्मीद नहीं छोड़ी। मैं ऐसा कर सकती थी, नहीं कर सकती थी क्या ?"

"बात जारी रखो।"

"जिस रात वो लापता हुआ, मैं उसका इंतजार करती रही, सोचती रही कि शायद इस बारे में उससे बात करूं। एक समझ बनाने की कोशिश करूं। लेकिन वो घर नहीं लौटा। अगली रात को भी नहीं । मैंने क्लैफम में विस्फोट और मलबे में मिली जली लाश के बारे में पढ़ा था। लेकिन मैं कैसे जान सकती थी कि यह लाश साउल की होगी ? उस शाम मैं बिजोऊ थियेटर में मूवी देखने गई थी। कॉमेडी थी। जब उन्होंने उसे पहचान लिया तब उस बीट का पुलिस कर्मचारी और इंस्पेक्टर मेरे पास आए और यह सूचना मुझे पूरी संवेदना के साथ दी। और फ़िर, उसके बाद से यह तकलीफदेह आदमी मेरा हर जगह पीछा कर रहा है ! जहां कहीं भी जाती हूं, ये पहुंच जाता है। मौत की हद तक डरा दिया है इसने!"

"बेचारी," जोशुआ ने उसके हाथ को थपकते हुए कहा।

उन्होंने कुछ देर ताक हाथ को थामे रखा। लाइसा जब प्लेटें हटाने के लिए आई तब दोनों ने एक दूसरे का हाथ छोड़ा। जोशुआ ने मीठा खाने के लिए रूबाब पाई का आर्डर दिया। और दूध–चीनी वाली गर्म चाय भी मंगाई। इस गर्म मौसम में भी वो आईस टी नहीं पीना चाहता।

"वो तुम्हारे पास क्यों आया था ?" लॉरा ने चाय के बर्तन को इस उत्तेजना के साथ देखकर कहा कि जैसे वो पत्तियों को पढ़ना चाह रही हो।

"मेरे पास ?"

"हां, वो तुमसे मिलने आया था। क्या नहीं आया था ? उस सुबह?"

"नहीं तो।"

"नहीं ?"

"तुम्हें अभी–अभी बताया है, नहीं। वो मुझसे मुलाकात करने क्यों आएगा? तुम्हें ऐसा क्यों लगता है कि वो मुझसे मिलने आया होगा ?"

"ओह! मुझे लगा था कि वो तुमसे मिलने उस सुबह आया रहा होगा। पेरिस से आने के बाद और उस मीटिंग में जाने से पहले।"

जोशुआ ने तश्तरी को चम्मच के साथ नाराज़गी और अविश्वास के साथ बदला ।

"खैर, तुमने गलत सोचा था।"

"तो फिर उसने उस सुबह मुझसे यह क्यों कहा था कि वो तुमसे मिलने जा रहा है, अगर उसे मिलना ही नहीं था। " लॉरा ने पूछा और बेचौनी में अपने हाथ उसकी तरफ बढ़ा दिए। उसने उसके हाथों को किनारे से छुआ।

"यही बात उसने तुमसे कही थी ? यही कि वो मुझसे मुलाकात करने जा रहा है ? खैर, वो नहीं आया। मैं उस सुबह को था लेकिन सर्जरी में था। क्लेबोर्न बाहर गए हुए थे, इसलिए मैं सर्जरी में था।"

"नहीं, नहीं, जोशुआ। सर्जरी रूम पर नहीं। हैम्पस्टेड में तुम्हारे फ्लैट पर। अपनी मीटिंग से पहले। आह, तुम आज कितने ठस और ज़िद्दी हो गए हो ! पहले तुमने मेरी यह बात नहीं मानी कि मेरा पीछा किया जा रहा है और अब तुम इसे नहीं मान रहे हो कि वो तुमसे मिलने आया था।"

जोशुआ की भौंहें सामान्य हो गईं। माथे पर पड़ी सिलवटें खत्म हो गईं। वो उसकी तरफ देखकर प्यार से मुस्कराया।

"क्या तुमने कहा कि मेरे हैम्पस्टेड के फ्लैट पर ?"

"हां। वही वह जगह थी जहां वो तुमसे मिलने गया था।"

"इससे सारी बात साफ हो जा रही है। मैं उस सुबह घर पर नहीं था। दरअसल उस पूरी रात ही मैं घर पर नहीं था। एक दोस्त के घर पर था। इसलिए साउल मुझसे मिल नहीं सका। इस बात से अब मुझे राहत मिल रही है लेकिन समझ में नहीं आ रहा है कि क्यों ? क्या तुम्हें लगता है कि मैं अक्खड़, ज़िद्दी हूं ?"

"अच्छा, तो इसका मतलब यह हुआ कि उस दिन तुम्हारी उससे मुलाकात नहीं हुई थी ? "

"दरअसल, मैंने देखा था।"

"ओह ? कब ?"

"उसी शाम को। ईवनिंग स्टार में, जोमो के साथ। उनके बीच किसी बात पर बहस हुई थी। मैंने उनके लिए शराब खरीदी और जब मैं उनके पास शराब लेकर गया तो उन्होंने बातचीत रोक दी। मैंने उनका इशारा समझा और वहां से हटकर जोमो के पास आकर बैठ गया। थोड़ी देर बाद जब मैंने यह जानने के लिए कि उन्हें और ब्रेड चाहिए या नहीं, घूमकर देखा तो पाया कि वो जा चुके हैं।"

"किस समय ?"

"समय ?"

"किस समय वो वहां से गए, जोशुआ ?"

"मुझे नहीं पता। क्या तुम समय लिखकर रखती हो कि लोग पब में किस समय आए और कब गए ?"

"मैं शायद करती। लेकिन मैं लोगों को ध्यान से देखती हूं, तुम बस देखते हो। जोर लगाकर सोचो, जोशुआ। किस समय गए ?"

"मैं जोमो के साथ पब बंद होने के समय निकला। तो यह उससे पहले की ही बात होगी। नहीं, रुको ! ये पब बंद होने से काफी समय पहले की बात है। क्योंकि मैनें जो के लिए ब्रेड खरीदी और जब मैं उसे लेने के लिए बार में गया तो पाया कि वो लोग वहां नहीं थे।"

"और उसके बाद तुमने साउल को नहीं देखा ?"

"नहीं।"

"क्या उसने तुम्हें कॉल किया ? तुम्हारे लिए कोई नोट छोडा?"

"नहीं! नहीं! नहीं! कितनी बार मैं यह बकवास शब्द दोहराऊं ?" जोशुआ को खुद पर संयम रख पाने में काफी परेशानी हुई। लेकिन वो इसमें सफल रहा क्योंकि जब दोबारा बोला तो वो पहले की ही तरह अपने विनम्र अंदाज में था। "तुम इस बात को ज़रूरत से ज़्यादा बढ़ा चढ़ा कर देख रही हो, लॉरा। तुम्हें इसे देखना होगा। जब तक पोस्टमार्टम रिपोर्ट नहीं आ जाती तब हम यह भी नहीं कह सकते कि उसकी हत्या ही हुई है। और वो सड़क के पार खड़ा आदमी कोई नुकसान नहीं पहुंचाने वाला भी हो सकता है। जैसा कि वो खुद के बारे में कहता है। कहता है कि वो वही कर रहा है जो उसे करना चाहिए।"

वो दुकान की गद्दीदार बेंच पर पीछे की ओर हो गई। लंच का समय करीब–करीब खत्म हो चुका था। रेस्टोरेंट खाली हो गया था। रोमानो दोपहर की कमाई गिन रहा था। जल्द ही वो इन्हें बैंक में जमा करने जाएगा। लाइसा कहीं नजर नहीं आ रही थी।

"तो तुम्हें लगता है कि मैं बिना वजह तुम्हारे लिए परेशान हूं ? यह कि तुम पर कोई खतरा नहीं मंडरा रहा है ?"

"मुझ पर ? जोशुआ ने थोड़े आश्चर्य से पूछा। "मैं समझ रहा था कि हम तुम्हारे बारे में बात कर रहे हैं। मैं इसमें शामिल नहीं हूं। क्या मैं हूं ?"

"मुझे लगता है कि तुम पर बड़ा खतरा मंडरा रहा है।" उसने बहुत ही नरम लहजे में कहा। " मुझे लगता है कि हम दोनों ही बड़े खतरे से घिरे हुए हैं। अगर ऐसा नहीं होता तो मेरे पास इस तरह के नोट नहीं पहुंच रहे होते।

उसने अपने पर्स से एक लिफाफा निकाला। इस अंदाज़ में झिझकी कि जैसे सोच रही हो कि इसे दिखाने का कोई फायदा होगा या नहीं। फिर उसे मेज़पोश पर इस तरह से खिसकाया जैसे ब्रिज के खेल में कार्ड के साथ करते हैं। उसने इसे दो बार पढ़ा। अपनी ठुड्डी पर जमी दाढ़ी को खुजलाते हुए, मूंछों को एंठते हुए। बिना किसी भाव, किसी भंगिमा के। सिर्फ आंखों में हलचल थी जिन्होंने उसे एक बार पढ़ा और फिर पढ़ा। इसमें लिखा था:

डॉक्टर सैम्युलसन से तुम्हारा संबंध समाप्ति पर है। या जल्द ही हो जाएगा। अपने आप में रहो। तुम्हें चेतावनी दी जाती है। स्लैग्टर

लिफाफे पर कोई रिटर्न एड्रेस नहीं लिखा था। जोशुआ ने शायद ही कभी सोचा होगा कि उसके साथ ऐसा कुछ होगा। लिफाफा पर वेलविन गार्डेन सिटी का पोस्टमार्क था और 13 जुलाई को भेजा गया था। 13 जुलाई यानि साउल की मौत का दिन।

जोशुआ ने लाइसा से इशारे में बिल लाने को कहा। ये भी इशारा किया कि वो लोग जा रहे हैं। लाइसा और जोशुआ ने एक–दूसरे पर मुस्कराहट उछाली, दिल्लगी के इशारे भी किए। लॉरा इस सबसे बेपरवाह बनी रही।

"सब कुछ ठीक है ना, डॉक्टर सैम्युअलसन ?"

"पूरी तरह से। खाना बेहतरीन था। अपनी मां तक मेरी बधाई पहुंचा देना।"

"मां नहीं मेरे पाप को। वही बिलकुल सुबह खाना बनाते हैं।"

"ठीक है, उन तक भी पहुंचा देना। तुम्हारी रसोई लाजवाब है। और परोसने

का अंदाज़ तो हमेशा की तरह बेमिसाल था !"

उसने जोशुआ को झुककर सलाम किया। अपनी तारीफ पर वो खिल उठी, उसके सामने झुककर मेज़पोश पर से एक धब्बे को साफ किया।

"बहुत अच्छी लड़की," जोशुआ ने कहा।

वो दोनों सड़क पर निकल आए। वो समझ नहीं सका कि लॉरा ने एक क्षण के लिए उसे छोड़कर क्यों भारतीय रेस्टोरेंट में और उसके पास की बेकरी में झांका। उसके इन जगहों में आने–जाने के दौरान जोशुआ ने अपने हाथ तेजी से झटके।

"स्लैग्टर कौन है ?" लॉरा ने पूछा । क्या तुम जानते हो कि वो कौन है ?"

"नहीं, ना जाने कौन सी मुसीबत है ? पक्का गुस्ताख ! तुम्हें इस तरह के नोट भेजता है। अगर इससे तुम खतरे में पड़ती हो तो शायद मुझे तुम्हारे साथ तुम्हारे घर नहीं चलना चाहिए ?"

"बकवास, जोशुआ ! हम साथ में सुरक्षित रहेंगे। तुमने कहा था तुम रहोगे। तुमने वादा किया है ! मैं रात अकेले नहीं बिताने वाली।"

"ठीक है, मैं आऊंगा। अगर तुम सचमुच मुझे अपने घर में चाहती हो तो। बस अपने प्यारे दोस्त स्लैग्टर को यह दिखाने के लिए कि हम उसके ऐसे नोटों की कितनी थोड़ी परवाह करते हैं। कुछ यह कहने के लिए कि भाड़ में जाओ तुम।"

"आज रात ? तुम आज रात ही आओगे ?"

"हां, लेकिन पहले मुझे घर जाना होगा। आज की शाम के लिए। कुछ चीज़ें लानी होंगी। मैं साउल की बेड पर सोऊंगा, उसकी पत्नी के साथ सोऊंगा लेकिन मैं उसका पायजामा पहन कर तो नहीं सो सकता। ये मेरी सीमा रेखा है। लेकिन मैं आऊंगा, मैं वादा करता हूं। कह सकती हो कि आधी रात के आसपास ।"

"मैं तुम्हारा इंतज़ार करूंगी," उसने कहा।

वो दोपहर के समय के खरीदारों के बीच से रास्ता बनाते हुए ऑक्सफोर्ड सर्कस ट्यूब स्टेशन की तरफ जा रहे थे। लॉरा ने उसकी बांहें पकड़ रखी थीं। वो उसके स्तन पर अपनी बांह के कभी–कभी पड़ने वाले दबाव को महसूस नहीं कर रहा था। अचानक धक्के की वजह से जब वो उससे टकराती तब यह दबाव पड़ता था। उसने बिना किसी अंतरंगता के उसके नाजुक स्पर्श को महसूस किया। यह ऐसे ही था जैसे कि अचानक कोई इनसान मुलायम बेजान रबर से

टकरा जाए। एक तरह का औपचारिक ठंडापन था। बस एक तरह का शिष्टाचार था। दोनों में किसी ने कोट नहीं पहनी थी। उसने गर्मी के मौसम के हिसाब से एक पतली ड्रेस पहन रखी थी। कटी बांह वाली यह ड्रेस कोई ज़्यादा ढके होने का अहसास नहीं दे रही थी लेकिन फिर भी वो उससे कटा कटा से था। जैसे लग रहा था कि आदर जता रहा हो। उसने परेशान होकर इधर–उधर देखा, जैसे कि वो ऊनी टोपी वाले आदमी को अपने पीछे कहीं महसूस कर रही हो लेकिन एक दूसरे को धक्का देती इस भीड़ में उसे खोज पाना नामुमकिन था। कभी कभी साथ चलना भी असुविधाजनक हो सकता है। उसके कंधे के पास से मुड़ना भी कुछ खतरनाक ही था। सेना के एक बुज़ुर्ग महाशय अपनी दहकती मूंछों और गेंदबाज़ों वाली टोपी के साथ सीधे लॉरा से टकराए और जोशुआ से अलग कर दिया। पूरी शिद्दत से उन्होंने माफी मांगी। उसने फिर से जोशुआ की बांह पकड़ ली, डर की वजह से कसकर पकड़ा जैसे कि उसके पर्स में रखा नोट उसके सामने आकर खड़ा हो गया हो।

यह वैसी ही ऑक्सफोर्ड स्ट्रीट नहीं थी जैसा कि वो पहले देखती रही है, हालांकि भीड़ पहले जितनी ही थी। डरबन की मछली और गोश्त की मार्केट में एक दूसरे को धक्का देते लोग उनसे इसी तरह टकराते। कुछ लोग उन्हें घूरते लेकिन मछली–गोश्त की मार्केट में कोई उन पर ध्यान नहीं देता। वहां हर तरफ निशान बने हुए थे। अफ्रीकन भाषा में, कई तरह की भारतीय भाषाओं में भी, जिन्हें वो नहीं समझती और इंग्लिश में भी। लेकिन जो संकेत अफ्रीकी भाषा में थे वो औरों से बड़े थे और वो उन्हें समझती थी। वो सड़क के बीचोबीच रुक गई और उसे खींचकर अपने पास किया। उसे पूरी तरह से रोक दिया। उसने अपनी पीठ पर किसी नुकीली चीज को महसूस किया लेकिन वो महज़ एक बदमाश छाता था। सैनिक ने फिर से माफी मांगी और आगे बढ़ गया। "क्या तुम्हें याद नहीं है जोशुआ, डरबन की मछली और गोश्त की मार्केट में लगे साईन ?"

"नहीं, मुझे याद नहीं है कि मैं कितने समय से साउथ अफ्रीका नहीं गया हूं। लेकिन अब तुमने जब इस जिक्र किया है तो मुझे मार्केट में लगे शब्द याद आ रहे हैं। क्यों याद आई उनकी ?"

"बिलकुल सही, जोशुआ। मार्केट में लगे। अफ्रीकी भाषा में। साइन हमारे चारों तरफ होते थे। गोश्त की दुकानों के ऊपर।" वो भी रुक गया। इस बार लोग उनसे टकराए लेकिन वो इससे बेपरवाह बने रहे। साउथ केनसिंग्टन में उपहार की दुकान तक के रास्ते में उनमें ज्यादा बात नहीं हुई। अंडरग्राउंड ट्रेन

बहुत भरी हुई नहीं थी लेकिन खाली भी नहीं थी। उन्हें साथ–साथ बैठने के लिए जगह मिल गई। खड़े हुए मुसाफिर कभी झूलकर उनकी तरफ आ रहे थे तो कभी उनसे दूर जा रहे थे। इससे उन्हें बातें करने में दिक्कत हो रही थी। उसने अपने आसपास के लोगों पर ज्यादा ध्यान नहीं दिया। लेकिन लॉरा की आंखें खड़े लोगों को भेदती हुई वहां जा पहुंची जहां ऊनी टोपी पहने एक मुसाफिर खड़ा था। उसकी पीठ उन दोनों की तरफ थी। " देखो, वो वहां है जोशुआ!" उसने घबराहट में जोशुआ के कान में फुसफुसाकर कहा। उसने उसकी बांहों को जोर से पकड़ लिया जो बढ़कर उसकी बाहों के नीचे तक पहुंच गईं। "वो हमारा पीछा कर रहा है। और तुम मुझ पर विश्वास नहीं कर रहे थे ! वहां ! देखो ! उसकी पीठ हमारी तरफ है लेकिन वो सामने के शीशे में हमें देख रहा है। ओह, जोशुआ!" उसकी आवाज़ ऊंची हो गई।

"शांत हो जाओ लॉरा, अब होगी कि नहीं ? उसने सख्ती से कहा।" हम यह तक नहीं जानते कि ये वही आदमी है। कितने ही लोग हैं जो टोपी पहनते हैं।"

"देखो, तुमने उसे देखा है। देखा है ना ? तुम जानते हो। तुम उसे पहचान लोगे ?" जोशुआ ने दरवाजे की तरफ देखा। वो ज्यादा कुछ देख नहीं पाया, सिवाय चौड़ी पीठ और टोपी के नीचे गर्दन पर पड़ी झुर्रियों के। एक बार के लिए वो आदमी थोड़ा मुड़ा लेकिन फिर पलट गया।

"अब ?" लॉरा ने पूछा। "वही है या नहीं है ?"

"मैं नहीं जानता। मैं इन सब बातों को नहीं समझता। चेहरों को याद करने जैसी बातें। इसके अलावा हम यह कैसे जानते हैं कि वो मेरा पीछा कर रहा है और तुम्हारा नहीं ? या तुम्हारा कर रहा है और मेरा नहीं ? वो हम दोनों का पीछा नहीं कर सकता क्योंकि उसे पता नहीं है कि हम साथ होंगे। चलो पता करते हैं कि हमारा दोस्त किसके पीछे है। मैं साउथ केनसिंग्टन में उतर जाऊंगा। तुम ग्लोसेस्टर रोड तक जाना। इससे हम अलग हो जाएंगे। और हमें तुरंत पता चल जाएगा कि वो किसके पीछे है। ग्लोसेस्टर रोड पर प्लेटफॉर्म बदलकर वापस यहीं आ जाना। मैं साउथ केनसिंग्टन स्टेशन के प्रवेश द्वार के पास तुम्हारा इंतज़ार करूंगा। और भगवान के लिए, लॉरा, घबराओ मत। वो सिर्फ हमें डराने की कोशिश कर रहा है और हम उसे ऐसा नहीं करने देंगे। यह सभी उसके तौर तरीके हैं। हमें डराने की कोशिशों के। अफ्रीकी भाषा में वो खुद को कसाई बुलाता है।"

अध्याय 5

जूलिया वेलविन गार्डेन सिटी से ड्राइव कर वापस लंदन लौटी। उस पर छाया भावनाओं का गुबार अब छंट चुका था। और गुबार के छंटते ही उसने सोचा कि वो इस काम को किसी भी तरह पसंद नहीं करती। उसने चिड़चिड़ा कर सोचा, इस काम के लिए भला मुझे ही क्यों चुना गया। वो सोच में डूबी अपने निचले होंठ को दातों से दबा रही थी। बाल की एक मुड़ी हुई लट उसके माथे पर गिरी और उसने उसे हटा दिया।

ऐसा नहीं था कि वो एक भारतीय की आया की भूमिका नहीं निभाना चाहती थी। सच पूछें तो यह पिछली बार के मुकाबले एक अच्छा बदलाव ही था कि उसे एक ऐसे विनम्र और सीधे इनसान को बचाने की ज़िम्मेदारी दी गई थी जिसे वो थोड़ा बहुत जानती भी थी। पिछली बार वाला काम उसका पहला काम था। उसे अनुभव नहीं था, इसीलिए वो खुद को दोगुना ज़्यादा कमज़ोर पा रही थी। वो लोग समझते थे कि उसने व्लादीमिर को पसोपेश में डालकर मोज़ाम्बिक छोड़कर दक्षिण अफ्रीका में मौज–मस्ती के लिए आने पर राजी कर काम को अच्छे तरीके से अंजाम दिया है। दक्षिण अफ्रीका में फार्न्सवर्थ ने व्लादीमिर को तुरंत ही खोज लिया था। वो सोचती थी कि उसने अपने इस काम को बहुत खराब तरीके से अंजाम दिया था। लेकिन, बहरहाल, खुफिया विभाग के लोग ऐसे ही होते हैं। वो कभी भी तथ्यों को एजेंट के नज़रिये से नहीं देखते। उसने अपना सिर इस तरह पकड़ा कि जैसे इसकी याद को मिटाना चाह रही हो। यह वो समय नहीं था कि जब इसे याद किया जाए। जैसे कब्र पर फूल कब्रिस्तान में जाकर ही चढ़ाया जा सकता है। इसका कोई तुक नहीं है कि कोई इन्हीं फूलों को अपने माथे पर ढोता फिरे। किसी तरह की कोई सांत्वना इनसे नहीं जुड़ी होती। उन्हें दरअसल कब्र पर किसी पाप के प्रतिकार के लिए रखा जाना होता है।

ब्रोमफील्ड में अपनी पारिवारिक जागीर से गुज़रते समय उसके दिमाग में पुरानी याद धुंधली पड़ गईं। उसने गेट के सामने अपनी कार की रफ्तार को बेहद धीमी कर दिया। वो हार्न बजा रही थी और ज़ोर ज़ोर से अपने हाथ हिला रही

थी जिससे कि गेटकीपर उसे पहचान सके। वो गेटकीपर जिसने ना जाने कितनी बार उसे अपनी शाम की चाय और नाश्ते के समय मफिन खिलाया था। गेटकीपर ने उसकी कार पहचानी, आदर से आगे आया और जवाब में अपना हाथ हिलाया।

उसका बचपन बहुत खुशनुमा था।

किशोरावस्था लेकिन ऐसी ही खुशनुमा नहीं थी। डरों से घिरी हुई, अपनी भावनाओं पर शर्मिंदा, कई बार अपनी उन फैंटेसी की तीव्रता से भयाक्रांत जो लगता था कि उसके दिमाग में पूरी दृढ़ता से घर कर चुकी हैं। लेखक होने के बावजूद उसे इस मामले में खुद से कोई मदद नहीं मिली। इससे चीज़े और खराब ही हुईं क्योंकि उसकी कल्पनाशक्ति इन तमाम बातों को इतने भयावह रंग–रूप में उसके सामने ले आती थी कि उसे कई बार इनसे छुटकारा पाने के लिए आधी रात में इन्हें कागज़ पर लिखना पड़ता था। इन्हें सोचते रहने के बजाए कागज पर इन्हें देखना हमेशा ही कम नुकसानदेह लगता था। बुजुर्ग अर्ल और घर के नौकर इसे जानते थे। इसीलिए जब देर रात जैसे समय में उसके बेडरूम की लाइट जलती थी तो वो समझ जाते थे, उस पर एहतियातन नज़र रखते थे और उसे उसका काम करने देते थे।

वो हद से ज्यादा अनुभवहीन थी। कैंट के बोर्डिंग स्कूल में बिताए समय में भी। और ऐसा भी नहीं हुआ कि ब्रोमफील्ड के ग्यारहवें अर्ल की नातिन होने की वजह से इस मामले में उसकी ज़िंदगी कुछ आसान हुई हो। हर कोई उसकी हमेशा हिफाज़त ही करना चाहता था ! और आखिरकार सोलह की उम्र में, बेहद कोशिशों के बाद, सेलिली की मदद से, झाड़ियों के झुरमुट में उसकी मुलाकात सेसिली के भाई विस्काउंट एडवर्ड एंड्रयूज़ से हुई। वो भी सोलह साल का था।

विस्काउंट अपनी विधवा मां के साथ गांव में रहता था। वो सभी सेसिली से मिलने स्कूल आए थे। इससे स्थितियां उसके लिए आसान हो गईं।

वो उससे मिली, थोड़ी देर तक दोनों असंगत तरीके से बातें करते रहे। फिर उसने हिम्मत जुटाकर चुंबन के लिए अपने होंठ उसकी तरफ बढ़ा दिए और आंखें बंद कर लीं।

कुछ समय तक कुछ नहीं हुआ। उसने अपनी आंखें खोलीं और यह देखकर भौंचक्का रह गई कि विस्काउंट के हाथ उसके स्तनों को टटोल रहे हैं। बेहद स्वाभाविक गति से प्रतिक्रिया हुई। उसने उसे चांटा जड़ दिया। वो भी उस जैसा ही अनुभवहीन, अपने बारे में अनिश्चित सा था। बस रोना शुरू कर दिया। उसके

बाद वो आधा घंटा उसके साथ झाड़ियों के झुरमुट में रही, माफी मांगती रही, दिलासा देती रही। यहां तक कि उसके हाथ अपने स्तन पर फेरे ताकि उसे यकीन हो जाए कि वो नाराज़ नहीं है।

यह मामला यहीं खत्म हो गया। आखिरी बार उसने सेसिली से सुना था कि उसने छह बच्चों की मां एक विधवा बेगम से शादी कर ली है। बेगम के नवाब पति पाकिस्तान में शिकार के दौरान मारे गए थे। छह बच्चों में चार बड़े थे और दो छोटे। सेसिलीं ने लिखा था कि बेगम उसे अपने बड़े बेटे की तरह मानती है और वो इसे पसंद करता है। और चूंकि वो खुश है, इसलिए उसे और उसकी मां को भी कोई परेशानी नहीं थी।

लेकिन फाइलें सही थीं।

वो कुंआरी नहीं थी। और वो मामला भी अपनी तरह से नाकाफी ही था। ऑक्सफोर्ड जाने और क्लासिक्स में डिग्री लेने तक उसे ऐसा लगा कि पुरुषों की उसमें कम ही रुचि है। शायद वो उसे दूर से ही इज़्ज़त देते थे। उसका बुद्धिमान होना शायद इसकी वजह था। पारिवारिक नाम ने निश्चित ही इस मामले में भी कोई मदद नहीं की। ऐसा लगता था कि इस नाम से उन्हें भय लगता है। कई बार वो खुद को लगभग बुदबुदाते हुए पाती थी–––मैं भी इनसान हूं, मेरी भी भावनाएं हैं।

अगर भाग्य का इन सब मामलों से कोई लेना–देना होता है, तो वो इससे भी अनजान थी।

उसने हालात को संवारने की जिम्मेदारी खुद संभाली।

लेकिन यह और बातों की ही तरह आसान नहीं था। उसे इसे स्वीकार करने में बहुत दिक्कत हुई कि उसे पब के बाहर से कोई पिक करे। हालांकि कोई पुरुष ऐसा करे, इसका विचार उसके दिमाग में इस हद तक आता था कि कभी–कभी वो पब के बाहर इसके बंद होने के समय खड़ी हो जाया करती थी। हर बीतते साल के साथ यह बढ़ता गया। कभी–कभी वो अपनी इस बचकानी हरकत से चिढ़कर खुद को डांट लिया करती थी।

"तुम अब पच्चीस साल की हो चुकी हो, जूलिया ! अब बच्ची नहीं रही तुम। एक जवान, स्वस्थ महिला हो। तुम्हें किसी से प्यार नहीं हुआ और ना ही कोई तुम्हारे प्यार में पड़ा, और ऐसा होता दिख भी नहीं रहा है। तुम एक बूढ़ी नौकरानी जैसी होती जा रही हो। आखिर किसके लिए तुम यह सब बचा रही हो ?"

और इस तरह के मौकों पर वो तय करती कि अगले वीकेंड पर पब में वो किसी के साथ एक रात बिताएगी, लेकिन वो कभी ऐसा नहीं कर सकी।

क्राउन एंड विसिल में वो चुपके से खिसक कर उसकी सीट के बगल में आ गया था। उसे देखकर एक–आध बार मुस्कराया, अपनी बीयर को हाथ में हिलाया और पूछा :

"क्या मैं तुम्हारे लिए ड्रिंक मंगाऊं ?"

"मुझे माफ करें। मैं अजनबियों का ड्रिंक स्वीकार नहीं करती।"

"ओह ! लेकिन यहीं पर तुम गलत साबित हो रही हो, जूलिया। मैं अजनबी नहीं हूं। मैं आज ही तुम्हारे नाना से मिलने आया हूं। उन्होंने मुझे बताया कि शायद तुमसे यहां मेरी मुलाकात हो सकती है। उन्होंने मुझ पर ज़ोर डाला कि मैं तुमसे मिलूं। मैं तुम्हें हैलो बोले बगैर ब्रोमफील्ड से नहीं जा सकता था। लेकिन क्या अब जा सकता हूं ?"

उसने उसे दिलचस्पी से देखा। लंबा, कांसे जैसा शरीर, सुंदर और अनगढ़, एक दक्षिण अफ्रीकी लहजे के साथ उसे अपनी ओर खींच रहा था। उसकी शर्ट के ऊपर के बटन खुले हुए थे। उसने टाई नहीं पहन रखी थी। नाखून करीने से कटे हुए थे। उसने गर्मजोशी से जूलिया से हाथ मिलाया।

उसने उसके हाथ को अपने दोनों हाथ में ले रखा था।

"और तुम्हें नाना से मिलने आने की जरूरत क्यों पड़ी ?"

"यह एक लंबी कहानी है। लेकिन हमारे पास समय की कमी नहीं है। पहले मैं तुम्हारे लिए एक ड्रिंक खरीद लूं। उसके बाद तुम्हें सब कुछ बताऊंगा। क्या मंगाऊं ?"

"हल्की ऐल बीयर ठीक रहेगी।"

वो बेंच सीट पर खिसककर उसके और पास आ गया। आवाज़ नीची कर दी। "मैं दक्षिण अफ्रीका की सरकार के लिए काम करता हूं। कह सकते हैं, जनसंपर्क जैसा काम। इस मुश्किल समय में हमें अपने दोस्तों में से किसी को भी नहीं खोना है। सरकार ने पूरी दुनिया में फैले ऐसे लोगों और कंपनियों की लिस्ट बनाई है जो दक्षिण अफ्रीका में विश्वास रखते हैं। तुम्हारे नाना आसानी से इस लिस्ट के सबसे पहले के सौ लोगों में आते हैं। दक्षिण अफ्रीका की सरकार ने मुझे एक निजी राजदूत की हैसियत से इन दोस्तों के पास भेजा है। इस बात के लिए धन्यवाद देने कि इन्होंने हमें वित्तीय विश्वास और सहयोग दिया है। इन्हें अपनी स्थिति बताने के लिए भेजा है जिसे कई बार प्रेसवाले गलत तरीके से पेश

कर देते हैं। इनके सवालों का जवाब देने और इन्हें इस बात के लिए प्रेरित करने कि वो दक्षिण अफ्रीका को अपना वित्तीय सहयोग नए निवेश के साथ जारी रखें।"

"ऐसा लग रहा है कि जैसे तुम मुझे कोई स्पीच सुना रहे हो," जूलिया ने उसकी तरफ गिलास उठाते हुए कहा।

"मुझे एक बहुत मज़ेदार काम सौंपा गया है———और यह है मज़ेदार———हमें देखो, दोस्तों से मिल रहे हैं। मैं पूरा यूरोप घूम चुका हूं और अगले महीने अमेरिका जाने वाला हूं। अब तो मुझ पर विश्वास करोगी ?"

"हां, मुझे पता है कि नाना ने साउथ अफ्रीका में काफी धन निवेश कर रखा है, खासकर खदानों में।"

"मैं साउल प्रेंतिस हूं, "उसने बताया। "तुम्हारे बारे में तुम्हारे नाना की हर बात सही है ! उन्होंने मुझ पर जोर दिया था कि जाने से पहले मैं तुमसे मिल लूं। और मुझे बहुत खुशी है कि मैंने ऐसा किया।"

"हां, यह सुनिश्चित कर रहे हो कि मैं जायदाद की विरासत संभालने के बाद साउथ अफ्रीका से सारा धन ना निकाल लूं ? अच्छी सोच है।"

उस शाम उसने और दिनों के मुकाबले थोड़ी ज्यादा पी। और पब बंद होने के समय उसे घर छोड़ने के उसके प्रस्ताव पर हामी जता दी। प्यारे नाना ! कोई भी उन पर यह आरोप नहीं लगा सकता कि वो उसके लिए कोशिशें नहीं कर रहे हैं। वो साउल के पूरे वजूद पर उनकी लिखित सहमति पढ़ पा रही थी।

वो अनुभव दर्द भरा था। थोड़े से मज़े और इसे पूरा करने के किसी भी अहसास के बगैर। वो खुश थी कि यह खत्म हो गया। अगर इसका मतलब यही होता है तो वो खुश थी कि इसे सिर्फ एक बार खोना पड़ता है। उसकी सभी दोस्तों ने इस दर्द को कम आंका था। जैसे कि हल्का सा चीरा या बर्रे ने काट लिया हो। लेकिन यह दर्द इससे ज़्यादा था। शायद इसलिए भी क्योंकि वो अपनी दोस्तों से ज़्यादा उम्र की थी। दर्द के कम होने के बाद भी किसी तरह की उत्तेजना उसने महसूस नहीं की। लेकिन जिस बात ने उसे सबसे ज्यादा परेशान किया———उसे उस बार भी परेशान किया और आगे भी हर बार किया———कि उसने किसी तरह के जज्बे को महसूस नहीं किया। यह असहास लापता था। ऐसा नहीं था कि उसने उसके साथ पूरी संवेदना के साथ रिश्ता बनाने की कोशिश नहीं की थी। सच तो यह है कि बहुत ज़्यादा कोशिश की थी, औरों से बहुत ज़्यादा कोशिश की थी क्योंकि उसको इसका मौका ज़िंदगी में

काफी देर से मिला था। ऐसा उसे लगता था। वो चाहती थी कि ये रिश्ता काम करे, किसी भी तरह। लेकिन यह उस तरह उठ नहीं सका जैसा कि सभी कहते थे कि उठना चाहिए। रिश्ते से स्नेह और भावनाएं गायब थीं।

वो पहली बार चिंता मुक्त था।

"क्या तुमने कभी सर्विस ज्वाइन करने के बारे में सोचा है, जूलिया?"

"मेरे पिता सेना में थे। उनके मरने से पहले कभी इस बारे में नहीं सोचा।"

"अरे नहीं, मेरा आशय सैन्य खुफिया विभाग से है। गुप्तचर सेवा। यह एकमात्र ऐसी जगह है जहां तुम्हें हमेशा रोमांच का अहसास होगा, शांति के समय भी। खासकर शांति के समय में।"

"क्या यही वजह है कि तुम यहां हो ?"

उसने सवाल को अनदेखा कर दिया।

"तुम एक बहुत अच्छी एजेंट साबित होगी, जूलिया। बढ़िया। अच्छी पारिवारिक पृष्ठभूमि, ऑक्सफोर्ड की डिग्री। तुममें हिम्मत है। तुम्हें आसानी से धक्का नहीं दिया जा सकता जैसा कि अभी–अभी तुमने साबित किया है। भगवान मेरी मदद करे, तुममें ना तो भावुकता भरी है और ना ही संवेदना। ऐसे एजेंट के गुण जिन्हें हम आसानी से इस्तेमाल कर सकते हैं। मेरा मतलब ब्रिटिश इंटेलिजेंस, एमआई–6 से जुड़ने से है, साउथ अफ्रीका से नहीं। क्या तुम तैयार हो ?"

उसने खुद को एक बांह के सहारे ऊपर किया।

"तो, क्या तुम मेरे साथ इसी वजह से सोते हो ? भर्ती करने की प्रक्रिया? या फिर नौकरी के नियम के तहत ? या इसी जैसा और कुछ? दिमाग को बांधने से पहले शरीर को बांध लो ?"

"मूर्खों जैसी बात मत करो, जूलिया ! तुम बहुत खूबसूरत महिला हो। बहुत उत्तेजक नहीं, थोड़ी ठंडी और दूरी बनाकर रखने वाली। लेकिन काबिल। उन बेवकूफ औरतों जैसी नहीं जिनसे रोज़ाना ही किसी ना किसी पाला पड़ता है।"

वो उसके नज़दीक गया। उसके स्तन पर हाथों को फेरा और कोमल निप्पल को अपनी उंगली से भूसी की तरह मसलने लगा।

"क्या तुम करोगी ? सीक्रेट सर्विस ज़्वाइन करोगी ?"

"क्या यह तुम्हारे लिए दोहरी विजय होगी ? संभोग के लिए फुसलाने के साथ साथ मुझे बतौर एक एजेंट भर्ती भी कर लिया ?"

"क्या जूलिया ! इस बात को इस तरह से मत देखो।"

"क्या तुम्हें नौकरी में तरक्की मिलेगी ?"

"नहीं।"

"लेकिन तुम अपने वरिष्ठ अफसरों के सामने अपने लिए कुछ प्वाइंट तो बना ही लोगे ? इससे उनकी गुड बुक में आ जाओगे ? प्रशस्ति पत्र मिलेगा, शायद?"

"नहीं! यह सिर्फ एक जॉब है। मुझे इसमें मज़ा आता है। मैंने तुम्हारे साथ लाजवाब घंटा बिताया है। यह और भी अच्छा होता अगर तुमने भी इसका मज़ा लिया होता। लेकिन तुम लोगी ! मेरे शब्दों को गांठ की तरह बांध लो। तुम मेरे पास बार–बार आओगी। ज़्यादातर महिलाएं, जिन्हें मैं जानता हूं, मेरे पास लौट लौट कर आती हैं। तुम भी आओगी, लेडी जूलिया !"

जूलिया ने अपने स्तनों पर से उसका हाथ हटा दिया। बिस्तर से बाहर आ गई और कपड़ा पहन लिया। "रसोई में चाय रखी है, अगर तुम चाहो तो पी लेना," उसने कहा। "मैं अहाते में आधी रात की चहलकदमी के लिए जा रही हूं। मैं आधे घंटे बाद यहां लौटूंगी और तुम्हें यहां नहीं देखना चाहूंगी।"

"लेकिन तुम इस बारे में सोचोगी ना ? क्या मैं तुम्हारे पास वेलविन गार्डेन सिटी में रहने वाले एक आदमी का पता छोड़ जाऊं ? अगर तुम मेरे प्रस्ताव को मानने का फैसला करो तो शायद इस आदमी को कॉल करने के बारे में सोचो। उससे बस इतना कहना कि साउल ने तुम्हें भेजा है। वो तुम्हें तुम्हारा इंतज़ार करता मिलेगा।"

"इसे किचेन टेबल पर छोड़ जाना," जूलिया ने कहा। जाते समय बाहर का दरवाजा लॉक कर देना।"

नाना की जागीर में चहलकदमी करने के इस आधे घंटे के दौरान उसने बहुत सोचा। जब वो बच्ची थी और उसे नींद नहीं आती थी तो वो इसी तरह आधी रात को चहलकदमी करने लगती थी। उसने शाम की घटनाओं पर गौर किया। चांदनी रात में चीज़ें कितनी अलग नज़र आती हैं। आप चीज़ों को उस रूप में नहीं देखते जैसी वो होती हैं बल्कि उस रूप में देखते हैं जैसे कि देखना चाहते हैं। और जब आप अकेले चल रहे हों तो भला कौन है जो आपको गलत साबित कर सकता है?

उसे इस नतीजे में पहुंचने में अधिक देर नहीं लगी कि बिस्तर में जिस काम का प्रस्ताव मिला है उसमें कुछ ना कुछ रोमांच तो है। ऑक्सफोर्ड की क्लासिक्स

की डिग्री शायद इस काम में मददगार ना हो लेकिन फिर यही क्या, कोई भी डिग्री मददगार नहीं होती।

कार्ड किचेन टेबल पर अभी भी गर्म टी पॉट के सहारे खड़ा था। डॉक्टर विलियम फार्न्सवर्थ, इसके बाद उसका वेलविन गार्डेन सिटी का पता।

उसने अपना सिर फिर इस तरह झटका कि उस शाम की यादों को भी मिटाना चाहती हो।

ब्रोमफील्ड छोड़ते वक्त जूलिया ने ए–1 के जरिए लंदन पहुंचने का फैसला किया। सुबह के उस वक्त–––––अब तो लंच का टाईम हो रहा था–––––ट्रैफिक कम होगा। यह सड़क दक्षिण दिशा में एपेक्स कॉर्नर तक जाती है और वहां से इससे ए–41 निकलती है। लेकिन हेंडन में उसने अपनी कार रोकी, अपने लिए सैंडविच और दूध का कार्टन लिया। बेंटले में इन्हें खाया–पीया, कार का दरवाज़ा इस दौरान खुला रहा। इस बार वो अच्छी तरह जानती थी कि हाथ कहां पोछना है और यह जगह उसकी ड्रेस नहीं थी। हाथ साफ करने के लिए उसने बेंटले के दस्ताने वाले कंपार्टमेंट से पेपर नैपकिन का गुच्छा निकाला। उसने अपने गले और छाती पर परफ्यूम छिड़का। चौराहे पर वो लंदन जाने के लिए फिंश्ले रोड के लिए मुड़ गई लेकिन वहां पहुंचने से पहले ही वो हैम्पस्टेड की पहाडियों पर चढ़ गई, वहां से फिट्ज़ॉन्स एवेन्यू के लिए सड़क से नीचे उतरी जोकि हैम्पस्टेड की बंजर भूमि से होती हुई स्विस कॉटेज के पास जाकर फिंश्ले रोड से मिलती थी। फिट्जॉन्स एवेन्यू पहाड़ी के किनारे से लगा हुआ था। यहां कभी जागीरदारों के भव्य मकान हुआ करते थे जिनसे उनके शाही रहन–सहन का पता चलता था लेकिन अब जिन्हे फ्लैट में बदल दिया गया था। वो ऐसे घर थे जिनमें कभी बहुत रईस परिवार रहा करते थे। जिनमें नौकर बेसमेंट में रहकर सर्विस बेल की झनकार सुनकर दौड़े आते थे। इनके आस–पास कुछ और नहीं था क्योंकि ये घर बंजर भूमि के पास थे। लंदन के पास थी यह जगह, आने–जाने के लिए आसान। अब ये मकान उन महंगे फ्लैट में बंटकर संतुष्ट थे जिन्हें अमीर लोग खरीद सकते थे। फ्रायड कोने के पास वाले फ्लैट में रहता था। अपने अपार्टमेंट में घुसने के साथ ही उसने फोन की घंटी की आवाज़ सुनी। ये डोनाल्डसन था।

उसने टेलीफोन पर भारी भरकम, जैसे गाना गाती हुई आवाज़ सुनी।

"डॉक्टर फार्न्सवर्थ ने मुझे आपको सूचना देते रहने को कहा था, मिस स्पेंसर," उसने कहा। "मैंने सोचा कि आपको कॉल करूं और खुद का परिचय कराऊं।"

"बहुत अच्छा सोचा तुमने, डोनाल्डसन। तुम्हारा पहला नाम क्या है ?"

"थामस, मिस स्पेंसर, टॉम।"

"तुम मुझे जूलिया बुला सकते हो। क्या हम पहले कभी मिले हैं ?"

"मुझे नहीं लगता मिस जूलिया। मैं सिर्फ पार्ट टाईम करता हूं। एक तरह का फ्रीलांसर। मुझे सर्विस में ज़्यादा लोग नहीं जानते। सिर्फ डॉक्टर फार्न्सवर्थ और एक–दो और लोगों को छोड़कर। मैं इन लोगों के लिए नियमित रूप से काम नहीं करता हूं। वो मुझे तब बुलाते हैं जब किसी का पीछा करवाना होता है। जैसे कि यहां भारतीय डॉक्टर का।"

"अभी तुम कहां हो टॉम ?"

"साउथ केनसिंग्टन स्टेशन पर। हमारे आदमी ने अपनी महिला दोस्त के साथ रोमानो में लंच किया है। यह ऑक्सफोर्ड सर्कस के पास एक छोटी सी इटैलियन जगह है।"

"जानती हूं," जूलिया ने कहा। "डॉक्टर फार्न्सवर्थ ने इस बारे में बताया था। मैं उन्हीं के साथ थी जब तुम्हारा फोन आया था।"

"वो बीच लंच में उठकर बाहर आया था और मेरे सामने अपने हाथ लहराने लगा था। अपने पांव भी पटक रहा था।" डोनाल्डसन की आवाज़ में अपमान का अहसास था। यह कोई अच्छी बात नहीं थी। कम से कम उसकी ज़िंदगी की किताब में तो नहीं ही।

"कोई बात नहीं टॉम," उसने टेलीफोन पर ही उसकी आहत भावनाओं पर मरहम सा लगाते हुए कहा। "उसके पास बने रहो।"

"मुझे धमकी दी कि पुलिस से शिकायत करेगा अगर उसने उसकी महिला दोस्त को परेशान करना नहीं छोड़ा। वो बुरी तरह बिफरा हुआ था ! मैंने उससे कहा कि मैं तो धूप का आनंद ले रहा हूं, सड़क के इस तरफ जूते की दुकान की खिड़की से टेक लगाकर। मैं कोई बवाल नहीं चाहता था। इसलिए मैंने उससे कहा कि अगर वो इसे पसंद नहीं करता तो मैं कहीं और जाकर धूप का आनंद उठा लूंगा। मैं कोई हिंसक आदमी नहीं हूं, मिस जूलिया, लेकिन वो कह रहा था कि मैं उसकी नाक पर घूंसा क्यों नही मारता। उसे इस बात का अहसास नहीं था कि मैं उसकी महिला दोस्त नहीं बल्कि उसी का पीछा कर रहा हूं।"

"अब वो कहां है, टॉम ?"

"जल्दबाजी ना करें, मिस, मुझे आप से बातें करना अच्छा लग रहा है।"

''धन्यवाद, टॉम। लेकिन वो अभी कहां है ? तुम उसके पास हो या नहीं?''

''मैं उसके पास हूं। इस बात को लेकर कभी भी परेशान ना हों, मिस जूलिया। हां, तो मैं कह रहा था, मेरी बात काटे जाने से पहले, कि उन्होंने बहुत ही इत्मीनान से लंच किया। मुझे लगता है कि उनके बाहर आने से पहले कोई एक घंटा तो लगा होगा। मैंने एहतियातन खुद को छिपा लिया था क्योंकि उसकी महिला दोस्त सबसे ज़्यादा चौकन्नी और शक शुबहे में दिख रही थी। वो बगल के ही भारतीय रेस्टोरेंट में घुसी और उसके बगल की बेकरी में भी घुसी। वो मुझे ही तलाश रही थी। किसी का शौकिया पीछा करने वालों में यही कमी होती है। वो पेशेवर लोगों की तरह व्यवहार नहीं कर पाते। क्या आप वहां हैं, मिस ?''

''हां, हां,'' जूलिया ने कहा। ''और सुन रही हूं। इससे ज़्यादा मैं कुछ कर नहीं सकती।'' उसने फोन पर उसकी दबी हुई हंसी सुनी।

''जी, वो लोग ऑक्सफोर्ड ट्यूब स्टेशन की तरफ चले। एक–दूसरे को कसकर पकड़े हुए, पता नहीं किस वजह से। फुटपाथ पर बीच में ही रुक गए जिससे राहगीरों को थोड़ी दिक्कत भी हुई और अंत में ट्यूब स्टेशन पहुंच गए। साउथ केनसिंग्टन जाने वाली ट्रेन में सवार हो गए। और यहीं मैं एक मुश्किल में फंस गया।''

''कैसी मुश्किल ?''

''वो एक दूसरे से अलग हो गए। मुझे लगता है कि उसकी महिला दोस्त ने मुझे देख लिया था। सबसे ज़्यादा शक करने वाली औरत ! मैंने पूरी कोशिश की थी कि जहां तक हो सके उनकी तरफ अपनी पीठ रखूं लेकिन एक जगह स्टेशन पर उतरने के दौरान एक मुसाफिर मुझसे टकरा गया और उसने मुझे देख लिया। मुझे उन दोनों में से चुनाव करना था, मिस, और चूंकि मुझे उसका पीछा करने के लिए रखा गया है, इसलिए मैं उसके साथ बना रहा ना कि महिला के साथ। मैंने ठीक किया ना मिस ?''

''बिलकुल ठीक किया ! उसके साथ बने रहो ! महिला पर कोई खतरा नहीं है। खतरे से घिरा हुआ वो है ! अभी तुम कहां हो ?''

''टेलीफोन बूथ में, मिस, और कहां ?''

जूलिया ने जैसे हार मान ली। '' जी, मिस जूलिया, क्या मैं बात जारी रखूं?''

उसने उसकी खामोशी को लंबी तकलीफदेह सहमति समझा ।

"मैं वहीं था जहां अभी हूं। ट्यूब स्टेशन पर उसके पास। प्रतीक्षा कर रहा हूं कि वो यहां से हिले। वो अपनी महिला दोस्त की प्रतीक्षा कर रहा है। वो अगले स्टेशन तक जाएगी, वहां से मुड़ेगी और वापस यहीं आएगी। मुझे पता है कि ऐसा ही होना है। वो दोनों मेरी ज़िंदगी को मुश्किल बनाना चाह रहे हैं। ट्यूब स्टेशन के सामने ही सड़क के पार उपहार की दुकान है। दुकान के ऊपर का फ्लैट इसी महिला का है। मैं नहीं जानता कि ये दोनों कितनी देर यहां रहने वाले हैं, मिस। पीछे एक गली है जिसमें फ्लैट का पीछे का दरवाज़ा है। अगर उस आदमी ने पीछे से जाने का फैसला कर लिया, मिस, तो फिर मेरे लिए उस पर नज़र रखना मुश्किल हो जाएगा।"

"मैं वहां जल्दी से जल्दी पहुंचने की कोशिश करूंगी," जूलिया ने कहा। "अगर ट्रैफिक की मेहरबानी रही तो आधे घंटे में पहुंच जाऊंगी।"

"कोई और काम जो आप मुझसे करवाना पसंद करेंगी, मिस ?" डोनाल्डसन ने पूछा। "डॉक्टर फार्न्सवर्थ ने कहा था कि मैं आपके निर्देशों को मानूं।"

"बस, वहीं बने रहो। जब तुम देखना कि मैं उपहारों की दुकान में चली गई हूं तो तुम पीछे गली में चले जाना और पीछे के दरवाज़े पर नज़र रखना। हर हाल में उस पर नज़र बनाए रखना !" वो कड़े शब्दों में उससे यह कहने ही वाली थी कि उस पर नज़र बनाए रखना कितना ज़रूरी है कि उसने उसकी लगभग घबराते हुए बात बात काटी।

"वो आ गई, मिस ! एस्क्लेटर से ऊपर आ रही है, मुझे जाना होंगा!" लाइन कट गई।

जूलिया ने सावधानी से और तेज़ी से गाड़ी चलाई। ट्रैफिक नियम तोड़ने पर पकड़े जाने या किसी दुर्घटना का हिस्सा बनने की कोई ज़रूरत नहीं थी। इससे तो बात बिगड़ जाती। लेकिन वो गाड़ी धीरे भी नहीं चला रही थी। दोपहर के बाद का ट्रैफिक अब बढ़ रहा था। आफिस वालों के घर लौटने में अभी वक्त बचा था। सेंट्रल लंदन में दिन भर की शॉपिंग करने वाले शाम की भीड़ से बचने के लिए जल्दी वापस लौट रहे थे। लेकिन उसके लिए सौभाग्य की बात यह थी कि ज्यादा ट्रैफिक सड़क के दूसरे तरफ था। सेंट जान्स वुड तक वो आसानी से पहुंच गई। बेकर स्ट्रीट पर ट्रैफिक जाम जैसे हालात थे। सड़क का एक हिस्सा बंद था। दूसरा हिस्सा लगभग रेंग रहा था। उसने ज़ल्दी से लेन बदली, कानों में पड़ने वाले ट्रैक्सी ड्राइवरों के भद्दे शब्दों को अनदेखा किया, अपने रूट

को बदलने का फैसला किया, हाईड पार्क को छोड़ते हुए पश्चिम की तरफ से साउथ केनसिंग्टन पहुंच गई।

वहां डोनाल्डसन का नामो निशान नहीं था। हो सकता है कि उसने उसे देख लिया हो लेकिन खुद को ज़ाहिर ना किया हो।

दुकान खाली थी। काउन्टर के पीछे सेल्स गर्ल खड़ी थी। वो उसकी तरफ आगे बढ़कर मुस्कराई।

"क्या मैं आपकी कोई मदद कर सकती हूं ?"

उसके बोलने के अंदाज में विदेशी लहजा हावी था। फाइल में लिखा था कि वो इजरायली है। उसका मोहक रूप रंग बता रहा था कि उसका संबंध मध्य पूर्व से है। उसके काले लंबे घने बाल कमर तक झूल रहे थे। जूलिया ने हैरत से देखा कि बाल कितने करीने से सजा हुआ है। छोटे कानों के पीछे से होकर कूल्हे तक किसी काले झरने की तरह गिरता हुआ। बिना किसी मस्से और चकत्ते वाला खूबसूरत सफेद शरीर हल्का भूरापन लिए हुए थे। संवदेनशील काली आंखों ने जूलिया के चेहरे को इस तरह देखा कि जैसे वो उसकी पसंद को पढ़ने की कोशिश कर रही हो।

वो लंबी नहीं थी। जूलिया उसके सामने कोई चार इंच ऊंची नज़र आ रही थी। लेकिन उसका शरीर उसके कद के साथ खूबसूरती से तालमेल बिठाए हुए था।

उसकी कलाकारों जैसी उंगली जैसे अपनी भावनाओं को व्यक्त कर रही थी।

"क्या मैं आपकी मदद कर सकती हूं ?" उसने दोहराया।

"बस, देख रही हूं, शुक्रिया," जूलिया बोली। "गिफ्ट देख रही हूं।"

"किसी दोस्त के लिए ?"

"हां, आप ऐसा कह सकती हैं। क्या मैं घूमकर देख लूं ?"

"प्लीज़, ज़रूर, अगर ज़रूरत हो मुझे आवाज़ दीजिएगा, मेरा नाम शारी है।"

जूलिया ने तेजी से दुकान देख डाली, कुछ चीज़ों को ऐसे देखा जैसे कि पसंद आ रही हों। एक शेल्फ पर अफ्रीकन मास्क; म्यूज़िक बॉक्स में रखा एक बीयर मग जो बॉक्स के ढक्कन को खोलने पर बज उठता था । इस दुकान में कुछ भी खोज कर निकालना नामुमकिन था। हालांकि वो जानती थी कि उसे किस चीज़ की तलाश है। पूरी दुनिया से लाए गए गिफ्ट आइटम से दुकान भरी

पड़ी थी। दुकान को देखते हुए उसने सोचा कि साउल ने दोनों सरकारों से मिले यात्रा भत्ते का बढ़िया इस्तेमाल किया है। बहुत कुछ था यहां–––भारत से मंगाई गई नक्काशी की हुई लकड़ी की मेज़ और संदल की लकड़ी की सुंगध वाला सिगरेट केस, मोरक्को के चांदी के आभूषण, फ्रांस से मंगाया गया पंद्रह फीट का एफिल टॉवर, अमेरिका का नावाजो मास्क और दक्षिण अफ्रीका का पतला नुकीला भाला।

दीवार पर उसने दुनिया के सभी देशों के उन चाकुओं का संग्रह देखा जो कभी ना कभी इन देशों में बने रहे होंगे।

वो वापस काउंटर वाली लड़की के पास गई जो शाम के अखबार को पढ़ने के बहाने खामोशी और चुपके से उसे देख रही थी।

"आपके पास अनगिनत खूबसूरत चीज़ें हैं," जूलिया ने कहा। "इनमें से चुनना बेहद मुश्किल है।"

"मुझे लगता है कि आपको मदद की जरूरत है," शारी ने मुस्कराते हुए कहा। "क्या वो कोई पुरुष है ?"

"जी ! माफ करें ?"

"जी, वो दोस्त, ? जिसके लिए आफ गिफ्ट पसंद करना चाह रही हैं। क्या वो पुरुष है ?"

"हां।"

"क्या आपका कोई बजट है। वो धनराशि जो आप खर्च करना चाहेंगी ?"

"जी, हां। समझ लें कि यही कोई दो सौ पाउंड।"

शारी ने सीटी बजाई।

"कोई बहुत नज़दीकी दोस्त होगा ! इतनी धनराशि में तो आप भारत के किसी हाथी दांत से बने आइटम को खरीद सकती हैं। हम उसे काउंटर के पीछे ताले में रखते हैं। लेकिन मैं उसे आपके लिए निकाल दूंगी। हाथी दांत का बना कोई सिगरेट केस ? या फिर हाथी दांत का बना कोई शतरंज सेट ? भारतीय स्टाइल के हाथी और प्यादे के साथ?"

"ना तो वो स्मोक करता है और ना ही शतरंज खेलता है। क्या यह दुकान आपकी है। ?"

"मेरी ! ओह, प्यारी, नहीं ! मैं तो बस यहां काम करती हूं। यहां का काम

मुझे पसंद है। मैं हमेशा चाहती थी कि मैं आकर्षक चीजों से घिरी रहूं। दुकान के मालिक भी इसी तरह सोचते हैं।"

"कहीं ऐसा तो नहीं है कि वो अब ऐसा सोचने लगे हैं ?"

"उनकी मौत हो चुकी है। तीन दिन पहले उनका निधन हो गया।"

"सुनकर बेहद अफसोस हुआ। क्या लंबी बीमारी की वजह से ?"

"एक दुर्घटना में उनकी मौत हो गई।"

"आह ! इसे स्वीकार कर पाना हमेशा मुश्किल होता है। अगर पता हो कि मौत आने वाली है तो फिर यह शायद थोड़ी आसान हो जाती है। उनके परिवार पर बहुत बुरी बीत रही होगी। उनका परिवार है ?"

"पत्नी है, अगर आप उसे ऐसा कह सकें तो !" शारी की आवाज़ धीरी हो गई। "वो यहां है। हमारे ऊपर बने फ्लैट में। उस दरवाज़े से होकर ऊपर जाया जाता है। एक घंटा पहले अपने भारतीय ब्वॉयफ्रेंड के साथ पहुंची। कोई शर्म नहीं ! अगर मुझे कहना हो तो । मिस्टर प्रेंतिस को मरे अभी तीन दिन भी नहीं हुए हैं और ये अभी से उसके साथ रहने लगी है। मैं जानती हूं कि मुझे उसके बारे में ऐसे बात नहीं करना चाहिए, मगर मुझे बहुत गुस्सा आ रहा है।"

"शायद बात ऐसी ना हो जैसी दिख रही है," जूलिया ने कहा। "ऐसे समय में महिला को एक दोस्त की ज़रूरत होती है।"

"आपको इस पर विश्वास नहीं होता !" शारी बोली। अपनी आवाज़ को और धीमी करते हुए। "वो उसके लिए कोई आंसू नहीं बहा रही है। आप इस पर शर्त लगा सकती हैं। उसे खुशी है कि वो चला गया। कुतिया ! कितना अच्छा इनसान था वो। हमेशा दूसरों का ध्यान रखने वाला।"

ऐसा लगा कि शारी रो पड़ेगी।

उन्होंने बंद दरवाजे के पीछे से फ्लैट की तरफ से आते कदमों की आवाज़ सुनी। शारी खामोश हो गई और वहां से हट गई। जोशुआ पहले आया। एक लम्हे के लिए जूलिया से उसकी निगाहें मिलीं।

इन निगाहों में कोई जान–पहचान नहीं दिखी। उसने लॉरा के लिए दरवाज़ा खोला। वो दोनों दुकान में काउंटर के पीछे चले गए।

जूलिया तेज़ी से उन दोनों की नजर से दूर एक कोने में चार फीट ऊंचे इटैलियन गुलदान के ढेर के पीछे चली गई। उसने अपने ब्लाउज़ के ऊपर के

तीन बटन खोले। अपनी ब्रा में हाथ डाला, और उसकी कंधे से लगी पट्टी को खिसकाया, अपनी बांह और स्तन के बीच उसे कसकर पकड़ा। अपने ब्लाउज़ के बटनों को बंद किया और पहले जैसी जल्दी से ही उन तक वापस पहुंच गई।

"क्यों, डॉक्टर सैम्युअलसन ना !" उसने कहा। "यह डॉक्टर सैम्युअलसन हैं। हैं ना ? सौ फीसदी, वहीं हैं।"

उसने अपना हाथ सैम्युअलसन की तरफ बढ़ाया। सैम्युअलसन ने हाथ मिलाया।

जोशुआ ने उसे चकराई हुई निगाहों से देखा।

"क्या मैं आपको जानता हूं," ? उसने पूछा।

"मैं जूलिया हूं। जूलिया रेबर्न–स्पेंसर। मैं डॉक्टर क्लेबोर्न से कंसल्ट करने वालों की लिस्ट में हूं। कई सालों से हूं।"

"आह ! हां, जूलिया ! मुझे याद आया। मैंने आपको सर्जरी में एक–आध बार देखा है, क्लेबोर्न का इंतज़ार करते हुए। कैसी है आपकी सेहत ?"

"बहुत बेहतर, शुक्रिया। हालांकि मैं सोच रही थी कि डॉक्टर क्लेबोर्न से मिलने जाऊं लेकिन वो छुट्टी पर हैं। छुट्टी पर हैं ना ?"

"वो आज सुबह लौटे हैं। पहचान ना पाने के लिए आप से माफी चाहता हूं जूलिया। मेरे पास इतने मरीज़ हैं।"

"मैं समझ सकती हूं। बढ़िया दुकान है।"

"यह इन्हीं मिसेज़ प्रेंतिस की है," जोशुआ ने लॉरा की तरफ इशारा करते हुए कहा, जो इन दोनों की तरफ बिना किसी खास परवाह के देख रही थी। "मैं कह सकता हूं कि आप इस दुकान पर भरोसा कर सकती है। क्या आपको अपनी पसंद का कुछ मिला। देखिए, इनके पास कितने अच्छे सामान हैं। और दाम भी बहुत वाजिब है।"

उसने अपने हाथों को दुकान की हर दिशा में ऐसे हिलाया कि जैसे इसमें रखी सभी चीज़ों को उसे दिखा रहा हो। जूलिया ने काउंटर पर रखे हाथी दांत के सेट की तरफ इशारा किया। उसने नोट निकालने के लिए अपने पर्स की तरफ हाथ बढ़ाया, अपनी छाती के पास से तेज़ी से अपने हाथों को झटका, शर्मिंदगी से हल्के से चिल्लाई और अपने स्तनों को अपने हाथ से दबा लिया।

ब्रा की शोल्डर स्ट्रैप उसके बाएं हाथ की छोटी आस्तीन से निकलकर उसकी बांह पर गिर रही थी।

"मैं बेहद शर्मिंदा हूं," उसने घबराकर कहा। "ऐसा लगता है कि मेरी शोल्डर स्ट्रैप टूट गई है, ओफ्फोह !"

"परेशान मत हो," लॉरा ने कहा। "ऐसी बातें होती रहती हैं। ये हमेशा गलत समय पर टूटती है !"

जोशुआ ने ऐसा दिखाने की कोशिश की कि उसने कुछ सुना नहीं। वो दूसरी तरफ देखने लगा।

"क्या तुम फ्लैट के बाथरूम का इस्तेमाल करना चाहोगी ?" लॉरा ने पूछा। "ऊपर है, उस दरवाज़े के पार। तुम उसका इस्तेमाल कर सकती हो। ऐसा लगता है कि कप के पास से स्ट्रैप ढीली हो गई होगी। हो सकता है कि तुम इसे ठीक कर लो। और अगर ना कर सको तो घर तक पहुंचने के लिए इसे किसी तरह पीछे लपेट लो। अपने बाएं हाथ में पर्स डालकर उसे थोड़ा ऊपर किए रहो, किसी को कुछ पता नहीं चलेगा !"

"मैं इस्तेमाल कर लूं ? बेहद शुक्रिया, "जूलिया ने कहा।

दरवाज़े से निकलने के बाद वो तेजी से सीढ़ियों की तरफ लपकी। बाथरूम में उसने अपने जूते निकाल फेंके। इसी दौरान अपनी स्ट्रैप को ठीक किया, उसे उसकी जगह पर फिट किया।

उसके पास अधिक समय नहीं था।

फ्लैट सीढ़ियों के ऊपर भी था और नीचे भी। किचेन और लिविंग रूम नीचे थे, दुकान के पीछे; बेडरूम और बाथरूम बरामदे की तरफ खुलते थे। स्टडी रूम दुकान के बिलकुल ऊपर था।

सबसे पहले उसे बाथरूम के आसपास देखना होगा। साउल का फिज़ीशियन था डॉक्टर सैम्युअलसन। या शायद क्लेबोर्न भी हो सकता है। कोई भी हो, क्या किसी ने ऐसी दवा लिखी थी जिसकी मदद से फॉरेंसिक टीम को साउल की सेहत के बारे में कुछ पता लग सके ? दवा का डिब्बा बाथरूम में था। सिंक के ठीक ऊपर दीवार में लगा हुआ। रोज़मर्रा की दवाएं---

एस्पिरिन, खांसी की दवा, आई ड्रॉप, लोजेंन्जेस, डिओड्रेंट। भगवान! हर किसी की दवा का डिब्बा किसी और के डिब्बे जैसा ही दिखता है। सभी के पास एक जैसा ही। बीमारी भी सबको एक जैसा बना देती है।

ना घूमने वाले ढक्कन और आकर्षक, भारी भरकम मेडिकल नामों वाली गोलियों से भरी कोई भी ऐसी बोतल नहीं थी जिसका इस्तेमाल बच्चों के लिए

मना हो। इस घर में बच्चों के लिए मना बोतल भला क्यों होनी चाहिए ? घर में कोई बच्चा नहीं है जूलिया, उसने खुद से सख्ती से कहा। तुम्हारे पास गंवाने के लिए एक भी क्षण नहीं है और तुम इसी उधेड़बुन में पड़ी हुई हो कि घर में बच्चे क्यों नहीं हैं ? और बच्चों के लिए मना बोतल नहीं है ?

वहां संदिग्ध नामों वाली एक भी शीशी ऐसी नहीं थी जो किसी गंभीर बीमारी की तरफ इशारा करती । ना तो साउल के नाम की और ना ही लॉरा के नाम की। ना कोई ऐसी जिससे किसी मेडिकल वंशावली का पता चले। काउंटर पर रखी दवाओं की ऐसी कोई वंशावली नहीं थी कि उसके बारे में ज़्यादा खोजबीन की जाए।

उसने अपने जूतों को हाथ में लिया और बरामदे में निकल आई। वहां से स्टडी में पहुंची। फर्श पर कारपेट नहीं थी। हालांकि वो नंगे पैर थी लेकिन क्या उनसे इतनी आवाज़ हो रही होगी कि वो नीचे दुकान में लोगों को सुनाई दे जाए?

उसने मेज़ और ड्रार को तेज़ी से खंगाल डाला। काम का कुछ नहीं मिला। अधिकांश छोटे बिल थे, ऐसे बिल जिनका भुगतान नहीं किया गया था। कुछ कर्ज देने वालों के गुस्से से भरे पत्र जिनमें मुकदमे की धमकी दी गई थी। कमरे में ना तो फाइल कैबिनेट थी और ना ही कोई तिजोरी। अगर होती भी तो कोई फायदा ना होता क्योंकि उसके पास इसे खोलने का समय नहीं था। फाइल कैबिनेट नीचे दुकान में थी, शायद ये लोग उसमें स्टोर का हिसाब–किताब रखते होंगे।

जल्दबाज़ी में की जाने वाली छानबीन बेहद निराश करने वाली होती है ! उसे यह तक नहीं पता था कि वो क्या खोज रही है ? और अगर साउल ने अपने कुछ दस्तावेज छिपाने के लिए–––सचमुच छिपाने के लिए स्टडी की दीवार में सज़ी दुकानों की खेप का इस्तेमाल किया हो––– तो फिर वो इन्हें खोज निकालने की कोई उम्मीद नहीं पाल सकती। ऐसा सिर्फ किताबों में हो सकता है। ऐसी किताबों में नही जैसी वो लिखती है, भगवान भला करे, उसके नसीब में कभी ऐसा भाग्य नहीं आया।

उसे मेज़ से वही पेपर मिले जिनके वहां होने की सबसे ज्यादा उम्मीद की जा सकती थी। कुछ पत्र, टाइपराइटर में लगी एक शीट, जैसे कि उसने कुछ टाइप करने का सोचा हो और फिर इरादा बदल दिया हो––– और उसकी डेस्क डायरी।

यह आखिरी चीज़ थी जिसे वो देख सकती थी। वो लोग नीचे निश्चित ही सोच में पड़ गए होंगे कि वो ऊपर आखिर कर क्या रही है। लेकिन यह डायरी! वो इस पर एक निगाह डाले बगैर नहीं रह सकती।

डायरी में आखिरी दिन की एंट्री-----जिस दिन वो मरा था-----संक्षिप्त थी।

उस सुबह साढ़े ग्यारह बजे उसकी एक मीटिंग है। कम से कम एक भेंट का समय तो तय हुआ। वेलविन गार्डेन सिटी में। किसके साथ, इसका उल्लेख नहीं था। सिर्फ समय और जगह का नाम था।

लेकिन इसके पहले उसे दो लोगों से मिलना था, अगर उसकी डायरी पर भरोसा किया जाए तो, उनके साथ उसकी मुलाकात तय थी। और वो उन दोनों को जानती थी।

उस सुबह नौ बजे उसे जोशुआ से मिलने जाना था। कहां मिलना था, यह नहीं लिखा था, सिर्फ समय लिखा था।

और उसी दिन सुहब साढ़े दस बजे उसकी एक मुलाकात ब्रोमफील्ड में होनी थी।

उसके नाना के साथ।

अध्याय 6

वजह ?

यह जानने का अब वक्त नहीं बचा था कि वजह क्या थी। उसने डायरी बंद कर दी और भाग कर सीढ़ियों की तरफ गई। सीढ़ियों के ऊपर उसने जूते पहने, जूते की हील को जान बूझकर ज़मीन पर ठोंका जिससे कि वो लोग सुन सकें कि वो आ रही है।

सीढ़ियों के नीचे, घर के दूर वाले हिस्से में उसने फ्लैट का पीछे का वह दरवाज़ा देखा जो गली में खुलता था। उसका मन चाहा कि इसे खोलकर बाहर एक नज़र डाले लेकिन फिर ऐसा नहीं करने का निर्णय लिया। वो लोग निश्चित ही सुन लेते और ताज्जुब में पड़ जाते। डोनाल्डसन बाहर था और इस पर नज़र रखे हुए था। वो डोनाल्डसन पर भरोसा कर सकती थी। फार्न्सवर्थ ने ऐसा कहा था। फोन पर भी अपनी बातों से वो भरोसे के लायक लगा। लेकिन यही भरोसा वो उसके सहज ज्ञान के बारे में नहीं कर पा रही थी।

यह देखकर उसने राहत की सांस ली कि जोशुआ वहां से गया नहीं है।

"ठीक कर लिया ?" लॉरा ने नरमी से पूछा।

"हां, माफ करें। शर्म में डालने वाला था।"

"बेकार की बात, डियर ! ऐसा तो किसी के भी साथ हो सकता है।"

लॉरा ने उसे ऊपर से देखा।

"शायद तुम्हें बड़े कप वाली ट्राई करनी चाहिए," उसने मां जैसे लहजे में कहा।

जूलिया शरमा गई। उसके गुलाबी गाल होंठ जैसे लाल हो गए। "डॉक्टर सैम्युअलसन," उसने कहा, "मैं आपसे मिलना चाह रही थी।"

"डॉक्टर क्लेबोर्न आज सुबह थे।"

"यह कोई मेडिकल समस्या नहीं है। अरे, नहीं ! मैं पूरी तरह से स्वस्थ हूं।"

"बढ़िया किस्म के मरीज़।" जोशुआ ने कहा और लॉरा की तरफ मुड़ गया जिसने अपने गाल उसकी तरफ चूमने के लिए बढ़ाए हुए थे। "ऐसे जिन्हें मैं पसंद करता हूं।"

" तुम्हें याद रहेगा।" लॉरा ने कहा।

"मैं आऊंगा, माई डियर, मैं आऊंगा। मेरा वादा रहा। लेकिन अभी मुझे अपनी चीजें लाने के लिए हैंम्पस्टेड जाना होगा। शारी के जाने के बाद दरवाज़े पर ताला लगा लेना और किसी भी बात के लिए परेशान मत होना। तुम परेशान बहुत होती हो।"

"मैं हाई स्ट्रीट पर प्रॉपर्टी एजेंट से मिलने जा रही हूं। शारी हमेशा की तरह ताला लगाकर चली जाएगी।"

"मैं आपकी बातें सुनने से खुद को रोक नहीं सकी हूं, डॉक्टर सैम्युअलसन," जूलिया ने अपने शतरंज के सेट को लेते हुए कहा। इस सेट को शारी ने एक ऐसे गिफ्ट पेपर में पैक किया था जिस पर अफ्रीकी मास्क और भारतीय पगड़ियों की तस्वीरें बनी थीं और जो ऐसा लग रहा था कि उसे देख रही थीं। डॉक्टर सैम्युअलसन ने उसे सवालिया निगाहों से देखा और रुक गया।

"मैं भी वापस हैम्पस्टेड जा रही हूं। क्या मैं भी आपके साथ चलूं? ऐसे, शायद, मैं अपनी समस्या पर आपसे बात कर सकूं ?"

"शौक से," जोशुआ ने कहा।

वो तीनों एक साथ दुकान से बाहर निकले। जोशुआ और जूलिया साउथ केनसिंग्टन ट्यूब स्टेशन की तरफ और लॉरा हाई स्ट्रीट की तरफ चली गई।

वो दोनों अगल–बगल चल रहे थे। फुटपाथ के ट्रैफिक के बीच उनकी बांहें टकरा रही थीं। उसने हाई हील पहन रखी थी। वो उससे लंबी दिख रही थी। सड़क पार करने के दौरान एक टैक्सी की तरफ उसका ध्यान खींचने के लिए उसने उसकी खुली बांहों को छुआ। सड़क के दूसरी तरफ पहुंचने के लिए रास्ता बनाने के दौरान उसने जूलिया की बांह को पकड़े रखा।

"जान देने का सबसे बेहतर तरीका, " जोशुआ ने कहा। " इस तरह से सड़क को पार करना। मुझे इसे बेहतर तरीके से सीखना होगा!"

जूलिया ने सड़क के कोने पर खड़ी अपनी बेंटले के बारे में नहीं बताया।

उसे जोशुआ से बातें करनी थीं और इसके लिए घर पहुंचने का सबसे लंबा रास्ता अपनाना ज़रूरी था।

उसने ट्यूब से सफर का सुझाव दिया।

"ट्रेन में बहुत भीड़ नहीं होगी ?" जोशुआ ने नरमी से पूछा।

उसने ऐसे बहाना बनाया जैसे उसकी बात ना सुनी हो। एस्क्लेटर पर चढने के समय वो उससे थोड़ा आगे थी। जूलिया ने उसका भी टिकट खरीदा। टिकट खरीदने के जोशुआ के प्रस्ताव को उसे हाथ के इशारे से मना कर दिया।

लेकिन अब, यह भीड़ वाला वक्त था। दफ्तर बंद हो चुके थे या हो रहे थे। लंदन की आफिस जाने वाली थकी हुई भीड़ एस्कलेटर और सीढियों पर ऐसे टूटी पड़ी थी जैसे कोई अनजाना हाथ इन्हें कुचलने वाली बड़ी मशीन में ढकेल रहा हो। यह भीड़ दोनों तरफ के पहले से ही लोगों से भरे प्लेटफार्म पर और ज़्यादा लोगों को भर रही थी।

वो दोनों प्लेटफार्म पर भीड़ के बीच अधिक बातें नहीं कर सके। लेकिन इस बीच उसने जोशुआ से एक संपर्क बना लिया था। अब बस इसे कसना था ताकि समय आने पर इससे खेला जा सके। वो उससे कहेगी कि वो उससे एक समस्या के सिलसिले में मिलना चाहती थी।

लेकिन अगर उसने समस्या के बारे में पूछ लिया तो ?

क्या वो यह कहेगी कि लघु कथाओं और उपन्यासों की लेखिका होने की हैसियत से वो कुछ मेडिकल मुद्दों पर सलाह चाहती है ? कुछ ऐसा जो पीड़ित की अचानक हुई मौत की वजहों पर भारी भरकम मेडिकल शब्दों में प्रकाश डाल सके ? और जो कि इतना आसान भी हो कि उसकी महिला जांचकर्ता, शिरले, को आसानी से समझ में आ सके, किसी डॉक्टर या नर्स की मदद के बगैर ? दिक्कत यह थी कि उसकी कहानी का संबंध आग में जले एक शरीर से बन रहा था और यह बात सच्चाई के बहुत करीब थी। वो उसकी बातों से अनुमान लगा सकता है और यह उसे सिर्फ शक में ही डालेगा। और फिर वो उससे कुछ भी नहीं निकलवा सकेगी।

वो यह कह सकती है कि उसे कुछ निजी सलाह चाहिए। 'वोमेन्स हार्ट' कॉलम वो नियमित रूप से पढ़ती है। इसे लिखने वाला अकेली और भ्रमों की शिकार महिलाओं को हमेशा सुझाव देता रहता है कि अपनी समस्या पर किसी पादरी, किसी रब्बी या किसी डॉक्टर से बात करें। हो सकता है कि यह बात काम

कर जाए। लेकिन तब क्या होगा अगर उसे कमज़ोर और दिमागी रूप से परेशान लोगों से कोई हमदर्दी ना हुई तो ? तब वो उसके बारे में सोचेगा कि वो एक दिमागी रूप से कमजोर और बेपरवाह भोंदू है ! यह तय है कि एक डॉक्टर इस तरह नहीं सोचता होगा ?

सबसे आसान रास्ता यह था कि वो उसे अपनी तरफ खींचे।

फाइल में लिखा था कि वो एक अय्याश अविवाहित है जो अपने पब में विदेशी लड़कियों को पिक करता है। वो भी तो बुरी नहीं दिखती, क्या ऐसा नहीं है ? लेकिन तब क्या होगा अगर उसने इंग्लिश लड़की में दिलचस्पी नहीं दिखाई–––गंदा बूढ़ा आदमी !

मुझे उसके बारे में ईमानदार होना होगा, जूलिया ने सोचा। वो अय्याश हो सकता है लेकिन बूढ़ा नहीं है। काले बालों से ढंका सिर, छोटी काली दाढ़ी और काली मूंछ और कछुए की खाल वाला चश्मा उसे एक जवान और डॉक्टर का रूप रंग देते हैं। हालांकि उसे अपना चश्मा बदलते रहने की आदत भी है। चश्मे का फ्रेम उसके चेहरे पर बहुत बड़ा लगता है। या, शायद नहीं भी। छोटे फ्रेम में हो सकता है कि वो स्टॉकब्रोकर जैसा दिखने लगे। भगवान बचाए !

लोगों की भीड़ उनके पास से आ–जा रही थी। इस वजह से किसी खास बातचीत की संभावना खत्म हो गई थी।

"ऐसा लग रहा है कि ट्रेन में ज़बरदस्त भीड़ होने वाली है," उसने प्लेटफार्म से उस सुरंग की तरफ देखते हुए बेचैनी से कहा जहां से ट्रेन आने वाली थी। "अगर घुस सके तो यह किस्मत की बात होगी। क्या हमें बस से नहीं चलना चाहिए ? या टैक्सी ले लेते हैं?मैं किराया दे दूंगा।"

"अपनी कोहनियों का इस्तेमाल करें, डॉक्टर सैम्युअलसन," उसने सुझाव दिया। "धक्का देने में पीछे नहीं रहें। लंदन की ट्यूब में सब कुछ जायज़ है।"

ट्रेन एक मिनट से भी कम के अंतराल पर आ रही थीं–––और इसके बावजूद उनकी संख्या उस भीड़ के मद्देनज़र भयावह रूप से कम पड़ रही थी जो गेट से होकर सीढ़ियों के रास्ते उमड़ी जा रही थी।

पहली ट्रेन में वो नहीं घुस सके। ट्रेन के दरवाज़े खुले लेकिन कोई उतरा ही नहीं। धक्का देती भीड़ अंदर के हाल की अनदेखी करते हुए उन दरवाज़ो की तरफ बढ़ी जो बीच में अटके शरीरों की वजह से बंद नहीं हो पा रहे थे। ऐसे में कुछ लोग भड़कते हुए उतर गए और प्लेटफार्म पर बिलकुल किनारे खड़े हो

गए। उनकी कोशिश थी कि अगली ट्रेन में घुसने के लिए वो सबसे आगे हों। वो भी इस बात को लेकर निश्चिंत नहीं थे कि ट्रेन के आने पर दरवाज़ा कहां खत्म होगा। ढकेलने और धक्का देना का काम विनम्रता से किया जा रहा था, तब भी जब इन पर जबरन अमल हो रहा था !

जलिया दूसरी आई ट्रेन में चढ़ गई लेकिन जोशुआ भीड़ में खो गया, दरवाज़े तक नहीं पहुंच सका। वो ट्रेन से निकल आई। जोशुआ के बगैर आगे जाने का कोई तुक नहीं था।

"हमें अंदर जाने के लिए संघर्ष करना होगा, डॉक्टर सैम्युअलसन!" उसने थोड़े रुखेपन से कहा। "नहीं तो हम कभी भी अंदर नहीं जा सकेंगे।"

"मैं कोशिश कर रहा हूं ! कोशिश कर रहा हूं ! मुझे कार ले आनी चाहिए थी या हमें टैक्सी कर लेनी चाहिए थी। मुझे लगता है कि यही सही रहता।"

उसे उसके लिए अफसोस हुआ। वो एक व्यस्त डॉक्टर था। उसे इस तरह के सफर की आदत नहीं थी। वो समझ सकती थी कि उसे लंदन के हट्टे कट्टे सेक्रेट्रियों और गेंदबाज़ों जैसी कैप पहने सफेदपोश कर्मचारियों को कोहनी मारने में क्यों हिचकिचाहट हो रही है।

"बस, आप मेरे पीछे खड़े रहिये," जूलिया ने उसे दिलासा देने वाले अंदाज़ में कहा। उसने उसकी बांह थपथपाई और अपनी व्यग्रता पर खुद से थोड़ी शर्मिंदा भी हुई। "तेज़ धक्का दीजिएगा। मेरी कमर को कस कर पकड़ लीजिए और किसी भी हालत में मत छोडियेगा। इस तरह आप ठीक मेरे पीछे होंगे और मैं रास्ता बना लूंगी।"

"हमला बोलो, माई डियर," उसने कहा, "मैं बिलकुल पीछे रहूंगा।"

और क्या धावा बोला उसने। अपनी कोहनियों और हैंडबैग की मदद से उसने ट्रेन में कदम रखने के छोटे से छोटे अवसर को भी जाने नहीं दिया। वो फिर पीछे, प्लेटफार्म पर छूट जाता लेकिन इस बार जूलिया ने उसकी बांह पकड़ी, उसकी कोट की आस्तीन को झटके से खींचा। इस दौरान वो उसे कस कर पकड़े रहा।

दरवाज़े बंद हो गए। फिर बंद होने की कोशिश करने लगे। दरवाज़े जोशुआ के दोनों तरफ आकर रुक गये थे। ट्रेन ने झटका खाया लेकिन चली नहीं। स्टेशनमैन को बुलाया गया। दरवाज़े खुल गए। फिर बंद होने की कोशिश की और नाकाम रहे।

"आपको उतरना पड़ेगा, सर," स्टेशनमैन ने कहा। "नहीं तो यह ट्रेन कहीं नहीं जा सकेगी। तो सर, अच्छे इनसान होने का सबूत दें और उतर जाएं।"

"अरे, नहीं ! ये नहीं उतर सकते," जूलिया ने कहा। उसने जोशुआ के शरीर को अपनी बांहों में लेते हुए अपनी तरफ खींचा जिससे कि दरवाजा बंद हो सके।

ट्रेन झटके लेकर चली। उसको जोशुआ की तरफ उछाल सा दिया जो कि सौभाग्य से बंद हो चुके दरवाज़े से चिपककर खड़ा था। गॉड! सफर का कितना भयावह तरीका है, उसने सोचा। इससे बेहतर तो उन छोटी मछलियों का हाल है जो मछलीपालन के कानूनों के ज़रिए सुरक्षित तो हैं !

वो लोग सर्किल लाइन में सफर कर रहे थे जो सात स्टेशन के बाद उन्हें बेकर स्ट्रीट पहुंचाने वाली थी।

ग्लोसेस्टर रोड स्टेशन पर कोई नहीं उतरा। दरवाज़ा दूसरी तरफ खुला। कुछ और लोग सिकुड़ कर आ गए। उसने अपने पीछे लोगों के दबाव को महसूस किया। उसने जोशुआ को बचाने की कोशिश की लेकिन शरीरों के ज़बरदस्त दबाव ने उसे जाम कर दिया और उसे जोशुआ के पंजों पर खड़ा कर उसकी बाहों में ढकेल दिया। वो कराहा। उसका हैंडबैग जोशुआ की छाती में गड़ा हुआ था। अचानक खुला और उसकी ठुड्डी के नीचे कहीं जाकर मज़बूती से फंस गया। जूलिया ने इसे जल्दी से बंद किया और अपने हाथ नीचे बगल में कर लिए।

"मुझे बेहद अफसोस है, सॉरी," वो उसके कान में फुसफुसाई जो कि अब उसके बगल में था।

"इसके बारे में और ना सोचो," उसने कहा।

"जैसे ही मुझे रत्ती भर भी जगह मिलेगी, मैं आपके पंजो से उतर जाऊंगी। क्या आपको लगता है कि आप अपना एक पैर एक तरफ हल्के से बढ़ा सकते हैं, ऐसे मैं अपना पैर बीच में कर सकूंगी ?"

उसने अपने पंजों को हिला डुलाकर ऐसा करने की कोशिश की, उसके पैरों को अपने पैरों के बीच आने देने के लिए जगह बनाई। जूलिया ने थोड़ी राहत की सांस ली। कम से कम अब वो अपने पैर उसके पैर को हर जगह कुचले बगैर नीचे रख सकती थी।

अगर उसके पंजे को तकलीफ हो रही थी तो भी उसे इसका अहसास नहीं था। जोशुआ अपनी ही दिक्कतों में फंसा हुआ था। उसके बगल में खड़े मोटे–तगड़े मज़दूर ने अचानक पूरी तरह घूमकर अपने लिए जगह बनाने की कोशिश की। मज़दूर की कोहनी पूरी शिद्दत से जोशुआ के बगल के नीचे

पसलियों में लगी। वो दर्द से कराह उठा, खुद को बचाने के लिए अपने हाथ ऊपर उठाए। उसकी कोशिश थी कि वो अपने हाथ को इस हट्टे कट्टे की कोहनी और छाती के बीच में रखे लेकिन इसी बीच ट्रेन तेजी से मुड़ी और जूलिया को उसके सामने ला खड़ा किया। जोशुआ ने जूलिया को सहारा देने के लिए अपनी हथेली और उंगलियां उसकी छाती पर रख दीं।

कोई कहीं भी हिल नहीं सकता था, सिवाय ट्रेन के। और, ट्रेन इन तमाम लोगों को अपने हिसाब से आगे–पीछे ढकेल रही थी। कभी–कभी जूलिया को जोशुआ से दूर कर देती थी लेकिन संपर्क बना रहता था। जैसे चिढ़ाते हुए उसकी हथेली और जूलिया की छाती पर से कुछ दबाव कम करती थी और फिर खींचकर जूलिया के शरीर को उसके शरीर से जोड़ दे रही थी। जूलिया ने पाया कि उसकी जांघे जोशुआ की और जोशुआ की जांघे उसकी जांघों में उलझी हुई हैं।

"मेरी तरफ से बेहद सॉरी, " जोशुआ फुसफुसाया, "सचमुच सॉरी!"

"इसमें आपकी कोई गलती नहीं है," वो बोली। "हम इस बारे में क्या कर सकते हैं, सिवाय इसके कि इस मछलीखाने में जितना मुमकिन हो सके उतने आराम की गुंजाइश निकाल सकें!"

हाईस्ट्रीट केनसिंग्टन तक पहुंचते–पहुंचते डिब्बे में इतनी जगह भी नहीं बची थी कि एक नन्हा सा बौना भी इसमें समा सके। यहां छह मुसाफिर डिब्बे में और घुसे। हिलना–डुलना असंभव था। बात करना असंभव था। सिर्फ अहसास था। दोनों को एक–दूसरे की मौजूदगी का अहसास हो रहा था। सबसे पहले का अहसास सेक्स का था। इस बात की उम्मीद थी कि जोशुआ के हाथ जूलिया को कमर से पकड़ कर उसके शरीर को ठहराव देंगे लेकिन इसके बजाए जोशुआ के हाथ उसकी छाती में घुसे हुए थे और स्तनों को पकड़े हुए थे। और जब कभी भी ट्रेन तेज़ झटके खाती, वो इन्हें दबाता। उसने जूलिया के शरीर में थरथराहट महसूस की। क्या यह उसकी इच्छा के खिलाफ है ? क्या इस बात के लिए वो उससे नफरत करेगी ? स्तनों के उभरे हुए निप्पल उसकी हाथ की हथेलियों में आराम कर रहे थे। ये उस वक्त चुभने से इनकार कर देते जब कभी ट्रेन टक्कर मारकर उसे उसके सामने कर देती और उन स्तनों में कुचली हुई हालत में वापस चले जाते जिन्होंने इन्हें संभाल रखा था, फिर उस वक्त संपर्क तोड़ने से इनकार कर देते जब ट्रेन इन पर से अपना दबाव हटा लेती और फिर से उसकी हथेलियों में पूरी मजबूती से आ जाते जब वो थोड़ा पीछे खिंच जाती।

जूलिया की जांघें जोशुआ की जांघ के ऊपरी हिस्से से दबी हुई थीं।

जोशुआ के अंदर आनंद की लहरें हिलोरे मार रही थीं। जूलिया का हाल भी कुछ ऐसा ही था। एक जैसी लहरें जिन्होंने दोनों को भिगा दिया था। और, ट्रेन में कोई राहत नहीं मिली। ना तो नॉटिंग हिल गेट पर और ना ही बेज़वाटर पर।

उसे इस बात की खुशी थी कि उसने उसकी आंखों में नहीं देखा। उसकी आंखें उसके अंदर मची उत्तेजना का पता बता देतीं। ट्रेन के झटके नियत समय पर चलने वाली दिल की धड़कनों की तरह उसके अंदर खुद–ब–खुद आनंद की हिलोरें पैदा कर रहे थे, उसकी अपनी सहमति के बगैर ! वो जानती थी कि अब वो समय है जब वो उसकी छाती को दबाएगा। पहले तो वो ऐसा होने की प्रतीक्षा करती रही और फिर, खुद ही उसे आश्चर्य हुआ कि वो ऐसा तय समय से पहले ही होने की उम्मीद में गहरी और उखड़ी सांसे ले रही है।

इस टेंशन से पैडिंगटन पर भी छुटकारा नहीं मिला। ना ही एजवेयर रोड स्टेशन पर। दोनों खामोश हो गए थे, दोनों ने एक–दूसरे को अपने पास की नज़दीकियों के साथ अकेले छोड़ दिया था।

यही वो लम्हा था जब उन्हें इन बातों की जैसे जानकारी मिली। एक खुश कर देने वाले काम की तरह यह बात एक साथ उन दोनों के दिमाग में आई। जूलिया ने पहली बार इसे समझा कि वो लगभग उसकी बाहों में समाई हुई है। उसके हाथों ने जोशुआ को घेर रखा है, उसकी पतली कमर के पास से नहीं बल्कि पीठ की तरफ से। उसे दरवाज़े से बचाने के लिए उसकी उंगलियां पीछे पीठ पर फैली हुई थीं। जोशुआ के गाल एक बाल भर की दूरी पर उसके पास थे। रह रह कर उसके बाल जोशुआ के होठों को छू रहे थे। वो उसकी गहरी गर्म सांसों को महसूस कर पा रही थी। उसे गुस्सा भी आ रहा था, उन खामोश और निर्लिप्त भाव से खड़े लोगों से नहीं जिन्होंने उसे सामने के अलावा हर तरफ से दबा रखा था–––इन लोगों के लिए तो उसके मन में आभार का यह भाव आ रहा था कि इन्होंने उसके और जोशुआ के साथ डिब्बे में सफर किया––––उसे गुस्सा आ रहा था शतरंज के सेट और हैंडबैग पर जिन्होंने उसके एक हाथ को फंसा कर रखा हुआ था। थोड़ी घबराहट का भी लम्हा आया जब उसने जोशुआ की दाढ़ी से ऊपर गालों और पीछे गर्दन से आफ्टर शेव की गंध महसूस की। क्या आज सुबह उसने अपने गले और कानों के पीछे परफ्यूम लगाया था ? याद आने के साथ ही यह सोच हल्की पड़ गई। ना सिर्फ यह कि आज सुबह उसने, हमेशा की तरह, परफ्यूम लगाया था बल्कि हैम्पस्टेड में सैंडविच खाने और दूध पीने के लिए रुकने के समय उसने फिर से इसे लगाया था।

जोशुआ का अहसास थोड़ा दबा हुआ था क्योंकि इसमें अनिश्चितता और अपराध बोध समाए हुए थे। उसे भी इसका अहसास था कि वो उसकी बांहों में है; वो उसके दिल की धड़कनों को अपनी छाती पर महसूस कर रहा था लेकिन जब अचानक ट्रेन ने एक तीखा मोड़ लिया और उनके गाल एक दूसरे से लग गए तो क्या उसने अपने को पीछे खींच लिया था ? जूलिया के भूरे बालों की बिखरी हुई लटें उसके भीगे होठों को चूम रही थीं।

और, अहसास जग चुका था–––जूलिया इसकी व्याख्या नहीं कर सकती थी–––––कम से कम उसके अंदर। अपने बेडरूम के एकांत में नहीं और ना ही फ्रेंच समुद्र तट पर–––जहां उसने इसकी बहुत कोशिश की थी–––––बल्कि सर्किल लाइन की लोगों से खचाखच भरी ट्रेन में, पूरा कपड़ा पहने हुए और मित्रवत अजनबियों से घिरी हुई।

बेकर स्ट्रीट पर दरवाज़ा खुला और ट्रेन ने उन दोनों को प्लेटफार्म पर निकाल फेंका। जूलिया ने अपने ब्लाउज के बटन को ठीक किया जो ट्रेन की भीड़ में अपने आप खुल गए थे। तीन बटन ज्यादा बंद किए जो ऐसे गर्म दिन के लिए भी उचित था। जोशुआ ने अपनी टाई सीधी की।

माहौल को सामान्य करने के लिए वो उसे देखकर मुस्कराई क्योंकि वो उसकी आंखों में देख भी नहीं रहा था। उसकी मुस्कराहट जोशुआ को आश्वस्त करने वाली थी। जूलिया ने जैकेट से धूल झाड़ने में उसकी मदद की; उसने अपनी स्कर्ट सीधी की। इस दौरान उसने उसके शतरंज के सेट और हैंडबैग को संभाले रखा।

बेकर स्ट्रीट पर उन्होंने जुबली लाईन पकड़ी। फिंश्ले रोड स्टेशन जाने के लिए। यह ट्रेन सेंट्रल लंदन से चलने वाली ट्रेन जैसी भरी नहीं थी। दोनों को अगल–बगल बैठने के लिए सीट मिल गई। किसी ने कुछ नहीं कहा। उसके कंधे जूलिया के कंधों को छू रहे थे। उसे थोड़ा ऐसा लगा कि वो पीछे हट जाएगी; लेकिन वो खिसकने के बजाए आराम के लिए उससे और सट गई।

जूलिया उसे देखकर मुस्कराई, खामोशी से। जवाब में वो भी मुस्कराया।

फिंश्ले रोड ट्यूब स्टेशन पर जूलिया की सोचने समझने की ताकत वापस लौटी।

अगर उसे उसकी छाती पर हाथ रखने और अपनी जांघों को उसकी जांघों में सटाने भर से मज़ा मिल रहा है तो भगवान उसका भला करे। उसने यह भी माना कि वो भी पूरी तरह निर्दोष नहीं है। लेकिन उसके साथ रिश्ते की डोर बांधने की कोशिश करने का कोई तुक नहीं है। उसे एक काम को अंजाम देना

हैय इसी वजह से वो उसके साथ है। यह पता लगाना है कि वो कौन सी बात है जो बेहद महत्वपूर्ण है, साउल ने जो रेड अलर्ट भेजा था और फिर मार डाला गया था। मामले में जोशुआ को शामिल करते हुए। उसे जोशुआ की हिफाज़त भी करनी थी। लेकिन चूंकि दूसरी तरफ के एजेंट भी उतनी ही बेकरारी से यह जानना चाहते होंगे कि जोशुआ क्या जानता है, वो उस तक पहले पहुंच सकते हैं। उसने खुद को खतरे में डाल दिया है। वो उसे नुकसान पहुंचा सकते हैं और ऐसा नहीं हो सकता। कम से कम तब तक तो बिलकुल नहीं जब तक वो उसे वह नहीं बता देता जो वो जानना चाहती है।

लेकिन जब वो उससे वह जान जाएगी जो जानना चाहती है, तो उसके बाद उससे उसका कोई संबंध नहीं रहेगा। फार्न्सवर्थ ने इस बात को स्पष्ट शब्दों में बता दिया था। वो सीधे सीधे उसके पास से हट जाएगी।

''क्या आप एक ड्रिंक लेना पसंद करेंगी ?'' उसने पूछा।

''शौक से'' वो बोली।

ट्यूब स्टेशन से निकलने के बाद जोशुआ ने अपनी बांह उसकी तरफ बढ़ा दी। उसने उसे थाम लिया। एक भद्र व्यवहार। चहलकदमी के लिए वह एक खूबसूरत शाम थी।

थोड़ी देर तक दोनों में कोई कुछ नहीं बोला। पब, ट्यूब स्टेशन के सामने सड़क की दूसरी तरफ था, फिंश्ले रोड और स्विस कॉटन के बीच। उन्होंने बिना किसी हड़बड़ाहट के सड़क पार की, आराम से चलते हुए-----बेहद धीरे------पब की तरफ गए। छोटे पत्थरों वाले फुटपाथ पर उसकी हील ही आवाज़ कर रही थी, दोनों के बीच संवाद का अस्तित्व नहीं था। उनके कदमों की आवाज़, कभी एक साथ, कभी अलग, ही इस खालीपन को भर रही थी। जोशुआ के कदमों की शांत आवाज़ जूलिया के अशांत कदमों में छिपी बेचैनी को दूर करने की कोशिश कर रही थी।

दूर उन्हें वो साईनबोर्ड दिखा जिस पर ईवनिंग स्टार का निशान बना हुआ था जिसके नाम पर पब का नाम रखा गया था। जूलिया के हाथ सरक कर थोड़ा आगे आ गए ताकि उसकी उंगलियां जोशुआ के हाथ के पीछे आराम से टिक सकें। कभी–कभी दोनों के कंधे दोस्ताना अंदाज में एक दूसर से टकरा रहे थे।

''क्या मैं आपसे एक सवाल पूछूं ?'' जोशुआ ने कहा।

''बिलकुल पूछिए।''

''आप अपने हैंडबैग में बंदूक लेकर क्यों चलती हैं ?''

अध्याय 7

जूलिया ईवनिंग स्टार से अच्छी तरह से परिचित थी। वो यहां पहले भी कई बार आ चुकी थी। हालांकि नियमित रूप से नहीं आती थी, जैसे जोशुआ ने हर शाम और वीकेंड के लिए इसे अपना घर बना रखा था।

पब बहुत अच्छा था। अच्छी बीयर मिलती थी। दोस्ताना माहौल, आम तौर से भारतीयों, पाकिस्तानियों और आयरिश लोगों से भरा रहता था। कुछ इंग्लिश लोग भी आते थे जिन्हें इस पब के अलग अलग हिस्सों से विदेशी भाषा में उठने वाले बेतहाशा शोरगुल में पीने में मज़ा आता था। कुछ सुदूर पूर्व के थे तो कुछ नहीं। कुछ वहीं रहते भी थे। नियमित रूप से आने वाले आम तौर से एक दूसरे को पहचानते थे, कम से कम चेहरे से तो परिचित थे ही। कुछ समूह में पीते थे। विवादास्पद मुद्दों पर तीखी बहसें हो जाती थीं-----जैसे कि सरकार की मूर्खताएं, फिर चाहे वो भारतीय हो, पाकिस्तानी, आयरिश या इंग्लैंड की हो। निर्भर इस पर करता था कि बहस किस हिस्से में हो रही है। कुछ एक साथ पीते थे तो कुछ अकेले, अपने गमों के साथ, जब तक कि उनके साथ कुछ और ना जुड़ जाएं और उसके बाद वो गाना तक गाने लगते थे।

ये सभी हार्ड इंग्लिश बीयर को पसंद करने के मामले में काफी हद तक अंग्रेजों जैसे थे।

कभी-कभी झगड़ा भी हो जाता था लेकिन कभी किसी को चोट लगती नज़र नहीं आई। धमकाने वाला अंदाज और एक ऐसी भाषा में गालियां जिसका अर्थ सिर्फ इन्हें देने वाला ही जानता था, बस यही सब था जिसमें झगड़े निपट जाया करते थे। एक बार एक आयरिश को ईवनिंग स्टार से निकालना पड़ा था। थोड़ा ज्यादा पीने के बाद वो काउंटर पर चढ़ गया था और उसकी मांग थी कि बार में काम करने वाली लड़कियों को, सभी लड़कियों को, उसे चूमने दिया जाए। अब चूंकि पब का संचालक आयरिश था और सभी बारमेड भी आयरिश थीं, इसलिए वो नहीं चिल्ला सका-----'भेदभाव'!

मुड़े हुए अंग्रेज़ी के एल अक्षर जैसे काउंटर के पीछे लड़कियां खड़ी थीं और पब के संचालक जॉन ने इन सभी को लाइन में खड़ा किया हुआ था। पब के ऊपर एक फ्लैट था। पब बंद होने के बाद लड़कियां इसी में सोती थीं। अगर उन्हें कहीं जाना होता था तो वो यह देख लेता था कि इसकी कोई जायज़ वजह है या नहीं। नियमित पीने वालों के साथ डेट पर जाना कोई जायज़ वजह नहीं होती थी। लेकिन वो बीयर देने के दौरान उंगलियों के मखमली स्पर्श की कोशिशों को अनदेखा कर देता था। जोशुआ बहुत पहले ही इस नतीजे पर पहुंच गया था कि वो नहीं बल्कि लड़कियां ही तन्हाई का शिकार थीं और इसे छिपाकर खुश दिखने की कोशिश करती रहती थीं। कभी कभी हो भी जाया करती थीं जब वो गहरे गले से निकली आयरिश हंसी को ऊंची आवाज़ वाली एशियाई हंसी में समाते देखता था। ईवनिंग स्टार में अफ्रीकी नहीं आया करते थे, जोमो म्बांगेली को छोड़कर।

दिन के उस वक्त में पब में विदेशी लड़कियां भी कम थीं। वो बाद में शाम को आएंगी।

जोशुआ, जूलिया को लेकर दीवार से लगी किनारे वाली बेंच तक ले गया। वहां वो साथ बैठ सकते थे और आमने–सामने बात भी कर सकते थे। उसने दो हल्की एल बीयर खरीदी, गहरी सांस लेकर उसे पीया और अपने होठों के किनारों पर लगे झाग को अपनी जुबान से साफ किया।

ऐसा नहीं लग रहा था कि उसे जवाब देने की कोई ज़ल्दी है।

जोशुआ का भाई, जो, अभिवादन करने उनके पास आया। इससे जूलिया को थोड़ा और समय मिल गया।

"आखिर कैसे मेरे भाई को हमेशा एक हसीन मिल जाती है ?" जो ने कहा। "अब मुझे ना समझाओ। मैं जानता हूं। परिवार में वो डॉक्टर है। एक काबिल इनसान !"

जोशुआ ने उनका परिचय कराया। जूलिया को लगा कि दोनों में समानताएं हैं। मूंछ और दाढ़ी जोशुआ की ही तरह थीं; यहां तक कि दोनों के शरीर की बनावट भी एक जैसी थी। लेकिन वो जुड़वां नहीं थे। जो जोशुआ से तीन साल छोटा था। उसके लहराते बाल अच्छे से बने हुए थे।

जो वहां से चला गया, इतना भी कहे बगैर की 'आपकी आज्ञा से'। वो चेरी ब्रांडी के साथ लौटा।

"क्या यह मेरे लिए है ?" जूलिया ने कहा। "शुक्रिया।"

"मेरे भाई के दोस्त हमेशा ही मेरे दोस्त भी होते हैं।" जो ने कहा और चला गया।

"क्या यह हमेशा इतनी ही दरियादिली दिखाता है ?" जूलिया ने पूछा। "या फिर एहसान का बदला चुका रहा है ?"

"दोनों ही। मैंने उसकी एक डेट पर मदद की थी। उस शाम आर्थिक हालत को लेकर उसका तनाव कम हुआ था। लेकिन मुझे लगता है कि आज उसके किसी घोड़े ने बाज़ी मारी है। यही वजह है कि वो यह सब कर पा रहा है। घोड़ों के मामले में उसका भाग्य कोई अच्छा नहीं है। कभी कभी तो लगता है कि वो सिर्फ लंगड़े घोड़ों पर ही दांव लगाता है। लेकिन वो दरियादिल है----- जब वो ऐसा होने की स्थिति में होता है तो।"

"दरियादिल होने की भी कीमत चुकानी पड़ती है, ऐसा है क्या ?"

"शाम के इस समय में, हां," जोशुआ ने अपना गिलास उसकी तरफ ऊंचा करते हुए कहा। "लड़कियां पुरुषों की दरियादिली को पसंद करती हैं। इससे वो भी दरियादिल हो जाती हैं।"

"मैं समझी।"

"कमियां मत खोजो, जूलिया। जीने का यह भी एक अंदाज है।"

"क्या मेरी बातें आलोचकों जैसी लग रही हैं ? मेरा मतलब ऐसा नहीं था, शायद थोड़ा दुख हुआ। " जूलिया ने जो की लाई चेरी ब्रांडी की चुस्की ली। वो तेज़ी से सोच रही थी। ज्यादा देर नहीं लगेगी अगर वो अपने नए सवालों के साथ फिर ना हाज़िर हो जाए। वो जल्दी में नहीं दिख रहा था। लग रहा था कि जैसे बीयर पीने का पूरा मज़ा ले रहा हो। दुविधा उसकी आंखों में झलक उठी।

"क्या आप मुझसे फिर वही सवाल नहीं पूछने जा रहे हैं ?" उसने आखिरकार पूछ ही लिया। वो उसके टालमोटल को और सह नहीं सकी।

"हां। लेकिन आप ना चाहें तो जवाब देने की ज़रूरत नहीं है। आज की शाम बिना किसी शर्त के नाम है। वैसे मैं फिर भी जानना चाहूंगा। क्या गोलियां भरी हुई हैं ?"

"जी, हां। लेकिन सेफ्टी कैच खुला हुआ है। गोली चल नहीं सकती। मैं एक तरह की पुलिस कर्मचारी हूं। स्पेशल सर्विस जैसे। मेरे पास इसका लाइसेंस है।"

"पुलिस ! महिला पुलिस ! यही हैं आप ? पुलिसवाली !" उसने ऐसी शक्ल बनाई जैसे बीयर से उसका दम घुट रहा हो।

"क्या आपको मेरे बारे में इतने भयानक शब्दों का प्रयोग करना चाहिए ?"

"यह पहली बार है जब मैं किसी महिला पुलिस कर्मचारी के साथ बैठकर पी रहा हूं। मतलब उस जैसी किसी के साथ। मुझे अपने आप को पूरी शाम संभाल कर रखना होगा। तो देखिए, जो कुछ ट्रेन में हुआ उसमें मेरी कोई गलती नहीं थी। मेरे बगल में ही वो मोटा खड़ा था और उसकी कोहनी मेरी पसलियों में घुसी हुई थी। मैंने दर्द की वजह से अपना हाथ ऊपर किया था और इससे पहले कि मैं जान पाता कि आप हैं-----आप मेरे सामने थीं, ईमान से !"

"डॉक्टर सैम्युअलसन," उसने उसे रोकते हुए कहा। "क्या हम सीरियस हो सकते हैं ? क्या मैं अपनी समस्या पर बात करूं ? वो जिसके बारे में मैंने दुकान में बात की थी ?"

"निश्चित ही, माई डियर। मुझे माफ करें कि मैं उसे भूल गया। इसीलिए तो हम यहां हैं ? आप मेरे साथ क्यों पी रही हैं ? समस्या क्या है ?"

"आप।"

"जी ! फिर से कहें !"

"आप। आप मेरी समस्या हैं।"

"मैं समझ नहीं पा रहा हूं," जोशुआ ने कहा, चेरी ब्रांडी को रोशनी की तरफ उठाते हुए। " यह निश्चित ही चेरी ब्रांडी होगी। वही होनी चाहिए। मुझे उम्मीद है कि जो ने इसमें अल्कोहल नहीं मिलाई होगी। माना जाता है कि मैं काबिल हूं।"

"मैंने आपको बताया कि मैं एक तरह की पुलिस कर्मचारी हूं। मुझे आपकी सुरक्षा की ज़िम्मेदारी सौंपी गई हैं।"

"किसने दी है ? किससे बचाना है ?"

"मैं सचमुच नहीं जानती," जूलिया ने कहा। उसकी आवाज़ में एक तरह की याचना भी थी और अस्पष्टता भी। " लेकिन इसे जानने में आप मेरी मदद कर सकते हैं ?"

"और ऐसा मैं कैसे कर सकता हू ?"

"बस मुझे वो सब बता दीजिए जो आप जानते हैं।"

"सब कुछ ? किस बारे में ? क्या आप मेरे जीवन का इतिहास मेरे डरबन

में पैदा होने के समय से जानना चाहती हैं ? इसमें तो बहुत ही ज्यादा वक्त लग जाएगा। और इसमें भी ऐसी कितनी ही बातें जिन्हें लेकर शर्मिंदगी महसूस होती है और मैं उन्हें भूलना पसंद करूंगा। क्या मैं वो सब भी आपको बताऊं ?"

जूलिया ने गहरी सांस ली और बीयर उठा ली। उसने थोड़ी झुंझलाहट के साथ सोचा कि यह सब कुछ बहुत मुश्किल होने जा रहा है। एक आदमी को बात करने के लिए कोई कैसे तैयार कर सकता है? सर्विस हैंडबुक में उन लोगों ने इस बारे में कुछ अच्छे से नहीं बताया है। और जो कुछ भी इसमें थोड़ा बहुत बताया गया है वो शत्रु एजेंट को बोलने के लिए मजबूर करने के बारे है। उसके बारे में नहीं जिसके शरीर ने एक भीड़ भरी ट्यूब ट्रेन में किस मस्त अंदाज़ में आपके शरीर को दबाया हो और जो अब आपके साथ पी रहा हो। लेकिन उसने इसके बारे में सोचा। वो इसका जवाब अपने लिए खोज निकालेगी। तीन रास्ते थे।

एक आदमी बातें कर सकता है अगर वो नशे में हो। बिना जाने और बिना किसी इच्छा के सब कुछ बक सकता है। लेकिन सफलता की गारंटी नहीं है। शराब को हज़म करने की उसकी क्षमता उससे ज़्यादा हो सकती है। शायद थी भी, जितने घंटे वो आज तक ईवनिंग स्टार में बिता चुका है, उससे उसकी क्षमता का अंदाज़ लगाया जा सकता है। इसके अलावा, वो मन से बात करना भी तो चाहे।

हो सकता है कि वो उसका आभार जताने के लिए उसे वो बता दे जो वो जानना चाहती है। यह वही तरीका है जिस पर व्लादीमिर जोहानिसबर्ग में अमल करना चाहता था। उसे वहां लाने के लिए ज़िम्मेदार वही थी——–उसी ने व्लादीमिर को सीमा के पार मोज़ाम्बिक से आने के लिए उकसाया था। ब्रिटिश और साउथ अफ्रीका के खुफिया विभाग के लोग साथ काम कर रहे थे और उन्होंने उससे पूछताछ की थी। वो एक गंजा, अधेड़ उम्र का आदमी था। वो एक खामोश, शांत किस्म का आदमी था। जासूस से ज्यादा सब्जी बेचने वाला लगता था। मोजाम्बिक में अफ्रीकन नेशनल कांग्रेस के लोगों के साथ काम करने वाले किसी टॉप रूसी एजेंट की ऐसी तस्वीर भी हो सकती है, ऐसा उसने कभी नहीं सोचा था। वो अपनी खामोशियों के बीच एक मज़बूत आदमी था। उसने पूरे सभ्य अंदाज़ में उनके सभी सवालों के जवाब दिए थे——और कोई भी राज़ नहीं खोला था।

उन्हें जानना चाहिए था————वो बात नहीं करेगा।

यही वजह है, उसने अच्छी खासी प्रशंसा के साथ सोचा, कि वो उनके

सबसे बेहतर लोगों में से एक था। फार्न्सवर्थ ने जो कुछ भी उसके सामने पेश किया, उसने सभी कुछ सहा। फार्न्सवर्थ के सभी जाने पहचाने हथकंडों को, मनोवैज्ञानिक प्रलोभन और दंड को, बारी बारी से इस्तेमाल किया, लेकिन टूटने का कोई संकेत नहीं दिया।

फार्न्सवर्थ ने सभी कुछ कर लिया। दक्षिण अफ्रीकी उतावले हो रहे थे---लेकिन व्लादीमिर नहीं बोला।

उन्होंने उसे जोहानिसबर्ग के बाहर एक छोटे से घर में बंधक बनाकर रखा था। यह जूलिया का पहला काम था। उसने इससे बहुत कुछ सीखा।

"तो मेरे दोस्तों, यह अंत है, है ना ?" व्लादीमिर ने अपने गंजे सिर पर हाथ फेरते हुए मुस्करा कर कहा। बाद में उसने पाया कि उसके इसी अंदाज को फार्न्सवर्थ ने अपना लिया था।

"मुझे ऐसा ही लगता है, व्लादीमिर," फार्न्सवर्थ ने कहा था।

"इसे लेकर बहुत दुखी ना हो, फार्न्सवर्थ। मैं चूक गया और इस प्यारी लड़की ने मुझे फंसा लिया। इसके लिए इस लड़की की मैं सिर्फ प्रशंसा कर सकता हूं, दिल से। मेरे साथ तुम्हारा व्यवहार बहुत ही अच्छा था। मुझे कोई शिकायत नहीं है। मैंने भी तुम्हारे साथ ऐसा ही सलूक किया होता अगर मैं तुम्हें वारसॉ या बुडापेस्ट में पकड़ता। सिर्फ एक बदलाव के साथ। अब तुम्हारा कोई नियंत्रण नहीं है। तो अब तुम मुझे उन लोगों को सौंप दोगे ?"

"हां। और मुझे तुम्हें बताना ही होगा कि यह सुखद नहीं होने वाला है। वो ऐसे तरीकों का प्रयोग करते हैं जिनसे हम नफरत करते हैं। शायद इसलिए क्योंकि जो कुछ तुम जानते हो वो हमारे मुकाबले उनके लिए ज्यादा काम का है। बहरहाल, हम उनके इलाके में हैं। और तुम बोलोगे-----आखिरकार। मेरी सलाह मानो, व्लादीमिर। इस मुसीबत से जिंदा बच कर निकलो। हम हर बात को संभाल लेंगे। इंग्लैंड के लिए सुरक्षित निकलने का रास्ता हो सकता है। राजनैतिक शरण हो सकती है। शायद कैंट में एक घर भी। आम तौर से मिलने वाली सुविधाएं। मैं तुमसे वादा करता हूं। सिर्फ कुछ आसान सवालों के आसान जवाब दे दो।

तैयार ?"

"यह एक बहुत आकर्षक ऑफर है, " व्लादीमिर ने कहा। " और हो सकता है कि मैं इसे मान भी लेता लेकिन यहां मौजूद हसीन मिस जूलिया की वजह से ऐसा नहीं कर सकता। मैं तुम्हें पिछले कुछ दिनों से देख रहा हूं---जैसा कि

बीते पूरे साल देखता रहा। यह कितना मज़ेदार और खुशी देने वाला था ! मैं कह नहीं सकता कि मुझमें यह इच्छा ही नहीं थी कि मैं इन्हीं जूलिया के हाथों पकड़ा जाऊं। नहीं ! नही! यह जूलिया के साथ सही नहीं होगा। मैं अपनी बात वापस लेता हूं। अपने रेकार्ड से इसे निकाल दो।"

"मैं समझ नहीं सका," फार्न्सवर्थ ने उसकी बातों को धीरे समझने के अंदाज़ में कहा। "क्या तुम मुझे कुछ बताना चाह रहे हो ?"

"तो फिर मुझे यहीं कहने दो। मैंने सबसे पहले मिस जूलिया को बेइरा में देखा था। मैं इन्हें उसी वक्त पकड़ सकता था। लेकिन मैंने ऐसा नहीं किया।

पूछो क्यों ?"

व्लादीमिर ने इस अंदाज में अपने हाथों को झटका जैसे इस सवाल का निश्चित जवाब उसके पास भी ना हो।

"जिस भेष में तुम काम कर रही थीं, उसे हमने तुरंत ही भांप लिया था। तुम्हारे परिचय में कोई कमी ही नहीं थी। यह वह बात है जिसने हमारा ध्यान खींचा। लंदन टाइम्स के लिए एक रिपोर्टर ? मोज़ाम्बिक में रूस की मौजूदगी पर रिपोर्ट भेजने के लिए ? मैं तुमसे पूछता हूं ! कोई भी एजेंट इस तरह के संवेदनशील कवर के साथ छिपा नहीं रह सकता। लेकिन मेरे पास एक सुविधा थी। जरा देखो कि मिस जूलिया कैसी दिखती हैं। मैं एक सब्जी बेचने वाला दिखता हूं। मेरी इस बड़ी कमर पर एप्रेन बांध दो और तुम्हें तुरंत लगेगा कि तुम मुझसे हरी मटर खरीदने जा रहे हो। लेकिन मिस जूलिया ? अपने इस रंग ढंग के साथ? तुम समझ सकती हो कि हम निश्चित तौर से कुछ नहीं कह सकते थे और तुम इससे बच निकल सकती थी, मिस जूलिया, लेकिन हमारे भेदिये भी तुम्हारी एमआई–6 में हैं–––––इस बारे में तो जितना कम बोलूं उतना ही बेहतर।"

व्लादीमिर ने रुक कर सांस ली। कमरे में सिर्फ वही था जो बेचैन नहीं था।

"मैं इन्हें पकड़ सकता था–––––लेकिन मैंने ऐसा नहीं किया। क्योंकि, फार्न्सवर्थ, मुझे उसका साथ अच्छा लगता था। रोजाना मैं कहता। कल मेरे पास उसे चकराने के लिए काफी समय होगा; आज मैं उसके साथ एक बढ़िया लंच कर लूं।"

उसने जूलिया के हाथ को अपने दोनों हाथों में ले लिया। जूलिया ने हाथ को वापस नहीं खींचा।

"बीता साल मेरी जिंदगी का सबसे ज्यादा खुशी देने वाला, सबसे ज्यादा रोमांच देने वाला, सबसे यादगार था। क्या तुम विश्वास कर सकती हो ? मैं चाहता हूं कि तुम इस पर विश्वास करो। पहली बार ऐसा हुआ कि मैं भावनाओं को समझ सका। इससे पहले मैं नहीं जानता था कि इनका अस्तित्व भी होता है। मैं रोज सुबह उठता और सोचता कि तुम्हारे साथ वक्त बिताने के लिए मैं कौन सी तिकड़म लगाऊं। हमारी वो तमाम मुलाकातें, क्या तुम्हें लगता है कि अचानक होती थीं ? "

जूलिया खामोश थी।

" जो कुछ भी हुआ, मैं तुम्हें बताना चाहता हूं, उसका मुझे कोई अफसोस नहीं है। रत्ती भर भी नहीं। अगर मुझे फिर से हमारी वही जिंदगी बेइरा में जीने का अवसर मिले तो मैं इसे उसी तरह जीना पसंद करूंगा जैसा कि बीता साल हमने बिताया। कोई परवाह नहीं कि अब मैं मर जाऊं। कम से कम मुझे यह तो पता चल गया कि प्यार कहते किसे हैं। मुझे यह कहने में शर्म महसूस होनी चाहिए---एक गंजा, अधेड़, करीब पचास की उम्र का एक आदमी---लेकिन मैं शर्मिंदा नहीं हूं।"

फार्न्सवर्थ कुर्सी में बेचौनी से कुलबुलाया। उसने इशारे में जूलिया से कमरे से जाने को कहा लेकिन जूलिया ने इसे अनदेखा कर दिया। उसने व्लादीमिर के उन हाथों को थपका जो उसके एक हाथ को पकड़े हुए थे।

"तुमने मुझसे क्यों नहीं कहा कि तुम मुझसे कुछ जानना चाहते हो ?" उसने नरमी से कहा।" मैं चाहती हूं कि तुम जीवित रहो।"

उसने अपने हाथ खींच लिए और अपनी कुर्सी पर सीधा बैठ गया।

"मेरे पास वो तमाम जानकारियां थीं जिन्हें तुम जानना चाहती थी, जूलिया।" उसने अपनी दाहिनी आंख के किनारे पर माथे को थपथपाते हुए कहा।" तारीख, समय, जगह। ना सिर्फ मोजाम्बिक की तरफ से मिले विषय पर बल्कि नामीबिया और जिम्बाब्वे से भी मिले तथ्य। रूसी सैन्य सलाहकारों के नाम, सैन्य शक्ति, फील्ड डीविजन की संख्या, सहायक तोपें।

सभी कुछ। "

उसने बातचीत रोक दी। कोई हिला नहीं। फार्न्सवर्थ ऐसे दिख रहा था कि जैसे उसे किसी सफेद संगमरमर ने काट दिया हो। जूलिया भी स्तब्ध थी।

सिर्फ व्लादीमिर आराम में और तनावमुक्त दिख रहा था। पूरी तरह नियंत्रण

में। बात को आगे बढ़ाने के लिए बहुत आतुर नहीं। उसे दी गई पीछे की तरफ से सख्त कुर्सी पर वो आराम से पीठ लगाकर बैठ गया, उनकी तरफ देखकर मुस्कराता रहा।

"लेकिन यह जगह इन सब बातों को बताने के लिए नहीं है। कहीं बढ़िया डिनर के लिए चलते हैं। तुम जोहानिसबर्ग को मुझसे बेहतर जानती हो। मैंने तो इसकी और इस कमरे की सिर्फ सेटेलाइट फोटो ही देखी है। तुम रेस्टोरेंट चुनो। शैंपेन की बोतल लो। निश्चित ही, भुगतान मैं करूंगा ! उसके बाद, शायद, हम जोहानिसबर्ग के तुम्हारे अपार्टमेंट में चलें-----और मैं तुम्हें सब बता दूंगा। मैं वादा करता हूं कि भागने की कोशिश नहीं करूंगा। भागना चाहता तो बहुत पहले ही भाग गया होता। अगर वो लोग चाहते तो हमारा कहीं भी पीछा कर सकते थे। अपार्टमेंट के बाहर भी एक गार्ड तैनात कर दो।"

खामोशी दम घोंटने वाली थी।

"जब तुम और मैं, जूलिया इसमें हों। "

"मैं नहीं जानती, " जूलिया ने कहा। " यह सभी कुछ इतने अचानक हो रहा है। मुझे कोई अनुमान नहीं था कि बातें ऐसा मोड़ ले लेंगी। "

"सवाल ही नहीं पैदा होता. " फार्न्सवर्थ चीखा, अपनी हेकड़ी और अकड़ के साथ। " संभव ही नहीं है ! ब्रिटिश सरकार इस तरह की बेतुकी बात पर कभी अपनी सहमति नहीं देगी। ! "

"ब्रिटिश सरकार इसमें शामिल नहीं है, " जूलिया ने कहा।

"बेहतर होगा कि तुम इस कमरे से चली जाओ, मेरी प्यारी, " फार्न्सवर्थ उसके लिए दरवाजा खोलते हुए बोला। " मेरा मानना है कि इस काम में तुम्हारी भूमिका अब समाप्त होती है। "

जूलिया बिना किसी बहस या विरोध के कमरे से चली गई। उसके दिल पर चोट लगी थी। उसने फार्न्सवर्थ की आंखों में यह बात पढ़ी थी:

"अगर मेरा जैसा अंग्रेज और जेंटलमैन तुम्हें नहीं पा सका तो फिर यह रूसी हरामी भला तुम्हें कैसे हासिल कर सकता है ? "

फार्न्सवर्थ ने उसे दक्षिण अफ्रीका के खुफिया विभाग को सौंप दिया और इस पूरे मामले से ब्रिटेन के किसी भी तरह के सरोकार को खत्म कर दिया। उस शाम उन लोगों ने जोहानिसबर्ग से लंदन की फ्लाईट पकड़ी थी।

तीन दिन के बाद, मोज़ाम्बिक की सीमा पर व्लादीमिर की कई जगह से

कटी और टूटी लाश रूसियों को सौंपी गई। और आधिकारिक बयान में सिर्फ एक अफसोसनाक दुर्घटना का उल्लेख था।

तब तक कुछ पता नहीं चला जब तक कि साउल को इस मामले में रिपोर्ट देने के लिए जोहानिसबर्ग नहीं भेजा गया। उसने उसी बात की पुष्टि की जिसका उन्हें अनुमान था।

व्लादीमिर ने दो दिन स्लैग्टर के साथ अकेले बिताए थे-----और स्लैग्टर ने उससे खुलकर बातें की थीं।

वो एक अच्छा आदमी था। वो उस रात उसके साथ शायद खुशी में नहीं डूबी थी-----साउल के साथ कभी भी उसे ऐसी बेपनाह खुशी का अहसास नहीं हुआ----- लेकिन अगर ऐसा हुआ होता तो शायद उसकी जान बच जाती। सिर्फ इतना था कि उसने उससे एकांत में पूछा होता ? तब जब फार्न्सवर्थ कमरे में नहीं होता। क्या वो फार्न्सवर्थ से सलाह मांगती ? और इस मामले में उसका निर्णय क्या होता-----अगर उसे निर्णय की पूरी स्वतंत्रता दी जाती तो ? आज भी वो नहीं जानती कि अगर यह सवाल उसके सामने आता तो उसका जवाब क्या होता।

उस वक्त कोई विकल्प नहीं था। लेकिन अगर फिर कभी ऐसा हो तो वो जानती है कि जवाब क्या होगा। एमआई–6 की ब्रिटिश सरकार या फ़ार्न्सवर्थ का इस बात से कोई लेना–देना नहीं है। यह उसका शरीर है। वो इसके साथ जो चाहे करे।

और फिर उसने सोचा कि एक तीसरा रास्ता है जो किसी भी पुरुष को बोलने पर मजबूर कर सकता है। वह है डर। अगर वो सिर्फ जोशुआ को इस बात को समझा पाती कि उसकी जान खतरे में है, तो शायद बात बन जाती। वो डॉक्टर था। मौत, शायद, उसके लिए कोई डरावनी बात ना हो। लेकिन अगर यह मौत धीमे–धीमे और दर्द के साथ आने वाली हो तो फिर क्या वो इसे जानकर बातचीत में ज़्यादा नहीं खुलेगा?

कुल मिलाकर, सभी मामलों में, मुद्दा यही था कि उसमें बात करने की इच्छा होनी चाहिए।

"ऐसा लगता है कि आप अपनी समस्या में रुचि गंवा चुकी हैं, " जोशुआ ने कहा।" यह कोई चापलूसी नहीं है। अभी–अभी तो मुझे लगना शुरु हुआ था कि मेरा भी महत्व है। क्या आप सचमुच मेरी हिफाजत कर रही हैं ? "

"हां, जोशुआ, मेरे प्यारे, " वो बोली। और ना किसी ने महसूस किया और ना किसी ने जताया कि उसने उसे अलग तरह से संबोधित किया है। " और जब तक तुम मुझे वो सब नहीं बताओगे जो जानते हो, मैं नहीं जान सकूंगी कि मैं तुम्हारी मदद कैसे करूं। "

"तो, मेरी प्यारी, पूछो वह सभी कुछ जो तुम पूछना चाहती हो। मैं तुम्हें वह सब कुछ बताऊंगा जो तुम जानना चाहती हो। किसी के भी बारे में जो तुम जानना चाहती हो। मैं कुछ नहीं छिपाऊंगा। या एक भी झूठ नहीं बोलूंगा। वादा रहा। पूछना शुरू करो। "

" करोगे ना ? "

" हां, क्या यही तुम मुझसे नहीं चाहती थी ? "

" कोई शर्त नहीं ? "

" शर्त ? नहीं। शर्त भला क्यों हो ? "

" हम जिन बातों को जानना चाहते हैं, उन्हें बताने के लिए तुम हमसे कोई बेढंगी मांग तो नहीं करोगे ? "

" नहीं। नहीं करूंगा। ये हम कौन हैं ? "

जूलिया ने इस सवाल को अनदेखा कर दिया। यह आसान होने जा रहा है। उससे भी ज्यादा जितना उसने सोचा था। हो सकता है कि यह शराब का असर हो ! वो अभी ही खुलना शुरू हुआ था और सब उगल देगा। उसके तमाम इकरारनामे, कि यह उसकी शाम है और वही सभी कुछ का पेमेंट करेगा, को दरकिनार करते हुए वो बार तक गई और उसके लिए और शराब ले आई।

"साउल क्यों मरा ? "

"मैं नहीं जानता, " जोशुआ ने जवाब दिया। " उसके साथ ऐसा नहीं होना चाहिए था। मुझे नहीं लगता। '

"तुम्हें नहीं लगता कि यह एक हादसा था। तब फिर ? '

"ना। मरने के बाद उसे किसी ने जला दिया। पोस्टमार्टम रिपोर्ट मिलने तक मैं निश्चित तौर से कुछ नहीं कह सकता। वो जल्द ही इसके मिलने की उम्मीद कर रहे हैं। शायद रिपोर्ट आज ही आ जाए। मैं निश्चित रूप से कुछ नहीं कह सकता। क्लेबोर्न उसका डॉक्टर था और हो सकता है कि वो लोग उसके साथ हों। वो आज हमारे सभी मरीजों को देख रहा है। उसने अपनी छुट्टियां मना ली हैं। अब मैं अपनी मना रहा हूं। मैं स्वयं को उस बच्चे जैसा महसूस कर रहा हूं

जो छुट्टियां मनाने स्कूल से बाहर आया है ! क्या तुम्हें भी कभी ऐसा अहसास हुआ?''

''कई बार। क्यों ? उसे भला कोई क्यों मारेगा और मारने के बाद इस बुरी तरह जला देगा । इसका उसकी पहचान मिटाने से कोई संबंध नहीं दिखता——— नहीं तो वो उसका जबड़ा भी तोड़ देते!''

''सही सोचा, जूलिया। यह एक और अच्छा सवाल है। लेकिन मैं, ईमान से, नहीं जानता। ना उसके डॉक्टर की हैसियत से ना ही दोस्त की। ''

''क्या उसे सेहत से जुड़ी कोई समस्या थी ? '' जूलिया ने जोर देकर कहा। '' कोई ठीक ना हो सकने वाला कैंसर ? तकलीफदेह अंत नजर आता हुआ ? या ऐसी ही कोई बात। ''

''साउल ? स्वास्थ्य समस्या ? वो घोड़े जैसा सेहतमंद था। खौफनाक दिखने वाले उन घोड़ों जैसा सेहतमंद जिन पर जो पैसा लगाता है ! तुम अपने निशाने से भटक रही हो, प्यारी लड़की, अगर तुम सोचती हो कि यह कोई स्वास्थ्य समस्या थी। इसके अलावा अगर मुझे इसका पता होता तो क्लेबोर्न को भी होगा। जाकर उससे पूछो। वो वहीं होगा, हालांकि आज शाम को कोई सर्जरी नहीं है। यह सर्जरी रूम की चाबी है। वहां जाओ। तुम क्लेबोर्न को इतना तो जानती हो कि उसे विश्वास में लेकर वो बात बता सको जो तुम्हें इतना परेशान कर रही है और जिस भयावह चीज के बारे में तुमने अभी तक मुझे कुछ नहीं बताया है। ''

''ठीक है। मैं जाऊंगी, '' उसने कहा। '' लेकिन अगर वो वहां नहीं हुआ तो? क्या मैं साउल की फाइल देख सकती हूं ? क्या तुम्हारे पास फाइल कैबिनेट की चाबी है ? मैं जानती हूं कि वो कहां है, अमेलिया की डेस्क के पीछे है। मुझे दोनों चाबियां दे दो। ''

''शर्तें ! शर्तें ! '' उसने कहा। चाबी देते वक्त उसकी आंखे मन बहलाने के अंदाज में नाच रही थीं। गुच्छे में कई चाबियां थीं। उसके अपार्टमेंट की चाबी और कार की भी। वो इन सभी को लेने से झिझकी। जोशुआ ने सर्जरी की चाबी और थोड़ी छोटी दिखने वाली फाइल कैबिनेट की चाबी को देखा और फिर गुच्छे को उसके हैंडबैग में डाल दिया, बिना उसकी तरफ देखे। जूलिया ने बैग को बंद कर लिया।

टन् ! उन्होंने यह आवाज़ सुनी। चाबी, बंदूक से टकराई थी।

"तुम घर कैसे जाओगे" ? उसने पूछा। "और तुम्हारी कार ? कैसे ड्राइव करोगे ?"

" मुझे घर जो ले जाएगा। उसके पास मेरे अपार्टमेंट की एक चाबी है। और इस हालत में मैं निश्चित ही ड्राइव करने का कोई इरादा नहीं रखता।"

उसने खाली पड़े गिलासों की तरफ इशारा करते हुए कहा जो उनके बीच मेज पर पड़े गंदगी फैला रहे थे। " और इसके अलावा, " उसने उसकी तरफ झुकते हुए शरारती अंदाज में कहा, " इससे हमें एक बार फिर साथ में होने का मौका मिलेगा। आखिर, तुम मेरी चाबियां मुझे वापस करना तो पसंद करोगी ही। नहीं करोगी क्या ? "

"ओह जोशुआ, तुम भी बस ! अब क्या कहूं तुम्हें ! ठीक है। मैं सभी चाबियां ले जा रही हूं लेकिन मुझे जिम्मेदार ना ठहराना अगर तुम्हें आज की रात इसलिए सड़क पर बितानी पड़े क्योंकि तुम अपने फ्लैट में दाखिल नहीं हो सके। और, खुद को लंदन की ट्यूब में और दिनों से ज्यादा घूमता हुआ पाओ।"

"सिर्फ तुम्हारे साथ, मेरी प्यारी, " उसने पूरे धर्मभाव से कहा। जूलिया के चेहरे पर एक बार फिर चमक फैल गई।

"ठीक है। अगर वह कोई स्वास्थ्य संबंधी समस्या नहीं थी तो कुछ और होगा जिसे तुम जानते होगे, " जूलिया ने पूछा।

"तुम मेरे ही पीछे क्यों पड़ी हुई हो ? मुझे क्या पता कि तुम्हें कौन सी बात परेशान कर रही है ? "

"क्योंकि, तुम उन चंद लोगों में से हो जिनसे वो आखिरी दिन मिला था----जिस दिन वो मरा था। क्या उसने कोई अर्थपूर्ण बात कही थी। सोचो जोशुआ। उस सुबह वो तुमसे क्यों मिला था ?"

"वो नहीं मिला था।"

"क्या मतलब है तुम्हारा कि ' वो नहीं मिला था'?" जूलिया ने थोड़ी गर्मी से पूछा। " उसने तुमसे सुबह नौ बजे मुलाकात की थी। ब्रोमफील्ड जाने से और वहां से वेलविन गार्डेन सिटी जाने से पहले। यह उसकी डायरी में दर्ज है। "

"तुमने उसकी डायरी कैसे देख ली ?" आह ! अब समझा। वो ब्रा की टूटी हुई स्ट्रैप। उसकी डायरी देखने के लिए ? जूलिया ! जूलिया ! "

"मुझे माफ कर दो, जोशुआ," जूलिया ने उसकी आंखों में सहमति को

तलाशते हुए कहा। " लेकिन मैं पुलिसवाली हूं---एक तरह की। मैंने तुम्हें बताया तो था। "

"कोई बात नहीं। वो आदमी मर चुका है। अब उसे इससे क्या फर्क पड़ता है कि किसने उसकी डायरी को देखा ! लेकिन उस सुबह वो मुझसे नहीं मिला था, यह तो तय है। "

"तुम झूठ बोल रहे हो, जोशुआ" उसने शांति से कहा।

"मैं झूठ बोल रहा हूं? ठीक है। गर्मजोशी और विश्वास से भरे रिश्ते की यह एक अच्छी शुरुआत है। मैं क्यों झूठ बोलूंगा ? अगर वो आदमी मुझसे मिलने आता तो मैं यही बताता। उस सुबह मैं सर्जरी में था, नौ बजे से पहले से ही। क्लेबोर्न छुट्टी पर था, इसलिए उसके हिस्से का काम भी कर रहा था। अमेलिया मेरा समर्थन करेगी। जाओ, उससे पूछ लो।"

" मैं अपनी बात वापस लेती हूं, " जूलिया ने कहा। " यह शराब का असर है। मैं वो बातें बोल रही हूं जिन्हें आमतौर से नहीं बोलती। क्या मुझे माफ कर दोगे ? "

"छोड़ो भी जूलिया। यह सब जरूरी नहीं है। लेकिन तुम्हें मेरा विश्वास करना होगा। मैं चाहता हूं कि तुम मुझ पर विश्वास करो ! मैंने उस सुबह नौ बजे उसे नहीं देखा। लेकिन आश्चर्य की बात यह है कि लॉरा भी यही सोचती है। उसने उसे बताया था कि वो मुझसे मिलने जा रहा है---और मिला नहीं। क्यों?"

"लॉरा ?"

"साउल की विधवा। मैंने आज उसके साथ लंच किया है। वो मेरी पुरानी दोस्त है। वो भी मुझसे तुम्हारी ही तरह बात कर रही थी। उस सुबह उसने मुझसे क्या कहा था ? लेकिन उसके पास कम से कम एक वजह तो है मुझसे इस बारे में बात करने की। कोई आदमी है स्लैग्टर नाम का। वो मेरे बारे में उसे संदेश लिख कर भेजता रहता है। लेकिन तुम इस बारे में मेरे पीछे क्यों पड़ी हो, यह मैं कभी नहीं समझ पाऊंगा।"

"स्लैग्टर ! उसने उसे नोट भेजा ? क्या लिखा था उसमें ?"

"कुछ खास नहीं। बेवकूफी भरी कोई चेतावनी। कि मुझसे दूर रहो। साफ है कि वो लॉरा को बिलकुल नहीं जानता है क्योंकि उसकी धमकी का लॉरा पर उल्टा असर हुआ है। खुद की जान को खतरा देखकर वो मेरे और पास आ गई और मुझसे कहा है कि कुछ दिन तक मैं उसके साथ रहूं।"

"क्या तुम रहोगे ? क्या तुम उसके पास जा रहे हो ? "

"क्या ? उसके साथ रहने ? पता नहीं। क्या तुम मुझे ऐसा करने की सलाह दोगी ?"

जूलिया ने अपनी बीयर गटकी। अपने बाल पीछे फेंके, गर्दन को पीछे झुका कर, गिलास में बची हुई चेरी ब्रांड़ी को पीकर साफ किया, अपनी भावनाओं को तौला, स्वयं से उत्तर मांगे-----और उत्तर सिर्फ एक मिला। " नहीं जोशुआ। मैं तुम्हें उसके साथ उसके घर में रहने की सलाह नहीं दूंगी। दुकान में आने-जाने वाले ग्राहकों के बीच तुम्हें सुरक्षा दे पाना मेरे और डोनाल्डसन के लिए बहुत कठिन साबित होगा। "

"क्या यही वजह है ? उसके साथ ना रहने देने की ? क्योंकि तुम्हारे, और वो कौन है , के लिए मेरी सुरक्षा कर पाना मुश्किल होगा?"

उसने सवाल को सुनकर अनसुना कर दिया।

"और यह डोनाल्डसन कौन है ? "

उसने इसे भी अनसुना कर दिया।

"मुझे लगता है कि यह सब एक तरह का मजाक है। मुझे महत्वपूर्ण साबित करने के लिए। लेकिन तुम तो बहुत ही गंभीर हो। कि, मैं खतरे में हूं ? "

"मैं बेहद गंभीर हूं, जोशुआ। क्या तुम जानते हो कि मुझे इस बात में कोई संदेह नहीं है कि तुम किसी ना किसी रूप में साउल की मौत में शामिल हो?"

उसने बहुत बेचारगी से सिर हिलाया।

"मुझे तुम्हें बताना नहीं चाहिए लेकिन बता रही हूं। साउल ने मरने से पहले एक संदेश भेजा था।"

"किसे ? "

"साउथ अफ्रीकन नेशनल इंटेलिजेंस को । "

"वास्तव में ? क्या था इसमें ? "

"वह एक कोड था। एक रेड अलर्ट। जोर देकर कहा था कि वो तुमसे उगलवा लेंगे। सिर्फ तुम ही हो जो जानोगे ! "

"यही संदेश उसने भेजा था ? तुम श्योर हो ? मैं ही हूं जो जानूंगा? मजेदार। क्या जानूंगा ? "

"यही वो बात है जिसका पता लगाने की हम कोशिश कर रहे हैं, जोशुआ।"

" यह हम कौन हैं ? "

" मैं तुम्हें नहीं बता सकती। मैं तुम्हें पहले ही काफी कुछ बता चुकी हूं। उससे कहीं ज्यादा जितना मुझे बताना चाहिए था !"

" क्यों ? "

"क्यों, क्या ? " जूलिया ने कहा। उसे महसूस हुआ कि बातचीत का सिरा उसके हाथ से निकल रहा है। उसका बात करने का अंदाज ही ऐसा था। जो बात प्रासंगिक नहीं होतीं, वो उनमें घुस जाता था।

"तुमने क्यों मुझे उससे ज्यादा बताया जितना तुम्हें बताना नहीं चाहिए था? "जोशुआ ने पूछा। " क्या इसलिए कि तुमने बहुत ज्यादा पी ली है या फिर लंदन ट्यूब में मेरे सामने खड़े होकर तुम मेरे ही पंजे पर खड़ी हो गई थी ? "

"शायद दोनों ही वजहों से। " जूलिया ने कहा। चमक उसके गालों पर लौट आई।" तुम्हारे पंजों पर खड़े होने के लिए सॉरी। "

"उस बारे में और ना सोचो, प्यारी लड़की। मैं वर्षों से कभी भी किसी महिला के इतने नजदीक नहीं गया। मेरे हाथ तुम्हारी दिल की धडकनों को महसूस कर सकते थे–––और उसके साथ बहुत कुछ और भी। मैंने तो तुम्हारी गर्दन के पीछे की रगों की धड़कन को महसूस कर तुम्हारी नब्ज भी टटोली। करीब सौ की थी पल्स रेट, लेकिन उन हालात में ऐसा होना मुमकिन होता है। इसलिए तुम्हें दवा लेने की जरूरत नहीं है। करती रहो, जो कर रही हो। बस डॉक्टर की सलाह लेती रहो । "

"जोशुआ, मेरे प्यारे, " उसने कहा और महसूस किया कि शाम में दूसरी बार उसने इन शब्दों में उसे संबोधित किया है। हो सकता है कि इतनी शराब पीने के बाद इन शब्दों पर उसका ध्यान ना गया हो। " प्लीज, क्या तुम उस पर ध्यान दोगे जो जरूरी है। साउल ने ऐसा संदेश क्यों भेजा ? "

"मुझे इसकी रत्ती भर जानकारी नहीं है। हो सकता है कि वो गलत था? या मरने से पहले पागल हो गया हो ? और, अब उसने तुम सब को मुझ पर थोप दिया है बिना किसी वजह के !

मैं यह तक नहीं जानता कि वो कौन बात है कि जिसके बारे में कहा जा रहा है कि मैं जानूंगा । सभी को पता है कि शलजम से खून नहीं निकला करता!"

"स्लैग्टर निकाल सकता है, " जूलिया ने कहा, अपनी आवाज़ में छिपी हताशा को महसूस किया और उस पर काबू नहीं पा सकी। " अंदर से बिलकुल

खाली है यह आदमी। मियामी में सीआईए की एक एजेंट उसके शिकारों में से एक थी। वो एक प्रशिक्षित एजेंट थी। ना कि तुम्हारी तरह। उसे इस बुरी तरह काटा गया था कि तुम विश्वास नहीं कर सकते । पोस्टमार्टम रिपोर्ट से पता चला था कि मरने से पहले उसके शरीर से पूरा रक्त निकाला जा चुका था। ''

''अब, तम मुझे सिर्फ डराने की कोशिश कर रही हो, '' जोशुआ ने कहा।'' और धत तेरे कि, इसमें कामयाब भी हो रही हो। मैं कायर हूं। मैं खुलेआम इसे मान लूंगा। लेकिन कैसे, भगवान के वास्ते, मैं तुम्हें वह बता सकता हूं जिसे मैं जानता नहीं-----अगर मैं जानता ही नहीं?''

उसे जोशुआ के लिए अफसोस हुआ। जोशुआ की आवाज़ उठ रही थी। उसने कांपते हाथों से बीयर मग मेज पर रखा। क्यों हमेशा लोग यही समझते हैं कि यह सिर्फ महिला ही है जो डरती है, उसने सोचा। मर्द भी भयभीत हो सकते हैं। उसने जोशुआ के कांपते हाथों को अपने हाथ में लेकर उसे सहारा दिया। जोशुआ ने उसकी उंगलियों को जकड़ लिया, उन दोनों के बीच पड़ी मेज पर बिना किसी संकोच के उसके हाथ को कस कर पकड़ लिया।

''ठीक है, जोशुआ'' उसने कहा। ''मैं तुम पर विश्वास करती हूं। चलो मान लेते हैं कि तुम नहीं जानते। तो फिर अब हम यह पता लगाने की कोशिश करें कि वो कौन सी बात है जो वो लोग मानते हैं कि तुम जानते हो।''

''कमाल है ! सिवाय इसके कि मैं भी उसे नहीं जानता। ''

''जोशुआ, प्यारे, मैं सिर्फ तुम्हारी मदद करने की कोशिश कर रही हूं। ''

''क्यों ? क्यों तुम मेरी मदद करना चाह रही हो ? ''

''चलो कह सकते हैं, आज शाम मेरे लिए खरीदी गई तमाम शराब के लिए। मैं इसका कर्ज़ उतारना चाह रही हूं। यह चेरी ब्रांडी काफी महंगी थी।''

''इसे जो ने खरीदा था।''

''ठीक है। तो फिर बीयर के लिए।''

''एक राउंड के लिए तो तुमने खरीदी, उन दोनों में से एक जिसे हमने पीया।''

''तुम भी कम मीन मेख निकालने वाले नहीं हो ?'' उसने जोशुआ के हाथ से अपने हाथ नरमी के साथ हटाए। बेंच को खिसकाया और खड़ी हो गई। अपने हैंडबैग को खोला, उसे चेक किया, तेज़ी से बंद किया और फिर उसे अपने कंधों पर लटका लिया।

"कहां जा रही हो ? चल दी क्या ?"

"डॉक्टर क्लेबोर्न से मिलने मैं उनसे साउल का मेडिकल रिकार्ड मांगूंगी। मैं उसे उनसे लूंगी और अपने फॉरेंसिक एक्सपर्ट को जांच के लिए दे दूंगी। हो सकता है कि इन जानकारों को रिपेर्ट में कुछ काम का मिल जाए।"

"तो अब तुम यह कह रही हो कि मैं डॉक्टर भी घटिया हूं ।"

"सिर्फ सेकेंड ओपीनियन ले रही हूं, डॉक्टर सैम्युअलसन। क्या यही वो बात नहीं है जिसका सुझाव तुम अपने सभी मरीजों को देते हो?"

"तुम बिलकुल सही हो, जूलिया," जोशुआ ने उसके जवाब से संतुष्ट होते हुए कहा। " और इस दौरान मेरा क्या होगा ? उस दौरान मुझे कौन बचाएगा जब तुम मेरी सर्जरी पर धावा बोल रही होगी ? तुम ऐसे ही अपने काम को नहीं छोड़ सकती, समझीं ? यह कोई नौ से पांच की ड्यूटी नहीं है। या ऐसा ही है?"

"तुम्हें कुछ नहीं होगा ।"

"मेरी हत्या हो सकती है।"

"यहां ? पब में ?"

"हां, यह मुमकिन है। नहीं है क्या ?"

"परेशान मत हो। मैं इसका भी ख्याल रखूंगी।" वो उसे दिलासा देने की कोशिश ही कर रही थी जब उसने देखा कि जोशुआ कितनी मुश्किल से अपनी हंसी रोकने की कोशिश कर रहा है। उसकी काली आंखे शरारत से चमकीं और उसने अपने हाथों को थरथराते हुए बीयर के मग की तरफ बढ़ाया।

" क्या तुम मेरे हाथों को थामकर इनकी थरथराहट दूर नहीं करोगी? "वो बोला, " या फिर अब सब खत्म हो गया ?"

" ओह जोशुआ ! तुम भी कम नहीं हो ! मैं तुम्हारे हाथों की कई थरथराहटों को सीधा कर सकती हूं। बस तुम थोड़ी देर के लिए सीरियस हो जाओ ! मेरा एक आदमी तुम पर लगातार नजर रख रहा है। उसका नाम डोनाल्डसन है। वो मेरे लिए काम करता है। इसलिए परेशान मत हो। अगर तुम किसी को अपना पीछा करते पाओ, जैसे कि आज दोपहर तुमने जूते की दुकान की खिड़की से सटकर खड़े एक आदमी को देखा था ? वो डोनाल्ड़सन था। उसने मुझे फोन किया था और बताया था कि तुम उस पर किस तरह बिगड़े थे। उसे तुम्हारे व्यवहार से बहुत कष्ट पहुंचा।"

" मेरा एक मरीज़ था, " जोशुआ ने अपने खाली गिलास को देखते हुए और यह सोचते हुए कहा कि वो खुद ही और शराब ले आए या जो से लाने के लिए कहे। " उसका भी नाम डोनाल्डसन था। थामस डोनाल्डसन। बेचारा ! कितना अच्छा इनसान था। वो लगातार बातें करता रहता था, बिना रुके, तब भी जब मैं उसे चेक करता था। उसे बातें करना पसंद था। वो एक वेल्श था। उसने अपना बचपन भारत में बिताया था जिससे वो काफी खुश रहता था। मुझे लगता है कि इसी वजह से वो मेरे पास आया था। उसे पुरानी बातें याद दिलाओ, बस एक मौका दो बंबई में उसकी जानी पहचानी जगहों को याद करने का -----मरीन ड्राइव जहां वो रहता था, एफिनस्टोन कॉलेज जहां उसने शिक्षा ली थी और क्रॉफोर्ड मार्केट जहां से वो मछली और फल खरीदता था। तुमने मुझे उससे क्यों नहीं मिलवाया ? अगर तुम्हारे मिस्टर डोनाल्डसन उतने ही अच्छे हैं जितने हमारे वाले थे, तो फिर हम दोनों में बहुत पटेगी।"

जूलिया मेज़ के ऊपर पूरी तरह से झुक गई, लगभग उसके ऊपर से होते हुए। उस शाम पहली बार उसने खुद को हारा हुआ पाया। खुद के इस्तेमाल होने के भयावह अहसास ने उसे घेर लिया। अंधेरा सा छा गया और लगा जैसे उसने खुद को जबरदस्ती छुए जाने के लिए उसकी तरफ बढ़ा दिया हो।

जोशुआ ने जो को इशारा किया कि वो जा रही है। उससे कहा कि वो आए और उसके साथ बैठे। उसकी तरफ अपना खाली बीयर मग लहराया और संकेत दिया कि इसे फिर भरा जा सकता है।

" सॉरी, माई डियर, मुझे लगा था कि तुम जा रही हो। क्या तुमने अपना इरादा बदल दिया है ? वो दरअसल बार में मेरे लिए और शराब लेने गया है? क्या तुमने देखा ? उसका एक ना एक घोड़ा आज जरूर जीता है। आज, मैं उसे भुगतान के लिए कहूंगा। सुंदर तुकबंदी। मुझे पसंद आई। इससे मुझे कई गुना ज्यादा वापस पाने का मौका मिला है जितना मैंने आजतक उसे दिया है।"

"मुझे डोनाल्डसन के बारे में बताओ जोशुआ, प्लीज। " उसकी आवाज़ में छिपी बेकरारी ने जोशुआ को भी थोड़ा गंभीर कर दिया। उसका ध्यान वापस जूलिया की तरफ गया। सारस की तरह गर्दन निकालकर यह देखने के बाद कि जो बार में ही गया है ना कि गायब हो गया है।

"आह, हां, डोनाल्डसन। उस बेचारे की कुछ साल पहले हत्या कर दी गई। मुझे ठीक ठीक वही तारीख या कुछ और याद नहीं है लेकिन जब यह हुआ था उस वक्त क्लेबोर्न के साथ आए हुए मुझे अधिक समय नहीं गुजरा था। इस बात

का पता जांच में चला था। वो बेचारा ड्रग्स लेता था। इस बात ने मुझे भी चौंका दिया क्योंकि मैं इस बारे में कुछ नहीं जानता था–––हालांकि जानना चाहिए था। इसलिए इस केस में मैंने कुछ और ना करने के बजाए थोड़ी और दिलचस्पी ली। इसके अलावा मैं उसे पसंद भी करता था। ''

''क्या हुआ था ?''

''उसकी मौत की वजहों की न्यायिक जांच वेलविन गार्ड़ेन सिटी में होती थी। मुझे यह अच्छी तरह याद है क्योंकि क्लेबोर्न और मैं जांच के सिलसिले में वहां ड्राइव कर गए थे और क्लेबोर्न इससे बहुत नाराज हुआ था। आधा दिन बर्बाद हो गया था। मरीजों ने शोरगुल मचा दिया था।

भला हो अमेलिया का जो हमेशा ऐसे मौकों पर हालात को संभाल लेती है। वो महिला एक हीरा है ! कहां था मैं ? ''

''तुम जांच के सिलसिले में वेलविन गार्डेन सिटी गए थे। ''

''ओह, हां। सबूत बहुत धुंधले थे। कैसे भी कहा जाए, सबूत कहना भी सही नहीं होगा। ''

''जोशुआ, क्या तुम बताओगे कि क्या हुआ था। ? ''

''मुझे लगता है कि मैं बता रहा था, माई डियर, '' जोशुआ ने नरम लहजे में कहा। '' बजाहिर यह लगता था कि वो नियंत्रित दवाएं चुराने के लिए वेलविन गार्डेन सिटी में एक सर्जरी शॉप में घुसा था। डॉक्टर वहां नहीं था लेकिन उसकी औरत थी। उसने सोचा कि वो उस पर हमला करने जा रहा है, इसलिए, उसने बताया था, शिकार करने वाली राइफल से उसे गोली मार दी। जेन था उस महिला का नाम। मुझे याद है। जेन टिम्मोन्स। आत्मरक्षा, उन्होंने कहा। बेचारा डोनाल्डसन। वो किसी को चोट नहीं पहुंचा सकता था। ''

जूलिया खुद को संभालते हुए बहुत मुश्किल से पूछ सकी, '' और डॉक्टर? किसकी सर्जरी थी वो ? उसका नाम क्या था ? ''

'' मुझे लगता है कि नाम फार्न्सवर्थ था। हां, सही है, यही था। विलियम फार्न्सवर्थ। वो वहां जनरल प्रैक्टिस करता था। उसका जन्म साउथ अफ्रीका में हुआ था लेकिन पढ़ाई यहां इंग्लैंड में हुई। यह सभी जांच में निकल कर सामने आया। उसके साथ रहने वाली महिला उसकी नर्स भी थी। उसका जन्म भी साउथ अफ्रीका में हुआ था । मुझे लगता है पोर्ट एलिजाबेथ में । वो साफ बच गए, अगर तुम मुझसे पूछो तो ! वो कत्ल था। लेकिन डोनाल्डसन उनकी सर्जरी

में क्या कर रहा था, यह मेरी समझ से परे है। तुम मुझसे यह सब क्यों पूछ रही हो, जूलिया? क्या मेरी बातों से तुम्हें मदद मिली ? क्या मैं तुमसे फिर मिल सकूंगा? ''

दरवाज़े की तरफ बढ़ते हुए जूलिया ने कुछ नहीं देखा, किसी को नहीं देखा। उसने जोशुआ के प्रश्नों का भी उत्तर नहीं दिया। पीने वालों से अब भर चुके पब में वो अपनी कोहनियों के बल पर रास्ता बनाते हुए, हर साइज के पुरुषों के बीच से रास्ता बनाते हुए निकली। पब में जितनी जगह थी, उससे ज्यादा लोग थे। थोड़ा अपने आप में मगन लोगों से भरा हुआ जिन्होंने उसकी तरफ कोई ध्यान नहीं दिया। ऊंची तेज आवाज़ों के बीच एक–दूसरे को अपनी बात सुनाते हुए लोग, विदेशी भाषा में बोलते हुए और बीयर को आवाज़ के साथ हिलाते हुए। दूर कोने में, दरवाजे से दूर पियानो बजाने वाला कुछ पुराने मशहूर गीतों की धुन बजा रहा था। पब्लिक बार में बीयर पीने वाले–––वो निजी बारों में भी जा चुके थे––––––जहां बीयर कुछ सस्ती थी, गाने में अपनी आवाज़ मिलाने के लिए टूटे पड़े थे। यह रात का वो समय था जब पीना–गाना–बजाना–चिल्लाना अपने चरम पर होता था और इस शाम का अंत होता नहीं नजर आता था। इसके खत्म होने के समय तक कुछ पूरी तरह ना बहके हुए लोगों पर संयत व्यवहार का असर दिखने लगता था जबकि कई ऐसे होते थे जो ध्यान दिए जाने की हालत को पार कर चुके होते थे।

लेकिन इस समय, सभी कुछ ज्यादा के मूड में हुआ करते थे।

इन सभी ने जूलिया की उन पर पड़ती तेज निगाहों पर कोई ध्यान नहीं दिया। वो एक वेल्श आवाज़ को सुनना चाहती थी जो उसे रोके और कहे : अब मुझे क्या करना चाहिए, मिस जूलिया ? लेकिन उसे किसी ने नहीं रोका।

और उसकी आंखें भी कुछ और नहीं देखना चाहती थीं, सिवाय डोनाल्डसन के।

इसलिए वो उस लंबे, खूबसूरत, सजीले अफ्रीकी को नहीं देख सकी जो उसके कंधे को छूकर बार की तरफ चला गया था।

अध्याय 8

जोमो म्बांगेली हर तरह के माहौल में बहुत आसानी से फिट हो जाता था। जब वो सिस्केई में था तब उसने लाल कंबल पहन रखा था, झोपड़ी में रहता था और अपने पुरखों की आत्मा की तृप्ति के लिए बलि देने से पहले ओझा और जल देवी तिकोलोश से सलाह लिया करता था। और जब वो लंदन में होता था तो टाई के साथ थ्री पीस सूट पहनता था और जोशुआ के साथ ईवनिंग स्टार में बीयर पीता था। अंग्रेजी भाषा पर उसकी पकड़ बहुत अच्छी थी। अच्छी इंग्लिश बोलता था, ऑक्सफोर्ड के उतार–चढ़ाव वाले लहजे के साथ। यह लहजा कभी कभी उस वक्त थोड़ा टूट जाता था जब वो उत्तेजित होकर या पीकर बातें करता था। बड़े होंठ, छोटे घुंघराले बालों वाले उसके संवेदनशील चेहरे के हर गाल पर कटने से हुए घाव के निशान थे। किंग्स में पढ़ने वाले जोमो के छात्र अपने दिमाग में आसानी से उसका खाका हिरण की खाल और लाल कंबल में लिपटे हुए और हाथ में नुकीला भाला लिए हुए इनसान का बना लेते थे और यह तस्वीर अफ्रीकन मामलों पर उसके व्याख्यानों को एक प्रमाणिक रूप देती थी।

जोशुआ की तरह उसने भी अपने रहने के लिए इंग्लैंड को चुन लिया था और उसे यहां सचमुच बहुत सुकून मिलता था। अपने भाई बोको से अलग थी उसकी सोच जो उससे बड़ा होने की वजह से अभी भी परिवार का मुखिया था।

जोमो ने जोशुआ के सामने मेज पर अपना गिलास रखा। उस जगह बैठ गया जहां कुछ देर पहले तक जूलिया बैठी हुई थी। एक ऐसी भव्यता के साथ जो इस अफ्रीकी शिकारी की शख्सियत साथ जुड़ी हुई थी। वो राजदार ढंग से आगे झुका और बोला, " सुंदर लड़की । कौन थी ? "

" कोई है जिसे मैं पटाकर लाया था। वो क्लेबोर्न के मरीजों की लिस्ट में है, मेरी लिस्ट में नहीं। पूरी तरह अंग्रेज। उतनी ही जवान भी या शायद उतनी जवान नहीं। "

"तुम्हें झूठ बोलना नहीं आता, जोशुआ। कम से कम मेरे सामने तो नहीं। कौन थी यह लड़की?"

"मैं सचमुच उसे नहीं जानता। वो कहती है कि पुलिस कर्मचारी है---एक तरह से। "

"क्या चाहती है ?"

"मैं सही तरीके से समझ नहीं सका। साउल की मौत के बारे में कुछ सवाल। ऐसे जिनका हमसे कुछ खास सरोकार नहीं है।"

"ऐसी कोई भी बात जिसका साउल से सरोकार है, उसका मुझसे भी सरोकार है, "जोमो ने जोशुआ को थोड़ा सख्ती से उंगली चुभाते हुए कहा।

"मुझे माफ कर दो जोमो," जोशुआ ने उसके हाथों को धीरे से छूते हुए कहा।" सचमुच में माफी चाहता हूं।"

जोमो की आंखें भर आईं। जोशुआ ने ऐसी भंगिमा बनाई कि जैसे उसने इसे देखा नहीं, अपने गिलास को देखा और फिर नजर घूमाकर जो को तलाशा। पता नहीं कहां था जो, जब उसे उसकी जरूरत थी? जो ने विदेशी आयाओं के एक जोड़े को पब में आते देखा था और इस बात से चिंतित नहीं हुआ था। वो और जोशुआ दोनों ही इस खेल से अच्छी तरह परिचित थे। अगर विदेशी लड़कियों से जल्दी से नजरें नहीं मिलें तो समझो खेल खत्म। और नजरें मिलाने के लिए अधिक से अधिक निकट होना आवश्यक होता है। अगर आप ऐसा नहीं करेंगे तो दूसरे लोग अपनी सींग घुसा देंगे और फिर खेल का मैदान पतला होता जाएगा और हारने वाला पीछे हट जाएगा। यह खेल खेलने वालों के बीच एक तरह का करार था। इनमें एक या दो---दो हो तो बेहतर----बातचीत की शुरुआत करने में सफल हो जाए और लड़कियों के लिए शराब खरीद लाए तो वहां मौजूद अन्य सभी जलनभरी सहमति के साथ हटकर दूर चले जाएंगे। विजेता उस शाम के खर्च उठाते थे और बार बंद होने के समय जब लड़कियां जाने के लिए गुडबॉय करती थीं, तब वहीं मौजूद होते थे। लड़कियां फोन नंबर दे जाती थीं जिन्हें मिलाने पर सही समय के अलावा कुछ और कम ही सुनने को मिलता था। एक विचित्र किस्म का मजाकिया स्वभाव रखने वाली लड़की ने एक बार जो को स्थानीय मुर्दाघर का नंबर दिया था और इसके बाद ट्यूब स्टेशन की तरफ जाकर गायब हो गई थी।

लेकिन ऐसा कभी-कभी ही होता था।

जोमो ने जोशुआ की आंखों को इधर–उधर भटकते देखा। अपने दर्द के बावजूद वो खुद को मुस्कराने से नहीं रोक सका। यह खेल वो नहीं खेलता था।

जोशुआ ने जोमो की तरफ देखा, कुछ शर्म के साथ, खुद को यह बताते हुए कि वो इस तरह की हरकत के मूड में नहीं है।

"मैं उसे उस दिन बचा सकता था जोशुआ। मैं खुद को कभी माफ नहीं कर सकूंगा।"

"मरने से पहले क्या वो तुमसे मिला था ?"

"बिलकुल। हमेशा की तरह मंगलवार को। मंगलवार की रात हमारी हुआ करती थी। कभी ऐसा नहीं होता था कि वो ना आए। हां, अगर शहर से बाहर गया हो या लॉरा की तबियत खराब हो तब और बात होती थी। दरवाजे की घंटी ही सुनकर मैं समझ गया था कि कुछ गड़बड़ है। उसने उसे जोर से और देर तक दबाया था। उसने अपनी बांहें मेरे गले में डाल दीं थीं। बेड तक पहुंचते–पहुंचते मुझे पूरी तरह यकीन हो गया कि कुछ तो है। वो ऐसे बेचैन था जैसे कि वो किसी खास काम में लगा हो। वो मुझे बताना चाहता था–––––और बता नहीं सका। वो बेड में मुझे सब कुछ बता देता था, जोशुआ। लेकिन उसमें एक कमी थी; उसे अपने पास एक ऐसी संपूर्ण शक्ति के होने का अहसास था जो उसे खुद से नीचे के किसी इनसान के साथ उच्च स्तर की खुफिया सूचनाएं बताने का मौका देती थी ! उसके लिए धरती पर इस अहसास से बड़ी कोई चीज नहीं थी। इस अहसास के जागने के बाद उसे रोक पाना नामुमकिन होता था। "

"किस तरह की बातें ? "

"कोई भी ऐसी बात जो बताने में रोमांचक लगे। कोई भी ऐसी बात जो उस शाम को भावुक और यादगार बना दे ! कभी यह उसके अंदर छिपे रोमांच से जुड़ी होती थी तो कभी किसी दर्द से।"

जोशुआ कुछ नहीं बोला।

"तुम्हें मुझ पर विश्वास नहीं है, है या नहीं ? "

"मैं तुम्हारे ऊपर विश्वास क्यों नहीं करूंगा ? तुम पर शक करने की कोई वजह नहीं है। तुम मुझसे इस तरह की किसी बात पर झूठ क्यों बोलोगे ? "

"लेकिन फिर भी तुम विश्वास नहीं करोगे। क्या साउल अपने अंदर छिपे विचारों को मेरे साथ शेयर करता था ? मुझे सोचने दो। वो क्या है जिसे मैं तुम्हें बताऊंगा और जिसके बारे में तुम सोचते हो कि सिर्फ तुम जानते हो ? "

जोशुआ आहिस्ते से सीधे बैठ गया।

"मिसाल के लिए क्या मैं तुम्हें बताऊं कि हमारे डरबन छोड़ने से पहले उस शाम तुम कहां थे ? जब तुम कार से सिस्केई गए थे, ईवा को हमारे लिए लेने?"

जोशुआ ने उसके आस–पास नजर डाली। दीवार के दूसरे छोर पर बेंच पर बैठे आदमी का वेल्श लहजा बिलकुल साफ था। जोशुआ ने उसके बोलने के दौरान इस पर कोई गौर नहीं किया लेकिन उसके चुप हो जाने पर मुड़कर देखा। उस आदमी की पीठ उसकी तरफ थी। उसने अपने सामने मग पकड़ा हुआ था। वो कोई ऊनी टोपी नहीं देख सका लेकिन वह सीट के नीचे आसानी से मोड़कर रखी जा सकती थी। जब तक वो बोलता रहा, वो उसे सुन नहीं सका य वो सुरक्षित थे। लेकिन जब वो लोग खामोश हो जाते तब उसको भी बातचीत का सिलसिला रोकना पड़ता।

"खैर, कुछ भी हो, मैं तुम्हें बताऊंगा, " जोमो ने बात जारी रखी। " तुम और लॉरा साउथ डरबन से बीस मील के फासले पर एक समुद्र तट पर थे। एक सुनसान तट पर। और वहां वो तुम्हारे सामने अपने कपड़े उतार कर नग्न खड़ी हो गई थी। और तुमने रेत पर उसके साथ संभोग किया था। क्या तुम जानते हो कि इससे साउल को कितनी तकलीफ पहुंची थी ? उसने उस रात बिस्तर पर मुझे इस बारे में बताया था और मैंने उसे सांत्वना दी थी। वो लॉरा से कभी शादी नहीं करता। वो उसे तुम्हें सौंप देता––––अगर वो राजी होती तो। साउल जैसे इनसान आजाद रहने के लिए बने होते हैं। "

"वो राजी नहीं थी। और हमने संभोग नहीं किया था–––जैसा कि तुम कह रहे हो। वो मुझे अलविदा कहने आई थी।"

"लेकिन उसे ढलान के ऊपर से, झाड़–झंखाड़ के बीच से, नीचे तट पर तुम दोनों को देखने पर ऐसा ही लगा था। तुम उससे लाड़–प्यार कर रहे थे। वो कोई आपत्ति नहीं जता रही थी। वो इसे बढ़ावा दे रही थी। और उसके बाद वो नंगी ही तैरने चली गई और तुम उसके कपड़े की रखवाली करने लगे। तुमने उसे ड्रेस पहनने में मदद दी। उसकी ब्रा के सामने से खुले दोनों कप को तुमने हुक लगाकर बंद किया था। उसने अपनी हल्के ग्रीन रंग की कॉटन की ड्रेस पहनी। तुमने पीछे से इसकी जिप लगाई। और तुम अभी भी कह रहे हो कि तुमने उसके शरीर के संग प्यार नहीं किया।"

"बंद करो ! मैं और नहीं सुनना चाहता। नहीं तो तुम्हें अकेले ही यहां बैठकर पीना पड़ेगा।"

"बेचारे जोशुआ ! तुम मुझ पर विश्वास कर रहे हो। नहीं कर रहे हो क्या? उसने मुझे बेड में सब कुछ बताया था। यह भी बताया था कि तुम्हारे मिस्टर डोनाल्डसन के साथ क्या घटना घटी है। लेकिन फिर भी उसने मुझे वो बात नहीं बताई जिसे बताने के लिए वो भूखा था। आखिर क्यों ? "

"खुद को दोष मत दो, जोमो। अगर वो बता देता तो भी तुम शायद उसे बचा नहीं पाते। यह बात उसकी मौत से नहीं भी जुड़ी हो सकती है। "

"नहीं ! कोई महत्वपूर्ण बात थी। मुझे लगता है ! मैंने उससे विनती की थी कि वो बता दे लेकिन वो नहीं माना। उसका कहना था कि वो मुझे बचाना चाहता है। लेकिन किससे ? क्या था जिससे मुझे खतरा था, काश मैं जान पाता ! और फिर उसके सुंदर शरीर ने मुझे और मेरे शरीर ने उसे कुछ ऐसा एक–दूसरे में बांधा कि हमें कुछ और महत्वपूर्ण लगना बंद हो गया। लेकिन उसने तुम्हें बताया था जब वो अगली सुबह तुमसे मिलने आया था। क्यों, यही है ना ? "

"वो मुझसे मिलने आया था ? उसने अगली सुबह मुझसे मुलाकात नहीं की थी। अब यहां हम फिर शुरू हो गए। तुम तीसरे इनसान हो जिसे इस बात में कोई शक ही नहीं है कि उस सुबह मैं साउल से मिला था–जबकि ऐसा नहीं था। तुम्हें ऐसा क्यों लगा कि मैं उससे मिला था?"

"क्योंकि उसने मुझे बताया था कि उसका इरादा तुमसे मिलने का है। अगली सुबह। नौ बजे। किस बारे में, यह नहीं बताया था। कोई वजह नहीं है कि मैं उस पर अविश्वास करूं। क्या वो नहीं आया था ?"

"नहीं। और अब यह बिलकुल भी मज़ेदार नहीं रह गया है। अगर वो तुम्हें कुछ नहीं बता सका, तो भला मुझे क्या बताता ? "

"क्योंकि वो मुझे बचाना चाहता था ।"

"और मेरी जिंदगी का तो कोई महत्व ही नहीं है ? ऐसा ही है ना?"

"मेरे कहने का यह मतलब नहीं था, जोश। "

"परेशान मत हो, जोमो। ऐसी बातों से तकलीफ नहीं होती। ना उसकी मौत से हुई। उस तरह से नहीं जैसी तकलीफ तुम्हें हुई है। वो इस कमबख्त पूरी दुनिया को बता सकता था कि वो मुझसे सुबह नौ बजे मिलने जा रहा है, लेकिन बताया नहीं। "

"क्या यही तुमने लड़की को बताया है ? "

"हां। मैं नहीं जानता कि वो क्या है जिसके बारे में माना जा रहा है कि मैं जानता हूं। "

"बोको ऐसा नहीं सोचता। वो तुमसे मिलना चाहता है। इसी वक्त।"

"उससे कह दो। मैं बिजी हूं। क्या मजाक है, मैं एक डॉक्टर हूं। यह माना जाता है कि हमारे जैसै लोग व्यस्त रहते हैं। उससे कह दो कि जहन्नुम में जाए।"

"वो जानता है कि तुम छुट्टियां मना रहे हो। क्लेबोर्न आज लौट आया है। नाईस से। वो परिवार का मुखिया है। मैं उससे जहन्नुम में जाने को नहीं कह सकता-----और ना तुमसे कह सकता हूं। वो तुमसे मिलना चाहता है। क्या तुम चलोगे ? "

"नहीं। मुझे बोको से, उसके तौर तरीकों से, आजाद साउथ अफ्रीका के उसके सपने से कोई लेना-देना नहीं है। मैं एक बार उससे जुड़ा था और उस वजह से देश से बाहर निकाल फेंके जाने से बाल-बाल बचा था। साउल ने मुझे बचाया----जैसे तुम्हें भी बचाया। बोको वहां जो कुछ करना चाहता है, मैं उससे सहमत नहीं हूं। अगर वो जंग छेड़ना चाहता है तो उसे खुद ऐसा करने दो। मैं इसका हिस्सा नहीं बनना चाहता। "

जोशुआ ने पाया कि वो जोमो को भयंकर रूप से हिला रहा है। जोमो उसके आघात से बचने की कोई कोशिश नहीं कर रहा था। जोशुआ ने खुद पर काबू पाया। उसने अपनी आधी भरी बीयर जोमो की तरफ बढ़ाई। वो और नहीं पीना चाहता, यह इसका इशारा था। जोमो बिना कुछ कहे उसे गटक गया। उनके बीच एक अलिखित समझौता था कि उनमें से कोई भी अच्छी बीयर को कभी बर्बाद नहीं होने देगा। जोशुआ एक रात, देर से, संयम के साथ पहुंचा था और उसने जोमो का इसी तरह साथ दिया था।

"मत भूलो कि तुम एक दक्षिण अफ्रीकी भी हो, " जोमो ने कहा।

"मैं कभी नहीं भूल सकता। कभी नहीं ! लेकिन बोको की तरह नहीं। उसका तरीका वो पक्का तरीका है जिसे अपनाने के बाद मैं खुद मैं नहीं रह जाऊंगा। और मैं भला कौन और हो सकता हूं ? "

दोनों ने एक दूसरे को घूरा, दोस्ताना अंदाज में। दोनों एक दूसरे को लंबे समय से जानते थे । उनके बीच किसी तरह का दुराव-छिपाव नहीं था। दोनों एक दूसरे का उत्साह बढ़ाते थे जब इसकी ज़रूरत पड़ती थी और जितना जोर से हो सकता था उतनी कोशिश करते थे। जोमो ने अपनी बची हुई बीयर पी। फिर गुस्से और परेशानी में खाली मग को जोशुआ की तरफ धकेल दिया, यह इशारा करते हुए कि अब इसे भरने की बारी तुम्हारी है। डगमगाते जोशुआ ने

थके हारे जो को तलाश लिया जो बार की दूसरी तरफ नज़रे मिलाने के गेम में हार चुका था। जोशुआ ने उससे मग में बीयर भरने का इशारा किया।

जो ने ऐसा ही किया।

"इतने आलसी कि अपने लिए खुद नहीं जा सकते ? " जोमो गुर्राया।

"काफी पीया हुआ, तुम्हारा मतलब ? कौन कमबख्त है जो इसकी फिक्र करता है ? वैसे बोको किस बारे में मुझसे मिलना चाहता है ? "

जोमो तेज़ी से आगे झुका। उसे मूड इतनी जल्दी बदल जाने का अंदाज़ नहीं था।

"क्या तुम जाओगे और उससे मिलोगे ? प्लीज ! पुरानी बातों की खातिर ही सही ? "

"जा सकता हूं अगर तुम मुझे कुछ सवालों के ईमानदार जवाब दो तो ।"

"जल्दी पूछो, " जोमो ने कहा।

"साउल लंदन आया था। कहां से ? नाईस से या पेरिस से ?"

"पेरिस। वहां वो नाईस से आया था। "

"वो पेरिस क्यों गया था ? वहां उसे किससे मिलना था ? "

"मैं तुम्हें नहीं बता सकता। मुझे लगता है कि यह मेरे लिए सही नहीं होगा कि एक मर चुके दोस्त की प्रेम कहानी के राज खोलूं। "

"जैसी तुम्हारी इच्छा। हमारा समझौता खत्म हुआ। बोको से कहो कि वो आए और जहां चाहता है वहां मुझे लेकर जाए। "

"ठीक है ! ठीक है ! बताता हूं। साउल कॉक डी'ओर में कपड़े उतारते हुए नृत्य करने वाली एक फ्रांसीसी के साथ सो रहा था। कॉक डी'ओर, मोंतमार्तरे के रुए डि ला ला ब्रुयेर में एक नाइट क्लब है। वो उसे चाहता था। वो काफी दौलतमंद थी। वो पहली महिला थी जिसके साथ पेरिस की पहली यात्रा में उसका संबंध बना था और वो उसे कभी नहीं भूल सका। मैं सचमुच इस बात को मानता हूं कि वो अकेली ऐसी महिला थी जिससे साउल प्यार करता था। हां, सही है कि उसके पास कई और भी थीं-----वो उन्हें रखना पसंद करता था--- लेकिन यह वाला मामला कुछ अलग था। "

"वो पेरिस में कितने दिन रहा ? "

"बस उसी रात। उस महिला ने उसे नाईस बुलाया था। उसने कहा था कि वो उससे तुरंत मिलना चाहती है। यह कुछ बहुत खास ही रहा होगा क्योंकि वो

जिसके साथ भी नाईस में था, उसे उसने छोड़ा और पेरिस चला गया। ''

''क्यों ? उस महिला ने उससे क्या कहा ?''

''मैं नहीं जानता, जोशुआ। मैं सचमुच, सचमुच नहीं जानता। इसी वजह से वो मारा गया। अगर उस दिन उसने मुझे बता दिया होता तो मैं उसे बचा सकता था। इसी वजह से और तकलीफ होती है। ''

''स्लैग्टर कौन है ?''

जोमो इस प्रश्न की अपेक्षा नहीं कर रहा था। बीयर का मग उसकी लंबी उंगलियों से फिसलकर एक आवाज़ करते हुए मेजपोश पर गिरा। बीयर उस पर फैल गई लेकिन जोशुआ ने उसे जल्दी से थाम लिया, इसलिए पूरी तरह गिरने से बच गई।

जोशुआ ने सोचा कि अचानक चीजों को संभाल लेने के मामले में वो अब भी बेहतर है। खासकर यह देखते हुए कि उसे अब किसी की परवाह करने वालों में नहीं गिना जाता। जोमो ने इशारों में कहा कि इसीलिए सामने रखे जाने के साथ ही बीयर मग को तुरंत खाली कर देना चाहिए। जितना जल्दी हो सके, गटक जाना चाहिए। इससे इस तरह की स्थितियों में इसके गिरकर फैलने का खतरा कम हो जाता है।

''स्लैग्टर कौन है ? ''

''आश्चर्य की बात है कि तुमने स्लैग्टर का नाम सुन रखा है,'' जोमो ने कहा--- फैली हुई बीयर को अफसोस से देखते हुए, यह सोचते हुए कि क्या यह सही समय है कि मग को फिर से भरा जाए या फिर उसका कोटा पूरा हो चुका है। शायद फिर से भरना होगा। उसने बिना किसी खास हाव–भाव के जोशुआ को और बीयर के लिए इशारा किया।

''लॉरा को उसकी तरफ से एक नोट मिला है, मेरे बारे में। और जूलिया, वो लड़की जो यहां थी, उसने भी उसका नाम लिया था। स्लैग्टर कौन है ?''

''वो एक फ्रीलांस हत्यारा है जिसका इस्तेमाल आम तौर से दक्षिण अफ्रीका का खुफिया विभाग दुश्मन एजेंट से बातें उगलवाने के लिए करता है। जालिम इनसान। तुम्हारे लिए बेहतर होगा कि उससे बच कर रहो। आश्चर्य की बात है कि वो लड़की उसे जानती है। मुझे याद है कि तुमने कहा था कि वो एक पुलिसवाली है ?''

''यही उसने मुझे बताया था---एक तरह की।''

" जूलिया ? " जोमो ने उसका नाम दोहराया जैसे कि इस नाम को तेज बोलने से जोशुआ कोई प्रतिक्रिया करेगा। ऐसा ही हुआ। " जूलिया ? जूलिया रेबर्न स्पेंसर ? " जोमो ने पूछा। " नाम में हाईफन लगा हुआ ? ब्रोमफील्ड के ग्यारवें अर्ल की नातिन ? जिसका हैम्पस्टेड में फ्लैट है ?"

" हां, मैंने तुम्हें बताया था कि वो क्लेबोर्न से सलाह लेने वालों की लिस्ट में है।"

जोमो बेंच पर पीछे चला गया। उसकी काली आंखे चहक उठीं। उसके चेहरे पर चौड़ी होसा कबीले वाली मुस्कराहट फैल गई और फिर वो ठठाकर हंस पड़ा। जोशुआ ने उसे देखा, उसका तनाव कम हुआ। वो जोमो के लिए चिंतित हो रहा था।

"वो एमआई–6 की एजेंट है जोशुआ। तो, ब्रिटिश खुफिया विभग तुम तक पहले ही पहुंच चुका है। भाई मेरे, ये लोग सचमुच तेज काम करते हैं ! तुमने उसे क्या बताया ? मुझे भरोसा है कि तुमने सब कुछ बता दिया होगा। महिलाओं के मामले में तुम्हारी कमजोरी को देखते हुए मैं यह बात यकीन से कह सकता हूं।"

उसने अपना सिर बेंच के पीछे गद्दीदार जगह पर टिका दिया और अपनी आंखें बंद कर उन आंसुओं को रोकने की कोशिश की जो बुरी तरह हंसने की वजह से छलके जा रहे थे।

जोशुआ मुस्कराया।

"और तुम सोच रहे थे कि तुमने उसे फंसाया है।" जोमो पर फिर से हंसी का जैसे दौरा पड़ा। और इस वजह से बीयर, जितनी भी बची थी, उसको पी नहीं सका। उसने जोशुआ के कंधे पर हाथ मारा।

"मैं भी मजा ले रहा हूं," जोशुआ ने रक्षात्मक तरीके से कहा।" वो बहुत अच्छी इनसान है। उसने मुझे चुना, यह मेरे लिए खुशी की बात है––––अगर तुम मुझे ऐसा ही कुछ समझाना चाह रहे हो तो ?"

"मैं कुछ मतलब नहीं निकाल रहा हूं, जोशुआ। मैं इसे एक तथ्य की तरह बता रहा हूं। उसके झांसे में मत आना। जरूरत पड़ने पर वो तुम्हारी जान भी ले लेगी। "

"क्या तुम भी ? मुझे मार सकोगे अगर मारना पड़े तो ?"

"नहीं, मैं नहीं कर सकूंगा। तब भी नहीं जब ऐसा करना जरूरी हो। "

"और साउल ? और बोको ? क्या अगर कहा जाए तो वो मेरी हत्या कर देंगे ?"

" मैं नहीं जानता, जोशुआ। मैं इस बारे में सोचना नहीं चाहूंगा। "

वो दोनों अब जिंदादिली से भरपूर पब में साथ–साथ बैठे थे, बीयर पीते हुए। जोशुआ ने आखिरी राउंड पी, सड़क के लिए अपने सही निर्णय के खिलाफ जाकर। दोनों एक दूसरे को थप्पड़ लगा रहे थे, बिना भौंहें चढ़ाए। कभी कभी वो बिना बात के भी जोर से हंस पड़ते। कभी–कभी उनकी आवाज़ गुस्से से ऊंची हो जाती, बेकार की बहस में। जोशुआ उनके लिए और शराब लाने वाला था लेकिन जोशुआ ने इशारे में कहा कि अब शाम खत्म हो रही है। उस रात आखिरी बार जोशुआ ने जो को तभी देखा था। विदेशी आयाओं का एक और जोड़ा शायद किसी दूसरे पब से आया था और जो फिर से गायब हो गया।

" स्लैग्टर कौन है ? " जोशुआ ने तीसरी बार पूछा।

" मैंने अभी तो बताया, " जोमो ने कहा। " तुम बहुत ज्यादा पी रहे हो। कमबख्त, तुम आखिर क्यों नहीं समझ पाते कि शराब पीने की तुम्हारी क्षमता मुझसे कम है। तुम्हारी पल में गायब हो जाने वाली याददाश्त गायब होना शुरू हो जाती है। "

" नहीं, जोमो ! तुम भी अपनी शराब से अब निपट ही लो। तुम साधारण इंग्लिश को भी नहीं समझ सकते। कौन है वो ? क्या तुम जानते हो कि कौन है वो ? "

" यह बात सात पर्दे में छिपी हुई बात जैसी है। मैं तुम्हें इस देश में सक्रिय दर्जनों एजेंट के नाम बता सकता हूं। लेकिन नहीं जानता कि स्लैग्टर कौन है। साउल को उसके पीछे लगाया गया था। जब कभी भी ब्रिटिश खुफिया विभाग को पता चलता कि स्लैग्टर को किसी से राज उगलवाने का काम सौंपा गया है, तो साउल को इसकी रिपोर्ट देने के लिए भेजा जाता। और, वो हर बार खाली हाथ वापस लौटता। कम से सात लिखित केस थे। साउल ने मुझे इनके बारे में बताया था। दुनिया में अलग–अलग जगहों के। बोको भी ऐसी ही सूचनाएं चाहता था। उसने मुझसे कहा था कि मैं साउल से इस बारे में पूछूं लेकिन मैं कभी इस बात के लिए तैयार नहीं हुआ ! वैसे, मुझे लगता है कि साउल अगर नहीं भी जानता था तो भी इसे जानने के काफी करीब पहुंच चुका था।"

जोशुआ ने जोमो के कंधों को पकड़ा। उसकी आंखों में समाती जा रही थकान को देखते हुए उसे जोर से हिलाया।

" यही बात है ! यही वजह थी साउल के मारे जाने की। क्योंकि वो स्लैग्टर

के काफी करीब आ गया था। उसकी मौत की यह वजह समझ में आती है। और ऐसा किसने किया। "

" तुम कभी सीक्रेट एजेंट नहीं बन सकते, " जोशुआ ने कहा। " इससे कोई बात नहीं समझ में आएगी। साउल को स्लैग्टर की स्टाईल में नहीं मारा गया था———अगर मैं ऐसा कहूं तो। और अगर उस रात बेड में मेरे साथ होने के समय साउल कुछ भी जानता तो उसे मुझे ज़रूर बताता। जो बात उसने मुझे नहीं बताई वो बहुत ही अधिक महत्वपूर्ण रही होगी ! जिसे वो मुझे नहीं बता सका। "

उन्होंने गर्मजोशी से हाथ मिलाया।

" क्या तुम बोको से मिलने जाओगे ?"

" हां।"

" आज ही रात ? "

" हां।"

" अभी ? "

" हां। कह तो दिया, हां। भगवान के वास्ते जोमो, मुझे कोंचना बंद करो। नहीं करोगे ? मेरी एक मदद करो। जाओ, जो के पास बैठो। वो मुझे थोड़ा उदास दिख रहा है। लगता है कि विदेशी आयाओं के खेल में भाग्य उसका साथ नहीं दे रहा है। और जूलिया के बारे में बताने के लिए शुक्रिया। एमआई–6 ? अद्भुत! ऐसा मेरे साथ पहली बार हुआ है। और पूरे समय मैं सोचता रहा कि स्थितियों पर मेरा नियंत्रण है। मैंने तो उसे अपनी सर्जरी की चाबी तक सौंप दी है। किस सफाई से काम करने वाली है वो, जोमो। वो लोग इतनी जवान महिलाओं का क्यों इस्तेमाल करते हैं———और इतनी खूबसूरत भी ? "

जूलिया ही की तरह जोशुआ ने भी बाहर निकलने के दौरान किसी पर ध्यान नहीं दिया। उसने किसी वेल्श आवाज़ की भी तलाश नहीं की। बेंच से उठने पर उसने ऊनी टोपी की तलाश में सीट के नीचे निगाहें भी नहीं दौड़ाई। वो उस आदमी को देखने के लिए भी नहीं मुड़ा जो उनके पास बैठा हुआ था और जिसने अभी तक पब नहीं छोड़ा था।

वो वहीं है या निकल गया, यह कोई खास महत्वपूर्ण नहीं लगा।

और उसने इसकी परवाह नहीं की।

अध्याय 9

जूलिया ईवनिंग स्टार से तेजी से निकल गई।

जोशुआ ने संयोग से डोनाल्डसन का नाम लिया और वो उस हद तक हिल गई जितना मानने का उसका दिल नहीं चाह रहा था। कौन था डोनाल्डसन ? क्या वो सचमुच कुछ साल पहले मर चुका है ? क्या जेन टिम्मोन्स ने गोली मारकर उसकी जान ली थी ? जान–बूझकर मारा था ? और अगर यही बात है तो फिर फार्न्सवर्थ ने उसे बताया क्यों नहीं ? और अगर वो डोनाल्डसन नहीं है–सचमुच का डोनाल्डसन–तो फिर कौन है ?

जिस एक बात को लेकर उसे कोई शक नहीं था–और जिसकी वजह से जोशुआ की बात में दम लग रहा था–वो था जेन टिम्मोन्स का फार्न्सवर्थ के साथ लिव–इन रिलेशन ! उसे पहले से ही इन दोनों के बीच ऐसे संबंध का संदेह था। हालांकि इस बात से उसका कोई मतलब नहीं था लेकिन फिर भी सवाल है कि उन्होंने शादी क्यों नहीं की ?

जूलिया के पक्ष में एक बात जा रही थी। हो सकता है कि डोनाल्डसन ना जानता हो कि वो अचानक ही यह बात जान गई है कि वास्तविक डोनाल्डसन के साथ क्या हुआ था। क्या उसने उसे ईवनिंग स्टार से निकलते देखा होगा ? नहीं देखा होगा, उसने सोचा। उसके लिए अच्छा ही होगा अगर डोनाल्डसन यह समझे कि वो अभी भी पब में ही कहीं है। पब्लिक बार दूसरी तरफ था और वहां तक जाने के लिए ईवनिंग स्टार के निकास से गुज़रना ज़रूरी था। लेकिन उसने उदासी के साथ सोचा कि वो सोच भी नहीं सकता कि वो पब्लिक बार जैसी जगह गई होगी। इस काम में ग्यारहवें अर्ल की नातिन होने की वजह से साफ नुकसान उठाना पड़ता है, उसने सोचा।

लगभग तय सी बात है कि डोनाल्डसन ने उसे पब से जाते देख लिया होगा। अगर उसने पब में जोशुआ पर कड़ी निगाह रखी होगी और अगर वो उस

अनुपात से आधा भी अच्छा है जितना फार्न्सवर्थ ने बताया था, तो वो निश्चित ही जान गया होगा कि वो पब से जा चुकी है। उसने पब से आने वाली आवाज़ों को सुनने और समझने की कोशिश की। लेकिन यह असंभव था !

वहां इतने देशों के लोग एक ही वक्त में इतनी तरह की भाषाएं बोल रहे थे कि वो पकड़ नहीं सकी कि इसमें वेल्श वाली कौन है।

सड़क पर सन्नाटा था। वो ईवनिंग स्टार के पीछे की गली से होकर फिट्जजोन्स एवेन्यू पहुंची। स्ट्रीट लाइट फुटपाथ पर छोटे घेरे में बहुत मुश्किल से कुछ रोशनी बिखेर रही थीं। इस रोशनी की छाया में पेड़ के ठूंठ भूत जैसे लग रहे थे। उसने सोचा, इससे बेहतर तो पूरी तरह अंधेरा ही होता। तब, कम से कम, कुछ भी नजर नहीं आता बजाए उन आकृतियों के जो अपने मन में छिपे डर की वजह से भयावह नजर आ रही थीं। चीजों को ऐसे देख रही थी जैसे कि दूसरे उसे दिखाना चाहते हैं ना कि जैसी वो वास्तव में हैं–जैसे अंधेरे में दिखते पेड़ के ठूंठ।

निश्चित ही, यह भी हो सकता है कि यही वास्तविक डोनाल्डसन हो। फार्न्सवर्थ और एमआई–6 के लिए अपने हिसाब से जाल बिछाना कोई मुश्किल नहीं था, भले ही इसकी कोई वजह साफ नजर ना आ रही है। लंदन के कुछ डॉक्टरों को ये लोग आसानी से यह धोखा दे सकते थे कि वो मर चुका था। स्कॉटलैंड यार्ड की मदद से सीक्रेट सर्विस एमआई–6 के लिए यह कर पाना कोई मुश्किल नहीं था।

जो भी बात हो, सालों पहले हो चुकी बात पिछले सप्ताह की घटनाओं की ही तरह प्रासंगिक बनी हुई थी–या शायद उससे भी ज्यादा।

लेकिन इस तर्क में एक बड़ी कमी थी और वह इसके दिमाग में तुरंत कौंधी। यह वो डोनाल्डसन नहीं हो सकता जिसे जोशुआ जानता था, नहीं तो इसे जोशुआ तुरंत ही पहचान जाता। और फार्न्सवर्थ ने कभी भी इसे जोशुआ के पीछे नहीं लगाया होता। फार्न्सवर्थ भी कोई इतना बड़ा बेवकूफ नहीं है !

सर्जरी के नज़दीक पहुंचने के दौरान उसने आस–पास फैले सन्नाटे को महसूस किया। यह सड़क के पीछे थी। एक ऐसे मकान में जिसने खुद को घटिया दिखाने में कोई कसर नहीं छोड़ी थी और जिसका प्रवेश अंगूर की लताओं से छिपा हुआ था। किसी तरह जोड़–तोड़कर बनाए गए लोहे के गेट से होकर फुलवारी के बीच बने बेढंगे पक्के रास्ते पर चलकर इस तक पहुंचना होता था।

दरवाज़ा खुला था।

वो इस दरवाजे से अपने शरीर का स्पर्श कराए बगैर, आहिस्ते से अंदर आई। हैंडबैग खोलकर चाबी निकाला। पक्के रास्ते पर उसके जूतों की हील ने वैसी ही आवाज़ें निकालीं जैसे कि जोशुआ के साथ ट्यूब स्टेशन से ईवनिंग स्टार की तरफ जाते वक्त निकाली थीं।

इस बार वो अकेली थी।

उसकी यही बात गलत थी, उसने अपने खिलाफ फैसला दिया। बतौर एक एजेंट वो कितनी बेवकूफ थी। इस तरह के काम में क्या ऐसे जूते पहनने चाहिए? उसने हर तरह की परिस्थितियों के हिसाब से नहीं सोचा। किसने सोचा था कि पब में किसी के साथ बिताई गई एक शाम का अंत लंदन के एक सम्मानित डॉक्टर की सर्जरी में घुसने के साथ होगा ? गंभीर हो जाओ, जूलिया, उसने सोचा। इस बात को अपने सिर के ज्यादा ऊपर मत जाने दो। वो कोई जबरन घुसने नहीं जा रही है। उन दोनों में से एक डॉक्टर ने उसे चाबी दी है। और दूसरा उसका खुद का डॉक्टर है।

दरवाजा खुला था।

वो दरवाजे पर रुक गई। अनिश्चितता के साथ। सर्जरी अंधेरे में डूबी हुई थी। कोई आवाज़ नहीं। ना तो अमेलिया का कोई निशान और ना ही डॉक्टर क्लेबोर्न का। सिर्फ खामोशी।

उसने चाबी वापस हैंडबैग में रख ली। और आहिस्ते से अपनी बंदूक निकाली।

वेटिंग रूम में कोई नही था। इतनी रात में उसने किसी के होने का अनुमान भी नही लगाया था। लेकिन लाइट ना जली होने के बावजूद कमरे में एक चमक थी। वो इस चमक में फर्नीचर के बाहरी हिस्सों को देख सकती थी। वो डेस्क भी जिसके पीछे बैठकर अमेलिया मरीज़ों पर नज़र रखती थी। एक दोस्ताना शख्सियत जो व्यवस्था भी बनाए रखती थी और साथ ही सच्चे दिल से समस्याओं को महसूस भी करती थी। कार्यकुशल। अमेलिया इसकी मिसाल थी। चाहे आप ग्यारहवें अर्ल की नातिन हों या फिर नौकरानी, आप अपनी बारी आने पर ही डॉक्टर को दिखा सकती थीं। इस बात के लिए जूलिया उसका आदर करती थी।

डेस्क के पीछे फाइल कैबिनेट थे जिनमें मेडिकल रेकार्ड रखे हुए थे। उस तरह के नहीं जैसे फार्न्सवर्थ की स्टडी में थे।

दोनों खुले हुए थे।

पर्दे गिरे हुए थे। इस समय कमरे में कोई रोशनी नहीं होनी चाहिए थी लेकिन वो अपने आस–पास चीजों को साफ देख पा रही थी। वो पीछे हटकर उस दरवाजे के साये में चली गई जिनसे होकर कमरे में आई थी। रोशनी की लकीरें डॉक्टर क्लेबोर्न के कंसल्टिंग रूम की तरफ ले जाने वाले दरवाजे के नीचे से आ रहीं थीं। दोनों कंसल्टिंग रूम अगल–बगल में थे।

जोशुआ के कमरे में अंधेरा था।

इससे पता चल सकता था कि दरवाजा क्यों खुला हुआ था। डॉक्टर क्लेबोर्न सुबह नाईस से वापस आए होंगे और सर्जरी में मरीजों को देखा होगा। फिर शाम को अमेलिया के जाने के बाद, शायद, रिपोर्ट लिखने के लिए रुक गए होंगे। या हो सकता है कि कठिन केसों का अध्ययन कर रहे हों ?

उसने अपनी बंदूक वापस हैंडबैग में रख दी––––हो सकता है कि अगर वो इन्हें लेकर उनके सामने चली जाती तो डर से उनकी आंखें निकल कर कहीं बाहर ही ना आ जातीं––––और उसने आहिस्ते से दरवाजे पर दस्तक दी। इतने धीरे से कि बस सुनाई दे जाए। वो उन्हें चौंकाना नहीं चाहती थी।

कोई जवाब नहीं मिला। एक डरावनी सी चुप्पी दरवाज़े के नीचे से निकलकर उसके पैरों तक आ गई और अकेलेपन का अहसास बनकर उससे लिपट गई।

दरवाजे पर दी गई दस्तक के जवाब की प्रतीक्षा करती रही लेकिन जवाब नहीं आया। उसने फिर दस्तक दी। हो सकता है कि उनके साथ कोई मरीज़ हो ? कोई इमरजेंसी हो जो उन्हें इतनी देर होने के बावजूद यहां नीचे खींच लाई हो ? लेकिन ऐसा होता तो क्या उसे उनकी धीमी आवाज़ें या पेपरों की सरसराहट नहीं सुनाई देती ?

उसने तीसरी बार दरवाज़ा खटखटाया। इस बार हल्के से उनका नाम भी पुकारा। फिर दरवाजे को खोलने की कोशिश की।

दरवाज़ा खुला हुआ था।

वो अपनी कुर्सी के पास जमीन पर नंगा पड़ा हुआ था और मर चुका था। खून में डूबा हुआ, जो उसके शरीर के उन कटे हिस्सों से निकल रहा था जिन्हें किसी ने सर्जन जैसी दक्षता से काटा था। और, बहुत दर्द देकर काटा था।

आंखे खुली हुई थीं। पुतलियां खौफनाक अंदाज़ में ठहरी हुई थीं, जैसे दया

की भीख और जल्द से जल्द मौत मांग रही हों। मौत बहुत तड़पा कर आई थी। वो इसे देख सकती थी। उनके घुटने में गोली मारी गई थी। घाव दिख रहा था। यह तब हुआ होगा जब उन्होंने उठने, भागने या चिल्लाने की कोशिश की होगी। इसी वजह से वो जमीन पर गिर गए थे।

इसके आगे. का उसने अनुमान लगा लिया। उसने अपनी बंदूक नीचे कर दी होगी। छुरा निकाला होगा। क्लेबोर्न से कपड़े उतारकर नंगा होने को कहा होगा, शायद छुरे की नोक से कपड़े को फाड़कर इसे उतारने में मदद की होगी। वो क्यों नहीं कपड़ा पहने हुए मारे जा सके? खून में डूबे उनके हिस्से, कोने में एक के ऊपर एक रखे हुए थे।

उसने अपनी आंखे फिर उनकी तरफ कर दीं। खुद को उन्हें देखने के लिए मजबूर किया।

किसी तरह से भी यौन अंगों से छेड़छाड़ नहीं की गई थी। उन अंगों के पास किसी तरह काटे जाने का निशान नहीं था हालांकि शरीर के कई हिस्से का खून वहां गिरकर इकट्ठा हो गया था। उसने सोचा की जांघ के पास के उसके शरीर को कपड़े से ढक दे----शायद उनकी बनियान से, लेकिन यह नौकरी के नियमों के खिलाफ था। इन हालात में नियमों पर पालन करने के मामले में वो काफी सख्त थे। कुछ भी नहीं छूना है ! किसी भी सबूत को इधर से उधर नहीं करना है, जब तक कि सीक्रेट सर्विस की गतिविधि से इसका सीधा संबंध ना हो ! सरकार की तरफ से रोक हटाने के बाद इन सबूतों के जरूरी पहलुओ को स्काटलैंड यार्ड में उच्च स्तर पर बहुत सावधानी से पेश किया जाता है और यही फिर पुलिस तक पहुंचते हैं।

और, भगवान के लिए, इन हालात में हमेशा, हमेशा, दस्ताना पहनो!

उसने अपने हैंडबैग से दस्ताने जैसे चीजें निकाली और उन्हें पहन लिया। इस बात का कोई अर्थ नहीं था कि उसने कितनी जगहों पर अपने निशान छोड़े हैं। वो वहां एक मरीज की हैसियत से आई थी। इसी से सभी बात साफ हो जाती।

शक की गुंजाइश नहीं थी। यह स्लैग्टर की ही स्टाईल में की गई हत्या थी। तो, वो वहां इनके साथ था। पीड़ितों के फोटोग्राफ में, साउल की रिपोर्ट में– हर जगह एक जैसा ही। अलग–अलग शव, बाकी सब एक जैसा। छाती और पेट के आस–पास वैसे ही नुकीले तरीके से गोदना, जैसे कि उसे किसी को मारने का बस यही एक तरीका सिखाया गया हो। योजनाबद्ध और तय तरीके

से शरीर को काटने की एक श्रृंखला, जैसे की ना तो वो कोई और तरीका जानता है और ना ही सीखना चाहता है।

या हो सकता है कि इतने पागलपन भरे भयावह तरीके से हत्या करने में उसे आनंद आता हो ?

उसे तीखी नफरत का अहसास हुआ।

वो वेटिंग रूम में गई, कुर्सी पर बैठ गई और अपने हाथ में अपना सिर पकड़ लिया।

वो उन्हें लगभग दस साल से जानती थी। सोलह साल की उम्र से। वो बहुत अच्छे डॉक्टर थे, बहुत संवेदनशील। अपने मरीजों के लिए उनके पास वक्त होता था। और कई डॉक्टरों के उलट उन्हें भी बातें करना अच्छा लगता था।

उसने अपनी नाक साफ की। इस बात की परवाह नहीं की कि कोई सुन सकता है। मैं एक खराब जासूस हूं, उसने सोचा। स्लैग्टर बाथरूम में हो सकता है। या डॉक्टर क्लेबोर्न के आफिस के पास जोशुआ के कंसल्टिंग रूम में हो सकता है। और मैं सिर्फ यहां बैठकर रो ही सकती हूं। मैं यह भी नहीं जानती, उसका प्रलाप जारी रहा, कि अगर मैं उसे दरवाजे से निकलकर खून मे डूबे छुरे और हाथ में बंदूक लिए आते देखूं तो क्या मैं गोली मारकर उसकी जान ले सकूंगी !

उसने इन तमाम संदेहों को एक झटके से हटाया। यह इस तरह की बातों का वक्त नहीं था। अभी तो बिलकुल नहीं, खासकर इस जगह पर। वो इस तरह की सोच में एक अच्छे एजेंट की सीमा से ज्यादा डूब चुकी है। अब और नहीं। या तो वो इन सब बातों से छुटकारा पाए या फिर अपना यह काम ही छोड़ दे।

जोशुआ के लिए भी तो यह उचित नहीं होगा कि उसके जैसा कोई इनसान उसकी हिफाजत पर लगाया गया हो। इतना सोचते ही वो अपने कदमों पर खड़ी हो गई।

वो तेजी से फाइल कैबिनेट की तरफ गई। डॉक्टर क्लेबोर्न के आफिस से आ रही रोशनी में उसने वह फाइल ढूंढी जिसके लिए वो आई थी। साउल की मेडिकल फाइल।

वह फाइल लापता थी।

लॉरा की फाइल वहां थी। उसकी फाइल से पहले। लेकिन साउल की नहीं थी।

हो सकता है कि साउल की फाइल डॉक्टर क्लेबोर्न की डेस्क पर हो ? साउल के डॉक्टर की हैसियत से उसकी उसमें रुचि रही होगी।

वो कमरे में वापस गई। वो हिले नहीं थे। आंखें उसी तरह खौफनाक तरीके से घूर रही थीं। शरीर अभी भी हाथों और पैरों के बीच भयावह रूप से नंगा पड़ा हुआ था। उसने उनकी पलकों को बंद करने का प्रयास किया। वो बंद नहीं हुईं। पलकें पलटकर उसके दस्ताना पहने हाथ पर टूट पड़ीं। उसने चेहरे को छुआ। पत्थर जैसा हो रहा था। तो इसका मतलब यह हुआ कि इन्हें मरे कई घंटे बीत चुके हैं। लेकिन यह तो है कि यह दोपहर में सर्जरी के बंद होने के बाद हुआ होगा। जोशुआ ने कहा था कि क्लेबोर्न यहां सुबह आए थे। अमेलिया दोपहर के समय या इस घटना से थोड़ा पहले चली गई होगी।

उनकी डेस्क पर पेपर थे लेकिन साउल की फाइल नहीं थी।

और इसके बाद उसने वह किया जो उसे नहीं करना चाहिए था।

उसने उनकी खून में डूबी, कटी–फटी बनियान उठाई और उसे आहिस्ते से उनकी जांघ के पास के हिस्से पर रख दिया।

अध्याय 10

जोशुआ बेलसाइज पार्क में बोको के फ्लैट में दाखिल हुआ। पहले उसने सोचा कि टैक्सी किराए पर ले ले–रात के उस समय फिंश्ले रोड पर बड़ी संख्या में मौजूद थीं, पब और ट्यूब स्टेशन से निकलने वाले मुसाफिरों के इंतजार में–लेकिन फिर उसने यह विचार छोड़ दिया। चलना उसके लिए बेहतर होगा। इससे उसके दिमाग की सफाई होगी, उसने सोचा।

उसे इस सफाई की जरूरत थी ताकि वो बोको के साथ सोच समझकर बात कर सके।

ईवनिंग स्टार से वो पहाड़ी की तरफ गया, स्थानीय सिनेमाघरों और बेलसाइज चौराहे की नियोन लाइट से गुजर कर मकानों की उस लाइन तक पहुंचा जो कई ऐसी लाइनों में बने हुए थे जिन्हें सीधा नहीं कहा जा सकता। मकान ऐसे थे जैसे टेढे–मेढ़े मूर्खता से भरे मैना चिड़िया के झुंड जो बिना किसी खास वजह के दिशा बदल देते हैं और जिनके पक्ष में सिर्फ एक ही बात कही जा सकती है कि हो सकता है कि वो ऐसे टेढ़े–मेढ़ रास्ते अपने मुखिया के आदेश पर अपनाते हों।

इन घरों में सबसे आखिरी घर बोको का था। दूसरी तरफ से आने पर पहला होता। जोशुआ ने दीवार पर नंबर से चेक किया।

जोमो यहां से बहुत पहले चला गया था। उसने फिंश्ले रोड की दूसरी तरफ ग्रीनक्रॉफ्ट गार्डेन्स में फ्लैट ले लिया था। वो चाहता था कि ईवा भी उसके साथ रहे लेकिन बोको ने मना कर दिया था।

उन्हें दक्षिण अफ्रीका छोड़े पंद्रह साल हो चुका था और इस दौरान वो बोको और ईवा से ना जाने कितनी बार मिला चुका था–और इसमें भी बोको के मुकाबले ईवा से ज्यादा बार। उसे ईवा से मिलकर हमेशा बहुत खुशी होती थी। ईवा बेकर स्ट्रीट पर एक दवा की दुकान में काम करती थी और जोशुआ सेंट्रल

लंदन के अपने सफर को बीच में कई बार ब्रेक कर उससे मिलने जाता था। ऐसे सभी मौकों पर वो बिना किसी झिझक के और चाहे जो भी काम हो, उसे छोड़कर उससे कसकर लिपट जाती थी। फार्मेसी का मालिक एक भारतीय था। युगांडा से उजड़कर लंदन आया था। वो जोशुआ का स्वागत ' डॉक्टर साहेब ' कह कर करता था। अपनी सफेद यूनिफार्म में वो बहुत आकर्षक दिखती थी, सफेद कैप उसके घुंघराले बालों पर टेढ़ी पड़ी रहती थी।

जब उसे अंकल की जरूरत पड़ती थी तो वो उसे पहले की ही तरफ अंकल जोश कह कर बुलाती थी और जब एक दोस्त की जरूरत महसूस होती थी तो उसे जोशुआ कहकर पुकारती थी। उसे जिस हैसियत में बुलाया जाता, उसी में वो जवाब देता था। कभी अंकल की तरह तो कभी दोस्त की तरह।

ईवा ने उसे अपना अंकल बनाया था और एक दत्तक अंकल की हैसियत से उसे सिर्फ एक ही बात का अफसोस था। वो यह कि ईवा ने शादी नहीं की थी। अपनी आज की छब्बीस साल की आयु में अगर वो सिस्केई में होती तो उसकी शादी कब की हो चुकी होती और उसके कई अच्छे बच्चे होते ! इंग्लैंड में यह मामला इतना आसान नहीं था। और जब वो इसका जिक्र छेड़ता तो वो उसे और कसकर पकड़ लेती, कहती कि परेशान होने की जरूरत नहीं है, वो इसी तरह से खुश है। एक बार उसने ईवा के सामने विवाह का प्रस्ताव रखा था लेकिन उसने इसे अच्छे खासे मजाकिया अंदाज में लिया था, नरमी से पूछा था कि कहीं उसने पी तो नहीं रखी है और फिर उसे गुमराह करने के लिए जोमो को बुरा–भला कहने लगी।

वो बोको से भी कई बार मिला था लेकिन कोई भी मुलाकात अच्छी नहीं साबित हुई थी। इन मुलाकातों में बेरुखी होती थी, जोमो की पार्टियों में बेढ़ंगी बातों से लेकर हैम्पस्टेड की बंजर जमीन पर ऐसे तेज झगड़ों तक की शक्ल में होती थीं जिनमें दोनों एक दूसरे से अपनी नापसंदगी को खुलकर व्यक्त करते थे। बोको की नफरत हमेशा सामने आ जाती थी और पहली कुछ मुलाकातों के बाद जोशुआ के मन में उसके लिए किसी तरह का अच्छा अहसास नहीं बचा। इससे किसी को फायदा नहीं हुआ। वो उस तमाम कीचड़ की अनदेखी कर देता जो बोको उसकी तरफ शब्दों के रूप में फेंका करता था। जैसे कि गोरे लोगों के लिए बना कालीन या गोरों का पालतू कुत्ता। इस बात को जोशुआ समझ सकता था। बोको महसूस करता था कि खुद को लंदन की जिदंगी का हिस्सा बनाने के लिए उसने अपना मिशन छोड़ दिया है। जोशुआ पूरे जोर से इस आरोप को नकारता

था, दिल दुखाने वाली बातों पर नाराजगी जताता था। लेकिन स्वीकार ना करने योग्य समाधानों के बारे में सोचने पर उसे सबसे ज्यादा हताशा होती थी। किसी भी तरह की हिंसा, चाहे कोई भी करे, उसके लिए अस्वीकार्य थी। लेकिन फिर कोई अन्य सार्थक समाधान नजर आ रहे थे क्या ?

दरअसल जोशुआ पहली पहली बार बोको के फ्लैट में जा रहा था। पर्दे गिरे हुए थे। हमेशा ही गिरे रहते थे। दिन हो या रात, हमेशा। जोशुआ जब कभी भी इस घर से गुजरता था, यह नहीं समझ पाता था कि आखिर बोको पर्दा क्यों गिराए रहता है। हमेशा।

बोको ने उसके लिए दरवाजा खोला और जोशुआ ने पर्दा गिरे रहने का राज तब समझा।

वो जैसे सिस्केई की एक झोपड़ी में खड़ा था। दीवार का एक–एक इंच अफ्रीकी मुखौटों की लाइन से सजा हुआ था। मुखौटे घास से बिनी गई चटाई में लगे हुए दीवार पर झूल रहे थे। उनके पास भयावह अंदाज में नीचे देखते भाले और छुरे थे जिनकी नोक नीचे की तरफ थी और जो किसी भी शिकारी के घर की शोभा बढ़ाने के लिए काफी थे। फर्नीचर कमरे में इधर–उधर फैले हुए थे। पेड़ के तनों और लकड़ी के लट्ठों से बने हुए, जैसे उसके मामूली से बने आदिवासी कमरे में होते थे। दरवाजे पर मोतियों का पर्दा था और फर्श पर कालीन थी। जोशुआ को लगा कि यही एक चीज ऐसी है जो इसे इंग्लैंड के कमरे जैसा बनाती है लेकिन इसका रंग देखते ही यह बात भी गलत साबित हो गई। कालीन का रंग जली हुई मिट्टी जैसा गहरा भूरा था ।

उसे रसोई से शाम के खाने के लिए पके मकई की सुगंध आई, मकई की स्वादिष्ट सुगंध। उसके आने से कई घंटे पहले ईवा ने खाना बनाया था और उसे खाया भी जा चुका था लेकिन सुगंध अभी भी बची हुई थी। उसने बोको के पैर के पास उन बड़े झींगों के कोकून के झनझनाने की आवाज़ सुनी जो फूलों से भरे मिमोसा पेड़ से खाना लेते हैं। बोको ने कंधे पर पीछे की तरफ से लाल कंबल डाल रखा था। उसके सिर पर गहरे लाल रंग में रंगी हिरन की खाल थी।

वो सिस्केई के घर में बैठा एक होसा लग रहा था।

बोको ने उसे अंदर बुलाया और इशारे से बैठने को कहा।

" तुम्हारे आने से मुझे बहुत खुशी हुई," बोको ने अपने कंधे से लाल कंबल को हटाते हुए कहा।

जोशुआ ने उसके बदन से लिपटी लाल, सुनहरी, सफेद और नीली मोतियों

की मालाओं की सुंदर कारीगरी को गौर से देखा जो नीचे उसकी कमर से लिपटी स्कर्ट तक पहुंची हुई थीं। वो जोशुआ से ऊंचा था। उसके बिना चरबी वाले शरीर में आकर्षक तरीके से चलती मांसपेशियों की छोटी लहरों को आसानी से देखा जा सकता था।

" क्या मेरे पास कोई और विकल्प था ? तुम खुद पब क्यों नहीं आए अगर मुझसे मिलना चाहते थे ? तुमने मेरे यहीं आने पर जोर क्यों दिया ? हालांकि मुझे खुशी है कि मैं आया ! नहीं तो मैं इस नजारे को देखने से चूक जाता। "

जोशुआ ने उसकी तरफ हाथों को बढ़ाकर उन्हें दीवारों की तरफ घुमाया।

" जब मैं बाहर जाता हूं तो मैं लंदन में एक अफ्रीकी होता हूं। जब घर पर रहता हूं तो एक होसा होता हूं। क्या यह बहुत गलत है ? "

" गलत नहीं, मुझे तो यह प्रशंसा के योग्य लगा है ! क्या मेरी बात आलोचना जैसी लगी थी ? मैंने ऐसा नहीं चाहा था। मुझे हैरत है कि तुम लंदन के बीचो–बीच इस तरह रह सकते हो। "

" मैं बहुत खुश हूं इस बात से कि तुम्हें यह अच्छा लगा," बोको ने कहा। " क्या तुम चाय लोगे? ईवा हमारे लिए केतली में शुद्ध इंग्लिश चाय लेकर आएगी। "

वो किचन में गया, मोतियों की माला से बने पर्दे को हटाया जो फिर झूलकर दरवाजे पर आ गईं। उसने अंग्रेजी में कुछ आदेश दिया; ईवा की आवाज़ नाराजगी से ऊपर उठी जिसे एक ऐसी भाषा में सख्ती से दबा दिया गया जिसे वो काफी पहले भूल चुका था।

बोको लिविंग रूम में वापस आया। " चाय आने ही वाली है, " उसने कहा। " ईवा को माफ करो। रात के इस समय वो चाय बनाने के लिए और यहां लाने के लिए तैयार नहीं थी। लेकिन जैसा मैंने कहा है वो वैसा ही करेगी। काम की बात पर लौटते हैं। क्या तुम जानते हो कि मैं तुमसे क्यों मिलना चाह रहा था? क्या जोमो ने तुम्हें इस बारे में कुछ बताया है ? "

" कुछ खास नहीं। मेरा अनुमान है कि साउल से जुड़ी कोई बात है। "

" हां, ऐसा ही है। "

" मैंने उसे बताया था और तुम्हारे लिए उसे खुशी से उसे दोहरा रहा हूं। मैं नही जानता कि तुम मुझसे क्या जानना चाहते हो ? "

" अफ्रीकी इनसान बहुत सीधा–सादा होता है, जोशुआ। बेहद ईमानदार।

सीधे–सीधे बात करने वाला। पश्चिमी दिमागों में घुसी धोखे की तरकीबें इससे बचकर निकल गई हैं। "

" पश्चिमी दिमाग के बारे में अपने इस कूड़ा करकट को मुझे मत सौंपो, बोको ! मैं भी कमबख्त उतना ही दक्षिण अफ्रीकी हूं जितने कि तुम हो। बकवास को छोड़ो और बताओ कि मुझसे क्या जानना चाहते हो।"

" इसे जानना कोई मुश्किल नहीं है कि तुमने थोड़ी पी रखी है। आक्रामक व्यवहार तुम्हें कहीं का नहीं छोड़ेगा। हम लोग बहुत दयालु होते हैं सिवाय पशुओं को बलि देने के मामले के। तुमने मुझे पारंपरिक बलि देते तो देखा होगा, देखा था ना, जब हमने जोमो के सिस्केई लौटने की खुशी में दावत दी थी ? "

"हां, जब तुम जैसे मूर्ख ने गलत पशु का चयन कर लिया था, तुम्हारे ही ओझा के हिसाब से। "

" ओह ! कड़ी चौकसी। लेकिन तुमने देखा होगा कि मैंने जिबह करने से पहले उसे चीत्कार के लिए बाध्य किया था। नहीं तो बलि नामंजूर हो जाती। बेकार ! इसलिए मैंने बैल–––गलत पशु जैसा कि तुमने ठीक कहा है––– की पारंपरिक बलि के लिए छुरे का सहारा लिया था। ऐसा छुरा नहीं जैसे इस दीवार पर लटके हुए हैं। तेज, नुकीला, छोटी हैंडिल वाला। दो तरीका होता है, जोशुआ, जानवर की बलि देना का, निश्चित ही उसकी चीत्कार के बाद। क्या तुम चाहोगे कि मैं तुम्हें इसके बारे में बताऊं ? "

" नहीं, कोई खास जरूरत नहीं है। "

" फिर भी मैं बताऊंगा। एक तो यह है कि खोपड़ी के नीचे गर्दन के पीछे नुकीले छुरे को घोंपा जाए। यह वो तरीका था जो मैंने बकरे पर इस्तेमाल किया था, तब हमने सही जानवर चुना था। अफसोस कि तुम उसे देख नहीं सके क्योंकि ईवा तुम्हें वहां से ले गई थी। यह एक कम दर्द वाला तरीका होता है। दूसरे तरीके में परिवार के मुखिया या फिर ओझा की आवश्यकता पड़ती है, जिसे जीवित पशु की पसलियों के नीचे कटे हुए पेट में हाथ डालना होता है और बाईं धमनियों को पशु के दिल से खींचकर अलग करना होता है। "

" कमाल है। "

" मौत तो सभी को आनी है, जोशुआ। बड़ी बात तो यह है कि महान आत्मा हमारी दी हुई बलि को किस रूप में पसंद करती है। हम लोगों के लिए तो ऐसा ही है। क्या तुम नहीं मानते ? "

" अगर तुमं मुझे डराना ही चाहते हो तो कम से कम इतनी देर तो रुक

जाओ कि शराब का असर मुझ पर से उतर जाए, '' जोशुआ ने कहा।

उन्होंने रसोई से ट्रे में चाय के कपों को रखने की आवाज़ सुनी। नरम नंगे कदमों की दरवाजे की तरफ आती आहट सुनी। बोको ने बात रोक दी। जोशुआ ने दरवाजे की तरफ देखा। मोतियों की माला का पर्दा उसे उसकी नजरों से छिपाए हुए था।

ईवा ने अपने एक तरफ के कंधे से मोतियों की माला हटाई और कमरे में दाखिल हुई। स्वागत की एक प्यारी मुस्कान, गर्म और प्यारी, उसके लबों से चिपकी हुई थी। वो झटके से कुर्सी से उठ गया। आश्चर्य की एक हल्की, दबी हुई आवाज़ उसके गले में घुट कर रह गई।

वो कमर से ऊपर नंगी थी। सुडौल, अफ्रीकी घुमावों में गढ़े हुए उसके स्तनों के बीच में टी–पॉट था। कमर पर एक छोटी स्कर्ट थी। घुटने से एक तिहाई ऊपर तक ही पहुंच रही थी। सुंदर और मजबूत जांघें नजर आ रही थीं और इसी के बीच खो भी जा रही थीं। उसके बाल माथे पर मोतियों के हेडबैंड की मदद से बंधे हुए थे। मोतियों के ऐसे ही काम से बना नेकलेस उसके गले से लटक कर कप के आस–पास झूल रहा था और जब उसने ट्रे को मेज पर रखा तो नेकलेस लहराकर उससे दूर चला गया। उसका सिर झुका हुआ था, उसकी आंखें भी।

'' जब मेरी बहन इस दरवाजे से इस घर में आती है, जोशुआ, तो वो भी एक होसा होती है। वो अविवाहित है, इसलिए अपने स्तन खुले रखती है। वो एक ऐसे लड़के के साथ नहीं रह सकी थी

जो अबकवेथा संस्कार से गुजरा था, इसलिए इसकी स्कर्ट छोटी है। लग रहा है कि तुम्हें ताज्जुब हो रहा है ? ''

जोशुआ कुछ बोल नहीं पा रहा था।

'' उसे शायद तुम्हारे सामने शर्म महसूस हो रही है, जोशुआ। देखा, उसने तुम्हारी आंखों में नहीं देखा। क्या मैं उससे कमरे से जाने के लिए कहूं ? ईवा, मेरी प्यारी, मैं और जोशुआ कुछ खास मुद्दों पर बात करने जा रहे हैं। चूंकि ऐसा लग रहा है कि तुम उसके सामने शर्मिंदगी महसूस कर रही–वो होसा नहीं है ना–इसलिए तुम्हें कमरा छोड़ने की मेरी तरफ से इजाजत है। मेहमान के लिए चाय मैं निकाल दूंगा। ''

ईवा ने अपना सिर उठाया। जोशुआ के सामने अपने को ठीक से खड़ा

किया। उसके पैर थोड़े फैले हुए थे। कूल्हे पर हाथ था। एक भी शब्द चेतावनी का बोले बगैर उसने अपने गले से नेकलेस को खींचा और बोको की तरफ उछाल दिया। नेकलेस बोको की छाती पर लगकर उसके पैरों के पास गिर पड़ा।

" इस दरवाजे से आने वाले तुम्हारे असभ्य दोस्तों को खाना–पीना परोसने में मुझे शर्म महसूस होती है। " वो बोली । " फिर भी मैं ऐसा करती हूं। क्या तुम्हें लगता है कि इस तरह से खड़े होकर जोशुआ को चाय देने में मुझे शर्म महसूस हो रही है जो कि मुझे बहुत, बहुत प्रिय है ? और तुम्हें ऐसा लगता है कि मैं उसे चाय का एक कप बनाकर देने से इनकार कर दूंगी ?"

उसने जोशुआ की तरफ हाथ बढ़ा दिया। जैसे वो फार्मेसी में करती थी, उसी तरह जोशुआ की तरफ बढ़ी और उसे अपनी बांहों में भर लिया। ईवा की दोनों बांहे जोशुआ की पीठ पर थीं और उंगलियां गले के पीछे। उसने उसके स्तनों को अपने शरीर से कुचलता हुआ महसूस किया। जोशुआ ने उसकी पीठ को सहलाया। अपने हाथ हल्के से उसके दोनों तरफ घुमाए और आश्वस्त करने वाले अंदाज में उसके बालों को चूम लिया।

" आखिरी बार तुमने मुझे इस तरह तब पकड़ा था जब तुमने अपनी वेस्ट मुझे पहनाई थी। तुम्हें याद है ? " उसने बोको को नजरअंदाज करते हुए कहा।

" हां," जोशुआ ने कहा। जिस घटना की याद उसने दिलाई, उसे सोचकर उसे अपने शरीर में सुकून महसूस हुआ। उसने पाया कि ईवा का शरीर भी तनाव मुक्त हो गया है। " क्या तुम अब भी मेरी वेस्ट लेना पसंद करोगी। बहुत खुशी से मैं इसे तुम्हें दूंगा। "

वो ऐसे हंसी जैसे कि ग्यारह साल की बच्ची हो। अपना सिर उसकी छाती पर टिका दिया।

" नहीं, मैं ऐसा नहीं चाहती जोशुआ। उस वक्त मेरे पास कपड़ों की कमी थी। और तुम्हारी वेस्ट कितने अच्छे से मुझ पर फिट बैठी थी। तुम्हीं ने तो मुझसे यह कहा था। अब नहीं लगता कि मुझे फिट बैठेगी, ऐसा ही है ना ? "

उसने अपने शरीर को पीछे किया। अभी भी वो उसका हाथ पकड़े हुए थी। जैसे उसके स्पर्श से मिलने वाले आराम को गंवाना ना चाह रही हो।

" नहीं, " जोशुआ ने कहा। " यह अब अच्छी तरह फिट नहीं होगी। ईवा, अगर तुम मेरे लिए चाय कप में नहीं डालना चाहती तो मत डालो, मुझे बुरा नहीं लगेगा।"

उसने उसका हाथ छोड़ दिया। उसके ठीक सामने जमीन पर बैठ गई। उसकी पीठ बोको की तरफ थी।

" मैं बनाना चाहती हूं, " उसने कहा।

उसने पहले उसके कप में चाय उंडेली। बोको नाराज था, उसके होंठ जैसे सिल गए थे। उसने चाय पीने से मना कर दिया। ईवा ने अपने लिए चाय कप में डाली। धीरे से चुस्कियां लेने लगी। विनम्रता से पूछा कि उसे और दूध या चीनी तो नहीं चाहिए। चम्मच कप में घुमाने के लिए घुटनों के बल बैठ गई।

जोशुआ ने खामोशी से कप में चम्मच हिलाया। ईवा ने पूरी सहजता से बातचीत जारी रखी। जब उसकी आंखों ने उसके शरीर को देखा–और जितना गौर से देख सकता था, उतने गौर से देखा, वो इससे बच नहीं सकता था–तब वो उसकी तरफ देखकर मुस्कराई और उसे आश्वस्त किया कि उसे ऐसे देखे जाने पर बुरा नहीं लगा है।

" मैं जोशुआ के सामने शर्मिंदगी क्यों महसूस करूंगी ? " वो बोको से बोली। " क्या तुम जानते हो कि मैंने उसके साथ उसी के लिविंग रूम में सोफे पर रात बिताई है ? जब तुम डरबन से बाहर छिपे हुए थे और जोमो ने इसका सीढियों से ऊपर का कमरा छेक रखा था ? जोशुआ के मुकाबले मैंने रात ज्यादा सुकून से बिताई थी। जब सुबह हम उठे थे तो हम दोनों ने खुद को सोफे के बिलकुल किनारे पर पाया था। वो लगभग उस पर से गिरने वाला था और मैं अपने टेडी बियर की तरह इसे अपने हाथों में बांधे हुए थी। "

बोको ने अपना लाल कंबल फिर से कंधे पर रख लिया।

उसने पीने के लिए छोटी पाईप जलाई। जमीन पर रखी लोहे की थाली से गर्म कोयला उठाया, उसे अपनी उंगलियों पर आगे–पीछे किया और फिर इससे पाईप जलाई। वो पीछे झुका और गर्म कोयलों से दहकती थाली को बिना जली हुई भट्टी में डाल दिया।

" क्या तुम और चाय लोगे, जोशुआ ? " ईवा ने ढक्कन उठा कर पॉट में झांकते हुए पूछा। " इसमें अभी बहुत है। बोको के सभी दोस्त, जिनमें से कुछ तो मेरे लिए अजनबी होते हैं, हमेशा एक और कप पीना पसंद करते हैं। तुम भी एक कप और क्यों नहीं लेते ? "

जोशुआ ने मना कर दिया। ईवा के हाथ को रोक दिया जो उसकी कप की तरफ बढ़े थे। उसकी उंगलियों को सहलाया और ट्रे पर रखने के लिए कप उसे दे दिया।

" मैं तुमसे प्यार करता हूं, ईवा, " जोशुआ ने कहा। " और हमेशा करता रहूंगा। लेकिन अब आज और चाय नहीं, प्लीज। "

उसने चाय के सामानों को हटाया। खाली कपों को ट्रे में रखा, चीनी के प्याले को बंद किया और कमरे से चली गई।

उस रात उसने ईवा को तभी आखिरी बार देखा था।

" महज एक बच्ची है, जोशुआ, " बोको ने पाईप को झाड़ते हुए कहा। उसने उसे जोशुआ की तरफ बढ़ाया। होसा रीति रिवाज के मुताबिक लेकिन जोशुआ ने मना कर दिया।

" क्या अब हम काम की उस बात पंर लौटें जिसके लिए तुम यहां आए हो?" बोको ने पूछा।

जोशुआ ने सिर हिलाया।

" क्या मैं तुमसे एक करार कर सकता हूं ? मैं तुम्हें बताता हूं कि साउल कैसे मरा। बदले में तुम मुझे बताओ कि वो क्या है जो तुम जानते हो। यह एक अच्छी डील है ना ? "

" मैं तुम्हें सिर्फ वह बता सकता हूं जो जानता हूं। लेकिन वह नहीं बता सकता जिसके बारे में यह माना जा रहा है कि मेरी जानकारी में होगा। "

" तय ही है। कोई भी इनसान वह बात नहीं बता सकता जो वो जानता नहीं---भले ही दूसरे लोग ऐसा सोचते हों। "

" सुनने में मुझे अपने लिए निष्पक्ष लग रहा है, " जोशुआ ने कहा।

" एक डील ? एक वादा ? तुम्हारी प्रतिष्ठा के नाम पर ? तुम्हारी जुबान पर ? "

" हां, लेकिन मेरे बारे में तुम्हारी राय बहुत अच्छी है, बोको, सिर्फ मेरी प्रतिष्ठा पर भरोसा कर रहे हो। " जोशुआ ने कहा।

" ओह, मैं करता हूं ! मैं करता हूं ! मैं तुम्हारी हमेशा प्रशंसा करता हूं, जोशुआ। हमेशा से। मिसाल के तौर पर तुम्हारी हिम्मत और साफ सोच के लिए। जो बात मैं तुम्हारी नापसंद करता हूं वो यह है कि तुम इतने सालों तक नहीं देख सके कि इनसे काम नहीं चल रहा है। और कभी नहीं चलेगा। तुम जिन लोगों के साथ संबंध बना रहे हो, वो समझदारी की सीमा लांघ चुके हैं। और सभ्या व्यवहार की भी। तुम्हें ऐसा नहीं लगता ? "

" हां। "

" और फिर भी, इसे पूरी तरह जानते हुए भी, जब मैं तुम्हारी आंखों में इसे मान लेने और सहन करने का भाव देखता हूं–सिर्फ इसलिए कि तुम्हें हिंसा से नफरत है–तो मुझे तुम से सचमुच नफरत करने का जी चाहता है। अगर तुम इन कड़े शब्दों के लिए मुझे माफ कर सको तो।"

" तुम दयालु होसाओं के एक बेहतरीन प्रतिनिध साबित हो सकते हो, " जोशुआ ने कहा। उसके इस तीखे कटाक्ष ने बोको को बुरी तरह आहत किया लेकिन उसने इसे अनदेखा कर दिया। " और रास्ते भी हो सकते हैं, बोको। नहीं तो विजय जब भी नसीब होगी, कम से कम मेरे लिए, बहुत बेमानी साबित होगी।"

" हार मान चुके लोग यही कहते हैं। क्या तुम्हें हारा हुआ इनसान बनने से डर लगता है ? "

" नहीं। तुम कह सकते हो कि मैं हमेशा से असफल आदमी था। यह लबादा मुझ पर फिट बैठता है। कम से कम मैं खुद के अंदर शांति का अहसास तो करता हूं। "

" लेकिन, बहुत देर तक ऐसा ही महसूस नहीं कर सकोगे, जोशुआ। खासकर तब नहीं जब मैं तुम्हें बताऊंगा कि साउल कैसे मरा। हम उस दिन के बारे में बात कर रहे हैं जिस दिन वो मरा था। "

बोको ने भट्टी में रखी लोहे की थाली से एक और जलता हुआ कोयला उठाया। वो बात आगे बढ़ाने की जल्दी में नहीं था।

" उसने यहां फोन किया था। मैं घर में नहीं था। ईवा ने संदेश लिया। वो मेरे लिए था, जोमो के लिए नहीं। यह शाम के छह बजे की बात थी। संदेश अटपटे किस्म का था। वो मुझसे क्लैफम के एक पते पर मिलना चाहता था। उसी रात साढे दस बजे। उससे पहले नहीं। उसने बहुत ही जोर देकर ईवा से समय वाली यह बात कही थी। "

जोशुआ ने अपने ऊपर छा रही थकान को झटक कर हटाया।

" और उसने कहा था कि मैं पांच लीटर गैलेन पेट्रोल का डिब्बा अपने साथ लेकर आऊं। "

" बहुत अजीब तरह की इच्छा थी यह तो । "

" मैंने भी ऐसे ही सोचा। और अगर मैं होता तो इस बारे में जरूर पूछता। ईवा ने नहीं पूछा। उसने बस मैसेज ले लिया। ईवा का कहना है कि उसने सोचा

कि क्लैफम में किसी जगह पर उसकी कार का पेट्रोल खत्म हो गया है और वो इसीलिए यह मदद चाह रहा है। स्वाभाविक तरीके से दिमाग में आने वाली बात। मैंने भी ऐसे ही सोचा था। क्या तुम इसके अलावा कुछ और सोचते ? ''

'' और तुमने इस पर अमल किया ? ''

'' हां, मुझे कोई आशंका नहीं लगी। हम सभी पर साउल को कोई ना कोई अहसान है। यह एक कोई नुकसान पहुंचाने वाली गुजारिश नहीं थी।

मैं कार से गया। पांच गैलन पेट्रोल से भरा कैन अपनी ओर ध्यान खींच सकता था।

मैं क्लैफम की सड़क पर पहुंचा और मुझे लग गया कि कुछ गड़बड़ है। उस इलाके के भवनों को गिराए जाने के लिए चुना गया था। पुराने, जर्जर और खाली पड़े मकानों की लाईन थी वहां। सड़क के दोनों तरफ। एक भी इनसान ना आता दिख रहा था ना जाता। रात में साढ़े दस बजे वो जगह दक्षिण अफ्रीका की पशुओं को रखे जाने वाली किसी ऐसी जगह जैसी दिख रही थी जिसके गड्ढे का पानी सूख चुका हो। कुछ घरों में तोड़फोड़ भी की गई थी। खिड़कियां टूटी हुई थीं, दरवाजे अपनी चौखट से अलग थे।

रोशनी का नामोनिशान नहीं था, सड़क तक पर नहीं । ''

वो अपनी पाईप को भरने के लिए रुका।

'' मुझे अपने को समझा पाना मुश्किल हो रहा था कि मैं लंदन में हूं।

जब मैंने उसे पाया तब वो मर चुका था, जोशुआ। वो आधा घंटा या इससे पहले ही मर चुका था। मैं कोई डॉक्टर नहीं हूं लेकिन कह सकता हूं कि उसका शरीर गर्म था।

वो सड़क के बिलकुल मध्य के पास बने एक मकान में बैठा था। एक ऐसी सीढ़ी के बीच में बैठा हुआ था जो ऊपर बेडरूम में जा रही थी।

रेलिंग पर झूलता हुआ।''

'' क्या तुम सीढ़ियों से ऊपर गए ?''

'' सबसे पहला काम मैंने यही किया। यहां तक की उसे छूने से भी पहले ! यह विचार मेरे दिमाग में भी कौंधा था। ऊपर कोई नहीं था। और कभी भी नहीं था।

सीढ़ी पर उसके पीछे एक सीरिंज और पत्र पड़े हुए थे। देखो, सीरिंज उस ताक पर है । ''

जोशुआ सीरिंज देखने के लिए उठा।

" छूना मत, जोशुआ। मैं तुम्हें इसे छूने की सलाह नहीं दूंगा, " बोको ने कहा। हालांकि उसे रोकने के लिए उसने अपने हाथों का इस्तेमाल नहीं किया। " मुझे लगता है कि इस पर हर तरफ साउल की उंगलियों के निशान होंगे। मैं इस छोटे से सबूत को जस का तस बनाए रखना चाहता हूं। अगर इस मुसीबत में मेरा नाम भी फंसा तो फिर यहा काम आएगा। "

" तुम्हें इस बात पर पूरा विश्वास है कि इस पर साउल की उंगलियों के ही निशान हैं।"

" पूरा विश्वास है। तुम कल्पना कर सकते हो कि, अगर मैं ऐसे कहूं तो, हममें से किसी से भी थोड़ा अधिक ही कड़े शरीर वाला साउल किसी भी हमलावर श्रीमान को इस बात की इजाजत देगा कि वो उसके बदन में सीरिंज से वह सब घुसा दे जिससे उसकी मौत हो सकती है? जब तक कि वो उसका डॉक्टर ही ना हो। इसी सीरिंज पर उंगलियों के निशान, जोशुआ, या तो साउल के हैं या फिर तुम्हारे। "

" ऐसा है, तो फिर निश्चित ही साउल के हैं। "

" आह ! यही बात मैं भी सोच रहा था। यही वो बात है जिसे सब कुछ सोचने के दौरान मैं प्राथमिकता देता रहा। "

सीरिंज भट्टी के ऊपर बने एक ताक में ऐश ट्रे पर तिरछी रखी हुई थी। जोशुआ ने उसे नहीं छुआ। सीरिंज की सुई किनारे की तरफ थी और लटकी हुई थी। वो झुक कर अपनी नाक सीरिंज के पास ले गया और उसे सूंघा। किसी तरह की गंध नहीं मिली। इसकी तली में किसी भी तरल चीज़ की एक भी बूंद नहीं मिली। किसी सूखे सोल्यूशन का भी इसमें कोई निशान नहीं मिला। सीरिंज का सिलेंडर साफ और सूखा दिख रहा था।

" तुम्हें पूरा यकीन ता कि वो मर चुका है ? क्या उसे बचाया नहीं जा सकता था ? "

" वो मर चुका था जोशुआ ! कितनी बार तुम्हें मैं यही बात बताऊं? ऐसा कोई तरीका नहीं था जिससे कि मैं उसे बचा सकता ! अगर वो बचना चाहता भी तो वो तुमसे या क्लेबोर्न से कहता–मुझसे नहीं! यही वजह है कि उसने ईवा से साढ़े दस बजे कहा था। वो नहीं चाहता था कि मैं काफी पहले ही वहां पहुंच जाऊं–उसे बचाने के लिए !"

जोशुआ ने बोको को इस तरह का व्यवहार करते कभी नहीं देखा था।

उसने इससे पहले बोको को गुस्से में तो देखा था लेकिन कभी संदेह का शिकार नहीं पाया था। यह उसकी ऊंची उठी आवाज़ से भी दिखाई दे रहा था।

" मैं नहीं मानता," जोशुआ ने शांति से कहा। " इस सीरिंज में कुछ नहीं है, सिवाय हवा के। मैंने अभी उसकी पोस्टमार्टम रिपोर्ट नहीं देखी है लेकिन इस सीरिंज की ताकत को देखते हुए मैं कह सकता हूं कि वो फेफड़े की रक्त कोशिकाओं में हवा के बहुत भारी थक्कों के भरने की वजह से मरा है। खुद से भरे थक्कों की वजह से। एक डॉक्टर उसे बचा सकता था। तुम कह रहे थे कि वहां एक पत्र मिला था ? "

" आह, वो पत्र। "

बोको पीछे झुका। जैसे कि सोच रहा हो कि वो जोशुआ को दिखाए या नहीं। एक तरफ से दूसरी तरफ हिलते हुए, जैसे कि तय नहीं कर पा रहा हो।

" क्या मैं पत्र को पढ़ सकता हूं ? "

"हां। ठीक है। पढ़ सकते हो। वह भी वहीं ताक पर दूसरी तरफ है। मैं तुम्हें सुझाव दूंगा कि अगर तुम इसे अपने हाथ में लेने जा रहे हो तो सर्जन वाला दस्ताना पहनकर इसे छुओ। "

पत्र सीधी तरफ से उसके सामने खुला हुआ था। उसने उसे छुआ नहीं।

उसने पत्र को दो बार पढ़ा। फिर एक बार और पढ़ा। पत्र संक्षिप्त था, हद से ज्यादा छोटा। लेकिन जब एक आदमी खुद को मारने जा रहा हो और वो भी एक तय समयसीम के अंदर तो फिर उसके पास इसे लंबा लिखने का वक्त ही कहां था, जोशुआ ने सोचा।

लेकिन साउल ऐसा ही था। बहुत अर्थपूर्ण । कम शब्द बोलने वाला, कभी–कभी तो ना समझ में आने लायक। खुद को अपनी मांसपेशियों और ताकत के पीछे छिपाता हुआ–और फिर भी अपने कंधों के इधर–उधर परछाईयों को तलाशता हुआ। जब तक कि ये उसे चारों तरफ से घेर ना लें, उसे किनारे ना कर दें, उसे सिर्फ एक ही रास्ते पर धकेल ना दें। और भी रास्ते हो सकते हैं, लेकिन साउल उन्हें साफ देख पाने में असमर्थ था कि यह भी विकल्प हो सकता है। दुरूह–लेकिन लॉरा के लिए नहीं। वो उसे इतना बेहतर जानती थी कि उसे समझ सकती थी। और जोमो भी। वो भी उसे समझता था–लेकिन अलग अंदाज में।

पत्र में कोई कड़वाहट नहीं थी लेकिन एक दर्द था। इसके अंतिम पन्ने पर ऐसा बहुत कुछ था जिसे पढ़कर किसी के दोस्त के बारे में जानकारी हासिल

की जा सकती थी। जब अंत सामने हो तो फिर वो आपके लिए भला क्या कर सकते हैं।

इसमें लिखा था–

डियर बोको,

थोड़ी ही देर में जब तुम यहां पहुंचोगे, मुझे विश्वास है साढ़े दस बजे, तो तुम मुझे रेलिंग से झूलता पाओगे। मुझे सहारे के लिए इसकी जरूरत पड़ेगी। जो पेट्रोल तुम अपने साथ लाओगे उससे मेरा बढ़िया बोनफायर बनेगा। पहले मैंने सोचा था कि जोमो से इस काम के लिए कहूं, लेकिन बोको, तुम उससे ज्यादा शक्तिशाली हो और जोमो हो सकता है कि कुछ बेवकूफी भरा कर बैठे–––जैसे मेरे साथ खुद को भी आग में झोंक दे।

इसलिए मैंने तुम्हें चुना।

अब तुम एक आखिरी समस्या के साथ रह जाओगे। जोशुआ। सिर्फ वही है जो जान लेगा ! तुम इस बारे में उसके साथ क्या करना चाहते हो, यह तुम सोचो। लेकिन मेरा सुझाव है कि उसे जान से मार दो। साउल हैंडराइटिंग बिना किसी शक के साउल की थी। रवानी के साथ लिखने की उसकी कला ने ना जाने ऐसे कितने ही नोट की शोभा बढ़ाई थी जो साउल से होकर जोशुआ और जोमो तक पहुंचे थे। इनमें क्लासरूम की बोरियत को दूर करने वाली तमाम रात वाली बातें हुआ करती थीं। बोको की निगाहों ने कुर्सी पर से जोशुआ की पीठ को देखा। वो पूरी शिद्दत से खोज रही थीं कि पत्र पढ़ने के दौरान उसकी पलकें कितनी बार ठहरीं। उन्होंने पाया कि एक बार भी नहीं।

" साउल की मौत के बारे में मैं जो कुछ भी जानता था, वह तुम्हें बता दिया, जोशुआ। और अगर हमे कुछ सवालों के जवाब मिले हैं तो कुछ नए सवाल पैदा भी हुए हैं। अब तुम्हारी बारी है। मेरे दिमाग से कुछ संदेहों को हटाने की। ठीक है ? "

" बहुत अच्छा। मैं तुम्हें क्या बता सकता हूं–––जो तुम पहले से ही नहीं जानते हो ? "

" साउल के यह कहने का क्या अर्थ था कि तुम मेरी आखिरी समस्या हो?"

" यह खुद मेरे लिए बेहद दुखदायी है। "

" वो तुम्ही क्यों हो जो जानोगे ? क्या जानोगे ? "

" यह बात मुझे तुमसे ज्यादा परेशान कर रही है। तुम इस सभी को बहुत गंभीरता से तो नहीं ले रहे हो ना ? "

" मुझे समझ में नहीं आ रहा है कि क्या मानूं। इसीलिए मैंने तुम्हें यहां बुलाया है। तुमसे इस बारे में बात करने के लिए। मैं जल्दबाजी नहीं करना चाहता। एक तरफ तो तुम हो जिसका एक सम्मान है और दूसरी तरफ साउल का विचार इस बारे में बहुत स्पष्ट है। इनमें से किसे चुनूं?

किस पर विश्वास करूं ? साउल के कहने का क्या मतलब है, क्या तुम इसकी कोई तार्किक व्याख्या मेरे सामने कर सकते हो ? "

" नहीं। मैं तुम्हारे सरोकार की कद्र करता हूं। और मदद भी करता अगर कर सकता। मेरी बात का भरोसा करो। एक सज्जन इनसान की तरह। मैं नहीं जानता कि साउल की बात का मतलब क्या है। ? "

" तो तुम्हारे पास कहने के लिए कुछ नहीं है ? कोई तरीका नहीं जो मेरे ज्ञान को बढ़ा सके? "

" काश कि मेरे पास होता। तुम भी जानते हो कि मैं मूर्ख नहीं हूं। मैं तुम्हें बता देता अगर जानता-----सिर्फ अपने आपको बचाने के लिए। क्या मैं ऐसा नहीं करता ? "

" शायद। लेकिन फिर वही बात, साउल जानता था और खुद को बचा नहीं सका। शायद तुम जानते हो और खुद को बचाना नहीं चाहते। तुम्हारे पास कम से कम उस जैसा साहस तो है ही।"

बोको ने अपना हाथ लहराकर जोशुआ की बातों को दृढ़ता से काटते हुए और उसे चुप कराते हुए कहा।

" मैं तुम पर विश्वास करता हूं, जोशुआ। तुम नहीं जानते हो-----या जानते हो कि जानते हो। अगर मैं साउल की सलाह मानूं तो मुझे तुमको मार डालना चाहिए। यह कोई खास मुश्किल नहीं है, लंदन में भी नहीं। लेकिन मुझ पर तुम्हारा एक छोटा एहसान भी है। तुम ईवा को सिस्केई से डरबन उस वक्त लेकर आए जब मैं ऐसा चाहता था। तुम चाहे जो सोचो लेकिन मैं उसे बहुत चाहता हूं। मैं ईवा के बगैर वो जगह नहीं छोड़ सकता था। मुझे भी अपना कर्ज चुकाना अच्छा लगता है। "

बोको उठ खड़ा हुआ। मुलाकात अब खत्म हो चुकी थी। वो दरवाजे तक गया और जोशुआ के लिए इसे पूरा खोल दिया। बाहर फुटपाथ पर लगे स्ट्रीट लैंप की रोशनी बाहर के बरामदे को रौशन किए हुए थी, लिविंग रूम तक भी जा रही थी और दीवारों पर लगे भालों और छुरों की धार पर पड़कर वापस आ रही थी।

" ईवा को गुडबॉय बोलना कोई खास जरूरी नहीं है। वो शायद अब बिस्तर में होगी। मैं तुम्हें दो दिन देता हूं, जोशुआ, दो दिन ! इससे ज्घदा नहीं। यह जानने के लिए कि वो कौन सी बात है जिसके बारे में माना जा रहा है कि तुम जानते हो। यह बताने के लिए कि साउल ने अपने पत्र में जो लिखा उसका मतलब क्या है। कोई भी इनसान डेथ नोट ऐसे ही चलते–फिरते नहीं लिखता। मजबूत लोग, साउल जैसे. आसानी से नहीं मरते। और अगर वो खुद को मार लें तो कारण निश्चित ही कुछ बहुत बड़ा होगा। क्या तुम इससे सहमत नहीं हो?"

" हां।"

" दो दिन, जोशुआ।"

" और दो दिन के बाद ? "

" तुम यहां आओगे, अपनी इच्छा से इस घर में आओगे और मुझे बताओगे कि तुम क्या जानते हो। अगर नहीं बताओगे तो फिर मेरे सामने कोई दूसरा रास्ता भी नहीं छोड़ोगे। चाहे सहमति के साथ या बिना सहमति के, मैं तुम्हें चीत्कार के लिए मजबूर करूंगा। और फिर तुम्हें मार डालूंगा। "

अध्याय 11

जूलिया ने फ्लैट में दाखिल होने के साथ ही टेलीफोन की घंटी बजने की आवाज़ सुनी। चाबी लॉक में अटक गई थी। लाइट जली हुई नहीं थी। उसने चाबी को दरवाजे में लगा छोड़ दिया। अंधेर में रास्ता बनाते हुए, फर्नीचर को पार करते हुए जिन्हें वो अच्छी तरह जानती थी, कुर्सी को खिसकाते हुए जिससे चरचराहट की आवाज़ निकली, वो आखिरी घंटी बजते–बजते टेलीफोन के पास पहुंची।

वो डोनाल्डसन था।

" एक मिनट रुको, रुकोगे ना ? " जूलिया ने कहा। " जरा लाइट जला लूं। मैं अभी अभी ही दरवाजे से दाखिल हुई हूं, वो खुला हुआ है।"

" बेहतर होगा कि आप इसे जल्द से जल्द कर लें, मिस ! मैं बेलसाइज पार्क में एक मकान के सामने के टेलीफोन बूथ में हूं। हमारा आदमी अभी ही यहां से निकला है। "

" बोलो डोनाल्डसन। लाइट बाद में जल जाएंगी। दरवाजा भी बाद में बंद हो जाएगा। "

" आपके पब से निकलने के बीस मिनट बाद उसने पब छोड़ा। "

" क्या तुमने मुझे जाते हुए देखा था, डोनाल्डसन ? "

" मुझे 'टॉम' कहकर बुलाइये, मिस ! इससे मुझे अच्छा लगता है। हां, मैंने आपको जाते देखा था।"

" तुम कहां थे जब मैं निकली ? "

" पब में, मिस । अपने लिए एक–दो गिलास ले रहा था। आप इसका बुरा ना मानें। क्या मानेंगी ? मतलब काम के वक्त पीना।"

" नहीं, बिलकुल नहीं, टॉम। लेकिन तुम कहां थे ? पब्लिक बार में या प्राइवेट बार में ?"

" प्राइवेट बार में, मिस, हालांकि भगवान जानता है कि सर्विस की तरफ से मुझे जितना धन मिलता है, उतने में हमेशा ऐसा कर पाना मुश्किल होता है। आपके सामने था। मैंने पूरी एहतियात से आपकी तरफ एक–दो बार हाथ भी हिलाया था लेकिन आपने देखा नहीं। आप उस जेंटलमैन के साथ घुली–मिली हुई थीं।"

" टॉम, क्या तुम इधर–उधर की बातें छोड़कर मुझे बताओगे कि क्या हुआ?"

" सॉरी, मिस, कभी–कभी मैं बहक जाता हूं। तो, जारी रखता हूं, मैने सोचा था कि पूरी शाम मुझे वहीं बितानी पड़ेगी। मैं इसके लिए तैयार था। ऐसा कम ही होता है कि मैं किसी पब में खामोशी से बैठकर किसी का पीछा करूं। लेकिन ऐसे भाग्य कहां, मिस। आपके जाते ही वो अफ्रीकी आदमी आया। वो आपको छूकर निकला लेकिन मुझे नहीं लगता कि आपने उसे देखा। वो हमारे आदमी के साथ कुछ देर बैठा। मैंने सोचा कि मैं भी उनकी कुछ बाते सुन लूं–––––वो कोई बहुत धीमी आवाज़ में बातें नहीं कर रह थे–––––––इसलिए मैं बेंच वाली सीट पर गया, अपनी ऊनी टोपी उसके नीचे रख दी ताकि वो पहचान ना सके। और ऐसा ही हुआ। उन लोगों के बीच क्या बात हुई, उसका कुछ हिस्सा मैं आपको बताऊंगा, मिस, जब हमारे पास इसके लिए समय होगा। "

" क्या तुम्हें कोई काम की बात मिली ? उनकी बातचीत में, मेरा मतलब। भगवान मुझे माफ करे। छुप कर लोगों की बात सुनना मुझे पसंद नहीं है लेकिन इस मामले में मैं यही सोचूंगी कि हम ऐसा उसे बचाने के लिए कर रहे हैं।"

" परेशान ना हों, मिस। मुझे उनकी बातें सुनने का कोई पछतावा नहीं है। कभी भी नहीं होता। मुझे इसी का पैसा मिलता है। सच तो यह है कि मुझे कुछ ऐसा सुनने को मिला है जिसमें शायद आपकी दिलचस्पी हो, मिस। बजाहिर हमारे उस आदमी के लिए जो मारा जा चुका है–––क्या नाम है उसका, वो गोरा दक्षिण अफ्रीकी आदमी। "

" साउल।"

"हां, वही। वो हर जगह, हर किसी से यही कहता फिर रहा था कि वो हमारे इस भारतीय डॉक्टर से सुबह नौ बजे मिलने वाला है। क्योंकि अश्वेत दक्षिण अफ्रीकी आदमी ने उससे इस बारे में भी पूछा था। इसके आगे मैं ज्यादा कुछ सुन नहीं सका क्योंकि उसने मेरी तलाश में अपने आस–पास नजर घुमाई थी। मेरी पीठ उसकी तरफ थी। उसने अपनी आवाज़ नीची कर दी थी लेकिन मुझे लगता है कि वो अफ्रीकी हमारे डॉक्टर से कुछ करने के लिए या किसी से

कहीं जाकर मिलने के लिए कह रहा था। थोड़ी ही देर के बाद अपने आदमी को पब छोड़ते और यहां बेलसाइज पार्क में इस घर में उसे आते देखने के बाद मुझे लगा कि मैं सही समझ रहा था। ''

'' अकेला ? क्या वो अकेला था ? ''

'' हां। वो सिनेमाघरों के पास से चलकर यहां इस घर तक आया। ऐसा लगता है कि यह घर भी किसी अफ्रीकी अश्वेत का है–जो कि एक वास्तविक अफ्रीकी की तरह रहता है, यहां लंदन के बीचों–बीच! क्या अपने इस तरह के कामों के दौरान मेरा ताज्जुब में पड़ना कभी खत्म नहीं होगा ? वो लाल कंबल पहने हुआ था जब उसने हमारे आदमी के लिए दरवाजा खोला। सिर पर लाल पगड़ी भी थी। मोतियों की माला पूरी छाती पर फैली हुई थीं। और ऐसी चीजें पैर से लिपटी हुई थीं जैसे कैटरपिलर्स का घर हों। अच्छा–खासा डर लगा, मिस, मैं आपसे कह रहा हूं। और दीवार पर भाले थे, शायद घास से बनी चटाई पर लगकर झूल रहे थे। मैं यह नहीं कहता कि यह सब कुछ सही नहीं है–मुझे गलत ना समझें, मिस–लेकिन मैं इसकी अपेक्षा नहीं कर रहा था।''

जूलिया ने फोन पर डोनाल्डसन की बात काटी।

'' टॉम, क्या मैं तुमसे कहीं पर मिल सकती हूं ? ''

फोन पर खामोशी फैल गई। ऐसा लगा जैसे कभी खत्म नहीं होगी जब तक कि वो नहीं बोला। '' मुझे नहीं लगता कि यह समझदारी की बात होगी मिस, '' उसने विनम्रता से कहा। '' मुझे आपसे मिलना अच्छा लगेगा लेकिन अपने इस काम के लिए मुझे अपनी पहचान छुपा कर रखनी है। वैसे भी मैं पहले इस बारे डॉक्टर फार्न्सवर्थ से पूछूंगा। आपको बुरा तो नहीं लगा, मिस? ''

वो फोन पर सचमुच थोड़ा निराश सा सुनाई दे रहा था।

''नहीं टॉम। लेकिन ऐसा करो। डॉक्टर फार्न्सवर्थ से पूछो और फिर मैं तुमसे मिलना चाहूंगी ! ''

'' इस बीच में, मिस, मैं अपने आदमी के बारे में क्या करूं ? वो हर वक्त मुझे घुमाए रहता है। उसका वक्त और समय अजब ही होता है। क्या मैं उसके साथ बना रहूं ? ''

'' जितना पास हो सके, उतना बने रहो, टॉम। मुझे लगता है कि वो गंभीर खतरे में है। क्लेबोर्न मर चुका है। ''

'' क्या ! ''

" चिल्लाओ मत, डोनाल्डसन !" उसने उसे सख्ती से झिड़का। " तुमने तो मेरे कान के पर्दे करीब करीब फाड़ ही दिए थे। !"

" सॉरी, मिस। तो उसने उसे पकड़ लिया ? ओह हो !"

" मुझे ऐसा ही लगता है।"

" बुरी तरह से ?"

" तुम अनुमान भी नहीं लगा सकते कि कितनी बुरी तरह से यह हुआ है। भयानक से भी बदतर ! उसके घुटने में गोली मारी गई थी जिससे कि वो भाग नहीं सके। और फिर स्लैग्टर ने किसी घुमावदार छुरे से उसे काटा। छाती और पेट के पास। जैसे दूसरों के साथ किया था, गॉड ! आज की रात मैं सो नहीं सकूंगी। इसी के बारे में सोचती रहूंगी। शायद मैं इस तरह के काम के लिए नहीं बनी हूं, टॉम।"

" परेशान ना हों, मिस। आप अच्छा काम कर रही हैं। अपने को कुछ और मत समझाइये। और ना ही किसी और को आपसे ऐसी ही बात कहने दीजिए। इस तरह की घटना किसी को भी परेशान कर देगी ! मैंने एक से बढ़कर एक सख्त जान एजेंट को बच्चों की तरह रोते देखा है----और इसमें मैं भी शामिल हूं, मिस।"

" शुक्रिया टॉम।"

" कोई बात नहीं, मिस। आपका स्वागत है। क्या मैं एक या दो सवाल पूछ सकता हूं। यह देखते हुए कि हम इस भारतीय आदमी को बचाने के काम में लगे हुए हैं।"

" पूछो, टॉम। अगर मेरे पास जवाब हुआ तो मैं तुम्हें बताऊंगी।"

" सही बात है, मिस। मैं पहले आपसे यह कहना चाहूंगा कि मैंने उनमें से ज्यादातर फाइल देखीं हैं जिन्हें आपने डॉक्टर फार्न्सवर्थ के यहां देखा था। और एक–दो इनके अलावा भी। तो आपको इस डॉक्टर के बारे में मुझे कुछ बताने की जरूरत नहीं है। वैसे भी हमारे पास अधिक समय नहीं है। हालांकि सौभाग्य से हमारा आदमी, जिसने अभी–अभी घर छोड़ा है, स्ट्रीट लाइट की रोशनी में खड़ा है और यह सोच रहा है कि उसे क्या करना चाहिए। हो सकता है कि अपनी शराब को खुद पर से उतार रहा हो। शाम को उसने ईवनिंग स्टार में जमकर पी थी। मैं इस बूथ से बाहर इसी शर्त पर जा सकता हूं कि वो मुझे देख लेगा। जमकर पीने वालों का पीछा करना आसान होता है। मुझे लगता है कि हमारे पास एक या कुछ और मिनट ही हैं। लेकिन मेरे पास एक सवाल है।"

" हां, पूछो ? "

" आपको पूरा यकीन है कि वो स्लैग्टर ही था, मिस ? "

" बिलकुल। नंगा शरीर। यौन अंगों के साथ कोई छेड़छाड़ नहीं। इस बारे में कोई शक ही नहीं है टॉम। हालांकि आने से पहले मैंने उसे ढंक दिया था। क्या मैंने ठीक किया था ? "

" बिलकुल ठीक, मिस। कमबख्त लंदन पुलिस को खुद ही इस बारे में पता लगाने दीजिए। कुछ ऐसा जो नहीं मिला ? "

" साउल की मेडिकल रिपोर्ट। स्लैग्टर उसे अपने साथ ले गया।"

" मुझे ऐसा नहीं लगता, मिस।"

" तुम कैसे जानते हो ? "

" क्योंकि मुझे उसे हासिल करने की जिम्मेदारी सौंपी गई थी, अगर हम कहें तो, साउल की मौत के बाद। मैंने यह काम लंच के ठीक पहले किया था। जब आप डॉक्टर फार्न्सवर्थ के साथ थीं। फाइल मेरे पास थी। उन फाइलों में काम की कोई बात नहीं थी, मिस जूलिया। कह सकती हैं कि आप गलत पेड़ को छील रही हैं, आप कह सकती हैं ? हमारा भारतीय डॉक्टर बिलकुल ठीक था जब वो लगातार यह कह रहा था कि साउल एक घोड़े की तरह सेहतमंद था ! "

" तुमने उस हिस्से को सुना था क्या ? " जूलिया ने पूछा। उसके कान पूरी तरह खुले हुए थे, इस इंतजार में कि शायद डोनाल्डसन की पहचान का कोई संकेत मिल जाए। लेकिन कोई संकेत नहीं मिले। वो जो कोई भी है, अव्वल दर्जे का एजेंट है। उसे इस बात का श्रेय वो देना चाहेगी। एक आदमी कितनी ही भाषाएं बोल सकता है लेकिन एक में ही हंस सकता है। और उसने डोनाल्डसन की हंसी कभी नहीं सुनी। बस एक दबी सी सुनी थी। इस बात के लिए नाकाफी कि कुछ संकेत मिले। हमेशा विनम्र और सौ फीसदी कारगर।

" क्या तुमने डॉक्टर सैम्युअलसन और मेरी बातचीत का ज्यादा हिस्सा सुना था ? "

" क्यों नहीं, मिस। उस वक्त यह असंभव था कि डॉक्टर की बात सुनाई ना दे। मुझे याद आ रहा है कि उस समय वो कितना चिढ़ा हुआ था। इतने जोर से बोल रहा था कि उसे कमरे की दूसरे तरफ से भी सुना जा सकता था। इसके बावजूद कि वहां उस वक्त बेहूदा शोरगुल मचा हुआ था। और मैं आपसे बहुत

दूर भी नहीं था, मिस। आपको बुरा तो नहीं लगा ना ? मेरे थोड़ा बहुत सुनने का ? मेरा काम था यह। "

" तुम भी बस गजब हो, टॉम ! और अगर मैं बुरा मानती तो भी मेरे बस में नहीं था कि तुम्हें इससे रोक सकूं। रोक सकती थी क्या ? "

उसने फिर उसकी दबी हुई हंसी सुनी। आहिस्ते से। जैसे कि वो खुद पर काबू पाने की कोशिश कर रहा हो। क्या उसने यह दबी हुई हंसी पहले भी सुनी है ?

" मुझे लग रहा है कि हमारा आदमी अब यहां से जाने का मन बना रहा है, मिस। मुझे जल्दी से जाना होगा। बुरा मत मानियेगा अगर मैं फोन अचानक काट दूं। "

" क्या कह रहे हो ? " उसने बनावटी आश्चर्य से पूछा। " और सवाल नहीं, डोनाल्डसन ? "

"सच पूछें मिस,एक आखिरी सवाल बचा हुआ है। क्या पूछ सकता हूं ? निजी किस्म का है ? "

" पूछ सकते हो। "

" ऐसा लग रहा है कि आप इस भारतीय डॉक्टर के कुछ ज्यादा नजदीक आ गई हैं, मिस। अगर मुझे ऐसा कहने की आप इजाजत दें तो। आपके साथ ऐसा है क्या ? "

जूलिया ने कोई जवाब नहीं दिया। उसे नहीं मालूम था कि वो क्या जवाब दे। सेकेंड में समय बीतता गया। उसने डोनाल्डसन की गहरी सांस की आवाज़ सुनी।

" मैं इसे आपकी 'हां' की तरह ले रहा हूं, मिस। अगर आपका जवाब ना होता तो आपने बिना किसी लाग लपेट के कह दिया होता। आपको चेता रहा हूं मिस। एक ऐसे आदमी की तरफ से इसे मानें जो आपसे उम्र में बड़ा है। उसकी तरफ मत झुकिए जिसे आप ना के बराबर जानती हैं। और, इस काम में तो तय है कि दुख मिलेगा क्योंकि आप जानती हैं कि शायद हो सकता है कि उसके लिए अब ज्यादा समय ना बचा हो और ऐसा होने पर सिर्फ आप ही दुखों का शिकार होंगी। और मुझे इस बात से नफरत है कि आप जैसी जवान और खूबसूरत लड़की खुद को एक संभावित मुरदे पर न्योछावर कर दे ! इसके अलावा आप उसके बारे में कुछ भी नहीं जानतीं। यह आपका खुद के प्रति कर्तव्य है कि

आप उसके साथ जल्दबाजी में कुछ करने से पहले---जैसे कि उसकी तरफ झुकने से पहले-----उसे अच्छी तरह जान लें।''

" सलाह के लिए शुक्रिया डोनाल्डसन, '' जूलिया ने कहा। " मैं इसे अपने दिमाग में रखूंगी।''

उसने दिल से यह बात कही।

" इस बीच उस पर निगाह बनाए रखो, डोनाल्डसन। अगर उसे कुछ हुआ तो मैं तुम्हें उसके लिए जिम्मेदार ठहराऊंगी।''

उसने फोन पर उसकी थकी हुई सांसों की आवाज़ सुनी।

" ठीक है, मिस। मैं उस पर नजर रखूंगा। लेकिन अगर वो और देर तक जागता रहा तो किसी सुनसान पार्क में उसके सिर पर कुछ मारकर उसे सुला दूंगा जिससे कि मुझे भी आंख बंद करने का मौका मिल जाए।''

फोन काटते वक्त वो खुद को उसकी बात पर मुस्कराने से नहीं रोक सकी। यह सोचना ही उसे थोड़ा बेढ़ंगा और मजेदार लगा कि डोनाल्डसन छिपकर जोशुआ के पीछे पहुंचा और उसके सिर पर कोई चीज सिर्फ इतनी ताकत से दे मारी कि वो मरा नहीं, बस सो गया।

बढ़िया आदमी, डोनाल्डसन। बहुत अच्छा एजेंट। सबसे ज्यादा अच्छे एजेंट में से एक, जैसा कि उसे बताया गया था। लेकिन सबसे अच्छे का इस काम में मतलब क्या होता है ? वो किसके लिए काम करता है ? साउल की तरह, क्या उससे काम लेने वाले एक से ज्यादा हैं और फार्न्सवर्थ उनमें से सिर्फ एक है ? और जब कोई कठिन सवाल सामने आता होगा तो वो किसके आदेश को मानता होगा ? और क्या हो कि अगर वो किसी को बचाने और साथ ही किसी की जान लेने वाले की भूमिका की सीमारेखा पर खड़ा हो ? वो यह दोनों काम करने के लिए एक बहुत अच्छी स्थिति में था।

बहुत अच्छा एजेंट डोनाल्डसन। उसने अपनी तरफ से कुछ नहीं बताया लेकिन फार्न्सवर्थ के मुंह से यह पहले ही निकल चुका था जब उसने टेलीफोन पर डोनाल्डसन से 'एजेंसी!' के बारे में बात की थी। डोनाल्डसन ने यह फोनकॉल तब की थी जब फार्न्सवर्थ ने जूलिया को अपने घर निर्देश देने के लिए बुलाया था। यह दर्ज हो चुका था। इसका यह भी अर्थ हो सकता था कि वो सीआईए के लिए काम करता है। इससे जूलिया को आश्चर्य नहीं हुआ था। मियामी की वो महिला, स्टेला, जिसका कत्ल स्लैग्टर ने किया था, एक अमेरिकी थी। वो सीआईए के लिए काम करती थी। और फाइल में उसके बारे में भी जो

कुछ था उससे यही साफ था कि उसके साथ भी औरों जैसा ही सलूक किया गया था। स्लैग्टर में अमेरीकियों की भी रुचि हो सकती है। लेकिन आखिर डोनाल्डसन की पहचान उससे क्यों गुप्त रखी जा रही है ? लेकिन इसके पहले कि वो यह प्रश्न पूछती, इसका उत्तर वो जानती थी कि ऐसा क्यों है। क्योंकि वो महज एक फ्रीलांसर नहीं है।

कोई सामान्य पीछा करने वाला नहीं। वो एमआई–6 में बहुत ऊपर के पद पर हो सकता है, शायद फार्न्सवर्थ जितने ऊंचे पर। और उसकी पहचान को बताने से उसके लिए संकट खड़ा हो सकता है। फार्न्सवर्थ डेस्क के पीछे बैठता है, डोनाल्डसन फील्ड को संभालता है।

लेकिन खुद से पूछे गए आखिरी सवाल ने उसे सबसे अधिक परेशान किया। सबसे पहले तो डोनाल्डसन को उसके साथ काम पर क्यों लगाया गया ? और इस सवाल के जवाब ने उसे बताया कि एजेंसी उसके बारे में क्या सोचती है। वो उस पर इस बात के लिए भरोसा नहीं करते कि स्लैग्टर का पता लगा लेने के बाद वो उसे खत्म कर सकेगी। यही सही वजह थी। और तब वो उसके पीछे से आएगा और इस काम को खुद अंजाम देगा। उसे सिर्फ स्लैग्टर को खोजकर निकालना होगा, बाकी काम डोनाल्डसन करेगा। हो सकता है कि समय आने पर वो उसकी जान ना ले सके लेकिन वेल्शमैन यह कर सकेगा। उन्हें इस बात में कोई संदेह नहीं होगा। उसने कमरे की लाईट जलाई। इसके बाद उसने बाहर के दरवाजे के लॉक से चाबी निकाली। रसोईघर में गई और अपने लिए बड़ा ड्रिंक बनाया। ऑरेंज जूस का एक बड़ा गिलास।

वो झूलने वाली कुर्सी पर बैठ गई । उस पर झूलती रही, ड्रिंक को अपनी गोद में रखा। यह उसकी मां की कुर्सी थी————उसके नाना ने इसे मां के लिए लंदन फ्लैट में भेजा था, यह कहते हुए कि अब वो उनके काम की नहीं है। लेकिन वो बेहतर जानती थी। फोटोग्राफ में उसकी मां बहुत दयालु महिला दिखती थी। क्या उसकी मां पहले कभी इस पर बैठकर झूली थी ? बुजुर्ग अर्ल अपनी बेटी के बारे में ज्यादा बातें नहीं करते थे लेकिन इतने सालों के बाद भी जूलिया उनको पहुंची ठेस को समझ सकती थी। वो सचमुच चाहती थी कि वो अपने प्रिय बुजुर्ग से मिलने के लिए ज्यादा से ज्यादा बार ब्रोमफील्ड जाए। वो हमेशा उससे विनती किया करते थे कि वो अपनी पारिवारिक जागीर पर आया करे। वो कहते थे कि यहां तक कि नौकर भी चाहते थे कि वो कभी–कभी आया करे। तो क्या उन्हीं के लिए वो यहां नहीं आती रह सकती ?

झूलती हुई कुर्सी पर उसे आराम और शांति मिलनी चाहिए। उसने सोचा कि ऐसा होना चाहिए। बजाए इसके गुस्सा उस पर हावी हो गया जब उसने खाली गिलास को कस कर पकड़ा। वो उसके लिए एक अच्छा डॉक्टर था। उसकी यौन इच्छाएं उसका अपनी निजी मामला थीं। इससे उसे कोई फर्क नहीं पड़ता था। कुछ था तो वह यह कि वो उसके लिए सहानुभूति महसूस करती थी। एक छोटी सी जगह पर रहते हुए, अपना सही नाम ना बता पाने के लिए। इसका असर उसकी डॉक्टर होने की क्षमता पर नहीं पड़ा और ना ही अपने मरीजों के लिए उसके सरोकार पर।

आखिरी बार उसने उसे नाईस में देखा था। उस हफ्ते वो वहीं पर थी। कभी–कभी वो साउल के साथ होता था लेकिन जब कभी भी उसे देखता था, हाथ हिलाकर अभिवादन जरूर करता था। अपने लिए उसके मन में छिपी संवेदना को देखने के बाद वो निडर और कम संकोच वाला हो गया था। वो इस बात के लिए उसका एहसान मानता था कि उसने उसे वो बनाया जो वो है।

अब दो लोग ऐसे थे जो रो–रोकर उससे कह रहे थे, स्लैग्टर से हिसाब चुकता करने के लिए कह रहे थे। पहले व्लादीमिर था और अब डॉक्ट क्लेबोर्न है।

" स्लैग्टर " ! उसने यह नाम आवाज़ के साथ खुद को सुनाया। ताज्जुब हुआ अपने उस भाव पर जिसमें उसने इस नाम को लिया था, उसे विश्वास नहीं हुआ कि उसके अंदर इतनी नफरत भर चुकी है। " तुम जो कोई भी हो, मैं तुम्हें ढूंढ निकालूंगी। और जब ऐसा होगा, भगवान मेरी मदद करे, तो तुम जो कोई भी हो, मैं तुम्हें मार डालूंगी।"

वो यह काम खुद करेगी। वो नहीं चाहती कि डोनाल्डसन अंधेरे से बाहर आए और उसके लिए यह काम करे।

अध्याय 12

जोशुआ आधी रात के पास साउथ केनसिंग्टन पहुंचा। एक ही दिन में दूसरी बार यहां पहुंचा जोशुआ दो पैरों पर खड़ा भावनाओं का एक बंडल बन चुका था। बोको की धमकी को उसने गंभीरता से लिया था। उसे इस बात में कोई शक नहीं था कि जोहानिसबर्ग में सात लोगों की जान लेने वाले विस्फोट का जिम्मेदार बोको ही था। इस घटना ने उन दोनों के रास्ते अलग कर दिए थे। बोको का कहना था कि इसमें उसका हाथ नहीं था, हालांकि वो इसे गलत भी नहीं मानता था। पंद्रह साल बीत गए लेकिन यह मामला दोनों के बीच असुविधाजनक तरीके से टिका हुआ है। और अब, जोशुआ को लगता है कि किसी अच्छी वजह से नहीं, दोनों एक बार फिर साथ आए हैं और इससे जोशुआ को रत्ती भर भी खुशी नहीं हुई है।

वो असहज महसूस कर रहा था। बोको ने उसे ऐसा महसूस करने पर मजबूर कर दिया था।

ऐसा नहीं था कि धमकी पर खुद बोको अमल करता। जोशुआ से बोको की नजदीकी इस काम में आड़े आती और जोमो से जोशुआ की दोस्ती की वजह से भी वो जांच के दायरे में आने वाला मुख्य संदिग्ध होता। इस काम के लिए और लोग भी थे–शहरों में छापामार कार्रवाई करने वाले अनजान लड़ाके–वो इस सजा को अंजाम तक पहुंचा सकते थे।

अच्छा है कि जूलिया को उसे बचाने के काम पर लगाया गया है ! जूलिया का विचार आते ही उसकी थकी आंखों में थोड़ी चमक आई। शराब अपना असर दिखा रही थी। उसने पाया कि वो अपनी आंखों को इस तरह पोछ रहा है जैसे उस पर छाई धुंध को हटा रहा हो। वो सिर्फ तभी धुंध नहीं पाता था जब उसकी आंखे बंद हो जाती थीं।

" मैं एक डॉक्टर हूं, " उसने खुद पर आह भारी, " और मैं ही नहीं जानता कि मेरे लिए क्या अच्छा है। "

हाई स्ट्रीट पर उपहारों की दुकान अंधेरे में डूबी हुई थी। दुकान के ऊपर

लगे विज्ञापनों पर उलटी दिशा से पड़ने वाली नियोन लाइट एक कंपकंपाती हुई धुंधली सी रोशनी बनकर स्टोर के बंद शटर पर गिर रही थी। आदत से मजबूर वो सामने के प्रवेश द्वार की तरफ गया। वह बंद था।

बीट पर मौजूद पुलिसवाले ने उसे दुकान की सामने की ग्रिल को खडखड़ाने पर डांटा। लेकिन रात के इस समय बार बंद होने के बाद कुछ शराबी वहां आ–जा रहे थे। पुलिसवाले ने सभी को दोस्ताना तरीके से चेतावनी दी, अपने दिमाग की डायरी में इस बात को नोट किया कि उसने आधी रात के समय एक भारतीय डॉक्टर को दुकान के सामने वाले दरवाजे के पास देखा था।

जोशुआ घूमकर पीछे गया। गली में स्ट्रीट लाइट नहीं थी। कोई परछाईं भी नहीं। सिर्फ अंधेरा। एक ऐसा अंधेरा जिसे जुलिया सर्जरी में दाखिल होते समय पसंद करती।

उसने घंटी बजाई; फ्लैट में घंटी को बेकार तरीके से घनघनाते सुना। कोई जबाव नहीं मिला। कोई हरकत नहीं जिससे उसके घर में होने का कोई संकेत मिले। उसने फिर से घंटी बजाई। उसकी झंकार फ्लैट में और बाहर गली में गूंजती रही। लेकिन लॉरा नहीं आई।

वो वेलकम लिखी डोरमैट पर खड़ा था। हैरत में था कि वो क्या करना चाहता है। ना कि यह कि उसे क्या करना चाहिए। और उसे यह करना चाहिए था कि घर जाकर सीधे बिस्तर में चला जाए। लेकिन उसने उसे चुना जो उसकी सामान्य समझ कह रही था। लॉरा घर पर नहीं थी, इतनी रात को भी।

यह ठीक नहीं है।

उसने लॉरा को आश्वस्त किया था कि वो रात उसके साथ बिताएगा; लॉरा ने उससे इसके लिए विनती की थी। और अब वो यहां नहीं है ? हो सकता है कि वो उसकी प्रतीक्षा करते करते थक गई हो और सो गई हो। अधिकांश पत्नियां ऐसे ही करती हैं। वो उसकी पत्नी नहीं थी, लेकिन क्या कोई शरीर को झन्ना देने वाली शैतानी घंटी की आवाज़ों के बीच सो सकता है ?

हो सकता है कि लॉरा ने उसके साथ रात बिताने का इरादा बदल दिया हो ? इस हालत में उसका फ्लैट के अंदर जाना ठीक नहीं होगा।

शक–शुबहा छंटा नहीं, जैसे पिछले पंद्रह सालों से नहीं छंटा था; फिर भी उसने पायदान के नीचे देखा और चाबी निकाली। उसे पता था कि चाबी यहां होगी। उसने चाबी को वापस पायदान के नीचे रखा और रसोईघर में दाखिल हो गया।

उपहार की दुकान में खुलने वाला दरवाजा बंद था, सिटकिनी लगी हुई थी। अंदर से। उसने इसमें दाखिल होकर जूलिया के लिए कोई छोटा गिफ्ट लेने के बारे में सोचा। कुछ भी छोटा और अच्छा। और महंगा हो तो बेहतर। एक डॉक्टर की हैसियत से उसने काफी कमाया है। इसमें से अधिकांश उड़ा भी दिया है। गिफ्ट पर दाम लिखा होगा। वो पैसा काउंटर पर रख देगा और शारी के लिए नोट छोड़ देगा।

नहीं ! नोट लॉरा के लिए छोड़ेगा। दुकान की मालकिन वही थी। लेकिन इसे बाद में देखा जाएगा। पहले तो उसे लॉरा के साथ एक लंबा मामला तय करना है——अपने दिमाग में।

वो सीढ़ियों से होकर ऊपर उसके बेडरूम में गया। हर तरफ फैली खामोशी उसके आगे–आगे थी, उसके आने की खबर दे रही थी।

कमरा खाली था। बिस्तर पर अभी तक कोई नहीं सोया था।

उसने बेड के पास अपने कपड़े उतारकर जमीन पर फेंके——जैसे कि कोई भी पति करता है। क्या लॉरा इन कपड़ों को उठाएगी ?

फिर वो चादरों के अंदर घुस गया। इस लम्हे के बारे में वो कितने लंबे समय से सोचता रहा है। लॉरा की बेड में सोने, लॉरा की साटन की चादरों से अपने नंगे शरीर के स्पर्श के अहसास के बारे में सोचता रहा है। भले ही वो उसके साथ बेड में नहीं थी, लेकिन वो फिर भी उत्तेजना महसूस कर रहा था।

वो पीठ के सहारे चित लेटा रहा। हाथ ऊपर गर्दन को पीछे से हिल रहे थे। पैर फैले हुए थे। उस दिन समुद्र तट की तस्वीरें उसके दिमाग से गुजर रही थीं। वो उन्हें बार–बार दोहरा कर देख रहा था, जैसा कि पिछले पंद्रह सालों में वो हजारों बार कर चुका है।

उसने नीचे ताला खुलने की आवाज़ सुनी। पीछे का दरवाजा खुला था। उसने उसे सीढ़ियों से ऊपर चढ़ते और कमरे तक आते सुना। वो कमरे में दाखिल नहीं हुई। दरवाजे से ही अपनी बेड में लेटे जोशुआ को देखा। उसे देखकर लॉरा को ताज्जुब नहीं हुआ, जैसे कि उसे पता था कि वो तो वहां होगा ही। बीते सालों की ही तरह वफादार रहते हुए।

वो कुछ नहीं बोली। पहले उसने अपने एक पैर से जूता निकाल कर फेंका। इस दौरान दूसरे पैर पर अपना संतुलन बनाए रखा। हमेशा की तरह बिना हिले–डुले, अभ्यास की देन थी यह। वो बेड में उठ कर बैठ गया। बेडकवर उसकी कमर तक खिंचा हुआ था। उसे देखता रहा।

उसने अपना हाथ पीछे कर अपनी ड्रेस की ज़िप खोली। उसे अपने पैरों तक गिरने दिया। अपने पैर ड्रेस से बाहर निकाले। झुककर उन्हें उठाया और सहेज कर किनारे रख दिया। समुद्र तट की तरह उसकी तरफ ड्रेस को फेंका नहीं। इसके बाद उसने अपनी ब्रा को उठाकर अपने स्तनों को उससे आजाद किया। ब्रा की दोनों कप को ऊपर उठाया जिससे कि पीछे से जो परेशान करने वाला बंधन है उससे थोड़ा आराम मिले। फिर अपने दोनों हाथ पीछे ले जाकर ब्रा को खोल दिया। इसके बाद वो कुर्सी के पीछे गई और उस पर अपने अंडरगारमेंट रख दिए। कुर्सी बेड के पास थी।

इसके बाद उसने अपनी पैंटी उतार दी। अपने कदमों को उससे बाहर निकाला। उसे ज़मीन से उठाने की कोशिश नहीं की। वो उसके सामने नंगी खड़ी थी।

ताज्जुब है, उसने सोचा, याददाश्त कितनी सटीक हो सकती है। वो वैसी ही थी जैसी तस्वीर उसने अपने मन में बना रखी थी। सिर्फ जगह बदल गई थी। वो लहरों को रेत पर आते नहीं देख पा रहा था और ना ही उन हवाओं को महसूस कर पा रहा था जो हिंद महासागर की लहरों को छूकर आ रही थीं। लेकिन लॉरा आज भी वही थी। उतनी ही खूबसूरत जितनी कि हमेशा से उसके लिए थी। स्तन थोड़ा झुक गए थे; जांघों का वजन थोड़ा ज्यादा लग रहा था; वही स्लेटी सुनहरे बाल।

वो उसके सामने पैर फैलाकर बिना हरकत किए खड़ी रही। हाथ उसके कूल्हे पर थे। इसके बाद उसने अपनी बांहें उसकी तरफ बढ़ा दीं।

" मैं पहले एक बार इसी तरह तुम्हारे सामने खड़ी हो चुकी हूं ", उसने मीठे अंदाज में कहा। " क्या तुम्हें याद है ? "

" भला मैं कैसे भूल सकता हूं ? मैं इसकी याद के साथ पंद्रह साल से रह रहा हूं। यह मुझे हर रात, हर दिन सताती रही है। "

" मेरे जोशुआ ! बेचारे जोशुआ ! यह मत सोचना कि मैं इसे जानती नहीं। कितनी ही बार जब हम साथ बैठे थे–साउल, तुम और मैं–ईवनिंग स्टार में ड्रिंक करते हुए, तब हमेशा मैं इसे महसूस करती थी। तुम्हारी आंखे इस तरह मेरा पीछा करती थीं जैसे मुझे नंगा कर देंगी, एक बार में एक–एक कपड़ा उतार कर। कई बार यह बिलकुल साफ नजर आता था, खासकर जब तुम ज्यादा पी लेते थे। यहां तक कि साउल भी भांप लेता था। क्या तुम जानते हो कि साउल ने उस दिन हम दोनों को समुद्र किनारे देख लिया था ? "

" हां, " उसने उसकी आंखों में देखकर और पहली बार शरीर से आंखें हटाकर कहा। " मुझे आज शाम ही पता चला। इससे उसको तकलीफ तो पहुंची होगी ? "

" उसे तकलीफ हुई होगी ? बस यही है जो तुम सोच पा रहे हो? मेरे बारे में क्या ? क्या तुम जानते हो कि इतने सालों तक यह बात मुझे कैसे तकलीफ पहुंचाती रही है ? उसने कभी भी मुझे इसे भूलने नहीं दिया–हरामी कहीं का ! ऐसा नहीं है कि वो इस बारे में मुझसे बातें करता था–सिर्फ शादी की रात उसने इस बारे में बात की थी–लेकिन मैं उसकी आंखों में उसके आरोपों को पढ़ सकती थी। इससे मुझे क्या फायदा हुआ होगा ? वो और उसके वो तमाम अफेयर। मैंने उसे सभी के लिए माफ कर दिया, जोशुआ, क्योंकि मैं थी जिससे पहले गुनाह हुआ था।"

" गुनाह ? "

" हां ! गुनाह ! जैसे कि तुम जानते ही नहीं हो। और फिर मैं तुम्हारे बारे में सोचती। और तुम्हारी यह कमबख्त आंखें मुझे इस तरह पीती थीं जैसे कि मैं तुम्हारे लिए कोई सफेद देवी हूं। और फिर तुम्हारे यह बर्बाद हुए पंद्रह साल। किसने तुमसे कहा था कि डरबन में किसी छोटी आज्ञाकारी भारतीय से विवाह ना रचाओ ? इससे कम से कम मुझे तो मुक्ति मिलती। लेकिन नहीं, तुमने वो कमबख्त मशाल जलाए रखी और मुझे जलता देखते रहे। "

" मैं डरबन में किसी छोटी आज्ञाकारी भारतीय के प्यार में नहीं पड़ा, " जोशुआ ने कहा। " मैंने उससे शादी कर ली होती अगर ऐसा प्यार हुआ होता। मुझे नहीं पता कि डरबन में अब कोई छोटी आज्ञाकारी भारतीय महिला बची भी है।"

वो आगे बढ़ा और उसके नंगे कंधों को उसने छुआ। उसकी बांहों के नीचे अपने हाथ डाल दिए और उसे अपनी तरफ खींच लिया। वो बेड से सटकर खड़ी थी। अब बेड पर बैठ गई। उसने अपनी बांहें उसकी गर्दन के किनारे डाल दीं, उसके छोटे बालों को सहलाया, उसकी नंगी पीठ पर हाथ फेरा, उसकी बगल के मुलायम बालों को महसूस किया और फिर उसके स्तनों की तरफ बढ़ गया।

" हम लोग इस तरह से बातें ना करें, लॉरा, " उसने विनती की। " प्लीज, चलो, सिर्फ प्यार करें।"

" नहीं, जोशुआ ! मैं सिर्फ सेक्स नहीं चाहती। यही है जो तुम हमेशा मुझसे चाहते रहे। मैं तुमसे बात करना चाहती हूं। मैं तुमसे उस दिन समुद्र किनार भी

यही बात करना चाह रही थी। कितनी ही बातें थीं जो तुम कह सकते थे लेकिन नहीं कहीं। और अब मैं उन्हें सुनना चाहती हूं। वो तमाम बातें जो तुम मुझे समझाना चाहते थे क्योंकि मैं साउथ अफ्रीका के बाहर तुम्हारें साथ नहीं आ सकी। यह मत सोचो कि मैं तुम्हारी आंखों में बैठे तमाम इलजामों को नहीं पढ़ सकी थी। इलजाम जो कि साउल जितने ही बुरे ! तुम दोनों ने ही मुझे दुख पहुंचाया है–दोनों ही कहते थे कि तुम मुझसे प्यार करते हो। ठीक है, अब मैं इस बात को सुनना चाहती हूं। तेज आवाज़ में ! सिर्फ विचार नहीं कि तुम उससे मेरी जान ले सको। हो सकता है कि मैं विचारों को सुनूं और वो गायब हो जाएं।''

'' कहने के लिए सचमुच कुछ नहीं है,'' जोशुआ ने अपने हाथों को उसके स्तनों से हटाते हुए कहा। '' तुम उसे पहले ही कह चुकी हो। तुम्हारे अंदर साउथ अफ्रीका छोड़ने और साउल के साथ इंग्लैंड आने की हिम्मत थी। उस वक्त जब उन्होंने उसे वहां से हटा दिया था। ''

'' वह दूसरी बात थी,'' वो पीठ के बल बेड पर लेटते हुए बोली। उसने अपनी बांहें सिर पर रख लीं और थकान हटाने के लिए अंगडाई ली। '' मैं तब तक उससे विवाह कर चुकी थी। मुझे वहां जाना ही था जहां मेरा पति जाता। क्या तुम नहीं चाहते थे कि ऐसा ही हो ? यह वजह मुझे तुम्हारे नजदीक ले आई। क्या इससे तुम खुश नहीं हुए थे? कम से कम तुम मुझे देख तो सकते थे। कई बार, अगर मैं याद करूं तो।''

'' हां,'' जोशुआ ने कहा। '' तुम सोच नहीं सकती कि कितनी बार मैंने उन लोगों का इस बात के लिए एहसान माना कि उन्होंने साउल को दक्षिण अफ्रीका से निकालकर इंग्लैंड आने पर मजबूर किया। लॉरा, मेरी जान, हम लोग इस तरह एक दूसरे से क्यों उलझ रहे हैं ? शादीशुदा लोगों की तरह। मैं इस दिन के सपने देखता रहा हूं, जब मैं तुम्हारे साथ सो सकूं। इसे मैंने पहले ही से अपनी जिंदगी का सबसे यादगार लम्हा मान रखा है। ''

'' और इसके बावजूद खुद को देखो, '' उसने उसका मजाक जैसा उड़ाते हुए उसकी चादर खींचकर उसे नंगा कर दिया। उसकी हंसी जोशुआ को अनुमान से अधिक चोट पहुंचा रही थी।'' देखो, तुम उत्तेजित तक नहीं हो ! मैं यहां बेड पर लेटी हुई हूं, पूरी तरह नंगी और तैयार– लेकिन तुम इसके लिए सक्षम ही नहीं हो। ''

वो उसे लेकर वापस चादर में घुस गया। वो उसके ऊपर लेटी हुई थी। वो नीचे था।

"मैंने बहुत अधिक पी ली थी, "उसने कहा। "इससे मेरी मर्दानगी हमेशा ही कम हो जाती है। अधिकांश मर्दों की तरह। मुझे माफ कर दो।"

" तुम इतनी ज्यादा क्यों पी रखी है ? " लॉरा ने पूछा। उसने अपना एक हाथ चादर के नीचे उसकी मदद के लिए बढ़ाया। " तुम्हें पता था कि आज की रात तुम्हें मेरे साथ बितानी है। मैंने सोचा था कि कम से कम आज की रात के लिए तुमने आज ईवनिंग स्टार में अपनी अय्याशी पर लगाम लगा दी होगी। "

उसने लॉरा को जूलिया के बारे में नहीं बताया।

बजाए इसके जोशुआ ने अपनी बांहें उसके इर्द–गिर्द डाल दीं। उसके स्तनों को बेमन अहसास के साथ सहलाया, उन्हें अपनी उंगलियों में खेलने दिया फिर उन्हें हल्के से दबाकर अपनी हथेली जैसा बना दिया। अपनी उंगलियों से उसके निप्पल को ऐसे हल्के–हल्के मोड़ा जैसे वो रेशम हों। लॉरा ने ऐसी सांस ली कि जैसे तृप्त हो गई हो। उसकी जांघें जोशुआ की जांघों के ऊपर थीं। वो उसके चुंबनों और लाड़–प्यार को बहुत शांत तरीके से लौटा रही थी। उसके स्पर्श में एक खास तरह का आदर भाव था जो दोनों के बीच के यौन संबंधों की राह में रोड़ा बन रहा था, उसने इस बात को भी महसूस किया।

" मैं लगभग जानती थी कि यह ऐसा ही होने वाला है, जोशुआ। तुम्हारे मन में इतना–––इतना आदर है। इस तरह से तुम किसी के संग बिस्तर में कैसे प्यार कर सकते हो ? "

वो सिगरेट जलाने के लिए उसके ऊपर से झुकी। जैसे कोई बच्चा खिलौने से खेलता है, ठीक उसी तरह जोशुआ को हर तरह से खुद के साथ खेलने दिया। जोशुआ को इससे मिलने वाले आनंद से उसे राहत महसूस हुई। थोड़ी उदासी से सोचा कि यह सब कुछ कितनी जल्दी हो गया और उसने इसके लिए कितना लंबा इंतजार किया था।

" खुद को दोषी मत ठहराओ, जोशुआ। " लॉरा ने कहा। अब वो दोनों बेड पर लेट गए थे, एक दूसरे को छू रहे थे लेकिन एक–आध बार ही। " जादू भी अधिक उम्र का होने का रास्ता ढूंढ लेता है, डार्लिंग। मैंने साउथ अफ्रीका वापस जाने का फैसला किया है। "

" अच्छा ? तुमने कब किया यह फैसला ? "

" साउल की मौत के बाद। मैं अब जवान नहीं रही। हममें से कोई भी नहीं रहा। और मुझे अब यहां की आबोहवा सूट नहीं करती। हर वक्त कितनी ठंड रहती है। मैं अपना काम चमकती रेत वाले समुद्र तट पर सूरज की किरणों और

गर्मी से चला लूंगी। घर है वो। क्या तुम मुझे मिस करोगे ? "

" हां, करूंगा। क्या साउल चाहता था कि उसकी मौत के बाद तुम यही करो ? "

" मैं नहीं जानती कि वो मेरे लिए क्या चाहता था ! मैं क्यों परवाह करुं? वो सिर्फ अपने लिए मर्द और औरतें चाहता था। जैसे प्रेम प्रसंग उसके चलते थे, उनके बारे में सुन कर तुम विश्वास नहीं कर सकोगे, जोशुआ। क्या तुम जानना चाहोगे ? "

" नहीं।"

" फिर भी मैं तुम्हें बताऊंगी। तुम्हारा दोस्त जोमो साउल का प्रेमी था। दरअसल, सबसे पहला। मुझसे भी पहले का। और डॉक्टर क्लेबोर्न भी। और साउथ अफ्रीका में ही चार अन्य मर्द जिन्हें तुम नहीं जानते। और जो औरतें उसकी जिंदगी में थीं ! क्या तुम उनके बारे में जानना चाहोगे ? "

" नहीं ! मैं नहीं जानना चाहता। क्या जरूरी है कि हम साउल के बारे में बातें करें ? वो भी तब जबकि बेड में हम दोनों साथ हैं ? "

" उसने जिस भी औरत को छुआ, उसमें जहर भर दिया। और इनमें से किसी ने उसे उस तरह प्यार नहीं किया जिस तरह मैंने किया था–काश कि वो मुझे समझ पाता। "

अपने अंदर के गुस्से की वजह से वो कांप उठी। ऐसा लगा कि वो जोशुआ को पूरी तरह भूल गई है, यह भूल गई है कि वो उसी के बगल में लेटा हुआ है। जैसे खुद से बातें कर रही हो। बगल में उसके शरीर के स्पर्श का कोई अहसास नहीं था उसे, ना ही स्तनों को सहलाती उसकी उंगलियों का।

" वो एक जानवर था ! एक राक्षस ! किसी अच्छे काम को भी नहीं भूलता था। और तुम तो दोस्त थे। कोई अजनबी नहीं। मुझे खुशी है कि वो मर गया। मुझे उसे कई साल पहले ही छोड़ देना चाहिए था। बजाए इसके कि खुद को पंद्रह साल तक उसकी चेन में बंधे रहने देना चाहिए था। इतने साल मेरे भी बर्बाद हुए हैं और मैंने इनकी कीमत भी चुकाई है। "

जोशुआ को लगा कि वो अब रोने ही वाली है लेकिन उसने खुद को संभाल लिया।

" क्या तुम जानते हो कि उसका सबसे ताजा प्यार कौन था ? "

जोशुआ ने ऐसे हाव–भाव बनाए कि जैसे उसने कुछ सुना ही ना हो।

" वो औरत जो उस दिन यहां स्टोर से कुछ खरीदने आई थी। वही जिसने इस फ्लैट में घुसने के लिए अपनी ब्रा स्ट्रैप के टूटने की आड़ ली थी। मैंने उसे फ्लैट में जाने दिया था। क्या तुमने नोटिस किया था कि वो कितनी देर तक अंदर रही थी ? शायद साउल की कोई निशानी अपने साथ ले जाने के लिए खोज रही थी ? कुछ ऐंसा जिससे उसकी याद बनी रहे ? भाड़ में जाए। मुझे इसकी परवाह नहीं। वो वह सब ले जाती जो वो चाहती थी। मैं तो उसे हर तरह से भूलना चाहती हूं। "

जोशुआ बेड में सीधे बैठ गया। लॉरा खिलखिला कर हंस पड़ी।

" उसका नाम जूलिया है। लेकिन तुम यह पहले से जानते हो। तुम दुकान से उसके साथ गए थे। क्या तुमने उसे पटाने की कोशिश की थी ? कोशिश नहीं की थी क्या––– जैसे कि हमेशा करते हो ?"

" तुम सीरियस नहीं हो ना ? जूलिया और साउल के बारे में इन बातों को लेकर ? हो क्या ? "

" तुम्हें इतना झटका क्यों लग रहा है, माई डार्लिंग ? क्योंकि वो इतनी जवान और सुंदर है ? इसी वजह से साउल उसे पसंद करता था। जवान और सुंदर। चाहे जिसे भी तुम पटा लो, जोशुआ, तुम्हारा नंबर हमेशा साउल के बाद ही आएगा। क्या तुम उसके और साउल के बारे में कुछ और जानना चाहते हो? वो उसके साथ एक साल से संपर्क में था, एक रात वाली बात नहीं है यह। जो कुछ वो तुम्हारे लिए छोड़ गया है वो उसका जूठन है। "

" तुम सिर्फ बेरहम बनने का नाटक कर रही हो, " जोशुआ ने कहा। लेकिन यह बात कहते समय वो समझ रहा था कि यह बात सच है। वो अंदर से जल उठा। अपनी पलकें उसने बंद कर लीं। चेहरे और बदन में गुस्से की लहर दौड़ गई जो उसकी फूली हुई रक्त शिराओं में नज़र आ रहा था। धड़कन बढ़ी हुई थी और कनपटी फड़क रही थी।

" मैं बेरहम बन रही हूं, जोशुआ ? क्या तुम्हारे और साउल के बीच हमेशा से ऐसे ही नहीं रहा है ? जो कुछ भी तुम्हारे लिए बचा रह जाता था, वो उसकी जूठन ही तो होती थी। और अब जबकि वो मर चुका है और जा चुका है तब भी तुम उसकी जूठन से एक पूरा खाना खुद के लिए बना सकते हो। "

" बस करो ! " वो चीख पड़ा। उसने उसकी जांघों को मारना शुरु कर दिया। उसके चेहरे, पीठ और कंधों पर थप्पडों की बौछार कर दी। लॉरा के गुलाबी शरीर का जो भी हिस्सा उसके सामने आता, वो उसे लाल कर दे रहा

था। शरीर पर उंगलियों के लाल निशान बन गए थे। और जब वो उसके सामने घूमी तो उसने माफी मांगने के अंदाज में उसके शरीर पर अपना शरीर डाल दिया और उसके होठों और गालों को बेतहाशा चूमने लगा।

वो मुस्कराती रही। अपनी बांहों में उसे जकड़ लिया, अपने पैर ऊपर उठाए और उसे अपने अंदर डाल दिया।

वो दोनों देर तक इसी तरह लेटे रहे। लॉरा ने उसे अपनी बाहों में जकड़ा हुआ था, उसे सुकून देते हुए। जोशुआ का चेहरा बगल में पड़े तकिये पर फैले उसके बालों में छिपा हुआ था।

" तुम अपना ख्याल रखोगे ना, जोशुआ ? " वो कान के पास उसे चूमते हुए बोली ताकि वो उसे सुन सके। " जब मैं चली जाऊंगी ? तुम यहां मेरे साथ सुरक्षित हो। मेरे साथ ही रहो, मेरी जान, जब तक मैं इंग्लैंड में हूं। वो तुम्हारे पीछे पड़े हैं; ना कि मेरे । मैं नहीं चाहती कि तुम मारे जाओ, जोशुआ, प्लीज, जोशुआ ! "

जोशुआ ने उसे घुमाकर नीचे लिटा दिया। वो दोनों अगल–बगल लेटे बातें करते रहे।

" तुम्हारी मेहरबानी कि तुमने मुझे यह बताया। लेकिन मैं इसे पहले से जानता हूं। रोमानो से ही। तुमने वो डरने वाली भूमिका बढिया से निभाई। मेरे बारे में चिंता मत करो, लॉरा। देखने में भले ऐसा ना लगता हो लेकिन मैं अपना ख्याल रख सकता हूं। "

दोनों को समझ में आ गया था कि अब बात खत्म हो गई है। नींद उन्हें रात की आगोश में ले जा रही थी। इसके बाद दोनों की अलग–अलग जिंदगियां थीं। कभी–कभी आने वाले पत्र, गर्मजोशी से भरी यादें। दोनों ने एक–दूसरे को आजाद कर दिया था; एक ऐसी आजादी जिसे स्वीकार करने में दिक्कत आ रही थी।

सुबह पांच बजने से थोड़ा पहले जोशुआ सोकर उठा। लॉरा हिली भी नहीं। उसने उसे छुआ नहीं। फर्श पर पड़े अपने कपड़े उठाए और बाथरूम में जाकर इन्हें पहना। उसने अपनी लाल आंखों पर पानी डाला। शीशे में खुद को देखा और सोचा कि वो ऐसा नहीं दिखता कि कोई महिला उसकी तरफ खिंचे। एक डॉक्टर की हैसियत से वो जानता था कि घटनाएं क्यों किसी खास तरह से घटती हैं; एक मरीज की हैसियत से वो इसे लेकर पाश्चाताप से भर गया। प्यार, गुस्सा और बदला–––सभी इसके हिस्सा थे। ढेर सारी शराब में भावपूर्ण तरीके

से लिपटे हुए। संभोग के लिए यह बेहतर तरीका नहीं हो सकता। बदले की भावना से ? उसने उम्मीद की कि लॉरा ने इस दिशा में नहीं सोचा होगा। हां, यह और बात है कि वो खुद अपना बदला ले रही हो। साउल के साथ।

वो आम तौर से इतना नहीं पीता। लेकिन बीती रात कुछ अलग थी——जूलिया और जोमो के साथ, जो का तो जिक्र नहीं जो उसके लिए शराब लाने में लगा हुआ था।

" क्या तुम्हें यह नहीं लगता कि तुम्हें यह जानना चाहिए कि कब 'अब बस' कहना चाहिए, मूर्ख ? " उसने शीशे में खुद से कहा।

जूलिया के बारे में सोचने पर उसके शरीर में मिले–जुले अहसासों की लहर दौड़ गई। जूलिया और साउल। दोनों का बढिया जोड़ा होता। उसे मानना पड़ेगा कि उनकी जोड़ी अच्छी थी। क्या यही वजह है कि वो साउल में इतनी दिलचस्पी दिखा रही थी ? क्योंकि वो साउल के हत्यारे तक पहुंचने के बारे में ठान चुकी है ? बीती रात से पहले वो इन बातों को इस तरह नहीं सोच रहा था, तो अब क्यों सोच रहा है ? वो जब तक हुआ, लाजवाब था। एक शानदार शाम। और सभी अच्छी चीज़ों की तरह यह भी अधिक देर नहीं रहा।

लेकिन अगर सब रिश्ता खत्म हो रहा था तो उसे अच्छा लगता अगर वो उसे कुछ देती। कोई विदाई गिफ्ट। जिस तरह लॉरा उससे विदा हुई, लेकिन कुछ खास निजी तरह का नहीं। शायद एक छोटा स्मृति चिन्ह ? या कोई उपहार?

उसने रसोईघर से होकर दुकान में जाने वाला दरवाजा खोला। खुलने पर दरवाजे से चरमराने की आवाज़ निकली। अभी भी अंधेरा था य बंद खिड़कियों और शटर से कोई रोशनी छनकर नहीं आ रही थी। पर्दे गिरे हुए थे।

उसने दरवाजे के पास लाइट स्विच को टटोला।

वो पूरी शिद्दत से लड़ी थी; कमरे की अस्त व्यस्त हालत इसकी गवाही दे रही थी। टूटे हुए शीशे और चीनी मिट्टी के टूटे बर्तन रास्ते में बिखरे हुए थे। मिस्र का डब्बा उलटा पड़ा था; गिरने की वजह से पीछे की तरफ से टूट कर काउंटर पर पड़ा था। मिस्र के मिट्टी के बर्तन और हरे आभूषणों के टुकड़े फैले हुए थे। कैश रजिस्टर के पीछे वाली दीवार पर खून के छींटे पड़े हुए थे।

उसने सोचा कि लाश दुकान से हटा दी गई होगी———पूरी उम्मीद की ऐसा होने की————जब तक कि उसने मुख्य दरवाजे के पीछे पतले गलियारे में उसे नहीं देखा।

वो पीठ के बल लेटी हुई थी। उसके हाथ सिर पर टूटे पड़े थे और लंबे काले बाल उसके नग्न शरीर के नीचे पंखे की तरह फैले हुए थे।

यौन अंगों के साथ किसी तरह की छेड़छाड़ नहीं की गई थी, यह उसे दिखा। मारने का तरीका भयावह था लेकिन भयानक जुल्म के वो वीभत्सन निशान नहीं थे जिनके लिए स्लैग्टर जाना जाता है। छाती और पेट में चाकू से किए गए गहरे घावों की वजह से मौत हुई थी और यह बहुत जल्दी आई थी। जब उसे पूरी तरह बस में कर लिया गया होगा, उसके बाद। यह स्लैग्टर की स्टाइल में ही की गई हत्या थी लेकिन ऐसा लग रहा था कि जैसे स्लैग्टर इसे अपनी एक–एक रस्म की तरह से अंजाम तक नहीं पहुंचा सका। क्या उसे इस काम को करने में कोई बाधा आई थी और उसे इसे जल्दी निपटाना पड़ा था? या फिर यह उसी की तरह की हत्या की एक नकल थी ? किसी ने स्लैग्टर की तरह टुकड़े टुकड़े में मार कर जान लेनी चाही हो लेकिन ठीक उसी की तरह कर पाने में असफल रहा हो ?

उसका सिर जोशुआ की दूसरी तरफ था। एक टूटा हुआ हाथ आंख पर पड़ा हुआ था। वो उसकी आंखों में नहीं देख सका।

जोशुआ वापस रसोईघर में गया; इसकी तरफ आने वाले दुकान के दरवाजे को बंद कर उस पर ताला लगा दिया।

वो कुर्सी पर बैठ गया, जैसे जूलिया बैठी थी, लेकिन रोया नहीं। उसने अपना सिर अपने हाथ में ले लिया और कनपटी के पास हो रही कंपकपाहट पर काबू पाने की कोशिश की।

यह बात बहुत आगे जा रही है।

अब इसे रोकना होगा।

उसने अपने लिए चाय बनाई। कप को अपनी उंगलियों के बीच पकड़ा और अपने दिमाग में चीजों को सिलेसिलेवार ढंग से लगाने की कोशिश की।

लॉरा को जगाने का कोई तुक नहीं था। वो पहले ही काफी भुगत चुकी है। उन सभी की तरह, उससे भी ज्यादा, और वो उसे इससे बाहर रख सकता था। इससे पहले शाम को जब वो जूलिया के साथ निकला था तो वो ग्लोसेस्टर रोड पर किसी रियल स्टेट एजेंट से मिलने गई थी। शारी ने उन सभी को जाते देखा था और इसके बाद दुकान बंद की थी।

वो कोई ऐसा होगा जो दुकान बंद होने से पहले आया रहा होगा। शायद किसी गिफ्ट को खरीदने के लिए कहा होगा। उससे माफी मांगी होगी कि ऐन

दुकान बंद करने से पहले आकर उसे देर करा रहा है। कोई ऐसा जिसने दुकान पर नजर रखी थी और जिसने शारी के अलावा अन्य सभी लोगों के वहां से जाने का इंतजार किया था।

जोशुआ ने कप की चाय खत्म की और सिंक में इसे धुला।

उसने इन तमाम बातों को गंभीरता से नहीं लिया था। वो तमाम धमकियां जो लोगों ने उसे दी थीं, उसे इनसे चौकन्ना हो जाना चाहिए था। लॉरा, जोमो, जूलिया, साउल और यहां तक कि लॉरा को भेजे गए पत्र में स्लैग्टर ने उसे उसके सिर पर मंडराते खतरे से आगाह किया था----और उसने इन सभी की अनदेखी की थी।

और अगर स्लैग्टर----वो जो कोई भी था-----ने उसे बोलने के लिए मजबूर करने के नाम पर अभी तक नहीं मारा था तो बोको यह काम दो दिन में करने वाला था। गॉड ! किस मुसीबत का सामना है। बिलकुल ही अच्छी नहीं। वो, बस, खुद को मारे जाने के लिए कह रहा है।

उसे इस बारे में कुछ करना होगा। और इसका जवाब साफ था। यह उसे पूरी तरह पसंद नहीं था, खासकर बीती रात के बाद, लेकिन उसके पास कोई और रास्ता नहीं बचा था।

यह अब उसे खुद ही खोजना होगा कि वो कौन सी बात है जिसके बारे में यह माना जा रहा है कि वो जानता है। वो क्या है जिसे लेकर लोग आश्वस्त हैं कि वो पहले से जानता है।

जबकि वो नहीं जानता।

वो पीछे के दरवाजे से फ्लैट से निकला। दरवाज़े को उसने लॉक कर दिया। उसने सड़क के पार से एक टैक्सी किराये पर ली जो उसके सामने से गुजर रही थी और जिसने उसे तेजी से हाथ हिलाकर रोका था। टैक्सी घूम कर आई और वो इसमें बैठा। सुबह के समय ट्रैफिक कम था। टैक्सी ड्राइवर सवारी मिलने से खुश था।

"हीथ्रो," उसने जगह का नाम बताया।

दुकान के ऊपर बेडरूम में लॉरा नींद में कुलमुलाई।

अध्याय 13

जूलिया नाश्ता बना रही थी जब उसे डोनाल्डसन ने फोन किया। अंडे आधे उबल चुके थे। टोस्ट रोस्टर से निकल चुके थे। टी कोजी में रखे टी पॉट से किसी आशिक की तरह लिपटी दार्जीलिंग की चाय की खुशबू आ रही थी।

खत्म होती नस्ल है यह टी कोजी। आज के समय में लोगों के पास इतना वक्त नहीं बचा है कि वो गरम चाय की एक और प्याली भी पीने के बारे में सोचें।

लेकिन डोनाल्डसन ऐसा नहीं था। वो घबराया हुआ लग रहा था।

" वो जा रहा है, मिस ! " डोनाल्डसन ने हांफते हुए कहा जैसे वो गुस्से में तेजी से दौड़ रहा हो। " उसने इंग्लैंड से बाहर जाने का फैसला किया है, जबकि वो अभी भी जिंदा है।"

" शांत हो जाओ, टॉम " जूलिया ने कहा। उसकी आवाज़ की दृढ़ता ने डोनाल्डसन की उत्तेजना को कम करने में मदद दी। " तुम अभी कहां हो ? "

" हीथ्रो, मिस। यूरोपियन टर्मिनल के एक बूथ में। उसने अपना टिकट तो खरीद लिया है लेकिन अभी इमीग्रेशन से नहीं निकला है। बार–बार अपनी घड़ी देख रहा है जैसे उसके पास अधिक वक्त ना हो। वो या तो किसी इनसान का या फिर किसी चीज का इंतजार कर रहा है। मैं क्या करूं, मिस ? "

" वो कहां जा रहा है ? "

" पेरिस। मैंने बहाना बनाया कि मैं उसका दोस्त हूं और मैं उससे मिल नहीं सका। ओह ! इस काम में मुझसे मजबूरन बोले जाने वाले झूठ, मिस, बहुत भयावह लगते हैं। "

" कोई बात नहीं, टॉम। तुम यह सब एक अच्छे काम के लिए करते हो ।"

" मुझे इसी की आशा है, मिस। बहरहाल, झूठ काम कर गया। काउंटर पर बैठी लड़की ने बताया कि वो एयर फ्रांस का टिकट लेकर गया है। उड़ान तीस मिनट में रवाना होगी। मैं क्या करूं ? "

" क्या तुम उसके साथ रह सकते हो ? "

" हां, अगर आप मुझसे ऐसा चाहती हैं तो। लेकिन अगर मुझसे पूछिए, तो मुझे लगता है कि हम एक गलत आदमी को बचा रहे हैं। ब्रिटिश करदाताओं का पैसा खर्च कर उसे संरक्षण देना जरूरी नहीं है। कल उसके आस–पास कोई भी नहीं आया। खुद सोचिये, अगर यह इतना ही महत्वपूर्ण होता तो वो लोग अब तक अपना हाथ आजमा चुके होते ? आपको ऐसा नहीं लगता ? बजाए इसके बढिया इनसान डॉक्टर क्लेबोर्न मारे गए। और भगवान जाने कौन कौन और !"

" उसने रात कहां बिताई, टॉम ? "

" उस विधवा के साथ। बहुत ही देर से पहुंचा था। और वो तो और भी देर से आई। लेकिन रात उन्होंने साथ काटी।"

" समझी। "

" मुझे जाना होगा, मिस। क्या करना है। उसे छोड़ दूं ? "

" उसके साथ बने रहो, टॉम। जितना नजदीक हो सके, उतना। वो तुम्हारी नजर से लापता ना होने पाए।"

जूलिया ने खिड़की से घर के पिछवाड़े में उगे पेड़ पौधों को देखा। साल के इस समय में पेरिस में रहना अच्छा होता है। शहर के पार्कों और बागीचों में लाइन से लगे फूल लहरा रहे होंगे। लावरे के पीछे जार्डिन डि ट्यूइलर्स में या फिर एफिल टावर के नीच पार्क डू चौंप डि मार्स में। फ्रेंच जानते हैं कि फूल कैसे लगाए जाते हैं। उसने सोचा कि वो भी बागबानी में हाथ आजमाएगी। ब्रोमफील्ड की पारिवारिक जागीर पर बुजुर्ग माली उसके पसंदीदा नौकरों में से एक है। झुर्रियों की वजह से उसके चेहरे पर ऐसे लगता था जैसे कि पानी की कई धाराएं बह रही हों। आर्थराइटिस के शिकार उसके हाथ बहुत कठिनाई से उन फूलों को पकड़ पाते थे जो वो उसके लिए उगाता था लेकिन वो बहुत बेहतर तरीके से जानता था कि इन्हें उगाया कैसे जाता है। इंग्लैंड में गर्मियों के मौसम में जो कुछ बाहर नहीं खिल सकता, उन्हें वो अंदर ग्रीनहाउस में उगाता था और यह उसकी सबसे बड़ी खासियत थी। एक बार वो उसे बहुत विनती कर इस ग्रीनहाउस की सैर कराने ले गया था। एक–एक फूल पौधे उसे दिखाए थे, सबसे अधिक शौक से उन्हें दिखाया था जिन्हें दुनिया में लाने के लिए उसे सबसे ज्यादा मेहनत करनी पड़ी थी और जो उसे कुछ ज्यादा पसंद थे। जैसे कि ओलिएंडर की पत्तियों वाले प्रोतिया फूल जिन्हें फीरोजी रंग की पत्तियां नीचे बढ़ने से रोक

रही थीं और जिसके दोनों छोर पर मुलायम काले फर नज़र आ रहे थे। सभी फूल तनों और शाखाओं में आराम फरमा रहे थे।

" इस एक को तो खास कर मैंने आदरणीय लॉर्डशिप के लिए उगाया है. " उसने बताया था। " आपके इस पारिवारिक पेड़, लेडी जूलिया, के कुछ रूप साउथ अफ्रीका में थोड़ा भद्दी शक्ल में पाए जाते हैं। और यह साउथ अफ्रीका का राष्ट्रीय फूल है। प्रोतिया फूल की कोई डेढ़ सौ प्रजातियां हैं लेकिन आदरणीय लॉर्डशिप को सबसे अधिक यही पसंद है। "

साल के इस समय पेरिस एक बेहतरीन जगह होती है। नाईस भी नाईस था। क्या मजा था उस निजी और सुनसान समुद्र तट पर नंगे लेटने का जो उसके नाना के एक पुराने पारिवारिक मित्र का है और जो खुद छुट्टियां मनाने बहामास गया था।

सूरज की उस रोशनी को अपने में समेटते हुए जो लगता है कि इंग्लैंड के बादलों में समा ही नहीं पातीं। उसने अपनी आंखें बंद कर लीं और मन को यह सोचकर बहलाया कि वो अकेली है।

वो अकेले ही रहना पसंद करती।

" क्या सोच रही हो ? " उसने पूछा था।

"शरीर को टैन करने के बारे में ! कितनी कोशिश की थी मैंने इसके लिए। लेकिन ऐसा कभी नहीं लगा कि मेरा शरीर वास्तविक भूरापन कभी भी हासिल कर सकेगा, ऐसा जो समय की सभी सीमाओं से परे हो। "

" तुम मुझे अच्छी दिखती हो जूलिया——–वैसी ही जैसी कि अभी हो। "

"मुझे नहीं मालूम कि मैं दक्षिण फ्रांस क्यों आई ? मेरी यह इंग्लिश चमड़ी किसी भी तरह अपने इस बेकार से सख्त रंग को बदलने के लिए तैयार ही नहीं दिखती। "

वो करवट के बल मुड़ा और एक कोहनी पर टिक कर उसे देखने लगा। उसने अपनी मुठ्ठी में रेत भरी और उसमें छेद कर रेत की पतली लकीर को उसके निप्पल पर गिराने लगा। वो निप्पल को साफ करता और फिर से उस पर रेत गिराता।

" क्या तुम्हारी पत्नी जानती है कि तुम यहां हो ?"

" बेहतर होगा कि हम उसके बारे में बात ना करें। हम कर सकते हैं ना? अगर वो जानती भी है तो भी उसे इसकी परवाह नहीं होगी। इसलिए, इस बारे में सोचकर परेशान ना हो।"

" अधिकांश पत्नियां परवाह करती हैं। भले ही वो इसका इजहार ना करें। मैं इसे समझ सकती हूं कि कैसा लगेगा अगर मुझे पता चले कि मेरा पति दक्षिण फ्रांस के एक सुनसान समुद्र तट पर किसी दूसरी औरत के साथ खेल रहा है––––या यह कहो कि उस औरत के बेडरूम में है। "

" तुम्हारे अंदर किसी की फिक्र करने की क्षमता ही नहीं है, जूलिया! " उसने कहा। उसकी क्रूर आवाज़ में वही चुभती हुई नफरत थी जो उसके बालों और शरीर पर फिसले उसके हाथों में थी। उसने पलटकर जवाब नहीं दिया। अपने सिर के ऊपर अपना हाथ रखा, उसके सामने समर्पण की मुद्रा में नहीं बल्कि सूरज की रोशनी से आंखों को बचाने के लिए। पिछले मौकों की तरह, जो कि बीते साल ना जाने कितनी ही बार आए थे, इस बार भी उनके बीच ना तो किसी तरह की यौन उत्तेजना थी और ना ही कोई दिल से जुड़ा जज्बा था। कई बार तो यह अनुभव मज़ेदार भी नहीं रहा। बल्कि तकलीफदेह हो जाता जब वो उसे इनकार करने की कोशिश करती। शारीरिक रूप से नहीं; वो इस तरह विरोध नहीं करती, लेकिन जैसा वो चाहता था उस तरह का वो आत्मसमर्पण भी नहीं करती थी; जैसा संपूर्ण त्याग वो उससे चाहता था, वो उसे कभी नहीं दिखा–––और यह बात उसे पागल बना देती थी।

"तुम हमेशा इतनी दूर क्यों नजर आती हो ? मुझे लगता ही नहीं है कि मैं कभी तुम तक पहुंच भी पाऊंगा। गॉड ! हद है ! ऐसा भी नहीं है कि मैंने कोशिश नहीं की। मैंने हर उस औरत को उत्तेजना से भर दिया जो भी मुझे मिली––––लेकिन तुम्हें नहीं। कमबख्त क्या है तुममें ऐसा खास ? कहीं ऐसा तो नहीं है कि तुम सोचती हो कि मैं लेडी जूलिया, ब्रोमफील्ड के ग्यारहवें अर्ल की नातिन यहां अपने ही पटाए हुए एक गरीब नौकर के साथ लेटी हुई हूं, उसे अपने साथ बस बनाए रखने के लिए ?"

उसने जूलिया के मुंह पर कस कर तमाचा मारा। उसे तकलीफ हुई।

"तुम एक निहायत ज़ालिम आदमी हो, " जूलिया ने कहा। " शायद यही वजह है कि मैं तुम्हारे बारे उस तरह नहीं सोच पाती जैसा कि तुम चाहते हो। क्या तुम खुद को ऐसे ही देखते हो ? मेरी जागीर पर काम करने वाले एक नौकर की तरह ? "

उसने उसे फिर तमाचा मारा।

"अगर तुमने एक बार भी और मुझे मारने की कोशिश की तो मैं तुम्हे यहाँ से जाने के लिए कह दूंगी। "

" आई एम सॉरी। माफ कर दो, जूलिया। यह इतना हताश करने वाला है, तुम तक नहीं पहुंच पाना जबकि मैं ऐसा दिलोजान से चाहता हूं। "

वो रेत पर अपनी तौलिये पर लेट गया, अपनी उंगलियां ऊपर उठाकर हवा में जकड़ लीं।

" मुझे बेहद खुशी है कि तुम शादीशुदा हो," जूलिया ने कहा। " मुझे शर्मिंदगी होती है क्योंकि मैं इसमें तुम्हारे साथ हूं। मैं कुछ और महसूस करती अगर तुम शादीशुदा ना होते। "

उसने फिर करवट ली और चेहरा जूलिया की तरफ कर लिया।

"शायद यही वह बात है ! क्योंकि मैं शादीशुदा हूं ! और तुम्हारे अंदर उठने वाले तमाम शक–शुबहे की वजह यही है। लेकिन मैं इसे आसानी से बदल सकता हूं, डार्लिंग ! मैं लॉरा को तलाक दे दूंगा और फिर तुम ऐसे नहीं सोचोगी जैसे अभी सोचती हो। अगर मैं उसे तलाक दे दूं तो क्या तुम मुझसे शादी करोगी?"

उसने माफी मांगने के अंदाज में उसके माथे से उसके बालों को हटाया। माफी उस थप्पड़ के लिए जिसने जूलिया के गालों पर उसकी उंगलियों के निशान बना दिए थे। जूलिया ने अपने सिर को झटका दिया, अपना रॉब उठाया. रेत पर बैठकर उसे अपने शरीर के इर्द–गिर्द लपेटकर, घुटनों तक गिरा लिया।

"मैं तुमसे शादी नहीं करती, साउल, भले ही तुम इंग्लैंड के राजा ही क्यों ना होते। मुझे लगता है कि अब मुझे अंदर जाना चाहिए। अब सब खत्म हो चुका है। समाप्त ! मैं अब तुमसे कभी नहीं मिलूंगी–––––इस तरह से। मैं अब कभी तुम्हारी शक्ल नहीं देखना चाहती। "

वो ज़ोर से हंसा। रेत पर लेटे–लेटे। उसे देखते हुए जो उसके ऊपर, सामने खड़ी थी।

"तुम पहले भी यह बात कह चुकी हो, प्यारी लड़की। याद है ? तब तुम मुझसे अलग नहीं रह सकी। जब तक हम दोनों एमआई–6 के लिए काम करते रहेंगे तब तक मुझसे अलग रहना तुम्हारे लिए मुश्किल साबित होगा। मैं भी बेवकूफ हूं ! मैं इसी समुद्र तट पर, थोड़ा और आगे, दर्जनों लड़कियों से मिल सकता था–––––तुमसे ज्यादा सुंदर शरीर वाली लड़कियों से–––––जो कि मेरी ज्यादा सराहना करतीं। "

उसे यह मानने में दिक्कत नहीं थी कि वो सही कह रहा था। बेहद मज़बूत,

बेहतरीन शरीर, बालों वाला जिस्म और छोटे कूल्हे, ऐसा शरीर जो इनसान तो क्या किसी जानवर को भी अपने जाल में फंसा ले।

"बहुत शौक से उन सभी के पास जाओ, "जूलिया ने अपनी रॉब की डोरी अपने कमर पर बांधते और बाल पीछे फेंकते हुए कहा। वो उसे घर से विदा करने की तैयारी कर रही थी।" मैं अब तुमसे कभी नहीं मिलना चाहती। और, हां, तुम गलत हो। अब मैं तुम्हारे साथ काम भी नहीं करने जा रही हूं। मैं एमआई–6 छोड़ रही हूं।"

वो उसके पीछे भागा, दौड़कर उसकी बांह पकड़ी, उसे एक झटके में रोक दिया।

"तुम सीरियस नहीं हो ? एमआई–6 के बारे में ? क्या तुमने इस बारे में फार्न्सवर्थ से बात की है ? यह तो बहुच अचानक हुआ है। "

"ऐसा नहीं है। मैं कुछ समय से एजेंसी छोड़ने के बारे में सोच रही थी। व्लादीमिर की हत्या के बाद से। मैं मानती हूं कि इस काम में मैं बेहतर नहीं हूं।"

"बकवास, जूलिया ! तुम्हें कुछ कर दिखाने के सिर्फ एक बढिया अवसर चाहिए। सभी एजेंट को चाहिए होता है।"

"लगता है कि तुम्हें जितना मिलना चाहिए, उससे अधिक मिलता है।"

"मैं इस पर काम करता हूं, जूलिया। एक पर अभी भी काम कर रहा हूं। इसी पर मैं आज तुमसे बात करना चाहता था, अकेले में, इसी दोपहर। मैं आज शाम को जा रहा हूं।"

" ओह ! कहां ? "

" पेरिस। मेरा वहां एक संपर्क है। एक महिला। उसने मुझे फोन कॉल की थी। रहस्य जैसी बातें ! लेकिन मैं कल लौट आऊंगा और तुम्हें इस बारे में बताऊंगा। यही तुम्हारा वो खास अवसर होगा। "

" मैं सोचती थी कि एजेंट इस तरह की बातों को गुप्त रखते हैं। क्या तुम आम तौर से इस तरह के राज बताते रहते हो ? "

" सिर्फ एक प्रेमिका को, बेड पर ! मुझे बहुत अच्छा लगता है सूचनाओं की चटपटी बातों को उसे बताने में––––उस मौके पर। तुम्हारे साथ भी लगेगा। बेड पर ! हो सकता है कि अगर मैं तुम्हारे साथ कुछ बेहद खास ऊंचे स्तर की गुप्त जानकारी के बारे में बात करूं तो तुम शायद मेरी ज़्यादा फिक्र करने लगो?"

" नहीं।"

" प्लीज, जूलिया ! ऐसा करना प्रेमिका के साथ बहुत अच्छा लगता है।"

" नहीं ! मैं नहीं जानना चाहती। मैं तुम्हारी प्रेमिका नहीं हूं। अगर प्रेमिका होने का अर्थ है तुम्हें प्रेम देना तो मैं कभी भी तुम्हारी प्रेमिका नहीं थी। "

" ओह गॉड ! बकवास ! क्या तुम एक बार इसकी कोशिश भी नहीं कर सकती ? एक बार और ! क्या एक बार और कोशिश करने में इतना ही दर्द होता है ? तुम्हारे नाना ने मुझे तुम्हारे लिए पसंद किया था। हम लोग एक साथ बहुत खुश रह सकते थे। मैं एक अच्छा पति बनूंगा। हम एक शानदार बारहवां अर्ल पैदा करेंगे-----ब्रोमफील्ड का वारिस। गॉड ! तुम भी कैसी बेकार एजेंट हो। कितनी ही ऐसी हैं जो थोड़ी सी सूचना के लिए अपनी आत्मा तक बेच देतीं। सूचना जो कल सुबह तक मेरे पास होगी। "

जूलिया ने अपने हाथों को उसकी जकड़ से आजाद किया; घर की तरफ बढ़ना जारी रखा। वो उसके पीछे-पीछे गया। फिर आगे आकर, सामने खड़े होकर उसे रोक दिया। उसने उसके कंधों को पकड कर उन्हें झकझोर दिया।

" तुम्हें मुझे एक और मौका देना ही होगा, जूलिया। मैं तुम्हें चाहता हूं, जूलिया ! "

" मैंने बहुत पहले ही तय कर लिया था, " जूलिया ने जितना हो सकता था उतनी नरमी से कहा, " कि मैं अपना शरीर दे सकती हूं------यह मेरा है देने के लिए------लेकिन मेरा प्यार किसे मिलेगा, इस पर मेरा बस नहीं होगा। और अगर तुम मेरा शरीर ही पाना चाहते थे तो वो तुम्हें पहले ही मिल चुका है। कई बार। मैं उस जानकारी को नहीं हासिल करना चाहती जो तुम तक कॉक डि'ओर की कपड़े उतारकर नाचने वाली फ्रेंच के ज़रिये पहुंची है। "

" तुम उसके बारे में कैसे जानती हो ? "

" मैं इतनी गई गुजरी एजेंट नहीं हूं जितना तुम सोचते हो। मैं लंबे समय से उसके बारे में जानती हूं। इसलिए मुझे यह सब बकवास मत बताओ कि मैं तुम्हारे लिए कितनी खास हूं। हम एक दूसरे को अच्छी तरह से जानते हैं, साउल, और तुम भी शायद इस बात को जानते होगे। मैं आजाद होकर खुश हूं। "

साउल ने कोई जवाब नहीं दिया। वो समुद्र तट से घर की तरफ कुछ कदम चला होगा और उसने पाया कि वो उसकी बगल में नहीं है। वो कुछ कदम पहले ही रुक गई थी, उसकी रेत से लिपटी पीठ को देखते हुए। वो पीछे उसके पास आया।

"कोई बात है क्या,? " उसने पूछा

"क्या तुम सचमुच बेड में अपनी प्रेमिकाओं को बहुत खास गुप्त जानकारियां देते हो ? मजे के लिए !"

"हां।"

"किस तरह के राज ?"

"कुछ भी ऐसा जिससे रात जोशीली और यादगार बन जाए।"

"जैसे कि ?"

"निर्भर करता है कि किस के साथ हूं। क्यों पूछ रही हो ?"

"लेकिन जो लड़की तुम्हारे साथ है, वो किसी खास गुप्त सूचना के बारे में जानना चाहे तो। क्या तुम बता देते हो ?"

"निर्भर करता है। "

"निर्भर करता है-----किस बात पर ?"

"मैं किसके साथ हूं।"

"मैं हूं, तो ?"

"तुम, जूलिया ? तुम बेड में आने और इसे यादगार बनाने के लिए तैयार हो ? एक पूरी रात-----महज एक या दो घंटा नहीं ? भावनाओं से भरी एक रात ? मेरे साथ ?"

" हां। "

"अपने आपको तुम पूरी तरह मुझे सौंप दोगी ? जो मैं कहूंगा वह करोगी? सब कुछ, जो मैं चाहूं? "

"हां।"

"क्या खुशी की बात है। क्या तुम सचमुच ऐसा करोगी, जूलिया? कितना अचानक है यह सब कुछ ! तुम करोगी ?"

"हां। मैं वादा करती हूं। मैं अपने प्यार का वादा नहीं करती। इसे छोड़कर, बाकी के लिए पूरी कोशिश करूंगी। सच में कोशिश करूंगी-----जैसे तुम कह रहे हो---रात को यादगार बनाने की।"

"यह तो अद्‌भुत है, जूलिया ! क्योंकि हो सकता है कि यह हमें सही दिशा में ले जाए ? कोई नहीं जानता कि इस तरह के मामलों में क्या काम कर जाए। बोलो, मेरी पुरानी महबूबा ! मुझे बताओ कि तुम क्या जानना चाहती हो जिससे

कि मैं यह सुनिश्चित कर सकूं कि पेरिस से लौटने के वक्त वो जवाब मेरे पास हो, अगर मैं इसे पहले ही से नहीं जानता। अभी पूछो––––और तुम्हें कल रात बेड में इसका जवाब दूंगा। यहीं, नाईस में।''

''स्लैग्टर कौन है ?''

उसका चेहरा बदल गया। ऐसी खामोशी छाई कि जैसे वो उसकी बात समझ नहीं सका या फिर इस सवाल ने उसे इस तरह हैरत में डाला कि उसका शरीर ही सुन्न पड़ गया। स्तब्ध कर देने वाला भाव उसकी आंखों में फैला हुआ था। उसकी भयावहता ने उसके चेहरे के पीलेपन को बदलकर एक डरे हुए बेजान चेहरे में बदल दिया था। जूलिया को लगा कि साउल ने सवाल सुना नहीं है या समझा नहीं है; इसलिए उसने इसे दोहराया। वो उसके पास से हटकर बेतरतीब तरीके से लंबे लंबे डग भरने लगा। वो उसके साथ–साथ दौड़ पड़ी। रॉब को कमर से बांधने वाली डोर उसकी जांघों से टकरा रही थी।

''स्लैग्टर कौन है?'' उसने उससे चीख कर पूछा।

''मैं तुम्हें नहीं बता सकता।''

''इसका मतलब तो यह हुआ कि तुम उसे जानते हो?''

''क्या जानता हूं ? शायद।''

''फिर मुझे बता क्यों नहीं सकते?''

''मैं उसके बारे में और बात नहीं करना चाहता। यह बातचीत अब यहीं खत्म।''

''मुझे लगा था कि पावर के खेल में तुम्हें मजा आता है,'' जूलिया ने उसकी खिल्ली उड़ाई। ''क्या तुम मुझे बताना नहीं चाहते? बेड में! तुम तो अपनी प्रेमिकाओ के सामने ऐसे राज खोलते रहते हो, है या नहीं? इससे मिलने वाले रोमांच के लिए ! देखो, मुझे बेड में उसका नाम बताओ, मैं तुम्हें कभी ना भूलने वाला समय दूंगी।''

''यह असंभव है।''

''तुम जानते हो कि वो कौन है, साउल। तुम उसके पीछे लंबे समय से लगे हुए हो।''

''तुम यह बात कैसे जानती हो?''

''यह तो खुली किताब जैसा है। अब्दुल का केस टैंगियर्स में था और तुम वहां खुद मौजूद थे। और वो मियामी वाली लड़की स्टेला––––और उन्होंने तुमको वहां भेजा। बांबे में गांगुली, हैफा में शेरोन और पेरिस में पियरे–––––और

तुमने इन सभी मामलों को कवर किया। जोहानिसबर्ग में व्लादीमिर, और फार्न्सवर्थ ने तुम्हें रिपोर्ट देने के लिए वहां भेजा। तुम उसका पीछा करते रहे हो, साउल, कौन है वो ? ''

''तुम अपनी गहराई से बाहर आ रही हो, छोटी लड़की ! शार्कों से भरे हुए पानी में तैरने की कोशिश मत करो। हो सकता है कि तुम अपना एक स्तन गंवा बैठो। ''

''वो अपने शिकार के यौन अंगो से छेड़छाड़ नहीं करता। कभी नहीं किया।''

''तो, तुम यह भी जानती हो ? बहुत अच्छे। और क्या क्या जानती हो तुम उसके बारे में ? ''

बातें करते करते वो दोनों लगभग सड़क तक आ गए थे। उसकी कार वहीं पार्क थी। साउल की कोशिश थी कि जूलिया से उसकी आंखें ना मिलेंय जैसे कि डर रही हों कि कहीं कुछ बोल ना बैठें। जूलिया ने उसकी आंखों में देखा लेकिन वहां उसे एक ऐसे आदमी की बेचैनी दिखी जो उससे किसी भी तरह पीछा छुड़ाना चाह रहा है।

और वो उसके ऊपर सिर्फ चिल्ला सकी।

साउल ने कार स्टार्ट की, सीट बेल्ट के लिए हाथ बढ़ाया, आदत के मुताबिक। कार से गर्मी को निकालने के लिए खिड़की नीचे थी। जूलिया ने अपना हाथ खिड़की के अंदर डालकर उसका कंधा पकड़ा, जैसे कि उसे जाने से रोक रही हो।

'' अगर तुम खुद ही स्लैग्टर नहीं हो तो ! '' वो उसके ऊपर चिल्लाई।

कहानी का सिलसिला टूट गया। वो ड्राइवर सीट पर झुका; इंजन को बंद किया। आंख में छाई बेचैनी की जगह हंसी फैली हुई थी।

वो उसे देखकर हंस रहा था।

'' यही है जिस पर तुम विश्वास करती हो, जूलिया ? कि मैं स्लैग्टर हूं ?''

'' कर सकती हूं ! करती हूं ! मैं जितने लोगों को जानती हूं उनमें सबसे क्रूर तुम हो। ''

''तुम ज्यादा मर्दों को जानती नहीं हो जूलिया। चलो, अब उसके बारे में और बात नहीं करते हैं। ''

'' तो, तुम जानते हो कि वो कौन है ? ''

'' हां।''

''और तुम मुझे नहीं बताओगे ?''

"किसी भी कीमत पर नहीं।"

"क्या तुम वापस लौटकर फार्न्सवर्थ को बताओगे ? एमआई–6 की रिपोर्ट में लिखोगे ?"

"बिलकुल नहीं।"

"क्या तुम इतना सुनिश्चित कर सकते हो कि वो अब दोबारा काम नहीं करेगा ? गॉड! किस तरह के आदमी हो तुम ? किस तरह का राक्षस है वो ?"

"वो सिर्फ एक अच्छा एजेंट है, जूलिया। और मैं भी ऐसा ही हूं।"

उस दिन आखिरी बार जूलिया ने साउल को देखा। उसकी हंसी उड़ाती हुई आंखें, जो एक पल के लिए तनाव में भी आ गई थीं, जूलिया के दिमाग में बस गई थीं। और उसके शब्द भी।

"वो सिर्फ एक अच्छा एजेंट है।"

जूलिया ने अपने लिए एक कप चाय और बनाई। टी कोज़ी ने केतली को गर्म रखा था। वो झूलने वाली कुर्सी पर बैठी और झूलने लगी। उसकी चरचराहट की आवाज़ उसे सुनाई नहीं दे रही थी, वो पेरिस के बारे सोच रही थी। साल के इस समय वहां का मौसम देखने लायक होगा। हो सकता है कि वो नाईस जाने के बजाए वहीं जाए, जब यब सब खत्म हो जाएगा। नाईस में उसके लिए कुछ नही बचा था, सिवाय नाखुशगवार यादों के। पेरिस से कोई याद नहीं जुड़ी थी। फार्न्सवर्थ ने वादा किया है कि यह काम खत्म होने के बाह एमआई–6 उसे उड़ान पर बैठा देगी–––उसने वादा किया था कि इसका प्रार्थना पत्र वो उसी दिन एजेंसी के मुखिया को भेज देगा––नाईस के मुकाबले पेरिस सस्ता भी रहेगा। उन्हें इससे खुशी होगी। वो उनके कुछ पाउंड बचा देगी।

लेकिन इससे पहले कि वो वहां जाए, उसे इंग्लैंड में दो महत्वपूर्ण कामों को निपटाना था। एक साथ, जबकि उसके पास समय कम था। इस बीच जोशुआ पेरिस में रहेगा, डोनाल्डसन की निगरानी में। उसके ऊपर से कुछ बोझ हटा है इससे। बढिया आदमी, डोनाल्डसन। वो वहां जोशुआ पर कड़ी निगाह रख रहा था। यह सुनिश्चित कर रहा था कि जोशुआ किसी खतरे में ना पड़े। या कोई उसके नजदीक ना जाने पाए।

एक काम तो महिलाओं के लिए एक खास सामान की खरीदारी से जुड़ा था। उसे अपने इस ऊंची हील वाले जूते से छुटकारा हासिल कर फ्लैट हील वाले कुछ जूते खरीदने थे।

और दूसरा काम, जल्द से जल्द ब्रोमफील्ड जाकर अपने नाना से मिलना था ।

अध्याय 14

जूलिया ने दूसरे काम को पहले करने का फैसला किया। उसी सुबह वो अपने नाना से मिलने ब्रोमफील्ड गई। वो बिना बताए ही वहां पहुंच गई। उसने फोन पर नाना को अपने आने की खबर देनी चाही थी लेकिन लाइन व्यस्त थी और उसने समय गंवाने के बजाए एक रात का सामान समेटने वाला बैग-----सफेद वाइन के केस के साथ--- बेंटले के बूट में रखा और उत्तर की तरफ चल पड़ी।

ग्यारहवें अर्ल हमेशा कहते थे कि वो उनसे मिलने आया करे, और वो जब मौका मिलता था तो जाती भी थी, लेकिन पिछले साल काम मोज़ाम्बिक में था और उसके बाद वो नाईस में छुट्टी मनाने चली गई, इसलिए मुलाकातों का सिलसिला कम हो गया था। वो दो बार ब्रोमफील्ड आई और दोनों बार वो किसी काम के सिलसिले में लंदन गए हुए थे। फिर भी पारिवारिक जागीर पर लौटना, उन कमरों में जाना जहां उसका बचपन बीता था, उन फर्नीचरों को प्यार से छूना जो उसके आने की वजह से पॉलिश किए गए थे, यह सभी कुछ उसे बहुत अच्छा लगता था।

" आप यहां एक दिन लौट कर आएंगी, माई लेडी, " एम्मा ने कहा था जो एक जमाने में उसकी गवर्नेस और अब हाउसकीपर थीं। " मेरी बात को याद रखियेगा और आप जिस दिन यहां आएंगी, इस जगह को ठीक पहले जैसा ही पाएंगी। "

जूलिया को कल से पहले कभी नहीं लगा था कि वो यहां कभी लौटेगी। एक अजनबी के साथ लंदन की भीड़ भरी ट्यूब ट्रेन में सफर ने उसके दिमाग में कई सवाल खड़े कर दिए और उसे चकरा भी दिया।

पुराने हाउसकीपर से बात करने के लिए उसने अपनी कार घर के परिसर में दाखिल होने से पहले पड़ने वाले एक लॉज के पास रोक दी। हाउसकीपर

पुराना था लेकिन अभी भी ड्यूटी कर रहा था, हालांकि उसे बड़े और भारी गेट को खोलने में थोड़ी दिक्कत हुई। वो कार से बाहर निकली और उसके साथ लॉज में चली गई। हाउसकीपर उसके लिए चाय बनाने लगा। वो खिड़की पर खड़ी होकर बाहर मैदान और दूर नजर आ रहे घर को देखने लगी।

घर पहुंचने में जान–बूझकर देरी करने की एक वजह भी थी।

उसने यहां लोगों को नहीं बताया था कि वो आ रही है, खासकर उस समय के बारे में जब उसे यहां पहुंचने की उम्मीद थी। ऐसे में अगर वो अपनी कार सीधे घर के मुख्य दरवाजे के सामने ले जाती तो एम्मा घबरा सकती थी। नौकरों को अपना काम छोड़कर तुरंत अपनी लेडीशिप के स्वागत के लिए समिति बनाने में लगा दिया जाता। इसमें लंबा वक्त लग सकता था।

लेकिन बात इससे कुछ ज्यादा उलझी हुई थी।

जागीर पर आने वाली ज्यादातर महिलाएं, जिनमें से कुछ उसके नाना की ब्रोमफील्ड घूमने आने वाली दोस्त भी थीं, अपनी आवभगत के दौरान नौकरों से दस्ताने पहनकर मिलती थीं। उनसे इसकी उम्मीद की जाती थी। इस बात का ताल्लुक किसी तरह से भी उन महिलाओं के ऊंचे दर्जे या अमीरी से नहीं होता था। बस सहूलियत के लिए ऐसा किया जाता था। बागीचे में या फिर किचेन में काम करने वाले नौकरों के हाथ उतने साफ नहीं हो सकते थे जितनी कि उम्मीद की जाती है, भले ही वो जल्दी में इन्हें साफ करें।

लेकिन लेडी जूलिया के साथ ऐसा नहीं था।

कार से उतरकर पत्थर की सीढ़ियों से होते हुए मुख्य दरवाजे की तरफ जाने के दौरान जूलिया के दाहिन हाथ में दस्ताना नहीं था।

बिना किसी झिझक के वो नौकरों से मिली।

उसने लाइन में खड़े नौकरों से एक–एक कर अपना बिना दस्ताने वाला हाथ मिलाया। सभी से मुलायमियत से हाल–चाल पूछा। जैसे कि, स्वास्थ्य कैसा है या उसकी बिस्तर पर पड़ी पत्नी का हाल अब कैसा है और अगर लगा कि इनमें से कोई भी सवाल अच्छा नहीं हैं तो फिर उसके पसंदीदा कुत्ते या घोड़े के बारे में पूछ लिया।

एम्मा ने उलाहना दिया।

"ये क्या बात हुई, माई लेडी !"

जूलिया ज्यादातर मामलों में एम्मा की बहुत इज्जत करती थी। जब जरूरत

पड़ी थी तब उसने जूलिया के लिए लगभग मां जैसी भूमिका भी निभाई थी। उन दोनों के बीच एक ऐसा खास रिश्ता था जिसे दोनों ही शब्दों में बयान नहीं कर सकती थीं। लेकिन इस मामले में जूलिया ने झुकने से इनकार कर दिया। फिर दोनों एक समझौते पर पहुंचीं।

"काश कि आप हमें थोड़ा और समय देतीं, लेडी जूलिया। शायद अपने आने की खबर थोड़ा पहले दे सकती थीं ?"

"काश कि मैं ऐसा ही कर पाती, एम्मा। लेकिन मैं अपने आने को लेकर हमेशा निश्चित नहीं हो सकती। तुम मेरे लिए क्या करती अगर हम घर पहुंच जाते, अचानक ?"

"आप लॉज में उस भोंदू के साथ एक कप चाय और अपने पसंदीदा मफिन खाने के लिए रुक सकती थीं। उस अपने में ही खुश रहने वाले बूढे को भी यह अच्छा लगता। और अपनी इस उम्र में वो इसका हकदार भी है। इससे हमें थोड़ा समय मिल जाता। सिर्फ दस मिनट ! सिर्फ इतना ही समय मुझे और टॉमकिन्स को चाहिए था। इतने में हम आपके स्वागत की तैयारियां कर लेते।"

"हां। मुझे लगता है कि मैं ऐसा कर सकती थी," जूलिया ने कहा। "लेकिन इससे क्या फायदा होता ?"

"इससे हमें थोड़ा समय मिल जाता," बूढ़ी औरत अपनी ज़िद पर कायम रही।

और उसने बस यही बात कही।

यह तो कई साल बाद जूलिया को पता चला कि उन दस मिनटों में सचमुच क्या हुआ था।

सभी नौकरों को आनन–फानन में बुलाया गया। सभी ने अपने हाथ कीटाणुओं को दूर करने वाले कार्बोलिक साबुन से धो रखे थे। नौकरों की दो लाइनें बनाई गईं। एम्मा और टॉमकिन्स ने सभी के हाथ ऊपर और नीचे की तरफ से देखे। नाखूनों को चेक किया कि कहीं धूल का एक कण भी तो नहीं बचा है। और, इसके बाद एम्मा ने टॉमकिन्स का और टॉमकिन्स ने एम्मा के हाथ को चेक किया।

दरअसल कुछ साल पहले एक छोटी सी घटना हो गई थी। सोलह साल का एक नौजवान नौकर रोजमर्रा के काम के लिए रखा गया था।

"अच्छा, तो फिर कौन कहेगा," उसने पूरी गुस्ताखी से कहा था, "कि योर लेडीशिप का हाथ भी पूरी तरह सफ्फा ही है ? "

उसकी नौकरी जाते–जाते बची थी। अर्ल ने दोनों पक्षों, एम्मा और उस लड़के, को बहुत गंभीरता से सुना था और फिर फैसला सुनाया था।

लड़का काम पर बना रह सकता है———यह कोई ऐसा अपराध नहीं है कि उसे नौकरी से निकाल दिया जाए———लेकिन वो लेडी जूलिया के स्वागत के लिए लगने वाली लाइन में अब खड़ा नहीं हो सकेगा। तब तक, जब तक कि वो हाउसकीपर की हर बात को मानने ना लगे।

" उनकी अच्छी तरह सेवा करो, " एम्मा ने नाराजगी से कहा था, " हिज लॉर्डशिप ने तुम्हारे साथ बहुत नरमी दिखाई है, लड़के। नौकरी से निकाला जाना ही तुम्हारे लिए अच्छा रहता ! "

लेकिन यह बात थोड़ा अलग तरीके से खत्म हुई।

लड़के, जिसका नाम जेम्स था, के लिए स्वागत लाइन में खड़े होने की मनाही थी। जब लेडी जूलिया पहली बार ब्रोमफील्ड आईं तो उन्हें देखने के लिए वो लॉज के पास की दीवार से लगी झाड़ियों के पीछे छिप गया।

उसने जूलिया को कार से निकलते देखा। लंबी, महिला जैसी, सुंदर, भारतीय सिल्क का ब्लाउज और एक ढीली स्कर्ट पहने हुए जो उसके घुटनों तक जा रही थी। बाल कंधों पर बिखरे हुए, बेहद सुंदर, ऐसा ही उसे लगा। प्रशंसा और अपनी उम्र के हिसाब के प्रेम पर काबू पाते हुए वो दौड़कर अंदर भागा, एम्मा के सामने घुटनों के बल बैठ गया और स्वागत लाइन का हिस्सा बनने के लिए विनती करने लगा।

और जब जूलिया ने लाइन के आखिर में अपना खुला हाथ उसकी तरफ बढ़ाया, एम्मा ने उसे लाइन में खड़े होने की इजाजत देने से पहले उसके हाथों को दो बार रगड़ कर धुला था, तो वो आगे झुका और जूलिया के हाथ को चूम लिया। तो, जूलिया ने हमेशा की तरह परंपरा को निभाते हुए लॉज में कदम रखा और उस बूढे भोंदू के साथ चाय पी। जेम्स अब बीस साल का हो गया था। उसने एम्मा के साथ कार के बाहर उसका स्वागत किया। टॉमकिन्स पीछे था। एम्मा ने त्योरी चढ़ा ली लेकिन जूलिया ने कुछ कदम पीछे जाकर उसे कार की बूट में रखे सामान को निकालने के लिए आहिस्ता से कुछ निर्देश दिया। उसने तेजी से गर्दन हिलाई और चला गया।

जूलिया ने अपना दाहिना दस्ताना निकाल दिया। स्वागत लाइन में सबसे हाथ मिलाया। जेम्स की तरफ मुस्करा कर देखा और जेम्स को अपने अंदर कुछ पिघलता हुआ महसूस हुआ।

इसके बाद स्वागत के लिए तैयार किया गया चिर–परिचित भाषण पढ़ा गया। इसे कभी एम्मा पढ़ती थी तो कभी टॉमकिन्स। इस काम को वो बारी–बारी से करते थे। टॉमकिन्स की स्पीच एम्मा के मुकाबले ऊबाऊ होती थी और अपनी स्पीच में एम्मा के रो पड़ने के चांस ज्यादा होते थे। इसके बाद जवाब में जूलिया कुछ शब्द कहती थी।

सिर्फ इस बार उसने काफी दिनों के बाद आने के लिए माफी मांगी, नौकरों को शुभकामनाएं दीं और उनसे कहा कि किचेन में इन सभी के लिए शराब का केस रखा हुआ है जिसे पीकर इन्हें मजा आएगा।

उसके नाना घर पर नहीं थे।

उसने हमेशा की तरह बागीचों का राउंड लगाया, जागीर की जमीनों को देखा, हाउसकीपर से मुलाकात कर दिन के खाने के मीनू पर बात की, टॉमकिन्स को अगले दो दिनों का अपना कार्यक्रम बताया, वो दो ही दिन रुक सकती थी, और फिर एम्मा को स्टडी में लेकर गई–––वो बात पूछने के लिए जो वो जानना चाहती थी।

"नाना कहां हैं ? " उसने पूछा। " कब तक लौटेंगे ?"

" मैं नहीं जानती, लेडी जूलिया।" एम्मा ने कहा। " लंदन से उनके लिए एक जरूरी कॉल आई थी। तब आप नाईस में थीं। वो बिना किसी से कुछ कहे चले गए। रात का वक्त था, इसलिए मैं पूछ भी नहीं सकी कि वो कब तक लौटेंगे। आप तो जानती ही हैं कि कितने व्यस्त रहते हैं

लॉर्डशिप। कभी–कभी वो कई दिन के लिए चले जाते हैं और कभी कभी ऐसा भी होता है कि अगले ही दिन लौट आते हैं। उन्होंने टॉमकिन्स के लिए छोटा नोट छोड़ा था, जिसमें उन्होंने कहा था कि वो रात में ही जा रहे हैं और हम लोग अपना काम पहले ही की तरह करते रहें। हिज लॉर्डशिप ने कहा था कि अगर कोई इमरजेन्सी हो तो हम आपसे नाईस फोन कर बात कर लें।"

जब वो नाईस में थी ! यह करीब करीब तीन दिन पहले की बात है। यह तो उसके नाईस से जाने के बाद की बात है।

इसका मतलब यह हुआ कि उसके नाना की साउल से भी मुलाकात नहीं हुई थी।

क्या साउल ब्रोमफील्ड आया था ?

अगर आया था तो क्यों ? साढ़े दस बजे ब्रोमफील्ड में उसकी किसी से मुलाकात तय थी। उसकी डायरी में यह दर्ज था। लेकिन क्यों?

जूलिया अपने नाना के स्टडी टेबल पर बैठ गई। उस पर रखे सभी कागजों को हटाया। नाना कहीं जाने पर ड्रार में ताला लगाकर जाते थे। ड्रार हमेशा ताले में रहते थे, तब भी जब वो घर में होते थे। सरकारी बातें जिनका हाउस आफ लॉर्ड्स से संबंध होता होगा, वो इसे समझ सकती थी।

"एम्मा मुझे एक बात बताओ," जूलिया ने बगैर उसकी तरफ देखे कहा। "क्या मिस्टर प्रेंतिस उस वक्त नाना से मिलने आए थे जब मैं बाहर गई हुई थी?"

उसने कोशिश की कि यह बात चलने–फिरने वाले अंदाज में कही जाए। और, शायद उसने यह काम बहुत अच्छे से किया क्योंकि एम्मा का चेहरा खिल उठा था।

"क्यों, हां ! ओह, लेडी जूलिया ! हिज लॉर्डशिप से ना मिल पाने से उन्हें बेहद निराशा हुई थी। मैंने सोचा कि वो आपके बारे में पूछेंगे लेकिन अब मैं समझ सकी कि क्यों नहीं पूछा था। क्या सुंदर आदमी हैं, लेडी जूलिया ! आप दोनों की कितनी शानदार जोड़ी है ! वो भी ऐसी अच्छी नस्ल की ! क्या यही वजह थी उनके आने की ? अगर आप मुझे यह बात पूछने के लिए माफ कर सकें तो पूछूं ?"

"नहीं, एम्मा। इस वजह से वो नहीं आए थे।"

साउल उसके बारे में पूछ ही नहीं सकता था। वजह बिलकुल साफ थी। उसने कुछ ही समय पहले उसे नाईस में छोड़ा था। वो उसके ब्रोमफील्ड में होने की उम्मीद नहीं कर सकता था।

"क्या तुम उससे मिली थीं ? मेरा मतलब है कि खुद मिली थीं क्या ?"

"जी, टॉमकिन्स की तबियत ठीक नहीं थी। और चूंकि मालिक बाहर गए हुए थे, इसलिए मैंने छुट्टी लेने के लिए कहा था। वो बिस्तर में था।"

"बैठ जाओ, एम्मा, और मुझे इस बारे में सभी कुछ बताओ।"

"आप मुझसे क्या जानना चाहती हैं ?" एम्मा ने पूछा। वो सीधी पीठ वाली कुर्सी पर सीधे बैठ गई, सवाल–जवाब के इस सिलसिसे से थोड़ी चकराई हुई। जैसे उसे समझ में ना आ रहा हो कि उससे सामने वाले की क्या अपेक्षा है या यह कि कहीं उससे कोई गलती तो नहीं हो गई है। वो हर तरीके से आदेश मानने के लिए तैयार दिख रही थी।

" मुझे हर वह बात बताओ जो उस सुबह हुई थी," जूलिया ने बहुत नरमी से पूछा। " जितना भी तुम्हें याद हो। "

"जी, मुझे याद करने दें। उन्होंने दरवाजे की घंटी बजाई थी। बहुत तेज, बेचौनी से। घंटी की आवाज़ गूंज उठी थी। इसलिए मैंने अपना एप्रन उतार फेंका, सिंक में अपना हाथ धुला–––मैं रसोइये को पेस्ट्री बनाने में मदद कर रही थी, मेरे हाथ में आटा लगा हुआ था–––और फिर मैंने घंटी की घनघनाहट सुनी। जब मैं दरवाजे तक पहुंची, तो घंटी एक बार और चीख उठी। मैंने खुद को तैयार कर लिया था कि जो भी होगा उसे कभी ना भूलने वाला सबक सिखाऊंगी–––––लेकिन जाहिर सी बात है कि मिस्टर प्रेंतिस के लिए यह नहीं था ! वो तो कितने खास थे। मैं उन्हें लिविंग रूम में ले गई; आपको बताऊं कि मैं कितना घबराई हुई थी क्योंकि वो आखिरी इनसान थे जिनके दरवाजे पर होने के बारे में मैंने सोचा रहा होगा। उन्होंने मालिक के बारे में पूछा। मैंने उन्हें बताया कि वो तो घर पर नहीं हैं और क्या वो उनके लिए कोई मैसेज छोड़ना चाहेंगे।"

"क्या उन्होंने पूछा था कि हिज लॉर्डशिप कब लौटेंगे ?"

"जितना याद आ रहा है उसके हिसाब से तो नहीं। उन्होंने एक गिलास पानी मांगा था–––बाहर इतनी गर्मी थी और वो बहुत जल्दी चलकर भी आए थे, मैंने उनके चेहरे पर पसीने की बूंदें देखी थीं–––––और कहा था कि जब तक मैं पानी लेकर आऊं क्या मैं एक नोट लिख लकता हूं। मैं उन्हें स्टडी में लेकर गई थी और चूंकि टॉमकिन्स की तबियत ठीक नहीं थी, इसलिए मैं उनके लिए पानी लेकर आई। "

"उन्होंने क्या पहन रखा था ?"

"एक पतला सा रेनकोट। उस तरह का नहीं जैसा सस्ता और आर–पार दिखने वाला होता है। ज्यादा अच्छा वाला, भूरे रंग का, लंबी जेबों और उठे हुए कालर वाला। उन्होंने ऊनी टोपी भी ले रखी थी। हां, याद आया। उन्होंने स्टडी में जाने से पहले टोपी को हाल में स्टैंड पर रखा था।"

"क्या उनके पास कुछ और भी था ? जैसे कि पैकेज, पार्सल या कोई लिफाफा ? कुछ भी ?"

"नहीं, लेडी जूलिया। "

"मुझे वो नोट दो। जिसे उन्होंने नाना के लिए छोड़ा था। "

"उन्होंने कोई नोट नहीं लिखा था।"

"अच्छा ? मुझे लगा था कि इसे ही लिखने के लिए तुमने उन्हें स्टडी का रास्ता दिखाया था।"

"जी। लेकिन जब मैं ट्रे में पानी लेकर लौटी–––उसी सिल्वर ट्रे में जो हम रात में रुकने वाले मेहमानों के लिए इस्तेमाल करते हैं––– तो उन्होंने मुझसे कहा कि उन्होंने नोट लिखने का इरादा बदल दिया है। उन्होंने कहा कि लॉर्डशिप से कह देना कि वो फिर आएंगे। कोई खास बात नहीं है, यह भी उन्होंने कहा था। कहा था कि वो फिर आएंगे लेकिन आने से पहले फोन करेंगे ताकि यहां आना इस तरह से बेकार ना जाए। उसके बाद वो मुझे देखकर मुस्कराए और मैं तो बस पिघल सी गई ! लेकिन, फिर आप तो उनकी ऐसी तमाम मुस्कराहटों को जानती ही हैं, लेडी जूलिया।"

"हां, एम्मा। जानती हूं। आगे बताओ।"

"फिर मैं उनके साथ बाहर आई। उन्होंने हैट स्टैंड से अपनी हैट उठाई। मैं सीढ़ियों पर खड़ी थी और उन्हें कार लेकर मेन गेट पर लॉज तक जाते देखा। उस भोंदू ने उनके लिए गेट खोला।"

"धन्यवाद, एम्मा," जूलिया ने काह। " तुमने बहुत मदद की।"

एम्मा ने झुक कर सलाम किया और चली गई।

जूलिया ने स्टडी में चारो तरफ नजर दौड़ाई। यह हालात की एक बिलकुल अलग ही तस्वीर थी। एक गिलास पानी–––या फिर टूटी हुई ब्रा स्ट्रैप–––कहीं भी बहाना बनाकर घुसने की तरकीब। लेकिन क्यों ? उसने तो घर में घुसने के लिए ब्रा की स्ट्रेप टूटने का बहाना इसलिए बनाया था कि उसे किसी चीज की तलाश थी। जिसके लिए समय भी बहुत कम था।

लेकिन साउल ने स्टडी में घुसने के लिए बहानेबाजी क्यों की ? क्या वो भी किसी चीज को पाने की उम्मीद लगाए हुए था ? अगर ऐसा था तो फिर पहले से मुलाकात का समय क्यों मांगा था ?

हां, यह और बात है कि वो वहां कुछ पाने के लिए नहीं बल्कि छिपाने के लिए आया रहा हो।

उसे इसका पता लगाना होगा। उसका पहले का मामला इस स्टडी में साउल के कुछ खोजने के मामले जैसा नहीं था। वहां सभी नीचे दुकान में उसके लौटने का इंतजार कर रहे थे; किसी को नहीं पता था कि वो किस चीज की तलाश में है। यहां भी उसे नहीं समझ में आ रहा था कि वो क्या खोज रही है।

लेकिन यह उसके नाना की स्टडी है। और उसकी भी थी जब वो बच्ची थी। वो इस कमरे में अपना होमवर्क किया करती थी। यह सुझाव आया था कि उसकी अपनी स्टडी होनी चाहिए और इस पर अमल भी हुआ था। उसके बेडरूम

के बगल में उसकी स्टडी बना दी गई थी जहां वो आधी रात के वक्त कुछ लिखा करती थी। लेकिन दिन में नाना उसे अपने साथ ही रहने के लिए कहते थे।

बस, उसी बार उसने नाना को खुद अपने और एम्मा के सामने सख्ती से पेश आते देखा था।

"तुम अपना होमवर्क मेरी स्टडी में कर सकती हो, जूलिया। तुम अपना अलग टेबल रख सकती हो। वहां खिड़की के पास। तुम टेबल पर पड़े मेरे कागजों को मत छुओ और मैं तुम्हारे कागज नहीं टच करूंगा। ना तुम मुझे डिस्टर्ब करो और ना मैं तुम्हें करूं। क्या कहती हो ? इससे कम से कम मुझे तुम्हें उस वक्त देखने का मौका तो मिलेगा जब तुम छुट्टियों में यहां आओगी।"

यह स्टडी जितनी नाना की थी उतनी ही उसकी भी। वो इसका हर कोना जानती थीय अलमारी पर रखी सभी किताबों को------अंतरराष्ट्रीय कानूनों पर संधियों के साथ साथ एनिड ब्लायटन और लुइजा मे एलकॉट की किताबें; हर ड्रार, यहां तक की गुप्त ड्रार भी जो एक खास जगह पर लकड़ी को दबाने से पुरानी मेजों में खुलते थे। और, वो ड्रार जो कोयल की आवाज़ वाली घड़ी में खुलता था। तख्ते वाली दीवारों में लगा ढीला–ढाला तख्ता जो सिर्फ ढीला था, अपने आप में कुछ छिपाता नहीं था और मैदान पर खड़े घोड़े की पेंटिंग जो तिजोरी को छिपाती थी।

वो कवच की तह तक घुसकर तोप के आगे के हिस्से में बने छेद से युद्धों को देख सकती थी, इतना समय था उसके पास।

यह एक अलग तरह की खोजबीन थी। समय की कोई पाबंदी नहीं, कोई अजनबी नहीं --हालांकि अब वो जोशुआ को शायद ही कभी अजनबी कहती हो------नीचे इंतजार करते हुए, इस बात पर परेशान कि आखिर एक ब्रा स्ट्रैप को ठीक करने में कितना वक्त लगता है।

उसके पास जितना वो चाहे उतना वक्त था। वो स्टडी के दरवाजे पर ताला लगा सकती थी, लगाया भी, और तब तक खोज सकती थी जब तक मिल ना जाए। हां, यह जरूर है कि कमरे में कोई ऐसी चीज हो भी जो खोजे जाने के लायक हो।

वो थी और उसने उसे खोज निकाला। अंतरराष्ट्रीय कानून के तीन खंडों के पीछे अलग–थलग पड़ी हुई। यह एक मोटा, भूरा, खाकी कागज से बना लिफाफा था। दोनों तरफ टेप से सील। ऊपर कोई निशान नहीं था। कुछ लिखा भी नहीं था।

यह लिफाफे की मोटाई थी जिसने जूलिया का ध्यान खींचा। ग्यारहवें अर्ल के पास अंतरराष्ट्रीय कानून पर छह खंडों वाला सेट था और उसकी उंगलियों को लगता था कि इनमें से कुछ दूसरों से आगे निकल कर सामने आ जाते हैं।

साउल की यह कोशिश थी कि इस लिफाफे पर नजर पड़ जाए।

वो स्टडी टेबल पर बैठ गई। लिफाफे को खोला।

इसमें नामों और आंकड़ों की एक सूची थी, सभी का संक्षिप्त लेकिन साफ विवरण भी था। तीन सौ पेज की सूची। कागज पर आगे और पीछे। बाएं तरफ कंपनी या व्यक्ति का नाम। बीच में इस बात का विवरण कि किस तरह की गतिविधियों में कंपनी या व्यक्ति शामिल है, जैसे कि खनन या फिर जंग का सामान बनाने वाले। और दाहिने तरफ लाखों रैंड के निवेश का जिक्र।

उसने इसे हैरत से देखा। उसने साउल पर उस दिन विश्वास नहीं किया था जब वो क्राउन एंड व्हिसिल में खिसककर उसकी सीट के पास आया था। यह लिस्ट अच्छे वक्तों में बनी थी। दो प्रतियां थीं इनकी। एक तो प्रीटोरिया में वित्त मंत्रालय की सुरक्षित फाइलों में थीं और दूसरी उस चलते फिरते एंबेसडर के पास जो दक्षिण अफ्रीका में निवेश करने वालों से मिलता रहता है।

और अब यह उसके हाथ में है।

वो इसे आंखें फाड़कर, अपने आस–पास सभी कुछ भूलकर देख रही थी। तो, इस तरह से इस सब की योजना बनाई गई है। इसको सोचने से ही उसका हलक सूख गया। सिवाय एक बात के कि साउल खुद अपना अलग ही गेम खेलने लगा था और जब यह जरूरी हो गया, जिस दिन वो पेरिस से लौट था, उसने इस लिस्ट को जोशुआ पर प्लांट करने की योजना बनाई। लिस्ट को हकीकत में जोशुआ के फ्लैट में छोड़ने की योजना नहीं बनाई। सिर्फ यह बात हर जगह फैला दी कि वो उस सुबह जोशुआ से मिलने वाला है। सभी को इस बात का विश्वास दिला दिया कि जोशुआ के पास एक सूची है जिसके बारे में वो कुछ नहीं जानता है। यह एक बेहद काम का दस्तावेज है। दक्षिण अफ्रीका की सरकार और अफ्रीकन नेशनल कांग्रेस, दोनों ही इसे पाकर बेहद खुश होंगे।

नहीं ! यह भी सही नहीं हो सकता। क्योंकि उसी सुबह उसने ब्रोमफील्ड में भी किसी से मुलाकात का समय तय किया हुआ था। उसने सभी को बताया कि जोशुआ से मिलने जा रहा है; ग्यारहवें अर्ल से उसकी मुलाकात के बारे में कोई नहीं जानता।

उसने जोशुआ को यह लिस्ट देने के बारे में कभी नहीं सोचा-----इस मामले में उसकी तर्कशक्ति सही निकली, जूलिया ने सोचा----वो इसे उसके नाना को ही सौंपना चाहता था। इसके लिए उसने एक गिलास पानी का सबसे आसान जाल बिछाया जिसकी आड़ में वो स्टडी में दाखिल हो सके।

लेकिन क्यों ?

क्यों इतने संवेदनशील दस्तावेज को वह उसके नाना को सौंपना चाहता था? क्या सुरक्षा की वजह से ? यहा हिफाजत से रखने के लिए ? या फिर इसलिए क्योंकि वो चाहता था कि और लोग भी इसके बारे में जान जाएं ? और जब शक ने जूलिया के दिमाग में घर बना लिया तो फिर उत्तेजना की वजह से उसके हाथ कांपने लगे। उसने पारिवारिक तिजोरी को सामने लाने के लिए अपने कांपते हाथों से घोड़े की पेंटिंग हटाई। तिजोरी इसके पीछे थी। अंदर तक धंसे इसके फ्रेम में एक गुप्त जगह थी जहां दीवार से एक डायल लगा हुआ था। उसने अपने गले पर पसीने की बूंदें महसूस की जो सामने से होते हुए उसके ब्लाउज तक पहुंचीं और स्तनों के बीच के हिस्से के पास से होते हुए उसकी ब्रा की बढ़िया क्वालिटी के कपडे से बनी पट्टी में समा गईं। उसने अपने होठों को अपने उल्टे हाथ से पोंछा। बचपन की आदतें नहीं छूटतीं, खासकर ऐसे मौकों पर।

उसने तिजोरी के दरवाजे को खोला और चाबी निकाली। नाना की स्टडी टेबल के पास गई। चपटे ड्रार में लगने वाली चाबी से सभी ड्रार के ताले खुल जाते थे। जो सबसे गहरा ड्रार था, फाइलें उसमें थीं। टेबल के ऊपरी हिस्से के नीचे रखे चपटे ड्रार में ग्यारहवें अर्ल के पेपर थे। शायद हाल के दिनों में हुआ पत्र व्यवहार। एक चाबी जो उसने पकड़ रखी थी, वो सभी को खोल देगी। वो डेस्क पर बैठ गई और चाबी से देर तक खेलती रही।

"मुझे माफ कर दें, नाना " उसने खुद से फुसफुसा कर कहा। " आपकी प्राइवेसी को इस तरह से भंग करने के लिए। लेकिन एक आदमी की जिंदगी दांव पर लगी हुई है। हो सकता है कि वो ना जानता हो लेकिन वो मेरे लिए काफी मायने रखता है।"

मेज के ऊपर कोई कागज नहीं था। उन्हें अचानक ही बुला लिया गया था। एम्मा बता रही थी कि उन्होंने रात के समय बहुत जल्दबाजी में घर छोड़ा था। जाते वक्त उनकी स्वाभाविक प्रतिक्रिया कैसी रही होगी? उन्होंने एक झटके में सारे कागजों को हाथ से समेट कर नीचे चपटे ड्रार में डाल लिया होगा। वो

उनको ऐसा करते एक बार देख चुकी है। जब वो, सिर्फ एक बार, अचानक उनकी स्टडी में चली गई थी–बतौर बालिग पहली बार जब वो नाना को ताज्जुब में डाल देने के लिए लंदन से आई थी। तब उन्होंने बाहें फैलाकर उसका स्वागत किया था।

तब इस बात का कोई खास महत्व नहीं लगा था।

उसने ड्रार खोला। सबसे ऊपर जो पहला पेपर मिला, उसने उसे वो बता दिया जिसकी उसे तलाश थी।

यह कोई कागज का टुकड़ा नहीं था। यह ब्रिटिश एयरवेज का टिकट था। सोहो के किसी ट्रैवल एजेंट ने दिलाया था। वो उस एजेंसी को अच्छी तरह से जानती है। स्पिफोर्ड एंड ब्लॉक। यही एक ऐसी एजेंसी थीं जिसका इस्तेमाल वो आधिकारिक यात्राओं के लिए कर सकती थी। टिकट के पीछे एक प्रार्थना पत्र था जिस पर ग्यारहवें अर्ल की मंजूरी मांगी गई थी। बहुत अप्रत्याशित परिस्थितियों का इसमें हवाला था। फार्न्सवर्थ की इस पर दस्तखत थी और यह अफ्रीकन ब्यूरो के मुखिया की सेवा में पेश किया गया था।

टिकट लंदन से नाईस का था। बिना किसी तय तारीख का। टिकट पर जूलिया का नाम लिखा हुआ था।

सिर्फ साउथ अफ्रीकन डेस्क नहीं ! वो तो फार्न्सवर्थ संभालता है। वो यह बात जानती थी। पूरा अफ्रीका–––पूरा एक महाद्वीप–––मिस्र से लेकर मोरक्को से होते हुए साउथ अफ्रीका तक। उसके नाना अफ्रीकन ब्यूरो के डायरेक्टर थे। एमआई–6 के सात निदेशकों में से एक। हर एक के हिस्से में दुनिया का एक हिस्सा था। वो एमआई–6 के सांगठनिक ढांचे के बारे में जानती तो थी लेकिन उसे नहीं पता था कि इसके निदेशक कौन हैं। अगर वो नाना के पेपरों को छानती तो उसे सभी ब्यूरो के निदेशकों का नाम पता चल जाता––––यूरोप, नजदीक पूर्व, सुदूर पूर्व, उत्तर और दक्षिण अमेरिका, पैसिफिक और निश्चित ही, सोवियत संघ भी। उनके बीच पत्र व्यवहार हुआ होगा और उनका नाम भी होगा जो इनके लिए काम करते हैं–––जैसे डोनाल्डसन।

उसे ताज्जुब क्यों हो रहा है ? और जब उसने खुद से यह सवाल किया तो जवाब अपने आप सामने आ गया। क्या कहेंगे ग्यारहवें अर्ल अगर वो, अचानक ही, उन्हें वो बता दे जो अब वो जान चुकी है ?

उनकी कोमल नीली आंखें जाने–पहचान अंदाज में चमक उठेंगी और उनकी सैनिकों जैसी मूंछ होठों पर फैली मुस्कराहट की वजह से इतनी कड़ी नहीं

लगेगी। अगर वो बच्ची होती तो वो उसे गोद में भी उठा सकते थे और उससे मुलायम अंदाज में कहते, " यहां तक कि एक अर्ल को भी रोजी–रोटी कमानी पड़ती है जूलिया। और, मैं वो कर रहा हूं जो मैं सबसे बेहतर तरीके से कर सकता हूं। ब्रिटिश सरकार और इसके नागरिकों की सुरक्षा। जीवन जीने के एक नजरिये की सुरक्षा । क्या यह सब इतना ही गलत है ? "

उनकी बात सही भी होती। उसके जैसे राजसी खून वाले लोगों पर यही काम फबता है। उनकी निष्ठा पर कभी कोई सवाल नहीं उठता–––यह और बात है कि एक–आध खराब लोग हो सकते हैं। उन्हें बिना किसी भय के क्राउन की सुरक्षा के काम में लगाया जा सकता है। वो सोलहवीं सदी में उनके परिवार को दी गई अर्ल की पुश्तैनी परंपरा से आते हैं। और अगर उसके कोई बेटा होता, तो वो बारहवां अर्ल होता–––भले ही उसने किसी आम आदमी से शादी की होती।

और उसे तैयार किया जा रहा था कि सही समय आने पर अफ्रीका ब्यूरो की जिम्मेदारी उसके नाना से लेकर उसे सौंप दी जाए।

उसे इस पर ताज्जुब क्यों होना चाहिए ? वो एमआई–6 के लिए काम करती है। तो इसमें क्या गलत है कि नाना भी एमआई–6 के लिए ही काम करते हैं ? और एक कही ज्यादा बड़ी जिम्मेदारी के साथ और उससे कहीं बेहतर तरीके से अपना काम अंजाम देते हुए। उसने चपटे ड्रार को मजबूती से बंद किया। वो उनके कागजों में ताक–झांक नहीं करना चाहती थी। इससे कोई फर्क नहीं पड़ता कि सभी अलग–अलग ब्यूरो के मुखिया कौन–कौन हैं। वो जानना भी नहीं चाहती। उनकी प्राइवेसी पर इस तरह से धावा बोलकर तो बिलकुल भी नहीं। वो पहले ही इस प्राइवेसी में घुस चुकी है और इसके लिए उसे शर्मिंदगी भी महसूस हो रही थी।

लेकिन डोनाल्डसन की पहचान ? यह अलग मामला था। इसका असर सीधे–सीधे उस केस पर पड़ रहा था जो इस वक्त उसके पास था।

उसने गहरे वाले ड्रार को एक तरफ से खोला। उधर से जिधर निजी फाइलें बहुत करीने से रखी थीं, जैसे रैक पर लटके शरीर हों। सहूलियत के लिए अक्षरों के हिसाब से लगी हुई।

फार्न्सवर्थ था एफ के अंदर।

डोनाल्डसन की कोई फाइल नहीं थी। या फिर यह गुमशुदा थी। लेकिन बुजुर्ग अर्ल लौट आए थे–शायद रात में, एम्मा को इसकी भनक दिए बगैर–––नहीं

तो उसका एयरलाइन टिकट यहां ड्रार में नहीं होता! इससे उसे पता चला कि वो बूढ़ा भोंदू भी एमआई–6 का आदमी है। इस पुरानी हवेली में आने के कई रास्ते थे जिनमें से कुछ के बारे में तो हो सकता है कि उसे भी पता ना हो ! क्या वो डोनाल्डसन की फाइल अपने साथ ले जाने के लिए आए थे ? अगर हां तो क्यों ?

उसने घंटी बजाई और जेम्स को फौरन ऊपर भेजने को कहा। उसके आने पर बोली–

" जेम्स मुझे तुरंत लंदन लौटना होगा। कृपया बेंटले में पेट्रोल भर दो और दस मिनट के अंदर इसे घुमाकर सामने की तरफ ले आओ। और अगर तुम ऐसा पांच मिनट में कर दिखाओ तो मैं एम्मा से तुम्हें अगले हफ्ते एक दिन अतिरिक्त छुट्टी देने के लिए कहूंगी। मैं लॉज के बूढे के पास तुम्हारे लिए बीस पाउंड भी छोड़ दूंगी ताकि तुम अपनी गर्ल फ्रेंड के साथ लंदन जाकर मौज मस्ती कर सको।"

वो खुलकर मुस्कराया। गर्ल फ्रेंड का जिक्र आने पर चेहरे पर थोड़ी लाली भी फैल गई।

" पांच मिनट, लेडी जूलिया ! मेरा समय गिनिये अगर इच्छा हो तो। "

वो भागकर हाल की तरफ चला गया।

अध्याय 15

जोशुआ अपने पसंदीदा होटल में पहुंचा----छोटा होटल, एक परिवार की संपत्ति। प्लेस डि ला रिपब्लिका के बिलकुल पास सेंट मार्टिन रोड के कोने पर। वो यहां पहले भी कई बार ठहर चुका था। होटल की साफ सुथरी चादरों के बीच उसे सुकून मिलता था। यहां की कॉफी की खुशबू और जिस मुस्कराहट के साथ कॉफी को पेश किया जाता था, उसे काफी पसंद थी। इसका मालिक एक बुजुर्ग फ्रांसीसी, पुराने समय की मोहक मुस्कान और अपनी बड़ी मूंछों के साथ, अपने परिवार पर सोलहवीं सदी के किसी फ्रेंच राजा की तरह शासन करता था----उन राजाओं जैसी ही उदारता के साथ।

लंच के बाद, सफेद वाइन की बोतल के साथ, जोशुआ ने उसे अपने साथ शराब पीने के लिए आमंत्रित किया। उसकी मेज फुटपाथ के पास एक बड़े लाल और सफेद छाते के नीचे थी।

"आपको यहां देखकर हमेशा खुशी होती है, डॉक्टर महोदय," उसने जोशुआ के सामने बहुत प्रसन्नता के साथ बैठते हुए और कमर के पास से अपनी वेस्ट का बटन खोलते हुए कहा।

जोशुआ ने उसके लिए गिलास में शराब डाली, दोनों ने एक दूसरे के नाम सलामती का जाम पीया। एक दूसरे की सलामती की कामना करने के बाद उन्होंने जाम उठाकर सड़क से गुजरने वालों के लिए भी ऐसी ही कामना की।

"मैं पेरिस को प्यार करता हूं, हेनरी," जोशुआ ने कहा। "और आपके जैसा मेहमाननवाज परिवार पूरे फ्रांस में नहीं है। "

"थोड़ा ज्यादा हो गया, महोदय, लेकिन कृपया रुकें नहीं। मैं सोचता हूं कि शायद मेरी सोहबत में आपको मिलने वाले आनंद या मेरी बेटी के संग मिलने वाली खुशी, जो आपसे पिछले कुछ सालों में इतना प्यार करने लगी है कि खुद के साथ प्रेम की पींगें बढ़ाने वाले किसी भी नौजवान से शादी के लिए तैयार ही

नहीं होती, आपको यहां खींचकर हमारे पास ले आते हैं। लेकिन, अफसोस, शायद ऐसा नहीं है ?"

"पेरिस आने के लिए मैं कोई भी बहाना ढूंढ लेता हूं, हेनरी। इससे बेहतर भला और क्या हो सकता है कि पेरिस की इस खुशनुमा धूप में मैं आपके साथ बैठकर सफेद वाइन का लुत्फ उठाऊं और आती-जाती खूबसूरत औरतों को निहारूं ?"

जोशुआ उसकी तरफ राजदार ढंग से झुका।

"मुझे एक बात बताएं। उसके पति के साथ क्या हुआ था ?"

"वो पक्का मक्खीचूस था, जोशुआ। वो बेवकूफ ही थी जो उससे शादी कर बैठी। मैंने उसे चेतावनी दी थी कि यह आदमी पहले वाले से बेहतर नहीं है। लेकिन वो तो सुनने के लिए तैयार ही नहीं थी। वो निकल गया जब उसकी मर्जधी हुई, इसे दो बच्चों के साथ छोड़ गया। यही दो बच्चे हैं जो उसकी तरफ से उसे मिला अकेल अच्छा तोहफा हैं। और अब, मेरे पास चार खूबसूरत नाती हैं लेकिन दामाद एक भी नहीं! "

हेनरी ने अपना गिलास खाली किया; वेटर को इशारे से एक और बोतल लाने के लिए कहा। चिल्लाकर, फ्रेंच भाषा में तेजी से नाम गिनाए। जोशुआ इस दौरान उसे और शराब लाने के लिए मना करता रहा लेकिन वो नहीं माना। " जो चीज मैं आपको बेचता हूं, जोशुआ, अच्छी होती है। और जिस चीज की मैं आपको दावत देता हूं, लाजवाब होती है। "

उन्होंने फिर एक दूसरे की सलामती का जाम पीया; और इसके बाद हाथ उठाकर हेनरी के चारों नातियों के लिए अलग-अलग सलामती का जाम पीया। जोशुआ को मानना पड़ा कि हेनरी सही कह रहा था।

" तो बिजनेस की वजह से आपका यहां आना हुआ, मेरे दोस्त ? " हेनरी ने पूछा।

" शायद ऐसा ही है। "

हेनरी ने गहरी सांस ली।

" मैं सोच रहा था जोशुआ कि मैं और आप, एक साथ शहर घूमने चलें। क्या कहेंगे आप ? "

" मैं शायद इससे बच नहीं सकता, हेनरी। एक बात बताएं। कॉक डि'ओर कहां है ? किस तरह की जगह है यह ? "

"हम जैसे लोगों के लिए वो क्लब नहीं है जोशुआ। कुछ समय से चल रहा है। औरतों और मर्दों में एक जैसी रुचि रखने वाले लोगों के लिए है। वहां औरतों और मर्दों को बिना किसी भेदभाव के एक समान नंगा कर दिया जाता है। सभी के मन में छिपी कल्पनाओं को पूरा करने के लिए। आपके लिए नहीं है यह जगह, जोशुआ। अगर मैं आपकी जगह होता, तो वहां जाने से बचता।"

"बिजनेस, हेनरी, बिजनेस। किसी मजे के लिए नहीं।"

"आह ! यही बात सब कहते हैं। मैं और पड़ताल नहीं करूंगा, महोदय। लेकिन आपको एक सलाह दूं ? सावधान रहियेगा। वहां पहले ही हत्या के दो ऐसे मामले हो चुके हैं जो अभी तक पहेली बने हुए हैं। आपको पहले से बता देना ही बेहतर है। "

"किसकी हत्या हुई थी ?"

"पर्यटक थे। आपके जैसे ही घूमने आने वाले। इसी वजह से इस जगह का नाम बदनाम हुआ है। पेरिस पर्यटकों की साख पर जीता है। जब हम उन्हें ही मारना शुरू कर देंगे तो फिर यह खराब बिजनेस है। इससे पर्यटक खौफजदा होकर पेरिस से दूर हो जाएंगे। "

" किसकी हत्या हुई थी ?"

" दोनों ही अश्वेत अफ्रीकी थे। जैसा कि रिपोर्ट बता रही हैं, दोनों ने ही क्लब की स्टार महिला ला रेने–द क्वीन----के ड्रेसिंग रूम में जाकर कुछ ताकत दिखानी चाही थी। अच्छी बात नहीं थी, श्रीमान।"

"दिखने में कैसी है ? यही, ला रेने ?"

"मैं तो उससे दूर ही रहना चाहूंगा, जोशुआ। उस औरत में मर्दों के लिए गजब की भूख है, हमें तो वो किशोरों जैसा बना देती है। शायद पूरी दुनिया में सही मायने में वो अकेली महिला है। जैसे कि एक महिला को होना चाहिए ! शायद यह प्रसिद्धि ही है जो क्लब की तरफ धन को खींचकर ले जाती है। ठोस तरीके से कौन कह सकता है ? हर तरफ से मिली जानकारी यही बताती है कि वो बला की खूबसूरत है। बेहद भव्य शरीर, जोश से भरा मनोरंजन करने वाली। लोग कहते हैं कि कुछ साल पहले उसका किसी दक्षिण अफ्रीकी के साथ प्रेम प्रसंग था और इस प्यार का बुरा अंत हुआ था। लेकिन यह सब सुनी सुनाई बातें है, निश्चित ही।"

"मैं एहतियात बरतूंगा, हेनरी," जोशुआ ने वादा किया। "मैं आपके साथ यहां धूप में बैठकर बेहतरीन शराब पीने के कई मौकों की तलाश में रहूंगा।"

हेनरी ने अपनी बेटी को इशारे से खाली बोतलों को हटाने को कहा। वो पहले भी दो बार इसके लिए खटखटा चुका था।

वो बोतल उठाने टेबल तक आई। जोशुआ ने उसकी बांह पकड़ी। उसे हल्के से खींचकर अपने सामने किया और उसके होठों को चूम लिया। हेनरी को बेपनाह खुशी महसूस हुई।

"कैसी हो, ऐने–मैरी ? "

"बहुत बेहतर, साहब," वो थोड़ा झुक कर अभिवादन करते हुए बोली।" और, बहुत व्यस्त भी। टूरिस्ट सीजन पीक पर है। एक सलाह दूं, साहब, मेरे पिता को अपनी तरह गुमराह मत कीजिए ? वो इस जगह की निगरीनी कर सकते हैं, बजाए इसके की मेहमानों के साथ बैठकर शराब पियें।"

"बच्चे कैसे हैं ? मैं शायद उनका हाल जाने बगैर तुम्हें यहां से जाने नहीं दे सकता।"

उसने ट्रे मेज पर रखी। एप्रन के नीचे ड्रेस की जेब में से बच्चों की फोटो निकाली। जोशुआ की तरफ आकर झुकी, हेनरी भी और पास आ गया और उन दोनों के बीच में थोड़ी अंग्रेजी और ढेर सारी फ्रेंच में जोशुआ ने इनकी जिंदगियों के बारे में जानकारी ली।

जोशुआ ने उससे कहा कि बच्चे बहुत प्यारे हैं। उसने दिल से ऐसा कहा।

"मैं मेहमानों का धन निचोड़ने के लिए उनके साथ नहीं पीता, जोशुआ।" हेनरी ने कहा। तब तक ऐने–मैरी किचेन में लौट चुकी थी।" जैसा कि कई होटलवाले करते हैं। मैं ऐसा सिर्फ बढ़िया, मजेदार लोगों से मिलने के लिए करता हूं। जैसे कि आप। पढ़े–लिखे। दुनिया देखे। अच्छे चरित्र वाले।"

"और भावनाओं वाली महिलाएं भी ?"

"वो भी। लेकिन कॉक डि'ओर में आपकी रुचि क्यों है ? ला रेने में रुचि क्यों है ? एक महिला की हैसियत से नहीं बल्कि इसके अलावा भी ? "

उसने इन सवालों के जवाब की उम्मीद नहीं की थी और जोशुआ ने कोई जवाब दिया भी नहीं। इसके बजाए उन दोनों ने आपस में गिलास टकराएय पैदल चलने वाली जगह के नीचे, लाल और सफेद छाते के नीचे मेज पर, आती–जाती सुंदर लड़कियों को देखते हुए।

जोशुआ ने आखिरी शो का टिकट लिया।

कॉक डि'ओर रुये डि ला ब्रुयेर के पीछे लगभग रुये पिगाले के कोने में था। उसने टैक्सी किराये पर ना लेकर पैदल चलने का फैसला किया। पैदल

चलने के लिए वो एक खूबसूरत रात थी और वैसे भी पेरिस की रातें हमेशा ही उसे अपनी तरफ खींचती रहती थीं। उसने डि मैजेंटा का रास्ता पकड़ा और रुये ला फायाते के लिए बाएं मुड़ गया। इसके बाद वो सड़कों की भूलभुलैया में रुक कर अपने सिर पर खड़े पुराने भवनों को तारीफ भरी नजरों से देखने लगा।

शॉप विंडो और बुटिक में झांक कर उन सुंदर, छरहरी मैनिकिन को देखने लगा जो उसकी तरफ बाहें फैलाए हुए थीं।

छोटे से स्टेज के आस–पास बैठे जाने–पहचाने दर्शकों को अनाउंसर ने बताया कि शाम की थीम है–––इंसान का संवेदनशील शरीर।

"भाइयों और बहनों ! आज की शाम आप इंसान के हर कमजोर और कोमल पहलू को देखेंगे। सिर्फ शरीर नहीं बल्कि दिमाग, मन और आत्मा की हर सच्चाई आपके सामने खुले और नग्न रूप में आएगी। इंसान का मनोविज्ञान इस तरह आपके सामने खुलेगा जिसकी आपने कभी कल्पना भी नहीं की होगी। और, इसका अनुभव, लेडीज एंड जेंटलमैन, आपको शिक्षित करेगा, सोचने पर मजबूर करेगा और आपके स्तर को और उठाएगा। इसकी कॉमेडी आपको हंसाएगी और इसकी ट्रेजडी आपको रुलाएगी। लेकिन मानव शरीर इतना सुंदर है––कि इससे आपको कभी नफरत नहीं होगी।'

आकर्षण का केंद्र ला रेने थी। वो दर्शकों से अपना परिचय कराने के लिए शाम को जल्दी में आई, कांच से बने सितारों से सजी से एक ऐसी ड्रेस में जो गर्दन से पांव तक फैली हुई थी।

"वो लौटेंगी," अनाउंसर ने वादा किया "एक झांकी में जिसका नाम है 'द रेप आफ आ क्वीन'।"

सस्पेंस बनाए रखने के लिए इतना कुछ, जोशुआ ने सोचा। फ्री की शैंपेन के साथ वो शाम का मजा लेने के लिए सीट पर जम गया।

शो ऐसा भी नहीं था जैसा होने का वादा किया गया था लेकिन इसमें कामुकता के कई अच्छे क्षण दिखे––––और इनसान के दुखों के भी। दर्शकों ने, जिनमें ज्यादातर विदेशी थे––– पेरिसवाले आमतौर से इस तरह के शो देखने नहीं आते–शो का तालियां बजाकर स्वागत किया। जोशुआ ने पुरुषों को भावशून्य उपेक्षा के साथ देखा और महिलाओं को पूरी लालच के साथ। अगर वो यहां उस काम के सिलसिले में ना आया होता–––इस तरह के समय हमेशा बेचैनी भरे होते हैं–––तो वो इसका और ज्यादा मजा लेता। उसकी आंखें पर्दे के पीछे निकास के दरवाजे को ढूंढ रही थीं।

उसने अपनी सीट शो के एक ऊबाऊ, और अंधेरे, मौके पर छोड़ी और उस कॉरिडोर की तरफ गया जो उसे ऊपर ड्रेसिंग रूम और वाशरूम तक जाता था।

ला रेने सिर्फ एक बार आई। सबसे आखिरी झांकी के लिए। उसने अभी भी वही कांच के सितारों वाली चमकीली ड्रेस पहन रखी थी लेकिन इस बार उसके साथ एक पुरुष नर्तक भी था। वो दोनों एक दूसरे के आगे पीछे आ जा रहे थे। पहले दूर से गुजरते फिर पास आ जाते। फिर अचानक उसने उसे बिजली की तेजी से पकड़ लिया और उसके सितारों से सजी ड्रेस को फाड़ डाला, टुकड़े कर दिए उसके। बदले में उसे भी पुरुष नर्तक के साथ ऐसा करने में शर्म महसूस नहीं हुई।

दर्शकों ने इसे खूब सराहा।

लेकिन सबसे पहले बिजनेस। जोशुआ ने ला रेने को आखिरी बार देखते हुए गहरी सांस ली। उसके सिर्फ निप्पल पर ही कुछ चिपका हुआ था। पुरुष नर्तक तो पहले ही पूरी तरह नंगा हो चुका था। इसी मौके पर जोशुआ पर्दे के पीछे से कॉरिडोर की तरफ चला गया।

कॉरिडोर में कोई नहीं था।

वो सीढियों से चढ़ कर ऊपर गया। झांझ बजने की आवाज़ उसके पीछे आ रही थी। शो की स्टार होने की हैसियत से उसका अपना अलग कमरा था। कॉरिडोर के अंत में। कमरे पर उसका नाम लिखा हुआ था।

उसने जल्दी से कमरे की तलाशी ली। टेबल पर काम का कुछ भी नहीं था; महिलाओं के मेकअप के जाने पहचाने सामानों के अलावा जिसमें जोर खून जैसे लाल रंग और मेजेंटा पर था।

उसे खुद नहीं पता था कि वो क्या खोज रहा है। शायद कोई डायरी ? या फिर पत्र ? यहां दोनों ही नहीं थे।

उसने दीवार की तरफ देखा। और, वहां उसे जो दिखा उसने उसे अचंभे में डाल दिया। इसकी तो उसने कल्पना भी नहीं की थी।

दरवाजे के सामने दीवार पर एक कोने से लेकर दूसरे कोने तक दुनिया का नक्शा फैला हुआ था। इससे बड़ा नक्शा उसने अपनी जिंदगी में कभी नहीं देखा। एक ऐसा नक्शा जिसके होने की कल्पना उसने सैन्य महाशक्तियों के रणनीति बनाने वाले मुख्यालयों में की थी। बजाए उन मैगनेटिक डिस्क के जिनमें स्कवाड्रनों के जत्थों या सैन्य टुकडियों का जिक्र होता है, उसने नक्शे पर कुछ देशों के राष्ट्रीय झंडों को पिन से लगा देखा। उसे इसका कोई बंधा बंधाया

तरीका नहीं नजर आया। नक्शे पर यूरोप और अफ्रीका के देशों के झंडों की संख्या ज्यादा थी। एशिया और साउथ अमेरिका के हिस्से में कम। उसने साउथ अफ्रीका पर लगे झंडे को खींच कर निकाला। उस पर नाम और तारीख लिखी हुई थी। लिखा था 'साउल प्रेंतिस'। तारीख कोई सोलह साल पहले की थी।

दक्षिण अफ्रीका के पास गोलाई में कई देशों के झंडे लगे थे———मोजाम्बिक, नामीबिया, जिंबाब्वे, अंगोला और जांबिया। हर जगह एक नाम था और एक तारीख थी।

वहां भारत का झंडा नहीं था।

उसने झंडों को वापस नक्शे पर उनकी जगह पर लगा दिया।

बिस्तर पर बैठ कर वो उसका इंतजार करने लगा। उसने नीचे की मंजिल पर तालियों की आवाज़ सुनीय कदमों की आहट सुनी जो सड़क की तरफ जा रहे थे। फ्रेंच में कुछ शब्द सुने, इतने आहिस्ते और इतनी दूर से कि समझना मुश्किल था।

उसने उसके ऊपर आने की आवाज़ सुनी। फिर कॉरिडोर में और फिर दरवाजे पर। कदमों की हर आहट आसपास फैले सन्नाटे में ज्यादा तेज लग रही थी। साफ बता रही थी कि वो कौन है और कहां है। लगातार ऊंची होती आवाज़ दरवाजे तक आ गई। उसके कदमों की आवाज़ झांझ की आवाज़ में दब गई थी। ला रेने के कदमों की आवाज़ तन्हा थी।

वो कमरे में आई, उसे लगभग देखा नहीं। लाल ड्रेसिंग गाउन उसके शरीर पर बेतकल्लुफी से लिपटा हुआ था। ऊपर से आधा खुला हुआ। कमर पर बंधी एक डोरी के सहारे टिका हुआ। हर एक कदम के साथ उसकी जांघें गाउन से बाहर झांकती थीं।

उसे देखते ही वो अचानक रुक गई। रुक कर ऐसे घूमी जैसे दरवाजे की तरफ जा रही हो।

"मुझे माफ कर दें, मैडम," उसने नरमी से कहा। "आपके कमरे में बिना आपकी इजाजत आने के लिए। क्या इस तरह से घुसने के लिए आप मुझे माफ कर देंगी ?"

वो उसके लिए दरवाजा खोलकर खड़ी हो गई।

"अजनबियों को मेरे कमरे में आने की इजाजत नहीं है, महाशय। मैं एक विदेशी के साथ रुखा बर्ताव नहीं करना चाहती लेकिन मैं सिर्फ यही कहूंगी कि आप चले जाएं।"

"साउल प्रेंतिस के दोस्त को भी ?"

"मैं इस नाम के किसी भी आदमी को नहीं जानती।"

"मैडम, आपसे बात करना मेरे लिए बहुत जरूरी है। प्लीज ! क्या आप अपना सिर्फ चंद मिनट नहीं दे सकेंगी ? सिर्फ इतना ही मैं आपसे चाहता हूं।"

"क्या आप नहीं जाएंगे, महोदय, अपनी खुद की इच्छा से या फिर मैं आपको इस कमरे से उठकर बाहर फिकवाऊं ? मैं चाहूंगी कि आप यहां से सही सलामत चले जाएं।"

"मैडम," उसने विनती की, "इस वक्त आपके कमरे में आने के लिए मैं आपकी कला का आखिर तक आनंद नहीं उठा सका। इससे आपको निश्चित ही लगेगा कि मेरा आपसे मिलना किस हद तक जरूरी है। प्लीज मैडम ! मैं आपसे सिर्फ बात करना चाहता हूं। एक ऐसे मुद्दे के बारे में जो मेरे और साउल के लिए बेहद महत्वपूर्ण है।"

ऐसा लगा कि वो कुछ नरम पड़ रही है। होठों पर एक मुस्कान आ गई। ड्रेसिंग गाउन को कस कर पकड़े उसके हाथ को थोड़ा आराम मिला। उसने उसके हाथ को उसकी बगल की तरफ खिसकते देखा।

"अधिकांश लोग, महोदय, मुझसे यह बताने के लिए मिलना चाहते हैं कि उन्हें मेरे अभिनय का अंतिम सीन कितना जोशीली लगा। कैसे वो महज इसकी कल्पना से ही उत्तेजित हो उठे। खुद पर काबू ना पाते हुए! कैसे वो अपनी सारी दौलत मेरे कदमों में डाल सकते हैं सिर्फ इस एक्ट को अंत तक दिखाने के लिए। लेकिन आप कह रहे हैं कि आप इसी अंत को खामोशी से छोड़ कर यहां आ गए–मुझसे बात करने के लिए ? यह एक नई बात है, महाशय, और मैं मानती हूं कि इससे मुझे मजा आया है।"

उसने दरवाजा बंद कर दिया। ताला नहीं लगाया। ड्रेसिंग टेबल की तरफ गई। गद्दी लगे स्टूल पर बैठ गई और सामने शीशे में खुद को देखने लगी। उसकी पीठ जोशुआ की तरफ थी।

उसके होठों पर अभी भी मुस्कराहट थी। साउल उस पर जान छिड़कता था और जोशुआ अब समझ रहा था कि ऐसा क्यों था। वो बेहद सुंदर थी। हल्का सा लंबा चेहरा जिसकी खासियत गालों की उठी हुई हड्डियां थीं, बड़ी आंखे और बड़े ही होंठ। सुनहरे भूरे बाल एक बड़े जूड़े की शक्ल में पीछे बंधे हुए जिस पर गहने लगे हुए थे और जो उसके शरीर की हर हरकत के साथ उसकी तरफ देख कर झूल रहे थे।

उसने अपने जूड़े से पिन निकालीं और बाल उसके पीछे लहरा गए। उसने शरीर साफ करने वाली क्रीम उठाई और अपने चेहरे, गर्दन, कंधों पर मला और अपने स्तनों पर अपने हाथ फेरे। उसके बदन से खुशबू निकल रही थी।

उसने शीशे में जोशुआ को देखा।

जब जोशुआ ने इस बात का नोटिस लिया तो जल्दी से अपनी नजरें उस पर से हटाईं। वो फिर मुस्कराई।

"आपने अपना क्या नाम बताया था, महाशय ?"

"जोशुआ। जोशुआ सैम्युअलसन। मैं सच में साउल का दोस्त था।"

"आप एक डॉक्टर हैं ? हैं ना, हां। उसने एक–आध बार आपके बारे में बात की थी। मैं ऐसा महसूस कर रही हूं कि उसके जरिये मैंने आपको थोड़ा बहुत जाना है। तो आप मेरे एक्ट का अंत नहीं देख सके, जोशुआ ? क्यों आप मुझसे बात करना चाहते थे ?। खैर, मुझे अच्छा नहीं लगता कि कॉक डि'ओर आने वाला मेरा कोई भी ग्राहक इतने पैसे देने के बाद भी मेरे एक्ट से पूरी तरह संतुष्ट ना हो। और वो भी ऐसा जो साउल का दोस्त हो। "

वो समझ नहीं सका जब तक कि वो अपने गद्दीदार स्टूल पर खड़ी नहीं हो गई।

उसने अपने ड्रेसिंग गाउन को अपने ऊपर से उतार फेंका। उसके सामने, बिना किसी जल्दी या शर्म के; और फिर ऐसे जैसे कि वो कमरे में हो ही नहीं, वो बेड के पास एक अलमारी के पास गई, अपना हाथ सिर पर रख लिया, उसी तरह कुछ सेकेंड खड़ी रही और आखिरकार नाइटगाउन को पहन लिया।

"क्या आप कुछ कहना नहीं चाहेंगे, जोशुआ ? तारीफ में कोई शब्द नहीं? कोई कमेंट नहीं ? आलोचना ही सही ?"

"मैं क्या कहूं मैडम ? आप सच में क्वीन हैं।"

"आप कहां के रहने वाले हैं, जोशुआ ? वो जगह नहीं जहां आप पैदा हुए थे बल्कि वो देश जिसे आप अपना कहते हैं ?"

" इंडिया।"

"आह! ल' इंडी ! एक खूबसूरत देश। हालांकि मैं वहां कभी गई नहीं। मैं कभी वहां जाना चाहूंगी।"

वो दीवार पर लगे नक्शे के पास गई और अपनी उंगली से उस जगह को दबाया जहां भारत का उल्लेख था। उसने छोटी टेबल के ड्रार को खोला, उसमें रखे झंडों को देखा और भारत का झंडा निकाल कर मेज पर रख दिया।

"सोलह साल पहले की बात है, जोशुआ। मैं किसी से प्यार करती थी। वो भी मुझे चाहता था। मुझे हमेशा इसका यकीन रहा। हम शादी करने वाले थे। हमने कितने ही घंटे एक साथ बेड में बिताए, सिर्फ सेक्स करते हुए नहीं---वो तो कोई भी कर सकता है---बल्कि एक दूसरे से बातें करते हुए। प्यार को महसूस करते हुए, इसे सिर्फ करते हुए नहीं।

मैंने अपने बारे में उसे सब कुछ बता दिया था। मेरा परिवार, यहां तक कि अपनी परदादी के बारे में भी जो अफ्रीकी भाषा बोलती थीं और उसी इलाके की थीं जहां का वो खुद था। केपटाउन के थे दोनों। मैं सोचती थी कि अगर मैं अपनी वंशावली में उसके तरफ के लोगों का भी निशान ढूंढ निकालूंगी तो उसे अच्छा लगेगा।"

जोशुआ ने उसके गालों को छुआ। उसकी तकलीफ को अपनी उंगलियों पर महसूस किया और उसे दिलासा देने की कोशिश की।

उसने जोशुआ का हाथ अपने चेहरे से नहीं हटाया, यह भाव दिखाते हुए कि इससे उसको राहत मिली है।

"मैं आपकी भावनाओं को समझ सकता हूं, मैडम। आप जिस जिस मुकाम से होकर गुजरी हैं, उससे मैं गुजर चुका हूं। रास्ते भी कितने जाने पहचाने हैं हमारे।"

उसने जोशुआ का हाथ नीचे कर दिया।

"साउल ने मुझे आपके बारे में बताया था, जोशुआ। लेकिन यह काफी समय पहले की बात है। हमें खुद को जिंदा रखना होगाकृआपको और मुझे। क्या आपको पता है कि इसका सबसे बढ़िया तरीका क्या है ? क्या मैं आपको बताऊं।? "

"प्लीज।"

"जीवन में एक लक्ष्य होना चाहिए। किसी भी तरह का लक्ष्य। चाहे कितना भी छोटा दिखता हो। यह किसी के भी जीवन को उम्मीदों से भर देता है। कुछ ऐसी उपलब्धियां जो अभी हासिल नहीं की जा सकी हैं, उन्हें पाने की उम्मीद। बिना लक्ष्य का आदमी मुर्दे जैसा होता है, साहब।"

"कोई भी आपसे सहमत होगा, मैडम।"

" क्या मैं अपना लक्ष्य बताऊं ?"

"अगर आप चाहें।"

"आप हंसेगें तो नहीं ?"

"नहीं, मैं वादा करता हूं।"

"मेरे जीवन का लक्ष्य बहुत सीधा–सादा है, जोशुआ। शायद इसलिए क्योंकि मैं सीधी सादी महिला हूं। भगवना ने मुझे बुद्धिमान, हाजिर जवाब और बहुत प्रतिभावान नहीं बनाया है। लेकिन उसने मुझे एक शरीर दिया है और इसे इच्छाओं से भर दिया है। मैं अपनी सीमाओं में रहती हूं। मैं एक ऐसे लक्ष्य के लिए जी रही हूं जो मेरी सहूलियतों के हिसाब से फिट बैठता है। "

"इससे ज्यादा समझदारी की बात और क्या हो सकती है, मैडम।"

"प्लीज, क्या तुम मुझे सिमोन कह कर बुलाओगे। यह मेरा नाम है। मरने से पहले मेरा लक्ष्य, जोशुआ, यह है कि मैं दीवार पर लगे इस नक्शे पर हर देश के नाम के साथ उसका झंडा लगा सकूं। तब धरती के सभी लोगों के साथ मेरा एक रिश्ता होगा ! "

"एक उचित लक्ष्य है, सिमोन। इसमें मैं कोई कमी नहीं पाता। "

"मुझे खुशी है कि तुम ऐसा सोचते हो। ऐसे भी लोग हैं जो इस बात को नहीं समझ पाते। तुमने कहा था ना कि तुम मुझसे बात करना चाहते हो ? किस बारे में बात करना चाहते हो ? यहां आओ, मेरे पास बैठो। "

जोशुआ उसके पास जाकर बैठ गया।

"साउल के बारे में। साउल के बारे में कुछ सवाल। क्या पूछ सकता हूं ?"

हल्के से हरापन लिए हुए समुद्र जैसी नीली आंखें शरारत से मुस्कराईं।

" मैं एक साधारण महिला हूं, जोशुआ। अगर संतुष्ट तो सच्चाई मुझ तक आसानी से पहुंच जाती है। अगर असंतुष्ट तो फिर मुझसे बड़ी झूठी कोई नहीं!"

वो बेड से उठी, उंगली के इशारे से उसे बुलाया।

जोशुआ उस शाम पहली बार मुस्कराया। चेहरे पर राहत के भाव दिखे; और इसी के साथ शाम के सभी शक और बेचौनियों को भी सुकून मिला। अचानक ऐसा लगा कि वो सिमोन को काफी समय से जानता है। वो किसी सच की तलाश में उसके साथ सेक्स करने नहीं जा रहा था, हालांकि वो उसी सच की तलाश में यहां आया था। वो खुद उसी के लिए उसके साथ बेड में जा रहा था–––क्योंकि वो कभी साउल की हुआ करती थी ? या फिर इसलिए कि उसने साउल को नंगा देखा था, जूलिया के नंगे शरीर के ऊपर, अंदर डालने के लिए तैयार ?

उन दोनों के बीच इत्तेफाक से ऐसा हो गया होता तो इसे भूल जा सकता था। लेकिन वो तो उसकी रखैल थी----अगर लॉरा की बात पर यकीन करें तो-----पूरे एक साल तक ! उस एक साल में कितनी बार वो उसके साथ जबरन सोया होगा ? कितनी बार वो उसके लिए मुड़ी रही होगी, उसके लिए सीधी लेटी होगी, उसके लिए उत्तेजना से कांपी होगी, खुद को उसे सौंपा होगा और साउल का लिया होगा ?

यह सब लॉरा ने कहा था। जो कुछ भी उसके लिए बचता है वो साउल का जूठन होता है। क्या लोग इसी तरह एक दूसरे को देख सकते हैं ? जूठन की तरह ? क्या वो किसी के लिए जूठन है ? और जूलिया ? क्या वो भी साउल का जूठन थी ? उसने कभी भी लोगों के बारे में इस तरह नहीं सोचा। यहां तक कि विदेशी आयाओं के बारे में भी नहीं। हर बार उन्हें एक इनसान ही पाया।

सिमोन के लिए भी उसके मन में यही भाव था।

उसने कपड़े उतार दिए और बेड के पास खड़ा हो गया।

सिमोन ने कपड़े नहीं उतारे।

वो समझ नहीं सका; सवालिया निगाहों से उसे देखा, माफी मांगने के लिए तैयार था अगर उसने इशारों का गलत मतलब निकाल लिया हो तो और शायद ऐसा करके उसे नाराज भी कर लिया हो।

उसने बेड के पास पड़े अपने कपड़े को उठाने के लिए हाथ बढ़ाया।

उसने उसके हाथों को रोक दिया।

"मुझे बताओ, जोशुआ। क्या तुम नीचे फ्लोर पर मेरे पार्टनर बनना पसंद करोगे ? डांस में ? कुछ लम्हों के लिए मेरे चारों ओर शोरगुल करते हुए कूदोगे, संगीत की सही धुन और ड्रम के रोल का इंतजार करते हुए कि जैसे ही यह बजें और तुम मेरे कपड़े फाड़ दो ?"

"मैं मानता हूं। इस फैंटेसी ने मुझे उत्तेजना से भर दिया।"

"यह फैंटेसी नहीं है। यहां, मेरे नाइटगाउन की आस्तीन को लो। कुछ समय पहले हमने एक ऐसी झांकी दिखाई थी। यह सभी लगभग एक जैसी होती हैं----ये झाकियां ! हम इस चीज का इस्तेमाल स्टेज को सहारा देने के लिए करते हैं। इसे आस्तीन के अंदर लगाओ। क्या तुम्हें वहां एक छोटा फंदा सा महसूस हो रहा है ? अब अपनी उंगली इसमें डालो। और खींचो। और यह देखो! मैं दो सौ लोगों के सामने नंगी खड़ी हूं, जैसे कि तुम्हारे सामने हूं। क्या इससे भी ज्यादा कुछ और संतोषजनक हो सकता है ?"

क्या यह सब मेरे साथ हो रहा है, जोशुआ ने सोचा। उसने उसे बेड के किनारे की तरफ फिसलते देखा। उसका मजबूत बदन उसकी जांघों की नजर ना आने वाली हरक़त के बीच जरा भी नहीं कांप रहा था। वो एक ट्रेंड डांसर थी, उसे यह मानना पड़ा।

वो चादरों के बीच फिसली और अनजाने में उन्हें थपथपाया।

उसने उसे अजीब तरह के रोमांच से घिरी हुई और आजादी के अहसास के साथ पाया। उसे उन संदेहों से एक तरह की राहत महसूस हुई जो पिछली रात से उसके साथ चिपके हुए थे। वो रात जो उसने लॉरा के साथ बिताई थी। और, जो पूरी तरह खराब होने के कगार पर पहुंच गई थी। उसने उसे बचा लिया था–––उसे गुस्सा दिलाकर। कोई इस तरह से प्यार कैसे कर सकता है ? लगातार एक ही तरह से? प्यार का यह आधार तो मुश्किल ही से हो सकता है। लॉरा ऐसी थी जिसे वो जानता था और पंद्रह सालों से प्यार कर रहा था।

उसके बगल में लेटी हुई फ्रांसीसी महिला उसके लिए पूरी तरह से अनजान थी। वो अब से कुछ मिनट से पहले उसे जानता तक नहीं था।–––हालांकि उसके बारे में पहले सुन रखा था। उसने अपना नाम बता दिया–––अपना सही नाम–इन्हीं चंद मिनटों में और उससे इसी नाम से उसे बुलाने को भी कहा। और यहां वो था, अपनी इच्छा से, चाहत के साथ, पूरी तेजी से उसके बिस्तर में उसके शरीर को अपनाते हुए, प्यार के साथ। उसने सोचा कि ये अहसास हैं जो फर्क डाल देते हैं। लोगों की एक दूसरे के लिए चाहत को स्पर्श ही बता देता है। दोनों एक दूसरे को जानते हैं। दोनों ही ठुकराए हुए हैं और इसीलिए एक दूसरे के और करीब आ जाते हैं। महिला की आंखों में अपने लिए चाहत की रोशनी देखना–––और अपने लिए भावनाओं के उबाल को देखना–––इस पूरे अनुभव को और भी खूबसूरत बना देता है। आप किसी को उसकी बेड में तब तक प्यार नहीं कर सकते जब तक कि आप उससे सचमुच प्यार ना करते हों।

वो जोशुआ के कंधे पर अपना सिर रखकर लेटी हुई थी। अपनी गर्म सांसे उसकी छाती पर फेंक रही थी। अपने हाथ उसके निप्पल पर फेर रही थी, उससे खेल रही थी, उसे खिलौना जैसा बनाए हुए थी। कभी–कभी पलटकर उसकी तरफ अपनी पीठ कर लेती थी ताकि वो भी उसके निप्पल के साथ वही सब कर सके। और फिर पलटकर उसकी तरफ मुंह कर लेती थी।

जोशुआ ने उसकी पीठ सहलाई।

" तुम बहुत अच्छे हो," उसने मदहोशी जैसी हालत में कहा।

" शुक्रिया। वैसे अब मैं इतना जवान नहीं रहा। मैंने पंद्रह साल कहीं और गंवा दिए---जैसे तुमने भी गंवाए---और अभी भी नहीं जानता कि क्यों गंवाए? अब मैं ऐसे महसूस कर रहा हूं कि फिर से एक नई शुरुआत कर सकता हूं। शायद तुम भी सिमोन ?"

"मैं कह नहीं सकती, जोशुआ। लेकिन मैं तुम्हारे लिए खुशी महसूस कर रही हूं। मेरी जिंदगी एक ना बदलने वाले फैशन में ढल चुकी है। दीवार इतनी ऊंची है कि उसे पार कर पाना मुश्किल है। लेकिन इन दीवारों के अंदर, मैं अपने लक्ष्य के लिए काम कर रही हूं और मैं नाखुश नहीं हूं।"

"क्या तुम मुझे साउल के बारे में बताओगी ? क्या उसके बारे में बात करोगी?"

"बात करने के लिए है ही क्या ? बताने के लिए है ही क्या ? वो मेरा प्रेमी था। अब मर चुका हैं। "

"तुमने उससे छह दिन पहले बात की थी, क्यों ? "

"मैंने बात की थी ? "

"तुमने वादा किया है, सिमोन। सच का !"

"हां, की थी। मैंने छह दिन पहले उससे बात की थी। वो मेरे कहने पर आया था।"

"क्यों ? तुमने उसे यहां क्यों बुलाया था ?"

"मैं सोचती थी कि मुझ पर उसके कुछ अहसान हैं, जोशुआ। किसी समय मुझे प्यार करने का। और मुझे सचमुच इस पर यकीन है कि वो मुझे प्यार करता था। तो कोई छोटी से छोटी सूचना भी मुझे मिलती थी तो मैं उसे जरूर बताती थी---और उसके बाद मैं अपने लक्ष्य की तरफ काम करने के लिए आजाद होती थी। क्या तुमने पहले ऐसा महसूस किया है ? किसी के साथ जिसे तुमने प्यार किया हो ? तुम उसे कुछ दो और फिर जब किसी और के साथ हो तो कम अपराधबोध महसूस करो ? जरूरी है कि हम लोग साउल के बारे में बात करें? वो भी ऐसे समय में ? ओह ! आप कितने कितने अच्छे हैं, साहब ! एक बार और करें ?"

उसने उसे कस कर भींच लिया। उसकी आंखें बंद थीं।

"तुमने उससे क्या कहा था जब वो तुमसे मिलने यहां आया था? उस शाम को ? वो कौन महत्वपूर्ण बात थी जिसके लिए तुमने उसे नाईस से यहां बुलाया था ? "

"मैं नहीं जानती कि वो महत्वपूर्ण बात थी या नहीं, जोशुआ। लेकिन मैं उसे बहुत नरमी से उस अंग्रेज लड़की से दूर ले जाने में कामयाब रही थी जिसे वो नाईस में फंसाने की कोशिश कर रहा था। ऐसा मैंने अपने लिए नहीं खुद उसी के लिए किया था। तुम समझ रहे हो। इस बात का मेरे लिए कोई मतलब नहीं था कि वो किसे खींचकर अपनी बेड तक ले जाना चाहता है। मैंने बहुत पहले ही उसके तमाम प्रेमियों के बारे में सोचना बंद कर दिया था। लेकिन वो उसे खुद से प्यार करने के लिए मना नहीं सका। वो इंग्लैंड के उच्च वर्ग की लड़की थी। वो उसका शरीर पा सकता था लेकिन उसका दिल, साहबजी, अपना दिल वो उसे नहीं देने वाली थी-----और वो इसे बर्दाश्त नहीं कर सका। मैंने उसे उसकी कुछ तकलीफों से बचाया। क्या वो बहुत गलत था ?"

"लेकिन जब वो आया तो तुमने उससे कहा क्या ?"

ऐसा लगा कि जोशुआ के लगातार पूछने से वो थोड़ी और खामोश और नींद से बोझिल हो गई। जोशुआ ने अपनी छाती और उसके कानों पर से उसके बाल हटाए और बहुत ही धीरे से उसे खींचा।

"शायद यह तुम्हारे लिए अच्छा ही है कि तुम नहीं जानते, जोशुआ। वो शायद इसीलिए मर गया क्योंकि वो जानता था। मैं नहीं चाहती कि तुम भी उसी की तरह मरो, जोशुआ।"

"मैं निश्चित तौर पर मारा जाऊंगा, सिमोन, अगर मैं इसे नहीं जानूंगा। क्या तुम इस पर यकीन करोगी ? प्लीज।"

"कल। मैं तुम्हें कल बताऊंगी। अब सो जाओ, जोशुआ। सुबह होने का समय आ गया है। दो बज रहे हैं। हम इस पर नाश्ते के बाद बात करेंगे। मैं तुम्हारे लिए बढ़िया ऑमलेट बनाऊंगी। ठीक है ? "

"ना ! अभी ! मुझे अभी ही जानना है ! तुमने उस दिन साउल को फोन क्यों किया था ? तुम्हें ऐसा क्या मिल गया था जो उसके लिए इतना ही खास था? मुझे अभी बताओ ! "

जोशुआ ने उसे बेड पर हिलाया। उसने पूरे आनंद के साथ उसे अपनी बांहों में जकड़ लिया।

"तुम अपनी बात को किस हद तक मनवा लेते हो, जोशुआ। मुझे मजबूत आदमी पसंद हैं। तुम बहुत मजबूत हो। मैं कितने ही मर्दों के साथ सो चुकी हूं, यह मुझे पता है। हर उस आदमी का मैंने स्वागत किया जिसके अंदर मुझसे इस बारे में कहने की

हिम्मत थी। सभी जातियों और राष्ट्रीयताओं के मर्द———इन सभी को प्यार देने में मुझे प्यार आता है। बीती रात ही, मेरे साथ एक ऐसा आदमी था जो साउल की दुनिया के हिस्से का रहने वाला था। एक खास आदमी। मैं भेदभाव नहीं करती। नेता, शाही खानदान वाले, सैन्य अफसर, यहां तक कि स्टॉकब्रोकर, सभी मेरे बगल में लेट चुके हैं। वो यहीं पेरिस में रक्षा मंत्रालय के लिए खरीदारी कर रहा था।"

"अश्वेत अफ्रीकी ? "

"हां, मोजाम्बिक का। अपनी शक्तियों के बारे में डींग मारने वाला——मुझे कुछ ऐसा बताने में सक्षम जिसके बारे में सिर्फ वही जानता है। सभी ऐसे ही होते हैं ! पता नही क्यों। एक बार मेरे पास एक आर्किटेक आया था। उसने मुझसे कहा कि वो मेरे कमरे की तस्वीर बदल सकता है। और, एक डॉक्टर आया था जिसने शरीर के बारे में जानकारी देनी शुरू कर दी थी। उन्हें क्यों लगता है कि मैं इससे प्रभावित हो जाऊंगी, यह मैं कभी नहीं जान सकूंगी। मैंने उससे पूछा तक नहीं और वो मुझे बताता रहा। हम लोग उस आदमी के इलाके की भी बातें नहीं कर रहे थे। सच पूछो तो जहां तक मुझे याद आ रहा है, हम किसी भी चीज के बारे में बातें नहीं कर रहे थे। और, तभी उसने अचानक एक तारीख का जिक्र किया। तीन या चार जगहों के नाम लिए जो मेरे लिए कोई मायने नहीं रखते।"

" कौन सी तारीख ? और जगहें ? "

" मैं इस तरह की बात कभी याद नहीं रख सकती, जोशुआ। इसलिए मैं ऐसी बातों को लिख लेती हूं। इसके बाद चिंता नहीं रहती कि कहीं भूल ना जाऊं——और हमेशा ऐसा करती हूं। याद नहीं कर पाती, यहां इस बेड में । "

जोशुआ बिस्तर से बाहर आया। तेजी से कपड़ा पहना। पैंट से बाहर निकली हुई थी शर्ट जब उसने टाई बांधी, बहुत बेदर्दी से टाई की नॉट को इधर–उधर हिलाया और जूते पहने। मोजों को अपनी जेब में रख लिया।

" कहां जा रहे हो जोशुआ ? " उसने नींद भरी आवाज़ में कहा। " वापस बिस्तर में आओ, मेरी जान। क्या सुबह तक इंतजार नहीं हो सकता ? सुबह होने पर मैं तुम्हारे लिए इसका पता लगा लूंगी, मेरा वादा रहा। "

" मुझे जाना होगा, सिमोन। आह ! कितनी सुंदर हो तुम। लेकिन यह तो तुमने पहले भी सुना होगा। मैं कोई अकेला नहीं हूं तुमसे यह बात कहने वाला। मुझे जाना होगा। तुम्हें मुझे कुछ देने की जरूरत नहीं है। मैं समझ सकता हूं। मैं तुम्हें हमेशा याद रखूंगा। "

वो बेड के किनारे बैठ गया। झुक कर उसके कंधों को पकड़ा और लंबा, गहरा चुंबन लिया। सिमोन ने अपनी बांहें उसके गले में डाल दीं और उसे अपनी तरफ खींचा। यह अलविदा का वक्त था और यह बात दोनों समझ रहे थे।

सिमोन ने जोशुआ का हाथ पकड़ा हुआ था जब वो बेड से उठा। जोशुआ ने हाथ धीरे से छुड़ाया और सिमोन ने उसे आहिस्ते से अपने हाथ से फिसल कर निकल जाने दिया।

" वो नक्शे पर हैं, " उसने कहा। " झंडों पर। ले लो। वो मेरे किसी काम के नहीं हैं———अब जबकि साउल मर चुका है तब। यह सभी जानकारियां कभी भी मेरे किसी काम की नहीं थीं। तुम शौक से इन्हें ले लो।"

उसने अपने सिर पर रखी बाहों के बीच से उसे देखा। चादर उसकी कमर तक सरकी हुई थी।

यह वो रूप था जिसमें वो उसे सबसे बेहतर तरीके से याद रख सकता था।

उसने भारतीय तिरंगा लिया, इसके बीच में बने गोल चक्र के साथ, जिसे उसने विशाल नक्शे के नीचे, सामने की तरफ मेज पर रख दिया था———और इसमें सीधे बांबे की तरफ देखा।

जोशुआ के बाहर जाते कदमों की आवाज़ कॉरिडोर में धीरे धीरे गुम हो गई। लॉ रेने के कमरे की तरफ जाने वाले इस कॉरिडोर के दूसरे छोर पर वाशरूम के अंधेरे में अब तक धैर्य से इंतजार कर रही एक परछाईं ने हरकत की।

पराछाईं के एक हाथ ने उस बंदूक को बाहर निकाला जिस पर साइलेंसर लगा हुआ था। शिकार भागने की कोशिश करेगा ! कनपटी पर दर्द के धमाके, आंख की पुतलियां जल उठीं। आंख की पुतलियां अंधेरे में और फैल गईं। मुंह के एक किनारे पर मुस्कराहट छा गई, जिस पर अंदर से बाहर आ रहा थूक दिख रहा था।

दूसरा हाथ, जिसने बीच से मूठ को मजबूती से पकड़ रखा था, कस कर छुरे को पकड़े हुए था।

अध्याय 16

डोनाल्डसन ने जूलिया को फोन किया।

" मैं उसे खो चुका हूं, मिस " उसने माफी मांगते हुए कहा। " आई एम सॉरी, रियली सॉरी।"

" मतलब क्या है तुम्हारा कि 'खो चुका' हूं ? तुम उसके साथ पेरिस गए थे। गए थे कि नहीं ?"

" हां, गया था मिस। वचन दे रहा हूं। गया था। "

" और ? "

" जी, पूरा दिन तो उसने उस जगह के मालिक, उस फ्रेंची के साथ फुटपाथ के पास शराब पी। फिर रात को वो कॉक डि'ओर गया। यह रुये डि ला ब्रूयेर सड़क पर मोनमारत्रे में एक छोटा नाइट क्लब है। रात का, देर रात का शो, मिस। मैं बहुत थक गया था। "

" क्या तुमने शो देखा, डोनाल्डसन। "

" सच पूछें तो, हां, मिस। मेरे जैसों के लिए नहीं थी वो चीज ना आप जैसों के लिए। मर्द और औरत अपना सब कुछ निकाल फेंक रहे थे। कभी–कभी एक साथ। बेहद खराब। लग रहा था कि उसने बहुत मजा लिया इसका। "

जूलिया अपने इस एकांत बेडरूम में भी मुस्कराहट नहीं रोक पाई। उसने कल्पना की इज्जतदार, गंभीर, छोटे से डॉक्टर सैम्युअलसन, जिनकी आंखे फटकर बाहर आ रही हैं। उसे सोच कर हंसी आ गई।

उसने सोचा, यह जोशुआ के लिए अच्छा ही है। लोगों के साथ उसे थोड़ा और आराम से पेश आने में मदद मिलेगी। वो खुद अपने आपको पहले जैसा बना सकेगा।

"इन सब बातों पर ध्यान मत दो, टॉम" जूलिया ने सख्ती से कहा। "ऐसा लग रहा है कि तुम्हें खुद उसमें मजा आया। फिर क्या हुआ?"

"जी, मिस। सबसे आखिरी एक्ट के आखिरी सीन में वो वहां से गायब हो गया ! लाइट जलने पर मैंने उसे हर जगह खोजा लेकिन वो कहीं नहीं मिला।"

"तुम कहना चाह रहे हो कि तुम्हें छोड़कर निकलने के लिए उसने एक्ट के खास हिस्से को छोड़ दिया ? उस वक्त जब तुम कहीं और अपनी आंखे गड़ाए हुए थे ?"

"आप ऐसा कह सकती हैं मिस, मैं सचमुच माफी चाहता हूं। मेरे पास रिपोर्ट करने के लिए कुछ भी नहीं है। मैं वहां दो या इससे भी ज्यादा घंटे तक रुका रहा, इस उम्मीद में कि वो कहीं नजर आ जाए लेकिन तब तक बहुत, बहुत देर हो चुकी थी——–इसलिए मैं वहां से लौट गया।"

"इसके बाद तुमने क्या किया ?"

"मैंने ? "

"हां, तुमने। इसके बाद क्या किया ?"

"मैं लोटकर होटल गया। नहाया, मिस, थोड़ा फ्रेश हुआ। मैं सफर की थकान का मारा हूं। सुबह होने पर मैंने उसके होटल जाकर उसे खोजने की कोशिश की लेकिन वो पहले ही होटल छोड़ चुका था। होटल वाले भी नहीं जानते कि वो कहां गया या हो सकता है कि बता ना रहे हों। तो, मैं अगली फ्लाइट से लंदन वापस आ गया। "

जूलिया ने अपने होठों का दांतों से दबाया । उसने फोन लाइन के दूसरे सिरे पर एक निराश डोनाल्डसन की कल्पना करने की कोशिश की। वो उसकी भारी सांसों को फोन लाइन पर महसूस कर रही थी। उसने नतीजा निकाला कि डोनाल्डसन जो कोई भी है, जवान तो नहीं ही है। शायद उत्तेजना की वजह से हल्का अस्थमा हो ?

"डोनाल्डसन," उसने दृढ़ता से कहा। "मैं तुमसे मिलना चाहती हूं। नोट्स को तैयार करने और ऐसी ही बातों के लिए। क्या तुमने डॉक्टर फार्न्सवर्थ से बात की थी ?"

"की थी, मिस जूलिया, और उन्होंने इसे मेरे ऊपर छोड़ दिया। मैं सच में यह महसूस करता हूं कि आपसे मिलना अक्लमंदी नहीं होगी। हम दोनों इसी तरह सुरक्षित हैं——–खासकर आप, प्लीज मिस !"

''मैं आज शाम आठ बजे ईवनिंग स्टार में रहूंगी, डोनाल्डसन। या तो तुम वहां पहुंचो और खुद को मेरे सामने लाओ या फिर तुम्हारी जॉब गई। क्या मैंने अपनी बात को बिलकुल साफ तरीके से तुम्हें बता दिया है ?''

''सख्त शब्द हैं, मिस'', टेलीफोन पर आवाज़ बोली। ''मैंने अपने बीच होने वाली इन छोटी फोन चौट का मजा लेना शुरू कर दिया था। आपका काम मेरे बिना कैसे चलेगा ? ''

''मुझे कोई परेशानी नहीं होगी। शुक्रिया। मैं कह रही हूं, टॉम। या तो तुम शाम को ईवनिंग स्टार पहुंचो----आठ बजे----नहीं तो आगे से मुझे फोन करने का कष्ट मत उठाओ। मैं डॉक्टर फार्न्सवर्थ से कह दूंगी कि वो मेरे साथ किसी और को काम पर लगा दें।''

''लगता है कि मेरे पास कोई रास्ता नहीं है। है क्या मिस ?'' उसने कहा और जूलिया की आंखें उस चिड़चिड़ेपन से रौशन हो उठीं जिससे उसने अपनी हार मानी थी।

''कोई भी नहीं, टॉम। चलो अब, खुश हो जाओ। मैं तो तुम्हारे लिए ड्रिंक तक खरीदूंगी।''

''मेहरबानी है आपकी मिस,'' यह कहते हुए उसने सांस ली और फोन रख दिया।

लंदन पहुंचकर जोशुआ सीधे अपने फ्लैट पर गया। पायदान के नीचे रखी अतिरिक्त चाबी से घर खोलकर अंदर गया। देर रात में, खूब पीने के बाद वो आमतौर से यह भूल जाता था कि चाबी कहां रखी है। इसलिए बेहतर तरीका यही था कि एक अतिरिक्त चाबी घर के मुख्य दरवाजे के बाहर रख दी जाए। सुबह का वक्त था लेकिन फिट्ज़जोन्स एवेन्यू में, हैम्पस्टेड से स्विस कॉटेज और वहां से सेंट्रल लंदन के लिए ट्रैफिक की चहल पहल शुरू हो चुकी थी।

उसने अपना मेल चेक किया। उसमें अमेलिया का एक अर्जेंट और घबराया हुआ संदेश था।

उसने लिखा था कि डॉक्टर क्लेबोर्न की हत्या कर दी गई है। उसने दोहराया कि उसे बुरी तरह मारा गया है। और वो-----यानि जोशुआ----लापता है। पुलिस सवाल पूछ रही है। तीन बार आ चुकी है और तीनों बार उसने पुलिस को यही बताया कि वो नहीं जानती कि वो कहां है। और उन मरीजों से वो क्या कहे जो रोजाना वहां सर्जरी कराने पहुंच रहे हैं ? वो सभी को प्रिमरोज हिल पर डॉक्टर स्टीवेन्स के पास भेज देगी। और, दरवाजे पर एक संदेश लगा देगी कि

डॉक्टर क्लेबोर्न की असमय मौत की वजह से सर्जरी अनिश्चितकाल, अगली सूचना तक के लिए, बंद है। लेकिन प्लीज, प्लीज, क्या वो जितना जल्दी हो सके उतना जल्दी उससे संपर्क कर सकता है?

बेचारी अमेलिया ! हर तरह के हालात से निपटने के लिए उस पर भरोसा किया जा सकता है। बिना इस बात को जताए और उसकी तमाम घबराहटों के बावजूद।

पत्र के साथ एक और कागज भी था। लिखा था कि श्रीमान प्रेंतिस की पोस्टमार्टम रिपोर्ट है और यह जानते हुए कि वो इसे जल्द से जल्द देखना चाहेगा, वो इसे भी भेज रही है।

रिपोर्ट उसकी उम्मीद से ज्यादा विस्तार में थी। जितना उसने सोचा था उससे ज्यादा नतीजे उसमें दर्ज थे। शरीर बुरी तरह जल गया था, कुछ जगहों पर तो बेहद महत्वपूर्ण अंगों तक। रिपोर्ट के कुछ हिस्सों में अनुमान लगाए गए थे लेकिन मौत की वजह नहीं बताई गई थी।

फेफड़े की रक्त कोशिकाओं में हवा के बहुत बड़े थक्के बन गए थे। बोको झूठ नहीं बोल रहा था। साउल के कद–काठी वाला कोई भी आदमी किसी को इस बात के लिए आसानी से इजाजत नहीं देगा कि वो उसकी बांह में सीरिंज से हवा भर दे। जब तक कि उसका डॉक्टर ही ऐसा ना करे–––और क्लेबोर्न भी मर चुका था।

जिस वजह से नए सवाल खड़े हुए थे।

क्यों ?

साउल ने इतने अजीब तरीके से खुदकुशी क्यों की।

खासकर तब जबकि उसके पास एक बेहद मूल्यवान सूचना थी–––इससे कोई फर्क नहीं पड़ता कि वो इसे लेकर किस तरफ जाता।

अपने फ्लैट में जोशुआ ने मोजाम्बिक, जिंबाब्वे और नामीबिया का झंडा निकाला और अपने सामने खाने की मेज पर रखा। हर झंडे के पीछे एक तारीख थी–––एक ही तारीख, महज एक महीने पहले की।

और हर झंडे के पीछे एक नाम था। नाम लोगों के नहीं जगहों के थे। उसने अफ्रीका का एटलस खोला। इसके दक्षिण के हिस्से को देखा, उन जगहों को बड़ा कर जो उसके काम के थे। और वो उसे मिल गए। दो लिंपोपो नदी के पास थे, एक साउथ अफ्रीका और मोजाम्बिक की सीमा पर था और एक अन्य उत्तर

पूर्व में साउथ अफ्रीका और जिंबाब्वे की सीमा पर। तीसरे शहर का पता लगाने में उसे दिक्कत हुई। यह बहुत छोटी जगह थी। लेकिन आखिरकार उसने उस जगह को खोज निकाला। यह ऑरेंज नदी के पास था, साउथ अफ्रीका और नामीबिया की सीमा पर।

उसने झंडों को वापस अपनी कोट के अस्तर की जेब में रखा। लेकिन इससे पहले उसने इन झंडों से पिन निकाल दीं ताकि वो उसकी छाती पर ना चुभें। पिन झंडों से आसानी से निकल गईं। उसने पिनों को एक ऊनी कपड़े में लपेट कर कूड़ेदान में डाल दिया।

नरमदिल बूढ़ी मकान मालकिन उससे खास स्नेह करती थी। वही कूड़ेदान को साफ करती थी और सभी फ्लैट की देखभाल भी । आर्थराइटिस की मरीज थी। इस बीमारी की वजह से मुड़ी उंगलियों से उसे कूड़ेदान को साफ करने में दिक्कत आती थी। उसे पीठ की भी तकलीफ थी। वो इस बारे में जोशुआ से सलाह लेती रहती थी, ज्यादातर सीढ़ियों पर उस वक्त जब वो अपने फ्लैट में जा रहा होता था। वो उसे चाय के साथ देने के लिए केक बनाती थी---पैसे के लिए यह सेवा नहीं देती थी। वो यह निश्चित कर लेती थी कि जोशुआ इस बात को पैसे से ना तौले------उस वक्त जब वो अपने लिए केक बनाती थी। दो केक को सेंकना उतना ही आसान है जितना एक केक को।

उसके पास केक की एक स्लाइस थी। उसने अपने लिए चाय बनाई और देर तक सोचता रहा, काफी देर तक।

वो जानता था कि उसे क्या करना चाहिये।

वो पूरी तरह तय नहीं कर पा रहा था कि क्या यह वही है जिसे वो करना चाहता है।

इसने इस तरह के फैसले पहले भी किए हैं लेकिन यह कभी भी आसान नहीं रहा, यहां तक कि उन मरीजों के मामले में भी जिनकी मौत तय थी।

अंत में उसने तय किया कि वो वही करेगा जो उसे करना चाहिए।

उसने एक फोन कॉल मिलाई।

"मुझसे मिलो," उसने रुखाई से कहा।

"कब ?"

"अभी ! ज्यादा से ज्यादा एक घंटे में।"

"क्या यह इतना ही अर्जेंट है ?"

"हां।"

"कहां ?"

"उसी जगह," जोशुआ ने कहा। "हैम्पस्टेड के झाड़ियों से भरे मैदान में। दक्षिण कोना। मुझे उम्मीद है कि वो बेंच अभी भी वहां होगी।"

"मुझे भी कोई वजह नहीं नजर आती कि बेंच वहां क्यों नहीं होगी," आवाज़ ने कहा। "क्या तुम मुझे फोन पर ही नहीं बता सकते ?"

"नहीं। मैं फोन पर नहीं बता सकता। मैं इसे लेकर बहुत आश्वस्त भी नहीं हूं। तुम्हें बताऊंगा जब तुम आओगे।"

थोड़ी देर खामोशी रही। वो लाइन की दूसरी तरफ फोन पर उंगलियों की खट खट सुन रहा था।

"यह ऐसा है, क्यों, जोशुआ ?"

"मुझे ऐसा ही लग रहा है। एक घंटे में मिलते हैं," जोशुआ ने कहा और फोन रख दिया।

उसने जूलिया को फोन करने के बारे में सोचा लेकिन फिर ऐसा नहीं करने का फैसला किया।

जूलिया के बारे में कुछ करना होगा। ये मामला इसी तरह नहीं जा सकता, जैसे कि वो चाहता है, उसे रास्ता दिखाते हुए। उस पर उसका कोई अधिकार नहीं है। लेकिन सिमोन ने जो जानकारी उसे दी, उससे उसका दिल खुश हो गया। तारीख और जगह नहीं——–इन चीजों ने उसके अंदर के अहसास को नहीं जगाया–––लेकिन इस बात से कि जूलिया कभी प्यार में रही ही नहीं। जूलिया ने उसे बचाने की पूरी कोशिश की है और वो अभी तक जिंदा है।

इस अहसान के बदले में उसे कुछ तो देना था।

क्या वो अपनी जानकारियों को उसके साथ बांटे और उसके सही फैसलों पर भरोसा करे ?

समस्या यहीं पर थी। सही फैसला। सही किस तरह के लोगों के लिए ?

क्या इससे वो खुश होगी ? सूचनाएं पाकर ? तो क्या वो इसे जोशुआ की इच्छा ना होने के बावजूद आगे दूसरों तक बढ़ा देगी ? क्या उसे बताने से वो खुद को अयोग्य महसूस करेगी ? यही कि जिस चीज के लिए वो अभी भी लगी हुई है उसे उसने महज एक ही दिन में हासिल कर लिया ? और दुनिया में कोई

उसे बताए कि वो उसे क्या बताएगा कि ये जानकारियां उसे कहां से और कैसे मिलीं ?

वो वहां से कहां चले गए ? या फिर वो किस रास्ते पर जाएगी ?

साउल की मौत का एक जवाब है अब––भले ही इस मौत की वजह ना पता हो। ये दोनों अलग–अलग चीजें हैं–––जवाब और वजह। एक तथ्यों का बयान है; दूसरा हमेशा ही अस्पष्ट रहता है। उसके पास जवाब है– वजह नहीं।

और इस नजरिये से देखा जाए तो वो भी अभी उसी तरह अंधेरे में था जिस तरह जूलिया थी। साउल की खुदकुशी की वजह उसे नहीं पता थी। क्या ऐसा इसलिए है क्योंकि अलग–अलग लोगों के लिए वजहें अलग–अलग हो सकती हैं ? एक ही तरह के जवाब के साथ ? दो लोग साउल और जूलिया–––दोनों सफेद लिली जैसे–––उसकी सूचनाओं को अलग–अलग नजर से देखते।

किसी अश्वेत या भूरे के लिए यह कितना मुश्किल है ?

साउल की मौत की वजह जानने का बस एक ही रास्ता है।

उसे साउल के दिमाग में घुसना होगा।

अध्याय 17

कर्नल विलियम फार्न्सवर्थ ने ड्राइवर से कार को झाड़ियों से भरी बंजर जमीन की तरफ जा रही हैम्पस्टेड रोड पर रोकने को कहा।

उसने कहा कि बाकी का रास्ता वो पैदल चल कर जाएगा। यह उसके लिए अच्छा होगा। वो थोड़ी सुस्ती महसूस कर रहा है।

उसने अपना छाता लिया–––आप कह नहीं सकते कि लंदन में कब बारिश हो जाए–––अपने लगभग गंजे सिर पर गेंदबाजों वाली टोपी कस कर जमाई और बंजर जमीन के कोने पर बच्चों की उस भीड़ में खो गया जो आइसक्रीम वैन के पास टूटी पड़ी थी।

वो गोल घूमकर उस टीले के पीछे गया जिसने सड़क की तरफ से ढलान के दृश्य को बाधित कर दिया था और वहां से नीचे रास्ते के किनारे उगी झाड़ियों की बीच चला गया। जहां इनसानों के पैर कम पड़े थे, वहां झाड़ियां बेतरतीब ढंग से उग आई थीं। इस्तेमाल में ना आने वाली बेंच के पास झाड़ियां ऐसी ही थीं लेकिन वो जानता था कि बेंचे कहां है।

पुरानी मोरचा लगी लोहे की बेंच खतरनाक तरीके से किरकिराई, जब वो इसके एक किनारे पर बैठा।

" नाईस डे, कर्नल सैम्युअलसन," उसने अपनी गेंदबाजों वाली टोपी को छूते हुए कहा।

" फाईन डे, कर्नल फार्न्सवर्थ," उसने अपनी ऊनी टोपी को छूते हुए कहा।

फार्न्सवर्थ ने अपना छाता हवा में लहराया। " वो लोग बारिश की संभावना जता रहे हैं, बाद में। मौसम विभाग वाले बता रहे हैं। "

" क्या वो अब भी कह रहे हैं ? " जोशुआ ने बादलों से खाली आसमान को देख कर कहा। " इसी वजह से तुम अपना छाता लेकर आए हो ? "

"हां, मैंने सोचा जरूरत पड़ी तो काम आएगा। कम से कम तब हम दो लोगों में से एक के पास तो होगा----क्योंकि तुम तो समझदारी का यह काम करने से रहे, अपने साथ एक छाता लाने से रहे। "

"मेरे प्यारे बिल, बांबे और रांचीपुर की बारिशों के साथ रहने के बाद, मैं नहीं समझ सकता कि कोई इंग्लैंड की बारिश को 'बारिश' कैसे कह सकता है। यहां तो बस एक शो की भूमिका बनती है जो कि कभी होता नहीं। या फिर ओपेरा के ओपनिंग नोट जैसा। लेकिन भला बारिश कहां ?"

"क्या हम चलते हुए बात करें ?"

"मैं सोचता हूं यही बेहतर रहेगा। "

"तो तुमने खोज निकाला, " फार्न्सवर्थ ने झाड़ियों को छाते की नोक से हटाते हुए अंततः कहा। छाता उसके लिए वॉकिंग स्टिक का भी काम कर रहा था।

"हां।"

"ओह ? क्या ? "

"व्लादीमिर नहीं बोला था। "

"यह असंभव है ! मैंने तो ऐसा नहीं सुना ? "

"जानता हूं। वही बात हम सबने सुनी थी। और यही वह बात है जिससे मुझे समझ में आया कि यह कितनी चतुराई से किया गया है। हम पर ऑपरेशन कानार्ड के लिए दबाव बनाया गया। ध्यान भटकाने के लिए। "

"किस बात से ? "

"आंद्रोपोव की मांग दरअसल स्लैग्टर नहीं है। उन्हें रत्ती भर भी फर्क नहीं पड़ता कि व्लादीमिर के साथ क्या हुआ। संवेदना के मामलों में सड़े हुए ! यह उनके चरित्र से बाहर की बात है कि वो इस बात पर हंगामा मचाएं कि उसके साथ क्या हुआ था। ब्रिटिश इंटेलिजेंस या इंडियन इंटेलिजेंस के लिए हो सकता है कि यह बात मायने रखती----लेकिन यह कम्बख्त सोवियत रूस वाले ? क्या तुम्हें लगता है कि इन्हें कोई फिक्र होगी ? "

फार्न्सवर्थ खामोश था। गहरी सोच में डूबा हुआ। उसने रास्ते में बाधा डालने वाली झाड़ियों पर छाता मारा, उनकी लताओं को काटते हुए आगे बढ़ा।

"स्लैग्टर उससे कुछ उगलवा नहीं सका। अगर ऐसा हुआ होता तो मामला

अब तक खत्म हो चुका होता। हमले को रद्द कर दिया गया होता। लेकिन ऐसा हुआ नहीं, बिल, हुआ नहीं !''

''कितना अजीब है ? इस काम में हम जीते हैं और हमेशा ही सीखते हैं। जब तक कि हमें अपनी गलतियों का खामियाजा भुगतने की नौबत ना आ जाए। इसीलिए ऐसा लगता है कि हम पूर्वी यूरोप में अपने एजेंटों को तब भी बचाने की कोशिश करते थे जब उन पर कोई खतरा नहीं होता था ? बेहतर है कि तुम इस बारे में निश्चित हो जाओ, जोशुआ, नहीं तो हमें इन सभी को जल्दबाजी में वहां से निकालना होगा——या फिर हम उन्हें नाले में बह जाने दें। तुम्हीं ने ऐसा कहा था। तुम्हीं थे जिसने इतना हंगामा मचाया था। इसे मुद्दा बनाते हुए मेरी छत को भी तोडफोड़ दिया था। इस बात के लिए तुम्हें मुझे कुछ पाउंड देने चाहिए। ''

''देखो बिल। व्लादीमिर मारा जा चुका है। भयावह तरीके से काट कर। तुमने एक गलती कर दी। जूलिया के साथ बस एक रात और वो सब कुछ बताने के लिए तैयार था। लेकिन नहीं ! मासूम, जवान, सुंदर अंग्रेज लड़कियां——तुम्हारे शब्दों में——रूसी एजेंटों के लिए नहीं बनी हैं——चाहे भले ही वो कुंआरी ना हों। ''

''सिद्धांत की बात, ओल्ड ब्वाय। ठीक है। तो मैंने एक गलती की।''

''मैं इसके बारे में पुख्ता तौर पर कुछ नहीं कह सकता, बिल। यह ऐसा है जिसके साथ मैं जी सकता हूं। ''

''हम इस पर बहस नहीं कर सकते——कि यह एक गलती थी या नहीं थी,'' फार्न्सवर्थ ने उदारता से कहा। ''फिर क्या ?''

''व्लादीमिर ने बात नहीं की। आंद्रोपोव यह जानता है। स्लैग्टर को कवर कर रहे साउल ने कहा था कि व्लादीमिर बोला था। इसलिए हमने यह मान लिया कि हमले का इरादा छोड़ दिया गया है। लेकिन ऐसा नहीं है। यह अपने तयशुदा समय पर होना है। सिर्फ इस बार उनकी तरफ से कोई गलती नहीं होने जा रही है। वो हमें व्यस्त रखेंगे——उन फंसाने वाले कमबख्त प्रलोभनों के पीछे हमें भगाते रहेंगे जिनकी उन्हें कोई फिक्र ही नहीं है। इसलिए आंद्रोपोव ने मेरे जरिए तुम तक अपनी बात पहुंचाई। स्लैग्टर को सौंपो नहीं तो वो पूर्वी यूरोप में हमारे आधा दर्जन बढ़िया एजेंटों को दुनिया से विदा कर देगा। और हम इसमें फंस गए।''

फार्न्सवर्थ जूते का फीता बांधने के लिए रुक गया। जोशुआ समझ रहा था

कि वो समय ले रहा है। वो किसी नतीजे पर पहुंचना नहीं चाह रहा है। जब उसने एक जूते का फीता बांध लिया तो दूसरे का खोल कर उसे बांधने लगा।

"लेकिन आंद्रोपोव तुम्हारे पास नहीं आता है। वो मेरे पास आता है। इसमें कोई खास निराली बात नहीं थी। आईएमआई और केजीबी के बीच नजदीकी संबंध है। नई दिल्ली में केजीबी का एजेंट मेरा पुराना दोस्त है। तुम उसे जानते हो। शंकर, इंडियन मेडिकल कॉर्प्स।"

"क्या मैं जानता हूं ?"

"वो तुम्हे जानता है। बांग्लादेश की जंग के समय वो कलकत्ता में तैनात था।"

"अच्छा वो ! बनर्जी ? "

"हां, वही। लेकिन आंद्रोपोव उसके पास नहीं गया। वो मेरे पास आता है। और तुम जानते हो क्यों, बिल ? क्योंकि वो चाहता था कि मैं एक बात पर तुम्हें राजी करूं। वो स्लैग्टर में मेरी रुचि से वाकिफ है। वो जानता है कि गांगुली मेरे कितने करीब था और बांबे में उसको बेदर्दी से कत्ल किए जाने पर मैंने कैसा महसूस किया था ! वो जानता है कि मैंने हर उस जगह पर अपने आदमी स्लैग्टर के पीछे भेजे जहां जहां उसने हत्याएं की थीं। है। जैसे साउल तुम्हारे लिए यही काम कर रहा था। आंद्रोपोव ने मेरा इस्तेमाल किया। गॉड ! इस सूअर ने मेरा इस्तेमाल तुम्हें पाने के लिए किया। "

"कैसी भाषा है यह," फार्न्सवर्थ ने बनावटी ताज्जुब के साथ अपनी आंखें घुमाते हुए कहा। " मैंने तुमसे कभी भी इसकी उम्मीद नहीं की थी। तुम सचमुच परेशान हो गए हो। तुम दोनों एक जैसे हो। मैंने जूलिया से भी यही कहा था। बदला कभी भी हमारे काम की वाजिब वजह नहीं बन सकता। यह हमारे फैसलों को धुंधला कर देता है। हमें कमजोर बना देता है। "

"तुम नहीं कह सकते कि तुमने गांगुली को मेरी ही तरह देखा है। जिस तरह से उसका अंत हुआ। अभी तक, चार साल के बाद भी, मैं देख सकता हूं अभी भी उसकी वो लुटी हुई आंखें, उसके चेहरे पर फैला वो आतंक। "

"जारी रहो, जोशुआ। तुम लाजवाब होते हो जब किसी बात पर गुस्से में होते हो। क्या तुम जानते हो जोशुआ ? तुम अपने हाथों को एक हथियार की तरह हिलाते हो ! तुम्हारे आस–पास खतरे का एक घेरा है जिसके अंदर मुझे पीटे जाने का डर लगा रहता है।"

जोशुआ रुक गया और अपना हाथ नीचे कर लिया।

" बाकी सब आसान है, " जोशुआ ने शांति से कहा। " एक हद तक। साउल, तुम्हें और मुझे–– हमारी अपनी सरकारों से आदेश मिला हुआ है कि आंद्रोपोव को स्लैग़्टर को सौंपने में मदद करें। यहां तक की प्रीटोरिया ने भी मान लिया है कि पूछताछ की जौ नैतिक सीमा होती है, स्लैग्टर ने उसे तोड़ दिया है––––हालांकि मैं इस पर सवाल उठा सकता हूं––––और साउल को स्लैग्टर की पहचान बताने का आदेश दिया। वो एक ऐसे पागल हत्यारे को खत्म करने के लिए तैयार दिख रहे हैं जो खुद उनके लिए शर्मिंदगी की वजह बनता जा रहा है––––तुम मुश्किल से ही यह उम्मीद कर सकते हो कि वो लोग उसके प्रति अब उस वक्त कोई वफादारी दिखाएं जबकि उसकी उपयोगिता खत्म हो चुकी हो। और इसी वजह से हमारे सामने एक समस्या आ गई है। "

" हां। असाधारण ! क्योंकि स्लैग्टर स्वतंत्र रूप से काम करता है, फ्रीलांसर है। और, साउल भी नहीं जानता कि वो कौन है। वो अपने संदेश उस तक पहुंचाने के लिए जटिल तरीकों की एक पूरी प्रक्रिया से गुजरता था और साउल के पास उसका जवाब भी इन्हीं उलझे हुए सिलसिलों से होता हुआ पहुंचता था। साउल यही बताता था। इसलिए हमने इसे एक लंबे और स्वाभाविक तरीके से लिया। साउल ने दक्षिण अफ्रीकी खुफिया विभाग को एक टेलीग्राम भेजा, जैसा कि वो आम तौर से करता था–––एक रेड अलर्ट––– ऐसा संदेश कि जिसके बारे में बात करनी ही पड़ेगी। उन्होंने आम तरीके से साउल से संपर्क किया और स्लैग्टर तक संदेश पहुंचाना चाहा। सभी कुछ इतने सहज ढंग से करने की कोशिश की गई कि स्लैग्टर के मन में कोई शक ना पैदा हो कि यह एक सामान्य पूछताछ ना होकर कोई और गंभीर बात है। कहा गया कि वो यह निश्चित करे कि सैम्युअलसन बोले। सिर्फ वही है जो जानता है ! और यह सभी कुछ हमारे दोस्त स्लैग्टर को फायदा पहुंचाने के लिए––––अगर उसका दक्षिण अफ्रीकी खुफिया विभाग में कोई अन्य संपर्क हो जो हो सकता है कि खेल का पासा उसके पक्ष में पलट दे। "

" थोड़ा धीरे, बिल। यहीं पर जाकर बातें गलत हो जा रही हैं," जोशुआ ने उस जगह कहा जहां से रास्ता आगे नहीं जा रहा था।

" आह ! मुझे ताज्जुब होगा जानकर कि तुमने भी इसे देखा। टेलीग्राम को?"

" बिलकुल ठीक ! वही टेलीग्राम। इसके शब्द। साउल ने क्यों कहा कि 'सिर्फ सैम्युअलसन ही जानेगा ' बजाए इसके कि ' सिर्फ सैम्युअलसन जानता

है ' ? हो सकता है उससे गलती हुई हो। वो भी तो तनाव में था। वो स्लैग्टर को रूसियों को सौंपने के लिए राजी हो रहा था———और स्लैग्टर ने इतने सालों तक सरकार की सेवा की थी। हो सकता है कि वो पोस्टआफिस पहुंचने के समय तक शब्द भूल गया हो। लेकिन उसने फिर यही बात बोको को भेजे पत्र में दोहराई। और फिर उसने खुदकुशी कर ली। क्यों ? "

" वो खुदकुशी ही थी, " फार्न्सवर्थ ने सहमति जताई। " क्या तुमने पोस्टमार्टम रिपोर्ट के नतीजों को देखा ? फेफड़ों में हवा के बेहद बड़े थक्के।"

" इसमें कोई शक नहीं है, बिल, " जोशुआ ने कहा। उन्होंने फिर झाडियों से भरे मैदान में चहलकदमी शुरू की। " बोको ने उसे सीढ़ियों की रेलिंग पर झूलते पाया, सीरिंज पीछे पड़ी थी और मैं शर्त लगा सकता हूं कि उस पर साउल की उंगलियों के ही निशान हैं। और बोको के नाम लिखा गया सुसाइड नोट। लेकिन क्यों ? "

" इन कमबख्त क्यों की परवाह ना करो ! " फार्न्सवर्थ ने अपनी कम ही नजर आने वाली तीखी भावनाओं के साथ कहा। उसकी टोपी के नीचे पसीने की बूंदें नजर आ रही थीं। " बस उसी पर जमे रहो जो हम जानते हैं। यही अपने आप में खासा मुश्किल है, इसके बाद किसी और 'क्यों' की गुंजाइश नहीं है। मेरा बिफरा हुआ दिमाग एक ही समय में इतनी बातों को नहीं झेल सकता। "

" ठीक है। हम तथ्यों पर ही टिकते हैं। ऐसी अपेक्षा थी कि स्लैग्टर मेरे पीछे आएगा और मैं उसका इंतजार करूंगा। अपने इस दोस्त को ऐसा दिखाने की कोशिश करूंगा कि सब कुछ सामान्य है। तुमने जूलिया को मुझ पर निगाह रखने का काम दिया। और उस बेचारी को बैक अप में मदद के लिए वेल्शमैन डोनाल्डसन मिला। मुझे जूलिया के लिए दुख महसूस होता है। "

" दुख मेरे लिए महसूस करो, जोशुआ ! मैं एमआई–6 के टॉप अफसरों को क्या बताऊं कि बजाए इसके कि स्लैग्टर तुम्हारे पीछे पड़ता, क्लेबोर्न और शेरी मारे गए। शेरी की तो कुर्बानी दी जा सकती थी लेकिन क्लेबोर्न की नहीं। वो एमआई–6 में सक्रिय नहीं था लेकिन उसके जैसे डॉक्टरों की जरूरत अन्य सक्रिय सदस्यों पर नजर रखने के लिए पड़ती है———जैसे कि हम लोग। भगवान जानता है, ब्रिटिश इंटेलीजेंस के लिए काम करने के मामले में डॉक्टरों में सबसे कम इच्छा नजर आती है। फिर भी इनसे ज्यादा और कौन योग्य हो सकता है? काउच पर लेटे एक शुद्ध मरीज से सूचनाएं लेने के मामले में ? प्रैक्टिस कैसी चल रही है जोशुआ ? "

" अब कहां है। अमेलिया मरीजों को स्टीवेन्स के यहां भेज रही है। उसने एमआई–6 को एक अर्जेंट प्रार्थना पत्र भेजा है कि जब तक मैं बाहर हूं, तब तक के लिए किसी और डॉक्टर को चीजें संभालने के लिए भेजा जाए। लेकिन इनकी तलाश आसान नहीं होगी। हो सकता है कि वो मेरे देशवालों में से किसी को खोज निकालें। वो हेल्थ सर्विस को चलाते हैं; उन्हें एमआई–6 के लिए बेहतर होना चाहिए। मैं इनके लिए काफी अच्छा साबित हुआ हूं। "

" तुम औरों से अलग हो, जोशुआ। तुमने यहीं पढ़ाई की है। तुम हममें से एक हो। "

वो मैदान का चक्कर लगाकर उस मोरचा लगी बेंच पर आकर फिर बैठ गए जो ढलान के पीछे थी और जो जगह ढलान की वजह से सड़क से दिखाई नहीं दे रही थी। वो बेंच की वजन सहने की क्षमता को महसूस करते हुए इस पर आहिस्ते से बैठ गए। फार्न्सवर्थ की तरफ से बेंच किरकिराई। जोशुआ बिलकुल भी घूमा नहीं। पतंग उड़ाने के लिए आज का दिन अच्छा है, जोशुआ ने आसमान की तरफ देखते हुए सोचा।

" इस सबमें कुछ तो है जोशुआ, जो मुझे अब भी हैरत में डाल रहा है। "

" सिर्फ कुछ ? कुछ भी ऐसा नहीं है जिसका कोई अर्थ निकलता हो ! साउल हमले की तारीख जानता था और उन जगहों के नाम जहां शुरू में हमले का जोर रहेगा। उसे यह सब ला रेने से मिला था––––जैसे मुझे मिला। लेकिन साउल ने इतनी महत्वपूर्ण सूचना को साउथ अफ्रीका की नेशनल इंटेलीजेंस को नहीं सौंपा, आखिर क्यों ? " जोशुआ ने कहा।

"तुम इतना ठोंक कर कैसे कह सकते हो कि उसने सूचना नहीं दी ? वो इतना वफादार था कि ऐसा करता। मुझे यकीन है कि वो लोग इस बारे में सब कुछ जानते हैं। मामला खत्म हो चुका है। "

"नहीं, बिल ! नहीं ! उसने नहीं दी ! यही वजह है कि साउथ अफ्रीका की नेशनल इंटेलीजेंस ने स्लैग्टर को इसे हासिल करने के काम में लगाया। क्या तुम देख नहीं पा रहे हो ? इसी वजह से क्लेबोर्न और शारी की हत्या की गई। साउल में एक कमजोरी थी। सभी जानते थे। स्लैग्टर इसके बारे में जानता था। हम जानते थे। वो बेड में अपने प्रेमी–प्रेमिकाओं को जरूरी गुप्त सूचनाएं बता दिया करता था। सिर्फ रोमांच हासिल करने के लिए। अपने टेलीग्राम में उसने इन सभी को यह कह कर बचाने की कोशिश की थी कि सिर्फ मैं जानूंगा। लेकिन स्लैग्टर को इस पर यकीन नहीं था। मैं एक मुश्किल निशाना था और उससे मिलने की

उम्मीद भी कर रहा था। इसलिए वो क्लेबोर्न और शारी के पीछे लग गया। अगर उसे इन दोनों से जानकारी मिल जाती तो फिर उसके बाद हम उसका जिक्र तक नहीं सुनते। वो साउथ अफ्रीका चला जाता, कोई नई पहचान अपनाता और गुम हो जाता। अगर नहीं, तो फिर मेरे लिए आएगा। तुम इस बात की गांठ बांध सकते हो। यही वो बात है जिस पर मैं भरोसा कर रहा हूं। ''

'' मुझे स्लैग्टर की परवाह नहीं है, '' फार्न्सवर्थ ने कहा। '' हम अभी ही इस नतीजे पर पहुंचे हैं कि आंद्रोपोव धोखा दे रहा था और हम उसके झांसे में नहीं आएंगे। साउथ अफ्रीका में एक भयावह संघर्ष होने जा रहा है। कब ? किस तारीख को ? कहां ? ''

'' मैं तुम्हें नहीं बताऊंगा। ''

फार्न्सवर्थ ने अपनी टोपी उतार कर बेंच में अपने और जोशुआ के बीच रख ली। सिगार जलाई और उसका धुंआ जोशुआ से दूर झाडय्यिों की तरफ फेंका। '' क्या मतलब है तुम्हारा, तुम मुझे नहीं बता सकते ? मुझे क्यों नहीं बता सकते?''

'' मैंने यह नही कहा कि मैं नहीं बता सकता, बिल। मैंने कहा कि नहीं बताऊंगा। क्या तुम अंदाज लगा सकते हो कि लंबी दर्द भरी उधेड़बुन के बाद ही मैं तुम्हें यहां बुलाने के लिए फोन कर सका ? ''

'' तुम ठीक नहीं कर रहे हो, '' फार्न्सवर्थ ने कहा। '' यह ऑपरेशन कानार्ड है। इस मामले में एमआई–6 और आईएमआई के बीच एक लिखित करार है––––या तुम भूल चुके हो ? हमारे बीच एक समझ है। अब तुम बात से बदल नहीं सकते। तुमने खुद वादा किया था।''

'' तुम गलत कह रहे हो बिल। हमने ऐसे शुरुआत नहीं की थी। यह अब ऑपरेशन कानार्ड नहीं रहा। वह स्लैग्टर को रूसियों को सौंपा जाना था––––और अब हम लोग स्लैग्टर के बारे में बात तक नहीं कर रहे हैं। ''

'' यह सब एक दूसरे से जुड़ा हुआ है, '' फार्न्सवर्थ ने प्रतिवाद किया। ऑपरेशन के दौरान मिलने वाली किसी भी सूचना को तुम अपने ही पास तक रोक नहीं सकते। यह सही नहीं है ! सभ्य व्यवहार नहीं है। ''

तनाव को कम करने के लिए जोशुआ हंस पड़ा। फार्न्सवर्थ के घुटनों को हल्के से थपका। '' छोड़ो भी बिल, सच में इससे हमें कोई लेना–देना नहीं है। निश्चित तौर पर हमारी सरकार का इससे कोई सरोकार नहीं है। खैर, फिर भी, मैं उनके साथ बात कर पूछूंगा। हो सकता है कि मैं सही ना हूं। ला रेने भी गलत हो सकती है। ''

" छिपने की कोशिश मत करो, जोशुआ ! तुम कमबख्त भारतीय हमेशा घुमा–फिराकर बातें करते हो। या तो तुम मुझे तारीख और जगहों के बारे में बताओ नहीं तो ऑपरेशन कानार्ड को लेकर हमारे बीच का करार खत्म। और, ऐसा होने पर मैं दक्षिण अफ्रीका के राष्ट्रीय खुफिया विभाग को यह बताने के लिए आजाद हो जाऊंगा, सामान्य माध्यमों से, कि कोई हमला होने वाला और तुम और रेने इसके बारे में जानते हो। उनकी इसमें रुचि होनी चाहिए। "

" ब्लैकमेल, आह हा ? "

" दोस्ताना सलाह, जोशुआ। इस बात को ऐसे ही देखो। "

" यह काम नहीं करेगा । "

" क्यों ? "

" यह एक बढ़िया बदलाव है कि तुमने पूछा क्यों। क्या मैं तुम्हें बताऊं कि क्यों ? क्योंकि वो पहले ही से जानते हैं कि व्लादीमिर ने कुछ नही बताया था। वो जानते हैं कि हमले की बात खत्म नहीं हुई है। जो वो नहीं जानते वो ये कि कब और कहां। यही वजह है कि स्लैग्टर ने क्लेबोर्न और शारी को ठिकाने लगा दिया। यही वजह है कि उसे अब मेरे पीछे आना होगा। "

" या ला रेने के पीछे। "

" वो नहीं जानती, बिल। वो सूचानाओं को याद नही रखती। वो इन्हें देशों के झंडों पर लिखकर एक नक्शे पर चिपका देती है जो उसके कमरे की एक दीवार पर लगा हुआ है। क्या नक्शा है वो भी ! और उसने मुझे झंडे दिए हैं––––हिफाजत से रखने के लिए। वो कभी याद नहीं रखती। "

" वो यह नहीं जानता, जोशुआ। भला वो यह बात कैसे जान सकता था?"

" क्या मतलब है तुम्हारा ? " जोशुआ ने पूछा। पूछते वक्त ही वो इसका जवाब भी जानता था, महसूस किया कि नरमी से बोले गए शब्द उसे ऐसे बेचैन कर गए जैसे कि वो पिंजड़े में हो।

फार्न्सवर्थ ने सिगार निकाली और फिर वापस जेब में रख लिया। जैकेट की ऊपर की जेब में। रुमाल के पीछे। उसे थपक कर जितना चिपटा कर सकता था, उतना किया।

" तुम्हारे पेरिस छोड़ने के बाद जल्दी ही हेनरी का फोन आया था। वो वहीं था जब तुम ला रेने के साथ थे। गंध ऑमलेट बनाने की नहीं थी, इसलिए दरबान ने ऊपर जाकर देखा। वो हर सुबह इस ऑमलेट की गंध का आदी हो चुका था, कई साल से। "

"ओह गॉड ! ठीक उसी तरह से ? "

"कहना पड़ेगा कि ऐसे ही। यह बहुत सुबह हुआ होगा–––जब तुम उसके पास से वापस गए। ताज्जुब हुआ ? उसे कैसे पता चला ? और अगर वो बोली होती, जोशुआ, तो वो तुम्हारे पीछे नहीं पड़ा होता।"

"वो कुछ कह ही नहीं सकती थी, बिल। वो ऐसी बातों को याद नहीं रख पाती थी। उसने मुझसे यही कहा था। गॉड ! काश कि वो याद रख पाती। मौत भी कितनी जल्दी आती है। लेकिन अगर वो बता नहीं सकी होगी, क्योंकि वो याद नहीं रख पाती थी, तो यह मौत बहुत देर से आई होगी ! ओह गॉड ! राक्षस! किस तरह का इनसान है वो, बिल ? किसी को इस तरह से मारना ?"

"वो शायद एक बहुत अच्छा एजेंट है," फार्न्सवर्थ ने कहा लेकिन उसने भी माथे से पसीना पोछा। "क्या तुम मुझसे एक डील करोगे ? सिर्फ तारीख दे दो। जगहों को छोड़ दो। यह अच्छा रहेगा। स्लैग्टर को जाने दो।"

"नहीं !"

"वो महत्वपूर्ण नहीं है, जोशुआ।"

"मेरे लिए है। और, अब तो और भी ज्यादा ! वो बहुत अच्छी इनसान थी, बिल। बहुत नरमदिल, बहुत उदार। मैं उस मुलाकात से पहले उसे नहीं जानता था लेकिन फिर भी मुझे ऐसा लगा था कि मैं उसे हमेशा से जानता रहा हूं। कुछ लोगों के साथ आप ऐसा महसूस कर सकते हैं। मुझे चौबीस घंटे दो। "

"मैं पीछे नहीं आऊंगा," फार्न्सवर्थ ने कहा। बारिश की कुछ बूंदें उसके गंजे सिर पर गिरीं और कुछ उसके पैरों के पास धूल में समा गईं।

"मैं तुम्हें तारीखें बताऊंगा–––––जगहों के नाम नहीं ––––– अगर तुम अगले चौबीस घंटे में कोई जल्दबाजी का काम नहीं करोगे तो। इतनी देर में स्लैग्टर मुझ तक पहुंच जाएगा।"

"इस बात को तुम इतने यकीन से कैसे कह सकते हो ? उसने लंबा इंतजार किया है। वो क्यों तुम्हारे पास आएगा, अभी, चौबीस घंटे में ही ?"

"क्योंकि, बोको के दो दिन लगभग पूरे हो चुके हैं। अगर बोको मुझे निपटा देता है–––जैसा कि साउल ने उसे सलाह दी है–––––तो यह उसके लिए भीषण चोट होगी। मुझे नहीं लगता कि अब वो इसे और ज्यादा देर तक लटकाने का रिस्क ले सकता है। मैं शायद घबराऊं और शहर छोड़ दूं। या बोको मेरे पास जो सूचना है उसे हासिल कर पहले ही मुझे मार दे। चौबीस घंटे, बिल ! या तो वो मुझ तक चौबीस घंटे में पहुंच जाएगा–––या फिर कभी नहीं आएगा।"

"और, अगर कल इसी समय तक, मैं दक्षिण अफ्रीकियों को इस बात के लिए मना लूं कि वो स्लैग्टर को तुम्हारे पीछे नहीं लगाएंगे, तो क्या तुम मुझे तारीखें बता दोगे ?"

"हां, एक शर्त है।"

"ओह ?"

"तुम इस केस से जूलिया को हटा लोगे।"

"लेकिन क्यों ? भगवान के लिए, जोशुआ, क्यो ? क्या तुम्हें उसका साथ पसंद नहीं है ? क्या तुम उसके साथ मुक्ति का अहसास नहीं करते ?"

"मुझे बेहद पसंद है, " जोशुआ ने धीरे से कहा।" लेकिन वो एजेंट होने के लिए नहीं बनी है। वो सिर्फ अपनी जिंदगी को खतरे में डाल रही है-----और मैं ऐसा नहीं चाहता। "

"क्या मैं तुम्हारी आवाज़ में एक लगाव को महसूस कर रहा हूं ?" फार्न्सवर्थ ने पूछा। जोशुआ ने तय किया कि आज का दिन पतंग उड़ाने के लिए अच्छा है। इंग्लैंड की बारिश की बौछार रुक चुकी थी। हवा अभी भी ताजी थी। बादलों की लुकांछिपी ने दिन को खेलने लायक बना दिया था।

"मैंने तुम्हारी आवाज़ में एक लगाव को महसूस किया है, " फार्न्सवर्थ ने कहा।

"इस बात का कोई मतलब नहीं है, बिल। संकट में घिरी किसी भी लड़की के लिए मैं ऐसा ही कहता। एक बेचारे एजेंट से ज्यादा तकलीफदेह कोई और चीज अगर हो सकती है तो वो सिर्फ जिंदा लाश है। और,अगर तुमने उसे काम से नहीं हटाया तो वो इसी रूप में बदलने जा रही है।"

"जूलिया को कम मत आंको। उसके अंदर वो बात है। वो बात जिससे हम सब बने हैं। और, जूलिया के बारे में बात करते वक्त बता दूं कि तुम्हें कोई हक नहीं है कि तुम उसे जेन और डोनाल्डसन के बीच पहचानने में हुई छोटी गलती के बारे में बताओ। वो बहुत पहले की बात है। क्या तुम बातों को उनके हाल पर नहीं छोड़ सकते ?"

"हां, यह हो तुम। मेरी बात को सही साबित करते हुए। वो इतना-इतना यकीन करती है ! मैंने सोचा कि मैं उसे यह संकेत दे दूं कि अपने इस काम में हम किसी पर भरोसा नहीं करते। लेकिन इसके बावजूद कि मैंने उसे यह बताया, वो आज भी डोनाल्डसन पर भरोसा करती है।"

"अभी भी करती है ? मजेदार। हो सकता है कि वो उसे बेहद सम्मोहक पाती हो ? टेलीफोन पर बातें करने के लिए। बस यही हो।"

"सीरियस हो जाओ, बिल" जोशुआ ने कहा। उसने खुद को कोसा कि उसने जूलिया के बारे में फार्न्सवर्थ को क्यों सुझाव दिया। " उससे कहो कि कोई और काम ढूंढे। कुछ ऐसा जिसमें खतरा ना हो। जैसे कि स्कूल टीचर। उसके जो संपर्क है, उसकी वजह से वो राजनीति में भी जा सकती है। ड्यूक या ऐसे ही किसी से शादी कर ले। इतना तो तय है कि वो मेरी निगरानी करने के बजाये शहर के बाजारों में रिबन काटती ज्यादा अच्छी लगेगी।"

उसकी बात से सहमत होने के लिए किसी तरह की जल्दी में नहीं था फार्न्सवर्थ। वो बेंच पर पीछे झुका, खतरनाक तरीके से इसकी बैक को मोड़ दिया। जोशुआ बेंच को बैलेंस करने के लिए आगे झुक गया।

"मैं जानता था कि बारिश होगी, " फार्न्सवर्थ ने धीरे से कहा।

"तुम कहोगे या नहीं कहोगे ? "

" मैं सोचूंगा। एमआई–6 शायद ही भारतीय खुफिया विभाग से इस बारे में कभी कोई निर्देश ले सके कि उसे अपनी महिला एजेंट के साथ क्या करना चाहिए। महिलाओं को इस्तेमाल करने के मामले में हम वैसे भी इतने संवेदनशील नहीं हैं जितना कि तुम लोग हो। फिर भी सोचूंगा।"

जोशुआ बेंच से कूद कर उठा, फार्न्सवर्थ और बेंच दोनों को लगभग उलटते हुए। फार्न्सवर्थ ने उम्मीद नहीं की थी कि जोशुआ अचानक इस तरह उठ जाएगा।

"कोई बात नहीं कर्नल फार्न्सवर्थ ! तुम वही करो जो तुम्हें अच्छा लगे। तुम्हारे लिए शुभ दिन की कामना। "

"बैठ जाओ, जोशुआ ! भगवान के लिए इसे लेकर इतनी ड्रामेबाजी मत करो। कमबख्त भारतीय ! कोई बात ना हो तो भी भावुक हो जाते हैं। ठीक है! ठीक है ! इस बात का इतना बतंगड़ मत बनाओ। "

जोशुआ बैठ गया।

"कौन बतंगड़ बना कहा है ? " उसने मासूमियत से पूछा। " यह तो बस सुझाव है।"

"जूलिया ने अपना काम इतना खराब भी नहीं किया है, जोशुआ। मैंने उसे तुम्हें जिंदा रखने की जिम्मेदारी सौंपी थी और तुम्हें यहां देख कर कह सकता

हूं कि उसने अच्छा काम किया है। तुम नहीं मानोगे ? एक अच्छा और नेक मकसद भी पूरा किया। तुम्हें जिंदा रखा वो भी अकेले डोनाल्डसन की मदद से।"

"मैं नहीं चाहता था कि वो मुझे जिंदा रखे ! या मुझे सुरक्षा दे ! या मेरे आसपास रहे ! क्या फार्न्सवर्थ, क्या मैं अपनी बात समझाने के लिए वेल्श में बोलूं? उसके साथ वो भी खतरे में है। डोनाल्डसन, मेरा मतलब।"

"अब वो भी ?"

"हां। या तो डोनाल्डसन आज रात आठ बजे उससे ईवनिंग स्टार में मिले। खुद को उससे परिचित कराए, नहीं तो उसकी नौकरी गई।"

"क्या वो उससे मिलने जाने वाला है ? "

"आज रात ? नहीं, आज की रात नहीं। आज की रात तो हरगिज नहीं। हालांकि कुछ हद तक उसे समझाने के लिए, वो शायद जाए। "

"ओह ! क्यों ? "

"देखो, कम से कम मैं यह जानता हूं कि वो कहां है, बिल। सुरक्षित। ईवनिंग स्टार में वो किसी भी नुकसान की आशंका के बिना आ सकती है। जो वहां होगा और शायद जोमो भी। वो दोनों उसकी देखभाल कर लेंगे। हो सकता है कि उसे निराशा हो लेकिन वो किसी खतरे के बीच नहीं होगी। तुम क्या सोचते हो, वो मुझे माफ कर देगी?"

"मुझे लगता है कि नहीं," फार्न्सवर्थ ने कहा। "क्या तुम आज की रात के लिए कोई बैक–अप चाहते हो ? जैसे कि बाहर कोई आदमी ? तुम्हारे साथ थोड़े–थोड़े अंतराल पर चेक करते रहने के लिए ?"

"और स्लैग्टर को डरा कर भगाने के लिए ? नहीं, बिल, नहीं, प्लीज ! मेरे फ्लैट के सामने किसी को ना लगाना। इस बार मैं अकेले ही उसका इंतजार करना चाहता हूं, एक भरी हुई बंदूक के साथ।"

वो बेंच से उठे और फार्न्सवर्थ की कार की तरफ बढ़े जो घास की कगार पर खड़ी थी और जिसकी रखवाली यूनिफार्म पहने हुए ड्राइवर अच्छे तरीक से कर रहा था। ऐसा ड्राइवर जिसे कोई भी अधेड़ उम्र का व्यापारी काम पर रखना चाहे।

"मुझे माफ कर देना," फार्न्सवर्थ ने कहा, "अगर मैं आज रात को ना आ सकूं तो।"

अध्याय 18

जोशुआ फिट्जजोन्स एवेन्यू में सीधे अपने फ्लैट पर नहीं गया। फार्न्सवर्थ ने लिफ्ट की पेशकश को थी लेकिन उसने नामंजूर कर दिया। फार्न्सवर्थ ने झाडियों से भरे उस मैदान और उसके फ्लैट के बीच के कम फासले के रास्ते से फ्लैट तक पहुंचाने की पेशकश की थी। इसके बजाए उसने टैक्सी की।

"ब्रिटिश म्यूजियम चलें," उसने कहा।

यह वो सबसे सुरक्षित जगह थी जहां वो इत्मीनान से सोच विचार कर सकता था।

वो म्यूजियम में घूमता रहा। मिस्र की ममी और अफ्रीकी मुखौटों के केस को बिना उनकी तरफ देखे छुआ। म्यूजियम में आए दूसरे लोगों को नींद से बोझिल आंखों से देखता रहा और दिमाग में घटनाओं की कडियों को सिलसिलेवार सजाता रहा। उसने लगातार कमरे बदले और इसका यकीन कर लिया कि हर कमरे में उसे अलग–अलग चेहरे ही नजर आए।

उसने जो कुछ किया था, उन सभी का सिलसिला एक दूसरे से जुड़ नहीं रहा था; वो तमाम तथ्यों को एक दूसरे से जोड़ने की उधेड़बुन में लगा हुआ था लेकिन ये जुड़ नहीं रहे थे।

मैं निश्चित ही कम अक्ल हूं, उसने सोचा, क्योंकि घटनाओं के हर टुकड़े मौजूद हैं लेकिन वो कोई मतलब नहीं निकाल पा रहा है। उसने तय किया कि जरूरत इस बात की है कि इन तथ्यों पर एक बाहरी इनसान की हैसियत से नजर डाली जाए, इनसे जुड़ाव के बजाए इनसे दूरी बनाकर तटस्थ हो कर इन्हें समझा जाए। तभी वो सभी किनारों को जोड़कर कुछ देख सकेगा, वरना अभी तो तथ्य उसकी तरफ देखकर उसका मजाक ही उड़ा रहे हैं। किसी नतीजे की तो बात दूर की है।

शाम के सात से कुछ ज्यादा का वक्त था जब वो फिट्जजोन्स एवेन्यू में अपने घर से महज पचास गज की दूरी पर सड़क के दूसरी तरफ एक बेंच पर जाकर बैठ गया।

जितने भी केसों का उसने अध्ययन किया, उन सभी में उसे स्लैग्टर के काम का एक बंधा बंधाया तरीका नजर आया। यह मानने की कोई वजह नहीं थी कि वो इसमें कोई बदलाव करेगा। उसने हत्या तभी की जब उसे इस बात का पक्का यकीन हो गया कि उसका शिकार अकेले है। जोशुआ के मामले में, सात बजे बहुत जल्दी था, हो सकता है कि वो डिनर के लिए निकला हो; आठ बजे शायद अधिक देर हो जाए, तब वो शायद पब में हो। अभी सूरज डूबने में थोड़ा समय बचा था। आखिरी तिरछी किरणें पश्चिम से आ रही थीं और इनके बीच थी बागीचों और टैरेस की लंबी लाइन जो कि फिंश्ले रोड की दूसरी तरफ किलबर्न वाले हिस्से में थे।

आठ बजे, उसने सोचा कि जूलिया ईवनिंग स्टार में बैठी होगी और डोनाल्डसन का इंतजार कर रही होगी। कम से कम वो जानता तो है कि वो कहां थी। सुरक्षित। एक छोटी बात परेशान कर रही थी। अब जबकि वो उसे जान चुका है, वो उसके बारे में फिक्रमंद भी हो रहा है। उसने उसके बारे में सोचा और उसका ध्यान उस डबल डोर से हट गया जो बिल्डिंग में आने का रास्ता है। वो अच्छी इनसान है। वो जूलिया से बेहतर कुछ और नहीं पा सकते थे–––कहीं भी। वो जूलिया के लिए ठीक नहीं है। वो निश्चित ही कुछ से ज्यादा पागल हो गया है जो वो ब्रोमफील्ड के ग्यारहवें अर्ल की नातिन के बारे में यह सब सोच रहा है। उसका बेटा बारहवां अर्ल होगा–––इस पर इससे कोई फर्क नहीं पड़ेगा कि वो किससे शादी करती है। वो राजसी लोगों का हिस्सा थी। वो राजसी थी ! वो खुद में सदियों से बह रहे राजसी खून को खोज सकती थी, ब्रिटेन के इतिहास की भव्यता के बीच।

और उसने सोचा कि वो उसकी 'जूलिया' है ?

इस तरह की संभावना–––कि वो शायद उसकी फिक्र करे–––उसे ऐसी लगी–––––––वो इतना समझदार था–––कि यह हास्यास्पद भी है और बेतुकी भी।

वो दोनों अलग पृष्ठभूमि से आते हैं।

वो खुद को उससे हीन नहीं समझता था–––हालांकि निम्न वर्ग के बहुत से अंग्रेजों की ऐसी ही हीनभावना हो सकती है–––––लेकिन यह तो है ही कि अलग–अलग बातों पर दोनों का नजरिया अलग–अलग हो सकता है। ऐसा नहीं था कि उसके सोचने का नजरिया जूलिया के सोचने के स्तर से निचले दर्जे का था। उसकी मौजूदगी में तो उसे ऐसा कभी नहीं महसूस हुआ। उसमें वो आकर्षण है कि ऐसे डरों को खत्म कर दे।

लेकिन इसका यह मतलब तो नहीं हुआ कि वो भी उसके बारे में ऐसे ही सोचती होगी। वो उसके बारे में इसके सिवाय भला और क्या सोचती होगी कि वो एक आम आदमी है और शायद विदेशी भी मानती हो। हालांकि उसने कभी ऐसी उपेक्षा दिखाई तो नहीं । यह उसकी गलती है: जूलिया की नहीं। उसके अंदर एक आकर्षण है और दूसरों की फिक्र करने की भावना जिसे वो अपने जानने वाले सभी लोगों पर न्यौछावर करती है, और वो है कि———मूर्ख———उसकी नरम आवाज़ और परवाह करने वाली आंखों में हर तरह की बातें पढ़ने की कोशिश कर रहा है। यह जूलिया की भव्य, कुलीन परवरिश है जो उसे गुमराह कर रही है !

लेकिन एक बात पर उसे यकीन था। जब यह सब खत्म हो जाएगा और अगर वो इसमें से जिंदा बचकर निकल आएगा तो फिर वो यहां से कहीं और जाकर जिंदगी को नए सिरे से शुरू करेगा। हो सकता है कि वो भारतीय सैन्य खुफिया विभाग छोड़ दे, भारतीय सेना से इस्तीफा दे दे और पूरी तरह से डॉक्टर बन जाए।

नहीं ! वो इंग्लैंड नहीं छोड़ सकता। यह उसका घर है।

उसने एक लंबे, अश्वेत अफ्रीकी को फुटपाथ पर आते देखा। वो घर के बाहर, उसकी विपरीत दिशा में रुक गया, जैसे कि अपनी याददाश्त में दर्ज किसी नंबर को चेक कर रहा हो।

वो इतनी दूर था कि जहां से जोशुआ उसे पहचान नहीं सकता था।

वहां से वो दस मिनट बाद हिला। उसकी मकान मालकिन, मिसेज थोर्न, ने उसे दरवाजे के पास देखा।

जोशुआ बेंच पर बैठा रहा। साव आठ बजे वो बिल्डिंग में दाखिल हुआ। अपनी डाक को चेक किया। जान–बूझकर दालान में समय बिताया जिससे कि मिसेज थोर्न उसे सुन सकें।

जैसा उसने चाहा था, वैसा ही हुआ। मिसेज थोर्न उसका स्वागत करने के लिए अपने बेसमेंट के फ्लैट से निकल कर सीढ़ियों के नीचे खड़ी हो गईं।

" मुझे खुशी है कि आप वापस आ गए डॉक्टर सैम्युअलसन, " उन्होंने कहा। " क्या आपने बेचारे डॉक्टर क्लेबोर्न के बारे में सुना ? पुलिस यहां आई थी, आपके बारे पूछ रही थी। मैंने उन्हें बताया, बिलकुल साफ रूप से, कि आपने फ्लैट नहीं छोड़ा है। उसके बाद से दो बार फोन कर वो पूछ चुके हैं कि क्या आप वापस आ गए। कोई सब्र नहीं, अगर आप मुझसे पूछें तो।"

" आप कैसी हैं मिसेज थोर्न ? आपकी पीठ कैसी है ? जो सैंपल मैंने दिए थे उनसे कुछ फायदा हुआ क्या ? "

" ओह, हां ! मुझे नहीं पता कि उनके बिना मैं क्या करती। आप फ्लैट नहीं छोड़ रहे हैं, नहीं ना डॉक्टर सैम्युअलसन ? "

" मेरी प्यारी मिसेज थोर्न, पूरे इंग्लैंड में आप जैसी मकान मालकिन नहीं है। मैं भला फ्लैट क्यों छोडूंगा ? "

अपनी तारीफ सुन कर उनके चेहरे पर चमक दौड़ गई और दिमाग में तय कर लिया कि डॉक्टर के लिए एक केक बनाएंगी। वो सीढ़ियों पर झुक गया। वो नीचे सीढ़ियों के पास से हटने के दौरान थोड़ा रुकीं। वो समझ गया कि वो कुछ याद कर रही हैं। उन्हें याद आ गया।

"मैं तो भूल ही गई थी ! थोड़ी देर पहले आपके अफ्रीकी दोस्तों में से कोई आया था। कह रहा था कि आपको अच्छी तरह जानता है। आपके लिए उसके पास एक पैकेज था। मैंने उसे बताया कि आप नहीं हैं, तो उसने पूछा कि क्या वो आपका इंतजार कर सकता है। मैंने उसे फ्लैट में आने दिया। उसने दस मिनट तक इंतजार किया। फिर चला गया। मैंने ठीक किया ना ? "

"बिलकुल ठीक, मिसेज थोर्न। "

फ्लैट में कोई नहीं था जब वो इसमें दाखिल हुआ। उसने पहले से इसे तय कर रखा था कि कोई ना हो। उसने खिड़की को पूरा खोल दिया; इसके बाद उस पैकेज को खोजा जो फ्लैट में उसका इंतजार कर रहा था। उसे वो भूरा पेपर मिला जिसमें वो लिपटा हुआ था, वेस्ट पेपर की बास्केट में। समझदारी थी उस आदमी की कि उसने इसे यहां डाला। कम से कम वो गंदगी फैलाने वाला तो नहीं ही था।

लेकिन उसे बहुत होशियार रहने की जरूरत है। इस काम में शौकिया लगे लोग, अपनी अज्ञानता की वजह से, घातक हो सकते हैं।

बेहद हल्की टिक टिक की आवाज़ बेड के नीचे से आ रही थी। सुनना लगभग असंभव था इसे। बेड की स्टील की स्प्रिंग में मैगनेटिक बेस के साथ चिपकी हुई। जिसे सुना नहीं जा सकता, सिवाय उन कानों के जो सिर्फ इसे ही सुनना चाह रहे हों। वो पीठ के बल पर लेटकर अपना काम करने लगा। वो उसके ऊपर था। पहले उसने उसे सावधानी से छुआ, सख्त धातु को हल्के हाथों से, उस बटन को तलाशते हुए जो इसे चलाएंगे।

कोई बटन नहीं था।

घड़ी का डायल उसकी तरफ था और सही समय बता रहा था; तड़के दो बजे का अलार्म लगा हुआ था। कोई बटन, कोई पिन, कोई स्क्रू नहीं ! गॉड ! बोको इस तरह के काम में और बेहतर हो रहा है। जोहानिसबर्ग में उसने जो बम विस्फोट किया था, पंद्रह साल पहले, वो इस खामोशी से टिक टिक करती चीज के सामने एक भद्दा काम था।

उसने डायल को मोड़ा और खुश कर देने वाले ताज्जुब के साथ पीछे हट गया। उसके पेंच उसके सामने ही खुल गए। वो उसके हाथ में आ गया और अनजाने में ही, उसने अपने आपको एक काल्पनिक विस्फोट से बचा लिया।

कोई विस्फोट नही हुआ।

उसने अपनी उंगलियों और चेहरे से गीलेपन को पोंछा। जोमो ने पिछली बर्थडे पर उसे टूल बॉक्स गिफ्ट में दिया था। इसमें से उसने लंबी नाक वाली चिमटी निकाली और उससे घड़ी की सुइयों को जल्दी से, खामोशी से कोंच कर निकाल दिया।

डायल लहराकर उसकी छाती पर आ गिरा। अब वो इसके पीछे छिपे विस्फोटक को देख सकता था। काले, सफेद और भूरे तार एक दूसरे में बुरी तरह उलझे हुए थे और मैगनेटिक बेस में जाकर खत्म हो रहे थे। उसने चिमटी से इन तीनों तारों को काटा। उसने अपनी पीठ फिर से रोएंदार कालीन पर सीधी की, अपनी गर्दन के तनाव को कम किया और खुद को मुस्कराने की इजाजत दी।

उसने आगे बढ़कर बेड की स्टील स्प्रिंग से मैगनेटिक बेस को अलग करने की कोशिश की। वो इसे पूरा नहीं कर पाया था कि तभी दरवाजे पर घंटी बजी।

बिना रुके, लगातार।

वो बेड से निकल कर बाहर आया और बंदूक निकाल ली। बेडरूम की लाइट बंद कर दी; लिविंग रूम पहले ही से अंधेरे में था।

उसने अपने को गद्दीदार आराम कुर्सी में धंसा दिया। रुख दरवाजे की तरफ था। घंटी फिर बजी। अपने बगल में रखे टेबल पर रखे लैंप के स्विच बटन पर अपनी कोहनियों को आराम से टिका दिया। वो इसी कुर्सी पर रात में पढ़ता है जब उसे नींद नहीं आती। ऐसे में वो गोली चलाने से पहले यह भी देख सकेगा कि वो है कौन। और, पहले वो फायर करेगा। एक पागल हत्यारे के साथ बहादुरी का खेल खेलने का कोई तुक नहीं होता।

घंटी बजना बंद हो गई। अनिर्णय के कुछ क्षण आए, उसके बाद ताले में चाबी लगने की आवाज़ आई।

वो जो कोई भी है, उसके पास फ्लैट की चाबी है।

यह सही नहीं हो सकता ? उसने परछाईं को दरवाजे के पास स्विच की तलाश में लड़खड़ाते देखा। वो जाना–पहचाना लग रहा था।

जोशुआ जान गया कि वो कौन था। दरवाजे पर दिख रही आकृति। वो उसे बचपन से ही जानता है और तभी से प्यार भी करता है। डरबन की गंदी सड़कों पर गर्म धूल के बीच मार्बल के साथ उन्होंने खूब खेला था।

उसने अपनी बंदूक नीचे कर दी। लाइट जली।

"क्या तुम दरवाजे की घंटी का कभी भी जवाब नहीं देते ?" जो ने पूछा। "और तुम यहां इस कुर्सी में बैठ कर क्या कर रहे हो ? हाथ में बंदूक लेकर ? क्या भरी हुई है ? या तुम इसे सिर्फ साफ कर रहे थे? मैं तो यह भी नहीं जानता कि तुम्हारे पास बंदूक भी है। इसे कब खरीदा ? और तुम यहां अंधेरे में बैठ कर क्या कर रहे हो ?"

"तुम यहां क्या कर रहे हो ?" जोशुआ ने पूछा। उसकी हलक सुखी हुई थी। "तुम ईवनिंग स्टार में क्यों नहीं हो ?"

"यही सवाल तो मैं तुमसे पूछ सकता हूं," जो ने कहा। " तुम वहां ना तो कल रात थे और ना आज आए। मैं तुम्हारे बारे में परेशान हो गया था। तुम बीमार हो या कोई और बात है ? इस चीज को हटाओ, हटाओगे कि नहीं ? तुमने तो मुझे नर्वस कर दिया ! "

जोशुआ ने बंदूक मेज पर रख दी। शाम का अखबार उसके ऊपर रख दिया।

एक एजेंट हमेशा एक एजेंट होता है, उसने खुद से कहा, आत्मरक्षा में। एक एजेंट किसी पर भरोसा नहीं कर सकता–––––किसी पर भी नहीं–––––अगर वो जिंदा रहना चाहता है तो। और कभी–कभी इसका अंत इस तरह होता है। एक क्षण के लिए, भयावह क्षण के लिए, ऐसा जिसे वो पूरी जिंदगी नहीं भूल सकेगा, उसने सोचा कि जो ही स्लैग्टर हो सकता है। सभी तर्कों के खिलाफ, ठंडे दिमाग से सोची गई बातों के खिलाफ या फिर भाई के लिए प्यार के खिलाफ। उसे खुद पर शर्म आई। वो उठा और जो से लिपट गया।

इससे जो को और आश्चर्य हुआ। "तुम किसी बात को लेकर परेशान हो, नहीं हो क्या ?" जो ने पूछा। " तुम कुछ कहते क्यों नहीं ? बात क्या है आखिर ?"

जोशुआ वापस कमरे में चला गया। वही किचेन के काम में आता था। " क्या तुम ड्रिंक लोगे ?"

जो उसके पीछे पीछे किचेन में आया।

" तुम कहां थे ? क्लेबोर्न मर गया है ! क्या तुम यह जानते हो ? और पुलिस तुमसे बात करना चाह रही है। तुम बिना किसी से कुछ कहे, लापता हो गए। उन्होंने मुझसे पूछताछ की और मुझे उन्हें बताना पड़ा कि मैं नहीं जानता कि तुम कहां हो। तुम कहां थे ? "

" पेरिस। "

" पेरिस ? पेरिस में तुम क्या कर रहे थे ? वो साउल की इजरायली सुंदरी---क्या नाम था उसका---- वो भी पूरी तरह से कटी हुई मिली है। और पुलिस इस बारे में भी तुमसे पूछताछ करना चाहती है ! "

" क्या वो शारी को ढूंढ सके ? "

" हां, लॉरा ने ढूंढा। वो सुबह को कुछ लेने के लिए दुकान में आई, और आते ही उसे दौरा सा पड़ गया। दौड़ते हुए, पागलों की तरह. अपने नाइटगाउन में ही हाई स्ट्रीट पर आ गई। बहुत बुरी तरह से चिल्ला रही थी। एक बस से कुचलते-कुचलते बची। उन्होंने उससे पूछताछ की। और उसे उन्हें बताना पड़ा कि पिछली रात तुम उसका इंतजार कर रहे थे जब वो आई। रात तुमने उसके साथ रात बिताई। और तुम सुबह उसे जगाए बगैर चले गए। यह सभी कुछ शाम के अखबार में छपा। क्या तुम इन्हें कभी नहीं पढ़ते ? "

जोशुआ ने व्हिस्की के दो बड़े गिलास बनाए। जो के साथ लिविंग रूम में आ गया।

" तुम उसे दोषी नहीं ठहरा सकते, जोश, " जो ने कहा। " उसके पति की कुछ ही रोज पहले हत्या हुई थी। और फिर उसकी दुकान की कर्मचारी को इस तरह से काट कर मारा गया कि तुम कल्पना भी नहीं कर सकते ! उसे दोषी मत ठहराओ, जोशुआ। तुम अभी उसके साथ हो सकते हो। मुझे लगता है कि वो तुम्हें आज भी प्यार करती है। मुझे लगता है कि वो तुम्हें हमेशा प्यार करती रहेगी। "

"मैं उसे किसी भी बात के लिए दोषी नहीं ठहरा रहा हूं, " जोशुआ ने कहा। " बीती रात मैने पिछले तमाम सालों को याद करने की कोशिश की लेकिन अब वो बात नहीं बची है। समय, कुछ-कुछ, लगता है कि एक ही दिशा में चलता है। अब, शायद, मैं भी इसके साथ चल सकता हूं ? "

" तुम विश्वास नहीं करोगे कि कल रात और आज शाम कितनी लड़कियां ईवनिंग स्टार में थीं। सभी तुम्हीं को पूछ रही थीं। लेकिन तुम्हारी किस्मत वहां नहीं थी। "

" सच में ? कौन थी ? "

" हां, कल एक इटैलियन सुंदरी तुम्हारे बारे में पूछते हुए आई। मैंने उसे कल पहली बार देखा। बताया कि उसका नाम लाइसा है। लाइसा रोमानो। मैंने तुम्हारे लिए उसका थोड़ा ख्याल रखा, कुछ ड्रिंक्स के साथ। तुम्हें बुरा नहीं लगा होगा। नहीं लगा ना ? "

" अरे बिलकुल नहीं, जो। मुझे याद आ रहा है कि बीते सालों में कुछ ऐसी भी थीं जिन्हें मैंने तुमसे चुराया था। मुझे यकीन है कि कल की शाम तुम्हारे लिए फायदेमंद साबित हुई होगी ? "

" वो बात नहीं है, जोश ! यह कुछ अलग है। मैं अब तीस का हो रहा हूं। विदेशी आयाओं का पीछा कर के थक चुका हूं। अब मैं भी सेटल होना चाहता हूं। हो सकता है कि रेस्टोरेंट के काम में ही लग जाऊं। उसके पिता के लिए काम करूं----अगर वो मुझे अपने यहां काम दें तो। तब, एक दिन यह रोमानो और सैम्युअलसन हो सकता है। "

" वो इस बारे में क्या सोचती है ?" जोशुआ ने पूछा। " यह सब बहुत अचानक हो रहा है। ऐसा नहीं है क्या ? क्या तुम सोच विचार चुके हो ? "

" पब बंद होने के बाद मैं उसे घर से सीधे ऑक्सफोर्ड सर्कस ले गया। हमने सिर्फ एक दूसरे का हाथ पकड़ रखा था। कसम से कह रहा हूं ! जब मैंने उससे पूछा कि क्या उससे दोबारा मिल सकता हूं तो उसने कहा 'हां' ।"

" देखो, जो, तुम जो कुछ भी करना चाहते हो उसके लिए मेरी शुमकानाएं तुम्हारे साथ हैं। एक अहसान करो। शराब पी कर खत्म करो और यहां से चले जाओ। मैं किसी का इंतजार कर रहा हूं-----और वो तुम नहीं हो। और कौन ईवनिंग स्टार में मेरे बारे में पूछ रहा था ?"

" कल रात ईवा भी वहां थी। तुम्हारे बारे में बहुत आग्रह से पूछ रही थी। ऐसा लग रहा था कि तुम्हें ना पाने से उसे परेशानी हुई हो। उसकी हालत मुझे बहुत अच्छी नहीं लगी, जोश। बेहतर होगा कि तुम उसे देख आओ। और वो अंग्रेज लड़की, जूलिया भी वहां थी। शाम को आठ बजे। उसने तुम्हारे बारे में पूछा और फिर मेरे पास आकर बैठ गई। वेल्स में तुम्हारी शिक्षा के बारे में ढेर सारे सवाल पूछे। "

" ओह, अजब ताज्जुब है ! वो जानती है। "

" जानती है ? क्या जानती है ? मुझसे कुछ गलत हो गया ? "

" नहीं, जो। तुमने ठीक किया। हो सकता है कि यही सही रास्ता हो। वो मुझसे फिर कभी ना मिलना चाहे। "

" मैंने उसके लिए शराब खरीदी और फिर वो मेरे लिए शराब खरीद कर लाई। खुद खरीदने पर जोर दिया था। जाते वक्त उसने मेरे गालों को चूमा था। आम तौर से अंग्रेज लड़कियां अपनी भावनाओं को इतना खुलकर व्यक्त नहीं करतीं। मुझे थोड़ी हैरानी हुई। काफी सुंदर थी, जोश !"

" लेकिन मेरे लिए इतना नहीं खुलती। क्या तुमने अपनी ड्रिंक खत्म कर ली ? "

" नहीं," जो ने कहा। " और तब तक नहीं करूंगा जब तक कि तुम यह नहीं बता देते कि तुम मेरी तरफ तनी यह भरी हुई बंदूक लेकर क्या कर रहे थे।"

" एक दिन तुम्हें बताऊंगा," जोशुआ ने अपनी उंगली होठों पर लगाकर कहा। " विश्वास करो। "

उन्होंने खुले दरवाजे की तरफ से किसी के कदमों की आहट सुनी।

कदमों की नरम आवाज़।

जैसे कि अफ्रीका के घास के मैदान में कोई शेर पानी के सोते के पास किसी अफ्रीकी बारहसिंघे की तरफ खामोशी से बढ़ रहा हो। जोशुआ ने जो को धक्का देकर किचेन में कर दिया। उसके मुंह को दबाया और आंख के इशारे से उसे चेताया।

इसके बाद जोशुआ अपनी गद्देदार कुर्सी पर बैठ गया, अखबार के नीचे हाथ रखा।

" क्या तुम वहीं हो, जोशुआ ? " जो ने आहिस्ते से पूछा। " क्या मैं अंदर आ जाऊं ? "

" यह तो ताज्जुब वाली बात है, " जोशुआ ने कहा। " क्या तुम आज की शाम यहां आए थे ?"

" मैं ? नहीं, क्यों ? "

" शाम को यहां कोई आया था। मेरे लिए एक विज़िटिंग कार्ड छोड़कर गया है। "

" बोको तुमसे आज रात मिलना चाहता है। इसी वक्त ! "

" उससे कह देना कि मैं बिजी हूं। कोई आने वाला है।"

जोशुआ ने उसके कंधों को थपका।

" जोमो तुम एक बहुत अच्छे दोस्त हो। मेरे सबसे अच्छे दोस्त। और मैं तुम्हें प्यार करता हूं-----उससे भी ज्यादा जितना साउल से करता था। लेकिन तुम बोको को नहीं जानते। मैं उसकी तरह चीजों को नहीं देखता-----और यही बात उसके मन में कड़वाहट भर देती है। हम दुनिया बदल सकते हैं----तुम और मैं----बगैर इसे गंवाए हुए। या खुद को गंवाए बिना। मेरे लिए परेशान मत हो। मैं खैरियत से रहूंगा।"

जो किचेन से निकल कर बाहर आया।

" इससे कहो, जो ! तुम इसके भाई हो। तुम इससे कहो। कहो कि यह छुट्टी पर चला जाए। कुछ दिनों के लिए देश से बाहर चला जाए। क्या यह कोई बहुत बड़ी मांग है ? "

जोशुआ दोनों को धक्का देते हुए दरवाजे तक लाया।

" जाओ ! " उसने आदेश दिया। " ईवनिंग स्टार जाओ। मेरे नाम का दो जाम पीयो। मैं इससे ज्यादा का भी ऑफर दे सकता था लेकिन वह सेहत के लिए अच्छा नहीं होगा। अब क्या तुम जाओगे ? "

ये सभी जालिम हैं। अकेले स्लैग्टर ही नहीं।

वो सभी यह काम करने में सक्षम हैं-----बोको, साउल, फार्न्सवर्थ, वो खुद।

अगर जो ही स्लैग्टर निकला तो क्या वो उसे मार डालेगा ? या जोमो, अगर वो वही है जिसका इंतजार जोशुआ कर रहा है ? एक है लेकिन दूसरा नहीं है? लोगों के बीच बारीक सा भेद करते हुए----वो जिन्हें आप जानते हैं और वो जिन्हें आप नहीं जानते-----क्या यह भी क्रूरता नहीं है ?

किसी एक के बारे में सोचना और दूसरे के बारे में नहीं ? कभी भरोसा मत करो। क्या सभ्य लोगों के बीच इससे भी ज्यादा क्रूर व्यवहार हो सकता है ?

सिवाय जूलिया के। और वो कह चुका है कि जूलिया एक अच्छी एजेंट नहीं है।

सिवाय ईवा के। इन सभी में सबसे ज्यादा कमजोर ।

वो काम छोड़ देगा। वो इस तरह के कामों के लिए अब ज्यादा उम्र का हो चला है, उसने खुद से कहा। रात के अंधेरे में, भरी हुई बंदूक के साथ, एक ऐसे हत्यारे का इंतजार करते हुए जिसे वो नहीं जानता और जो दरवाजे से आने वाला है। क्या वो दरवाजे में दाखिल होने वाले पहले अजनबी पर गोली चला देगा ?

अब वो और परवाह नहीं करता। चाहे स्लैग्टर आए या ना आए। हो सकता है ला रेने ने याद रखा हो। नहीं ! वो उसे ला रेने के तौर पर याद नहीं करेगा। वो सिमोन थी। वही वो औरत थी जिसके साथ वो पेरिस में सोया था।

उसने किचेन में जाकर अपने लिए एक और व्हिस्की का गिलास बनाया। उसे अब ना तो दरवाजे की परवाह थी और ना ही इस बात की कि वहां से कौन आने वाला है।

जब वो लिविंग रूम में लौटा तो लॉरा को वहीं बैठे पाया जहां वो बैठा हुआ था। गद्दीदार कुर्सी पर, अखबार पढ़ते हुए।

बंदूक उसके हाथ में थी।

उसे देखकर वो उसके पास आई। बंदूक को आराम कुर्सी में फेंक दिया। अपनी बांहों में उसे बांध लिया। व्हिस्की छलकर कर उसकी ड्रेस पर गिर गई।

उसने उसकी पीठ को थपका।

" तुम कहां थे जोशुआ, ? " उसने रोते हुए पूछा। शारी मर गई! उसने उसे मार दिया। मुझे खुशी है कि मैं जा रही हूं। मेरे साथ चलो जोशुआ ! "

जोशुआ ने उसे धीरे से अपने से अलग किया। वापस उसे आराम कुर्सी पर बिठाया। बंदूक को मेज की ड्रार में रखा; उसके बाद उसके सामने घुटनों पर बैठ गया।

"लॉरा, माई लव, तुम हमेशा इतना डरी हुई क्यों रहती हो ? वो तुम्हारे पीछे नहीं पड़े हैं। कभी भी नहीं थे। तुम्हारे लिए यह डरावना सपना अब खत्म हुआ। साउथ अफ्रीका वापस जाओ। जैसे तुमने योजना बनाई हुई है। कुछ दिनों के बाद साउल की मौत इतनी तकलीफ देह नहीं लगेगी जैसी कि अभी लग रही है। और मैं तुम्हें पत्र लिखता रहूंगा।"

इसके अलावा वो और कुछ कह नहीं सकता था। वो बुरी तरह से थकी हुई और बेबस दिख रही थी। जोशुआ को उसके लिए अफसोस हुआ। उसके गालों को थपथपाया। मुंह और होंठ को हल्के से चूमा। वो उसकी तरफ देखकर मुस्कराई। " तुम ठीक कह रहे हो जोशुआ। मैं सिर्फ साउथ अफ्रीका ही वापस जा

सकती हूं। यह सभी कुछ फिर मेरा अतीत होगा। मैं जानती थी कि तुम नहीं आ सकते। इसलिए मैं खुद अलविदा कहने चली आई। मैं तुम्हें कभी नहीं भूल सकूंगी, जोशुआ। तुमने मेंरे लिए पंद्रह सालों को सहने लायक बना दिया——सिर्फ खुद को यहां रख कर। और मैंने, कम से कम, मेहरबान बने रहने की कोशिश की ? "

" तुम थीं लॉरा, ओह, तुम थीं ! मैं भी इन पंद्रह सालों को यादों से मिटा नहीं सकता। और इन तमाम सालों में तुम मेरे अस्तित्व का एक हिस्सा रहीं। लेकिन, हम दोनों के लिए, इंतजार अब हमेशा के लिए खत्म हो जाएगा। "

वो जाने के लिए खड़ी हुई। आंखों में एक बार फिर दर्द नजर आया। वो हसीन हाव–भाव, पीछे की तरफ झुके कंधों के साथ, हाल के दिनों में उसमें नजर आने वाली थकान को निकाल फेंक रहे थे। उसने जोशुआ को गर्मजोशी से अपनी बांहों में भर लिया। अपने हाथों को उसकी पीठ को इतने कस कर बांधा कि उसे अपने स्तन उसके बदन पर कुचलते हुए महसूस हुए। उस वक्त जब चूमने के लिए उसने उसके होठों को ढूंढा, उसी वक्त वो चाह रही थी कि वो उसके दिमाग में अपनी छाप छोड़ दे। भविष्य में याद करने के लिए। वो उसी की तरह बिना हिले डुले खड़ा रहा, उसे इजाजत दी कि वो जो चाहती है, निकाल ले।

जूलिया दरवाजे से देख रही थी।

" मैं बस जा ही रही थी, " उसने जोशुआ के पास से हटते हुए शर्मिंदगी से कहा।

" प्लीज मत जाओ। कम से कम मेरी वजह से तो नहीं ही। क्या मैं अंदर आ जाऊं ? "

जोशुआ बढ़कर जूलिया की तरफ गया। तय नहीं कर पा रहा था कि क्या करना चाहिए। क्या वो उसकी तरफ अपना गाल बढ़ा दे ? या खुद उसकी तरफ बढ़े ? नजदीकी आज कहां तक पहुंची ? क्या यह कल से अलग थी ?

जूलिया ने इसे जोशुआ के लिए आसान कर दिया। अपनी बांहें फैला दीं और जोशुआ उसमें समा गया। फिर उसने उसके मुंह को इस अंदाज में चूमा कि वो कुछ बोल नहीं सका। इसलिए क्योंकि इस चूमने में कोई हिचक नहीं थी। लंबा और सख्त, बिना किसी जल्दबाजी के, उसे सभी डरों से राहत देता हुआ, जोशुआ ने भी उसे इसी शिद्दत के साथ जवाब दिया।

" मुझे लगता है कि मैं जबरन दखल दे रही हूं" लॉरा ने कहा। " आज की रात बिताने के लिए मुझे होटल भी खोजना है। साउथ केनसिंग्टन का फ्लैट मैंने छोड़ दिया है। "

अब जूलिया ने खुद को जोशुआ से अलग किया।

" मैं भी तुम्हारे साथ आ रही हूं " जूलिया ने लॉरा से कहा। " एक तरह से देखो तो मैं भी जबरन ही घुस आई हूं। वो किसी के आने का इंतजार कर रहा है और नहीं चाहता कि मैं यहां उस वक्त रहूं जब वो आये। नीचे मेरी कार खड़ी है। शायद हम लोग कार में एक दूसरे के साथ कुछ बातें कर लेंगे और उसके बाद मैं खुशी से तुम्हें वहां छोड़ दूंगी जहां तुम चाहोगी।"

दोनों के जाने के बाद जोशुआ आराम कुर्सी पर ढेर हो गया।

यह शाम जैसा उसने सोचा था, उससे काफी हद तक अलग निकली। उसका अपार्टमेंट तो जैसे होटल में बदल गया था। या फिर जैसे कि एक रेलरोड स्टेशन! उस तमाम भीड़ के साथ जो यहां आ रही थी और जा रही थी। पहलो जो, फिर जोमो और अब लॉरा और जूलिया। अगर स्लैग्टर यह सब देखते हुए कुछ करने की सोच रहा होगा तो फिर वो मूर्ख ही होगा।

जोशुआ ने खिड़की के पर्दे गिरा दिए। इनके पीछे से सड़क पर झांकने की कोशिश की, जो लगभग भद्दे ढंग से धुंधली थी, उस हल्की रोशनी में जो अब जल उठी थी। सामने के घर में पार्टी चल रही थी; वो हल्के पर्दों के पीछे नाचती हुई परछाईयों को देख पा रहा था।

नीचे, सड़क पर बेंटले खड़ी थी———शाम साढ़े आठ बजे के बाद से लगातार वहीं थी।

उसने घर में बहुत करीने से ड्रेस पहने हुए एक महिला को आते देखा। मिसेज थोर्न और उसके बीच बातचीत की आवाज़े सुनीं। बातचीत सीढ़ियों के नीचे हो रही थी, पूछा जा रहा था कि क्या वो घर पर है और फिर एक हल्की राहत भरी हंसी यह जानने के बाद कि वो घर पर ही है।

उसने सीढियों से ऊपर आते कदमों की आवाज़ सुनी। उसने बंदूक हटा दी, टेबल के ड्रार में से और इसे खोल में रख दिया। इसके बाद वो उसका स्वागत करने के लिए दरवाजे पर गया।

उसने एक रात बिताने भर का सामान रखने वाला बैग ले रखा था। बैग को जोशुआ के पैर के पास रख दिया। उसके किनारे से वो फ्लैट में दाखिल हुई। उसका एक हाथ जोशुआ के कंधे पर था, उसके बाद उसने उसका हाथ पकड़ा और अपने साथ उसे लिविंग रूम में ले गई।

" मुझे खुशी है कि तुम आ गई," ईवा, " मैं तुम्हारे आने की उम्मीद कर रहा था। "

अध्याय 19

जोशुआ ने बैग उठाया और उसके साथ अंदर आ गया। उसके पीछे–पीछे इस तरह कि कमरे के जिस हिस्से में वो जाएगी वहीं वो भी जाएगा। बैग को आराम कुर्सी के पीछे रखा; और उसकी तरफ सवालिया निगाहों से देखा।

" मैंने घर छोड़ दिया है, " उसने सपाट लहजे में कहा। " मुझे परवाह नहीं है कि वो मेरा बड़ा भाई और परिवार का मुखिया है। मैं अब उसके साथ और नहीं रह सकती। "

पिछली बार जब वो ईवा से मिला था, उस वक्त जैसी ड्रेस उसने पहन रखी थी, आज की ड्रेस उससे बिलकुल अलग तरह की थी। जो सूट उसने पहन रखा था, उसे देखकर लग रहा था कि इसे बस उसके लिए ही सिला गया है। उस पर पूरी तरह से फिट। छोटी कोट खुली हुई थी। उसके नीचे उसने लेस लगी सफेद ब्लाउज को उसकी गर्दन तक पाया। इससे मिलते–जुलते रंग की स्कर्ट घुटने से कुछ ऊंपर तक आ रही थी। पेस्टल शेड में हल्का भूरा और मटमैला रंग उसको इतना सजीला बना रहा था कि उसकी आंखें तारीफ किए बगैर नहीं रह सकीं।

उसने अपना कोट सोफे पर रखा और जूते उतार फेंके।

" क्या मैं आज की रात यहां ठहर सकती हूं ? " उसने पूछा। " कल मैं रहने की जगह ढूंढ लूंगी। "

" बिलकुल। इसमें मुझसे पूछने वाली कौन सी बात है। तुम इस दुनिया में मेरी अकेली भतीजी हो। जो की शादी नहीं हुई है, हालांकि यह स्थिति अब बदल सकती है, और सुसान भारत में मां के साथ है और अब भी किसी लड़के में रुचि नहीं दिखा रही है। तुम हमेशा मेरे लिए पहले नंबर पर रहोगी। जब तक चाहो तब तक यहां रहो। "

वो बैग लेकर कपड़ा बदलने के लिए बेडरूम में गई। वो गर्दन से पैरों के अंगूठे तक को ढंकने वाला इंग्लिश नाइटगाउन पहनकर वापस आई। गाउन के सामने का हिस्सा बेल और कंगूरों से सजा हुआ था। उसने अपने सिर पर स्कार्फ

को खुला रख छोड़ा था। वो उसकी कुर्सी के हत्थे पर बैठ गईय जोशुआ ने उसे सहारा देने के लिए उसकी कमर में अपनी बांह डाल दी।

ईवा ने उसके सिर को चूमा जो उसके स्तनों से रगड़ खा रहा था। बिना किसी अलग तरह की इच्छा के वो उसकी गर्मी को महसूस कर रही थी, उसकी नजदीकी हासिल करने के लिए बेकरार थी। वो दोनों काफी देर तक ऐसे ही बैठे रहे, बहुत कम बातें करते हुए, एक दूसरे से संतुष्ट और धीरे–धीरे उन दोनों पर से वो तनाव खत्म हो गया जो शाम से ही इन पर छाया हुआ था।

" कभी–कभी मैं सोचती हूं, अंकल जोश, कि इस पूरी दुनिया में सिर्फ तुम और मैं, हम दो ही लोग हैं जिनके पास दिमाग है। "

" एक और के लिए भी जगह बनी है, " उसने जैसे गुहार सी लगाई। " वैसी ही अच्छी इनसान जैसी कि तुम हो। मुझसे बहुत बेहतर। मुझसे कहीं ज्यादा प्यार करने वाली, गर्मजोशी से भरी हुई और ख्याल रखने वाली। "

उस शाम पहली बार ईवा खिलखिलाकर हंस पड़ी। उसने जोशुआ को अपनी बांहों में और नजदीक ले लिया। उसके बालों के साथ खेलती रही बिना किसी आदर के। उसका सिर अपनी तरफ खींचा ताकि उसकी आंखों पर से उसके बाल को हटा सके।

" क्यों, अंकल जोश। प्यार हो गया है, " वो बोली।

तड़के एक बजे के करीब वो सोने गए। उन्होंने सिक्का उछालकर फैसला किया कि बेडरूम में कौन सोएगा। जोशुआ ने कहा था कि वो बेडरूम में सो जाए लेकिन ईवा ने कहा कि नहीं। वो लिविंग रूम में सोफे पर ही करवट लेकर सो जाएगी और इसमें उसे कोई परेशानी नहीं है। इसलिए इन लोगों ने फैसला टॉस से किया।

हेड्स आया। जोशुआ को मिला सोफाय और ईवा को बेडरूम।

बेडरूम के दरवाजे पर खड़े होकर उसने हवा में उसके लिए चुंबन उछाला। रहस्यमय तरीके से मुस्कराई और फिर दरवाजा बंद कर अंदर चली गई।

कोई दो बजकर एक मिनट पर छोटे से बरामदे में फोन की घंटी बजी। यह फ्लैट के प्रवेश द्वार के पास था, जिसका एक हिस्सा किचेन में और दूसरी तरफ से लिविंग रूम में जाता था।

जोशुआ ने घंटी को पांच बार बजने दिया। यह सोचकर कि जो कोई भी होगा वो खुद ही फोन काट देगा। यह समय सिवाय सोने के किसी और काम का नहीं हो सकता।

लेकिन जब घंटी तीन बार और बजी तो वो जवाब देने के लिए उठा। वैसे भी घंटी ने उसे पूरी तरह से जगा दिया था। उठने के बाद लड़खड़ाने पर हिंदी में कुछ गालियां दीं। कुर्सी, जिसका पिछला हिस्सा सींक से बना था, के बाहर निकले हुए पाए से उसे चोट लगी। ना तो छोटे बरामदे की लाइट खुली हुई थी और ना ही फ्लैट के बाहर के कॉरिडोर की। बाहर जल रही होती तो उसे दरवाजे से हल्की रोशनी मिल जाती, उसे रास्ता दिखा देती।

उसने नींद में टटोलकर सैडलबार से फोन का रिसीवर खींचा जो अपने छोटे से तार पर दूसरी तरफ झूल रहा था।

वो बोको था।

" क्या मेरी बहन तुम्हारे घर पर है ? " उसने पूछा।

जोशुआ, जिसका दिमाग अब काम कर रहा था, की समझ में नहीं आया कि वो हां कहे या ना। इसलिए उसने अपना गला खंखार कर साफ किया और जवाब नहीं दिया।

" ओह गॉड, कमबख्त तुम, जोशुआ ! वो वहां है या नहीं ? " नाराजगी से भरी आवाज़ चिल्लाई और उसका ध्यान अपनी तरफ खींचना चाहा।

" हां, है। बेडरूम में। सो रही है। क्या तुम उससे बात करना चाहते हो ? मैं कह नहीं सकता कि वो तुम से बात करना चाहेगी। "

" उसे वहां से हटाओ ! भगवान के वास्ते, सैम्युअलसन ! बेड के नीचे बम है ! "

" मैं जानता हूं, " जोशुआ ने जम्हाई लेते हुए कहा। " मैंने तुम्हारे छोटे से तोहफे को खोज निकाला था। वही जो शाम शुरू होने के वक्त तुम छोड़ गए थे। शरारती ! शरारती ! मैंने घड़ी की अंदरूनी मशीनरी को डिस्कनेक्ट कर दिया। तारों को काट डाला। जाओ, सो जाओ। "

" प्लीज, जोशुआ ! उसे वहां से निकालो ! गॉड ! कमबख्त तुम! उसे जगाओ ! उसके मैगनेटिक बेस में डिजिटल क्वार्ट्ज मैकेनिज्म है। " प्लीज ! उसे वहां से निकालो ! "

जोशुआ ने रिसीवर पटकने के दौरान बेकार की चीख सुनी। वो बेडरूम की तरफ भागा। जो तीन कदम उसने बढ़ाए वही उसकी तरफ बढ़े उसके आखिरी कदम साबित हुए। उसने धमाके की ऐसी आवाज़ सुनी जो अपने साथ बेडरूम के दरवाजे को उड़ा कर ले गई। उसने अपनी तरफ गर्म हवाओं का झोंका आता महसूस किया, फ्लैट की दूसरी तरफ की दीवार के पास किचेन में जहां वो फर्श पर लेट कर पहुंचा था।

उसे जहरीली प्लास्टिक, जलती हुई रबर और जलते हुए इनसानी गोश्त की भयांवह गंध महसूस हुई।

आग की लपटें बेडरूम से निकल कर लिविंग रूम में फैल रही थीं। लपटें पर्दों को भीषण आवाज़ के साथ जला रही थीं। आग के गोले उठकर छत तक जा रहे थे। उसने अपने गालों और हाथों पर खून बहता हुआ महसूस किया और जगह जगह चुभे हुए दर्द को भी। इसका अहसास तब हुआ जब उसने चमकीले टूटे हुए शीशों को अपने बदन से खींचकर–खींचकर निकाला। छत फटनी शुरू हो गई थी। गर्मी से फैल रहे प्लास्तर को कहीं जाने का रास्ता नहीं मिला। ये प्लास्तर आग के गोले बनकर बहुत खूबसूरती से और तरीके से कारपेट पर गिरकर उसकी तरफ बढ़ने लगे।

वो दरवाजे की तरफ लुढ़का। पाइप के फटने की आवाज़ ने उसे बताया कि किचेन की दीवारों में आग लग चुकी है।

रिसीवर टेलीफोन से लटक कर झूल रहा था।

अब जवाब देने का कोई फायदा नहीं था। कोई भी फायदा नहीं। उसने बेडरूम पर आखिरी निगाह डाली जो आग का गोला बना हुआ था। आदत के तहत वो कोट रैक की तरफ अपनी जैकेट के लिए पहुंचा और धीरे धीरे सीढ़ियों से उतरने लगा। हर सीढ़ी पर लपटों की गरमी और धुंआ उसका पीछा कर रहे थे, जैसे कि उसके साथ खेल रहे हों, कभी भी उसके आगे नहीं जा रहे थे, बाहर के दरवाजे तक उसका मजाक उड़ाती हुई चीखों के साथ पीछा कर रहे थे।

यह भी हो सकता है कि उसे ऐसा लगा हो।

उसने अन्य किराएदारों को देखा। दो से आठ तक के फ्लैट के किराएदार। ड्रेसिंग गाउन और अन्य पोशाकों में एक साथ झुंड में फुटपाथ पर खड़े हुए। उसने फायर इंजन के सायरन और एंबुलेंस की धीमी दर्द भरी आवाज़ सुनी। वो सड़क की तरफ गया, सुबह के उस समय में। उसका हर डगमगाता कदम अपने स्वागत को लेकर आश्वस्त नहीं था, जब वो उसके दरवाजे पर पहुंचा।

उसने दरवाजा खटखटाया। उसने बिना देर किए दरवाजा खोला हालांकि सुबह के उस समय वो भी सो ही रही होगी––––सिवाय इसके कि उसे धमाकों की आवाज़ ने उठा ना दिया हो। अपनी पतली नाईटी पर उसने सिल्क का ड्रेसिंग गाऊन पहन रखा था जो उसके बदन से चिपका हुआ था और कमर पर मजबूती से बंधा हुआ था।

" डॉक्टर सैम्युअलसन, " उसने सख्ती से कहा, " मुझे आदत नहीं है कि

अजनबी मर्द मुझे तड़के के दो बजे नींद से जगाएं। या फिर मैं तुम्हें 'डोनाल्डसन' कह कर पुकारूं ? " लेकिन दरवाजा उसके लिए खोल दिया।

" क्या तुम मुझे सिर्फ ' जोशुआ ' कह कर नहीं बुला सकती ? " वो बेचारगी से बोला।

अंदर दाखिल होने के वक्त उसने जोशुआ के शरीर पर खून बहता देखा।

" अरे मेरे प्यारे ! तुम्हें चोट लगी है क्या ? क्या डॉक्टर को बुलाऊं ? मैं भी क्या कह रही हूं ? तुम तो खुद ही डॉक्टर हो। क्या दर्द हो रहा है, डार्लिंग?"

वो मुस्करा पड़ा हालांकि इससे उसे पसली में दर्द महसूस हुआ।

" मैं ठीक हो जाऊंगा। बस छोटे–मोटे घाव हैं। "

" क्या मैं तुम्हारे लिए कुछ लाऊं ? "

" हां, एक तगड़ी व्हिस्की। "

जब वो लौटी तो वो सोफे पर सिकुड़ा हुआ लेटा था। बेहोश या नींद में। उसने उसकी जैकेट में हाथ डालकर, पायजामे से ऊपर उसके दिल पर हाथ रखकर देखा कि वो जिंदा है। वैसे भी वो मरा नहीं था क्योंकि उसने उसके दोनों हाथों को अपने हाथ में ले लिया और उसे जाने नहीं दिया। अपने बुरे ख्वाबों को बार–बार बुदबुदाता रहा। वो समझ नहीं पा रही थी कि उसे क्या करना चाहिए। इसलिए उसने झूलने वाली कुर्सी को सोफे के पास खींच लिया और उसके पास बैठ गई। उसके हाथ जोशुआ के हाथों में थे।

जब आधी नींद में उसने उसके हाथों को छोड़ा तब उसने जोशुआ के पैरों से उसकी बेडरूम की चप्पल उतारी। पैजामे के ऊपर के दो बटनों को खोला और उस पर पतली चादर डाल दी।

वो एक गर्म रात थी। वो सिवाय आराम के और कुछ नहीं चाहता था।

वो झूलने वाली कुर्सी पर बैठी रही। उसे कुछ और बुदबुदाते सुना। फिर वो सो गया। अपनी बात उसने नहीं सुनी। यह जरूरी भी नहीं था।

अब उसे व्हिस्की पेश करने का कोई तुक नहीं था। उसने गिलास को सिंक में उलट दिया।

उसने बाहर से दरवाजा बंद कर दिया।

सुबह के तीन बज चुके थे जब वो सोने के लिए गई। उसने बेडरूम का दरवाजा बंद नहीं किया। यह सोचकर कि कहीं अगर उसे कुछ जरूरत पड़ गई और उसने उसे आवाज़ लगा दी तो...।

अध्याय 20

" चौबीस घंटे, " फार्न्सवर्थ दहाड़ा। वो बेंच के सामने तेजी से आ जा रहा था, अपने छाते से बेतरतीब झाड़ियों पर टूट पड़ा था---वह चाहे उसके रास्ते में बाधा डाल रही हों या नहीं।

जोशुआ ने अपना सिर पकड़ रखा था।

" यही तुमने कहा था। चौबीस घंटे ! अब तारीख क्या है ? "

" मैं जानता हूं, मैंने कहा था बिल, " जोशुआ ने कहा। " और मैं तुम्हें बता चुका हूं कि क्या हुआ है। शांत हो जाओ, बिल। हो सकते हो? इतने उत्तेजित मत हो। अंग्रेज कभी उत्तेजित नहीं होते। इस बात को दोहराते रहा करो। यह बात तुम हम एशिया वालों के लिए छोड़ दो। यह बस बुरी किस्मत है। "

" बुरी किस्मत ? एक लड़की मारी जाती है---चिथड़े उड़ जाते हैं उसके और सुबह के दो बजे उसका तुम्हारे घर में अंतिम संस्कार हो जाता है–और तुम कह रहे हो कि यह बैड लक है। यह बात बहुत आगे जा चुकी है। "

जोशुआ ने अपने सिर को वापस अपने हाथों में ले लिया और आंखें बंद कर लीं। ईवा की मौत को याद रखने के लिए जरूरी नहीं था कि फार्न्सवर्थ इसे दोहराए। यह सभी कुछ इतना तकलीफदेह है और अभी भी उसके दिमाग में बिलकुल ताजा है। कोई शक नहीं कि समय बीतने के साथ शांति का पल आएगा और फिर वो एक मीठी याद बन कर रह जाएगी। लेकिन अभी वो सिर्फ उससे अपनी नजदीकियों को महसूस कर रहा था। कैसे वो उसकी कुर्सी के हत्थे पर बैठी थी, उसके सिर को अपने स्तनों में छिपाए हुए थी। यहां हैम्पस्टेड के बंजर में बेंच पर बैठने के समय उसकी बाहों ने उसके सिर को नहीं पकड़ रखा था; बजाए इसके वो उस मजबूत कमर को महसूस कर रहा था जो बीती रात को इन बाहों के इर्द–गिर्द थीं और महसूस कर रहा था उस कमरबंद को जो कमर से नीचे था और उसे छू रहा था।

" तुम ठीक कह रहे हो, " उसने आहिस्ते से कहा। " तुम नहीं समझ सकते कि मैं ईवा की मौत पर हमेशा कितना दुख महसूस करूंगा। मैं खुद को कभी माफ नहीं कर सकूंगा। मैं उसे बचा सकता था, बिल। मुझे उस आग लगाने वाली चीज को उठाकर खिड़की के बाहर फेंक देना चाहिए था-----और मैं ऐसा ही करता अगर जो ना आ गया होता। "

" जो ने तुम्हें बचा लिया, " फार्न्सवर्थ ने कहा। " हमारे विस्फोट विशेषज्ञ लगभग तुरंत ही वहां पहुंच गए थे। मैंने उनसे पूछा था। अगर तुमने उसे स्टील स्प्रिंग से निकाल दिया होता तो वो तुम्हारे हाथ में ही फट जाता। "

फार्न्सवर्थ बेंच पर बैठ गया। हल्की नरम जमीन पर वो अपने छाते की नोक से आड़े तिरछे चित्र बनाने लगा। बीती रात बारिश हुई थी लेकिन इतनी नहीं कि कीचड़ हो जाए। बस इतनी की जमीन को मुलायम कर गई।

" खुद को दोषी मत ठहराओ जोशुआ। तुम कुछ समय तक ऐसा ही महसूस करोगे। तुमने अपनी आंख के सामने एक बम को फटते देखा जिसने तुम्हारी एक दोस्त को जिंदा जला दिया; ऐसे उछालकर खाली दीवार पर फेंका जैसे कि वो कुछ हो ही नहीं–और तुम फिर भी जिंदा हो। इससे लगने वाला आघात बहुत डरावना हो सकता है। लेकिन सौदे में मैंने अपनी बात का लिहाज रखा है। अब तुम भी रखो।"

" तुमने अपना वादा तोड़ा है, बिल। "

" मैंने तोड़ा ? "

" हां, तुमने वादा किया था कि तुम इस केस से जूलिया को हटा लोगे। मैंने यह शर्त रखी थी। लेकिन इसके बजाए मैंने क्या पाया ? यही कि मेरे अजीज दोस्त, बिल फार्न्सवर्थ, ने उसे सब कुछ बता दिया है। हमारे बीच आज सुबह लंबी बातचीत हुई। नाश्ते पर। वो बहुत अच्छा नाश्ता बनाती है। क्या तुम यह बात जानते हो ? टोस्ट बहुत बढ़िया था और जैम तो ऐसा कि मैंने पहले कभी इस जैसा खाया नहीं। अंडा उसने गलत तरीके से फोड़ा लेकिन ऐसी बातों पर तुम नाक भौं नहीं सिकोड़ सकते। वादा तुमने तोड़ा है, बिल। "

लेकिन मैंने तो उसे केस से हटा दिया है! " फार्न्सवर्थ ने विरोध जताया। जमीन पर उसके चित्र और उत्तेजना के साथ बनने लगे। " सही है कि मैंने उसे बताया था कि डोनाल्डसन की पहचान के मामले में जेन से थोड़ी गड़बड़ हुई थी और यह कि कैसे हमने डोनाल्डसन की पहचान तुम्हें दे दी। मुझे बताना

पड़ा। मुझे लगा कि यह मेरा फर्ज है कि उसे इस केस से हटाने पर मुझे उसके सामने कुछ सफाई तो देनी ही चाहिए। ''

'' यह सही नहीं है। ''

'' मैं नहीं जानता कि तुम्हारा क्या मतलब है। मैं तुमसे झूठ क्यों बोलूंगा ?''

'' वो इस केस से हटी नहीं है। वो अपनी बेंटले में सड़क की दूसरी तरफ शाम साढ़े आठ बजे से ही थी। जो भी बिल्डिंग में आ रहा था, उन सभी पर नजर रखे हुए थी। केस से हट गई। यही कहा ना तुमने?''

'' निश्चित ही मेरे आर्डर पर नहीं किया है उसने यह सब, जोशुआ। वो स्वतंत्र रूप से यह सब कर रही है। ''

'' मुझे यह मानना पड़ेगा कि लॉरा के आने के वक्त उसके आने से मुझे खुशी हुई। और उस वजह से मेरे दिमाग से कुछ शक निकल गए। और रात को तो वो मेरे लिए मुकम्मल मदद करने वाली साबित हुई।''

'' क्या तुम्हें अहसास है, '' फार्न्सवर्थ ने कहा, '' इतने दिनों के बाद–मैं गिनती भूल चुका हूं–तीन हत्याओं के साथ, और ईवा की ताजी ताजी मौत के साथ, हम अभी भी यह जानने के आस–पास नहीं पहुंच सके हैं कि स्लैग्टर कौन है ? मुझे लगता है कि मुझे रियाटर हो जाना चाहिए, जोशुआ और घर के पिछवाड़े गोभी उगानी चाहिए। इस काम से बढ़िया मैं यह काम करूंगा। ''

'' मैं एक थ्योरी पर सोच रहा हूं। सुनना चाहोगे ? ''

'' मैं किसी भी चीज को लपक कर पकडूंगा–––––तुम्हारी आधी पकी थ्योरी समझे।''

'' मान लो, बस समझने के लिए, कि स्लैग्टर साउथ अफ्रीका वालों की तरफ से दो लोगों के लिए दिया गया कोड नाम है–––––और साउल इनमें से एक है। हम नहीं जानते कि बाकी का दूसरा हिस्सा कौन है––––और शायद कभी जान ना सकें। लेकिन स्लैग्टर के पीछे साउल का दिमाग काम कर रहा था। ''

'' मैं सोचता था कि यह साउल हो सकता है, '' फार्न्सवर्थ ने आहिस्ते से कहा। '' यह बहुत साफ लगता था। लेकिन फाइल में इसे साबित करने वाली कोई बात नहीं थी।''

'' तुम्हारी फाइलें साउल की दी हुई रिपोर्ट से ही तो भरी हुई हैं। थोड़ा बहुत ही कुछ और है । ''

" मैं उसकी रिपोर्ट को कांट–छांट कर देखता था, जोशुआ, लेकिन तुम तथ्यों में कांट–छांट नहीं कर सकते। यह सही है कि साउल तब टैंगियर्स में था जब अब्दुल की हत्या हुई थी। लेकिन बाकी सभी मामलों में, सभी समयों पर-----मियामी में, बांबे में, हैफा और पेरिस में, यहां तक की जोहानिसबर्ग में भी-----साउल उन जगहों के कही भी आस–पास तक नहीं था जहां हत्याएं हुई थीं। तुम भी इस बात को जानते हो। तुम्हारे आदमी भी उस पर नजर रखते थे और उन सभी ने क्या ऐसी ही रिपोर्ट नहीं दी थी ? मैंने उसे इन हत्याओं के बाद इन जगहों पर भेजा था, पहले नहीं। "

" हां, बिल। यही वजह है कि मैं कह रहा हूं कि स्लैग्टर दो लोग हैं। साउल दक्षिण अफ्रीका की सरकार से आदेश लेकर उसकी जानकारी स्लैग्टर तक पहुंचा देता था। हो सकता है कि वो जानता रहा हो, हो सकता है कि नहीं भी जानता हो कि स्लैग्टर कौन है। मुझे लगता है कि वो जानता था। और फिर वो इसे तय कर लेता था कि वो उस जगह के आस–पास नहीं फटकेगा जहां यह सब कुछ होना है। "

फार्न्सवर्थ की नाक से बेचैनी भरी आवाज़ निकली।

" पहली बार वो वहां था। इसके बाद वो शक शुबहे को दावत क्यों देता? तुमने मुझे कोई ऐसी बात नहीं बताई जिस पर हम पहले ना विचार कर चुके हों----और रद्द भी। "

" लेकिन साउल के मरने के बाद, कुछ बदलाव हुआ। साउल के हाथ पेरिस में सिमोन के जरिए कोई कीमती सूचना आई लेकिन उसने इसे आगे नहीं बढ़ाया। इसके बजाए उसने दक्षिण अफ्रीकी सरकार को मजबूर किया कि वो मेरे पीछे स्लैग्टर को सामान्य तरीके से लगाए, उस जानकारी को पाने के लिए जो मेरे पास है ही नहीं। और, स्लैग्टर जानता है कि मेरे पास नहीं है ! इसलिए वो साउल के प्रेमियों के पीछे इस उम्मीद से पहुंचा, सही समझते हुए, कि उसने इनमें से किसी एक को वह जानकारी दी होगी। स्लैग्टर कैंसे जानता था कि जानकारी मेरे पास नहीं है ? "

" तो ? "

" तो स्लैग्टर कोई ऐसा है जो मुझे बहुत अच्छी तरह जानता है----डोनाल्डसन की हैसियत से नहीं बल्कि सैम्युअलसन की हैसियत से। " वो अचानक खामोश हो गए क्योंकि उन्हें ढलान के पीछे कंकडों पर तेज भागते हुए कदमों की आवाज़ सुनाई दी। जोशुआ ने झाड़ियों के बीच से देखा और कहा, " तुम्हारा ड्राइवर लग

रहा है, बिल। ऐसा लग रह है कि वो इस तरफ भयावह तेजी से भागता हुआ आ रहा है।"

" मैंने उससे कहा था कि हम लोगों को डिस्टर्ब मत करना," फार्न्सवर्थ ने कहा। बड़े से चेहरे पर छोटी आंखें घबराई हुई थीं।

आवाज़ पास आ गई।

" सॉरी सर, आप लोगों को डिस्टर्ब कर रहा हूं," ड्राइवर ने कहा, " लेकिन डिटेक्टिव चीफ इंस्पेक्टर बेंटन का आपके नाम अर्जेंट संदेश है। उन्हें मिस्टर जोमो म्बांगेली नाम के एक अफ्रीकी सज्जन की लाश मिली है। उन्हें काट कर मार डाला गया है। "

" ओह! डियर गॉड !" फार्न्सवर्थ कराह उठा।

" कब हुआ यह ? " जोशुआ ने पूछा।

" आज सुबह किसी समय, सर। शरीर उस वक्त गर्म ही था। मकान मालकिन ने उसे इस हालत में पाया और उस पर दौरा पड़ गया। उसने मकान मालकिन से कहा था कि दस बजे उसे आवाज़ लगा देना। जब आवाज़ का जवाब नहीं मिला तो फिर वो ऊपर चेक करने गई। "

" जोमो ? जोमो क्यों ?" जोशुआ ने ऊंची आवाज़ में पूछा और इसका जवाब दोनों के दिमाग में एक साथ आया।

क्योंकि, वो साउल के प्रेमियों में से एक था। इससे पहले भी ऐसे ही होता रहा है। एक ही तरीका जिसकी शुरुआत पांच साल पहले टैंगियर्स से हुई थी। और उसके बाद उन शहरों में हत्याएं जो वीभत्स पूछताछ के दृश्यों के गवाह बने।

और साउल की मौत के बाद इस तरीके में बदलाव हुआ ।

" जूलिया ! माई डार्लिंग जूलिया ! " जोशुआ पुकार उठा। मैं खुद को कभी भी कैसे माफ कर सकूंगा ? मैंने तुम्हें इस सबसे कैसे गुजरने दे सकता हूं ? "

" सिसकना बंद करो, कर रहे हो ना ? " फार्न्सवर्थ ने कार की तरफ भागने के दौरान सांसों पर काबू पाते हुए नाराजगी से कहा।

फार्न्सवर्थ भी अपने मोटापे के बावजूद जल्दी कार के पास पहुंच गया। जोशुआ पहले पहुंचा और फार्न्सवर्थ के लिए कार का दरवाजा खोल कर खड़ा हो गया। ड्राइवर पहले से व्हील संभाले तैयार था। उसने एक ऐसी आवाज़ के साथ गाड़ी स्टार्ट की कि उसकी पूरी बॉडी हिल गई।

" भगाओ, डैम इट ! " फार्न्सवर्थ चीखा। " फिफ्टी फोर फिट्जजोन्स एवेन्यू। और अगर जरूरत पड़े तो फुटपाथ पर भी गाड़ी चला दो ! "

उसने टेलीफोन तक हाथ बढ़ाया। जोशुआ ने नंबर डायल किए। उसकी कांपती हुई उंगलियां उसके होठों के साथ तालमेल बिठा रही थीं जब वो नंबरों को याद कर रहा था। बेहद घबराया हुआ कि कहीं वो इन्हें भूल ना जाए और फिर नंबर तुरंत याद ना आ सकें।

लेकिन उसे याद था। उसके चेहरे पर थोड़ा इत्मीनान आया जब उसने नंबरों को दो बार दोहराया, ऐसे डर कर की कहीं फिर भूल ना जाए। लेकिन सेकेंड बीतने के साथ ही चेहरे से इत्मीनान गायब होने लगा और निराशा छाने लगी।

" वो जवाब नहीं दे रही है, " फार्न्सवर्थ ने कहा।

उसने फिर कोशिश की।

वहां बहुत तेज आवाज़ आई थी। उसके बाद फोनलाइन ने काम करना बंद कर दिया।

अध्याय 21

जूलिया ने नहाकर मैट पर अपना पैर सुखाया। अपने बालों को तौलिये में बांधा। सिर पर तौलिया ऐसे बंधा था जैसे कि पूरब का कोई बिगडैल राजा पगड़ी बांधे हुए हो। इधर, हाल के दिनों में वो चीजों की तुलना बार बार पूरब के देश की चीजों से करने लगी थी। अपने स्तनों पर सरसरी निगाह डाली, हल्के पीले रंग का ड्रेसिंग गाउन पहना और ड्रेसिंग टेबल के शीशे के सामने गद्दीदार स्टूल पर बैठ गई। अपने बाल बनाए। ड्रायर की मदद से अपने बालों को संवारा। कभी–कभी वो इसके लिए हॉट रोलर का इस्तेमाल करती है, लेकिन आज नहीं किया।

आज वो इस बात को लेकर श्योर नहीं हो सकती थी कि उसके पास कितना वक्त है। वो खुद को आकर्षक दिखाना चाहती थी।

फ्लैट में जोशुआ के रात बिताने से बात थोड़ी बदल गई थी। आज का दिन और दिनों से अलग लग रहा था, एक खास बात की वजह से। आज नाश्ते पर उसे किसी का साथ मिला और यह बात तमाम और दिनों में उसे नसीब नहीं हुई थी। उसने पाया कि वो अपने बनाए अंडों को कितना पसंद करता है–पूरी तरह फैले हुए। लेकिन उसने उन्हें ऐसे खाया जैसे कि मजबूत पत्थर हों। कहा भी कि यह ऐसे ही लग रहे हैं। ऐसा पति मिलना अच्छा ही होगा जो इस तरह की छोटी–छोटी बातों पर हंगामा ना मचाए। हालांकि थोड़े अभ्यास से यह सीखना कोई मुश्किल नहीं है कि कैसे जर्दी को तोड़े बगैर अंडे को पलटा जाए। बेहतर होगा कि इसकी कोशिश करने से पहले वो कुछ दर्जन अंडे खरीद लाए, अगर पहले सत्ताइस अंडे फैलने से इनकार कर दें तो बाकी से सीखे। लेकिन वो पोर्क खाना छोड़ देगी। शादी में सभी को थोड़े बहुत समझौते करने पड़ते हैं, उसने सोचा। यह तो छोटा समझौता होगा।

क्या प्यार में सभी ऐसी ही बेवकूफी भरी बातें सोचते हैं ? या फिर मैं अकेली ही हूं ?

वो आज सबसे ज्यादा सुंदर दिखना चाहती थी। कोई नहीं जानता कि दिन का अंत कैसे हो। बेचारी ईवा को ही लें। कुल मिलाकर उसने यही तो किया कि अपने पुराने और भरोसे के दोस्त के घर में वो बेड पर सोई ही तो थी। और, बेड का भी फैसला सिक्का उछाल कर हुआ था। वो ईवा से कभी नहीं मिली थी लेकिन जोशुआ ने उसे उसके साथ दक्षिण अफ्रीका में बिताए समय के बारे में बताया था. उसके प्रति अपने प्यार के बारे में बताया था।

वो किचेन में गई और अपने लिए ऑरेंज जूस बनाया। उसने संतरे के कटे हुए हिस्सों को जग के नीचे के हिस्से में एक के ऊपर एक गिरते देखा। हरे रंग का जग वेनिस के धुंधले शीशे से बना हुआ था। उसने जग को कपड़े की नैपकिन से ढंक दिया जिस पर ब्रोमफील्ड का मुकुट कढ़ा हुआ था। उसके बाद वो जग को डाइनिंग रूम में ले गई जो लिविंग रूम में ही एक दीवार के पीछे था।

वो झूलने वाली कुर्सी पर बैठ गई और इंतजार करने लगी।

जोशुआ ने उस नहीं बताया था कि वो कब लौटेगा। उसने पूछा भी नहीं था। वो यह मानकर चल रही थी कि जोशुआ अपने फ्लैट में लौटने के वक्त तक उसी के पास उसी के घर में रहेगा। विस्फोट ने उसके फ्लैट का बुरा हाल कर दिया था, खासकर बेडरूम का।

क्या वो लंच में मछली खाना पसंद करेगा ? वो डरबन से आया है और बांबे में रह चुका है। दोनों ही शहर समुद्र के किनारे बसे हैं। इन जगहों पर बढ़िया मछली मिलती होगी। लेकिन अगर उसे बचपन में जबरन मछली खिलाई गई हो और वो इससे नफरत करने लगा हो तो? वो उसके बारे में थोड़ा बहुत जानती थी। उसकी पसंद, नापसंद। आलू के चिप्स नहीं ? शायद उबले हुए आलू वाला चीज पुलाव, जिस पर पार्सले छिड़का गया हो। भला हो एम्मा का जिसने ब्रोमफील्ड में किचेन में थोड़ा बहुत काम करने की इजाजत दे दी थी !

कोई भी खास स्कूल आपको जिंदगी की तमाम जरूरी चीजों की जानकारी भला कहां देता है।

आम तौर से जितना देखा जाता है, उससे ज्यादा बार वो अपनी घड़ी को देख रही थी।

इंतजार लंबा हो सकता है।

लेकिन नहीं हुआ। दरवाजे पर हल्की दस्तक हुई। बहुत शांत सी दस्तक। दबी हुई। लगभग घबराई सी। जैसे कि आने वाला पता लगा रहा हो कि वो अंदर है या नहीं; और चाह रहा हो कि वो ना हो।

" आ जाओ लॉरा, " उसने आवाज़ लगाई। " दरवाजा खुला हुआ है।"

लॉरा थोड़ा सामान रखने वाले बैग के साथ अंदर दाखिल हुई। कुशन वाले सोफे पर बैठ गई। बैग अपने किनारे रख दिया। मखमली कुशन के किनारे पर बैठ गई। जैसे कि उनसे घिरना ना चाह रही हो या उनके साथ आराम ना महसूस कर रही हो।

" मैं आज शाम जोहानिसबर्ग जा रही हूं," लॉरा ने कहा। " होटल से चेक आउट कर लिया है। कुछ घंटे फालतू बचे हुए हैं। सोचा कि इन्हें साउल के किसी दोस्त के साथ बिता लूं। मैंने लगभग एक घंटा जोमो म्बांगेली के साथ बिताया। क्या तुम उसे जानती हो ? वो मेरे पति साउल का करीबी दोस्त था।"

" नहीं मैं उसे नहीं जानती। उसके बारे में जानती हूं, हालांकि ?"

" सच में ? तुम उसके बारे में कैसे जानती हो ? खैर कोई बात नहीं। तुम्हें इसका जवाब देने की जरूरत नहीं है। मैंने सोचा कि एक सुकून भरा घंटा मैं तुम्हारे साथ बिता लूं। बातें करते हुए। एयरपोर्ट और घर के लिए रवाना होने से पहले। "

" मुझे बेहद खुशी है कि तुमने ऐसा किया," जूलिया ने कहा। " कल शाम कार में तुमसे बातें करने में मुझे बहुत मजा आया। होटल अच्छा था ना ? वहां रात बिता चुके कई दोस्तों ने इस होटल की मुझसे तारीफ की थी। और वह यहां से बहुत दूर भी नहीं है। तुम्हें अच्छी नींद आई ना ? "

" बहुत। "

" क्या ड्रिंक लेना पसंद करोगी ? "

" नहीं, इस तरह से कहीं घूमने जाने पर मैं कभी ड्रिंक नहीं करती। इसके अलावा अभी समय भी नहीं हुआ है ड्रिंक लेने का। "

" हां, सही है। तो फिर एक गिलास ऑरेंज जूस चलेगा ? मैं भी एक लूंगी। मैं हमेशा ऑरेंज जूस बनाकर रखती हूं। कितना नेचुरल और सेहत के लिए कितना अच्छा होता है।"

जूलिया ने अपने गिलास में जूस डाला। जग भरा हुआ था, उसने एहतियात बरता कि कहीं छलक ना जाए।

" तुम भी लोगी ? "

लॉरा झिझकी।

जूलिया ने एक घूंट में आधा गिलास साफ कर दिया। अपने होठ के किनारों

को नैपकिन से पोछा। जग को वापस मेज पर रखा। ब्रोमफील्ड के मुकुट से सजे नैपकिन को फिर से जग पर डालने के लिए बढ़ी।

" हां, मैं भी एक गिलास ऑरेंज जूस लूंगी, माई डियर, " लॉरा ने उसे नैपकिन जग पर रखने से रोकते हुए कहा । " यह सब होने के बाद मेरी हलक सूख जाती है। आधा गिलास शायद ? "

जूलिया ने जग को हिलाकर जूस को झटके से गिलास में डाला और लॉरा को थमा दिया। वो उसके सामने खड़ी थी गिलास देते वक्त।

दोनों ने अपने गिलास एक–दूसरे से हल्के से टकराए।

" मैं तुम्हें देखने, तुमसे मिलने के लिए यहां आई हूं, माई डियर, " लॉरा ने कहा। खाली गिलास को अपने किनारे फर्श पर रखा। जूलिया अपनी झूलने वाली कुर्सी में बैठी रही। पैर आगे बढ़ाकर अपने पॉलिश किए हुए नाखूनों को देखती रही। " खासकर कल रात के बाद। बढ़िया बातचीत थी हमारी। यह ताज्जुब की ही बात है कि दो अजनबी एक दूसरे से इतने सच्चे अंदाज में बात कर सकते हैं। क्या तुम मेरे साथ सच सच बात करोगी ? "

" तुम मुझसे बात करना चाहती हो, " जूलिया ने नरमी से कहा, " मुझे सुनकर खुशी होगी। जो जी चाहे कहो। और अगर मैं तुम्हारी कुछ मदद कर सकूं तो जरूर करूंगी। मैं तुम्हारी मदद करना चाहती हूं। "

" ओह, तुम कर सकती हो ! माई डियर, तुम कर सकती हो। मुझसे सच बोलकर। क्या वो मेरे बारे में तुमसे बातें करता था जब वो तुम्हारे साथ बिस्तर में सेक्स कर रहा होता था ? मेरा पति साउल, क्या उस वक्त कभी भी उसने मेरा नाम लिया जब उसने खुद को तुम्हारे शरीर पर डाला हुआ था ? "

" मिसेज प्रेंतिस, खुद को इस तरह से तकलीफ ना दें। बीती रात ही मुझ पर यह जाहिर हो गया था कि साउल से शादी करके तुमने किस हद तक तकलीफ को बर्दाश्त किया है। लेकिन अब सब खत्म हो चुका है। वो मर चुका है। अब वो तुम्हें और तकलीफ नहीं पहुंचा सकता।"

" लेकिन, वो पहुंचा रहा है, जूलिया ! अब जबकि वो मर चुका है तब भी मुझे तकलीफ पहुंचा रहा है। जब कभी मैं उसके प्रेमी–प्रेमिकाओं के बारे में सोचती हूं मुझे तकलीफ होती है। तुम कैसे समझ सकती हो कि यह कितना तकलीफदेह है ? मैं कैसे इन सभी को भूल सकती हूं? ये सभी मेरे दिमाग को एक सींग मारते हुए पागल भैंसे की तरह रौंदते रहते हैं। और जब ये प्रेमी–प्रेमिकाएं ऐसा करते हैं तो मैं चीखती हूं, और चीखती हूं, फिर चीखती हूं और मुझे कोई

नहीं सुनता। क्या उसने कभी मेरे बारे में बात की जब वो तुम्हारे साथ सेक्स कर रहा था ? तुम जवाब क्यों नहीं देतीं ? यह तो बहुत आसान सा सवाल है। "

" कभी–कभार मिसेज प्रेंतिस, ज्यादातर नहीं। हमेशा हमदर्दी से नाम लेता था। एक जालिम आदमी होने के बावजूद, जो कि था, वो बिना किसी शक के कहा जा सकता है कि तुम्हारा नाम बहुत नरमी से लेता था। "

" झूठ ! जूलिया ! सब झूठ ! लेकिन साउल के बारे में तुम्हारी राय ठीक है। वो एक राक्षस था ! ऐसा जिसकी औरतों के मामले प्यास कभी बुझी नहीं। उन्हें उससे प्यार करना होता था। पुरुषों को भी। क्या तुम जानती हो माई डियर?"

" थोड़ा–थोड़ा, एक तरह से। सीधे सीधे नहीं। उसने कभी बताया नहीं। लेकिन मैं जानती थी।"

" और इससे तुम्हें कोई दिक्कत नहीं हुई ? क्या इससे तुम्हें अपने आप से घिन नहीं महसूस हुई ? जब वो तुम्हारे साथ सोता था ? "

" मैं उससे प्यार नहीं करती थी, मिसेज प्रेंतिस। अगर करती तो मुझे दिक्कत होती। तो फिर यह मुझे बहुत परेशान करता। जैसे कि तुमको कर रहा है। "

" क्या तुम्हें परेशानी होगी अगर जोशुआ उसी के जैसा हो ? "

" सॉरी, क्या मतलब? "

" जोशुआ ! मैं जोशुआ के बारे में बात कर रही हूं ! उसने भी मुझसे कभी प्यार किया था और मैं भी करती थी। लेकिन तब मुझे इसका अहसास नहीं था। मैं उससे शादी नहीं कर सकी और जब कर सकती थी तो तुम रास्ते में आ गई और मेरे लिए सब कुछ बर्बाद कर दिया। क्या तुम जानती हो कि वो तुमसे प्यार करता है ? "

" जानती हूं।"

" क्या तुम्हें इससे दिक्कत होगी अगर वो दूसरी औरतों के पीछे नाचता रहे जैसे साउल तुम्हारे इर्द गिर्द नाचता था ? "

जूलिया ने कोई जवाब नहीं दिया।

" क्या तुम्हें दुख नहीं होगा ? क्या तुम इस तरह की यादों से अपना पीछा नहीं छुड़ाना चाहोगी ? इन्हें जड़ से उखाड़ नहीं फेंकोगी। तुम एक पागल भैंसे का मुकाबला कैसे करोगी–– सिवाय एक छुरे की मदद के ! "

कोई जवाब नहीं था जो जूलिया दे पाती। इसका कोई आसान जवाब जूलिया की समझ में नहीं आया। क्योंकि, इसका कोई आसान जवाब था ही नहीं।

" आप बोल क्यों नहीं रही हैं, लेडी जूलिया ? मैंने आपको सुना नहीं, लेडी जूलिया। क्या आपको तकलीफ होती ? "

" हां। "

लॉरा पहली बार सोफे पर पीछे झुक गई। एक खामोश विजय के साथ। उसने बगल मे रखा अपना बैग खोला।

" माई डियर, तुमने मेरे साथ मेरी उम्मीद से ज्यादा ईमानदारी दिखाई। मैं इसकी तारीफ करती हूं। उन लोगों की तरह नहीं जो पिछले तीन दिनों में मुझसे मिले। क्या तुम जानती हो कि शारी ने तो इससे इनकार तक की कोशिश की थी ? सबसे कम सहयोग उसी ने दिया। क्लेबोर्न और जोमो खुद से बेहद शर्मिंदा थे। सभी जमीन पर लोट रहे थे, रहम की भीख मांगते हुए। सिर्फ ला रेने मरने का तरीका जानती थी। सिमोन। यही था उसका असली नाम। देखा, मैं उसका नाम जानती हूं। वो अकेली थी जिसके साथ गलत हुआ था, मेरी तरह। उसे मारने के लिए मुझे अपने ऊपर सच में भयानक जुनून को हावी करना पड़ा क्योंकि मैं उसके लिए बहुत दुख महसूस कर रही थी। वो इतनी सफेद दिख रही थी। वो कैसे जान सकता था कि वो रंगीन थी ? "

लॉरा ने छुरा निकाला। जूलिया ने खिड़कियों से आ रही रोशनी में छुरे के साफ चमकते हुए ब्लेड को देखा। उसे साफ किया गया था सिवाय हैंडिल के जहां खून में डूबी हुई उंगलियों ने इसे पकड़ रखा था। लॉरा ने छुरे को मूठ से पकड़ा। " मैं इसे तुम्हारे पास छोड़े जा रही हूं, जूलिया। बतौर एक गिफ्ट। क्या तुम मुझे इसे अपने पास रखने दोगी?"

जूलिया इस तरह आगे झुकी कि उसे लेने जा रही हो। लॉरा उसकी पहुंच से पीछे चली गई। उसने छुरे की धार को चेक करने के लिए फर से बने कुशन को अंदर तक चीर दिया।

उन्हें गलियारे में टेलीफोन की घंटी बजने की आवाज़ सुनाई दी। जूलिया जवाब देने के लिए कुर्सी से उठी।

लॉरा ने बंदूक निकाल ली।

" मैं इसका जवाब नहीं दूंगी, " लॉरा ने कहा। " हमारी छोटी सी बात अभी खत्म नहीं हुई है। साउल के बारे में। अगर तुम हिली तो फिर मैं तुम्हारे घुटनों

पर इसे मारने के लिए मजबूर हो जाऊंगी–––जैसा कि उसने मुझे सिखाया था–––और यह बहुत दर्द देगा। "

जूलिया झूलती हुई कुर्सी के किनारे खड़ी रही। लॉरा सोफे से उठी। टेलीफोन की घंटी बजी चली जा रही थी। कुछ सेकेंड के लिए रुकती, जेसे कि फोन मिलाने वाले ने फोन काट दिया हो और फिर बजने लगती। बार–बार। इस रुकावट की वजह से लॉरा की भौंहें नाराजगी में तनकर एक दूसरे से जुड़ सी गईं। उसने बंदूक उठाई। फोन को बंदूक की सीध में लिया और उस पर गोली दाग दी। फोन बिखर गया।

" मेरा निशाना भी लाजवाब है, " उसने सपाट तरीके से कहा। " क्योंकि, साउल ने इसकी खूब प्रैक्टिस कराई थी। फोन बहुत बदतमीजी कर रहा था। इस तरह से हमारी बात रोक रहा था। अब हम आराम से बात कर सकते हैं। साउल के बारे में। "

" उसके बारे में बात करने के लिए बहुत कुछ है नहीं, मिसेज प्रेंतिस। मैं तुम्हारे साथ उतनी ईमानदारी से बात कर रही हूं जितना कि मैं हो सकती हूं। मैं साउल से प्यार नहीं करती थी। मैं उससे प्यार कर नहीं सकती थी। मैंने कभी किसी से प्यार नहीं किया सिवाय बीते कुछ दिनों के। वो बहुत लंबा नहीं, बहुत सुंदर नहीं, बहुत अच्छे मजबूत शरीर वाला नहीं है। छोटा सा भारतीय, जिसका शरीर मुझसे लंदन की ट्यूब में चिपक गया था। मैं क्या कह सकती हूं जिससे तुम्हारे दिमाग को पहुंच रही तकलीफ से राहत मिले ? तुमने बेहद तकलीफ सही है लेकिन अब यह खत्म हो सकती है। मुझे अपनी बंदूक दोगी? और छुरा भी ? "

" क्या तुम जानती हो कि वो शादीशुदा था ? मेरा मतलब साउल। पहली बार जब तुमने उसके साथ सेक्स किया था ? "

" पहली बार ? नहीं ! वो बस ऐसे ही हो गया था जिसका आज मुझे अफसोस है। मैं हमेशा इसके लिए शर्मिंदगी महसूस करती रहूंगी।"

" झूठ ! सब झूठ ! तुमने उसे कितनी ही बार टकटकी लगाकर देखा होगा जब तुम उसके सामने नंगी आई होगी और वो तुम्हारे सामने ऐसे ही आया होगा। किसी दूसरी औरत का पति तुम्हें पाने के लिए तुम्हारी तरफ रेंग रहा था। मेरे लिए कितना अपमान से भरा और तुम कह रही हो कि बस ऐसे ही हो गया था?"

" मिसेज प्रेंतिस, तुम एक बेहद बीमार औरत हो। तुम्हें मदद चाहिए। और मैं तुम्हारी मदद के लिए वो सब करूंगी जिसकी जरूरत होगी। अगर तुम मुझे

ऐसा करने दो तो। प्लीज, समय रहते मुझे अपनी मदद करने दो। दुनिया की कोई भी जूरी तुम्हें उन अपराधों के लिए दंड नहीं दे सकती जो तुमने किए हैं, लेकिन तुम ऐसे ही नहीं करती रह सकती। प्लीज ! मैं तुम्हारी मदद करना चाहती हूं।''

'' यह तुम हो जिसे मदद की जरूरत है, जूलिया, मेरी प्यारी। लेकिन यह तुम्हारे लिए देर से आएगी। यह सभी के लिए बहुत देर से आई। तुम्हारे लिए औरों से अलग क्यों होगा ? लेकिन मैं दया दिखाऊंगी। मैं इसे जल्दी से और सफाई से करूंगी। उस तरह से नहीं जैसे साउल ने सिखाया था। हां, अगर तुम सहयोग करो तो। मैं तुम्हारे शरीर को काटूंगी नहीं, जैसा कि औरों के साथ किया था। एक तेज और गहरी चोट और सब खत्म हो जाएगा। बिना ज्यादा दर्द के। तुम मुझसे ज्यादा लकी हो। मुझे अपनी तकलीफों के साथ जीना है। मैं दर्द बर्दाश्त नहीं कर पाती ! मरने के कितने ही तरीके हैं और मैं इनमें से सबसे भयावह को चुनुंगी। ''

'' तुम उतनी ही क्रूर हो जितना साउल था, '' जूलिया ने अपनी घड़ी की तरफ देखते हुए कहा।

'' मैंने उससे बहुत कुछ सीखा है, जूलिया। यह नहीं हो सकता कि तुम किसी आदमी के साथ पंद्रह साल रहो और यह ना सीख सको कि साउथ अफ्रीका की सरकार का एजेंट बनने के लिए क्या करना पड़ता है। हम लोग यही थे। यह आसान नहीं था, मैं तुम्हें बता रही हूं। यह स्वाभाविक रूप से मेरे लिए नहीं था जैसा कि कुछ के लिए था। टैंगियर्स में मेरे लिए वह सब कुछ बेहद भयावह था जब साउल ने मुझे बताया कि अब्दुल से कैसे पूछताछ करनी है। देखो, मुझे उसका नाम तक याद है। छोटा आदमी था वह। साउल ने अब्दुल के साथ समय लिया, उसके साथ देर तक अपना काम किया ताकि मैं पूछताछ का तरीका सीख जाऊं। मैं आज भी रातों में अब्दुल की चीखें और साउल की इससे खामोश बेरुखी को सुनती हूं। शायद यह अच्छा रहा होता अगर वो हंस ही पड़ता। मैं पूरी तरह उदास और बीमार हो गई थी।''

'' उसने तुम्हें इस तरह जान लेना सिखाया और तुमने इसका विरोध नहीं किया ? ''

'' यही कानून था। हम सरकार के एजेंट थे। उसने यह बात पूरी तरह मुझ पर साफ कर दी थी। क्या तुम मुझसे कानून तोड़ने के लिए कहोगी ? तुम यही रास्ता क्यों पकड़े हुए हो ? हम दोनों ही उन्हें खो चुके हैं जिन्हें सबसे ज्यादा चाहते थे, ताकि कानून के भीतर रह सकें। क्या हम दोनों ही इस पर लांछन लगा

सकते हैं ? क्या तुम हमें इससे अलग कुछ करने की सलाह दोगी ? और फिर जब हम एजेंट बन गए तो फिर इसी कानून से ऊपर हो गए। साउल ने यह सभी कुछ मेरे सामने साफ कर दिया था। तुम जानती हो। अगर तुम्हें किसी की जान लेने का अधिकार मिला हुआ है। तो क्या नहीं करोगी ? तुम अभी मुझे मार दोगी। अगर तुम्हें मौका मिले, नहीं करोगी ऐसा क्या ? "

" नहीं, मिसेज प्रेंतिस, मैं तुम्हारी जान नहीं ले सकती। "

" तुम धोखा दे रही हो ! सभी एजेंट झूठ बोलते हैं, खासकर तब जब उनसे पूछताछ हो रही हो। साउल ने मुझे यह भी बताया था। उनसे सच निकलवाने के लिए उन्हें तकलीफों से गुजारना पड़ता है। देखो, मैं अब यह जान गई। जल्दी ही मैं इसमें बहुत बेहतर हो जाऊंगी। साउल अब और पूछताछ नहीं कर सकता क्योंकि सभी उसका पीछा कर रहे थे---जोशुआ के लोग और फार्न्सवर्थ के लोग---जैसे कि वो जानता था कि टैंगियर्स के बाद करेंगे। उसे मेरी जरूरत थी, जूलिया। मैं उसका प्यार नहीं पा सकी लेकिन यही एक तरीका था कि जिसकी वजह से उसे मेरी जरूरत महसूस होती रही। क्या यह महत्वपूर्ण नहीं था ? मुझे बताओ, जूलिया, बताओ कि ऐसा ही था, प्लीज! "

" मैं नहीं जानती, लॉरा। तुम मुझे यह सब क्यों बता रही हो ?"

" क्योंकि मैं किसी से बात करना चाहती हूं। और अब बात करने के लिए कोई बचा नहीं है। गांगुली से पूछताछ में सबसे ज्यादा दिक्कत हुई थी। मुझे। मैं उसके चेहरे में जोशुआ को देखती रहती थी। वो गहरे दोस्त थे और यह आसान नहीं था, लेकिन यह करना था क्योंकि साउल ने कहा था कि यह उसके प्यार और भरोसे के लिए जरूरी है। उसके बाद मुझे दिक्कत नहीं हुई। बाकी सभी बोलने का मौका देने के लिए भीख मांगते थे। "

" सिवाय व्लादीमिर के। "

" हां, सिवाय व्लादीमिर के। वो मेरे लिए तेजी से नहीं मरा। क्या तुम जानती हो कि उसकी एक आखिरी इच्छा थी ? वो चाहता था कि मैं तुम्हें उसकी तरफ से एक दर्जन गुलाब भेजूं। मैंने ऐसा किया भी होता अगर उसने सहयोग दिया होता। लेकिन उसने खुद से ही मेरा छुरा अपने ऊपर चला लिया और मर गया, इससे पहले कि मैं उससे कुछ बात कर पाती। "

वो जूलिया की तरफ एक कदम बढ़ी।

" साउल ने खुदकुशी क्यों की, मिसेज प्रेंतिस ? "

लॉरा रुक गई। उसके चेहरे का रंग बदल गया। जूलिया को लगा कि वो रो पड़ेगी, लेकिन उसने अपने ऊपर काबू पाया। जिस हाथ में बंदूक थी, उससे आंखों में छलक आए आंसू को पोछा।

" मेरी वजह से। क्योंकि, आखिरी काम में मेरी वजह से उसे नाकामी का मुंह देखना पड़ा। उसने मुझे निर्देश दिखाए थे। हमले की जगह और तारीख का पता लगाने के लिए जोशुआ से पूछताछ होनी थी। ठीक उसी तरह। वो उसका पीछा कर रहे थे–––इसलिए वो खुद यह नहीं कर सकता था। इसीलिए इसे मुझे करना था। लेकिन मैं जोशुआ के साथ वो सब कुछ नहीं कर सकी। उस रात साउल मुझे बाहर खाना खिलाने और डांस के लिए ले गया था। वो खुद को लेकर बहुत निश्चिंत था; बहुत खुश था। डांस फ्लोर पर उसने मुझे इस बारे में बताया। मुझे महसूस हुआ था कि मेरे इनकार करने पर उसकी पीठ अकड़ गई थी। किसी के लिए भी मैं वह सब कर सकती थी, लेकिन जोशुआ के साथ नहीं ! मेरी कमर से उसने अपना हाथ हटा लिया। डांस फ्लोर पर मुझे तन्हा छोड़कर मेरे पास से चला गया। मैं उसके पीछे गई लेकिन उसने मुझे धक्का दे दिया। वो आखिरी बार था जब मैंने उसे देखा। उसके लिए मैं जान ले सकती थी, हत्याएं कर सकती थी और तब तक करती जब तक कि वो चाहता––– लेकिन जोशुआ को नहीं। "

वो जूलिया के काफी करीब सोफे पर बैठ गई और सिसकियां लेने लगी। जूलिया अपनी जगह से हिली नहीं। उसे रोने दिया। झूलती हुई कुर्सी के पीछे के हिस्से में जूलिया के धंसने पर कुर्सी से आवाज़ निकली।

" क्या तुम जानती हो लॉरा कि उसे दक्षिण अफ्रीका की सरकार से निर्देश मिला है कि वो स्लैग्टर को रूसियों को सौंप दे। जो कुछ तुमने व्लादीमिर के साथ किया है, उसी वजह से। फार्न्सवर्थ, जोशुआ और वह उस दोपहर को वेलविन गार्डेन सिटी में मिले थे। उस पर तुम्हारी सरकार समेत सभी सरकारों का दबाव था ऑपरेशन कानार्ड के लिए–––––जिसका संबंध तुम्हें रूसियों को सौंपे जाने से था। क्या तुम ऑपरेशन कानार्ड के बारे में जानती हो ? क्या उसने तुम्हें इसके बारे में कुछ बताया था ? "

" ऐसी बातों के बारे में भला मैं क्या जानती ? मैं एक हाउसवाइफ हूं जिसकी एक उपहारों की दुकान है। मैं कैसे जान सकती थी कि सरकार के क्या फैसले हैं ? मैंने सिर्फ वही किया जो मुझसे करने के लिए कहा गया। जिसने जो कहा, मैंने किया। तुमने क्यों पूछा ? "

" उसके पास कोई और रास्ता नहीं था, लॉरा। उसे खुद को और तुम्हें बर्लिन में आंद्रोपोव को सौंपना था। हो सकता है कि वो तुम्हें उम्र भर कैद रखते लेकिन उसकी मौत की सजा तो तय थी। क्या तुम यह सोचना नहीं चाहोगी कि उसने तुम्हें बचाने के लिए खुदकुशी कर ली? वो खुद को नहीं बचा सकता था। क्या यह जानकर तुम्हें अच्छा नहीं लगा कि वो तुम्हें बचाना चाहता था। मैं सोचती हूं कि इसी एक वजह से उसने यह रास्ता चुना। "

" तुम बिना वजह उसके बारे में उदार हो रही हो, माई डियर, " लॉरा ने अपना पांव डरावने ढंग से उठाते हुए कहा। " क्योंकि तुम उसकी प्रेमिका थी। लेकिन मुझे खुशी है कि यह सब खत्म हो गया। तुम उसके जध्दिा बचे प्रेमी–प्रेमिकाओं में से आखिरी हो। आज की शाम मैं साउथ अफ्रीका के लिए उड़ जाऊंगी और यह सब यहीं पीछे छूट जाएगा। कई बार इन सब बातों को सोचते हुए मैं सोचती हूं कि क्या मैं गलत थी ? "

जूलिया ने कुर्सी के पीछे से अपना हाथ हटाया और इस दौरान घड़ी पर एक तेज निगाह डाली।

" समय को लेकर तुम बिना वजह ही इतनी चिंता कर रही हो, माई डियर, " लॉरा ने कहा। " क्या इसकी वजह यह है कि तुम किसी का इंतजार कर रही हो ? "

" सुबह के इस समय ? नहीं। क्या तुम जानती हो कि जोशुआ ने रात यहीं बिताई थी ? इसी सोफे पर। यह उसके लिए अच्छा खासा बड़ा है। मैंने सुबह उसके लिए नाश्ता बनाया। वो अपने फैले हुए अंडे काफी पसंद करता है। क्या तुम यह जानती हो ? और हमने बातें की। कई चीजों और लोगों के बारे में। "

लॉरा एक बार फिर रुक गई।

" क्या तुमने मेरे बारे में बात की ? उसने मेरे बारे में क्या कहा ?"

" क्या कहूं। तुम्हें बता पाना मेरे लिए मुश्किल होगा, लॉरा, अगर तुम मेरे चेहरे के सामने इस छुरे को लहराती रहोगी। मुझे तुम्हें बताकर खुशी होगी, अगर तुम मुझे बताने दो तो। तुम चाहती थी ना कि मैं बात करूं, चाहती थी कि नहीं? अब तुम सुनो। हम अकेले हैं; दरवाजा लॉक है। तुमने इसे अंदर आते वक्त लॉक कर दिया था। हमारे पास दुनिया का पूरा वक्त है–बातें करने के लिए। फिर, जब तुम इस बारे में मेरा पक्ष सुन लेना, उसके बाद जो जी में आए करना। क्या तुम मुझसे वह बात नहीं सुनना चाहोगी जो जोशुआ ने तुम्हारे बारे में कही थी ? एक

सच। तुमने कितनों से इसे उगलवाया है। इस बार कम से कम मुझसे सुन ही लो। "

ऐसा लगा कि लॉरा फैसला नहीं कर पा रही है। हैरान–परेशान। जैसे तय नहीं कर पा रही हो कि जूलिया को काट दे या उसे बोलने की इजाजत दे।

वो हिचकिचाई; फिर उसकी आंखों में पहले वाली सख्ती लौट आई।

" मैं तुमसे क्यों सुनूं कि जोशुआ ने क्या कहा ? यह ठीक नहीं है कि इस बारे में जोशुआ ने तुमसे बात की। तुम उसके लिए बेहतर नहीं हो। उसे किसी वफादार से शादी करनी चाहिए, डरबन की किसी छोटी भारतीय महिला से। तुमसे नहीं ! और मैं देखूंगी कि ऐसा ही हो। क्या तुम अपना ड्रेसिंग गाऊन उतारोगी ? मैंने हमेशा अपने शिकार से कपड़े उतारने के लिए कहा। स्लैग्टर का जाना–पहचाना निशान। लेकिन यौन अंगों के साथ कोई छेड़छाड़ नहीं। इसके लिए मैंने ही साउल पर जोर डाला था। इस मामले में सिर्फ उसने मेरी यही एक बात मानी थी। प्लीज, अपनी पोशाक मुझे सौंप दो। मैं सिर्फ देखना चाहती हूं और तारीफ करना चाहती हूं कि साउल ने तुममें क्या देखा। "

जूलिया ने अपने रॉब की रंगीन डोरी को खोला। गांठ बहुत तगड़ी थी और हालांकि रॉब ऊपर और नीचे से खुल गई लेकिन गांठ नहीं खुली। उसकी कमर पर डोरी बंधी रही। लॉरा ने झटके से अपने छुरे के तेज धार से उसे नीचे से काट दिया। रॉब खुल गई, उसके शरीर पर लटकी रही, सामने से आधी खुली हुई, उसके कंधों के सहारे शरीर के दोनों तरफ चिपकी हुई।

क्या इसे इसी तरह होना था ? उसने भागने के किसी भी मौके की तरफ नहीं देखा। आत्मरक्षा के लिए एक कदम भी नहीं उठाया। सिर्फ लॉरा से सच जानने की बेचैनी में। लॉरा के सिवाय कोई और हकीकत को बता नहीं सकता था। लेकिन क्या फायदा होगा ऐसे सच को जानने का जिसे आप दूसरों तक पहुंचा ही ना सकें?

उसने अपनी रॉब उतार दी, उसे कुर्सी पर रख दिया। पोशाक कुर्सी के पीछे के हिस्से पर बेजान पड़ी थी। वो एक तरफ को हटी, अपने सिर को दृढ़ता से पीछे फेंका और लॉरा की झटके खाने वाली हरकतों का इंतजार करने लगी।

" अपने पैर फैला कर खड़ी हो जाओ, " लॉरा ने आदेश दिया।

जूलिया ने पालन किया।

" अब अपने हाथ अपने कूल्हों पर रखो। "

जूलिया ने वैसे ही किया जैसे कहा गया था। उसकी उंगलियां पीछे के हिस्से की मांसपेशियों को महसूस कर रही थीं, कंधे आगे बढ़े हुए थे।

" अपने कंधों को पीछे करो, जूलिया ! मेरी तरफ देखो। कितनी सुंदर हो तुम। इतने अच्छे भूरे बाल ! इन्हें लेकर शर्माओ मत ! "

जूलिया ने अपने कंधे पीछे किए। सिर को ऊंचा किया और लॉरा की तरफ सवालिया निगाहों से देखने लगी।

अंत नजदीक था।

लॉरा ने उसके सुंदर, मूर्ति की तरह गढ़े हुए शरीर को देखा। पूरी तरह तैयार और आकर्षक। यह सब साउल की नजर से देखा और गुस्सा उसके तन–बदन में फैल गया। गुस्से की वजह से बुरी तरह कांपने लगी।

कंपकंपाहट गुजर गई।

" एक बार मैं भी ऐसे ही खड़ी थी, " लॉरा ने आहिस्ते से कहा। " एक सुनसान समुद्र तट पर, डरबन से बीस मील दक्षिण। सुनहरी रेत मेरे पैर के नीचे और हिंद महासागर मेरे पीछे। मेरी भी इच्छा है कि मेरे सामने ऐसी ही हालत में कोई छुरा लेकर खड़ा हो। "

उसने छुरे की ब्लेड को ऊपर ऊठाया और जूलिया की तरफ छलांग लगा दी।

अध्याय 22

फिट्जजोन्स एवेन्यू और हीथ रोड के चौराहे के पास कार फुटपाथ पर भी दौड़ी। कोने के पास से ऐसी चीखती हुई निकली जैसे कोई पागल जानवर अपने ही जुनून का शिकार हो गया हो। राबर्ट ने चौराहे के भारी ट्रैफिक से बचने के लिए सड़क के बिलकुल किनारे फुटपाथ के पास का कोना पकड़ा। फुटपाथ इस जगह पर चौड़ा नहीं था। उसने घरों के सामने से कांटों के बीच से रोड पर गाड़ी निकाली और मुड़कर फिट्जजोन्स एवेन्यू वापस आया। इस दौरान कार के टायर इस तरह की आसामाजिक ड्राइविंग के खिलाफ चीखकर अपना ऐजराज जताते रहे।

कार से हल्के रंग के छल्ले एवेन्यू के ऊपर पहुंच रहे थे। उन्हें खिड़की से देखने पर ऐसा लग रहा था कि जैसे वो अनचाही यादें हों और जल्दी–जल्दी पीछे जा रहीं हों।

कार में पीछे बैठे जोशुआ और फार्न्सवर्थ आगे की ओर झुके हुए थे। ज्यादा तेज, और तेज कार चलाने के लिए कह रहे थे। राबर्ट ने उनकी बात पर ध्यान नहीं दिया। वो इतना अनुभवी ड्राइवर तो था ही कि उन्हें खुद पर दबाव बनाने की इजाजत ना दे। अपने किसी जानने वाले की जान बचाने के लिए किसी बेकसूर को कुचलकर मारने का कोई तुक नहीं है।

वो सावधानी से चलाएगा, उसने खुद से कहा।

लेकिन, कोने में अखबार बेच रहे लड़के को ऐसा नहीं लगा। वो उछलकर सिगरेट की दुकान के दरवाजे पर गिरा जब बिना नबंर वाली रोवर वहां से गुजरी। या उस बूढ़ी महिला को नहीं लगा जो सोते हुए बच्चे को प्रैम में ले जा रही थी और जिसने गुस्से से अपनी उंगली उठाई थी।

फार्न्सवर्थ ने महिला को गाली दी। ऐसी जिसे सुनकर राबर्ट के कान लाल हो गए। वो कार में लगे उस शीशे का शुक्रगुजार था जिसने उसके और पीछे बैठे लोगों को दो हिस्सों में बांट रखा था।

बंजर से नीचे, पुराने मकानों से होते हुए पूरी रोड नीचे की तरफ जाती थी। इस सड़क ने घोड़ागाडी के दिन भी देखे थे। सुबह के इस समय ट्रैफिक ज्यादा नहीं था। ऑफिस जाने वालों की भीड़ नहीं थी। लंच के वक्त की भीड़ अभी निकली नहीं थी। राबर्ट ने इसके लिए किस्मत को शुक्रिया कहा। वो सड़क के बीच कार चला सकता था, बिना लोगों को गुस्सा दिलाए।

फिफ्टी फोर इवेन नंबर था। इसे स्विस कॉटेज की तरफ जाने वाली रोड के बाएं तरफ होना चाहिए। हालांकि यह राबर्ट के लिए कोई चिंता की बात नहीं थी। सड़क इतनी चौड़ी थी कि वो वापस मोड़े बगैर यू टर्न ले सकता था----अगर वो दोनों फुटपाथ को ध्यान में रखे तो।

लेकिन, यह जरूरी नहीं था। फिफ्टी फोर इवेन नंबर था। बाएं तरफ। पूरी दुनिया सड़क पर दाहिने तरफ चल सकती है लेकिन इस एक बार के लिए इंग्लैंड को भी राइट चलना होगा !

जोशुआ ने ऐसे ही सोचा, कार चीं.... की तेज आवाज़ के साथ रुक गई।

दोनों सीढ़ियों की तरफ भागे। ऐसी कुशलता से सीढ़ियों को फांदा जो पहले इन्होंने कभी दिखाई नहीं थी, जिसे डर ने और उतावला बना दिया था। सीढ़ियों के ऊपर उसके फ्लैट का दरवाजा देखते हुए। फार्न्सवर्थ से आगे था जोशुआ। राबर्ट भी ज्यादा पीछे नहीं था।

दरवाजा बंद था। सिर्फ एक आवाज़ अंदर से आ रही थी।

झूलती हुई कुर्सी की हल्की चीं चीं की आवाज़। जोशुआ ने हड़बड़ाकर वो चाबी निकालनी चाही जो सुबह जूलिया ने उसे दी थी। फार्न्सवर्थ ध्यान बंटाने के लिए दरवाजा पीट रहा था।

वो रॉकिंग चेयर पर बैठी हुई थी। आहिस्ते आहिस्ते झूलते हुए। उसका सिर कुर्सी के पीछे टिका हुआ था। उसने हल्के पीले रंग का ड्रेसिंग गाउन पहन रखा था और उसने मुड़कर उन लोगों का स्वागत नहीं किया जो दरवाजा तोड़कर अंदर घुसे थे।

लॉरा उसके पैरों के पास पड़ी हुई थी। अभी भी एक हाथ में छुरा था। बंदूक उसके किनारे पड़ी हुई थी। वो वहीं गिरी थी, इसलिए बंदूक भी वहीं थी।

जोशुआ, जूलिया के पास घुटनों पर बैठ गया। उसे अपनी बांहों में ले लिया और जहां जहां मुमकिन था वहां वहां उसे चूमने लगा। बेतरतीब तरीके से शब्दों को बुदबुदा रहा था। जूलिया को लगा कि ये शब्द उसके लिए जोशुआ की चाहत को बता रहे हैं।

फार्न्सवर्थ, लॉरा को देख रहा था। उसकी नाड़ी को पकड़े हुए था।

" यह जिंदा है, " उसने कहा। " लेकिन सो रही है। क्या हुआ?"

" मैं आपको बताऊंगी डॉक्टर फार्न्सवर्थ , " जूलिया ने कहा। " अगर आप कर्नल सैम्युअलसन, जो कि घुटनों पर बैठे हैं, को इस बात के लिए मना लें कि वो मुझे कम से कम सांस तो लेने दें। "

जोशुआ ने खुद पर काबू पाया और जूलिया को छोड़ दिया।

" सॉरी। इतनी राहत है कि बता नहीं सकता। मेरे आंख में आ रही थी वो भयावह तस्वीर----कि तुम यहां नंगी और मरी हुई पड़ी हो।"

" किस बात को सोचकर तुम ज्यादा परेशान थे ? " " जूलिया ने मासूमियत से पूछा। " इससे कि मैं नंगी हूं या फिर इससे कि मर गई हूं ? "

उसने जूलिया की इस बात का जवाब नहीं दिया। वो भी तो कितने जानलेवा तनाव से गुजरी होगी। उसने अपनी बांह उसके शरीर से हटाई और उसके पास जमीन से उठने के लिए तैयार हुआ कि जूलिया ने अपनी बांहें उसके शरीर पर डाल कर उसे अपनी तरफ खींच लिया।

" मैंने यह तो नहीं कहा कि मैंने इसे पसंद नहीं किया," जूलिया ने कहा।

अध्याय 23

वो तीनों, फार्न्सवर्थ, सैम्युअलसन और स्पेंसर एक साथ एक छोटी गोल मेज के इर्द गिर्द बैठे हुए थे। जोशुआ के पसंदीदा होटल में जो पैलेस डि ला रिपब्लिक के पास ही था। मेज होटल के बाहरी हिस्से में फुटपाथ पर थी। तीनों महंगी फ्रेंच रेड वाइन का लुत्फ ले रहे थे। सामने डेनिश पेस्ट्री रखी हुई थीं।

थोड़ी देर के लिए हेनरी भी इन लोगों के साथ बैठा---बोतल उसी की सौगात थी---लेकिन एक तो बिजी टूरिस्ट सीजन और दूसरी वो जिसे आप अनदेखा नहीं कर सकते, उसकी बेटी जो उसकी तरफ चिढ़े अंदाज में देखती थी---इन दोनों वजहों से आखिरकार और अफसोसनाक तरीके से उसे होटल के रिसेप्शन के पास लौटना पड़ता था।

" मैं आप लोगों के साथ पूरा दिन बैठ सकता हूं," उसने कहा। " कितनी अच्छी बात ! ऐसे काबिल पुरुषों और महिला के साथ बैठकर अच्छी बातें करना और सोने पर सुहागा मिस जूलिया का आकर्षण, मैं आप लोगों के साथ यहीं फुटपाथ पर पूरा दिन बैठा रह सकता हूं और यहां से हिलूं भी नहीं। अच्छी वाइन का कोई मजा नहीं है जब तक कि इसे अच्छे लोगों की संगत में ना पीया जाए।"

जोशुआ ने टेबल से उठाकर डेनिश पेस्ट्री खाने के लिए बढ़ाई।

फार्न्सवर्थ ने मना कर दिया।

"मेरे लिए नहीं," जूलिया ने कहा। " शुक्रिया, लेकिन मुझे अपनी फिगर की भी फिक्र करनी है।"

" इतना भी ना करो जैसे कि वो लगातार घूरने वाले जिगालो करते हैं, " जोशुआ ने कहा। " मैं कभी भी ऐसी महिला के साथ नहीं रहा जिसे अपनी भेडिए जैसी आवाज़ के साथ इतने ज्यादा पुरुष अपनी तरफ खींचना चाह रहे हों। और, तुम बस यहां बैठी हुई हो। बिलकुल मासूम बनकर। क्या होगा इनका जब तुम चलना शुरू करोगी ? "

" तुम अपसेट तो नहीं हो ना? "

"नहीं, बिलकुल नहीं। कोई किसी को भी देख सकता है। यह कोई अपराध तो है नहीं। है क्या ? "

" बिलकुल नहीं है, माई डार्लिंग," जूलिया ने नरमी से कहा।

" तुम बर्लिन कब पहुंचे ?" जोशुआ ने बोतल को अपने गिलास में खाली करने से पहले फार्न्सवर्थ और जूलिया के गिलास को ऊपर से देखते हुए कहा। उसने बोतल को देखा और गहरी सांस ली।

" मैंने साढ़े बारह बजे बर्लिन छोड़ा। एक निजी यात्री विमान से। रूसियों ने इसे चेक कर क्लीयर किया था। आंद्रोपोव मुझे दोपहर को मिला लेकिन मैं नहीं जानता कि कहां और ना ही जान पाता जब तक कि मैं टेंपलहोफ नहीं पहुंच गया। यह रूसी अपनी सुरक्षा को लेकर खुद से मोह करने वाले रोगी जैसा व्यवहार करते हैं। मुझे खुशी है कि मुझे उससे छुटकारा मिला। हालांकि ऐसा नहीं है कि उससे कोई खतरा था। वो वैसे भी अर्ध बेहोशी की हालत में थी।"

" सही किया, बिल। उसे अच्छी तरह से सुलाकर रखा। वो अच्छी निगरानी में है। बहरहाल, वो अपने डॉक्टर और डॉक्टर के नर्स के साथ है। क्या जेन उसके साथ है ? "

" हां।"

" वो उसके साथ क्या करेंगे ? " जूलिया ने पूछा।

फार्न्सवर्थ ने जवाब देने में वक्त लगाया। पहले सिगार सुलगाई फिर जूलिया को जवाब दिया। "मैं नहीं जानता। आंद्रोपोव कुछ कह नहीं रहा था। कम से कम वो फोन पर मुझसे कुछ भी कहने का इच्छुक नहीं था। मैं उससे पूछूंगा, तुमसे वादा करता हूं। वो इतने बुरे भी नहीं है, मान लो। उस तरह से तो बिलकुल नहीं जैसा उन्हें पेश किया जाता है।"

"लेकिन तुम क्या सोचते हो ? वो उसके साथ क्या करेंगे ?" जूलिया अपने सवाल पर कायम थी।

" मेरा अनुमान है कि साइबेरिया में पूरे जीवन के लिए कड़े श्रम की सजा," फार्न्सवर्थ ने कहा, " यहा उसे बहुत जल्दी बहुत बूढ़ा बना देगा। लोग उनके इस विशाल इलाके में लापता हो जाते हैं। मुझे शक है कि अब हम शायद ही कभी उसके बारे में कोई बात सुन सकें।"

और अफसोस इस बात का और है कि वो ठंड बर्दाश्त नहीं कर सकती," जोशुआ ने कहा।

" क्या यहा जानकर तुम्हें झटका लगा कि स्लैग्टर आधा औरत था? " जूलिया ने पूछा।

जोशुआ ने कहा कि नहीं।

" मुझे थोड़ा ताज्जुब जरूर हुआ था, " फार्न्सवर्थ ने माना। " बल्कि मुझे अफसोस है। इसने मेरी शादी की भूख को खत्म कर दिया---अगर यह भूख कभी थी भी तो। बेचारी जेन ! कल्पना करो कि अगर इनमें से किसी से मेरी शादी हुई होती। तुम लोगों के मौजूदा साथ को छोड़ देता , माई डियर। बिना कुछ कहे चला जाता। "

" बिलकुल ठीक बात, डॉक्टर फार्न्सवर्थ, " जूलिया ने कहा। " पुरुष एक दूसरे का कत्लेआमं कर रहे हैं, और भी बहुत कुछ, सालों से, लेकिन फिर भी ऐसा नहीं लगता कि इससे हमारे अंदर इनके लिए भूख कम हुई हो। हम तो लगता है कि इन पुरुषों से और ज्यादा प्यार करने लगे हैं।"

" तुम ठीक कह रही हो, माई डियर, बिलकुल ठीक। क्या मैं एक सवाल पूछ सकता हूं ? तुमने यह कैसे किया ?"

जूलिया ने अपना गिलास खाली किया। खाली गिलास को उठाकर उसका मुआयना किया, उसे पलटा और हिलाया, आखिरी बूंद को अनिच्छा से गिलास से गिरते देखा। ऐसे लगा कि उसे उस बोतल से मिलने वाली राहत को छोड़ना होगा, जो उन्हें इतनी देर से यहां बांधे हुए है।

वो इशारा समझ गए।

फार्न्सवर्थ ने कराहते हुए अपनी जेब से पर्स निकाला। जोशुआ ने उससे भी ऊंची कराह के साथ यही किया। जूलिया ने उसकी तरफ चिंता के साथ देखा, जैसे देख रही हो कि पी कर हिचकी तो नहीं आने लगी है और इसका इलाज यह बताया कि नाक को नोचो और फुटपाथ पर सिर के बल खड़े हो जाओ, हिचकी नहीं आएगी।

दोनों ने अपने फ्रैंक एक साथ इकट्ठा किए. फार्न्सवर्थ होटल में हेनरी से वाइन खरीदने चला गया।

जोशुआ ने फार्न्सवर्थ को होटल की लॉबी में जाते देखा; जल्दी से जूलिया की तरफ मुड़ा और उसके हाथों को उतनी ही जल्दी से अपने हाथ में ले लिया।

जोशुआ के इस बेचौनी भरे व्यवहार ने जूलिया को चौंका सा दिया।

" डार्लिंग, अगर मैं तुम्हें जल्दी में कुछ करने के लिए कहूं तो क्या तुम कर सकोगी ? " उसने पूछा।

" हां, अगर तुम मुझसे ऐसा चाहते हो तो करूंगी।"

" बिना सवाल पूछे ? "

" अगर तुम ऐसा चाहते हो तो हां। क्या कुछ खास है ? "

" बहुत । मेरे लिए। वादा ? "

" वादा करती हूं। अगर अभी तुम पर विश्वास नहीं कर पाई तो फिर कभी नहीं कर सकूंगी। "

फार्न्सवर्थ बोतल के साथ लौटा।

" तो, अब माई डियर, यह देखते हुए कि तुमने हम दोनों का खून निचोड़ लिया है, हम अब कुछ जवाबों के हकदार तो बनते ही हैं। मुझे अपनी एमआई–6 की रिपोर्ट भरनी है। तुमने यह कैसे किया ? "

जूलिया ने अपने लिए वाइन गिलास में डाली। पूरा गिलास भर कर लिया।

" मैंने एक जग ऑरेंज जूस बनाया था, " उसने कहा, " बस इतनी सीधी सी बात है। "

" मुझे नहीं लगता कि वो इसके लिए भिड़ गई होगी, " फार्न्सवर्थ ने कहा।" उसने साउल से बहुत कुछ सीखा था। तुम समझ सकती हो कि उसने उसे यह सिखाया होगा कि ऑरेंज जूस के लिए अपने को सौंप मत देना। "

" वो सीधे–सीधे इसके लिए बेकरार नहीं हो गई थी। बहुत ज्यादा शक था उसे। पहले इसे मुझे पीना पड़ा। जैसे कि मैं उसके लिए चख रही हूं। जैसे कि किसी जमाने में भारतीय राजा खाना खाने से पहले अपने रसोइये से खाने को अपने सामने चखने के लिए कहता था। और मैंने एक पूरा गिलास भी पीया। इससे लगा कि वो आश्वस्त हुई थी। हां, यह जरूर है कि एमआई–6 के केमिस्ट ने मुझे वही दिया था जिसकी मैंने मांग की थी———नींद दिलाने वाली एक तगड़ी बार्बिचरेट जो कोलाइड में मिक्स की हुई थी और जिससे एक स्वादिष्ट कटे हुए फल का मजा मिलता है। यह ऑरेंज जूस में घुल नहीं गई थी बल्कि छोटे टुकड़ों की तरह नीचे बैठ गई थी। और एक धुंधले हरे वेनिस के बने जग में मुझे भी इसे देखने में दिक्कत आ रही थी। मैंने अपने लिए जग को हिलाए बगैर जूस निकाला। चूंकि जग भरा हुआ था, इसलिए उसे शक नहीं हुआ। उसे पीया भी ताकि उसे रत्ती भर भी शक ना हो। और जब उसके लिए जूस गिलास में

निकाला तो जग को कस कर हिलाया जिससे कि जग में नीचे बैठी चीज भी उसके गिलास में पहुंच गई। ''

'' बहुत समझदार।''

'' शायद नहीं। मैं इसके लिए खुद को अंक नहीं दूंगी। वो कोई प्रशिक्षित एजेंट नहीं थी---बस एक बुरी तरह इस्तेमाल की हुई महिला थी। जिसने बहुत तकलीफें झेलीं। बीस मिनट ! यही वक्त केमिस्ट ने बताया था जब उसने वो चीज मुझे दी थी। यह बीस मिनट में काम करती। गॉड! बीस मिनट कई घंटे लगे। और मैं सोचती रही। क्या होगा अगर केमिस्ट की बात सही नहीं निकली ? या उसने मुझे कोई गलत चीज दे दी हो तो ? या फिर उसकी डेट एक्सपायर कर गई हो तो ? या फिर वो इसे पूरी तरह ना पीये तो, उन टुकड़ों को गिलास के नीचे ही छोड़ दे, वो उसके पेट में पहुंचें ही नहीं तो ? ''

सामने गिलास में रखे पाइप को हिलाते वक्त जूलिया का हाथ कांपा। फार्न्सवर्थ ने ऐसी भंगिमा बनाई कि जैसे उसने इसे देखा नहीं। जोशुआ ने अपनी उंगली उसकी बांहों पर रखी, उसकी नाजुक खाल को महसूस किया, थोड़ा सा ही छूते हुए।

'' और, मुझे उसे बातों में उलझाए भी रखना था। पहले लगा क़ि यह मुश्किल नहीं है। वो बात करना चाह रही थी। लेकिन जब मैंने दो बार अपनी घड़ी देखी तो वो चिड़चिडाने लगी। अच्छी बात यह थी कि बातचीत का अकेला मुद्दा साउल ही नहीं था। जोशुआ पर भी बात हो रही थी। और आखिर में जब उसने मुझे कपड़ा उतारने पर मजबूर कर दिया तो, मुझे मानना पड़ेगा, मैं थोड़ा घबराई। मैं खिड़की के बाहर छलांग लगाकर बाहर ग्राउंड पर अपनी किस्मत आजमाने के बारे में सोचने लगी थी। क्या बारिश हुई थी ? क्या जमीन नरम होगी ? क्या मैं झाड़ियों पर गिरूंगी या फिर घर के पीछे कंक्रीट की सड़क पर गिरूंगी। मैं इस तरह के आसान सवालों के जवाब नहीं जानती थी-----और मैं एक प्रशिक्षित एजेंट थी। ''

जूलिया ने अपना गिलास खाली किया। फार्न्सवर्थ पी नहीं रहा था और ना ही जोशुआ।

'' तुम लोग सोच रहे होगे कि मैंने इन सभी चीजों को चेक किया था। मैंने बाद में किया। घर के पिछवाड़े चारों तरफ कंक्रीट का रास्ता है। किनारे लगे हुए नुकीले पत्थरों से इस रास्ते की सीमा बनी है। यह मरने का एक और भयानक रास्ता होता--- और वो भी नंगी हालत में।''

" मुझे अफसोस है, डार्लिंग, " जोशुआ ने अपना हाथ उसके हाथ में रखते हुए कहा। " तुम कभी नहीं जान सकोगी कि इन सब बातों के बारे में मैं कितना खराब महसूस करता था। और, वो भी तुम्हें इस सब में शामिल करने पर। बिल भी ऐसा ही महसूस करता है। "

" मैं करता हूं, करता हूं, " फार्न्सवर्थ ने कहा। " लेकिन तुम उसके आने का अनुमान लगा रही थी। उसके आने से पहले तुम जान गई थी कि वो कौन है। आधा स्लैग्टर। कातिल आधा हिस्सा! और, वो जानती थी कि उसके निशाने पर तुम हो, जोशुआ नहीं। "

" हां। "

जूलिया बात आगे बढ़ाने के लिए उत्सुक नहीं दिखी। इस सबसे गुजरना तकलीफदेह था। इससे उबरना भी कम तकलीफदेह नहीं था। वो इसे कई बार भुला चुकी होती और इस दौरान वो इस सबको एक तटस्थ पर्यवेक्षक की हैसियत से देखती लेकिन दो दिन के बाद भी यह उतना ही वास्तविक और डरावना लग रहा था जैसे की घटना के दिन था।

" क्या हम इसे जारी रखें बिल ? " जोशुआ ने पूछा। "क्या थोड़ा इंतजार नहीं हो सकता, बाद में सुन लेंगे ? "

" मुझे अफसोस है कि ऐसा नहीं हो सकता। मुझे माफ कर दो, जूलिया, लेकिन मैं तुम दोनों से कुछ दिनों तक मिल नहीं सकूंगा---तुम भी तो ऑफ ले रही हो ?---और मुझे इस ऑपरेशन कनार्ड की एक बकवास रिपोर्ट बनानी है। तुम्हारी गुणगान करती हुई, माई डियर। खूब चमकती हुई तारीफ से भरी भाषा में। मैं वादा करता हूं। लेकिन मुझे सभी तथ्य चाहिए और जोशुआ जिस तरह तुम्हारा ध्यान भटका रहा है, उससे नहीं लगता कि तुम कुछ समय तक लिखित में अपनी रिपोर्ट दे सकोगी। तो अभी मुझे मिलेगी जानकारी ?"

उसने सहमति में सिर हिलाया। " यह हम सब पर साफ है कि साउल किसी ना किसी रूप में शामिल था। वो स्लैग्टर तक पहुंचने का उनका एकमात्र जरिया था। वो पहले कत्ल के मौके पर मौजूद था, और उसके बाद, अन्य सभी मामलों में वो कत्ल के बाद वहां होता था। कम से कम भी सोचें, तो वो जानता था कि स्लैग्टर कौन था। उसने इतनी बात मुझसे भी मानी थी। नाईस में। कई देशों के एजेंट---जिनमें जोशुआ के लोग भी शामिल हैं---ने टैंगियर्स के बाद उसका पीछा किया लेकिन वो पीड़ित के आसपास भी नहीं होता था जब हत्या होती थी। तो यह कोई ऐसा हो सकता था जो उसके नजदीक हो, जो उन सभी

जगहों पर रह सकता हो, बिना लोगों का ध्यान अपनी तरफ खींचे। और, इसके लिए उसकी पत्नी से बेहतर और कौन होता ? जो कभी क़भी सफर में उसके साथ होती थी और कभी उसके पहले पहुंच जाती थी। पर्दे के पीछे से, उसकी छाया बनकर जीते हुए। सही है कि यह महज एक शक था। जब क्लेबोर्न मारा गया तो तरीका बदल गया। और जब शारी की हत्या हुई तो यह तरीका सेट हो गया लेकिन फिर भी मेरे दिमाग में उस तरह से घंटी नहीं बजी जैसी बजनी चाहिए थी। मैंने सोचा–––और तुमने भी–––कि बजाए जोशुआ के पीछे जाने के, जो कि एक ट्रेंड एजेंट है और उसका इंतजार कर रहा है, स्लैग्टर इस बात की उम्मीद कर रहा है कि साउल के प्रेमी–प्रेमिकाओं से जानकारी उगलवाई जाए। यह सोचते हुए कि साउल ने इन्हें कुछ गुप्त सूचनाएं दे दी होंगी, बिस्तर में। लेकिन फिर भी उसने मुझे नहीं बताया। मुझे माफ कर दो, जोशुआ ! मैं जानती हूं कि इससे तकलीफ पहुंचती है, मुझे माफ कर दो ! ''

वो उसकी तरफ झुकी, उसे अपनी तरफ खींचा, फार्न्सवर्थ की अनदेखी करते हुए उसके मुंह पर चुंबनों की बरसात कर दी। भावनाओं से भीगे और इच्छाओं में तपते चुंबन। उसके बालों को सहलाते हुए, अपने प्रति अपने गुस्से का अहसास उसे कराते हुए, उसे पिछली बातों से होने वाली तकलीफों को दफन करने में मदद देते हुए।

'' ऐसा लगता है कि मैं बिना वजह यहां घुसा हुआ हूं, '' फान्सवर्थ बुदबुदाया। जूलिया ने आखिरकार खुद को जोशुआ से अलग किया।

'' बेहतर होगा कि तुम सब सुन लो, '' जूलिया ने कहा। '' फिर ला रेने कत्ल कर दी गई––––और कभी जब हमारे पास अपने लिए ज्यादा वक्त होगा और हम कुछ खास जोश से भरा काम नहीं कर रहे होंगे, तो तुम मुझे उसके बारे में बताना। बताओगे ना जोशुआ ? ''

वो फिर जोशुआ की तरफ झुकी लेकिन इस बार उसकी ठुड्डी को अपने हाथ में लिया, उसकी दाढ़ी को शरारत से छुआ और उसकी आंखों में झांका। उसकी हंसी से उसे दिलासा मिली।

'' क्या तुम उस बात पर टिकी रह सकती हो, जो अभी हमारे सामने है ? '' फार्न्सवर्थ ने थोड़ी नाराजगी से कहा। '' मेरे पास ज्यादा वक्त नहीं है। गॉड! प्रेमी ! मेरा बस चले तो सभी को भेज दूं क्या उसे जो खुद को प्रेमी कहे उसे––––साउथ सी के किसी टापू पर। ''

जोशुआ और जूलिया दोनों ने बारी–बारी से कहा कि उन्हें यह प्रस्ताव स्वीकार है अगर वो उनका खर्चा उठाने के लिए तैयार है तो...।

" तुमने अभी तक पूरी बात नहीं बताई, " फार्न्सवर्थ ने उसे उकसाया।

" हम सब मानकर चल रहे थे कि साउल अपने प्रेमी–प्रेमिकाओं को बिस्तर में सोने के दौरान जानकारियां दे देता है। तो, फिर क्या स्लैग्टर को यह बात नहीं समझ में आई होगी कि सबसे ज्यादा जानकारी तो साउल उसे देता होगा जो उसके साथ सबसे ज्यादा बेड में होती है ? यानि, उसकी पत्नी लॉरा। या फिर मैं बेवकूफ हूं ? लेकिन लॉरा को कोई नुकसान नहीं पहुंचा। कोई भी सोच सकता है कि लॉरा उसकी पहली शिकार होनी चाहिए थी। तो, इस बात का सूचना से कोई लेना–देना ही नहीं था। वो स्लैग्टर ही था लेकिन किसी सूचना की तलाश में नहीं था ! मुझे बस इसी का अफसोस है कि यह बात देर से समझ में आई और ला रेने को बचा नहीं सकी। मैंने जोमो को बचाने की कोशिश की थी। मुझे नहीं लगता कि उसने मेरा विश्वास किया होगा। मैंने उसे ईवनिंग स्टार में देखा था और लॉरा के बारे में चेताया भी था। लेकिन, वो इस बात को लेकर अधिक परेशान था कि बोको जोशुआ के साथ क्या करने वाला है बजाए इसके कि स्लैंग्टर उसके साथ क्या करेगा। मैंने तो यह भी सोचा था कि लॉरा मेरे पीछे जोमो से पहले आएगी। अफसोस है कि उसने ऐसा नहीं किया। इससे जोमो की जान बच जाती। "

जूलिया ने अपना गिलास खाली किया। जोशुआ ने थोड़ी और शराब उसमें डाली। उसने बोतल फार्न्सवर्थ की तरफ बढ़ाई लेकिन उसने सज्जनता से मना कर दिया।

" लेकिन तब उस रात तुम मेरे फ्लैट के बाहर क्यों निगरानी कर रही थी? तुम्हें पता था कि मुझ पर खतरा नहीं है। फिर क्यों ? " जोशुआ ने पूछा।

" क्योंकि, मेरे प्यार, मैं खतरा मोल लेना नहीं चाहती थी। क्या होता अगर मैं गलत होती ? क्या होता कि अपराधबोध की वजह से वो साउल के निर्देश पर अमल करने का फैसला ले लेती ? यहां मैं गलत थी ! वो तुम्हें कभी नुकसान नहीं पहुंचाती, जोशुआ, कभी नहीं ! और मुझे लगता है कि यही वो बात है जिसकी वजह से साउल ने खुदकुशी की। इतनी हत्याओं के बाद उसने लॉरा को इसके लिए तैयार कर लिया था और फिर भी इतने सालों बाद वो उसे तुम्हें मारने के लिए राजी नहीं कर सका। लेकिन मैं चांस नहीं ले सकती थी, मेरे प्यार, मैं डरी हुई थी कि शायद मुझसे देर हो जाए। मैं सीधे सीधे नहीं आ सकती थी।

वो सही नहीं होता। उसके पास हो सकता है कि तुमसे कहने के लिए कुछ वाजिब बातें हों और फिर मैं बिना वजह दखल देती हुई लगती। उसका बैग बाहर था, जब मैं वहां पहुंची। उसे उस बैग को अंदर ले जाने की कोई फिक्र नहीं थी क्योंकि उसे इसकी जरूरत नहीं थी। इसलिए मैंने बैग पर नजर दौड़ाई। मैंने अच्छा काम नहीं किया-----उसके निजी कपड़ों को देखा----लेकिन मेरे पास कोई और रास्ता नहीं था। मैंने उसे खोज लिया। छुरे को। एक भारी स्कर्ट में सफाई से लिपटा हुआ। इसके बाद अटकलों की कोई गुंजाइश ही नहीं बची थी। लेकिन अगर मैंने उसे उसी वक्त पकड़ लिया होता तो फिर मैं सच नहीं जान पाती----या उसे अपना सच नहीं बता पाती।"

" लाजवाब, माई डियर , " फार्न्सवर्थ ने उसकी पीठ ठोंकी।

" मैं भी इससे सहमत हुए बगैर नहीं रह सकता, " जोशुआ ने गर्मजोशी से कहा। " तुमने तो हम सबको अपने सामने शर्मिंदा कर दिया है ! "

" मैं इस बारे में नहीं जानती, " जूलिया ने अपनी पुरानी रौ में आते हुए कहा। " जोशुआ तो सच में जानना ही नहीं चाहता था। तुम उसके इतने नजदीक थे, माई लव, कि उसमें होने वाले बदलावों को देख ही नहीं पा रहे थे। और हर कोई स्लैग्टर के रूप में एक ट्रेंड एजेंट को ढूंढ रहा था, हाउसवाइफ को नहीं।"

उसने अपना सिर जोशुआ के कंधे पर रख दिया। गालों और दाढ़ी को एक हाथ से सहलाया। दूसरे हाथ से उसने उसे अपने घेरे में ले रखा था।

" यह पेरिस है, " जूलिया ने तड़क कर कहा। " मैं लंदन में नहीं हूं। "

" ठीक है, मैं तुम दोनों लव बर्ड्स को यही सब करने के लिए छोड़े जा रहा हूं, " फार्न्सवर्थ ने अपनी घड़ी की तरफ देखते हुए कहा। " मुझे जल्दी ही निकलना होगा। लेकिन कुछ कमजोर कड़ियों को जोड़ना अभी बाकी है। हमले की तारीख क्या है ? और वो जगह जहां पहला बड़ा वार किया जाएगा ? ब्रिटिश सरकार यह जानना चाहेगी। "

" मैं तुम्हें बता नहीं सकता, बिल," जोशुआ ने कहा। " इसके लिए दिल से सॉरी। यह कभी भी ऑपरेशन कनार्ड का हिस्सा नहीं था और मुझसे इसका कोई सरोकार भी नहीं था। मैं अपनी सरकार के संपर्क में हूं और मुझे तुम्हें बताना होगा कि यह बताने की इजाजत नहीं दी गई है। अगर तुम चाहते हो कि मुझ जैसे लोगों से ऊपर के स्तर पर इस मसले को उठाओ तो तुम ऐसा कर सकते हो लेकिन मुझे शक है कि भारत सरकार इस मामले में कोई रियायत देगी।"

" कुछ और मत कहो, " फार्न्सवर्थ ने कहा। " लेकिन इसके पहले कि मैं

जाऊं, एक आखिरी सवाल। अगर तुम्हारे पास इसका जवाब हो तो। हम जानते हैं कि साउल ने आत्महत्या की और हम शायद यह भी जानते हैं कि क्यों की। लेकिन फिर इतने अजीब तरीके से क्यों ? और ला रेने से मिली सूचनाओं को उसने दक्षिण अफ्रीका की सरकार तक क्यों नहीं पहुंचाया ? वो एक वफादार एजेंट था, ऐसा मेंरा हमेशा मानना था। ''

जोशुआ ने बाकी बची वाइन को तीनों के बीच बांट दिया। बोतल खाली कर दी। दिखावटी बहादुरी जताने के लिए खाली बोतल को उठा कर अपने होंठ पर लगाया जैसे कि उसी ने इसे पीकर खाली किया हो।

'' मैं तुम्हें बता सकता हूं क्यों लेकिन निश्चित तौर पर कह नहीं सकता कि यह सही ही है। मैं सिर्फ अनुमान लगा रहा हूं। वो अपनी खुदकुशी को एक हत्या की तरह पेश करना चाहता था। कम से कम कुछ दिन के लिए। और, वो सूचनाएं उन तक नहीं पहुंचा सका क्योंकि उन्हें इस बात की परवाह नहीं थी कि मैं बोलूं। वो सोचता था कि लॉरा यह काम कर देगी। जब उसने पाया कि लॉरा इसके लिए तैयार नहीं है तो उसने देश में मौजूद दक्षिण अफ्रीका खुफिया विभाग के अन्य एजेंटों को मुझसे पूछताछ के काम पर लगाने की इच्छा जताई——एक का तो मैं नाम भी बता सकता हूं। अगर उन्हें यह सूचना हर हाल में चाहिए थी तो फिर यही स्वाभाविक तरीका होता। और एक निर्णायक सुरक्षा के उपाय के तहत उसने बोको को यही सब कुछ मेरे साथ करने की सलाह दी। और अगर जूलिया ना होती और सिक्का ना उछाला गया होता तो बोको इसमें सफल भी हो गया होता। ''

जोशुआ ने कुछ समय जूलिया को चूमने में बिताया, फार्न्सवर्थ की मौजूदगी की अनदेखी कर। वो यह महसूस कर रही थी कि उसका दिमाग चूमने के दौरान भी सोच विचार में डूबा हुआ है।

'' बिलकुल, '' जोशुआ ने चुंबनों के बीच कहा। '' यह सब अनुमान है। सही जवाब इनसे कहीं मुश्किल हैं। हमें एक मर चुके आदमी के दिमाग में घुसना है, अगर हम सच जानना चाहते हैं और अब यह असंभव है। ''

फार्न्सवर्थ ने अपना छाता उठाया। उसने इसे अपने साथ लाने पर जोर दिया था। कभी–कभी गर्मी के मौसम में पेरिस में भी बारिश हो जाती है। बहुत तेज भी हो सकती है। और, आजकल चाहे जोशुआ हो या जूलिया, दोनों ही एहतियात बरतने में कोताही बरत रहे हैं। उसने गेंदबाजों जैसी टोपी को अपने सिर पर जमाया और टाई सीधी की। उनसे हाथ मिलाया और जूलिया को भी देखकर आदर से अपनी कैप को छुआ।

वो तीन कदम ही होटल की तरफ बढ़ा होगा कि पीछे से जोशुआ ने आवाज़ दी।

" वापस जोहानिसबर्ग के सुरक्षित सफर के लिए शुभकामनाएं, बिल।"

फार्न्सवर्थ रुक गया। जैसे जम सा गया हो। छाता लग रहा था जैसे पतली तलवार हो। एक मोटी आकृति जो हिल डुल नहीं रही थी।

" अपने हाथों को मेज पर रख लो, " जोशुआ ने जूलिया से जल्दी में फुसफुसाकर कहा। " अपनी हथेली को मेज पर रख कर ऊपर की तरफ दिखाओ। मैं जैसा कह रहा हूं वैसे ही करो। प्लीज, तुमने वादा किया था। "

जूलिया ने हथेली मेज पर रखकर उसे ऊपर की तरफ किया। जोशुआ की तरफ बढ़ी हथेली खुली हुई थी। जोशुआ ने भी ऐसे ही किया।

फार्न्सवर्थ उनकी तरफ घूमा। उसका छाता फुटपाथ के एक छेद में मजबूती से घुसा हुआ था। उसका हाथ कोट की जेब में था। जोशुआ मुस्कराया और उसका ध्यान अपनी उगलियों को घुमाकर उन दोनों के हाथों की तरफ खींचा।

एक छोटी, लंबी, सी चुप्पी। फैसले ना लेने पाने का एक नाजुक पल; और, फिर फार्न्सवर्थ भी मुस्कराया। अपना हाथ अपने कोट की जेब से बाहर निकाला।

हाथ खाली था।

उसने अपनी टोपी को थोड़ा हिलाकर फिर से उनका अभिवादन किया और तेजी से चलता हुआ उनकी नजरों से ओझल हो गया।

" जोहानिसबर्ग ! " जूलिया ने कहा। " तुमने तो बर्लिन कहा था। उसे बर्लिन में आंद्रोपोव को सौंपने के लिए। "

" जूलिया, माई डार्लिंग, वो एक बेहद बीमार औरत है। उसे जाने दो। वो मूर्ख होंगे अगर उसे देश से अब फिर बाहर जाने देंगे। वो साल–दर–साल के लिए संस्था का हिस्सा बना दी जाएगी। शायद हमेशा के लिए। मैं उम्मीद करता हूं कि ऐसा ना हो। लेकिन वहां गर्मी होगी–––––वो ठंड बर्दाश्त नहीं कर सकती।"

जूलिया ने सहमति में सिर हिलाया।

" इसके अलावा, माई डार्लिंग, तुम उस दिन उसके आने का अनुमान लगाए हुए थी। तुम उसे बहुत आसानी से मार सकती थी। लेकिन ऐसा नहीं किया। क्यों ? "

जूलिया ने सवाल को अनदेखा कर दिया। इसके जवाब में वो मेज के नीचे अपने घुटनों से उसके घुटनों को छूने का खेल खेलने लगी। वो खुद को अठारह साल का महसूस कर रही थी। " मैंने सर्विस से इस्तीफा दे दिया है, " उसने कहा। " तुम मेरे बारे में हमेशा सही कहते थे। मैं एजेंट बनने लायक नहीं हूं। डोनाल्डसन भी ऐसे ही सोचता है–––और वो भी सही है। "

" हम लोग जितना सोचते हैं उससे अधिक एक जैसे हैं, " जोशुआ ने अपने घुटनों पर उसके दबाव का जवाब देते हुए कहा। " मैंने भी यही किया है। इंडियन मिलेट्री इंटेलिजेंस और एमआई–6 से इस्तीफा दे दिया है। "

" और वो सीआईए," वो उकसाते हुए बोली। " तुम इसे भी छोड़ने जा रहे हो।"

" तुम इस बारे में कैसे जानती हो ? "

" आह ! "

" कम ऑन जूलिया। अब बता भी दो। मुझे बुरा नहीं लगेगा। कहां मैं यह बात बोल बैठा ? "

" तुमने कुछ नहीं कहा है, डार्लिंग। दरअसल डोनाल्डसन ने कहा था। उसने उस दिन फोन किया था जब मैं फार्न्सवर्थ के घर गई थी। वो एक गलती थी। क्योंकि, मैंने फार्न्सवर्थ की बातचीत का आखिरी हिस्सा सुन लिया था। उसकी यह बात मुझे बहुत भली लगी थी। उसने मुझे चेताया था कि तुम्हारे साथ गहरा रिश्ता बनाने से पहले मैं तुम्हारे बारे में जानकारियां कर लूं। इससे वो मेरे लिए बहुत प्रिय बन गया। उसके इस तरह से सरोकार दिखाने के बाद मैंने उसे एक हत्यारे की तरह देखना बंद कर दिया। "

" बेचारा डोनाल्डनस। अब उसकी आत्मा शांति से रह सकेगी। मैं अब उसका और इस्तेमाल नहीं कर सकूंगा। "

" क्या तुम्हें खुद पर शर्म नहीं आती, जोशुआ ? एक तिहरा एजेंट होने पर? यह भयावह है !"

" इसमें भयावह होने वाली कौन सी बात है ? " जोशुआ ने मासूमियत से पूछा। " ना जाने कितने भारतीय एजेंट सीआईए के लिए काम करते हैं। रूसियों से भी सरकारी स्तर पर हमारे गहरे संपर्क हैं, हम उनके लिए काफी कीमती हैं। सैन्य से अधिक राजनैतिक स्तर पर। मैं यह कह सकता हूं कि मैं पश्चिमी दुनिया के लिए काम करता हूं। लेकिन अब नहीं करता। अब मैं एक बेरोजगार डॉक्टर

हूं ! प्रैक्टिस शुरू करने के मौके तलाश रहा हूं। और यह कोई अच्छी स्थिति नहीं है। अपनी इस हालत में मैं ग्यारहवें अर्ल की नातिन को भला क्या सपोर्ट कर सकूंगा ? ''

''तुम्हारी बातों से ऐसे लगता है कि जैसे तुम्हें कोई बीमारी है। कम ऑन जोशुआ। चियर अप ! खुश रहा करो ! कोई ना कोई रास्ता निकलेगा। इतने उदास मत रहो। इतना अच्छा दिन है। इतना अच्छा कि आज उदास नहीं हुआ जा सकता। शायद नाना कुछ मदद करें। ''

जोशुआ और अधिक निराश दिखने लगा।

''अब यह अलग बात है,'' जोशुआ ने चिढ़ कर कहा। '' क्या कहेंगे ग्यारहवें अर्ल जब उन्हें पता चलेगा कि तुम एक वोग से, एक ऐसे आदमी से शादी करने जा रही हो जो गोरा नहीं है–––और बेरोजगार भी है ? ''

जूलिया ने उसे दुर्भाग्य की बातों में कुछ देर के लिए लोटने दिया, मुस्कराहट मुश्किल से ही उसके होंठ पर आ रही थी। आखिरकार वो नरम पड़ी और उसकी बाहों को छुआ।

'' मैंने नाना से पहले ही बात कर ली है। ''

'' और ? ''

'' वो तुम्हें लंबे अर्से से जानते हैं, जोशुआ। मत पूछो कि कैसे क्योंकि मैं तुम्हें बता नहीं सकूंगी–––इसे बताना मेरे बस में नहीं है–––लेकिन उन्होंने हमारे रिश्ते को दिल से मंजूरी दी है। ''

जोशुआ खुशी से चिल्ला उठा। इतने जोर से कि पास से गुजरने वाली औरत को उसकी हरकत बुरी लगी। वो उससे दूर छिटक कर सड़क पार कर दूसरी तरफ के फुटपाथ पर चली गई। ऐसे जताया कि पेरिस की सड़कें अब पहले जैसी नहीं रहीं।

'' मैंने जो से ईवनिंग स्टार में देर तक बात की थी, '' जूलिया ने कहा।

'' हां, उसने मुझे बताया था।''

'' मैंने तुम्हारे बारे में उससे कई सवाल पूछे थे।''

'' उसने मुझे यह भी बताया था।''

'' वेल्स में तुम्हारे स्कूल के दिनों के बारे में।''

'' डोनाल्डसन की मेरी गुप्त पहचान को हवा में उड़ाते हुए, बिना इस बात को जाने।''

" ओह ! मैं इस बारे में पहले से जानती थी। नहीं, यह वजह नहीं थी तुम्हारे बारे में ढेर सारे सवाल पूछने की। मुझे लगा कि मैं तुम्हारे बारे में और बातें जानना चाहती हूं और इस काम के लिए तुम्हारे भाई से बेहतर और कौन हो सकता था? उसने मुझे तुम्हारे बारे में काफी बातें बताईं; डरबन में तुम्हारे बचपन के बारे मेंय भारत में तुम्हारी जिंदगी के बारे में; मैं ऐसा महसूस करने लगी कि मैं तुम्हें ज्यादा जान गई हूं। और तभी उसने तुम्हारे बारे में एक बहुत खास बात बताई।"

" कोई बुरी नहीं, मुझे विश्वास है।"

" तुम वेल्स में अपने स्कूल की तरफ से क्रिकेट खेलते थे ?"

" क्यों, हां। खेलता था। मैं उनका सबसे बढिया स्पिन गेंदबाज था। जोमो और साउल बल्लेबाजी के सितारे थे लेकिन गेंदबाजी में मैं छाया रहता था। मेरी ऑफ ब्रेक गेंदों को खेलना नामुमकिन जैसा ही था। अब तो मैं ज्यादा नहीं खेलता लेकिन टेस्ट मैच देखने जाता रहता हूं। "

" इस बात ने नाना के यकीन को और मजबूत कर दिया। वो क्रिकेट को पसंद करते हैं। अपने साथ टेस्ट देखने जाने के लिए वो मुझे निराली रिश्वत दिया करते थे। यहां तक कि काउंटी के मैच देखने के लिए भी देते थे। मैं उनकी खातिर चली जाया करती थी। जब उन्हें पता चला कि उन्हें एक क्रिकेट प्रेमी दामाद मिलने जा रहा है तो वो और भी ज्यादा खुश हो गए। यह हुई ना बात! क्या यह जानकर तुम्हें अच्छा लगा ? "

जोशुआ खिल उठा। उसके दिमाग को जो बातें परेशान कर रही थीं, उनसे उसे राहत मिली और यह उसकी आंखों में आई चमक से साफ था। वो अपनी उम्र से कहीं कम दिखने लगा।

जूलिया ने अपना ड्रिंक खत्म किया। जोशुआ ने उसे मनाया कि अपनी फिगर की फिक्र छोड़कर उसके साथ एक डेनिश पेस्ट्री खा ले। और, उसने एक ले ली। उसे यह चेतावनी देते हुए कि अगर वो मोटी हुई और उसे यहां–वहां देखने की नौबत आई तो उसे पता होगा कि इसके लिए जिम्मेदार कौन होगा।

" तुमने मुझे मेज पर हाथ रखने के लिए कहा, बिना सवाल पूछे। मैंने ऐसा ही किया। क्या तुम मेरे लिए फिर वैसे ही करोगे, जोश ? कभी–कभी मेरे फैसलों पर भी भरोसा कर लिया करो भले ही उससे सहमत ना ? यह मेरे लिए जरूरी है। "

" चलो, ठीक है। "

जूलिया ने अपने पैर के पास पड़े हैंडबैग को उठाया। उसे तेजी से खोला। अंदर से एक भूरा, खाकी रंग का लिफाफा निकालकर उसे अपने और जोशुआ के बीच मेज पर रख दिया। बैग पिचक गया था। बैग को उसने अपनी गोद के बगल में रख दिया।

वो समझ नहीं सका।

जूलिया की तरफ सवालिया निगाहों से देखा। तय नहीं कर पा रहा था कि उसे लिफाफे को खोलना चाहिए, समझ नहीं पा रहा था कि इतने मोटे लिफाफे में क्या होगा जिसमें जूलिया की रुचि हो सकती है, या उसकी रुचि हो सकती है।

" यह साउल की वो कॉपी है जिसमें निवेश करने वालों की लिस्ट है, " जूलिया ने कहा। " एकमात्र ऐसी कॉपी जो दक्षिण अफ्रीका से बाहर है। क्या तुम एक सूचना की अदला–बदली के लिए समझौता करोगे, जोशुआ ? अपने कोट के फटे हुए अस्तर में छिपे उन झंडों को मुझे दो जिन पर तारीखें हैं और जगहों के नाम हैं––––और डार्लिंग, आज दोपहर हम एक नया कोट खरीदने जा रहे हैं। तुम इस तरह से फटे अस्तर वाला कोट नहीं पहने रह सकते। इसके अलावा अब तुम्हें इसकी जरूरत भी नहीं पड़ेगी। मैं कहां थी ? यह कहीं अधिक मानवीय तरीका है, जोशुआ। इसे सही समय पर प्रचारित करो और तुम शक्तिशाली मुद्रा रैंड को अपने घुटनों पर पाओगे। और, जब रैंड की कीमत गिरेगी–––बढ़िया और सख्ती से––––तो सबसे पहले गोरे और अश्वेत लोगों के विवाह को रोकने वाला कानून खत्म होगा ! ग्रुप एरिया एक्ट को जाने में लंबा समय लगेगा लेकिन अगर बड़े पैमाने पर धन निकाल लिया गया हो तो फिर यह भी गिर जाएगा। सामाजिक न्याय, जोशुआ ! गोरे बच्चे पर भी उतना ही धन खर्च हो जितना अश्वेत पर। जितनी भी तकलीफ तुमने महसूस की है वो सभी मेरी भी हैं। लेकिन यह अधिक बढ़िया तरीका है, डार्लिंग। "

वो पूछने की हिम्मत नहीं जुटा सका। लेकिन, उनके बीच किसी तरह की बाधा नहीं थी और ना ही वो कोई नई बाधा खड़ी करने के मूड में था।

" और राजनैतिक न्याय ? "

" वो भी होगा। पूरी तरह की एकता के साथ। और विश्वास के साथ। लेकिन मैं यथार्थवादी हूं, जोशुआ। जानती हूं कि यह आसानी से नहीं होगा। यह ऐसे ही है कि मुझसे साउल को प्यार करने के लिए कहना। क्या उससे शादी करने से मेरी समस्याएं सुलझ जातीं ? या उसकी ? प्लीज, जोशुआ। इस तरह

से कितना खूनखराबा रोका जा सकता है। है कि नहीं ? और क्या तुम अपना हाथ मेज पर रखोगे, जैसे कि मैंने रखा था। ''

वो फिर नहीं समझ सका। लेकिन उसने उससे पहले अपना हाथ मेज पर रखा। हथेली को उसकी तरफ कर ऊपर की दिशा में दिखाते हुए।

'' ताकि, मैं इन्हें पकड़ सकूं, जब मैं तुमसे दोबारा पूछूं। ''

वो हंसा। लेकिन सहमति में सिर हिलाया। अपनी कोट को खोला और उसके पल्ले को पूरी तरह फैला दिया ताकि वो फटे हुए अस्तर में झंडों को ढूंढ सके। उसने उसकी उंगलियों की नरमी को अपने सीने पर महसूस किया जब वो झंडों तक पहुंचीं। उसकी उंगलियों ने झंडों को एक साथ निकाला।

'' क्या मैं एक सुझाव दूं ? ''

'' प्लीज। ''

'' मैं यहां से लंदन लौटने की इच्छा नहीं रखता। और मसला ऐसा है कि इंतजार नहीं हो सकता। तुम होटल में जाकर अपने नाना को फोन क्यों नहीं करती ? ''

'' सोचती हूं, कर सकती हूं। नाना ! तुम तो जानते हो ? ''

'' मैं तुम्हें अन्य सभी निदेशकों का नाम दे सकता हूं,'' उसने नरमी से कहा। '' जब हम शादी करेंगे, पूछना मुझसे जब हम बेड में होंगे। मैं सभी को तुम्हारे सामने पेश कर दूंगा–––रोमांच के लिए। ''

'' मैं नहीं जानना चाहती। ''

जूलिया मेज से उठी। पहली बार उसने झंडों को पलटकर उन पर दर्ज लिखावट को पढ़ा। जोशुआ के साथ मिलकर जगहों के नामों का सही उच्चारण किया। उसने भूरे, खाकी रंग के लिफाफे को उसकी तरफ बढ़ाया। लिफाफा अभी भी सील था।

'' इसे मेरे लिए रख लो,'' उसने कहा। '' समय आने पर मैं इसका इस्तेमाल करूंगा। तब तक के लिए मैं इन्हें तुम्हारे पास हिफाजत से रखता हूं।''

वो होटल की तरफ तीन कदम बढ़ी, फिर रुक कर पलटी।

'' क्या तुम एक खतरनाक खतरा नहीं मोल ले रहे हो, जोशुआ ? मेरे पास झंडे और लिस्ट हैं। मैं आसानी से होटल के पीछे से निकल सकती हूं। चुपचाप। और, फिर तुम मुझे कभी देख नहीं सकोगे।''

वो हंसा।

" सही है। बिलकुल सही है। क्या तुम भी एक खतरनाक खतरा नहीं मोल ले रही हो ? दस मिनट तुम्हें गए हुए होंगे और कोई फ्रेंच मिस सड़क पर मेरे पास से मुझे दावत देती हुई गुजरेगी, मेरे ऊपर अपनी तिरछी निगाहें डालेगी, दावत देते हुए और तुम शायद होटल से निकल कर आओ और मुझे यहां ना पाओ।"

उसने इस बारे में कुछ सेकेंड तक सोचा।

" फिर से सोचने पर लगता है कि तुमसे ज्यादा मुझे नुकसान का अंदेशा है। क्या तुम मेरे साथ होटल में चलोगे, जोशुआ। इसी बीच मैं नाना को फोन कर लूंगी।"

" जाओ! " उसने आदेश दिया, जैसे कि पूरब के देश का कोई राजा हो, अपना हाथ होटल के प्रवेश की तरफ किए हुए। " मैं यहीं मिलूंगा जब तुम लौटोगी ।"

वो दस मिनट बाद लौटी, सभी डरों को दूर करते हुए। नाना से उसकी बातचीत बहुत भावुक साबित हुई। वो किसी तरह की सफलता के जोश में लग रही थी। उसकी आंखों में एक धर्म युद्ध की चमक दिख रही थी। वैसी ही जैसी ला रेने के आंखों में उस वक्त दिखी थी जब उसने उसे दीवार पर लगे नक्शे के बारे में बताया था।

वो उसे बताने के लिए मरी जा रही थी।

" हमें इस लिस्ट में से एक नाम हटाना होगा, जोशुआ।"

" ओह ! किसका ?"

" खुद नाना का, निश्चित ही ! तुम यह नहीं सोच सके होगे कि ब्रिटिश सरकार को महत्वपूर्ण सूचना देने के एवज में मैं उनसे कुछ मांगूंगी नहीं। नहीं ना ? बेचारे प्यारे ! मैंने उन्हें हल्का झटका दिया। लेकिन वो इस बारे में पूरी तरह सख्त दिखे। और, वो इसे खुलेआम करेंगे। हाउस आफ लार्ड्स में एलान करेंगे कि वो दक्षिण अफ्रीका में लगे अपने शेयर को वापस ले रहे हैं। यह हुआ ना ! क्या यह अच्छी शुरुआत नहीं है ? "

उसे इस खबर से बहुत राहत मिली। लेकिन, वो जूलिया की तरह खुशी से उछल नहीं रहा था। अभी उसे जूलिया के बारे में बहुत कुछ जानना था।

" तुम्हारा प्लान क्या है ? " जूलिया ने पूछा। " मेरा मतलब आज की

दोपहर का। कितना खूबसूरत दिन है।"

" कोई प्लान नहीं है। क्या तुम्हारे दिमाग में कुछ है ? "

" क्या तुम वॉक पर जाना पसंद करोगे ? " उसने थोड़े संकोच से पूछा जैसे कि पता ना हो उसका जवाब क्या होगा। क्या वो वॉक करना पसंद करता है ? उसके बारे में कितनी ही बातें वो नहीं जानती। आने वाले सालों में वो उसके दिमाग को पढ़ने की कोशिश करेगी, जैसे कि वो भी करेगा, लेकिन आज नहीं। आज सभी कुछ नया, कितना ताजा है और अनिश्चितता इसका हिस्सा है।

" साल के इस समय फूल बेपनाह खूबसूरत दिखते हैं," उसने उसे मनाने के अंदाज में बात को कहना जारी रखा। " पार्क डेस बट्टेस शामोंत में। पर्यटकों के लिए आबादी से दूर एक जगह है। बहुत शांति होगी-----यहां तक कि अकेलापन लगेगा। "

" मुझे बहुत पसंद आएगा, " जोशुआ ने कहा।

उसने वेटर को पेमेंट किया। बिल के साथ अच्छी टिप दी। हेनरी के लिए हाथ हिलाया जो होटल के प्रवेश द्वार से ही उनकी जरूरतों पर एक अच्छी निगाह रखे हुए था।

जूलिया ने उसकी बांहों को मजबूती से पकड़ा। उसके स्तन बांहों से दब रहे थे। उन गर्म अहसासों को महसूस कर रहे थे जो बांह और स्तन के बीच रोशनी फैलाए हुए थे।

जोशुआ ने भी ऐसा ही महसूस किया।

" आज मुझे ऐसा क्यों लग रहा है, तुम्हारी लंबाई थोड़ी कम क्यों लग रही है ? " जोशुआ ने पूछा।

" क्योंकि मैंने बिना हील वाले जूते पहने हुए हैं। मैंने इन्हें खासकर तुम्हारे साथ चलने के लिए खरीदा है जिससे कि इसमें और मजा आए। इन जूतों की वजह से मेरी लंबाई तुम्हारे बराबर हो जा रही है, हमारी खुशी के लिए। तुम कुछ कहोगे नहीं ? "

उसे यह बात माननी पड़ी।

वो बांहों में बांहे डाले सड़क पर निकल पड़े, पार्क की तरफ जाने के लिए जो कुछ ही दूरी पर था।